本书为国家社科基金项目"《诗刊》与中国当代诗歌的发展"
（09BZW058）结项成果

《诗刊》与中国当代诗歌的发展

蒋登科 ◎著

人民出版社

上有庙堂之高，下有江湖之远

——《中国现代诗学丛书》总序

吕　进

中国现代诗学与中国新诗几乎是同时发生的。

初期的现代诗学致力于爆破。现在回顾，这种爆破带有历史的必然性与合理性，没有爆破就难以拓出新路。然而这种爆破又是简单与粗放的，连同我们民族的传统诗学精华也成了爆破对象。这就给现代诗学留下了"先天不足""漂移不定""名不正言不顺"的缺陷。

百年来，现代诗学在艰难摸索中也有所建树，朱光潜和艾青的《诗论》至今为人关注，闻一多的一些见解至今也具有影响。在 20 世纪的新时期，出现了专业的诗评家队伍，他们成为力求建立属于新诗的诗学话语体系的主力军。由于没有在现代性地处理与传统诗学的承接、本土性地处理与西方诗学的借鉴上取得突破，现代诗学迄今仍缺乏严谨的学理性与体系性，这就使得新诗迄今仍缺乏诗美标准和文体规范。

进入 21 世纪以来，新诗走向"私语化"，大多数诗评家随之失语，诗人自己的随感式言说和圈子内自道部分地替代了学术话语。

已经有百年历史的中国新诗至今依然立足未稳，新诗文体的合法性依然饱受质疑。有些知名诗人和学者公开表示，新诗是一场失败的艺术实验。有些知名政治家说，给他一百大洋，他也不看新诗。更多的知名新诗人，到了晚年都"勒马回缰写旧诗"去了。

近年写作旧体诗成为热潮，新诗进一步处于尴尬境地。新文学中的小说、散文、戏剧文学在现代中国都有了自己的地盘，唯独新诗的读者却几乎与新诗的写作者复合，新诗成为游离于时代、游离于社会生活、游离于学校和家庭教育之外的"无人赏，自鼓掌"的边缘文体。

新诗是中国诗歌的现代形态，也必然应该是现代诗坛的主体。王国维在《宋元戏曲史序》里讲得对："凡一代有一代之文学：楚之骚，汉之赋，六代之骈语，唐之诗，宋之词，元之曲，皆所谓一代之文学，而后世莫能继焉者也。"旧体诗迄今依然有其生命力，以后也不会失去生命力，但是作为古汉语的诗歌，旧体诗用于抒写现代人的情愫在形式上会受到诸多局限：现代汉语的双音词、多音词难以入诗；旧体诗的许多形式规范也只是古汉语的结晶。我们读外国人翻译的中国古诗词就可以发现，译者其实是放弃了古诗词的种种形式要素，将中国古诗词译成了中国新诗。

但是古诗所创造的中国诗歌传统，新诗却是必须继承的，它是中国诗歌的"身份证"。当然，这种继承是经过现代化过滤之后的继承，必须回避"不识庐山真面目，只缘身在此山中"的状况，力求"旁观见审"，有所"健忘"。钱钟书在《中国诗与中国画》中讲过："除旧布新也促进了人类的集体健忘，一种健康的健忘，千头万绪简化为二三大事，留存在记忆里，省却了不少心力。"

绝对不能赋予诗的"现代形态"以超出诗的边界的权利。既然是诗，就得拥有诗的基本审美规范；既然是中国诗，就得遗传中国诗的审美密码。只有在变革中延续中国诗歌传统的新诗，才有可能受到中国读者的接纳和欢迎。

近年来，诗坛上有的"理论家"频频宣传新诗就是"自由"的文体，宣传忽略甚至放弃诗之为诗的文体要素，宣传忽视甚至放弃诗的文体可能，进一步将新诗推向困惑和无序的境地。什么"新诗就新在自由""凡大众欢迎的就不是诗"，这类腔调实在应该偃旗息鼓了。

新诗需要生根，新诗需要发展，新诗需要繁荣，新诗需要像唐诗那样得到全民族的认可和喜爱。我们急需现代诗学，急需民族、现代、学理的现代诗学。加强现代诗学对传统诗学的现代性承传，加强现代诗学对西方诗学的本土性借鉴，构建中国现代诗学的完整体系，是新诗的中国梦。

西南师范大学中国新诗研究所成立于 1986 年 6 月，迄今已经 30 年。这是中国文学史上第一家专业的新诗研究所。"桃李春风一杯酒，江湖夜雨十年灯"，30 年来，研究所在诗学界独树一帜，出思想、出成果、出人才、出影响，是国内外人所共知的现代诗学圣地。新诗研究所同仁在现代诗学本体论、中外诗歌比较研究、新诗发展史、歌词研究和新诗评论诸方面多向度地展开研究工作，取得人所共知的成绩。

作为重庆市首批人文社会科学重点研究基地，由笔者担任主任的西南大学中国诗学研究中心成立于 2001 年 9 月，迄今也已 15 年。中心下设中国新诗研究所（吕进、蒋登科、熊辉先后担任所长）、中国古诗研究所（所长刘明华）、比较诗学研究所（所长陈本益）和中国现代诗学典藏中心（主任李怡），而中国新诗研究所一直是诗学研究中心的基础和旗舰。

诚然，由于地域的原因，新诗研究所在全国的话语权在一定程度上受到了限制。人们习惯性地更注意北京这种"中心地带"的声音，重庆一些文学新作的研讨会也要特地搬到北京举办，这种费时费力而又无效的做法就是"崇北"心理的典型反映。但是学术思想最终并不会以地域来划分正误，也不会以地域来衡评分量，这一点，以后将会由现代诗学的历史来证明，对此我们抱有充分的信心。我想起苏联时期的塔尔图大学（University of Tartu），这所大学地处爱沙尼亚，原来是一所偏僻地区的无名大学。后来那里出了新审美学派，出了新审美学派的主要学术带头人斯托洛维奇，塔尔图大学由此成为苏联在美学研究领域一所举足轻重的学府。

《中国现代诗学丛书》的创意出自中国新诗研究所熊辉所长、向天渊副所长和所务委员会团队，这是中国新诗研究所成立 30 周年的一项纪念活动。丛书得以顺利问世，西南大学和人民出版社的全力支持也是必要前提，谨在此致谢。

"不学诗，无以言"，中国是一个诗歌古国，也是一个诗歌大国。这个古国和大国的诗歌传统，如果在新诗这里中断，我们将愧对后人。宋代范仲淹的《岳阳楼记》里有句名言："居庙堂之高，则忧其民；处江湖之远，则忧其君。"我借用一下：不管世事怎么变幻，上有庙堂之高，下有江湖之远，已届而立之年的中国新诗研究所任重而道远，我愿意最衷心地献上我最美好的祝福。

目　　录

第一章 绪论：文学期刊及《诗刊》研究

"诗刊"在字面上具有两方面的意思：其一，作为通用名词，它是"诗歌刊物"或"诗歌期刊"的简称，指的是专门或主要发表诗歌作品的连续出版物。在中国现代文学史上，这类期刊很多，比如《七月》《希望》《诗创造》《中国新诗》《诗垦地》以及当代大陆地区的《诗刊》《星星》《诗人》《当代诗歌》《诗选刊》《诗林》《诗潮》《诗歌月刊》《绿风》《散文诗》《扬子江诗刊》《中华诗词》，台港澳地区的《蓝星》《现代诗》《创世纪》《葡萄园》《海鸥》《秋水》《诗双月刊》《诗网络》《香港散文诗》，等等，在表述这些刊物的时候，只要它们的名字中没有"诗"字，人们都可以为其冠上"诗刊"二字，比如，人们常常把《星星》称为"星星诗刊"、把《绿风》称为"绿风诗刊"，以区别于其他非诗歌类刊物。这些诗歌刊物或者长期出版，或者在出版一定时间之后因为种种原因而停刊或者暂时停刊，但它们都在一定程度上为中国诗歌的发展做出了贡献。其二，作为专用名词，它指的是刊物的名字。世界上最早以《诗刊》命名的刊物也许是美国芝加哥的 *Poetry*，中文一般翻译为《诗刊》，1912 年由哈里特·门罗创办，是美国历史最悠久的诗歌杂志，创刊之初就得到了庞德等众多诗人的支持，是著名的意象派诗歌的主要阵地之一。20 世纪 20 年代末 30 年代初，该刊发表了由陈世骧、哈罗德·阿克顿（Harold Acton）等翻译的中国新诗作品，是最早介绍中国新诗的西方诗歌刊物之一。哈罗德·阿克顿、陈世骧编选并翻译的《中国现代诗选》（*Modern Chinese Poetry*）是现在能够见到的最早的中国新诗的英语译本之一。1936 年由肯普·荷尔出版社（Kemp Hall Press, LTD）在伦敦出版发行，该书扉页的"致谢"写道："一些译作和介绍的一部分曾在《诗刊》（*Poetry*：A Magazine of Verse，芝加哥）、《天下月刊》（上海）和《北平新闻》（*The Peiping Chronicle*）上发表。衷心感谢所有的编辑，尤其是哈丽特·门罗（Harriet Monroe）小姐，在精品选择过程中，她的鼓励非常重要。"① 20 世纪 80 年代，该刊翻译介绍了不少中国诗人的作品，尤其是朦胧诗作品。中国也出现过类似的刊物，1931 年 1 月 20日，徐志摩、陈梦家、方玮德创办的《诗刊》季刊由新月书店正式发行，实际上是《晨报·诗刊》的一个延续，出版了 4 期之后，因徐志摩去世而停办。1957 年 1 月，中国作家协会创办了全国性的诗歌刊物《诗刊》，一直延续到现在。在这里，我们所说的"诗刊"采用的是第二层含义，具体说，主要是指 1957 年创办的《诗刊》。

为了更好地讨论《诗刊》及其发展历史，我们有必要先对中国现代文学期刊发展、研究等情况进行简单梳理，并就《诗刊》的研究提出一些设想。

第一节　现代文学期刊及其出版体制

在近现代文学发展中，文学报刊（尤其是期刊）发挥着非常主要的作用。作为一种现代的传播媒介，文学期刊在文学作品的发表、文学观念的传播、文学流派的形成与发展等方面都是其他媒介无法替代的。刘纳在《嬗变——辛亥革命时期至五四时期的中国文学》一书中论及辛亥革命到五四前的文学，在很大程度上是以报刊的发展作为重要线索的。在现代文学发展中，文学期刊是把文学发展中各个"点"串在一起的重要线索，是纲举目张的"纲"，离开对文学期刊的关注，现代文学的研究就可能成为缺乏对象和主线的工作，是不利于学科的建设和发展的。

在近现代，文学期刊大多具有同人性质，《新青年》《少年中国》《小说月报》《创造》《新月》《现代》《七月》《诗垦地》《抗战文艺》《诗创造》《中国新诗》等都如此。只是有些期刊是属于全局性的，在全国影响很大，有些期刊是属于地域性、群体性的，在一定的人群中影响较大。但是，这些期刊在中国现代文学发展中都是不可或缺的。在五四时期，

---

① Harold Acton, Ch'en Shih-hsiang, eds. & tr., *Modern Chinese Poetry*, London：Kemp Hall Press, LTD, 1936.

影响最大的刊物当属《新青年》，它不是一本纯文学的刊物，但是，它介绍了许多新颖的思想，倡导白话，尝试各种文体的试验，最早的新诗作品就是由《新青年》刊发的，并由此引发了关于传统与现代、白话新诗的可能性、新诗文体特征等问题的广泛讨论，为白话作为新诗媒介的合理性提供了理论支撑和实验场地，也为新诗的诞生和发展提供了不可或缺的平台。

从归属性看，中国现代期刊大致包括两种主要类型，即官方刊物和民间刊物。不过，这种分类在不同时期又有一定的差异。

在期刊发展历史上，刊物出版资格的取得一般包括两种方式：登记制和审批制。在实行登记制的时期或者地区，刊物和普通的商品一样，只要获得登记，也就取得了出版资格。对于这样的刊物，除了一些基金会外，官方一般不提供专门的资金，只是按照有关规定对其进行检查，违反有关规定就会被查处或者撤销。在实行审批制的时期或者地区，期刊的出版首先要经过官方的有关部门进行审批，批准之后才能成为合法期刊，否则就不能出版。在最初的时候，刊物只要有期刊管理部门批准的文号，就成为合法期刊；后来，随着管理水平的不断提高和国际交流的不断扩大，合法出版的刊物都必须获得"国内统一连续出版物号"（CN 号）和"国际标准连续出版物号"（ISSN 号）。当然，在这些刊物之外，还存在着一些既不登记又不经过审批而出版的刊物，或者经过批准出版的内部资料，以及以书号方式出版的丛刊，这些就是所谓的"民间刊物"。

在 1949 年以前的现代时期，中国刊物的出版一般都是采用登记制度，只要通过了有关管理部门的登记，就可以获得出版资格。但是，正如任何经过登记的企业都要遵守一定的规则一样，登记出版的期刊也要遵守当时的法律、法规，否则就可能被查禁。在 1949 年以后的台湾、香港、澳门等地区，期刊出版仍然实行登记制度。据武汉大学的吴永贵先生介绍说，从出版学角度来看，在新中国成立前没有民间刊物的概念。因为那时候实行的是书报刊出版登记制度，没有资格审查之说。像影响比较大的储安平的《客观》以及后来的《观察》周刊只是相对于官办刊物（如国民党的《中央日报》）来说属于民间刊物。从 1949 年新中国成立到 1957 年，国家实行的是公私合营制度，在那以后则实行了书刊号管理制度。如果从这方面讲，所谓的民间刊物就是那些不能公开出版发行，并且是非营利性质的，在组织或者是团体内部做交流的刊物。① 当然，实行期刊登记制度，并不是说就没有任何管理。事实上，在 1949 年以前，当时的政府部门还是设立了严格的新闻检查制度的，对于那些在政治上和官方意志不同的刊物，管理部门要进行查处甚至禁止出版，1948 年在上海出版的《中国新诗》就因此而被查封了。

1949 年以后的一段时间，大陆的期刊出版实行登记制度。1957 年之后，中国大陆实行了刊物出版审批制度，所有期刊的出版都必须经过有关部门的审批，有些刊物还由主办单位提供出版经费。这些刊物大多具有官方性质。所有的刊物主要由政府或者政府部门、政府下属单位或者政府主管的群团组织主管、主办；同时还存在一些民间刊物，又称为同人刊物，主要是由民间组织或者个人出资出版的，只用于内部交流。从这个角度说，我们常常见到的那些连续出版的工作简报、工作通讯之类的资料也应该属于民间刊物的范畴。

在当代很长一段时间里，文学期刊主要是官方性质的，同人性质的期刊已经基本消失。有人曾对此作过总结："中国共产党初期的文化规划与政治、经济建设是一体化的，实行充分的国有化是其根本的目标。得益于左翼和延安时期的文学建设经验，尤其是毛泽东的文艺思想作为根本的指导政策的确立，中国共产党的文学规划得以快速实施，私人出版机构和同仁刊物被逐步取消，全面的国有化使得国有体制之外的文学活动丧失了经济基础和政治合法地位。"② 在当代大陆，期刊是一种特殊的存在。一方面，它具有市场性，所有期刊都必须履行工商登记手续，交纳有关管理费用、税费；另一方面，并不是通过工商部门的登记注册就能够出版期刊，期刊进行工商登记的前提是经过了专门的期刊管理部门的审批。

从实行审批制度开始，为了保证期刊的正常出版，国家对期刊实施审批、管理、引导、考核和处罚，国家设立了新闻出版总署（2013 年 3 月，第十二届全国人民代表大会第一次会议批准了国务院机构改革方案，新闻出版总署与国家广播电视电影总局合并，组建了新闻出版广电总局），县级及其以上政府都设立了报刊管理的政府机构，称为新闻出版局，或者将文化、广播、电视、新闻出版等合并组成一个管理机构。期刊的创办首先必须由主

---

① 洛烨：《民间刊物的历史坐标》，http://www.tianya.cn/publicforum/Content/no06/1/43902.shtml，2006 年 4 月 9 日。

② 王秀涛：《"十七年"文学期刊的发刊词》，《粤海风》2009 年第 1 期。

管、主办单位向期刊行政主管部门提出申请，然后经过政府部门的层层审批，并要最终获得新闻出版总署的批准之后才能出版。每种期刊都必须具有主管、主办单位。过去，这种主管、主办单位必须是政府部门或者行使政府权力的群众组织，比如各级文联、作协、科协等，或者称为事业单位的高校、科研机构、出版社等。期刊管理的政府部门还要定期对期刊进行核验、考评，即对期刊的政治质量、编辑质量、出版质量等进行评价。如果违反了有关规定，期刊管理部门将对有关期刊及其责任人进行处理、处罚甚至撤销期刊的出版资格。从新中国成立以来，期刊管理的措施、要求等曾经发生多次变化，但这种管理体系一直持续到现在，保证了期刊在意识形态方面的统一性。

　　所有的期刊在申办的时候都提出了自己的办刊宗旨，而且，国家对期刊在政治导向等方面也有统一的要求。1988 年 11 月 24 日发布的《期刊管理暂行规定》总则第一条就规定："为促进社会主义科学文化事业的繁荣与发展，加强期刊的行政管理，使期刊更好地为建设社会主义的物质文明和精神文明服务，特制定本规定。"2009 年 3 月发布的《期刊出版管理条例》规定："期刊出版必须坚持马克思列宁主义、毛泽东思想、邓小平理论和'三个代表'重要思想，坚持正确的舆论导向和出版方向，坚持把社会效益放在首位、社会效益和经济效益相统一的原则，传播和积累有益于提高民族素质、经济发展和社会进步的科学技术和文化知识，弘扬中华民族优秀文化，促进国际文化交流，丰富人民群众的精神文化生活。"对导向性、意识形态性的关注是中国大陆期刊管理历来都重视的内容。换句话说，官方刊物在总体的办刊原则上是一致的，只有在这一原则之下，各种期刊才可以根据自己的办刊宗旨在各自的领域进行广泛探索，从不同角度为繁荣科技、文化、文学、教育等服务。

　　在这样一种格局之下，大陆地区的官办（官方批准公开出版）的文学刊物，因为在各方面都有统一的要求，基本上不可能形成以刊物为中心的文学思潮、文学流派。这和台港澳地区的情况是有所不同的。台港澳地区的刊物主要是同人刊物，期刊的编委会由同人组成，甚至由同人轮流担任主编，期刊出版所需要的经费是由同人筹措的，在期刊上发表作品的作者大多数也是同人，因此，每个期刊基本上都是为自己的同人服务的，在期刊上活跃的都是文学观念相近的同人，这就比较容易形成一些具有各自特色的文学群落、诗歌群体或者诗学思潮，也可以称为文学流派、诗歌流派或者学术流派。台湾诗人文晓村在讨论当代台湾诗歌时就说过："台湾五十年的新诗发展，实际上，也是以几家诗刊为轴心，相互激荡的演变史。"① 比如《现代诗》《创世纪》等对于西方现代主义思潮的引进和实验，《蓝星》对于本土文化的挖掘和弘扬，《葡萄园》对"健康、明朗、中国"诗风的坚持。香港地区也如此，比如《世界中国诗刊》对新古典主义的倡导和实验，《诗双月刊》《诗网络》对融合中西艺术经验的尝试，等等。这些追求都得到不同诗人、学者的参与和认同，最终在不同时期、不同诗人中形成了艺术追求不同、学术观点相异的诗歌、诗学群落，这对于诗歌的多元化发展是很有益处的。当然，随着艺术的发展，有些群落之间会相互吸引、相互借鉴、相互融合，形成新的、更适合诗歌艺术发展的观念。

从 20 世纪 70 年代开始，因为官方批准公开出版的期刊数量有限，管理又非常严格，远远不能适应社会、文化、文学、科学技术发展的要求和信息交流的需要，尤其是在思想解放的思潮中，公开出版的期刊很难在思想、文化建设方面跨出探索的步履，换句话说，当时人们对于自由思想的表达需要发表和交流的独特阵地，于是在中国大陆出现了大量的民间刊物，尤其是文学类的刊物，于是开始形成官办期刊与民间期刊同时发展的格局。较早的民间期刊是秘密出版的，没有经过任何审批，也没有任何的期刊编号，比如由北岛、芒克等人创办并于 1978 年开始出版的《今天》。在后来，有些民间期刊经过了政府部门审批同意，发放了"准印证"，但属于期刊的特殊类型，不能公开发行，只能用于行业内部的信息、学术交流，人们称之为"内部刊物"，后来又改称"内部资料"，成为公开期刊的必要补充。从 20 世纪 80 年代开始，民间期刊的出版异常活跃，有些民间刊物没有经过任何的审批，没有任何的刊物编号，是由个人或者民间组织自行编辑印刷的，甚至有人借用实行期刊登记制度的台港澳地区的刊号、国外的刊号在大陆编印刊物。按照政府的管理规定，这些没有取得大陆新闻出版部门"准印证"的民间刊物都是不合法的。只不过，大多数民间期刊遵守了国家的有关出版管理规定，只是在文学、诗歌等方面进行艺术探索，没有从事违法活动，政

---

① 文晓村：《台湾诗坛五十年述略》，《中外诗歌研究》2002 年第 4 期。

府部门也就没有进行彻底清查。在网络出现以后，因为网络传播具有即时性、匿名性、自由性甚至随意性，于是在网上出现了各种网络期刊、网络论坛以及个人文库、个人空间、个人博客等，这些也应该属于新的传播方式下的民间刊物的特殊类型。

但是，随着市场经济的确立和文化体制改革的推进，从20世纪90年代开始，过去的一些官方刊物已经逐渐开始失去了主管、主办单位的经费支持，成为独立的市场主体，按照市场规律接受市场的考验。不过，真正能够在市场经济环境中取得地位、获得利润的刊物，绝大多数都不是纯粹的文学类期刊，而是实用性比较强、市场比较广泛的益智、娱乐、教育、商业类期刊，比如《读者》《知音》《恋爱·婚姻·家庭》《课堂内外》《商界》等。到现在为止，文学期刊中的绝大多数还是依靠主管、主办单位的财政支持。这可能与这类期刊追求格调的高雅，追求精神建设，追求文化创造和文化传承的特点有一定的关系。这些话题太严肃、高雅，和人们渴望娱乐、休闲的心态存在一定的差异。但是，从文化传承、文化积累的角度考察，它们又是非常重要甚至不可或缺的。

第二节　现代文学期刊研究概观

作为最重要的现代传播媒介之一，文学类期刊对于文学观念的演变、文学的发展甚至文化的传承都发挥了非常重要的作用。在文学发展史上，一些新的文学观念首先是被少数人提出，通过不断的反思、摸索、修正，最终为社会所接受，由此推动了文学观念的新变；一些新的文学表达方式也是首先被部分作家实验，最后通过文学期刊的传播效应，逐渐受到更多人的接受和实验，由此丰富甚至改变了文学的表达方式和人们的审美观念。

在1917年之前，虽然中国文学中有一些作品采用了人们习惯的口语（白话）方式进行创作，但是，这类作品在数量上非常有限，而且地位不高，属于文学中的"下里巴人"；即使有人一直在尝试，但作家以白话进行创作在观念上还没有形成自觉的意识，也就是没有语言自觉性。《新青年》创刊以后，陈独秀、胡适、钱玄同等人大力倡导白话文学，既从西方寻找经验，又从理论上探讨白话作为文学媒介的合理性，更通过大量的创作对白话文学进行实验，逐渐使白话成为中国现代文学的主要艺术媒介。白话诗诞生以后，因为没有范本可供借鉴，新诗文体在很长时期内缺乏规范、散漫、随意、直白等现象随处可见，经过大量的期刊开展的讨论、倡导、实验，人们才逐渐获得了对于诗歌文体的比较一致的共识，尤其是闻一多、徐志摩等为代表的新月派，通过他们编辑的报纸、刊物关注诗的形式，倡导诗的格律，使中国诗歌传统中的优秀艺术元素、西方诗歌中有益的艺术元素逐渐融合起来，为新诗发展找到了一个重要的路向。为了张扬诗的探索性，求得诗歌艺术的不断创新，李金发受西方象征主义的影响开始创作中国的象征诗，施蛰存在 20 世纪 30 年代初期主编的《现代》大量发表当时刚刚流行的西方文学作品，同时发表中国作家创作的具有探索性的作品，为文坛带来了新的气息，影响甚大。所有这些，无不与文学期刊有着密切的关系。我们甚至可以说，在网络时代之前，文学期刊是推动文学观念更新、文学艺术进步最为重要的媒体。因此，对于文学期刊的研究，应该是文学发展规律、文学发展历史研究中最为重要的部门之一。

在中国当代学术界，关于期刊的研究，成果甚多。尤其是从上世纪 80 年代开始，随着思想解放运动的开展和深入，也随着文学研究领域的不断拓展、文学研究观念的不断更新，学术界对文学期刊的研究进入了一个高潮期。关于《新青年》《少年中国》《学衡》《创造》《小说月报》《浅草》《晨钟》《洪水》《新月》《语丝》《现代》《抗战文艺》《诗垦地》《中苏文化》《诗创造》《中国新诗》等，都有大量的研究成果。对于近现代的期刊研究，人们主要是从以下两个方面展开的。

其一，期刊发展史料的收集与整理。这是文学期刊研究的最基础、最主要的内容之一。文学期刊提供了文学发展的大量第一手信息，而一般的文学史著作因为体例原因而无法提供所有资料和信息，甚至有些刊物在很多时候被忽略。例如，新中国成立之后，因为政治原因而对《学衡》《新月》《现代》《甲寅》《诗创造》《中国新诗》等的忽略，即使有所涉及，也是作为批判材料来提供的，这就使文学史失去了许多丰富的内涵，也使许多后来者对这些本来产生过重要影响的刊物缺乏应有的了解。为此，学术界一直没有忽略对期刊资料的收集和整理，比如，现代文学期刊联合调查小组编写的《中国现代文学期刊目录（初稿）》1961 年由上海文艺出版社出版，那是对现代文学期刊史料的初步整理。上海图书馆编的《中国近代期刊篇目汇录》共三卷，由上海人民出版社在 1965 年、1979 年、1985 年出版，分别收录了

1857—1899 年、1900—1911 年、1912—1918 年出版的期刊目录，共涉及中文期刊 495 种，侧重于哲学、社会科学方面。编者对每种期刊都撰写了简单的提要，并按每种期刊（注明收藏单位代号）的卷期汇录其全部篇目。1988 年 9 月天津人民出版社出版过唐沅、韩之友、封世辉等人编纂的《中国现代文学期刊目录汇编》，2010 年 3 月该书收入《中国文学史料全编·现代卷》由知识产权出版社出版了新版 7 卷本，涉及 1915—1948 年间有影响、有代表性的期刊 276 种（另有附录 4 种），其中绝大部分是文学期刊，也酌情选收了一部分与中国现代文学关系密切的综合性文化刊物。2010 年 2 月由上海人民出版社出版的吴俊、李今、刘晓丽编著的《中国现代文学期刊目录新编》（共 3 册）是当下收录文学期刊目录最完整的资料，该书超过了 700 万字，涉及 1919—1949 年期间出版的中文文学期刊及与文艺有关的综合性期刊 657 种，是迄今规模最大、收录数量最多、编制也最全的一部中国现代文学期刊目录索引工具书，并以原刊目录为基础，参照原刊正文，进行必要的校勘、补正和整理，编制馆藏索引和注释。在篇目、馆藏资料整理的基础上，该书在对原刊进行基本描述和概括的基础研究外，还扼要说明了期刊的一般倾向、主要特色、作者构成、重要作品或文学活动以及沿革、流变等情况。除了这些大型的书籍外，关于单一期刊的影印和目录、作品的整理出版也出现了大量成果，比如《新青年》《创造月刊》《洪水》《水星》《新月》《现代》等。这些以期刊发展为线索的资料收集、整理，为现代文学的研究提供了大量第一手资料。

其二，文学期刊与文学观念的演变及文学的发展、进步。文学期刊研究当然会涉及现代传播学的研究角度，但不仅仅是单一的传播学研究，而是将期刊的发展、演变和文学的发展、进步，文学观念的更新、演变等有机地结合起来的。在这些方面，学术界关于现代文学期刊研究的成果是丰富的，研究的角度是多元的，也就是说，学术界对文学期刊的研究不只是作为一种传播媒介看待，而是作为文学发展的重要阵地、平台和推动力量看待。刘增人等纂著的《中国现代文学期刊史论》[1] 是研究现代文学期刊的重要收获。关于单一期刊的研究，新的成果也不断出现，如关于《新青年》的研究，有

---

[1]　新华出版社 2005 年版。

张秋芳的《〈新青年〉的文化品格及其意义》①、陈平原的《思想史视野中的文学〈新青年〉研究》（上、下）②、刘震的《〈新青年〉与"公共空间"——以〈新青年〉"通信"栏目为中心的考察》③、李宪瑜的《"公众论坛"与"自己的园地"：〈新青年〉杂志"通信"栏》④、王桂妹的《〈新青年〉中的女性话语空白——兼谈陈衡哲的文学创作》⑤、陈斯华的《〈新青年〉杂志刊载文学作品数量表分析》⑥、陈斯华的《〈新青年〉杂志同人作者群的演化》⑦ 等大量成果，有些研究角度相当新颖甚至别具匠心。关于《甲寅》《学衡》的研究，有李怡的《〈甲寅〉月刊：五四新文学运动的思想先声》⑧、苏光文的《吴宓的"好梦"及其"难圆"——〈学衡〉存在期吴宓文化启蒙蓝图剖析》⑨ 等，这些成果对于过去不受重视甚至被否定的期刊进行重新打量，是期刊研究的新拓展。关于《小说月报》的研究是现代期刊研究的热点话题之一，但仍然不断有新成果面世，如殷克勤的《简论〈小说月报〉在中国现代文学史上的地位和作用》⑩，柳珊的《1910—1920年的〈小说月报〉是"鸳鸯蝴蝶派"的刊物吗》⑪，董丽敏的《想象现代性（上）——重识沈雁冰与〈小说月报〉的关系》⑫、《现代性的异响（下）——重识郑振铎与〈小说月报〉的关系》⑬、《〈小说月报〉1923：被遮蔽的另一种现代性建构——重识沈雁冰被郑振铎取代事件》⑭、《〈小说月报〉革新：断裂还是拼合？重识商务印书馆和〈小说月报〉的关系》⑮，谢

---

① 《青海师范大学学报》2001 年第 1 期。
② 《中国现代文学研究丛刊》2002 年第 3 期、2003 年第 1 期。
③ 《延边大学学报》2003 年第 3 期。
④ 《中国现代文学研究丛刊》2002 年第 3 期。
⑤ 《文学评论》2004 年第 1 期。
⑥ 《东岳论丛》2003 年第 3 期。
⑦ 《山东社会科学》2003 年第 5 期。
⑧ 《中国现代文学研究丛刊》2003 年第 4 期。
⑨ 《中国现代文学研究丛刊》1999 年第 2 期。
⑩ 《扬州师范学院学报》1993 年第 3、4 期。
⑪ 《中国现代文学研究丛刊》2000 年第 3 期。
⑫ 《上海社会科学》2002 年第 2 期。
⑬ 《南京师范大学文学院学报》2002 年第 1 期。
⑭ 《当代作家评论》2002 年第 6 期。
⑮ 《社会科学》2003 年第 10 期。

晓霞的《商业与文化的同构：〈小说月报〉创刊的前前后后》①，杨庆东的《小说月报中文本建构的现代性嬗变》②，丁晓原的《诗意的私语〈小说月报〉散文的话语类型》③ 等。关于《论语》《人间世》《语丝》等的研究在过去不太受重视，但在进入 21 世纪之后也成为学术界关注的重要话题，比如郭晓鸿《〈论语〉杂志的文化身份》④，初清华的《关于期刊〈人间世〉的几点思考》⑤，丁晓原的《〈语丝〉现代散文文体自觉的代码》⑥ 等都是对这些期刊的深度打量。关于《现代评论》《新月》的研究，过去已经有很多成果，吴福辉的《现代文化移植的困厄及历史命运——论胡适与〈现代评论〉〈新月派〉》⑦ 等仍然提出了一些新的研究角度。关于《现代》的研究成果其多，研究进程持续不断，这或许与该刊特殊的历史地位和影响有关，比如巴彦《三十年代的大型文学杂志——〈现代〉月刊》⑧，易文翔的《试论〈现代〉杂志的文学共生性》⑨，张德林的《〈现代〉与中国现代派的创建》⑩，陈旭光的《〈现代〉杂志的"现代"性追求与中国新诗的"现代化"动向》⑪、《"无数歧途中一条浩浩荡荡的大路"——重读〈现代〉杂志兼论"现代派"诗的诗学思想》⑫，葛飞的《新感觉派小说与现代派诗歌的互动与共生——〈无轨列车〉、〈新文艺〉、〈现代〉为中心》⑬，刘俊的《论〈现代〉中的"新感觉派"小说》⑭，马以鑫的《〈现代〉杂志与现代派文学》⑮、《〈现代〉：都市的节奏与都市文学的表现》⑯，张生的《从施蛰存的

---

① 《中国现代文学研究丛刊》2002 年第 4 期。
② 《东岳论丛》2004 年第 1 期。
③ 《中国现代文学研究丛刊》2002 年第 4 期。
④ 《文学评论》2002 年第 2 期。
⑤ 《新文学史料》2003 年第 2 期。
⑥ 《江汉论坛》2003 年第 1 期。
⑦ 《文艺争鸣》1992 年第 3 期。
⑧ 《新文学史料》1990 年第 2 期。
⑨ 《河北学刊》2002 年第 3 期。
⑩ 《山花》1998 年第 10 期。
⑪ 《文艺理论研究》1998 年第 1 期。
⑫ 《北京大学学报》1998 年第 5 期。
⑬ 《中国现代文学研究丛刊》2002 年第 1 期。
⑭ 《苏州大学学报》1991 年第 2 期。
⑮ 《华东师范大学学报》1994 年第 6 期。
⑯ 《华东师范大学学报》2001 年第 1 期。

编辑理念看〈现代〉杂志的特征》①，宋琼英的《疏离文学的政治功利化——论〈现代〉与施蛰存的文艺态度》②，李金凤的《施蛰存和〈现代〉杂志》③，周良沛的《施蛰存与新诗及"〈现代〉派"》④，潘少梅的《〈现代〉杂志对西方文学的介绍》⑤，李欧梵的《探索"现代"——施蛰存及〈现代〉杂志的文学实践》⑥ 等。另外还有关于《七月》《大众文艺丛刊》甚至一些过去很少被提起的刊物的研究，如李德支的《〈七月〉与抗战文学》⑦、章绍嗣的《论〈七月〉及"七月派"的创作》⑧、曾令存的《1948—1949：〈大众文艺丛刊〉》⑨、黎虎的《一朵被遗忘的小花——黎昔飞主编的〈昙华〉文艺半月刊》⑩，等等。有些文章对现代文学期刊进行综合研究，如刘增人的《四十年代文学期刊扫描》⑪、甲鲁平的《从文学广告看中国现代文学期刊》⑫、李怡的《地方性文学报刊之于现代文学的史料价值》⑬，等等。从这些文章中我们可以看出，学术界对现代文学期刊的研究是从多角度、多侧面展开的，可以说，文学期刊研究为文学研究提供了新的学术生长点，拓展了学术研究的新领域。

这里所列举的实际上只是研究现代文学期刊的大量成果中的一部分，甚至只是很少的一部分，韩彬的《二十世纪九十年代以来中国现代文学期刊杂志研究综述》⑭、刘增人的《现代文学期刊的景观与研究历史反顾》⑮ 等文章对于现代文学期刊及其研究的历史回顾和总结，对于我们了解期刊研究历史与现状是有帮助的。从上面的简单概述中可以看出，在文学研究领域，

---

① 《文艺争鸣》2002 年第 2 期。
② 《海南广播电视大学学报》2003 年第 1 期。
③ 《编辑学刊》2003 年第 2 期。
④ 《文艺理论与批评》2004 年第 1 期。
⑤ 《中国现代文学研究丛刊》1991 年第 1 期。
⑥ 《文艺理论研究》1998 年第 5 期。
⑦ 《徐州师范学院学报》1996 年第 2 期。
⑧ 《吉首大学学报》1996 年第 4 期。
⑨ 《中国现代文学研究丛刊》2002 年第 2 期。
⑩ 《新文学史料》2003 年第 4 期。
⑪ 《中国现代文学研究丛刊》2003 年第 2 期。
⑫ 《山东师范大学学报》2003 年第 2 期。
⑬ 《中国现代文学研究丛刊》2010 年第 1 期。
⑭ 《德州学院学报》2004 年第 5 期。
⑮ 《中国现代文学研究丛刊》2005 年第 6 期。

文学期刊的多元研究已经成为文学研究的核心话题之一，而且，这些研究成果既尊重当时的历史事实，又从大量的历史信息中研究这些期刊在文学发展、文学交流、文学传播等方面发挥的重要作用，对于今天和未来的文学发展、期刊研究等都是具有启示意义的。

第三节　当代文学期刊及其研究状况

相比于 1949 年以前的文学期刊，当代文学期刊在数量上更多，因为社会制度和管理制度的变化，大多数期刊延续的时间更长，因而呈现出不同的特色。但是，因为期刊管理的特殊性，有些文学期刊的个性特征还显得不够鲜明，大多数期刊的历史化程度还不高，而且，学术界面对的环境也不断发生着变化，尤其是在很长的时间里，当代期刊研究都会涉及意识形态方面的话题，不少学者对此有所忌讳。直到进入 20 世纪 90 年代，人们才开始比较集中地关注当代文学期刊，而且主要是宏观性关注。

出现这种局面和当时提出的市场经济主张有关。在过去很长的时期内，文学期刊几乎都是由政府给予经费支持的，不管刊物是否办得好，是否拥有读者，是否对文学发展产生了重要影响，都不必担心刊物的生存问题。但是，随着市场经济体制的逐步建立，文学期刊的发展必将面临许多挑战，比如取消财政支持，实行市场化改革，政府部门退出主办单位，等等，文学期刊必将出现新的变化。2004 年就有人对文学期刊数量、管理体制、编辑发行等方面的现状进行过调查统计和分析。从数量上看，"据国家新闻出版总署统计，我国现有各类期刊 9000 余种，文学期刊大约有 800 种，其中纯文学期刊 200 种左右，大部分文学期刊仍延续着计划经济时期的管理体制，面临着经营上的诸多问题。根据鲁迅文学院对国内 34 家文学期刊进行的调查，有 45% 的期刊存在着不同程度的经济困境，发行量不断下降，有的刊物已经下降到历史最低点"；从发行量上看，"全国所有文学期刊的月发行量仅200 万至 300 万册，仅为《读者》一家刊物 800 万发行量的三分之一左右"。① 面对这样的处境，文学界、期刊界不得不进行深入思考，许多学者、作家、编辑都从不同角度发表了自己的意见，尤其是针对期刊改革、新媒体

---

① 梁若冰：《文学期刊：如何走出困顿》，《光明日报》2004 年 2 月 18 日。

的出现等对文学期刊的冲击等，提出了自己的看法。

在当代文学期刊的研究中，孙用的《新中国第一批期刊》①、张伯海的《新中国期刊五十年》② 等文章虽然不是专门研究文学期刊的，但他们对中国当代期刊发展的综述，对于我们了解文学期刊的发展是有帮助的。白水的《当代文艺期刊概览》③ 则是对当代文学期刊进行总体研究的，文章尤其对当代文艺期刊的发展历史和现状进行了简单梳理，提出了文艺期刊管理的一些建议，而且统计了文学期刊的大致情况："截止到 1993 年年底，我国拥有文艺期刊 616 种，其中文学期刊 387 种，艺术期刊 229 种。"不过，这类从历史角度对当代文学期刊进行综合研究的成果不是很多，更多的成果应该是对世纪之交文学期刊发展现状、存在的问题及对策的讨论。这种趋势和市场经济体制的建立、期刊体制的改革等有着密切的关系。

关于市场经济体制的建立，中央高层早有酝酿。早在 1979 年 11 月 26 日，邓小平在会见美国不列颠百科全书出版公司编委会副主席吉布尼等外宾时指出："说市场经济只存在于资本主义社会，只有资本主义的市场经济，这肯定是不正确的。社会主义为什么不可以搞市场经济，这个不能说是资本主义。我们是计划经济为主，也结合市场经济，但这是社会主义的市场经济。虽然方法上基本上和资本主义社会的相似，但也有不同，是全民所有制之间的关系，当然也有同集体所有制之间的关系，也有同外国资本主义的关系，但归根结底是社会主义的，是社会主义社会的。"④ 1992 年春，邓小平在南方谈话中进一步指出："计划多一点还是市场多一点，不是社会主义与资本主义的本质区别。计划经济不等于社会主义，资本主义也有计划；市场经济不等于资本主义，社会主义也有市场。计划和市场都是经济手段。"⑤ 这些思想从根本上解决了把社会主义与市场经济对立起来的思想束缚，对我国经济改革产生了极大的推动作用，成为我们党制定改革方向和目标的基本理论依据。2003 年 10 月 14 日，中国共产党第十六届中央委员会第三次全

---

① 《中国出版年鉴》2000 年卷。

② 《中国出版年鉴》2000 年卷。

③ 《中国出版》1994 年第 2 期。

④ 邓小平：《社会主义也可以搞市场经济》（1979 年 11 月 26 日），《邓小平文选》（第 2 卷），人民出版社 1994 年版，第 236 页。

⑤ 邓小平：《在武昌、深圳、珠海、上海等地的谈话要点》（1992 年 1 月 18 日—12 月 21 日），http: //www. people. com. cn, 2000 年 12 月 29 日。

体会议通过了《中共中央关于完善社会主义市场经济体制若干问题的决定》，标志着完善社会主义市场经济成为中国经济发展的主要手段。市场经济体制的建立，对于过去的计划经济模式会产生极大的冲击，计划经济体制下创办的文学期刊自然也会在市场经济环境下发生许多改变。这使许多文学界、期刊界的人士逐渐转向了对文学期刊处境、前途的关注和思考。1995年，杨经建发表了《文学期刊的现状及其发展趋势》① 一文中，对文学期刊存在的问题、面临的挑战、必需的对策等提出了自己的看法，这是较早关注文学期刊发展的文章。在接下来的很长一段时间里，这个话题几乎一直都是学术界、期刊界讨论的热点。为了揭示这种关切，我们选择不同时期的一些具有代表性的文章，对它们的观点进行简单的综述。

女真在《文学会消失吗？——新世纪文学期刊前瞻》② 一文中，针对文学期刊面临的诸多困境指出："作为书写人类心灵的文学载体，文学期刊能够继续吸引读者的首要前提是必须要有自己独特的声音，要有直抵读者心扉的内容，形式可以多样的真正的文学作品，那些人云亦云，跟在文学潮流后面亦步亦趋的刊物将越来越失去读者，这一点毋庸置疑。其次，在刊物的形式上要灵活多变，适应市场经济时代的需要，无论是刊物的装潢设计、编排形式还是作家阵容、作品风格的选择都需要精心设计、策划，既要有吸引新读者的魅力，又能够让老读者常读常新，保持阅读的兴趣与期待，千万不能将内容的严肃与形式上的拘谨呆板混为一谈。还有非常重要的一点，那就是必须变等待读者上门的姜太公钓鱼式的传统的发行方式为主动出击，利用各种媒体、各种方式尽可能扩大自己的影响和知名度，比如与各种热门媒体联办栏目、联合评奖，文学期刊之间的联网合作、重拳出击等方式，保持刊物的知名度、名牌效应在当今时代是制胜的法宝之一，文学期刊作为可供读者选择的商品，同样需要保持自己的知名度。"

吴俊的《文学期刊：光靠改版能自救吗》③，针对文学期刊面临的困境，提出了"比较残酷却还可行的办法"："一是大量削减或合并文学期刊的数量，把有限的拨款集中投入给优秀的刊物，而使其它的平庸之辈自生自灭，这样至少可以提升文学期刊的整体质量。二是促成文学期刊与其它文化企业

① 《湖南师范大学社会科学学报》1995 年第 2 期。
② 《中共贵州省委党校学报》2000 年第 2 期。
③ 《光明日报》2001 年 2 月 21 日 B01 版。

的互利联合,利用相关行业的社会资源而非国家拨款支持文学期刊。事实上这两种办法都在实行,并且都有政府行政因素参与其中,但实行得并不彻底,或者说不尽合理。文学(期刊)界往往难以理智地承认这样的事实:维持众多平庸的文学刊物不仅是对社会财富的无谓浪费,而且也是对文学事业及其形象的巨大损害。从历史上看,中国文学期刊的第一个繁荣高潮是清末至五四这段时期。这一时期就充满了优胜劣汰、此消彼长的刊物交替取代过程。大量的淘汰并没有形成文学的危机,适者生存反而使新文学成长壮大起来。"

杨闯、谭婷的《当前文学期刊面临的困境对策》① 认为文学期刊的困境主要包括"文学期刊面临经费短缺、生存维艰的严峻挑战""文学期刊面临人才流失的挑战""文学期刊面临文化和观念方面的挑战"等方面,提出了文学期刊走出困境的思考:"在内容和形式上提高文学期刊的质量""加强文学期刊社的自身管理,规范运作""更新观念,努力适应市场环境的变化"。

成凤明的《当前我国文学期刊现状分析》② 一文指出:"在社会主义市场经济大潮的冲击下,媒体的多元化发展迅速。报纸、杂志、网络、音像、图书等相互切割以拓展自己的地盘。在这种大背景下,文学期刊日趋边缘化,大量征服人们眼球的是那些生活时尚期刊。文学式微,特别是那些严肃高雅的文学作品,虽具有较高的艺术含量和思想深度,但在今天的消费阅读时代,越来越失去轰动效应,变得默默无闻了。于是文学自救口号应运而生,然而很多文学期刊在自救的路上异化了。"该文认为,文学期刊存在的主要问题是"媚俗倾向明显、抢滩潮兴起、广告污染严重、拿来主义盛行",并从中西期刊比较的角度针对文学期刊的营销进行了探讨。

肜子岐的《文学期刊面临的困境及出路》③ 以大量的事实描述了文学期刊的困境:"在无情的具有挑战性的市场面前,期刊战线,文学期刊纷纷败下阵来,不断地传来前线告急的消息:《漓江》停刊了;《小说》停刊了;《昆仑》停刊了……令人堪忧的是,其它文学刊物发行量只有两三千份的也并不是极少数。中国纯文学期刊的领头羊《人民文学》在拿到政府拨给的

---

① 《新闻出版交流》2003 年第 2 期。
② 《中南林学院学报》2004 年第 6 期。
③ 《青海社会科学》2004 年第 2 期。

最后10万元办刊经费后，一切费用也由期刊社自己解决。中国的文学期刊陷入前所未有的困境。"并由此提出了自己的对策："努力转变观念，进行大胆探索"，"树立风险意识，善于扶持引导"，"改善管理机制，呼吁法制建设"，"提高编辑素质，狠抓'硬件'建设"。该文认为："文学期刊要想摆脱市场经济所带来的困境，办刊者和管刊者要有一个思想解放、观念更新的过程；管理机制要有一个从计划机制向市场机制转变的过程；出版环境要有一个从无序向有序转变的过程；编辑的内功有一个从基本扎实到日趋精湛的过程。因此，文学期刊走出困境再创辉煌，真可谓任重而道远，需要文学期刊界同仁去拼搏、去探索。"

梁若冰在《文学期刊：如何走出困顿》[①] 一文中认为"文学期刊已到了非改不可的地步"，提出"应给予文学期刊一定的保护政策""走出一条适合自身的改革之路""找准定位是文学刊物成功的关键"等建议。

高珊珊在《文学期刊突围与发展的三个支点》[②] 中提出了文学期刊发展的支点，作者所谓的三个支点是指"坚守阵地，品牌当先""调整结构，细分为本""集约经营，整合资源"。

赵志坚的《文学期刊的困境》一文[③]指出："在20世纪80年代，文学期刊曾经一度辉煌，发行量在几十万份甚至上百万份的刊物并不罕见。随着历史车轮的滚动，文学期刊自20世纪90年代至现在进入了彷徨期，它们被新闻、政治、经济、思想文化、纪实、生活、时尚和实用期刊重重包围。面对市场经济的冲击，文学期刊陷入质量下降、读者群减少、声誉日弱、经济拮据的重重困境之中。"造成困境的原因是"办刊模式封闭化""平庸的作品过多""发行量大幅下滑""经营意识淡薄"。针对这些问题，文章提出了走出困境的对策："办刊模式国际化""办刊内容特色化""组织一支优秀的作者队伍""形成一支优秀的团队""进行资源整合，集团化发展"。

关梅在《文学期刊的现状、原因与出路分析》[④] 一文中认为："从上世纪80年代至今，文学期刊经历了从巅峰到低谷的巨大落差。整个80年代是

① 《光明日报》2004年2月18日。
② 《出版发行研究》2006年第2期。
③ 《青年记者》2007年第20期。
④ 《新闻知识》2007年第2期。

文学期刊由复苏到繁荣的鼎盛时期，当然这也是同时期文学复苏、繁荣的表现。但伴随着90年代社会主义市场经济体制的确立，包括意识形态在内的社会各方面都呈现出多元化局面，在80年代末期被否定的'文艺商品化'问题此时已变成了现实。文学受到了前所未有的挑战，不得不接受商品社会法则对自身的审视，并在这一审视过程中趋于边缘化、领域化，文学期刊也随着这种文学大环境的改变而起伏不定。此外，快节奏的生活方式和日趋沉重的生活压力也使得一部分青年读者无暇阅读文学期刊，而新兴媒体带给文学期刊的冲击也似乎越来越大。诸多因素使得文学期刊从90年代开始就逐渐丧失在期刊市场上的中心位置，呈现出整体衰微的态势。"文章从三个方面分析了文学期刊的"病状"："刊物定位不明，无法体现自身特色"；"我国文学期刊产业化道路起步较晚，经营体制存在弊端"；"办刊理念相对落后，创新思想有待加强"。作者由此提出了文学期刊的出路和对策的看法："细分市场，贴近读者，走适合自己的改革之路""突出特色，形成风格，并注重发挥刊物的品牌效应""进行必要的资源整合，形成集团化发展""对一些纯文学刊物，还需要国家的资助与扶持"。

上面这些文章的作者涉及学者、编辑、作家、记者等，来自社会的多个领域。虽然有些文章在观点上存在相似甚至雷同的情况，但是应该说，人们对新形势下文学期刊现状的分析是有道理的，对文学期刊出现问题的原因的讨论也是实事求是的，对文学期刊出路的思考也都具有各自的特色。然而，我们不得不面对的问题是，即使那么多人提出了建议，发出了呼吁，有些文学期刊也进行了改革的尝试，但文学期刊的处境并没有得到很大的改善。为此，我们相信，随着文化体制改革的进一步深入，随着网络媒介对文学的渗透越来越广泛，关于文学期刊存在的问题、可能的出路的探讨还会在相当长的时间内继续下去。

关于当代文学期刊的个案研究，目前还开展得不很系统、深入和全面。但是，中国作家协会主办的、具有全国性影响的《人民文学》《文艺报》《诗刊》等，因为创办时间较长，产生的影响较大，在很大程度上代表了中国当代文学、文学期刊发展的最高成就，所以受到学术界的关注。一些地方性的文学期刊也在逐渐受到学术界的重视，成为文学研究、期刊研究的一个新的领域。

第四节　《诗刊》研究概况

在中国当代文学期刊中，《诗刊》是唯一一家全国性的诗歌刊物，自其创刊开始就受到广泛关注，从国家最高领导人到普通读者都把它看成是了解中国当代诗歌的重要园地，被称为中国诗歌的"皇家刊物"；也是外国学者、读者了解中国诗歌的重要窗口，被称为中国诗歌的"国刊"。美国学者在20世纪80年代之前翻译介绍的中国当代诗歌，主要是来自《诗刊》和《人民文学》。美籍华人学者许芥昱编选并主译的《中华人民共和国文学》是第一部全面介绍中国当代文学①的英语著作，收录的作品包括电影剧本、对话、小说、散文、戏剧、诗歌和话剧等类别，共976页，1980年由印第安纳大学出版社出版。全书涉及20世纪40年代（延安时期）到70年代（"文化大革命"结束）的中国文学，分为6个部分，其实就是把中国当代文学分成了6个时间段，同一位作家所选的作品如果属于不同的时期，他就会在不同时段中出现，当然，关于作家介绍的文字都是呈现在该作家第一次出现在书中时。66位诗人及民歌作者在全书6个部分中共出现90人次，其中李瑛、贺敬之分别出现4次，张永枚、梁上泉、何其芳、郭小川等诗人分别出现3次，田间、艾青、毛泽东、臧克家、赵朴初、陈毅、萧三、郭沫若等诗人分别出现2次。这些诗人的作品主要来自三个方面：诗人出版的个人诗集、《人民文学》和《诗刊》。值得注意的是，在《诗刊》创刊以后的时段，绝大多数入选作品都是来自该刊，达到90人次中的40人次，这说明翻译者对《诗刊》的关注和信任，尤其是在资料收集比较困难、信息交流不够畅通的情况下，翻译者甚至对《诗刊》存在一定的依赖心理。而且，我们可以发现，即使在那种时代语境之下，翻译者在国外是可以见到《诗刊》的。

为了更细致地说明这方面的情况，我们将《中华人民共和国文学》中选自《诗刊》的作品具体罗列如下（按照在该书中出现的顺序排列）：

①　按照中国大陆学者、文学史著作的通行观点，划分中国现代文学、当代文学的时间点是1949年10月1日中华人民共和国成立，之前为"现代"，之后为"当代"。许芥昱的观点有所不同，他在这本书中将中国当代文学（中华人民共和国文学）的起点设定为延安时期，其第一部分就是"从延安到北京（1942—1955）"。

卞之琳的《向水库工程献礼》《动土问答》《和洪水拥抱》《防风镜和望远镜》《十三陵远景》，均选自《诗刊》1958年第3期；

邹荻帆的《记一个农村演员》，选自《诗刊》1958年第3期；

谢其规的《多一些》，选自《诗刊》1961年第3期；

李季的《招魂灯》，选自《诗刊》1962年第3期；

沙白的《江南人家》，选自《诗刊》1961年第2期；

闻捷的《水牛吟》，选自《诗刊》1962年第2期；

张志民的《擂台》，选自《诗刊》1963年第8期；

赵朴初的《蝶恋花》《西江月》，选自《诗刊》1962年第2期；

何其芳的《重游南开》，选自《诗刊》1963年第3期；

何其芳的《张家庄的一晚》，选自《诗刊》1964年第3期；

饶梦侃的《岁暮喜见初雪》，选自《诗刊》1962年第3期；

饶梦侃的《七一颂词》，选自《诗刊》1962年第5期；

戈壁舟的《山鹰盘云端》，选自《诗刊》1962年第1期；

戈壁舟的《七月的晨风呀》，选自《诗刊》1963年第12期；

郭沫若的《访越诗抄》（2首），选自《诗刊》1964年第9期；

李瑛的《一座城的记忆》，选自《诗刊》1964年第2期；

刘征的《老虎贴告示》，选自《诗刊》1963年第9期；

刘征的《风派》，选自《诗刊》1978年第4期；

台德谦的《大别山中》（组诗三首），选自《诗刊》1964年第2期；

唐大同的《嘉陵江船夫曲》《洪水六月下渝州》，选自《诗刊》1962年第6期；

唐大同的《夔门新歌》，选自《诗刊》1977年第6期；

田间的《铁大人》，选自《诗刊》1964年7期；

雁翼的《重访战地》，选自《诗刊》1962年第6期；

张万舒的《黄山松》《日出》，均选自《诗刊》1963年第1期；

郑成义的《红色厂谱：普通一女工》，选自《诗刊》1964年第5期；

纪鹏的《今夜我值更》，选自《诗刊》1964年第2期；

江日的《川江儿女》，选自《诗刊》1963年第2期；

戈菲的《白云鄂博诗抄》，选自《诗刊》1963 年第 2 期或第 12 期；

宫玺的《雷达兵的家》，选自《诗刊》1962 年第 4 期；

李家勋的《背篼》，选自《诗刊》1963 年第 11 期；

陆棨的《重返杨柳村》①，组诗 3 首，选自《诗刊》1963 年第 3 期；

宁宇的《造船谣》，选自《诗刊》1962 年第 3 期；

史文熊的《化肥工人抒情》，选自《诗刊》1964 年第 10 期；

石英的《山区姑娘爱说话》，选自《诗刊》1963 年第 2 期；

王石祥的《雨里打靶》，选自《诗刊》1963 年第 3 期；

鲁特拉普·木塔里甫的《佚题》，选自《诗刊》1963 年第 3 期；

鲁特拉普·木塔里甫的《我绝不》，选自《诗刊》1962 年第 2 期；

克里木霍加的《献给党和祖国》，选自《诗刊》1963 年第 3 期；

汪承栋的《拉萨河的性格》《天上人间》，均选自《诗刊》1963 年第 1 期；

饶阶巴桑的《路》，选自《诗刊》1962 年第 5 期；

饶阶巴桑的《海螺》，选自《诗刊》1962 年第 6 期；

饶阶巴桑的《武装的种族》，选自《诗刊》1963 年第 10 期；

张长的《雷在山野里大步疾走》，选自《诗刊》1962 年第 5 期；

毛泽东的《重上井冈山》《鸟儿问答》，均是 1965 年的作品，选自《诗刊》1976 年第 1 期；

冯景元的《钢丝绳谣》，选自《诗刊》1976 年第 1 期；

冯景元的《时代放歌》（2 首），选自《诗刊》1976 年第 7 期；

冯景元的《火的呼喊》《嗬，放钢》，选自《诗刊》1977 年第 4 期；

何其芳的《忆昔》，节选自《诗刊》1977 年第 9 期；

郭小川的《五言律诗一首》，选自《诗刊》1977 年第 7 期；

郭沫若的《歌颂十届三中全会》，选自《诗刊》1977 年第 8 期。

我们之所以罗列这样一个详细的名单，主要是有两方面的想法：其一是让读者从一个侧面了解西方国家所介绍的 20 世纪 80 年代之前的中国当代诗歌的情况；其二是想说明《诗刊》不只是在国内，而且在国外，都有其独

---

① 翻译文本中附注的中文标题为《重访杨柳村》，原文应该是《重返杨柳村》，可能是编译者的笔误。此处根据原文修正。

特的地位和影响。除了美国，日本、韩国等国的学者也撰写过关于《诗刊》的介绍和研究文章。日本汉学家岩佐昌暲编选的《诗刊 1957—1964 总目录著译者名索引》由中国书店于 1997 年 11 月出版，他还撰写了《一只被打断了翅膀的鸟——〈诗刊〉的 7 年》① 等论文，对前期《诗刊》面临的时代、政治处境与刊物的特色等进行了讨论。

在国内，关于《诗刊》的研究也是当代期刊研究的重要组成部分。《诗刊》研究的比较集中的成果开始于 1997 年前后，也就是《诗刊》创刊四十周年前后。在那以后，研究成果越来越多，甚至出现了多篇硕士、博士学位论文。出现这种情况，大致有这几方面的原因。

其一，对现代期刊研究的延续。从 20 世纪 80 年代开始，学术界在现代期刊研究方面取得了大量成果，几乎所有在 1949 年以前出版的重要刊物都受到了学界的关注，成果很多，人们从中发现了文学期刊和思想变革、文学发展的密切关系。在基本完成了现代文学期刊的多维研究之后，人们的研究视角自然会向下延续，逐渐转向对当代文学期刊的研究，于是，《人民文学》《文艺报》《诗刊》等全国性的文学期刊必然会成为学术界关注的热点之一。

其二，刊物的历史积淀越来越深厚。《诗刊》创刊于 1957 年，是唯一一家全国性诗歌刊物（应该说，大多数刊物都是面向全国的，"全国性"的说法不一定准确，但大多数人在观念上是这样认为的，这也许和它的主办单位中国作家协会属于全国性的群团组织有一定关系），经历了中国当代社会发展的风风雨雨，见证了创刊以来诗歌发展的沉重历史，形成了自己的风格和影响，对中国当代诗歌的发展发挥了不可替代的重要作用。1997 年，《诗刊》创刊四十周年，由诗刊社举行的纪念活动在诗歌界甚至整个文学界都产生了影响。这可能是学术界关注《诗刊》的一个特殊契机。通过对这样一家具有特殊地位的刊物的历史打量，人们可以对当代诗歌在艺术观念、创作手法、队伍建设等诸多方面的发展进行较为全面、深入的思考。

---

① 武继平译，分上、下两部分刊载于西南师范大学中国新诗研究所主办的《中外诗歌研究》季刊 1998 年第 4 期、1999 年第 1 期。该文题目、正文都大量使用了"7 年"的概念，谈的是前期《诗刊》的发展情况。事实上，前期《诗刊》延续了 8 年，该文文字表述可能有误。作者在将此文作为一章收入 2013 年出版的专著《中国现代诗史研究》第二部时，文中均已改为"8 年"。而且，该书后记还特别对该文在过去发表时出现的时间错误进行了说明和订正（见 ［日］岩佐昌暲：《中国现代诗史研究》，东京：汲古书院 2013 年，第 437 页）。

其三，思想解放对文学研究的促进。在 20 世纪 80 年代之前，由于政治、社会、文化、艺术观念等多方面的原因，学术研究总是受到很多的外在制约，学术界对于当代文学的评价几乎只能有一种声音，对"十七年"文学、"文化大革命"文学等的研究，尤其是对它们的批判性研究，还存在不少禁忌，很难得到深入。随着思想解放运动的兴起，也随着当代文学、当代文学期刊历史化程度的逐渐提高，人们开始比较全面、深入地思考当代文学的得失，思考造成当代文学在一些时段出现的单一化、片面化、政治化等问题的诸多原因，于是，文学期刊在不同时期所发挥的作用、所记载的大量史料就成为学术界不得不关注的话题。可以说，文学期刊的研究是推动当代文学研究视野拓展、话语创新、观念更迭的重要切入点之一。

到目前为止，有关《诗刊》研究的成果已经相当可观，我们主要从包括以下几个方面对其进行简要回顾。

一、《诗刊》史料的收集整理

史料整理是期刊研究的基础工程，在这一方面，现代文学期刊的研究取得了相当丰富的成果。在《诗刊》研究方面，这一基础工程也已经取得了一定的成绩，比如蓝野整理、刘福春校订的《〈诗刊·下半月〉创办五周年大事记》[1]，诗刊社于 2007 年《诗刊》创刊五十周年时整理的《〈诗刊〉纪要》《诗刊》历届主编、副主编、编委、工作人员名单[2]，郑翔整理的《诗刊总目录》《诗刊总目录索引》[3]，诗刊编辑部整理的《面向青年诗坛——〈诗刊·下半月刊〉创办五年来的六项工作》[4]，林夏的《〈诗刊〉的毛边本》[5]，陈子善的《〈诗刊〉毛边本始末》[6]，崔春莎的《期刊王国的珍品——〈诗刊〉创刊号》[7]，严肃的《〈诗刊〉创刊号》[8]，邵燕祥《诗刊》

---

① 载《诗刊》2006 年 12 月下半月刊。
② 均载《诗刊》2007 年第 1 期。
③ 作为郑翔硕士学位论文的"附录一""附录二"刊于四川师范大学 2005 届硕士学位论文《〈诗刊〉（1957—1964）的意识形态性研究》之后。这两份资料没有标明时间上的限制，但实际上是《诗刊》1957—1964 年期间的总目录和索引。
④ 《诗刊》2006 年 12 月下半月刊。
⑤ 《河南教育（高校版）》2007 年第 10 期。
⑥ 《书城》2007 年第 8 期。
⑦ 《书品》2004 年第 5 期。
⑧ 《中国收藏》2007 年第 4 期。

复刊的一个细节》①、杨建民的《陈毅元帅与〈诗刊〉》②，等等。就已有的成果看，《诗刊》资料的收集整理工作还相当薄弱，人们还可以从不同角度来开展相关工作，比如收集整理《诗刊》的总目录和索引、《诗刊》组织的诗歌活动的有关资料、《诗刊》在不同时期保存的稿件处理资料（审稿笺、审稿意见等）、《诗刊》参与的诗学论争及其相关资料、《诗刊》与历次政治运动的资料，等等，这样就可以使读者和研究者从不同角度来了解《诗刊》的历史及其功过是非。

在资料收集与整理方面，不少刊物都非常重视。和《诗刊》同年创刊的《星星》诗刊就相对做得较好。1997 年该刊创刊四十周年之际，由当时的刊物主编杨牧主持编选了《中国·星星四十年诗选》（重庆出版社出版），收录了四十年来产生较大影响的诗歌作品，还附录了创刊时的发刊词、四十年刊物的总目录，这对于读者、学者而言都是很有价值的；2007 年，在《星星》创刊五十周年之际，该刊以《星星》增刊的样式编辑出版了一套三卷本的《中国〈星星〉五十年诗选》，由梁平主编，包括作品上、下卷和"附录"。"附录"厚达近 400 页，收入的内容主要包括《〈星星〉五十年大事记》《〈星星〉五十年老照片》《〈星星〉五十年工作人员名单》（包括编辑部工作人员、协助《星星》编辑的工作人员两部分）、《〈星星〉五十年历年奖项》《〈星星〉五十年总目》等方面的内容，这对于人们了解《星星》的历史，研究《星星》的得失，甚至对于深度研究中国当代诗歌的发展历程，都具有重要意义。在台湾地区，人们也在收集、整理刊物的发展资料上花费了大量心血，成效显著，比如，在《葡萄园》诗刊创刊 30、40 周年的时候，该刊先后编辑出版了《葡萄园三十周年诗选》（1992）、《葡萄园四十周年诗选》（2002）等，而且在创刊 35 周年之际，赖益成还主编了厚达一千余页的《葡萄园目录 1962—1997》（台湾诗艺文出版社 1997 年版），这些文献性的工作对于整理、保存期刊资料和为研究者、读者提供参考，都是很有价值的。

但是，就目前掌握的情况看，无论是诗刊社还是学术界，似乎对于《诗刊》资料的整理都还重视不够。这可能主要有三个方面的原因：一是作

---

① 《文汇报》2008 年 11 月 7 日。

② 《党史博采》2007 年第 2 期。

为当代的文学期刊，《诗刊》创刊的时间还不是很长，由于资料保存手段相对比较完善，在许多大型的图书馆寻找一套比较完整的《诗刊》并不是一件很困难的事情，因此有些人可能觉得资料的抢救、整理还不是合适的时候，甚至可能认为这样的工作意义不大。二是《诗刊》的发展涉及许多人事，整理资料（尤其是分类收集资料、田野调查资料等）必然涉及许多具体的人与事，而很多参与其中的人还健在，在诗歌界拥有较大的影响，于是刊物和学术界就采取了以不变应万变的方式来对待有些话题。第三个原因是我们推测的，就是经济方面的问题，在市场经济条件下，收集、整理、出版资料性图书一般来说是没有市场效益与经济的，甚至需要整理者自己筹措资金。这对于经济压力甚大的诗刊社来说，如果没有专门的经费支持，很难完成。不过，历史终归是历史，我们相信，随着时间的推移和许多事件的历史化程度的不断提高，人们对于《诗刊》史料的收集、整理最终会超越具体的人事，也会摆脱经济的困难，成为今后《诗刊》研究的一个重要内容。

二、当事人的回忆

自 1957 年创刊以来，《诗刊》的历届主编、副主编、编委、编辑和其他工作人员的人数是不少的，他们经历了《诗刊》发展中的众多事件，《诗刊》的一些人、事给他们留下了很深刻的印象，于是撰写了一些文章回忆《诗刊》创办、发展的历程以及这个过程中的人与事；一些报刊也关注《诗刊》发展，采访了《诗刊》的有关人员，获得了《诗刊》发展的一些"内部信息"；一些和《诗刊》及其编辑有较为密切交往的诗人、学者也撰写了针对《诗刊》人、事的回忆文章。这些回忆性文字、采访资料都是还原《诗刊》历史、研究《诗刊》发展所必需的重要资料。

这些文章也可以归为《诗刊》发展史料的范畴，这为研究《诗刊》提供了大量有价值的资料和信息，比如臧克家回忆《诗刊》创办和发展的《〈诗刊〉诞生二三事》[1]《我与〈诗刊〉》[2]《老〈诗刊〉琐忆》[3]，回忆中

---

[1] 《臧克家全集》（第5卷），时代文艺出版社 2002 年版，第 509 页

[2] 《臧克家全集》（第6卷），时代文艺出版社 2002 年版，第 51 页。

[3] 《臧克家全集》（第6卷），时代文艺出版社 2002 年版，第 216 页。

央领导人关怀诗歌和《诗刊》的文章《怀念逐日深》《陈毅同志与诗》《得识郭老五十年——怀念郭沫若同志》①等，徐迟的《庆祝〈诗刊〉二十五周年》②、贾金利的《臧克家与〈诗刊〉》③、吴家瑾的《往事如落叶》④、白婉清的《〈诗刊〉忆旧思今》、⑤ 杨匡满的《邹荻帆：他的诗魂与球魂》⑥、冀禛的《诗写大地——回忆邹荻帆》（上、下）⑦、周良沛的《想徐迟·忆徐迟》⑧、敏歧的《有教于我的徐迟》⑨、朱先树的《我在〈诗刊〉当编辑二三事》⑩、王燕生的《心怀敬畏》⑪、雷霆的《风气是一个刊物的灵魂——诗刊社亲历印象》⑫、王春的《我在诗刊社的日子》⑬、宗鄂的《〈诗刊〉的一份"简报"》⑭、孟伟哉的《在〈诗刊〉读稿的快乐》⑮、高洪波的《记忆与订正》⑯、丁国成的《〈诗刊〉如何办起"刊授"来?》⑰、龙汉山的《写在〈诗刊〉创刊五十周年之际》⑱、敏歧的《忆〈诗刊〉的两件事》⑲、封敏的《我在〈诗刊〉的三年》⑳、叶延滨答记者问《为和谐社会增添更多的诗意——〈诗刊〉创刊 50 周年前夕本刊主编叶延滨答记者问》㉑、陈爱仪的

---

① 均收入《臧克家全集》（第 5 卷），时代文艺出版社 2002 年版。

② 《诗刊》1982 年第 1 期。

③ 《出版史料》2004 年第 3 期。

④ 《诗刊》1997 年第 1 期。

⑤ 《诗刊》1997 年第 1 期。

⑥ 《诗探索》1997 年第 2 期。

⑦ 分两次连载于《新文学史料》1997 年第 1 期、第 2 期。

⑧ 《新文学史料》1997 年第 3 期。

⑨ 《阅读与写作》2001 年第 9 期。

⑩ 《诗刊》2006 年 1 月上半月刊。

⑪ 《诗刊》2006 年 2 月上半月刊。

⑫ 《诗刊》2006 年 2 月上半月刊。

⑬ 《诗刊》2006 年 3 月上半月刊。

⑭ 《诗刊》2006 年 3 月上半月刊。

⑮ 《诗刊》2006 年 4 月上半月刊。

⑯ 《诗刊》2006 年 5 月上半月刊。

⑰ 《扬子江诗刊》2006 年第 6 期，收入《诗学探秘》，北京燕山出版社 2007 年版，第 310 页。

⑱ 《诗刊》2006 年 6 月上半月刊。

⑲ 《诗刊》2006 年 7 月上半月刊。

⑳ 《诗刊》2006 年 9 月上半月刊。

㉑ 《诗刊》2006 年 12 月上半月刊。

《我在〈诗刊〉工作的岁月》①、黄殿琴的《纪念〈诗刊〉五十周年》②、闻山的《〈诗刊〉忆旧》③、唐晓渡的《人与事：我所亲历的八十年代〈诗刊〉》（之一、之二）④、白婉清的《难忘在〈诗刊〉的日子》⑤、刘征的《半个世纪的诗缘：我和〈诗刊〉》⑥、叶延滨的《中国梦的家园——我与〈诗刊〉十四年》⑦、子张问和吕剑答的《〈诗刊〉创刊前后》⑧、吕剑的《关于与钱仲慈的通信答子张》⑨，等等。这些资料以不同的方式记录了《诗刊》的参与者或者和《诗刊》有密切关系的人在《诗刊》工作期间、交往之中所经历的人与事，或忆人，或谈事，或记录刊物发展中的一些思路，或校正一些和事实有出入的史料、观点，不只是《诗刊》研究的第一手资料，也是当代诗歌研究的重要文献。

但是，就目前的情况看，这些资料还发掘得不够丰富，尤其是对于刊物发展中存在的问题、矛盾、争议等话题基本上很少涉及，唐晓渡的《人与事：我所亲历的八十年代〈诗刊〉》⑩ 倒是提到一些人事、观念的冲突和他自己的一些看法，但语焉不详，有待进一步通过调研、采访等方式收集、整理，有待参与者在一定的时候撰写出更多的还原历史、表露心迹的文章。

三、一些诗人、评论家的回忆

上文提到的"当事人"有很多都是诗人、评论家，在诗歌界拥有自己的地位和影响。这里所说的"诗人、评论家"主要指那些没有在《诗刊》工作过但在《诗刊》上发表过作品的人。在创刊以后，《诗刊》发表了大量作品，举行了多种活动，编辑出版了大量和诗歌有关的书籍，由此培养了一

---

① 《诗刊》2007 年 2 月下半月刊。
② 《诗刊》2007 年 2 月下半月刊。
③ 《诗刊》2007 年 3 月上半月刊。
④ 《星星》2008 年 3 月、4 月下半月刊分二次刊出。
⑤ 《诗刊》2008 年 8 月上半月刊。
⑥ 《诗刊》2008 年 8 月上半月刊。
⑦ 《编辑学刊》2009 年第 6 期，《红豆》2010 年第 3 期。
⑧ 《新文学史料》2010 年第 1 期。
⑨ 《新文学史料》2010 年第 1 期。
⑩ 分两部分刊载于《星星》下半月刊，2008 年第 3、4 期。

大批诗人、评论家和读者，他们不但和《诗刊》建立了密切的关系，关心刊物的发展，而且可以说与刊物及有关编辑也建立了深厚的情谊。在一些特殊的时候，他们就撰写文章谈论自己与《诗刊》的关系，比如在《诗刊》的一些负责人、编辑去世之后①，在《诗刊》创刊40周年、50周年的时候，等等。新时期以来，这类和《诗刊》有关的散篇文献资料一直都有，尤其是在1997年、2007年前后，《诗刊》先后开展了创刊40、50周年的系列活动，在刊物上开辟专栏刊发回忆文章。不少在《诗刊》发表过作品的诗人、评论家，一些热爱《诗刊》的读者，都撰写了回忆文章或者发表了自己的意见，这对于我们了解《诗刊》发展的历史，了解《诗刊》在诗人、评论家和读者中的地位和影响，是有很大帮助的。比如杨志学整理的《〈诗刊〉创刊50周年专家座谈会纪要》②、蔡清富的《臧克家与毛泽东诗词——纪念臧克家九十华诞》③、刘益善的《怀念邹荻帆老师》④、杨金亭的《臧克家大师与中华诗词文化复兴》⑤、赵京战的《我和臧老的一段交往》⑥、吴志菲的《臧克家为毛泽东改诗》⑦、石英的《我与〈诗刊〉的缘分》⑧、木斧的《向〈诗刊〉投稿》⑨、宫玺的《〈诗刊〉——心中的刊》⑩、洪烛的《给

---

① 《诗刊》第一任主编臧克家是著名诗人，关于他的回忆和研究文章从来就很多，比如张惠仁的《臧克家评传》1987年由能源出版社出版；冯光廉、刘增人编著的《臧克家作品欣赏》1988年由广西教育出版社出版；冯光廉、刘增人编选《臧克家研究资料》1990年9月由甘肃人民出版社出版，后收入《中国文学史资料全编（现代卷）》系列丛书于2010年2月由知识产权出版社出版；郑苏伊、臧乐安编选的《时代风雨铸诗魂——臧克家文学创作评论集》1996年3月由作家出版社出版，收录的主要是诗歌界、学术界为庆祝臧克家九十华诞而撰写的大量贺文、论文，也收录了部分在以前发表过的评论文章，甚至还有1949年以前的一些文章；蔡清富、李丽的《臧克家评传》1998年10月由重庆出版社出版；刘增人、刘泉的《臧克家论稿》2006年9月由中华书局出版。臧克家在2004年2月20日去世之后，关于他的纪念文集《他还活着》2005年1月由作家出版社出版。同样，《诗刊》的其他负责人如徐迟、邹荻帆、杨子敏等去世之后，也有大量的回忆文章发表，其中很多都涉及他们与《诗刊》的关系。由于篇幅所限，此处无法详细罗列。

② 《诗刊》2007年1月上半月刊。

③ 《宁波大学学报（人文科学版）》1995年第2期。

④ 《武汉文史资料》2004年第1期。

⑤ 《中华诗词》2005年第2期。

⑥ 《中华诗词》2006年第2期。

⑦ 《江淮文史》2011年第1期。

⑧ 《诗刊》2006年4月上半月刊。

⑨ 《诗刊》2006年5月上半月刊。

⑩ 《诗刊》2006年6月上半月刊。

〈诗刊〉寄"情书"》①、刘家魁的《神交〈诗刊〉》②、傅延常的《记我收集
〈诗刊〉的艰辛过程》③、何来的《欣慰的记忆——忆组诗〈引沈工地短诗〉
在〈诗刊〉的发表》④、吕进的《祝福〈诗刊〉》⑤、蒋登科的《〈诗刊〉：现
代人的精神家园》⑥、屠岸的《人类不灭，诗歌不亡——贺〈诗刊〉诞生五
十周年》⑦、孙轶青的《祝新体诗更加繁荣——贺〈诗刊〉创刊五十周
年》⑧、刘立云的《往前走 往高处走——贺〈诗刊〉创刊五十周年》⑨、郁
葱的《中国诗歌的一部博大诗篇——贺〈诗刊〉创刊 50 周年》⑩、刘征的
《半个世纪的诗缘：我和〈诗刊〉》⑪，等等。这些文章大多以事实说话，记
录了作者和《诗刊》及其编者的交往，记述了《诗刊》和自己诗歌艺术探
索的关系、《诗刊》对中国新诗发展的贡献，甚至谈到一些具体作品的发表
经历，一些编辑的艺术观念、工作作风等，事实与情感并重，虽然其中的有
些信息因为时间、记忆等方面的原因可能存在矛盾、遗漏，也可能因为个人
感情的因素而存在溢美之词，但是，在甄别之后，我们还是可以通过这些史
料，大致还原《诗刊》发展的历史，还原《诗刊》及其编辑在刊物发展、
诗歌发展中所付出的心血。

四、学术界的零星研究

在一定程度上说，前面三个方面所涉及的基本上都只是与《诗刊》有
关的一些史料。这些史料是丰富的、多样化的，但总起来看，又显得比较零
乱，没有核心线索，没有统一的主题，我们看到的是人们所经历的与《诗
刊》有关的人与事和对《诗刊》的各种看法。从学术上讲，这些资料只是
对《诗刊》进行系统、深入研究的基础。但是，我们不能否定这些资料的

① 《诗刊》2006 年 8 月下半月刊。
② 《诗刊》2006 年 9 月上半月刊。
③ 《诗刊》2006 年 10 月上半月刊。
④ 《诗刊》2006 年 10 月下半月刊。
⑤ 《诗刊》2006 年 11 月上半月刊。
⑥ 《诗刊》2006 年 11 月上半月刊。
⑦ 《诗刊》2007 年 2 月下半月刊。
⑧ 《诗刊》2007 年 2 月下半月刊。
⑨ 《诗刊》2007 年 2 月下半月刊。
⑩ 《诗刊》2007 年 2 月下半月刊。
⑪ 《诗刊》2007 年 2 月上半月刊。

重要性，没有它们，对《诗刊》的研究就无从谈起。

学者从学术角度对《诗刊》进行研究主要是在进入 21 世纪之后才开始的。国内的不少学术期刊都发表了研究《诗刊》的文章，涉及的话题也很丰富。有些文章讨论个别主编、编辑与《诗刊》的特殊关系，有些主要研究早期《诗刊》在特殊时代所体现出来的艺术追求，有些就《诗刊》的某个侧面——如"编后记""特刊"等——进行深度解读，有些探讨《诗刊》在介绍台湾诗歌、沟通两岸诗歌交流方面的贡献，有些则探讨《诗刊》发表的旧体诗……比如，陈艳的《由对诗人的重估到对新诗史的重构——从〈诗刊〉看五四以来的新诗传统在五六十年代的命运》①、张立群的《一个刊物与一个时代——论时代语境中的 1957 至 1964 年〈诗刊〉》②、连敏的《论作为〈诗刊〉主编的臧克家》③、牟进的《编辑臧克家研究——兼探编辑规律是什么》④、臧乐源的《臧克家与毛泽东》⑤、李善阶的《臧克家对旧体诗词的理论贡献》⑥、巫洪亮的《论超越审美的"工农兵"形象符号——〈诗刊〉（1957—1964）"工农兵诗歌"研究》⑦、巫洪亮的《夹缝生存中的艰难"言说"—— 1957：〈诗刊〉"编后记"话语方式微观透视》⑧、梁平的《诗歌本位观的偏失与确立——从朦胧诗到〈诗刊·首届华文青年诗人奖特刊〉》⑨、牛殿庆的《诗歌新人辈出的 1980 年——评〈诗刊〉新人新作小辑和青春诗会》⑩、连敏的《特定年代诗歌生产的缩影——80 期〈诗刊〉的几组数据分析》⑪、钱继云的《80 年代〈诗刊〉对台湾诗歌的推介评议》⑫、李仲凡的《传播学视野中的早期〈诗刊〉旧体诗词》⑬、巫洪亮的

---

① 《潍坊学院学报》2006 年第 1 期。
② 《文艺理论与批评》2006 年第 2 期。
③ 《江汉大学学报（人文科学版）》2006 年第 5 期。
④ 《山东大学学报（哲学社会科学版）》2006 年第 6 期。
⑤ 《文史哲》2007 年第 1 期。
⑥ 《中华诗词》2007 年第 2 期。
⑦ 《廊坊师范学院学报（社会科学版）》2009 年第 5 期。
⑧ 《嘉应学院学报（社会科学版）》2010 年第 1 期。
⑨ 《当代文坛》2005 年第 3 期。
⑩ 《宁波职业技术学院学报》2009 年第 6 期。
⑪ 《中外诗歌研究》2007 年第 3 期。
⑫ 《常州工学院学报（社科版）》2010 年第 5 期。
⑬ 《2010 年中国文学传播与接受国际学术研讨会会议论文汇编（现代文学部分）》，中国湖南湘潭，2010 年，第 205—210 页。

《想象的"工农兵"与"工农兵"的想象——〈诗刊〉（1957—1964）"工农兵诗歌"研究之一》[1]，等等。

出现这种学术性研究，主要是因为《诗刊》的历史积淀逐渐深厚，文学研究的诸多领域逐渐解禁，文学期刊在市场经济和网络语境之下出现了一些新的现象。这些研究者大多比较年轻，一方面，他们需要开拓新的学术领域；另一方面，他们可以摆脱人事纠缠，跳出一定的圈子，在一定的距离之外以新的眼光打量历史，打量《诗刊》在当代诗歌发展中的历史地位。不过，由于对《诗刊》的学术性研究还处于起步阶段，有些文章只是作者的学位论文的一部分，基本上是一事一论，结合《诗刊》的时代背景、艺术因素、政治因素、人事因素等进行深入探讨，在学术深度上具有自己的特点，但总体看来，由于没有体现出研究的系统，因此在广度上还存在一定的欠缺。

五、专题性的系统研究

在中国的文学教育中，博士、硕士的培养是值得关注的。一般来说，即使在学术风气浮躁、功利的社会文化语境之下，很多学校对博士、硕士学位论文的质量要求相对还是比较高的。博士、硕士学位论文的质量不只是作者一个人的事情，它还涉及学校和导师的名声。换句话说，博士、硕士学位论文关注的往往是学术界的新课题甚至前沿课题，而且这些论文的作者大多是年轻人，是未来学术研究的新生力量，甚至可能成为中坚力量，并且，不少博士、硕士学位论文在选题上本身就具有一定的延展特征，可能成为作者今后一段时间的学术方向。因此，受到博士、硕士论文关注的话题，一般来说是具有比较稳定的研究价值的。

自 2005 年开始，国内的多篇博士、硕士论文选择了《诗刊》研究作为选题，这是《诗刊》越来越受到学术界重视的重要标志之一。在《诗刊》研究的广度、深度和系统性方面，我们应该特别注意这几篇博士、硕士学位论文。为此，我们按照时间顺序将目前掌握的有关信息简要综述于后。

郑翔的硕士学位论文《〈诗刊〉（1957—1964）的意识形态性研究》[2]

---

① 《哈尔滨学院学报》2010 年第 2 期。

② 四川师范大学硕士学位论文，2005 年。

是目前能够检索到的第一篇研究《诗刊》的学位论文。文章主要从意识形态的角度出发，对前期《诗刊》与意识形态及其与诗歌发展道路之间的关系进行了梳理，涉及《诗刊》的创刊背景、刊物的性质和编委的文化立场、刊物的内容特征及其阶段性变化等，并结合具体作品对《诗刊》的题材、语言、批评、主体等方面进行了分析。文章认为，前期《诗刊》发表的作品基本上都具有政治性，这是和刊物的意识形态追求相一致的，并认为诗歌刊物、诗人应该和意识形态保持一定的距离。论文通过附录编制了 1957—1964 年《诗刊》的总目录和作者索引，这是国内学者第一次编制类似的文献资料，足见作者在这个课题上是花了心血的，也为后来的《诗刊》研究提供了一份有益的资料。

常慧敏的硕士学位论文《〈诗刊〉诗歌在文化弱势中的变异抉择》① 借用"位移"这一术语探讨了前期《诗刊》在作品选择上的异化发展过程，主要讨论了诗歌本质特征的整体退化、"大跃进"时期的"新白话风暴"、诗歌想象在扭曲变异中被充分激发三个方面的话题，其主旨是要揭示政治对诗歌艺术探索的干扰以及诗人、诗歌艺术在这种干扰之下的艰难挣扎。文章通过对既有的诗歌艺术特征、规律的参照，通过和以前的一些诗歌艺术探索的比较，对前期《诗刊》的艺术得失发表了自己的看法。

连敏的《〈诗刊〉（1957—1964）研究》② 是目前能够检索到的第一篇以《诗刊》作为研究对象的博士学位论文。和一般的硕士学位论文相比，博士学位论文的选题要宏大得多，而且作为身处北京的博士生，作者拥有独特的地域优势，在论文准备、写作过程中采访了许多和《诗刊》有关的人员，取得了大量的第一手资料，这些信息可以从其博士学位论文和同时期发表的论文中看到。这种比较扎实的准备功夫为论文的成功奠定了基础。论文共六章，研究的还是前期的《诗刊》，分别考察了《诗刊》的创刊历程、《诗刊》的编辑队伍及其演变情况，具体考察了《诗刊》在 1957 年"反右运动"、1958 年"大跃进"中的诗歌文本，同时对"编后记"等特殊文本进行了分析，并对刊物的栏目变化、诗歌活动、作者队伍等进行了细致的数据分析。通过比较深入全面的考察，作者最终认为："1957 年至 1964 年的

---

① 山东大学硕士学位论文，2006 年。
② 首都师范大学博士学位论文，2007 年。该论文已经作为专著于 2010 年由河南大学出版社出版。

《诗刊》，是各种诗歌活动的策源地，又是传播诗歌信息的重要渠道；既是意识形态政策的执行者，又为意识形态的重拳所打击；既有强烈的艺术追求，又历史地具有某种'组织性'的自律……这一切的丰富性都注定了它留下的文字绝不只是具有单纯的文学层面的价值，而是能够展现或折射出更多的历史的、文化的、社会的东西。"从作者进行的讨论看，这样的结论是有道理的。前期《诗刊》是一个丰富的历史存在，和中国当代社会、诗歌拥有相同的历史经历，因此也就具有历史的、文化的、艺术的、学术的价值。

巫洪亮的硕士学位论文《想象的"工农兵"与"工农兵"的想象——〈诗刊〉（1957—1964）"工农兵诗歌"研究》[①] 讨论的是《诗刊》和工农兵的话题，文章认为："从 1957 年至 1958 年，是'想象的工农兵'逐渐走向符号化的阶段；1959 年至 1964 年，是诗人以'工农兵'（准'工农兵'）姿态对'工农兵'进行'再想象'的阶段，即'工农兵的想象'阶段。在《诗刊》的工农兵诗歌世界里，'工农兵'不仅是被放大描摹的现实对象，同时又是激发主体想象和凭借想象被不断建构的理想对象。诗人通过对'工农兵'的想象及其在想象中对国家主流意识形态的认同、吸纳，从而实现有效介入生活的欲求和拥有重构时代文化的权力。在'十七年''政治—文化'语境中，'想象的工农兵'走向符号化是时代必然。"文章抓住前期《诗刊》的主题之一，结合当时的政治、文化语境，探讨了《诗刊》从对想象的"工农兵"过渡到"工农兵的想象"的过程及诗人身份的转变以及由此体现出来的文化、文学启示。论文选题的角度比较新颖，具有自己独到的见解。

庄莹的硕士学位论文《1979 年的〈诗刊〉——社会转型期的裂变与重构》[②] 研究了一个特殊时期的《诗刊》，是目前检索到的第一篇研究新时期《诗刊》的学位论文。改革开放政策的初步实施开始重构一个时代的意识形态，诗歌与时代都在发生变化，这就使 1979 年的《诗刊》处在了承上启下的中间位置上，既可看出与传统的断裂，也能发现朝着现代变革的新质。该论文章梳理了 1979 年的社会、政治特征，从主编、编辑和作者三个角度讨

---

① 福建师范大学硕士学位论文，2007 年。
② 山东大学硕士学位论文，2009 年。

论了《诗刊》在 1979 年的发展规划，从主题等方面分析了《诗刊》1979 年发表的作品，讨论了"归来者"诗人、"朦胧诗"诗人在 1979 年的《诗刊》上同时出现而最终在艺术上出现分野的历史现实，并以北岛的《回答》为例分析了"朦胧诗"逐渐为主流诗坛接受的过程。文章选题大小适当，切入角度新颖，提出了作者自己的一些观点，对于我们了解转型期的《诗刊》提供了具有一定深度的学术文本。

于倩的博士学位论文《〈诗刊〉（1957—1964）研究》①以前期《诗刊》作为研究对象，由此考察当代诗歌发展的一个时期，研究当代诗歌的命运，选题是有价值的。在研究方法上，论文以文学研究为核心，并借鉴了传播学、统计学、社会学等学科的理论与方法，全方位考察《诗刊》的发展过程，所面临的政治、社会、文化语境，使《诗刊》的风貌得到比较完善的、历史的展现。除了绪论，论文主体包括四章，分别讨论《诗刊》的编辑理念、政治运动中的《诗刊》、新民歌运动与诗歌论争、诗歌文本的解读等。和其他一些相关研究主要注重历史叙述不同，这篇论文主要以话题、问题为主线，这样可以使讨论的话题更集中、更深入，也能够更好地体现作者的科研能力和创新能力。从论文写作的具体情况看，作者是花了功夫的，对于文章所涉及的问题，都尽可能通过史料、访谈等进行深度挖掘，对每个现象产生的原因、内容、影响等进行较为全面评价，既尊重历史，又对历史进行重新解读，提出了一些具有价值的学术见解。尤其是对《诗刊》作品的解读，体现了作者对历史思考的独特角度和比较科学的文学史观。

对《诗刊》进行学术性研究的参与者大多是比较年轻的学者，甚至是一些博士、硕士，他们思想活跃，思维敏捷，敢于面对各种历史与现实问题，很少受到具体人事的拘牵。如果他们今后仍然在学术领域发展，他们可能会以自己的博士、硕士学位论文作为基础，使其成为比较长期的研究课题，由此我们相信，《诗刊》及其他一些文学期刊的研究一定会在不长的时间里成为当代文学领域的热点话题之一。

第五节　关于《诗刊》研究的一些设想

从上文的简要综述可以看出，经过人们的共同努力，在最近 20 年来，

---

① 南开大学博士学位论文，2011 年。

关于《诗刊》的文献储备、学术研究等都取得了一定的成绩。随着学术观念的发展和学科交叉的不断深化，除了文学观念之外，传播学、社会学、政治学、统计学等的学科的方法被大量借用到文学研究中，也渗透到期刊（包括《诗刊》）的研究中。尤其是先后出现的多篇专门研究《诗刊》的博士、硕士学位论文，视野开阔，思维敏捷，结合史料和大量的采访，提出了一些具有价值的观点，对于我们了解和理解《诗刊》的发展历史、《诗刊》面临的政治和社会文化语境、《诗刊》的各种活动、《诗刊》的编辑理念等，具有非常重要的作用。

但是，我们也注意到，《诗刊》研究也还存在一些问题，比如大多数研究者所关注的都是"文化大革命"前的《诗刊》，也就是我们所说的前期《诗刊》，对于1976年复刊之后的刊物则涉及较少，换句话说，人们更多地关注历史化程度相对较高的时期，而对于正在生长中的刊物则关注不够，这当然可能因为复刊以来的《诗刊》存在着太多的变化，涉及更多仍然健在的刊物负责人和编辑，而且对正在发展的东西进行总结也存在诸多困难和不确定因素。但是，作为一家影响甚大的刊物，只注重它的过去，而不关注它的现在和未来，毕竟是一大遗憾。事实上，复刊以后的《诗刊》面临着更多的变化，也面临更大的挑战，主流意识和非主流意识在刊物上交织，传统观念和现代观念在这里碰面，外来影响和本土经验在这里融汇，个人关怀与群体意识在这里激荡，市场经济与诗的出路在这里发生冲突，不同诗歌样式在这里交相辉映……而且，随着科学技术的发展，文学的传播方式也发生了一些变化，网络的发展使许多期刊的纸质版本的发行量大大减少，《诗刊》在最多的时候发行量达到了60万份左右，而在2009年前后只有不到2万份，就是诗歌界、学术界不得不关注的话题。

即使在已经取得的成果中，有些还显得相对单薄，有些对历史的思考、对作品的解读、对有些现象的判断等，都还值得推敲和进一步深化。为此，本课题试图在学术界已经取得的研究成果的基础上，寻找一些创新的研究角度。在科学研究中，尤其是在人文社会科学领域，任何研究（尤其是已经具有一定基础的研究）都不是从零开始的，而是建立在已经取得的成果之上的。科学研究的所谓突破、创新，其实都是对已有成果的一定程度上的超越。

其一，继续收集、整理《诗刊》发展及其相关资料。在学术研究中，尤其是在人文科学研究中，资料收集与整理是非常重要的。在《诗刊》研究中，和刊物发展有关的时代背景、文化语境、办刊理念、编辑方针、诗歌活动和其中的人、事等都是不能回避的，如果在某一方面过于单薄，就可能使课题的开展受到影响，使最终的研究成果达不到自己期待的效果，创新、突破也就可能是一句空话。就目前情况看，《诗刊》研究中的资料收集与整理已经取得了一定的成果，但还远远不够，尤其是对于复刊以后的刊物资料还需要进行广泛的收集、整理，有些资料需要进一步挖掘，比如《诗刊》与新时期诗歌的论争、新时期的三个理论群落的形成、《诗刊》编辑队伍内部的一些观念变化等。除了文字资料外，还需要采访一些和《诗刊》有关的人员，尤其是要挖掘到一些没有见诸文字的历史材料和信息，这样可以较好地保证课题成果比较扎实、新颖，能够真实而全面地反映《诗刊》的历史，反映《诗刊》和中国当代诗歌发展的关系。

其二，延长研究的时间跨度。就已有的研究成果看，大多数集中在"文化大革命"之前的《诗刊》研究上，而且涉及多种角度。换句话说，对于前期《诗刊》的研究，人们已经取得了较多的成果。在本书的研究中，作为《诗刊》发展的整体构成元素，前期《诗刊》肯定会有所涉及，尤其是会比较细致地探讨刊物的创办、刊物的策略、兄弟刊物的处境等，比较全面地勾勒前期刊物所面临的处境及其应对措施、效果，等等。但是，研究的话题会向后延伸，《诗刊》复刊之后的时段将会成为本书的重要研究对象。这个时期的刊物更加复杂，诗歌观念冲突、主流和民间的冲突、市场经济的冲击、多元文化的发展、诗歌影响力的下滑等，都在刊物的发展中以不同方式体现出来，研究这个时期的《诗刊》，可以较好地把握中国诗歌发展的脉络。

其三，关注"问题"和"话题"，尽量在前后期的比较之中讨论刊物的发展。由于面对的社会文化语境不同，前后期的《诗刊》在很多方面存在差异，因此在研究中，注重问题意识和话题意识应该是不可忽视的选择。对有些话题、问题，可能要分段讨论，比如诗的政治化问题，比如前后期没有延续性的栏目设置、诗歌活动，诗歌和网络的关系等，它们对不同时期的诗歌所产生的影响是有所不同的，有些是在发展中新出现的，需要单独进行讨论。而有些问题和话题具有一定的延续性，则需要把前后期的刊物联系起来进行对比，比如《诗刊》从创刊以后就一直编辑出版的各种图书、设置的创作指导栏目、对各种诗体的倡导和试验、对官方和政治风向的关注等，在不同时期都存在着，但又有各自的特色，我们可以从比较中对它们进行历史的、艺术的解读，从而揭示《诗刊》和当代诗歌的发展轨迹。

其四，在研究方法上，尽量做到历史解读和学理考察的有机结合。《诗刊》研究既是刊物和诗歌历史的研究，也是对诗歌发展的学理总结。尊重历史是课题研究的基本出发点，在新的社会文化语境下对历史的重新解读是课题的基本目的，从研究中获得关于诗歌及其发展的一些启示是课题研究的旨归。为此，本研究将涉及除了文学、诗学之外的多个学科，比如社会学、政治学、传播学、心理学等，也会涉及不同的研究方法，除了一般的文学研究方法如资料分析、艺术评价、学术反思、文化考察外，还可能涉及比较文学、文化社会学的方法等，试图通过对课题的全面而系统的研究，还原《诗刊》及其历史地位，总结《诗刊》在中国当代诗歌发展中所提供的经验、教训，为未来的诗歌发展提供一些有益的参照。

以上诸多方面都只是研究者的设想而已。期刊本身就是一种特殊的存在，它涉及从管理者、作者、编辑到读者的很多方面，任何一种期刊的研究其实都是一项复杂的系统工程，单从某一方面展开都很难达到理想的学术效果，难以揭示刊物发展所具有的复杂性。以上几个方面的设想只是我们根据《诗刊》的研究现状而构想的工作思路，应该说目标是明确的，但最终是否能够达到预期目标，现在还是未知数，这需要研究者花费大量心血进行艰苦努力的工作。

第二章　《诗刊》的创办及其他

《诗刊》在1957年创刊之后一直出版到1964年12月，其间经历了月刊和半月刊。从1965年1月开始经历了长达11年的停刊，停刊时间甚至比第一个时期的出刊时间还长。在1976年1月复刊之后，《诗刊》面临着新的社会文化语境，出现了一些新的特色。为了研究上的方便，我们将《诗刊》发展分为前期和后期，前期《诗刊》是指1957年创刊到1965年停刊的8年间出版的刊物，后期《诗刊》是指1976年1月复刊以后出版的刊物。这种划分不一定具有科学性，比如，由于政治和社会背景等方面的原因，1976年复刊之后的《诗刊》在一段时间之内沿袭的仍然是过去的诗歌观念和办刊理念，在1979年前后才逐渐发生变化；又比如，经过一定时期的发展之后，由于政治、社会、艺术发生的巨大变化，我们所谓的后期《诗刊》也许可以按照不同标准划分成多个时段——事实上，在已有的《诗刊》研究中，后期的《诗刊》已经体现出几个不同的阶段。因此，将《诗刊》的发展分为前后两个时期，主要是为了讨论上的方便，而在涉及后期刊物的时候，我们会根据需要按照话题或时段进行讨论。

第一节　新中国成立初期文学期刊发展概况

自从报刊出现之后，其在精神传播、文化传承、文化发展等方面所具有的作用就越来越体现出重要性。中国现代的社会变革、文化发展、文学发展无不与报刊的发展密切相关。因此，任何一个现代的政党、组织，都希望利用报刊传播其政治、文化理念，从而宣传自己的主张，获得人心。新中国成立之后，情况也是如此。从旧中国到新中国，执政党发生了变化，政治理念发生了变化，过去的刊物（不管是官方的还是民间的）大多在新中国成立前后基本停止了，即使还存在，办刊的方针也发生了根本变化。

这里所说的初期，是以《诗刊》的创办作为参照的，也就是新中国成立到 1956 年年底。在这几年里，由于新的文学体制的确立，过去的文学期刊逐渐停办、消失，新的文学期刊逐渐生长起来，为新中国文学的发展奠定了重要的基础。

相比于五四以后的中国文坛，新中国初期的文学期刊并不算多，期刊事业并不算发达。

根据仲呈祥编著的《新中国文学纪事和主要著作年表》① 中的有关信息进行统计，从新中国成立到 1956 年全国先后创办的文学类（部分属于文学、艺术的综合类）期刊主要有：《群众文艺》（1949 年 10 月）、《人民文学》（1949 年 10 月，北京）、《说说唱唱》（1950 年 1 月）、《文艺学习》（1950 年 2 月，天津）、《人民戏剧》（1950 年 4 月，上海）、《北京文艺》（1950 年 9 月，北京）、《解放军文艺》（1951 年 6 月，北京）、《少年文艺》（1953 年 7 月，上海）、《长江文艺》（1953 年 8 月，武汉）、《戏剧报》（1954 年 1 月，北京）、《文艺学习》（1954 年 4 月，北京）、《青海文艺》（1956 年 5 月，西宁）、《萌芽》（1956 年 7 月，上海）、《天山》（1956 年 11 月，新疆），等等。当然，这里谈到的肯定只是当时文学期刊的一部分，这些期刊之所以受到编者的重视，被列入作者整理的大事记中，可能是他认为这些期刊具有较大影响。但不管怎样，我们可以由此看出，新中国成立之初的文学、艺术类期刊并不繁荣，这和当时人们欢呼新中国、歌唱新中国的热情不完全相称。

就诗歌刊物而言，根据刘福春编撰的《新诗纪事》（学苑出版社 2004 年版）的记载，新中国成立到 1956 年，中国大陆创办的诗歌刊物主要有《大众诗歌》（1950 年 1 月创办，1950 年 12 月停刊）、《人民诗歌》（1950 年 1 月创刊，1951 年 8 月停刊）。这两种刊物持续的时间都不长。在 1951 年后的数年里，大陆几乎没有专门的诗歌刊物，这与当时诗歌创作的需要是

① 四川社会科学院出版社 1984 年 11 月出版。由于该书不是专门收集文学期刊资料的，收录的都是具有较大影响或者自身特色的期刊信息，信息肯定不完整，比如，1950 年 5 月创刊的重庆《大众文艺》（1953 年 1 月更名为《西南文艺》，1956 年 7 月更名为《红岩》）就没有涉及。

不匹配的，也与中国这个诗歌大国的地位不相符合。许多诗人的作品是在《人民文学》《人民日报》《文艺报》等综合性报刊上发表出来的。洪子诚、刘登翰对新中国初期的诗歌发表、出版情况进行过如下大的描述：

> 这个时期的诗歌发表方式，和"现代"时期并无什么不同。报纸副刊和综合性文学刊物，是诗歌的最主要载体。许多报纸都辟有"副刊"性质的版面，各种文学刊物也都有一定篇幅发表诗歌作品。一般情况下，诗作会采取先在报刊上发表，再结集出版的方式。在这个时期，诗人的个人选集的出版，往往表现为一种被确认为取得成就的"资格"。1950 年代，曾有中国作协和后来的诗刊社组织编选年度诗选，先后出版了 1953—1955 年、1956 年、1957 年和 1958 年四卷。后来因各种原因未能继续。这些年度诗选可见到当时的诗歌风尚与趋向，也承担了诗界权威机构对写作的引导和规范的任务。①

据《文艺报》统计，1957 年全国有文学艺术刊物 83 种，每月发行 340 万册②。那么在 1957 年之前，这些刊物中肯定不包括 1957 年才创刊的《诗刊》和《星星》。总体来说，新中国成立之后的文学期刊并不是很多，而在文学期刊中，诗歌刊物又是少数中的少数，这和中国的"诗国"身份不相称，和 1949 年之前出现过大量诗歌刊物的历史不相称，也和新中国成立初期诗人们歌唱新中国、赞美新生活的创作追求不相称。

上面所谈到的这些数据都是指中国内地的期刊情况。在 20 世纪 50 年代，大陆诗歌界（甚至整个文学界）与台湾、香港、澳门地区的交往甚少，虽然这些地区的期刊出版相对发达，但基本上没有对当时的大陆诗人和读者产生影响，而且由于资料方面的原因，我们难以对其进行统计和梳理。

第二节 《诗刊》的诞生

中国当代创办的第一个文学期刊是《人民文学》。1949 年 10 月 25 日，以创作为主兼及评论的全国文协机关刊物《人民文学》月刊在北京创刊。

---

① 洪子诚、刘登翰：《中国当代新诗史》（修订版），北京大学出版社 2005 年版，第 24 页。

② 《文艺报》1957 年第 7 期。

茅盾任主编、艾青任副主编。全国文协后来更名为中国作家协会,《人民文学》便成为中国作家协会的机关刊物,也是作家、读者心目中最高级别的文学刊物。《人民文学》为中国当代文学所做出的贡献是毋庸怀疑的,但是,就中国文学的发展来看,仅有这样一个综合性的文学刊物显然不够。

中国是一个诗民族,即使在新中国刚刚诞生时,诗人在数量上也是非常可观的。而且当时的人们对诗歌也非常重视,对新诗历史和发展道路的总结成为许多人关注的话题。1950 年 3 月,《文艺报》组织了题为"新诗歌的一些问题"的笔谈,参加者有萧三、田间、冯至、马凡陀、邹荻帆、贾芝、林庚、彭燕郊、王亚平、力扬、沙鸥等[1],我们暂且不论他们的观点如何,至少说明,诗歌从新中国诞生开始就是受到关注的,不仅诗人多,而且人们对于诗歌艺术的发展也很关注,各种关于诗歌的讨论会很多。在 50 年代前期,诗歌创作活动在总体上是繁荣的,几代诗人(不同年龄)、几路诗人(来自 1949 年前的不同地区如国统区、解放区、大后方等)同时出现在诗坛上,呈现出非常活跃的创作态势。

这种现实呼唤着专门的诗歌刊物的诞生。

创办《诗刊》的最初动力是来自民间的呼声,后来得到了有关组织和官方的支持。换句话说,当时的群团组织和有关部门是非常关注来自民间的声音的。

闻山在回忆 20 世纪 50 年代初的诗歌创作时说:

> 开国后五十年代,诗与人民大众的关系,是有史以来最密切的。当时我在《文艺报》工作,在《诗刊》未出世之前,《文艺报》自然要承担关心诗创作、发现新人、佳作的任务。由于我对诗有点主动的关心,因此除了别的工作之外,这事也不成文地成了我的活儿,似乎我早就在做《诗刊》的工作了。
>
> …………
>
> 当时诗创作如风起云涌,激动众人心。要求新中国有一个新的关于诗的专门刊物的愿望很强烈,于是 1957 年诞生了《诗刊》。[2]

诗歌创作的繁荣呼唤着专门的诗歌刊物的诞生。作为《诗刊》的首任

---

[1] 《文艺报》第 1 卷第 12 期,1950 年 3 月 10 日。

[2] 闻山:《〈诗刊〉忆旧》,《诗刊》2007 年 3 月上半月刊。

主编，臧克家在他的文章中多次回忆到《诗刊》创刊的一些情况：

> 50年代，我常常接到一些喜欢写诗的青年的信，其中有好几位已崭露头角，成名成家。这使我有了诗的气氛颇浓的感觉，徐迟同志那时在外文出版社工作，有一次，我去看他，在他宿舍里碰到几位青年诗人聚在一起谈诗，我一到，大家谈兴更浓了。有同志说，应该办个诗歌刊物，一唱众和，热烘烘的。我那时在作家协会书记处工作，大家希望我能上达群情。我心想，这是件好事，可是机关刊物已经有了个大型综合性的《人民文学》，再搞个专门性的诗歌刊物，恐怕很难。"作协"负责同志了解了情况，认为创办个《诗刊》，是适时的，需要的。有一天，党组负责人刘白羽老友来到我的住处，谈了《诗刊》的创办，并将主编、副主编及编委的人选大体确定下来了。我想，党组事先一定讨论过，他才来找我商定的。事情成功之快，手续之简单，出我意料，喜从中来。①

> 1956年，在京的许多老中青诗友们不时聚在一起谈谈。那时徐迟同志在外文出版社工作，有一天，好几位青年诗人在他的宿舍里碰头了。大家都说，诗歌需要一个阵地，应该搞个刊物才好。我心里想，已经有个综合刊物《人民文学》了，再搞个专业性质的刊物恐怕不成。同时，我接到读者的来信，也表示了和大家同样的意愿。大家怂恿我争取一下试试，因为我已经调到作协书记处工作了。我把这些情况向党组负责人刘白羽同志谈了，希望他向领导同志反映一下。不久，白羽同志到我笔管胡同的宿舍来了，说：领导上已经同意诗刊出版了。我听了，自然十分高兴，真有点出乎意料！于是，我们商讨了编委、主编、副主编以及编辑同志的人选等问题，请他拿去党组研究、决定。这样，解放后第一个全国性的诗歌刊物《诗刊》就诞生了。②

这两段文字谈论的似乎是同一件事情，但后一段文字比前一段记述要细致一些，不过还是显得比较笼统，我们从中很难看出一些具体的信息。根据

---

① 臧克家：《老〈诗刊〉琐忆》，《臧克家全集》（第6卷），时代文艺出版社2002年版，第216页。

② 臧克家：《我与〈诗刊〉》，《臧克家全集》（第6卷），时代文艺出版社2002年版，第51页。

臧克家 1956 年调到中国作家协会书记处的情况看，真正探讨《诗刊》的创办而且可以直接向作协领导汇报，应该是在 1956 年，而且徐迟在其中发挥了重要作用，甚至是关键的作用。根据周良沛的回忆，早在 1956 年 2、3 月之交，徐迟就通过中国作家协会的会议提出过创办《诗刊》的建议：

> ……1956 年秋末了。徐迟有次跟我讲到 2 月 27—3 月 6 日的中国作家协会的第二次理事（扩大）会议……在理事会就要闭幕时，大家都感到很突然的见他不是上主席台，而是举手从坐席上站起来发言，而且，话就是那么两句：中国是个泱泱诗国，建议创办一个专门发表诗创作和评论的刊物，就叫《诗刊》好了。因为这事起先并未纳入提案和议程，也是与会者所未曾想过之事，会场上一下子为之静场，很快，谁带头一鼓掌，也就"啪啪"地热闹起来了。这事，虽然没有提案也没个决议，但从这掌声，徐迟已感到取得大家认同的信心。
>
> …………
>
> 第二天，他分别找了作协党组的负责人荃麟和白羽同志，落实他在理事会上，只有掌声，还是热烈的掌声，却没有决议的，关于他那办《诗刊》的提议。……不论他将荃麟和白羽看作两位书记，还是老朋友，对于办刊他们都没提出任何意见，完全是热情的支持，认为只要提出一个切实可行的方案来就行了。①

如果这些信息是准确的，至少在主旨上没有什么出入的话，那么我们可以认为，在《诗刊》创办的过程中，徐迟当时虽然还在外文出版社工作，但他把诗人和读者的呼声第一个传递给了中国作家协会，而且找了作协的主要负责人并得到了他们的支持，刊物的名字也是按照他的提议确定下来的。徐迟本人说过这件事情："1956 年是个好年头。那年，中国作家协会召开扩大理事会，把我也扩大进去了。本来我在会上准备讲报告文学的，不知怎么突然心血来潮说起诗来，泱泱诗国竟没有一个诗刊，建议作家协会办一个诗刊，话还没有说完，一片鼓掌声。看来，似说出了大家的心里话。"② 吕剑在回忆中说："1956 年国内形势比较好，陆定一作了《百花齐放 百家争鸣》的报告。徐迟最早提出创办《诗刊》。那个时期，臧、徐、吕三人接触较

---

① 周良沛：《想徐迟·念徐迟》，《新文学史料》1997 年第 3 期。
② 谢克强：《同志仍需努力——著名诗人徐迟访谈录》，《诗刊》1997 年 1 月号。

多，此事经三人商量后，提请作协考虑，作协同意创办，并报经中宣部批准。该年秋冬，即由臧克家、徐迟、吕剑进行筹备。1957 年 1 月创刊。"① 由此可见，徐迟在《诗刊》的创刊过程中的确发挥了重要作用，他从《诗刊》创刊开始就担任副主编，恐怕跟他积极参与刊物的创办有一定关系。臧克家之女郑苏伊在接受采访的时候说："徐迟开了头炮，自然功不可没，但父亲当时是作为作协书记处书记分管诗歌，他们建议父亲向领导反映。但父亲觉得《人民文学》也发诗歌，要出专门的诗歌刊物，可能性不大。后来党组研究，很快同意，刘白羽找到父亲让他当主编，他执意不肯，因为自己非党员，不敢挑，如果要，就要和田间或艾青共同负责，但当时，他俩都犯错误，田间因为胡风问题，艾青因为生活问题。"② 她也承认徐迟在《诗刊》创办过程中所发挥的重要作用，甚至"开了头炮"，而且在最初，臧克家对于是否能够创办专门的诗歌刊物是持怀疑态度的。从这些信息中，我们暂时还无法确认究竟是臧克家还是徐迟首先向中国作家协会的领导汇报了创办《诗刊》的设想（也许两人都去向作协汇报过），但是，作为分管诗歌的书记处书记，臧克家向作协领导汇报的可能性比较大，而且创办《诗刊》的事情在一批诗人的倡议和努力之下提到了议事日程，并很快付诸实施。

1956 年 9 月 18 日，中国作家协会党组给中央宣传部写报告，呈请批准在 1957 年创办《诗刊》。仅仅六天之后，在 9 月 24 日，中央宣传部就批复（1956 年发文第 1291 号），同意创办《诗刊》月刊。③ 在不长的时间里，一个报告和一个批复就宣告了在中国当代诗歌发展中产生了重要影响的诗歌刊物的诞生，足见当时的办事效率很高，有关部门对创办《诗刊》也非常重视。（1956 年）11 月 30 日，《文艺报》1956 年第 22 号刊出《诗刊》的广告："'诗刊'是一本诗歌月刊，定于 1957 年 1 月在北京出版。"④ 由此向诗歌界和广大读者宣告了《诗刊》即将创刊的消息。

在《诗刊》创办的过程中及创办初期，党和政府的支持发挥着非常重要的甚至是决定性的作用。

---

① 子张问、吕剑答：《〈诗刊〉创刊前后》，《新文学史料》2010 年第 1 期。
② 连敏：《重返历史现场——关于〈诗刊〉（1957—1964）的访谈》，《新诗评论》2007 年第 1 辑，北京大学出版社 2007 年 3 月出版，第 210—222 页。
③ 《〈诗刊〉纪要》，《诗刊》2007 年第 1 期。
④ 见《〈诗刊〉纪要》，《诗刊》2007 年第 1 期。

作为中国文学界的全国性群众组织，创办《诗刊》首先要得到中国作家协会的同意，因为它是《诗刊》的主管、主办单位，而且出版刊物涉及场地、人员、经费等许多具体问题，这些都得由中国作家协会来解决。

《诗刊》的领导和编辑班子组建完成之后，臧克家、徐迟等人和毛泽东取得了联系，汇报刊物的创办情况，建议发表他的旧体诗作品，一方面体现了编辑对领袖的尊重，另一方面也是在寻求毛泽东的支持。从深层次看，《诗刊》的编者也许还试图了解毛泽东对诗歌的看法，以便在具体的工作中加以贯彻，而不至于出现政治上、方向上的错误。20 世纪 50 年代的许多政治运动、思想斗争都和文艺界有关系，能够从最高领袖那里获得信息和支持，在一定程度上也是一种政治上的策略。

根据这些信息，我们可以认为，《诗刊》在本质上就是官方刊物。官方刊物在很大程度上承担着为其政治主张、文艺政策服务的使命。我们必须承认，中国当代文学（包括诗歌）的发展一直与政治保持着密切的关系。早在 1984 年，仲呈祥在其编著的《新中国文学纪事和主要著作年表》的后记中就谈到了这样一段话：

> 作为"文学纪事"，本不应列入政治性事件。但鉴于建国以来我们在处理文艺与政治的关系上的某些失误导致的文艺的发展基本上受制于政治的客观事实，如果今天我们在记载和反思这段历史时人为地对文学事件和政治时间加以剥离，反倒离开了历史的本相，即离开了历史唯物主义立场。①

政治与文学的关系是如此密切，与之相对应的当然就是文学家与政治家的关系的密切。在《诗刊》创办之前，文艺界的各种运动已经不少，关于电影《海瑞罢官》的批判、关于《红楼梦》研究的批判、关于胡风文艺思想的全国性批评等，已经使文艺界人心惶惶。臧克家、徐迟他们对此是非常清楚的。他们深知政治影响、左右文学的力量有多强大。应该说，《诗刊》的创办者们具有敏锐的政治意识，从一开始就注意到了这一点，在其后《诗刊》的栏目设置、作品选择等诸多方面，这样的敏锐都有所体现。在《诗刊》的发展历史上，毛泽东的支持当然是最主要的，除此之外，臧克家

---

① 仲呈祥：《新中国文学纪事和主要著作年表·后记》，见《新中国文学纪事和主要著作年表》，四川社会科学院出版社 1984 年版，第 377 页。

还多次回忆了朱德、陈毅、郭沫若等高层领导对《诗刊》的关心和支持，陈毅甚至谈到了刊物的刊期、栏目设置、作品选择等方面的具体问题。①

"双百"方针的提出为文化的发展提供了政策的支持，也可能是创办《诗刊》的重要动因之一。这个方针是经过了较长时间的酝酿，才从不同的领域扩大到整个科学、文化、艺术领域的。毛泽东最早提出"百花齐放"是在 1951 年，他应梅兰芳之请，为中国戏曲研究院的成立题词，就写了"百花齐放，推陈出新"八个字。"百家争鸣"最初的提出是在 1953 年，当时，郭沫若和范文澜对中国奴隶社会何时向封建社会转变的历史分期问题，有不同的意见和热烈的争论。时任中国历史问题研究委员会主任的陈伯达向毛泽东请示，毛泽东说要百家争鸣。这成为指导历史研究的重要主张。1956年 4 月 28 日，毛泽东在中央政治局扩大会议上说，"百花齐放、百家争鸣"，即艺术问题上百花齐放，学术问题上百家争鸣，应该成为我们的方针。5 月 2 日，毛泽东在最高国务会议上正式宣布将"百花齐放、百家争鸣"作为党发展科学、繁荣文学艺术的指导方针。5 月 26 日，中共中央宣传部部长陆定一向自然科学家、社会科学家、医学家、文学家和艺术家们系统地阐述了党中央提出的"双百方针"，他指出：要使文学艺术和科学工作得到繁荣发展，必须采取"百花齐放、百家争鸣"的政策。我们所主张的这一方针，是提倡在文学工作和科学研究工作中有独立思考的自由、有辩论的自由、有创作和批评的自由，有发表自己的意见、坚持自己的意见和保留自己的意见的自由。在学术批评和讨论中，任何人都不能有什么特权，以"权威"自居，压制批评，或者对资产阶级思想熟视无睹，采取自由主义甚至投降主义的态度，都是不对的。这样的表态在文艺界和科学界引起了强烈的反响，人们的眼界开阔了，思想活跃起来，学术文化各部门都比过去表现得更加活跃，显示出生气勃勃的景象。

应该说，在经过了 1949 年以来的历次政治运动之后，"双百"方针的提出和实施对于文学艺术的繁荣和发展具有至关重要的作用。诗歌历来是比较活跃的艺术部门，而在当时，还没有一家全国性的诗歌刊物，这对于中国这个诗民族来说，显然是不合适的。"双百"方针的提出和实施定然会促进

---

① 参见臧克家的《怀念逐日深》《陈毅同志与诗》《得识郭老五十年——怀念郭沫若同志》，均收入《臧克家全集》（第 5 卷），时代文艺出版社 2002 年版。

诗歌创作的繁荣，这正是创办诗歌刊物的良好契机。不过，对于这一点，我们现在没有从当事人那里找到实证材料，只是一种推测而已。

第三节　《诗刊》面临的时代语境及其他

体制性建设是中国共产党一直以来领导文学的基本模式。毛泽东《在延安文艺座谈会上的讲话》是文学体制建设的重大收获，对延安文学和解放区文学的发展产生了重要影响，也影响到中国当代文学的发展。新中国成立后，中国共产党成为中国的执政党，毛泽东成为共产党和新生国家的领导者，这就为这种制度化建设提供了更为良好的环境条件。我们甚至可以认为，如果"中国当代文学"这个概念成立的话，那么当代文学及其主张实际上是延安文学及其主张的放大，"中国当代文学"的起始时间至少可以追溯到延安时期，而不仅仅是起于1949年新中国的成立。

董健、丁帆、王彬彬在他们主编的《中国当代文学史新稿》中说："第一次文代会实现了中国共产党对于文学的全面领导，确立了新生政权与文学艺术家之间领导与被领导的关系。"[1]

新中国的成立，使过去只是作为中国现代文学一部分的共产党领导的文学成为中国当代文学的全部，也使中国共产党对文学的体制化管理进一步加强。甚至在新中国还没有宣布成立之前，1949年7月举行的第一次全国文代会（中华全国文学艺术工作者代表大会）就确立了当代文学的基本体制。

1949年7月2日至19日，第一次全国文代会在北平举行。出席文代会的代表共753人，其中中国共产党党员444人，占全部代表的58.96%[2]。毛泽东给大会发来了贺电，要求文艺工作者"进一步团结起来，进一步联系人民群众，广泛地发展为人民服务的文艺工作，使人民的文艺运动大大发展起来"[3]。在会上，朱德代表中共中央致辞，周恩来作政府工作报告，郭沫若致开幕词并作了题为《为建设新中国的人民文艺而奋斗》的总报告，茅盾作了题为《在反动派压迫下斗争和发展的革命文艺》的报告，周扬作

---

① 董健、丁帆、王彬彬主编：《中国当代文学史新稿》，人民文学出版社2005年版，第22页。
② 徐盈：《采访第一届全国文代会手记（一）》，《档案与史学》2000年第1期。
③ 《中国共产党中央委员会贺电》，《中华全国文学艺术工作者代表大会纪念文集》，新华书店1950年3月出版。

了《新的人民的文艺》的报告。会议期间，毛泽东于7月6日亲临会场，发表了简短的讲话。

毛泽东的讲话是随意的，很简短，但也蕴含深意。他说："同志们，今天我来欢迎你们。你们开的这样的大会是很好的大会，是革命需要的大会，是全国人民所希望的大会。因为你们都是人民所需要的人，你们是人民的文学家、人民的艺术家，或者是人民的文学艺术工作的组织者。你们对于革命有好处，对于人民有好处。因为人民需要你们，我们就有理由欢迎你们。再讲一声，我们欢迎你们。"对于这一段讲话，有人做过这样的分析：

> 这一讲话频繁使用的"我们"和"你们"这样的字眼充分显示出，在毛泽东的思维中，掌握政权的主体"我们"并不包括被称为是"你们"的文学艺术家，"你们"尚未进入"我们"的阵营，而且，只是因为"你们"符合人民和革命的需要，才为"我们"所欢迎。①

第一次文代会取得的成果是多方面的，但有两个方面最为重要，也影响深远。

其一是确定了文学艺术的基本规则和要求，确立了毛泽东的《在延安文艺座谈会上的讲话》为全国文艺工作的方向，把它从延安、解放区的局部的要求扩大到全国范围，而且成为其后中国大陆文学的唯一的指导思想。郭沫若在开幕词中认为毛泽东的《讲话》"一直是普遍而妥当的真理"，并且要"把这一普遍而妥当的真理作为我们今后的文艺运动的总指标"。② 周扬在讲话中说："毛主席的《在延安文艺座谈会上的讲话》规定了新中国的文艺的方向，解放区文艺工作者自觉地坚决地实践了这个方向，并以自己的全部经验证明了这个方向的完全正确，深信除此之外再没有第二个方向了，如果有，那就是错误的方向。"③ 大会指出："我们今后要继续贯彻这个方针，更进一步地与广大人民、与工农兵相结合。"④ 之后，中国当代文学相当一段时间发展都是以此为指导思想和发展方向的。

---

① 董健、丁帆、王彬彬主编：《中国当代文学史新稿》，人民文学出版社2005年版，第22页。
② 郭沫若：《大会开幕词》，《中华全国文学艺术工作者代表大会纪念文集》，新华书店1950年版。
③ 周扬：《新的人民的文艺》，《中华全国文学艺术工作者代表大会纪念文集》，新华书店1950年版。
④ 《大会宣言》，《中华全国文学艺术工作者代表大会纪念文集》，新华书店1950年版。

其二是建立了全国性的文学艺术组织。这种组织在表面上是民间的、文学艺术工作者的群众性组织，但实质上是党和政府领导、引导文学艺术的部门，其官员享受不同行政级别待遇。这一形式是借鉴苏联的文艺体制而建立的，一直延续到现在。周恩来在大会的政治报告中明确指出，即将成立的新的国家政府机构中，"也要有文艺部门的组织。这个文艺部门的组织，那就要依靠我们上面说的那些群众团体来支持"，"我们新民主主义的政权机构里面的文艺部门，也需要我们全体文艺工作者来积极参加工作"；"文艺工作在政府方面也好，在群众团体方面也好，我们都要来有计划地安排。这就靠你们将要推选出来的领导机构来安排这些事情"①。后来的中国文学艺术界联合会（以下简称"全国文联"）、中国作家协会的党组书记、主席都享受正部长级待遇，其内设机构也有相应的行政级别。之后全国各地又相继成立了各地区的文联、作协，而且，至少在省（自治区、直辖市）这一层面，这些协会都是作为类似政府部门和相应的行政级别进行管理的。

但是，第一次文代会也明显体现出对于来自不同地区、不同观念的诗人、作家是采取了不同态度的，存在着严重的排他性、等级性。在多达七百多人的会议代表中，人们找不到沈从文、朱光潜、萧军、端木蕻良、冯文炳等作家的名字，这其实是依靠政治力量对不同路向、不同观念的作家进行的排斥。即使是同一阵营的作家，他们受到的待遇也有所不同，来自"老解放区"的作家明显受到更多的肯定和优待，而来自"新解放区"（即原来的国统区）的作家如曹禺、陈学昭、杨晦等，则需要在会议上不断反思和表态②。从这些现象中可以看出，中国当代文学必定会以大一统的格局而出现，进入这个"格局"的就可以获得良好的生存，而和这个"格局"不一致的，将被以各种方式排除在外。实现文学的多元化梦想将是任重而道远的。换句话说，中国当代文学的文艺政策、文艺体制是以延安为中心的解放区的文艺政策、文艺体制的"放大"，从一个地区扩大到全国，从一种党派主张扩大成全民政策，而与这种政策、体制不协调的作家、文艺现象将有可能在中国文艺界消失。后来的事实证明，很多作家在当代文学发展的很长时间里停止了创作或者转变了创作路子，比如沈从文、曹禺以及"九叶诗人"

---

① 周恩来：《在中华全国文学艺术工作者代表大会上的政治报告》，新华书店1950年版。
② 徐盈：《采访第一届全国文代会手记（二）》，《档案与史学》2000年第2期。

中的大部分作家、诗人。

第一次文代会已经暗示了文艺界必将发生各种尖锐的斗争。从新中国成立到《诗刊》创办之前，中国的文艺界发生了多次规模空前的批判运动，这些运动基本上都是将文艺观念的冲突上升为政治观念的冲突，然后以政治的标准来进行批判。几次特别值得关注的大规模运动是：1950 年到 1951 年间开展的对电影《武训传》的批判，对萧也牧等作家的"小资产阶级"创作倾向的批判；1954 年到 1955 年间开展的对俞平伯的《红楼梦》研究和胡适思想的批判；1955 年开展的对"胡风反革命集团"的批判和"丁（玲）、冯（雪峰）、陈（企霞）反党集团"的批判，等等。还有一些针对具体作品的批判运动，只是范围和影响相对小一些。这样的批判运动一个接着一个，开展之广泛，在整个中国历史上都是少见的。许多作家不但因此失去了创作自由，失去了人身自由，而且有些作家的身心还遭受到严重伤害。就批判运动的全国性这一特点来看，文艺界的批判运动还不会就此结束。事实正是如此，就在《诗刊》创刊的 1957 年，一场更大规模的政治运动在全国轰轰烈烈地开展起来，那就是文艺界的"反右运动"，受到牵连和影响的作家、作品更多；1958 年，又开展了对"丁（玲）、冯（雪峰）、陈（企霞）反党集团"的"再批判"。

每次批判运动都会使不少作家受到不同程度的影响。以对"胡风反革命集团"的批判为例，有人对其后果进行过这样的总结：

> 胡风事件共涉及 2100 人，拘捕 92 人，隔离审查 62 人，停职反省73 人。1965 年，胡风被判处有期徒刑 14 年，1969 年又被改判为无期徒刑。阿垅、贾植芳被判处有期徒刑 12 年。路翎、绿原、谢韬、卢甸、耿庸、徐放、方然、欧阳庄、冀汸等也长期被关押。阿垅、方然、张中晓、彭柏山、卢甸、吕荧、俞鸿模、费明君等含冤而死。"胡风分子"的译著也同时遭禁。一些与胡风有过某种相似观点的人，即使在此次事件中幸免于难，也未能逃过 1957 年的"反右"运动的整肃。①

《诗刊》在创办的时候和发展初期所面临的就是体制高度集中的政治、社会、文化语境。

---

① 董健、丁帆、王彬彬主编：《中国当代文学史新稿》，人民文学出版社 2005 年版，第38 页。

《诗刊》自创刊开始，在文学界、诗歌界甚至政治上都具有特殊地位，"在行政关系上，它隶属于全国文联和作家协会，由中宣部与作协党组领导，从诞生之初就和政治发生了'血缘'上的紧密联系。但《诗刊》地位的确立不仅仅来源于它作为一本诗歌刊物身世显赫的隶属关系，从它的创刊和发展来看，这本杂志的产生、演变是诗人的影响力、政府和政党的支持、民间组织和传统诗歌观念等多种因素建构而成，而其本身发生的细微变化也是时代变革过程中的必然反应"①。通过对《诗刊》的考察，我们可以更深入了解中国当代诗歌与时代、政治的复杂关系。

《诗刊》的创办者和编辑都经历过多次当代的政治、文化批判运动，明白自己所面对的语境。从推动诗歌创作、传播的角度考虑，创办一份专门的诗歌刊物肯定是好事，但是单纯从个人政治安全的角度考虑，创办一个新的刊物就多了一份受到冲击的危险。因此，既要创办刊物又要确保安全，编者就不得不考虑一些应对的策略②。在当时，已经有许多刊物、作家、诗人因为政治上的原因而受到冲击。《诗刊》的编者也许从中吸取了经验和教训，所以从一开始，就试图和党的上层建立联系。即使这样，在1957年的"反右派"运动中，《诗刊》的一些参与者一定程度上仍然受到了冲击。一些编委的名字被取消了。刊物在选题上也非常注意和主流意识（尤其是政治观念）的接轨、追随。

第四节 以《星星》为参照：同胞 兄弟的初期命运

《星星》诗刊和《诗刊》在诗歌界被认为是中国当代诗歌发展中不可或缺的诗歌刊物，有趣的是，两个刊物的创刊时间几乎相同，甚至《星星》的出版还要略早于《诗刊》。但是，在创刊初期，在同样的政治文化语境之中，《星星》却与《诗刊》有着不同的命运。

---

① 庄莹：《1979年的〈诗刊〉——社会转型的裂变与重构》，山东大学硕士学位论文，2009年。

② 这并不是危言耸听。比《诗刊》早25天创刊的《星星》在创刊号上发表了流沙河的《草木篇》，在"反右运动"中就被上纲上线，整个编辑班子几乎"全军覆没"，刊物不得不转型，继而停刊。

在《诗刊》创办前，四川已经决定在 1957 年创办《星星》诗刊，此事在臧克家给毛泽东的信中已经提到。1957 年 1 月 1 日，由四川省文联主办的《星星》正式出版，当时编辑部主要有四个人：白航担任编辑部主任（当时未设主编职务），石天河担任执行编辑，白峡、流沙河担任编辑，就是后来所说的"二白二河"。

刊物创办前，参与筹备的人员热情都非常高，主要是因为他们感觉到中国的政治运动已经过去，1956 年 1 月 14 日到 20 日，中共中央在北京召开全国知识分子问题会议，周恩来发表了《关于知识分子问题的报告》，认为知识分子绝大部分都已经是工人阶级的一部分，他说："在高级知识分子中间，积极拥护共产党和人民政府、积极拥护社会主义、积极为人民服务的进步分子约占百分之四十左右；拥护共产党和人民政府，一般能够完成任务，但是在政治上不够积极的中间分子也约占百分之四十左右；以上两部分合占百分之八十左右。在这百分之八十左右以外，缺乏政治觉悟或者在思想上反对社会主义的落后分子约占百分之十几，反革命分子和其他坏分子约占百分之几。"①这为发挥知识分子的作用提供了良好的基础。毛泽东也提出了"百花齐放，百家争鸣"的方针。这些对文艺工作的发展都是非常有利的。关于刊名，曾经提出过多个参考名字，包括"星""竖琴"等，最后是因为毛泽东的"星星之火，可以燎原"而确定为《星星》的。《星星》创刊号上没有发表宣言一类的"发刊词"，但有一个内容很别致的《稿约》。这份"稿约"其实表达了编者对《星星》的期待：

　　我的名字是"星星"。天上的星星，绝没有两颗完全相同的。人们喜爱启明星、北斗星、牛郎织女，可是，也喜欢银河的小星，天边的孤星。我们希望发射着各种不同光彩的星星，都聚到这里来，交织成灿烂的奇景。所以，我们对于诗歌来稿，没有任何呆板的尺寸。

　　我们欢迎各种不同流派的诗歌。现实主义的，欢迎！浪漫主义的，也欢迎！

　　我们欢迎各种不同风格的诗歌。"大江东去"的豪放，欢迎！"晓风残月"的清婉，欢迎！

　　我们欢迎各种不同形式的诗歌。自由诗、格律诗、歌谣体、十四行

---

① 周恩来：《关于知识分子问题的报告》，《人民日报》1956 年 1 月 30 日。

体、"方块"的形式，"梯子"的形式，都好！在这方面，我们并不偏爱某一种形式。

我们欢迎各种不同题材的诗歌。政治斗争，日常生活，劳动，恋爱，幻想，传奇，童话，寓言，旅途风景和历史故事，都好！虽然我们以发表反映各族人民现实生活的诗歌为主，但我们并不限制题材的选择。

我们只有一个原则性的要求：诗歌，为了人民！①

应该说，这个"稿约"在编辑理念上是比较开放的，对于诗歌没有确定特殊的框框条条，只要是诗，不同风格、不同流派、不同形式、不同题材的作品，都可以在刊物上发表，当然，"诗歌，为了人民"的原则是必须遵守的，这一原则既是对诗的艺术功用的一种坚持，同时也可能是对当时的文艺主张的一种实践，较好地体现了"百花齐放，百家争鸣"的方针。这个具有包容意识的"稿约"所提出的原则如果能够得到切实的实施，它对于促进诗歌的多元化发展肯定是有好处的。

但是，他们的想法和当时的现实却存在很大差异。《星星》一出版，就遭到了迎头打击。首先受到批判的是创刊号上发表的署名曰白的《吻》②。《星星》在1957年1月1日创刊之后不到半个月，1957年1月14日的《四川日报》副刊"百草园"就发表了一篇署名"春生"的文章，题目是《百花齐放与死鼠乱抛》，认为《星星》把"百花齐放"的方针搞成了"死鼠乱抛"，把写情诗的人称为"花花公子"，认为编者是"在'百花齐放'的缝隙中，有意无意地顶着'马克思主义的美学观点'、'艺术的特征'等种种商标而冒出来的、资产阶级的、小资产阶级的'灵魂深处'的破铜烂铁的批发者"。批评者的本意也许是不认同诗歌所抒写的情感，其实，艺术上、情感上的这种不认同是很正常的现象。但是，问题在于，他不是在艺术的规则之内进行探讨，而是将其在政治上上纲上线，将其贴上"资产阶级"

① 《稿约》，《星星》1957年1月创刊号。据石天河回忆，"稿约"是在他和白航商量后由他起草的，其中的"天边的孤星"最初是"明亮的彗星"，是流沙河在送稿到报社时私下改的。见《逝川忆语——〈星星〉诗祸亲历记》，香港天马出版有限公司2010年版，第2页。

② "曰白"估计是个笔名，究竟是谁，现在不得而知。但据石天河回忆，可能是一位来自陕西的诗作者。

"小资产阶级"一类的标签，这实际上是在将批评对象引向中国当代作家非常忌讳的"反动"甚至"反党"的方向。对于一个刚刚创刊的刊物，这样的批评是相当严厉的，潜藏着对参与编辑的人员的批评，甚至涉及刊物导向——在当代，报刊的导向问题是不可逾越的"红线"，而且《四川日报》是党报，它在一定程度上代表了官方的声音。

满怀梦想、坚守诗歌的艺术特征、而且在当时对党的"双百方针"深信不疑的石天河和许多热爱诗歌、懂得诗歌的人对此极为不满，石天河于是写了一篇文章予以回应，题目是《诗与教条——斥"死鼠乱抛"的批评》，文章中说："十分明显，生活里面，男女相爱接吻，并不等于淫荡；诗里面，关于男女相爱接吻之类的抒写，更不等于淫荡。任何文明国家的法律，都没有不准相爱不准接吻的条文。吻而有罪，这只是春生先生的教条主义'法典'里面，才可以找得到的。""《吻》这首诗所抒写的，完全是平等地位的一对青年男女的爱情。这种爱情，通过他们甜蜜的、沉醉的吻，艺术地表现出来，它对我们人民的精神生活是毫无损害的，它是健康的。"对于出现这种批评的根本原因，石天河认为是教条主义的影响。为此他得出结论："诗与教条，必然会有两种不同的命运：即或诗有暂时的受难，教条有片刻的横行，但是未来的年月，决不是属于教条，而是属于诗的！当诗人的声音高响入云的时候，教条主义者所抛掷的死鼠，必然会在人民群众的唾弃与践踏之下，碎裂，腐朽，化为乌有！"①

应该说，石天河的反批评有理有据，是具有说服力的，而且很多人都在策划着支持《星星》诗刊。但是，这篇文章最终遭到了报纸的拒绝，没有能够公开发表，只是在1957年的"反右"期间召开的四川省文联代表大会上作为批判材料印发过，而那时，已经没有人敢为石天河和他的同事们说话了。石天河后来了解到，署名"春生"的文章可能是四川省委宣传部一位副部长写的，确实代表了官方的声音，《四川日报》的主编、编辑肯定是知道作者的身份的，这样一来，石天河的那篇虽然有些尖锐但说得很有道理的文章肯定是不可能发表出来的。

接着对《吻》的批判，四川省文艺界又开展了对流沙河《草木篇》的

---

① 石天河：《诗与教条——斥"死鼠乱抛"的批评》。文章在写出来之后没有公开发表，后来在"反右"运动中成为批判材料，多年之后收入《石天河文集》。

批判。根据石天河的回忆："对《草木篇》进行批判的第一篇文章，是李友欣写的，题目叫《白杨的抗辩》。李友欣常用的笔名是'履冰'，而写这篇文章却用了个陌生的笔名'曦波'。大概是想暂时不让别人知道，以避开'文联领导干部受宣传部指示写批评文章'之嫌。这篇文章虽然还没有给《草木篇》扣上'反党反社会主义'的大帽子，但它认定《草木篇》所流露的'孤傲'情绪，是宣扬'无原则的硬骨头'，带有'敌视人民'的倾向，从而大加挞伐，说'假若你仇视这个世界，最好离开地球'。文章显然是对《草木篇》作者有偏见的。"① 在那以后，就有大量的文章对《草木篇》进行批判，认为作品表现的是对共产主义和社会主义的不满，把文艺作品和政治挂钩。石天河猜测："要从对《吻》的批判，转到以《草木篇》为批判重心，显然是由于《草木篇》的内涵和流沙河的家庭成分，更适合于提到'阶级斗争'的议事日程上来、作为一个有重要意义的政治问题处理。"② 由于这样的批判活动是上级组织支持的，所以被批判者在本质上就只能够接受，承认自己的"错误"，而难有辩解的机会。

这次批判还不仅仅局限在四川，由《星星》诗刊及其发表的作品引发的批判活动很快波及全国，《人民日报》《文汇报》等都先后加入对《星星》的批判之中。

1957年的中国政治转化非常快，3月6日，中央宣传部印发了《关于思想工作的一些问题》，共汇集了人民向党和政府提出的问题33个；4月27日，中共中央发出了《关于整风运动的指示》，决定"在全党重新进行一次普遍的、深入的反官僚主义、反宗派主义、反主观主义的整风运动"，于是，更多的人对党提出了更多更尖锐的批评。不过，在很短的时间之后，5月7日，《人民日报》发表了《这是为什么?》的社论，在全国范围内掀起了一场声势浩大的"反右"运动。那些对党提出过意见、批评的人首当其冲地受到了批判，包括《星星》诗刊的编辑和一些诗歌的作者。但是，"反右"运动具有明显的"左"的倾向，最终导致"反右"运动的扩大化，使许多文艺界的人士被错误地划为"右派"，关进了监狱，有些人甚至在

① 石天河：《逝川忆语——〈星星〉诗祸亲历记》，香港天马出版有限公司2010年版，第27页。

② 石天河：《逝川忆语——〈星星〉诗祸亲历记》，香港天马出版有限公司2010年版，第29页。

监狱中被迫害致死，大多数人都是在"文化大革命"结束之后才获得了平反的。

在《星星》诗刊遭受的批判中，受到"反右"牵连的不只是石天河、流沙河等直接参与《星星》编辑的人员，与他们有联系的很多人都受到了批斗。石天河在他的回忆录中就谈到了"石天河反革命集团"的20多人的命运，有些人虽然没有被纳入这个"集团"，但也因为和《星星》的联系而受到牵连。当时在《星星》发表过作品的易允武就是其中之一。

1957年春，易允武还是武汉大学的一名学生，他读到了《星星》："我十分清楚地记得创刊号上流沙河先生的《草木篇》。他那分别以《白杨》《藤》《仙人掌》为题的散文诗，对'寄言立身者，勿学柔弱苗'的古训作了深刻的阐释。我掩卷沉思，又仰望幽幽天宇，便以《月》《霜》《星》为题构思《宇宙诗页》，欲取天空之物与流沙河先生的大地之物相对应，投诗以唱和。""五月组诗被刊载，还收到流沙河先生寄来鼓励我赐稿的短笺。接着我又寄去以《井》和《塔》为题的组诗，很快又被刊载于七月号上。但这次未收到诗人的片言只字，想来他一直在为诗奔忙。至于当时的中国在春天过后将发生什么政治风云，我作为一个学生还没有产生什么敏感或疑窦。"接下来发生的事情对于还是学生的他来说更是突然，他回忆说："尔后，凶猛的夏季来临了，武汉的酷热是闻名于世的。当我勃发的诗情在升温时，无情的反右派斗争也骤然升温。捕捉右派的网拉得很大，纯洁的诗歌竟然也成为鸥鹰捕获的对象。一时间，阴阳混淆，是非错位，鲜花与毒草也可颠倒。到了金色的十月，《星星》诗刊的四位元勋'全军覆没'，流沙河先生的《草木篇》被诬为指向党的'一把绿光闪闪的长剑'。就在这期刊物上，《宇宙诗页》也同时受到批判，它作为一个例证，引进《右派分子把持〈星星〉诗刊的罪恶活动》一文中。组诗中的《月》和《星》被诬称宣扬了极端的个人主义。在那个时代，个人主义即严重的反党思想，于是月亮和星星也变成指向党的一把寒光闪闪的利刃了。真是'诗'不逢时，当时武大中文系正琢磨如何抓我的辫子，这下正好从《星星》诗刊中找到了证据。秋风起兮云飞扬，就在共和国成立八周年之际，我这位伴着五星红旗长大的学子，如雏鸟被鸥枭啄在尖利的嘴中。诗，成了十恶不赦的'罪证'之一。我和流沙河先生同时以诗株连遭罪。呜呼，我想我的遭遇对远在蜀地的诗人来说是始料未及的。"① 因诗获罪在封建时代是有的，但在现代文化语境下，它却是中国当代诗歌史上一个奇怪的现象，也是现代文明发展史上难以让人接受的事实。但事情就这样发生了。历史是没有办法修改的。

第五节 《诗刊》的出版及发展沿革

1957 年 1 月 25 日，由中国作家协会主办的中国当代第一家全国性的诗歌刊物《诗刊》创刊号在北京出版，担任《诗刊》第一届编委的是田间、艾青、吕剑、沙鸥、袁水拍、徐迟、臧克家、严辰八人，臧克家任主编，徐迟、严辰任副主编。《诗刊》的出版在中国当代诗歌发展史上是一件大事，也是当代期刊发展史上的大事。因此，刊物一出来就受到诗歌界和读者的广泛关注，臧克家回忆，"《诗刊》创刊时，正在春节前夕，大街上排了长队，不是买年货而是买《诗刊》，这件盛事，成为文坛佳话"②。徐迟说得更具体生动："新华社发消息；《人民日报》和全国各报都转载《诗刊》上的诗词；王府井大街上的杂志门市部有史以来第一次为买一本刊物而排起了这样长的长队，编辑部收到的来信堆如山积，都是各地买不到刊物的读者写来的信和汇来的款。"③ 文化部负责人最初只答应《诗刊》印 1 万册，在毛泽东的支持下同意印 5 万册，但实际上首印为 50760 册，并且很快销售完毕，编辑部最后不得不加印 5000 册，以满足读者的需要。④

《诗刊》创刊的时候为月刊，开本为大 32 开，100 页。当时的《诗刊》有两种版本，一种是切边的报纸本，人称光边本，定价三角；一种是不切边的道林纸本，人称毛边本，定价四角。创刊号的"编后记"还特别针对毛边本有一段说明："《诗刊》的毛边装帧，也许需要稍作解释。抗战之前，流行过毛边的出版物。鲁迅主编的《莽原》《奔流》和他著作的《呐喊》《彷徨》初版，都是毛边的。我们觉得这种装帧是美观的。"可以看出，当时的编者试图在刊物出版上有所创新，延续具有文化意味的传统。这个主意

---

① 易允武：《寻找星星》，《书屋》1998 年第 1 期。
② 臧克家：《我与〈诗刊〉》，《臧克家全集》（第 6 卷），时代文艺出版社 2002 年版，第 51 页。
③ 徐迟：《庆祝〈诗刊〉二十五周年》，《诗刊》1982 年第 1 期。
④ 数据来自陈子善：《〈诗刊〉毛边本始末》，《书城》2007 年第 8 期。

是徐迟提出的，臧克家有过回忆："《诗刊》创刊时，是道林纸印的，两种订装，其中一种是毛边的，这是徐迟同志出的主意，倒也别致。"① 不过，毛边本并没有得到所有读者的赞同，因此，出到 1957 年 6 月号时，《诗刊》的"编后记"又一次谈到了毛边本的事情，"形式方面，许多读者对毛边提了不同的意见，有的赞成，有的反对。现在，《诗刊》有两种版本。道林纸本是毛边的，不切，报纸本切边，任读者选购。毛边是便于在合订本时，切一道边的。"吴家瑾在回忆《诗刊》时也谈到了毛边本的尴尬处境："但毛边维持不到半年，就有年轻人写信反映刊物内容好，但装订质量太差，不认可，于是统一为切边，切边是手工的，不像现在机械化。"虽然 1957 年第 6 期的《诗刊》"编后记"没有明确说以后不出版毛边本刊物了，而且强调了"毛边是便于在合订本时，切一道边的"，但那一期毛边本确实是该刊毛边本的最后一期。为什么在那以后不再保存毛边本，现在没有第一手资料加以佐证，但很可能和其后开始的"反右"运动有很大的关系，尤其是极力主张毛边本的徐迟本人也受到了冲击，《诗刊》的毛边本从此也就消失了。从创刊号两次印刷的 55760 册，到第 6 期的 77530 册②，《诗刊》的发行量在逐渐增加，但是，对于其中多少册为切边的，多少册为毛边的，目前没有任何资料能够对此加以说明。根据常识推测，既然读者都对毛边本提出意见了，说明很多读者是见到过毛边本的，其印数不会很少。

　　因为纸张原因，《诗刊》在 1961 年 1 月改为双月刊，1963 年 7 月又恢复为月刊，1964 年 11—12 号为合刊，即总第 80 期。出至 80 期后，《诗刊》从 1965 年起休刊。《诗刊》的休刊来得非常突然，显然是临时决定的，因为诗刊社没有提前宣布这个消息，而是连同第 80 期刊物给读者的一封信。按照常理，刊物的正常停刊一般都会在刊物上发布停刊消息，甚至发表类似告别信之类的文字，徐志摩的《诗刊放假》就是非常有名的停刊词③。但是，《诗刊》的信不是作为刊物的内容，而是临时夹在刊物中的。信中说："当《诗刊》11、12 月合刊号到达您手里的时候，新的一年就要到来了。在

---

　　① 臧克家：《我与〈诗刊〉》，《臧克家全集》（第 6 卷），时代文艺出版社 2002 年版，第 51 页。

　　② 数据来自陈子善：《〈诗刊〉毛边本始末》，《书城》2007 年第 8 期。

　　③ 徐志摩等人于 1926 年 4 月 1 日起借助《晨报》副刊创办《诗镌》，出版至 11 期之后停刊，徐志摩为该副刊的停刊撰写了《诗刊放假》一文。

新的一年中，预祝您在思想上和工作上取得更大的收获。""目前，我国各个战线上，社会主义革命和社会主义建设的群众运动正在蓬勃开展。为使本刊编辑部工作人员有较长的时间深入农村、工厂，参加火热斗争，加强思想锻炼，本刊决定从1965年元月起暂时休刊。这一积极措施，一定会得到您的支持。"① "深入农村、工厂，参加火热斗争，加强思想锻炼"这样的理由肯定是站不住脚的，可信度很低，因为编辑的主要职责就是编好刊物，而且在《诗刊》出版的几年时间里，编辑深入生活的期刊并不少，并没有影响刊物的正常出版。对于具体的停刊原因，现在还没有权威的说法，但是，既然是"积极措施"，那么就一定是《诗刊》主动作出的决定，而来得那么仓促，也可能有来自官方的要求或者压力。不过，这一"暂时休刊"的决定，导致《诗刊》一休就是11年，直到1976年1月才重新复刊。

关于《诗刊》复刊的有关期刊，在《诗刊》创刊50周年之际，由诗刊社整理的《〈诗刊〉纪要》中针对1975年发生的事情有这样几条记载：

7月20日 民办教师谢革光给《红旗》杂志社的信中写道，由于"各种文艺书刊相继复刊或创刊问世"，"因此《诗刊》的复刊，已成为广大革命群众热切盼望的一件事。"

9月19日 经邓小平圈阅、同意《诗刊》重新出版的报告呈送毛泽东。毛泽东在报告上批语："同意。毛泽东九月十九日"。

10月8日 经邓小平圈阅的《关于〈诗刊〉编辑出版工作的请示报告》中，明确每期同时印少数线装大字本送毛主席和中央同志阅读。

10月18日 以国家出版局的名义向全国各省、自治区、直辖市发出通知［（75）出版字第209号］，《诗刊》要重新出版了。

12月31日 新华社讯："正当全国人民怀着胜利的喜悦，迎接一九七六年来临的时候，《诗刊》重新出版了。"②

可以看出，和它创刊时一样，《诗刊》的复刊同样得到了中央高层人士的关心和支持。不过，邵燕翔在查阅有关文献之后，对《诗刊》的复刊过程进行了重新梳理。他根据《建国以来毛泽东文稿》（中央文献出版社1998年版），在第十三册查到了相应的年月的有关事项：

---

① 《〈诗刊〉纪要》，《诗刊》2007年第1期。
② 《〈诗刊〉纪要》，《诗刊》2007年第1期。

〔1975 年〕9 月 19 日，毛泽东同意《诗刊》复刊。1975 年 7 月 20 日谢革光给红旗杂志社的信中写到，由于各种文艺书刊相继复刊或创刊，因此，《诗刊》的复刊已成为广大群众热切盼望的一件事。9 月 19 日，中共中央政治局常委张春桥将此信转报毛泽东。毛泽东在张春桥的报告上批示："同意。毛泽东九月十九日"。

他接着说：

　　这就明白了，前述"呈送给毛泽东"的，"经邓小平圈阅，同意《诗刊》重新出版的报告"，乃是后来毛泽东在上面写了批示的"张春桥的报告"。张春桥当时是以"中共中央政治局常委"的身份，在将民办教师谢革光期望《诗刊》复刊的来信转报毛泽东时作的报告。

　　其时，邓小平重回中共中央，恢复工作两年左右，进行"整顿"大见成效，而江青、张春桥等所谓四人帮则在千方百计地加以抵制。到了这个 1975 年 9 月，距离"批邓，反击右倾翻案风"也就不远了。而不久前的当年 7 月，毛泽东曾找邓小平谈话，对文艺界现状表示不满，说现在"怕写文章，怕写戏。没有小说，没有诗歌"。故九月间邓小平在圈阅张春桥给毛泽东的报告时，同意《诗刊》重新出版，既是执行毛泽东的指示，也是他对文化界进行整顿后采取的措施之一。如果没有张春桥报送谢革光的来信一事，邓小平自然仍会从其他方面干预文化界的活动，如八月间曾围绕电影《创业》有所动作，但就未必会及于《诗刊》了。

　　因此，张春桥就《诗刊》重新出版问题经由邓小平向毛泽东的报告，对《诗刊》复刊是一个要紧的关节。在完整地叙述复刊一事时，是不应回避的。①

从历史发展看，《诗刊》复刊前后的政治、社会现实都是非常复杂的。邵燕祥的细心查实对于我们了解当时的历史语境是有帮助的。

复刊后的《诗刊》仍然是 32 开本。从 1980 年起，《诗刊》增加印张，并由 32 开本改为 16 开本，其后一直为月刊。2001 年 10 月 15 日，经过较长时间的筹备，《诗刊》出版了下半月刊试刊号，2002 年 1 月起正式改版为半

---

① 邵燕祥：《〈诗刊〉复刊的一个细节》，《文汇报》2008 年 11 月 7 日。

月刊，上下半月刊总期号合并编排。《诗刊》的上、下半月刊分别承担着不同的任务，上半月刊在本质上就是原来的《诗刊》，而下半月刊则主要关注青年诗坛，关注具有探索性的诗歌作品，在其后的发展中对青年诗人的培养发挥了不小的作用。

《诗刊》的首任主编为臧克家，直到前期《诗刊》在 1965 年起休刊。其后先后有李季、严辰、邹荻帆、张志民、杨子敏、高洪波、叶延滨等担任主编，其中，高洪波先后两次担任主编。下面是《诗刊》历届主编、副主编和任职时间（按照任职先后顺序排列）：

历届主编任职情况

姓　名	任职时间	备　注
臧克家	1957. 1 — 1964. 12	
李　季	1976. 1 — 1979. 12	
严　辰	1980. 1 — 1983. 7	
邹荻帆	1983. 8 — 1986. 6	
杨子敏	1986. 7 — 1998. 6	
高洪波	1997. 11 — 2003. 12	
叶延滨	2005. 7 — 2009. 4	
高洪波	2009. 5 — 2013. 7	

历届副主编任职情况

姓　名	任职时间	备　注
徐　迟	1957. 1 — 1960. 10	
严　辰	1957. 1 — 1957. 12	
阮章竞	1960. 4 — 1961. 12	
葛　洛	1960. 11 — 1964. 12	
	1976. 1 — 1979. 12	
邹荻帆	1978. 1 — 1983. 7	
柯　岩	1978. 1 — 1986. 6	
邵燕祥	1978. 1 — 1986. 6	
刘湛秋	1986. 4 — 1990. 3	
杨金亭	1990. 3 — 1993. 12	

续表

姓　名	任职时间	备　注
丁国成	1990.3—1995.8	
	1995.9—1999.3	常务副主编
雷抒雁	1993.9—1995.9	
叶延滨	1995.9—2001.10	
	2001.11—2005.6	常务副主编
李小雨	1999.7—2009.12	
	2009.5—2011.2	常务副主编
刘希全	2010.9—2010.10	2010年9月22日去世
冯秋子	2011.1—2014.9	
商　震	2012.1—2013.12	
	2014.12—	常务副主编
李少君	2014.4—	

从创刊开始，《诗刊》就组织了编辑委员会，由在诗歌界、诗学界具有影响的诗人、评论家组成。最初的时候人数比较少，第一届的编委会成员只有臧克家、严辰、徐迟、田间、艾青、吕剑、沙鸥、袁水拍等人，臧克家担任主编，严辰、徐迟担任副主编，而且这些人在很多时候都要参加《诗刊》的具体活动。随着"反右"斗争的激烈化，艾青、吕剑、袁水拍首先退出了编委会；1957年11月起，编委会中增加了卞之琳、阮章竞、郭小川三位新成员，臧克家仍然担任主编，副主编则只有徐迟一人；1959年6月以后，沙鸥不再担任编委，增加了贺敬之；1960年11月开始，卞之琳和郭小川退出编委会，同时增加了萧三、李季、纳·赛音朝克图、葛洛四位新人，副主编则由阮章竞和葛洛二人担任。

从新时期开始，《诗刊》的编委会人数有了一定拓展，到2013年1月，《诗刊》的编委会由丁国成、叶延滨、龙汉山、冯秋子、朱先树、刘章、杨金亭、李瑛、李小雨、周良沛、金哲、林莽、赵恺、高洪波、商震、黄亚洲、寇宗鄂、雷抒雁等人组成，而且除了诗刊社内部的人员之外，其他编委基本上不参与《诗刊》的具体编辑活动，成了一个名誉性的身份。

第三章　前期《诗刊》的运思策略初探

如何办好《诗刊》并使之为诗人和读者服务、为诗歌艺术发展服务，这是《诗刊》的创办者和编辑不得不认真思考的问题。为了实现这一目标，他们首先需要考虑的肯定是如何为刊物的发展创造一个良好的生存环境。初期《诗刊》的编辑在这方面花了不少心血和功夫，也取得了不错的效果。

在当代中国的文学体制之下，尤其是在改革开放之前，一个刊物要获得较好的生存和发展，就必须坚守一些原则：一是遵守体制的规范，遵守国家有关文学发展的要求；二是配合党和国家的一些中心任务，关注和宣传官方的意志。《诗刊》的编者从一开始就注意到了中国文学和期刊发展的这些特点，并为刊物发展设计了一些策略，也可以说是找到了一些编辑智慧。从后来的发展情况看，在当代中国的政治、社会、文学语境之下，这些策略和智慧所发挥的作用是不小的。

这里所谓的前期，主要是指 1957 年 1 月到 1964 年 12 月这八年时间，《诗刊》共出版了 80 期，一直由臧克家担任主编。这段时间在中国历史、社会发展中是一个特殊的时期，政治关怀是当时的社会主题，其实也是《诗刊》必须面对的时代主题。

为了能够使刊物正常出版，同时也为了保护编辑、作者，前期《诗刊》在指导思想、编辑方针、艺术追求等方面采取了一些特殊的策略。这些策略在今天看来不完全是和诗歌艺术的发展、进步有关的，甚至可能在一定程度上阻碍诗歌艺术按照自身的规律正常发展，但是在当时，却发挥了非常重要的作用。这些策略涉及许多方面，在这里，我们选择与高层的联系、诗歌的国家意识、诗歌活动、诗歌翻译、诗人培养等几个方面所体现的特点加以初步讨论。

第一节　寻求高层人士的关心和支持

在新中国成立初期高度集中的文化体制下，文学组织及其刊物为党和政府服务，也需取得其一定的支持。而在中国共产党的高层人士中，恰好有一批喜欢诗歌甚至从事诗歌创作的人，这为《诗刊》获得官方的关注和支持奠定了良好的条件，而取得党中央和毛泽东的支持更为重要。

在《诗刊》正式创刊前夕，刊物的一些负责人和编辑前往各地拜访一些著名的诗人，组织稿件并征求对《诗刊》的意见："徐迟去北京大学拜访冯至先生，征求意见。冯至建议在创刊号上发表在群众中流传已久的毛泽东诗词，以提高《诗刊》的影响。"① 臧克家 1945 年 9 月初曾经在重庆举行的一次重庆各界人士座谈会上见到过毛泽东，之后还写过一首《毛泽东，你是一颗大星》，以何嘉为笔名，发表在 1945 年 9 月 9 日的《新华日报》上，表达了对毛泽东的敬仰②。因此，听到冯至的建议之后，臧克家非常赞同，就由徐迟起草了给毛泽东的信，由臧克家亲自抄录③，签上主编、副

---

① 臧乐源：《臧克家与毛泽东》，《文史哲》2007 年第 1 期。

② 臧乐源：《臧克家与毛泽东》，《文史哲》2007 年第 1 期。

③ 臧乐源和诸多回忆文章都说不知道给毛泽东的信的初稿是谁起草的，起草之后，有的说是臧克家修改抄正的，也有人说是其他人抄正的。周良沛回忆说："原先徐迟要请冯至起草给主席的信，冯至认为还是应该由《诗刊》的人来写为好，这就由徐迟自己斟酌起草，信由克家同志审阅后，又由吕剑以毛笔小楷誊清，全体编委签名于后，敬送到中南海。"（见周良沛：《想徐迟·念徐迟》，《新文学史料》1997 年第 3 期）。当事人吕剑曾经说是他自己抄正的，但后来他修正了自己的说法："给毛主席的信由徐迟起草，由臧克家审阅后，'命我以毛笔小楷誊清'，这里是我记错了。不是我誊清的，是臧克家'以毛笔小楷亲自誊清'的。"（见《关于与钱仲慈的通信答子张》，《新文学史料》2010 年第 1 期）郑苏伊在接受采访时说："给主席写信，具体谁起草的，已经没有记录了，也许是集体创作的！后来争论很大，有人说是吕剑抄写的，父亲记得是他自己抄写的，但他也害怕自己记错了，并无意于此！后来从中央档案馆找到原件，发现是我父亲的笔迹！但是编委署名没有艾青，不知道什么原因！"（见连敏：《重返历史现场——吴家瑾、白婉清、郑苏伊、尹一之、闻山、王恩宇访谈》，《诗探索》2010 年第 2 辑理论卷，第 26—40 页。）由此可见，给毛泽东的信应该是由臧克家抄正的。

主编和编委的名字①，并附上了他们收集的毛泽东的 8 首诗词，寄给了毛泽东。

信的内容如下：

亲爱的毛主席：

"中国作家协会"决定明年元月份创办"诗刊"，想来您喜欢听到这个消息。因为您是一向关心诗歌，因为您是我们最爱戴的领袖同时也是我们最爱戴的诗人，全世界所爱戴的诗人。

我们请求您帮我们办好这个诗人们自己的刊物，给我们一些指示，给我们一些支持。

在诗歌的园地里，已经显露了百花齐放、百鸟啭鸣的春之来临的迹象。西南的诗人们，明年元旦创刊"星星"诗杂志；"人民文学""长江文学"都准备来年初出诗专号；诗歌在全国报刊上都刊登得很多。这是一个欢腾的时代，歌唱的时代。热情澎湃的诗歌的时代是到来了，"诗刊"因而诞生。

我们希望在创刊号上，发表您的八首诗词。那八首大都已译成各种外国文字，印在他们的《中国诗选》的卷首。那八首在国内更是广泛流传。但是，因为没有公开发表过，群众互相抄诵，以至文句上颇有出入。有的同志建议我们：要让这些诗流传，莫如请求作者允许发表一个定稿。

其次，我们希望您能将外边还没有流传的旧作或新诗寄给我们。那对我们的诗坛，将是一件盛事；对我们诗人，将是极大的鼓舞。

"诗刊"是二十五开本，每期一百页，不切边；诗是单行排的，每页二十六行。在编排形式上，我们相信是不会俗气的；在校订装帧等方面，我们会恰当的求真讲究。

我们深深感到"诗刊"的任务，美丽而又重大；迫切的希望您多

---

① 吕剑回忆说："当时《诗刊》编委只有臧克家、徐迟、吕剑三人在场，其他编委均不在，给毛主席的信，只好'一一列名于后'，除徐、臧、吕三人外，其他几位，都是我代签的名。"见吕剑：《关于与钱仲慈的通信答子张》，《新文学史料》2010 年第 1 期。

给帮助；静下来要听您的声音和您的吟咏。

臧克家 严辰 徐迟 田间

吕剑 沙鸥 袁水拍①

一九五六年十一月二十一日

这封信主要包含了这样几层意思：其一，告诉毛泽东准备创办《诗刊》的事情，因为毛泽东是诗人，也关心诗歌；其二，希望得到毛泽东的支持，这又包括两个方面，一是"指示"，二是希望选发毛泽东的作品；其三，从口气看，体现了《诗刊》的编者对毛泽东的敬仰；其四，借用毛泽东在中国的影响力扩大准备创刊的《诗刊》的影响。说到底，这封信的最终目的是寻求毛泽东对《诗刊》和诗歌的支持。在当时的中国，党和国家的最高领导人的支持，实际上就是党和国家的支持，那对于《诗刊》的发展将产生极其重要的影响。

1957 年 1 月 12 日，毛泽东的回信终于送到了中国文联并转到了《诗刊》编辑部，是由诗人唐祈签收的。他的回信很简短：

克家同志和各位同志：

惠书早已收到，迟复为歉！遵嘱将记得起来的旧体诗词，连同你们寄来的八首，一共十八首，抄寄如另纸，请加审处。

这些东西，我历来不愿意正式发表，因为是旧体，怕谬种流传，贻误青年；再者诗味不多，没有什么特色。既然你们以为可以刊载，又可为已经传抄的几首改正错字，那末，就照你们的意见办吧。

《诗刊》出版，很好，祝它成长发展。诗当然应以新诗为主体，旧诗可以写一些，但是不宜在青年中提倡，因为这种体裁束缚思想，又不易学。这些话仅供你们参考。

同志的敬礼！

毛泽东

一九五七年一月十二日

---

① 有的文献说这封信的署名中还有艾青，但郑苏伊说，根据原始档案，实际上没有艾青的名字。见连敏：《重返历史现场——吴家瑾、白婉清、郑苏伊、尹一之、闻山、王恩宇访谈》，《诗探索》2010 年第 2 辑理论卷，第 26—40 页。

　　对于中国当代诗歌，毛泽东的信可以说是一个福音。他对《诗刊》的创办给予了支持和肯定，又谈到了对诗歌的看法。在局外人和后来者看来，毛泽东对《诗刊》的支持其实很简单，就是十二个字："《诗刊》出版，很好，祝它成长发展。"但是，对于当时的中国人，尤其是对于亲自参与其中的《诗刊》的编者，那是非常具有分量的十二个字。臧克家回忆说："从这十二个字里，我们感受到的是多么丰富、多么深刻、多么激动心胸的重大意义呵！它庄严而简要，朴素又亲切！"①　毛泽东对新旧体诗歌的意见，几乎成为当代新诗发展的一盏指路的明灯，产生了很大的影响。"诗当然应以新诗为主体"，旧诗"不宜在青年中提倡"的观点，在客观上为新诗的发展环境、当代诗歌的艺术走向提供了支持。

　　在收到这封信之后的两天，1957 年 1 月 14 日下午，毛泽东在中南海颐年堂召见了袁水拍和臧克家，谈诗，谈当时的文艺政策，谈臧克家对毛泽东诗歌的评论文章。其中有几个话题对后来的影响是很大的。一是关于诗歌的走向问题，臧克家回忆说："毛主席对新诗也很有研究呵，他提到了湖畔诗社的汪静之，新月派的陈梦家。又说新诗太散漫，记不住。应该精练，大体整齐，押大致相同的韵。还建议搞一本'新诗韵'，专为写诗用的较宽的韵书。毛主席很强调民歌。说《诗经》是以四言为主体的，后来由四言发展为五言。现在民歌大都是七个字，四个拍子是顺着时代演变而来的，是时代的需要。要在民歌、古典诗歌的基础上发展新诗。"②　"要在民歌、古典诗歌的基础上发展新诗"是毛泽东重要的诗歌主张，在后来影响很大，对 20 世纪五六十年代的新诗发展产生过致命的作用。二是解决了《诗刊》的印数问题，关键是纸张问题。在当时，由于纸张紧张，出版刊物的印数是需要审批的，臧克家对文化部有关负责人只同意印刷一万册表示不满，对毛泽东说："现在纸张困难，经我们一再要求，文化部负责人只答应印一万份。同样是作家协会的刊物《人民文学》印二十万，《诗刊》仅仅印一万，太不合理了。"毛泽东反问他："你看印多少？"他答道："公公道道，五万份。"毛泽东想了一下，说："好，五万份。"③　《诗刊》创刊号两次印刷数量达到

① 臧克家：《在毛主席那里作客》，河北人民出版社 1992 年版，第 48 页。
② 臧克家：《在毛主席那里作客》，河北人民出版社 1992 年版，第 9 页。
③ 臧克家：《在毛主席那里作客》，河北人民出版社 1992 年版，第 9 页。

55760 册①，这肯定与毛泽东的关注、关心有关。可以看出，毛泽东的信和召见，对于臧克家的影响是深刻的，对《诗刊》的发展也产生了不可忽视的重要作用。

事实证明，《诗刊》取得毛泽东的赞同和支持并发表他修正过的诗词这一策略是正确而且有效的。1957 年 1 月 25 日，《诗刊》创刊号正式出版，上面发表了毛泽东的 18 首旧体诗词和他给臧克家等人的信，一下子在全国引起轰动。那是毛泽东的诗词第一次公开发表，这对于当时的读者来说，是很有诱惑力的。刊物一出版即出现了洛阳纸贵的场面。臧克家回忆说："《诗刊》在 1957 年 1 月 25 日出版，因为有毛主席的诗词十八首，又将毛主席的信件手迹用道林纸同期刊出，轰动一时。《诗刊》创刊时，正是春节前夕，大街上排了长队，不是买年货，而是买《诗刊》，这件盛事，成为文坛佳话。"② 有人在回忆徐迟时也说到当时的情况："由他（指徐迟——引者）提议创办的《诗刊》，我这见证人绝不会忘记吕剑、唐祈、吴视、白婉清、刘贤钦等同志在当时的辛劳。可是，若没徐迟，几十天之内，由提议、组班，到印出王府井千人排队买的《诗刊》，《诗刊》也在一月之内一印再印的奇绩之出现，是无法想象的。"③ 周良沛说："毫无疑问，这确实是借主席的诗词为诗扬了威，为《诗刊》振了名。可这本《诗刊》经大家日日夜夜的苦心编印，也确实不俗。道林纸精印，加以鲁迅喜欢的那种毛边，外观就给人不同于当时任何书刊的全新印象。张光宇的封面设计简洁，大方，上面只印《诗刊》两个大字，就与徐志摩编的《新月》，戴望舒编的《新诗》之格式相仿。"④ 事实说明，《诗刊》的编辑班子具有很高的政治敏锐性，对当时文学与政治的关系、政治与上层领导的关系、文学与上层领导的关系的理解非常清楚，对在中国办好刊物的各种路径是非常了解的。

毛泽东的信和召见甚至在不久之后改变了臧克家的命运。1957 年年初，在"大鸣大放大辩论"的大环境中，臧克家写了一篇题为《六亲不认》的短文，发表在 1957 年 5 月 3 日的《人民日报》上。文章对所见到的一些不

---

① 数据来自陈子善：《〈诗刊〉毛边本始末》，《书城》2007 年第 8 期。
② 臧克家：《我与〈诗刊〉》，《臧克家全集》（第 6 卷），时代文艺出版社 2002 年版，第 52 页。
③ 周良沛：《想徐迟·念徐迟》，《新文学史料》1997 年第 3 期。
④ 周良沛：《想徐迟·念徐迟》，《新文学史料》1997 年第 3 期，第 81—91 页。

合理的不近人情的现象，进行了尖锐的批评。文章发表后不久，"反右派"运动开始了，《六亲不认》被某些人抓住当成靶子，说臧克家攻击伟大的党"六亲不认"。臧克家当时心中十分紧张，也被迫作了检讨。赞扬过臧克家这篇文章的人有的被打成了"右派"，但臧克家本人却没有被打成"右派"。臧克家回忆说："在这次反右斗争中我并没有被打成'右派'，个中原因连我自己也不十分清楚。现在回想起来，也许原因是多方面的，比如我刚刚调到作协不久，又一直因病半休，但我想最主要的原因，是当时作协党组一位负责同志说的：'臧克家刚刚受到毛主席的召见，怎么能把他打成右派呢？'这样，在这次反右斗争中我成了漏网之鱼。"① 不仅如此，在后来的历次斗争中，臧克家受到的冲击相对较小，恐怕也与这样一些经历有一定关系。

在中国当代的第一代领导人中，关心文艺发展、和诗歌有关系的人不少，因此，《诗刊》总是能够在不同时期、不同环境下和其中的一些人取得联系，得到他们的关心和支持，这无疑为刊物的发展提供了良好的政治、社会环境。除了毛泽东，周恩来、朱德、陈毅、郭沫若、胡乔木等都关心过《诗刊》的发展。

从现有文献看，周恩来在《诗刊》创办以后没有和刊物及其编辑发生过直接的联系，但是，作为《诗刊》首任主编的臧克家是在他的直接关心下调到中国作家协会的，这在一定程度上为《诗刊》的创办提供了人力上的支持。

1949 年 3 月，臧克家由中共党组织安排到了北平，先后担任华北大学文艺学院文学创作研究室研究员、出版总署和人民出版社编审、《新华月报》编委、《新华月报》文艺栏主编。1956 年夏天，周恩来召集一些文艺界人士在紫光阁举行座谈会，并在会上谈到了臧克家的新去处。臧克家回忆说：

> 使我终生难忘的，是 1956 年夏天紫光阁的一次集会。周总理召集了作家协会、文化部的负责人和一些作家一道座谈，共约七八十人。总理亲切关怀地询问大家的工作、写作、生活情况，特别对几位年高的老

① 运河：《世纪老人的话——臧克家访谈录》，《臧克家全集》（第 12 卷），时代文艺出版社 2002 年版，第 615 页。

作家殷殷垂问，人人心里感到温暖，得到鼓舞。当问我的时候，总理带点疑惑地说："臧克家同志，你是作家，为什么不在作家协会工作，而在人民出版社?"总理把头微微一仰，语气柔和，目光亲切。

     …………

这次宴集之后不久，周扬同志约我去谈话。那时他住在旧文化部的一座小楼上，与茅盾同志为邻，我从来没去看望过他。忽然一位女秘书同志来了电话，确乎叫我惊异。我去了。周扬同志恳切地同时带着征求意见的口气对我说："我们想调你到作协书记处工作，你觉得怎样?"这叫我很感意外。因为接到邀约电话之后，我心里有许多揣测，但没有想到这一点。我回答说："服从组织分配。怕做不好工作。"问题就这样决定了。周扬同志又热情坦率地谈了一些诗歌方面的问题，我就告辞了。

在回来的路上，我开始把周扬同志调我到作协书记处工作，和周总理问我的那句话联系起来，事情是十分清楚的了。……①

周恩来的问话也许是无意的，但在当时的中国，对于有关部门的领导来说，可能就是一种暗示或者提醒，这才有了时任中共中央宣传部副部长的周扬找臧克家谈话（在中国当代，每一级的文联、作家协会的工作都是由同级的党委宣传部领导的），才有调他去中国作家协会书记处的意见。中国作家协会的书记处是该组织的日常办事机构，具有相当的权力。虽然臧克家不是党员，在书记处属于没有权力的那种人，但是，书记处的地位确实是重要的。臧克家后来在徐迟等诗人的建议下提出创办《诗刊》并很快得到回音和支持，一方面和他作为一个有成就的诗人代表了许多诗人的意愿有关，另一方面肯定也和他在诗歌界、在中国作家协会的特殊地位有一定关系。

在《诗刊》创办过程中，徐迟发挥了极其重要的作用。但臧克家是《诗刊》的首任主编，这却是事实。如果臧克家没有调到中国作家协会，可能会由其他人承担这个担子。但是，历史选择了他。历史可以不断被"重写"，而事实无法改变。

———————————

① 臧克家：《会面无多忆念多——追念周总理》，《臧克家全集》（第5卷），时代文艺出版社2002年版，第359页。

朱德喜欢写诗，有《朱德诗选》等面世。他曾经在1961年夏天①约请臧克家去中南海谈论他写辛亥革命的诗。臧克家回忆说："朱总说，在公余时间，也喜欢读一点诗。自己偶尔也写一点。接着又谦逊地说：总写得不很满意。接下去，朱总对诗的问题做了指示。大意是说，诗要表现战斗生活，为革命服务。不要写得太深奥，叫一般人看不懂，那样，就会失掉它的作用。诗应该通俗化，群众化，意思、语言要朴素、明朗，叫人人看得懂，念出来，听得懂，这样，群众自然会喜欢它，不仅仅限于少数知识分子的范围……"②臧克家当时就发现，"这是和毛主席对文艺和诗歌的教导是一致的。毛主席和党中央许多领导同志，都关心诗歌问题，而且以自己的创作实践，为我们树立了榜样，成为典范。"③在20世纪五六十年代，中央领导对文学、诗歌的观念具有一致性是很正常的，因为他们的观点基本上是对毛泽东文艺思想的阐释。不过，在当时的政治、社会和文化语境之下，和一个人们都很崇敬的人物面对面的交流，对于一个诗人来说，肯定还是很受鼓舞的。也不知道是否因为臧克家为毛泽东改诗的原因，朱德邀请臧克家谈诗，最主要的就是请他看看自己为辛亥革命纪念册所写的几首诗。臧克家对那几首诗评价很高，他说："诗，朴素真挚，反映了革命历史，也表现出一个老革命家的真实情感。"④臧克家对朱德的诗、人是非常佩服和敬重的，但是他是否为朱德的诗提供过修改建议，现在没有史料的记载。

就现在掌握的信息看，朱德唯一一次参加诗刊社举行的活动是1962年4月19日在人民大会堂举行的诗歌座谈会。臧克家说："这次谈诗是陈毅同志倡议，由诗刊社主办的。济济一堂，到了五十几位诗人，堪称盛会，至今

---

① 臧克家在《怀念逐日深》这篇文章中说，朱德邀请他去是在"十四年前一个夏季的早晨"，文章是1977年6月16日写的，按此推断，臧克家见到朱德的时间应该是1963年夏天。但是，从文中的信息可以看出，朱德写的诗是为了"辛亥革命五十周年"的纪念册子用的，时间应该是在1961年夏天。臧克家对见面时间的记述可能有误。此处采用按照文章的信息推断的时间，即1961年夏天，这样也可以更好地和下文结合起来。当然，因为无法找到当时的纪念册，该纪念册是不是在后来（也就是1963年前后）才出版的，现在不得而知。

② 臧克家：《怀念逐日深》，《臧克家全集》（第5卷），时代文艺出版社2002年版，第294页。

③ 臧克家：《怀念逐日深》，《臧克家全集》（第5卷），时代文艺出版社2002年版，第294页。

④ 臧克家：《怀念逐日深》，《臧克家全集》（第5卷），时代文艺出版社2002年版，第294页。

我还珍存着朱总含笑的留影。"① 朱德是第一个到达会场的领导，"朱总到得很早，带着笑容走进福建厅和我们亲切握手，随意叙谈。从温和的态度、快乐的表情中，透露出心怀的舒畅。与会的同志们心情都很激动"②。朱德也是第一个在会上讲话，他认为："诗歌要热情地歌颂社会主义事业前进中涌现出来的动人的真实事件。要真情实感地说出心里的话。这样写出来的东西就好了。"他还谈到了个人的写作感受，"自己时有所感，写上四句八句，说诗不像诗，只是完成表现的欲望。愿意和各位写诗的同志们常常见面，多多交换意见。"③ 作为开国元勋之一，朱德能够亲自参加诗刊社组织的活动，是对诗歌事业的极大支持。

　　在中国新诗发展史上，郭沫若的影响是巨大的，在诗歌界的地位很高。在五四时期，郭沫若的诗集《女神》标志着新诗文体的初步定型，诗集中透露出的狂飙突进的精神、否定偶像和个性解放的追求，如激昂的号角一般，影响了其后的一代代中国读者，成为新诗史上无法回避的艺术高峰之一。作为一个诗人，郭沫若对诗歌的关心可以说是他的本分。但是，在有关《诗刊》的信息中，我们很少能够见到关于郭沫若的事情，不知道这是什么原因。

　　作为诗人，臧克家对郭沫若的关注很早，他早在1923年就开始关注郭沫若的诗，1927年起，他多次聆听郭沫若慷慨激越的演讲，1938年三四月间，臧克家在武汉拜访了郭沫若。后来在重庆、在上海、在北京，臧克家都曾有机会拜访郭沫若。他对郭沫若的精神和人格非常佩服。郭沫若曾经写过揭露、批判蒋介石的文章，控诉蒋介石的罪行，而对毛泽东，郭沫若却是非常服气的。臧克家曾经记述过第一次文代会上的一件事情："（1949年）7月，第一次文代会开幕。毛主席、周总理都亲临盛会。郭老代表近千名代表向毛主席深深地、深深地九十度鞠躬。这一鞠躬，给我的印象深刻极了，使我想起了二十多年来，郭老对窃国大盗蒋介石鄙视之，唾骂之，与

---

　　①　臧克家：《怀念逐日深》，《臧克家全集》（第5卷），时代文艺出版社2002年版，第294页。

　　②　臧克家：《怀念逐日深》，《臧克家全集》（第5卷），时代文艺出版社2002年版，第294页。

　　③　臧克家：《怀念逐日深》，《臧克家全集》（第5卷），时代文艺出版社2002年版，第294—295页。

之坚决斗争，生死不顾。今天，对人民的革命导师则一躬到地，毕恭毕敬。郭老的精神，郭老的人格昭昭然在万众之心。"① 我们对郭沫若的这一"鞠躬"也许有不同的解读，但是，了解郭沫若的臧克家对其的评价应该是发自内心的。

在臧克家的回忆录里，郭沫若与《诗刊》有关的记载只有两次，第一次是 1957 年 1 月《诗刊》刚刚创刊的时候，他们去拜访了郭沫若。臧克家回忆说："1957 年 1 月，《诗刊》创刊了，为了向他请教，也为了请他写稿，我们开始登门拜访郭老。那时他住西四大院胡同五号。他约我、徐迟和编辑部的同志在家里吃饭，碰杯祝酒，谈笑风生，三杯下肚，豪兴大发。大家如晴朝临风，月下抒怀，诗情洋溢，醉翁之意不在酒了。"② 这段文字倒是写出了诗人聚会的氛围，但是，郭沫若好像没有像其他领导人如毛泽东、朱德、陈毅等那样谈到诗该怎么写之类的话题，也没有谈到《诗刊》的发展问题。第二次是在 1962 年 4 月 19 日，郭沫若参加了诗刊社在人民大会堂组织的谈诗会，臧克家是在怀念朱德的文章中提到过郭沫若的名字，文章说，朱德进入会场之后，"接着，陈毅同志、郭沫若同志接踵而至"③，同样没有涉及郭沫若对诗歌和《诗刊》表达了怎样的看法或者期望。

在《诗刊》发展史上，还有一个非常重要的人物，就是陈毅。陈毅是开国元勋之一，也是诗人，他的《梅岭三章》等作品曾经选入中学语文课本，产生了广泛的影响。陈毅是一个直率的人，他对诗歌、对《诗刊》的关心非常直接、具体。

在《诗刊》创刊之后不久，陈毅曾经约臧克家去谈诗，由于当时臧克家卧病在床，没有能够成行。但是，陈毅对《诗刊》的关心是非常真诚、具体的，持续时间也是相对较长的。

陈毅为《诗刊》的出版提出过许多具体建议，解决过一些具体问题。臧克家回忆说："陈毅同志像爱护一个宁馨儿一样，爱护《诗刊》，关心它，

---

① 臧克家：《识得郭老五十年——怀念郭沫若同志》，《臧克家全集》（第 5 卷），时代文艺出版社 2002 年版，第 348 页。

② 臧克家：《识得郭老五十年——怀念郭沫若同志》，《臧克家全集》（第 5 卷），时代文艺出版社 2002 年版，第 348 页。

③ 臧克家：《怀念逐日深》，《臧克家全集》（第 5 卷），时代文艺出版社 2002 年版，第 294 页。

支持它，在它身上费心血。即使出国期间，在外事活动繁忙之余，也还挂记着它。刚回到首都，在一次集会上，把我招呼到面前，说：'《诗刊》出双月刊，在国际上影响不好，全国只有一个诗的刊物呀，得赶快改回来。'那口气，亲切关怀而又有点发急的意味。那时纸张实在困难，不得已才改为双月刊。陈毅同志注意到了这件事。我们遵从了他的意见，争取恢复了月刊。"① 因为纸张缺乏，《诗刊》曾经从 1961 年 1 月开始改为双月刊，1963年 7 月恢复为月刊，持续到 1965 年 1 月停刊。臧克家说的这件事情应该发生在《诗刊》出版双月刊这段时间里。陈毅还曾给臧克家建议："《诗刊》能改为半月刊，岂不更合读者的希望，如何，有可能否？"② 对于编者，这些建议都是具有一定价值的，既是诗人的声音，也可以说是中央领导的意见。其实，早在 1959 年 4 月的一次座谈会上，陈毅就对《诗刊》的办刊风格问题提出过批评和建议："我是拥护《诗刊》的。《诗刊》变为通俗性群众《诗刊》，不好。以前轻视工人、农民；以后完全倒过来，也不好。对群众如此，对诗人也应如此。群众意见登一些也好。《诗刊》，印得美一点，太密密麻麻，不像话。"③ 这些说法是很有针对性的，在"大跃进"民歌运动中，因为党和政府的政治导向的影响，《诗刊》确实发表过许多民歌，几乎成为通俗读物。20 世纪 50 年代后期的"颂歌"时代是中国文学发展的一个奇特现象，但它是党中央认可和支持的。作为官方刊物，《诗刊》配合这样的政治任务在当代中国毫不稀奇。因此，在当时那种政治氛围中，估计也只有陈毅这样的开国元勋和懂得诗歌的内行才敢于说出这样的话。陈毅还为《诗刊》解决了一些具体问题，臧克家回忆说，在三年困难时期，因为纸张紧张，《诗刊》无法印刷道林纸本，陈毅知道了，"马上写了条子，要外交部调拨了一部分道林纸给我们"④。作为一个高级官员，连刊物的纸张、版式问题都关心，其对于诗歌和《诗刊》的拳拳之心由此可见一斑。

　　陈毅多次参加《诗刊》组织的活动，并对诗歌发表了自己的意见。

---

① 臧克家：《陈毅同志与诗》，《臧克家全集》（第 5 卷），时代文艺出版社 2002 年版，第 298 页。
② 臧克家：《陈毅同志与诗》，《臧克家全集》（第 5 卷），时代文艺出版社 2002 年版，第 298—299 页。
③ 臧克家：《陈毅同志与诗》，《臧克家全集》（第 5 卷），时代文艺出版社 2002 年版，第 303 页。
④ 臧克家：《陈毅同志与诗》，《臧克家全集》（第 5 卷），时代文艺出版社 2002 年版，第 298—299 页。

1959 年 4 月，诗刊社邀请了二三十位诗人和文艺界领导在南河沿文化俱乐部举行诗歌座谈会。陈毅参加了会议，并在会上谈到他对诗歌的诸多见解。他认为："诗要讲含蓄，一泄无余，也不是好诗！""诗比散文流利。标语口号不能成为诗。""重视外国人，轻视中国人；重视古人，轻视今人，是不好的。……新诗是不是受了外来的影响？是不是同民族脱离？《诗刊》有了很大的争论。……我们要有自己的东西，不要捡人家的东西，拾人牙慧。中国诗，没有创造，就完蛋！"① 虽然这些观点是从臧克家的回忆录中摘录出来的，但口气确实像是出自直率的陈毅之口。应该说，这些看法都是很有道理的，不但是对当时《诗刊》和诗歌创作情况的一种总结，也是对《诗刊》和诗歌创作提出的意见和建议，是比较客观而且符合诗歌艺术特征的。诗人谈诗，是可以说到本质上的。陈毅不但提议召开了 1962 年 4 月 19 日在人民大会堂福建厅举行的诗歌座谈会，而且亲自参加，朱德、郭沫若参加会议，估计也和陈毅的提议有关。在那次座谈会上，陈毅也谈到了一些有价值的意见，他说："写诗要写得使人家容易看懂，有思想，有感情，使人乐于诵读。……我写诗，就想在中国的旧体诗和新诗中各取其长，弃其所短，使自己所写的诗能有些进步。"② 这些看法是作为诗人的陈毅对诗的理解，同时，作为中央领导，这些见解其实也是对诗人和《诗刊》提出的要求，在一定程度上对《诗刊》的发展是产生过影响的。

　　陈毅还给《诗刊》提供自己的作品。在当代诗人中，陈毅是高级干部里创作作品比较多的诗人。臧克家在和陈毅比较熟悉以后，就不时地写信向他索稿，而陈毅都尽力支持。但陈毅在诗人面前从来都是很谦虚的，他在 1959 年 2 月 14 日给臧克家的回信中说："立即上机赴朝鲜，把近来写的三首诗，仓猝定稿，送《诗刊》凑趣，如蒙登载，要求登在中间，我愿做中间派，如名列前茅，十分难受，因本诗能名列丙等，余愿足矣。"③ 他认为自己的诗能够发表就不错了，不能放在刊物的前面，这样的胸怀是令人敬佩

---

　　① 臧克家：《陈毅同志与诗》，《臧克家全集》（第 5 卷），时代文艺出版社 2002 年版，第 301 页。

　　② 臧克家：《陈毅同志与诗》，《臧克家全集》（第 5 卷），时代文艺出版社 2002 年版，第 304 页。

　　③ 臧克家：《陈毅同志与诗》，《臧克家全集》（第 5 卷），时代文艺出版社 2002 年版，第 299 页。

的。他在给《诗刊》寄组诗《冬夜杂咏》（《青松》等）① 的时候附信说："为《诗刊》凑趣，得旧作《冬夜杂咏》，抄来塞责，仍请按旧例放在中间或末尾为妥。此诗杂乱无章，杂则有之，诗则未也……"② 按照臧克家的说法，这组诗其实"是一组汪洋恣肆、气象万千、内容丰富、率意真挚的佳作"③，但陈毅却自称"杂乱无章"。陈毅对诗歌创作的要求很严格，不满意的作品是不会随便拿出来示人的，他曾在给臧克家的信中说："近来想作几首诗，未搞好，搞好再呈教。我的旧作，整理尚未就绪，愈整理愈觉得诗是难事，就愈想放下了事。这只有看将来兴会来时再说。"④陈毅的工作非常繁忙，能够写作和整理诗稿的时间非常有限，因此，对于《诗刊》的约稿，并不是每次都能够满足。他曾在信中说过这样的话："苦于事忙，写诗不能不作放弃，以至未定稿太多，此乃无可如何之事，彼此均有此经验，公等当不以托词视之。"⑤ 作为一个高级干部，无法满足刊物的约稿还那么谦虚，一方面说明他对诗歌创作之严谨，另一方面说明他对《诗刊》的看重，还可以看出他对诗人是非常尊重的。

在前期，《诗刊》与中央领导人中的诗人保持着密切而良好的关系，他们不但在作品上支持《诗刊》，而且在《诗刊》的编辑思想、办刊方向等方面为《诗刊》提供指导和保护，同时还尽力为《诗刊》解决一些具体问题。这在中国新诗的发展历史上是没有先例的，恐怕也很难有后来者。根据有关专家统计，在前期《诗刊》的八年中，发表作品的"共产党和国家领导人有：毛泽东（5）、陈毅（5）、董必武（4）。"名字后面的数字表示发表作品的次数。在这个名单中，发表作品21次的郭沫若没有被作为"共产党和国家领导人"看待，而是被列入了"发表作品15次以上的作者"⑥。

---

① 这组诗共12题19首，发表于《诗刊》1962年第1期。

② 臧克家：《陈毅同志与诗》，《臧克家全集》（第5卷），时代文艺出版社2002年版，第299页。

③ 臧克家：《陈毅同志与诗》，《臧克家全集》（第5卷），时代文艺出版社2002年版，第299页。

④ 臧克家：《陈毅同志与诗》，《臧克家全集》（第5卷），时代文艺出版社2002年版，第299页。

⑤ 臧克家：《陈毅同志与诗》，《臧克家全集》（第5卷），时代文艺出版社2002年版，第300页。

⑥ ［日］岩佐昌暲：《一只被折断了翅膀的鸟——〈诗刊〉的7年》，武继平译，《中外诗歌研究》1999年第1期。

《诗刊》没有忘记关心、支持刊物发展的领导。在 1976 年复刊之后，还多次发表有关高层领导的作品。《诗刊》编辑部选择了一组陈毅的作品，并邀请赵朴初撰写了《淋漓兴会溢行间——读陈毅同志诗词》，一并发表在 1976 年 12 期的《诗刊》杂志上，产生了很大的影响。1978 年 1 期的《诗刊》，发表了对后来产生深远影响的毛泽东《给陈毅同志谈诗的一封信》。这封信写于 1965 年 7 月，毛泽东在信中为陈毅改定了一首五律诗作《西行》，并谈到了他对诗歌创作的一些看法，他认为："又诗要用形象思维，不能如散文那样直说，所以比、兴两法是不能不用的。""宋人多数不懂诗是要用形象思维的，一反唐人规律，所以味同嚼蜡。""要作今诗，则要用形象思维方法……民歌中倒是有一些好的。将来趋势，很可能从民歌中吸引养料和形式，发展成为一套吸引广大读者的新体诗歌。"毛泽东的这封信虽然只是友人之间关于诗歌的通信，而且在今天看来，也还有值得商榷、推敲、完善的地方，但是，它的发表，无疑为人们思考诗歌回归诗歌、艺术回归艺术的问题，对于文艺界解放思想、拓展思路、丰富创作手法产生了不可忽视的重要影响。

前期的《诗刊》受当时高度集中的文化体制的管理，其发展经历了一些曲折。但它又是幸运的，因为有文艺政策的制定者和众多中央高层人士的关心和支持，使《诗刊》在诸多政治运动中能够为中国诗歌的发展保持一个难得的园地，并以诗的方式记录了当时人们的心路历程，为后来诗歌的研究者提供了难得的第一手材料。

第二节　国家意识的张扬

早期《诗刊》和许多文学期刊一样，具有明显的国家意识，接受国家管制，张扬国家的主张，具有突出的群体意识和政治意识。

所谓国家意识，是"指生活在同一国家的居民在长期共同的生活、生产、斗争中形成的对整个国家认知、认同等情感与心理的总和。国家意识是公民对国家的认同、认知意识，是社会个体基于对自己祖国的历史、文化、国情等的认识和理解，而逐渐积淀而成的一种国家主人翁责任感、自豪感和归属感。它是一种政治意识，同时也是一种文化意识，它能在很大程度上激发公民的责任心和义务感，有利于国家的昌盛和民族的强大，使之在各国各民族激烈的竞争中立于不败之地。"① 在中国当代，国家意识在很大程度上其实就是党和政府的意识，就是政治意识。

就《诗刊》而言，我们可以从以下几个方面来理解它所追求和张扬的国家意识。

其一，在党和政府制定的文学规则和设置的文学体制下运行。

中国当代的文学和文学期刊是在一些特殊的规制之下发展的。这些规制主要不是法律，而是党和政府提出来的各种主张和要求。1949 年 7 月举行的第一次文代会确立了当代文学发展的基本要求，形成了当代文学发展的特殊体制，简单地说，就是形成了大一统的文学观念，文学创作、研究都必须在这种体制之中开展，而这种体制和观念可以追溯到 1942 年延安整风运动中举行的延安文艺座谈会以及毛泽东《在延安文艺座谈会上的讲话》。政治标准是评价文学作品、期刊的第一标准，接着才是艺术标准，而当二者发生冲突的时候，人们必须遵循前者。

大众化追求，对工农兵的关注和歌唱，是当代文学制度中的重要话题，也是《诗刊》自创刊以后长期坚持的艺术方向。在这种主张之中，诗人很难表达自己的、个人性的元素，它们创作的作品大多数都是使用群体话语、政治话语书写对于时代的歌唱。

其二，对各种党和政府主张、政治运动的密切配合。

因为政治化的文学制度和体制的强大作用，文学、诗歌和文学期刊对于党和政府的主张、运动形成了配合的发展格局。

在这样的语境之下，个人的创造性、创新意识、探索意识受到一定程度的压抑，诗歌、诗歌刊物和全国其他领域一样，在语言、思想等方面几乎没有什么探索性，尤其是对于外国的东西（主要是西方的东西）大多采取排斥的做法。

从 20 世纪 70 年代后期开始，因为思想解放运动的逐渐深入，诗人及《诗刊》的艺术视野、诗歌观念、创新意识等都发生了根本的改变，但是，早期《诗刊》在追随官方主张、运动等方面的痕迹仍然比较明显，比如，每年的重大节日如"五一""七一""八一""十一"，或者国家出现重大政治活动、重大事件或活动，如"改革开放三十年""汶川大地震""北京奥

---

① 国家意识，百度百科，http://baike.baidu.com/view/1855515.htm。

运会"等,《诗刊》都会刊发与它们相关的诗歌作品——这些作品在艺术水准上肯定远远超越了早期《诗刊》。

其三,以赞美/批判的二元意识建构当代诗歌。

早期《诗刊》面临的是以阶级斗争为纲的时代。在那样的时代,人们的思想、情感几乎都是二元的,要么好,要么坏,要么是无产阶级,要么是资产阶级(地主阶级等),没有介于二者之间的情感。人们的思维也因此形成了特殊的二元模式。这些观念、思维方式对诗歌创作和诗歌刊物的发展都产生了重要影响。在早期《诗刊》发表的作品中,我们可以见到明显的赞美、批判二元构成的诗歌作品。

赞美当然是对党、对国家及其所认同的人与事的赞美——比如工农兵,比如在它们号召下所做的一切,尤其是对领袖的赞美,成为中国当代诗歌中一道独特的风景,其数量(或者比例)可能是任何时代的诗歌中最高的,而且在中国遭受巨大政治灾难的 20 世纪 50 年代后期到 60 年代初期,居然形成了历史上难得一见的"颂歌时代"。

批判对象当然是党和国家所反对的一切人和事,包括它们所认定的错误的思想、行为,以及它们按照阶级斗争原则所划定的一切敌人(国内的、国际的甚至曾经是朋友的)。

在诗歌艺术中,赞美和批判都是值得关注的情感向度。但是,这种具有绝对性的赞美和批判模式存在诸多局限,比如赞美与批判的标准都是人为的,甚至是随意的,没有接受时间和社会发展、艺术发展的检验,缺乏对于艺术规律和人的起码的尊重,而且有些赞美和批判在后来被证明是错误的甚至是荒唐的,比如对于"反右派"运动、"大跃进"运动的赞美,对于一些右派分子的批判,等等。

对于诗歌(和所有的文学)而言,国家意识是必需的。国家意识是群体意识的根本,可以凝聚人心,张扬民族意识,传承民族文化,推动民族的健康发展,也由此促进诗歌和文学的发展。但是,这种国家意识必须是以人为本的,必须是可以促进人的全面发展的,同时必须具有开放意识和包容精神,敢于和善于借鉴、吸收其他民族的优秀元素。在开放的文化语境中,狭隘的国家意识只能导致艺术的失落,导致人的失落,最终导致国家意识的淡化甚至误区。这也许是我们应该从早期《诗刊》的发展历史中获得的基本教训和启示。

对于前期《诗刊》对政治的配合，洪子诚、刘登翰在其《中国当代新诗史》中进行过这样的描述："在五六十年代，《诗刊》大部分时间里推重着诗歌艺术'政治化'趋向。从 1957 年中期开始，这种趋向表现为'专题化'的专刊编辑方式。'专题性'栏目的设计，通常是围绕政治运动、事件，以及作者的政治身份这两者展开。"①他们还在注释中针对"专题性"栏目进行了具体描述："从 1957 年第 7 期开始，'专题'式的专辑，成为《诗刊》最主要的编排方式。政治运动、事件方面的专辑如'反右派斗争特辑'、'庆祝十月革命四十周年'、'献给和平的诗'、'献给农村的诗'、'工厂大字报上反浪费的诗'、'农村大跃进'、'支持阿拉伯各国民族独立'、'歌唱上面红旗'（引者注：可能是'三面红旗'之误）、'共产党万岁！毛主席万岁'、'庆祝三八国际妇女节'、'城市人民公社万岁'、'支持亚洲拉丁美洲人民的民族民主运动'等。以作者政治身份为专辑的如'兄弟国家诗人作品选译'、'工人诗歌一百首'、'歌颂党的新民歌'、'战士诗歌一百首'、'亚非国家诗选'等。1960 年代，专辑的形式虽不再多见，但是这种风格仍得以继续。"②

在谈到前期《诗刊》的时候，日本学者岩佐昌暲也有过如下描述：

> 我们从《诗刊》走过的 7 年（实际上应该是 8 年，下同——引者）的历程中尤为强烈地感受到的是，在这 7 年的岁月中，特别是 57 年下半年以后诗歌开始向"政治"无限靠近，并逐渐坠落为"政治"的奴仆。诗歌只是为政治服了务。政治出现左倾，自然诗歌也左倾。无论从诗歌内容上的政治性，还是从它所表现的煽动性和战斗性，甚至从它的豪言壮语或作品整个的非艺术性而论，不妨说 64 年发表的作品几乎大多数都是文革时期诗歌的先声。③

作为一个汉学家，岩佐昌暲主要是从旁观者的角度来观察《诗刊》的，其看法具有一定的代表性。我们所说的国家意识，在前期《诗刊》发展中

---

① 洪子诚、刘登翰：《中国当代新诗史》（修订本），北京大学出版社 2005 年 4 月出版，第 24 页。

② 洪子诚、刘登翰：《中国当代新诗史》（修订本），北京大学出版社 2005 年 4 月出版，第 28 页，注释 25。

③ ［日］岩佐昌暲：《一只被折断了翅膀的鸟——〈诗刊〉的 7 年》，武继平译，《中外诗歌研究》1999 年第 1 期。

实际上就是对政治的追随。这种追随使诗歌艺术受到了一定的伤害，但对于《诗刊》来说，或许是一种不得已的生存策略。

第三节　诗歌活动与主流话语的交织

与诗歌有关的活动，不外乎这样几种类型：诗歌创作活动，诗歌交流研讨活动，诗歌朗诵活动，诗歌编辑出版活动，诗歌评奖活动等。

作为全国性的诗歌刊物，《诗刊》在中国当代诗歌发展史上不仅仅是作为一个发表作品的阵地而存在的。它既发表诗人的优秀作品，引领诗歌艺术的探索向度，同时还是一个具有纽带作用的重要平台，既要将诗人凝聚起来，又要将诗人、诗歌和读者、社会联系起来，使诗歌在走向读者的同时，发挥自己的社会作用和艺术作用。

从创刊开始，除了和诗人、评论家的交流之外，《诗刊》还特别注重和现实、社会甚至政治的广泛交流与联系。作为官方刊物，《诗刊》举行的各种活动也和当时的政治、社会有着密切的关联。在这里，我们主要以诗歌交流研讨活动、朗诵活动和刊物之外的编辑出版活动为例，讨论《诗刊》举行的这些活动与政治话语、主流话语的关系，以及由此体现的生存策略。

一、诗歌交流、研讨活动

除了一些史料的记载和回忆文字之外，我们现在很难查到《诗刊》在前期究竟举行了哪些诗歌研讨、交流活动，尤其是难以查到这些活动的起因、细节和影响。但我们可以想象，在诗歌发展和《诗刊》受到各方面重视而且影响很大的那个年代，这样的活动肯定是不少的。根据《〈诗刊〉纪要》中提供的历史信息，我们大致可以整理出以下一些和《诗刊》有关的诗歌交流、研讨活动。

（1958 年）8 月 3 日　《诗刊》编辑部召开座谈会，郭小川、阮章竞在会上的发言分别题为《怎样使诗歌更快更好的发展》《群众对诗人的要求是些什么?》，刊于《诗刊》1958 年 8 月号。

（1959 年）7 月 9 日、28 日和 8 月 6 日　《文学评论》编辑部、《人民日报》文艺部、《文艺报》《诗刊》联合邀请北京的一些诗人、学者及诗歌爱好者召开三次座谈会，讨论诗歌格律问题。会议由何其芳主持。讨论综述以《诗歌格律问题的讨论》为题刊于《文学评论》1959 年第 5 期。

（1960 年）8 月 9 日至 12 日　《诗刊》邀请出席全国第三次文代会的诗人们举行诗歌座谈会，出席的有 82 人，《诗刊》1960 年 9 月号刊出部分诗人的发言。

（1962 年）4 月 19 日　《诗刊》编辑部召开诗歌座谈会。新华社十九日讯："在首都文艺界刚刚纪念了中国伟大诗人杜甫诞生一千二百五十周年之后，我国的诗人们今天又在这里聚会一堂，倾心交谈，探讨繁荣现代诗歌创作的问题。""朱德、陈毅、郭沫若、周扬等同志，今天都以诗人和诗歌爱好者的身份，同五十多位诗人一起，参加了在人民大会堂福建厅举行的诗歌座谈会。""诗歌座谈会是由中国作家协会《诗刊》编辑部召集的。参加座谈会的有柯仲平、臧克家、萧三、常任侠、袁水拍、谢冰心、冯至、饶孟侃、卞之琳、田间、张光年、阮章竞、李季、魏巍、闻捷、纳·赛音朝克图等。"

（1963 年）10 月 14 日　《诗刊》社在北京召开"朗诵艺术座谈会"。①

应该说，《诗刊》举行的这些研讨活动在主旨上是探讨诗歌艺术规律的，而且都具有一定的针对性（比如 1958 年举行的诗刊编辑部座谈会，应该是诗刊社的内部会议，主要针对当时诗歌界存在的问题而举行的。这样的会议在《诗刊》和其他很多刊物内部是经常举行的），或者抓住了某个机缘（比如借助某次会议的机会，如第三次文代会，恰好可以将分散在全国各地的诗人召集起来）。有些研讨会在新诗史、诗歌批评史上发挥了重要作用（比如，连续召开的关于诗歌格律问题的讨论会）。

不过，这份资料所收集的信息可能是不够完整的，比如，在臧克家的记载中，1959 年 4 月曾经召开过一个诗歌座谈会，陈毅出席了会议，而且有针对性地发表了自己的意见，对《诗刊》的办刊风格问题提出过具体的批评和建议："我是拥护《诗刊》的。《诗刊》变为通俗性群众《诗刊》，不好。以前轻视工人、农民；以后完全倒过来，也不好。对群众如此，对诗人

---

① 根据《〈诗刊〉纪要》的有关信息整理，见《诗刊》2007 年 1 月上半月刊。

也应如此。群众意见登一些也好。《诗刊》，印得美一点，太密密麻麻，不像话。"① 座谈会涉及《诗刊》编辑工作中的一些具体问题，估计那次会议应该是和《诗刊》有关的，至少作为主编的臧克家参加了会议。但是，这次会议的有关信息在诗刊社整理的纪要中没有涉及。

诗歌研讨交流活动属于公众性活动，这样的活动虽然谈的都是诗，但在中国当代的政治、社会和文化语境中，一般都会涉及当下的文艺政策、诗歌思潮、诗歌艺术走向等问题，都是和当时的政治语境配合在一起的，甚至会对一些被认为和政治思潮不一致的诗歌现象进行批判。

二、诗歌朗诵活动

诗歌朗诵活动是进行诗歌交流，推动诗歌走向读者、走向社会的有效途径之一。在抗战时期，诗歌朗诵活动非常活跃，街头诗、枪杆诗等层出不穷，它们都可以看成是朗诵诗歌的特殊类型，还出现了高兰等以创作朗诵诗而知名的诗人。虽然有些作家、诗人对于朗诵诗的艺术质量存在看法，比如早在1938年9月，沈从文就对朗诵诗和朗诵者、朗诵艺术等提出了自己的看法，他认为，不是随便什么作品都可以用于朗诵诗，"一般作品在朗诵试验上，将依然不免于失败。原因显明，许多诗关于文字排比处理的方法，都太不讲究，极端的自由，结果是无从朗诵。比较便于朗诵的，不是带标题的'朗诵诗'，反而是时间较早，在形式上并不十分自由，一些目前人认已成过去的新诗。这些作品恰为最新诗人所嘲笑，笑它们是'带了些脚镣手铐'的，如徐志摩、闻一多、朱湘、陈梦家几人作品。"② 他对当时的朗诵诗存在的问题提出了自己的意见："抗日战争发生后，朗诵诗在后方刊物上到处可见。作品既不少，朗诵诗的作家自然也很多。但就一般成就而言，这些作者的'意'或'辞'却尚不曾超过并不常用'朗声诗'字样为题的臧克家先生作品。试就臧先生作品探检，就可知体制实源于闻一多先生作品，还是保存当年《诗刊》所运用的那个原则，即在语言上求适合惯性，更在这个

---

① 臧克家：《陈毅同志与诗》，《臧克家全集》（第5卷），时代文艺出版社2002年版，第303页。

② 沈从文：《谈朗诵诗》，《沈从文文集》（第11卷），花城出版社1984年版，第244页。

条件上将语言加以精选，因此作品便显得有生气多新意。"①　在他看来，即使是朗诵诗，也首先应该具有诗的艺术特征，遵循诗的艺术规律，因为读者欣赏的是诗的情感和表达情感的方式，就是具有音乐性的语言和由此表达的情绪情感。沈从文对当时的朗诵诗和诗的朗诵效果的评价是有道理的，兼顾了诗歌作品和朗诵艺术两个方面，并认为"朗诵诗不失为新诗努力之一个方向。这名目虽近数年方出现，它的实验已进行了许多年。在诗的朗诵运动中，它的各种试验，不拘成功与失败，对于将来的新诗怎样写、写什么都大有帮助。"②　在新诗发展史上，尤其是在当代诗歌发展中，诗歌朗诵活动在团结诗人、凝聚读者、宣传政策、扩大诗歌影响、发挥诗的社会效用等方面确实发产生过不可忽视的作用，也为我们留下了一些思考。

　　根据《〈诗刊〉纪要》提供的信息，《诗刊》组织的诗歌朗诵活动主要集中在 20 世纪 60 年代初期，尤其是 1963 年、1964 年：

　　（1960 年）6 月 18 日　由《诗刊》、中国音协理论创作委员会、中央人民广播电台等联合举办的支持亚洲、非洲、拉丁美洲人民民族民主运动的反帝诗歌朗诵演唱会在北京中山公园音乐堂举行。

　　（1962 年）9 月 5 日　《诗刊》编辑部和中央广播电视剧团联合主办的诗歌朗诵吟唱会在首都广播大楼音乐厅举行，《诗刊》主编臧克家主持，光未然、萧三、赵朴初、阮章竞、邹荻帆等朗诵了自己的作品。

　　（1962 年）11 月 8 日　《诗刊》编辑部和中央人民广播电台文艺部主办的"支援古巴诗歌朗诵大会"在首都剧场举行，《诗刊》主编臧克家主持。

　　（1963 年）3 月 24 日　《诗刊》社和北京话剧、电影演员、业余朗诵研究小组主办的星期朗诵会在北京儿童剧场举行。

　　（1963 年）4 月 7 日　《诗刊》编辑部和中央人民广播电台邀请首都诗人、演员到北京郊区红星人民公社西红门大队去朗诵和演唱诗歌。

　　（1963 年）7 月 19 日　《诗刊》社主办的纪念马雅可夫斯基诗歌

_____

　　①　沈从文：《谈朗诵诗》，《沈从文文集》（第 11 卷），花城出版社 1984 年版，第 253 页。文中所说的《诗刊》是指徐志摩等人创办的晨报副刊《诗镌》，而不是 1957 年创办的《诗刊》。

　　②　沈从文：《谈朗诵诗》，《沈从文文集》（第 11 卷），花城出版社 1984 年版，第 254—255 页。

朗诵会在北京举行。

（1963 年）8 月 25 日　《诗刊》社主办的支持黑人斗争诗歌朗诵会在首都剧场举行。

（1963 年）10 月 14 日　《诗刊》社在北京召开"朗诵艺术座谈会"。

（1964 年）1 月 16 日　《诗刊》社主办的支持巴拿马人民反美爱国斗争诗歌朗诵会在首都剧场举行。

（1964 年）4 月 12 日　《诗刊》编辑部、中央人民广播电台文艺部等主办的"支持非洲独立周"诗歌朗诵演唱会在北京举行。

（1964 年）4 月 25 日　中央人民广播电台文艺部和《诗刊》《世界文学》等五个编辑部联合主办的"支持古巴和拉丁美洲人民斗争"诗歌朗诵演唱会在北京举行。

（1964 年）6 月 13 日　《诗刊》编辑部和中央人民广播电台文艺部主办的"人民公社好"诗歌朗诵演唱会在北京郊区黄土岗人民公社举行。

（1964 年）8 月 16 日　《诗刊》社与中央人民广播电台文艺部联合主办的反对美国侵略越南诗歌朗诵演唱会在北京中山公园音乐堂举行。①

举行这些活动，可能和《诗刊》的负责人有一定关系，但从这些朗诵会的主题看，更可能和当时的政治语境、时代氛围有关，比较明显地体现了《诗刊》追随政治潮流、配合当下社会重大事件、发挥诗的宣传教育作用的功能。据说，《诗刊》的朗诵活动最初是由胡乔木提出来的。敏歧回忆说："上世纪的六十年代初，北京的诗歌朗诵红火过一些日子，当时朗诵之兴，最初源自胡乔木……胡乔木对新诗一直很关心，那时在养病，想对诗歌的情况作些调查研究，就委托诗刊社为他组织一些朗诵。朗诵的有'五四'以来有代表性的新诗，有翻译的外国诗，还有中国古典诗词的吟诵。演出的地点在中央人民广播电台的小礼堂，胡乔木穿一件深灰夹呢大衣，每次到得都很准时。参加的人，除胡乔木外，主要是在京的诗人和作家。"② 参加过朗诵的诗人很多，贺敬之、李瑛、蔡其矫、郭小川等都登台朗诵过，很多朗诵艺术家也参与到诗歌朗诵活动之中，提高了诗歌朗诵的水平和影响。虽然最初的诗歌朗诵活动是由胡乔木为了个人的需要而开始的，但是，就敏歧的回

① 根据《〈诗刊〉纪要》的有关信息整理，见《诗刊》2007 年 1 月上半月刊。

② 敏歧：《忆〈诗刊〉的两件事》，《诗刊》上半月刊 2006 年第 7 期。

忆看，最初的朗诵活动在作品选择上还是很宽泛的，比较注重作品的艺术性和视野，这样的活动和沈从文当年所认同的那种效果比较接近，而且，这种活动为《诗刊》后来组织诗歌朗诵活动积累了经验和作品。

朗诵活动在当时非常受欢迎。通过多次的朗诵活动，组织者积累了一些朗诵节目，为此《诗刊》还尝试过公演，"最初是试探性的，谁知在音乐厅演出的第一场，海报一出，售票窗外就排起长队，票很快就卖光了。由于受到欢迎，朗诵就不定期地举行。每次既有保留节目，又有新的节目。还动员诗人上台与观众见面，朗诵自己的作品。"① 这说明《诗刊》是顺应时势的，既将诗人的作品推向读者、社会，把读者/听众的需要作为自己的分内之事，也通过一定的方式筹措刊物发展的经费。王震都通过秘书向《诗刊》索要过朗诵会的门票，可以看出，当时的这些朗诵活动很受欢迎而且影响很大。不仅如此，连续的朗诵活动还推出了不少具有影响的朗诵诗的名作，比如陈毅《冬夜杂咏》中的《大雪压青松》，贺敬之的《三门峡——梳妆台》，郭小川的《乡村大道》，刘征的《海燕戒》《老虎贴告示》，等等。这些作品在中国当代新诗史上都是叫得响的名篇，通过朗诵，把它们的影响进一步扩大。换句话说，当时的许多朗诵诗作品首先在艺术上具有自身的特色，而且又通过朗诵进一步强化了这些特色。

根据敏歧的回忆，我们可以推断，《诗刊》组织的朗诵活动肯定不只是《〈诗刊〉纪要》中提到的这些。敏歧说：

> 六十年代初，即六二、六三，两年左右的时间内，北京的诗歌朗诵活动很经常、很红火。朗诵又分两类，一类从诗歌和朗诵艺术考虑，这类最多，也最经常，另一类是配合当时的政治形势，如支援古巴，支援越南。第二类少些，但难度更大，因为相对而言，可选的诗少，而动员诗人自己上台的却要多。参加这类朗诵的诗人中，编辑部印象最好的，是袁水拍。首先，邀请他时，他答应得最爽快。再之，他从不要编辑部安排车，到时候，自己骑一辆自行车就来了，朗诵会结束，自己骑上自行车就走了。

换句话说，当时的朗诵活动最主要的目的是推动诗歌和朗诵艺术的繁

---

① 敏歧：《忆〈诗刊〉的两件事》，《诗刊》上半月刊 2006 年第 7 期。

荣，同时也有配合政治、时事的朗诵活动。而《〈诗刊〉纪要》记载的主要是第二类，也就是和当时的政治联系最紧密的一类。这样的选择性记载可能有两方面的原因，一是配合政治的朗诵会得到官方和传媒的关注较多，影响较大，在整理史料的时候收集资料相对比较容易；二是《诗刊》非常看重这些专题性的朗诵活动，它们为《诗刊》带来了政治的、社会的影响，也是《诗刊》一直延续的传统。不过，如果能够收集更多的关于艺术性更强的朗诵活动的史料，尤其是通过一定的方式揭示出第二类朗诵会在作品征集等方面的难度，那么《诗刊》在艺术观念、艺术活动等方面的丰富性也许会显得更加突出。

《诗刊》在积极组织朗诵活动的同时，也在理论上探讨朗诵艺术。这些文章在1962—1964年的刊物上大量出现。1963年第2期（双月刊）就专门开设了"朗诵诗笔谈"专栏，发表了袁水拍的《诗歌朗诵值得搞》、臧克家的《听诗纪感》、赵韫儒的《朗诵漫笔》、张定和的《诗要讲究自然节奏》四篇文章，对诗歌朗诵活动和朗诵诗的一些特点进行了探讨；1963年第3期（双月刊）发表了萧三的《诗朗诵漫谈》、闻山的《诗朗诵下乡小记》两篇文章；1963年第6期（9月号，月刊）刊发了苏民的《朗诵杂记》、高兰的《关于朗诵诗的一点感想》两篇文章。1964年第8期开设了"演员谈朗诵"专栏，发表了朱琳的《诵革命诗，先做革命人》、苏民的《不同的处理，不同的效果》、杨启天的《思想·生活·技巧》、周正的《朗诵杂记》、李唐的《向诗人伸手》以及惠露的《电台听众对诗朗诵的反映》；1964年11、12月合刊（前期《诗刊》出版的最后一期）开设了"诗人演员谈朗诵"专栏，刊发了陆棨的《让红煤喷出火焰》、芦芒的《让诗歌朗诵更深入群众》、曹伯荣的《我对诗朗诵的初步认识》、姜湘忱的《朗诵一得》四篇文章。我们暂且不讨论这些文章是政治的、经验的还是学术的，是编辑部组织的还是自由来稿，但不管怎样，它们在刊物上公开发表了，有的还是集中刊发的。由此可以看出，《诗刊》对于诗歌朗诵非常重视，不但组织了大量的朗诵活动，而且对朗诵艺术进行了广泛探讨。刊物甚至还组织了朗诵诗座谈会，1963年第9期（12月号，月刊）刊发了署名"本刊记者"的《朗诵艺术座谈会》，1964年第4期刊发了署名"本刊记者"的《大力开展朗诵活动，把诗歌送到群众中去——诗歌朗诵座谈会纪要》，该期刊物甚至还发表了来自越南的怀清撰写的文章《越南的诗体及其吟诵法》——介绍这篇文章，也可能和当时的朗诵风气有一定的关联。

配合形势的朗诵活动都和当时的政治话语密切相关，既有对国内事件的关注，也有对国际事件的关注，而国际事件主要涉及反对帝国主义的斗争，而且不只是中国反对帝国主义的斗争，还有对兄弟国家反帝运动、反帝斗争的支持。这应该是和中国当时反对两个"超级大国"的政治语境密切相关的。

我们现在很难查到每次朗诵会所朗诵的具体作品，但由每次活动的主题，我们还是可以大致推测，每次的朗诵作品中一定存在着追随政治、社会主题的应景之作。这类作品在艺术上不一定具有独特的创造性，也很难在诗歌史上留下影响，但组织者还是把它们推向了社会、读者、听众，这主要不是从艺术性上考虑的，而是考虑作品的现实适应性，尤其是作品的思想性和当时的政治现实的配合程度。

关注政治、社会，不但是诗歌和诗歌刊物的职责，而且可以说是《诗刊》的一种工作模式。编者以这样公开的方式宣传自己，既体现刊物对党和政府的追随，又体现了自己对于社会责任的担当。

《诗刊》举行的朗诵活动在1976年复刊之后仍然有所坚持。朱先树回忆说："《诗刊》的朗诵活动，在上世纪70年代末80年代初，也是具有广泛影响的，许多著名的朗诵艺术家和影视演员都参加过《诗刊》社的朗诵活动。在工人体育馆一次朗诵会，有一万多人参加，座无虚席，每朗诵到高潮，听众情绪热烈掌声不断，受到了诗的热情激励和鼓舞。可以说那时诗的感召力的确深入到了一般群众，甚至文化不高的人群中。"① 这其实是《诗刊》对自身朗诵传统的一种延续。只不过，因为政治、社会、艺术语境的变化，朗诵活动的内容发生了很大变化，而且持续不久之后就停止了，直到进入21世纪之后，才以新的方式重新延续，比如后来举行的"春天送你一首诗"活动等。

三、诗歌选本的编辑出版

这里所说的编辑出版活动，主要不是指《诗刊》自身的编辑出版活动，而是刊物编辑出版之外的一些活动，比如编辑出版诗歌年选、专题诗集、评

---

① 朱先树：《我在〈诗刊〉当编辑二三事》，《诗刊》上半月刊2006年第1期。

论集等。

就目前掌握的信息看，《诗刊》社从1958年就开始编辑一些专题的诗选、年选和诗歌评论文集。这种在刊物之外开展的编辑活动一直贯穿在前期《诗刊》的发展历程中，又主要集中在50年代后期，仅在1959年就出版了7种之多。60年代初期的几年出版得相对较少，这可能和当时的自然灾害造成的资源缺乏、纸张紧张有一定的关系（《诗刊》曾经出版过一段时间的双月刊，主要就是因为纸张紧张）。

按照时间顺序罗列，《诗刊》在前期编辑出版的有关诗选、评论选如下：

（1958年）7月　《诗刊》社编的《大跃进民歌选一百首》，由中国青年出版社出版。

（1958年）9月　《诗刊》社编的《工人诗歌一百首》《战士诗歌一百首》，由中国青年出版社出版。

（1958年）10月　《人民文学》《文艺报》《诗刊》编辑部编的诗集《举国欢腾庆凯旋——欢迎中国人民志愿军归国》，由作家出版社出版。

（1958年）12月　《诗刊》社编的《新民歌百首》（第二集），由中国青年出版社出版。

（1959年）1月　《诗刊》编辑部编的诗论集《新诗歌的发展问题》（第一集），由作家出版社出版。

（1959年）3月　《诗刊》社编的《云南兄弟民族民歌百首》，由百花文艺出版社出版；《诗刊》社编的《新民歌百首》（第三集），由中国青年出版社出版。

（1959年）6月　《诗刊》社编《新民歌三百首》，由中国青年出版社出版。

（1959年）8月　《诗刊》编辑部编的《诗选》（1958年），由作家出版社出版。

（1959年）9月　《诗刊》编辑部编的诗论集《新诗歌的发展问题》（第二集），由作家出版社出版。

（1959年）10月　《诗刊》社编的诗集《祖国颂》，由中国青年出版社出版。

（1959 年）12 月　《诗刊》编辑部编的诗论集《新诗歌的发展问题》（第三集），由作家出版社出版。

（1960 年）6 月　《诗刊》编辑部、作家出版社编的《风暴颂——反对美帝斗争诗歌画集》，由作家出版社出版。

（1961 年）12 月　《诗刊》编辑部编的诗论集《新诗歌的发展问题》（第四集），由作家出版社出版。

（1965 年）2 月　《诗刊》社编选的《朗诵诗选》，由作家出版社出版。①

和《诗刊》举行的诗歌研讨活动、朗诵活动一样，《诗刊》组织编选的诗歌作品、评论选本也是和当时的政治氛围、时代语境密切相关的。这些选本在一定程度上体现了当时诗歌的政治取向，是我们了解当时诗歌生存语境的重要史料。

从主题上看，这些作品大多都配合当时的政治话语和重大的历史事件，比如其中有涉及"大跃进"的民歌选本，涉及志愿军归国的诗歌选本，涉及新中国成立十周年的专题诗歌选本，涉及民族团结的民歌选本，涉及反美斗争的诗画选本，等等。用今天的政治和艺术标准来看，我们很难说这些作品具有多高的艺术价值，但在当时，时代氛围就是如此，诗歌关注时代、民族的热情是很高的，而且，无论是诗人还是诗歌刊物，如果不追随、书写时代的要求，诗歌和刊物的生存将面临种种压力和困难，也是和诗歌关注时代、关注现实的艺术要求存在差距的。

我们还可以从这些选本上感受到当时诗歌艺术潮流方面的一些特点，有三个方面值得特别注意。一是对工农兵的重视，包括诗人对工农兵的关注和歌唱，也包括工农兵自己创作的诗歌（民歌）作品；这是毛泽东文艺思想的核心内容之一，早在 1942 年，他就提出了文艺为工农兵服务的主张，在 50 年代以来，这种主张得到了进一步强化，成为中国文学发展的指导方针之一。二是关注民歌，50 年代后期出现的民歌热潮虽然是以"赞歌"形式出现的，但得到了官方的大力支持和号召，郭沫若还主持编选了《红旗歌谣》一类的现代民歌（也可以称为"红色歌谣"），面对这种情况，《诗刊》不得不加以足够的重视，因此，在这些诗歌选本中，属于民歌性质的作品相对较多，而且，在多本《新诗歌的发展问题》中，关于诗与时代、诗与政

① 见《〈诗刊〉纪要》，《诗刊》2007 年第 1 期。

治和民歌问题，也是重要的讨论话题。三是对于朗诵诗的重视。我们在上文中讨论了《诗刊》组织的朗诵活动，其实，《诗刊》不仅组织了大量的诗歌朗诵活动，而且编辑出版了《朗诵诗选》（在《诗刊》休刊后的 1965 年 2 月出版）之类的选本。

从上面所说的这些特点可以看出，《诗刊》所编选的诗歌、诗论选本是和当时的政治、时代语境密切配合的，这一方面是刊物坚持自己的艺术追求的举措，更主要的是《诗刊》采取的一种生存策略。这些文献在艺术上的价值不一定很大，但是它们可以还原历史，使后来者了解当时的诗歌处境，甚至了解中国当代诗歌发展的艰难。

第四节　翻译诗歌与诗歌功用的强调

关于翻译诗歌的情况的介绍，本来应该纳入《诗刊》的诗学观念加以考察，而不是放在《诗刊》的编辑策略上。但是，在《诗刊》发表的作品中，翻译诗歌毕竟是少数，不能够完全代表《诗刊》的艺术主张，于是我们就将其列入本章加以探讨。

当代诗人创作的作品和现实保持着联系，这是很正常的。在这里，我们主要是想从《诗刊》发表的翻译诗歌中，把握刊物在诗歌思潮、艺术走向等方面的特殊选择。这种选择其实也在很大程度上体现了刊物的编辑策略。

回顾中国新诗的产生及其发展历史，我们必须承认，外国诗歌、艺术、哲学、文化观念发挥着非常重要的作用。说得稍微远一点，这种翻译活动早在 1840 年前后就开始了。而作为五四新文化运动先行思潮的"诗界革命""文界革命""小说界革命""戏剧界革命"等也是受到外国诗歌、文学、哲学观念的影响，尤其是在梁启超、鲁迅等人的诗歌观念中，外国诗歌观念、作品的影响很明显，鲁迅早期的代表作之一《摩罗诗力说》谈论的主要是外国诗歌的优点和中国诗歌、文化存在的不足。作为中国新诗创作的第一人，胡适开始新诗创作是在美国留学期间，他自认为成为他诗歌"纪元"的《关不住了》实际上是翻译自美国诗人狄斯黛尔的诗。新诗诞生以后，中国诗歌界翻译、介绍外国诗歌成为一种热潮。这些翻译作品不断推动新诗观念的演变，促进新诗艺术的进步，也丰富了新诗艺术。我们甚至可以极端地说，没有对外国诗歌的"拿来"，就没有中国新诗在 1917 年的诞生和后来的不断进步，新诗诞生的时间也许会被无限推迟。

外国诗歌是一个笼统的概念，它其实也包含着不同的诗歌思潮、诗歌观念、艺术手法等。人们翻译、介绍外国的诗歌作品、诗歌主张，也带着不同的艺术观念和艺术目的。一般而言，外国诗歌对中国新诗的影响有相对单一的影响和综合性影响两种主要情形。前者主要是某一种诗歌观念的影响，比如李金发受到的象征主义诗歌的影响；后者则是将多种观念融合起来，吸收其中适合中国文化、现实和诗人自己的诗歌观念的元素，卞之琳、冯至、何其芳、艾青、戴望舒以及"九叶诗人"等都不是在某一种观念的影响下进行诗歌艺术探索的，他们接受的影响是多元的。但是，不管怎样，如果没有和外国诗歌的交流以及由此发生的艺术借鉴，中国新诗的发展肯定会少了许多艺术来源、艺术刺激与启发。

在1949年之前，诗歌界对外国诗歌的翻译是多元的，甚至是随意的，只要认为是新鲜的、有特色的诗歌，就会有人将它们翻译介绍进来，而主要以政治标准选择翻译对象的情形即使存在，也不是当时诗歌翻译的主流。至于对诗歌产生什么影响，最终是由诗人自己的选择来决定的。这种翻译介绍方式及其产生的影响，使中国现代新诗一直保持着多元发展的风貌。但是，从20世纪50年代开始，虽然诗歌翻译的活动并没有完全停止，但由于人们选择翻译对象的标准发生了变化，诗歌翻译的范围大大缩小。前期《诗刊》所发表的翻译诗歌可以在一定程度上为我们提供一些分析这种趋向的文本。

作为全国性的诗歌刊物，《诗刊》肯定要发表翻译诗，这既是对新诗传统的一种延续，也顺应了当时诗人、读者的阅读需要。不过，前期《诗刊》所发表的翻译诗在很大程度上是以政治标准进行选择的。简单地说，符合社会主义文艺原则的诗、积极向上的诗，就可能得到关注，而那些来自资本主义国家、资产阶级诗人的作品，即使在艺术上具有创造性，也是很难翻译介绍进来的。对于当代前期诗歌的翻译情况，洪子诚、刘登瀚曾作过这样的总结："在五十年代中期以前，对于外国诗歌的介绍、借鉴，主要是二十世纪以前的浪漫主义诗人，如惠特曼、拜伦、雪莱、雨果、歌德、海涅、裴多菲、密茨凯维支、普希金、莱蒙托夫、涅克拉索夫、泰戈尔等。而对二十世纪的外国现代诗歌，则严格限定在'社会主义阵营'的国家和在'红色的三十年代'中西方的某些表现出进步、革命倾向的诗人的范围。当时西方现代诗人受到较高评价，并翻译、出版他们诗集的，有法国的艾吕雅、阿拉贡，智利的聂鲁达，土耳其的希克梅特，意大利的阿尔贝蒂等，对他们的肯定，主要也是从政治倾向上着眼。"① 这里谈到的主要是《诗刊》创刊之前的情况。具体到《诗刊》对于外国诗歌、外国诗歌理论的介绍，也有人进行过这样的概括：

> 《诗刊》中外国诗歌译介的总体特征是：一，在时间上，越靠近后面，译介的数量越少。其中以 1957 年和 1959 年最多，几乎每一期都有（除了第 12 期），而 1964 年就只剩下一期（第 10 期）有译诗。二，在译介的诗的质量上，同样是越往后诗的艺术质量越差，越来越政治化，越来越空洞粗糙直露。三，从译介的范围来看，几乎全部集中在苏联（俄国）、东欧和亚非拉国家。例外的只有极少数的几位诗人。其中有英国的约翰·弥尔顿和威廉·布莱克。前者为文艺复兴晚期的民主诗人；后者是 18 世纪后期诗人，也是"一贯站在人民一边"的（《诗刊》1957 年第 7 期）。译介时间分别是 1957 年第 3 期和第 7 期。苏格兰的彭斯也是 18 世纪末 19 世纪初的"劳动人民自己的诗人"，译介的多为"革命性较强的"，而且也因为他与民歌的关系密切（《诗刊》1959 年第 5 期）。另外还有西班牙的阿尔贝蒂，希腊的阿·巴尔尼斯以及一些日本诗人，但都是"革命诗人"。而对苏联（俄国）诗歌的译介除 1961 年第 2 期的一首例外，都集中在 1959 年（包括 1959 年）以前。
>
> 诗歌评论（理论）的译介很少，总共只有 6 篇，主要集中在 1957 和 1959 年。②

以 1957 年的《诗刊》为例，我们可以看出在创办之初，《诗刊》刊发的翻译作品在数量上还是比较可观的，除了第 5 期之外，其他各期都发表了外国的诗歌作品。具体情况如下：

第 1 期

国际纵队来到马德里 ………………………… ［智利］聂鲁达（61）③

---

① 洪子诚、刘登瀚：《中国当代新诗史》，人民文学出版社 1993 年版，第 11 页。

② 郑翔：《〈诗刊〉（1957—1964）的意识形态性研究》，四川师范大学硕士学位论文，2005 年。

③ 根据 1957 年的《诗刊》整理。括号里的数字为作品所在的页码，保留页码的目的是便于读者感受作品篇幅的长短。

　　可以看出，在介绍这些翻译作品的时候，翻译者对诗人的选择肯定是经过推敲的，他们都是具有进步性、革命性的诗人；作品的选择也是有标准的，就是那些歌颂革命、歌颂社会主义、抒写乐观向上的精神情怀的诗，或者是直接歌唱中国、歌唱中国领导人的诗。虽然这些作品所属的国家、时代以及情感内容、抒情方式甚至作者身份等都是根据当时的政治语境经过认真选择的，但《诗刊》应该明白诗歌翻译对于推动诗歌发展所具有的作用，它毕竟还打开了一扇了解世界诗歌的窗户，读者、诗人可以透过这些"缝隙"般的通道看到世界诗歌艺术的一丝亮光。但是，越到后来，《诗刊》发表的翻译诗歌就越少，涉及的国别也越来越少，显然是和当时的国际国内政治环境有着密切关系的。

　　在中国当代的前 30 年，诗歌界、诗歌刊物受当时意识形态影响，追随政治大趋势，对在 20 世纪世界诗歌发展中产生过重要影响的现代主义诗歌流派，不但斥之为"颓废文学""反动文学"，而且根本不予翻译、介绍。在一定程度上讲，了解世界诗歌多元发展趋势的大门被中国人自己关闭了。人们担心被外国诗歌的"反动思想"所侵蚀。他们不是努力培养诗人、读者的艺术的"免疫力"，而是让人远离它们。面对文化开放的世界大潮，中国人却关起国门自主发展，这毫无疑问是一种与现代文明相背离的行为。一方面，中国诗人无法了解世界诗歌的发展现状，新诗的前路因此而迷茫；另一方面，在现代文化开始走向共融与多元并举的时候，中国诗歌却无法了解和吸收外国诗歌最新的艺术经验，无法在比较的视野中体会到中国诗歌发展中存在的问题，这也同样阻滞了中国诗歌的现代化进程，连20世纪20年代开始的新诗现代化探索也在当代的近三十年间几乎被完全抛弃了。从新诗发展历史来看，对世界文化大潮不加选择地跟随是盲目的，可能带来不少负面作用，但是，一味地拒斥现代世界文化大潮，也一定会阻滞现代文明、现代诗歌发展的进程。

在20世纪50年代末期，中苏关系恶化。从1960年开始，中国翻译界、诗歌界对苏联诗歌的译介也逐渐停止了，中国诗歌从此便处于世界诗歌大潮之外的一个"黑箱"之中，不是别人看不到我们，而是我们看不到别人。这种状况直到20世纪70年代末80年代初才逐渐改观，大量外国诗歌、文学、哲学等著作的翻译介绍，使中国新诗才又一次看到了希望的曙色。

可以看出，前期《诗刊》对外国诗歌的翻译介绍，基本上都是和当时的政治观念密切相关的。首先是选择诗人所在的国家，当时的社会主义国家的诗歌作品是翻译的首选，同时涉及亚洲、非洲、拉丁美洲等地区的一些非社会主义国家的诗人和作品，这些国家都是比较弱小、贫穷的，它们同样受到帝国主义的侵略或压榨，和中国属于同一条战线；对于西方国家，主要选择时代较早的或者具有进步倾向的诗人及其作品，但在数量上也是相对较少的。其次是选择作品，特别关注那些反帝题材的作品，歌唱人民和革命的作品，关注民族解放的作品，等等。这些选择都是和中国当时的政治追求、时代特色、社会语境基本上一致的。一些曾经翻译过西方现代主义诗歌的诗人、翻译家如穆旦、袁可嘉等，都不得不放弃了以前的追求，开始翻译具有进步思想的诗歌作品，比如英国的宪章派诗歌等。

这种选择导致的结果是，在很长一段时间里，当代大陆诗歌失去了很大一部分艺术营养，不知道世界诗歌发展的方向，茫然行进在艺术发展的时空中，使不少作品显得苍白、单薄而且缺乏自身的特色。当然，我们不能说当时的诗歌翻译没有对诗歌创作产生影响。以苏联诗歌为主的外国诗歌造就了中国当代诗歌的两个主要的类型：一是政治抒情诗，尤其是楼梯式的政治抒情诗，如贺敬之、郭小川等的一些作品；二是结合现实、关注生活的生活抒情诗，以闻捷等人的作品为代表。但是，从这些影响中，我们也可以看出，中国当代诗歌在很长的时间里是相当单一而单薄的，而且都是和政治思潮紧密联系在一起的。

第四章　政治运动中的
前期《诗刊》

　　前期《诗刊》在其创刊之后，就开始经历一系列的政治运动，这对《诗刊》的发展产生了重大影响。虽然《诗刊》的编者总是力求将艺术性作为选择作品的首要标准，稿件处理很严格，吴嘉瑾回忆说，在稿件处理过程中，"要用的稿件就贴稿笺，实行三审制。特别好的稿子相互传阅，编辑都在一个房间，臧老看清样。当时编辑思想特革命，自动替上面把关。与上面想法不同，马上检讨调整自己。"① 他们甚至退过很多领导人、名人的稿件。白婉清回忆说："郭老常给《诗刊》写诗，有时候也写得比较烂，比如《百花齐放》。转到各报刊发，一般他的诗都发。《猪与石》那首太差了，内容不太记得。编辑部的都看了，觉得没有诗味，觉得发了对《诗刊》影响不好，对郭老影响也不好，读者肯定也会批评。后来丁力和葛洛商量，都同意，丁力就写回信委婉地退了。有人走名人、领导路线，稿子由茅盾、严文井等转，我们觉得不行，他就告状去，结果茅盾给邵荃麟写信，《诗刊》就受批评，大伙挺生气。饶孟侃是解放前的老诗人，名气大，诗不怎么样，不得已发过，我们经常退。诗不行，何必降格以求，很让人反感。"② 这种对诗歌艺术质量的严格要求对于刊物来说，肯定是准确的。但是，当时的艺术质量要求也只是政治性前提下的艺术性。

　　政治正确是当时《诗刊》发行的前提。有了这个前提，《诗刊》都必然打上浓郁的政治、时代印记。作为早期《诗刊》的编辑之一，尹一之对前

---

　　① 连敏：《重返历史现场——关于〈诗刊〉(1957—1964)的访谈》，《新诗评论》2007年第1辑，北京大学出版社2007年版，第210—222页。

　　② 连敏：《重返历史现场——关于〈诗刊〉(1957—1964)的访谈》，《新诗评论》2007年第1辑，北京大学出版社2007年版，第210—222页。

期《诗刊》的作者队伍、艺术水准等进行过如下概括：

> 《诗刊》57 年还算是诗人的刊物，诗人大多数是来自解放区和国统区的进步诗人，因为 56、57 年比较自由。57 年初《诗刊》要团结诗人，在版面上就能看出来。58 年大跃进开始，《诗刊》经常发表工农兵的诗歌。58 年偏向培养工农兵作者，比如刘章用毛边纸写民歌体，当时还是中学生。吴视看不上民歌，就扔一边。我反倒觉得民歌很有水平，给丁力看，再给编辑部主任沙鸥看，他同意发。正好毛主席送来《送瘟神》的诗歌，我们把《送瘟神》排在最前面，再就是刘章的，因为当时提倡新民歌。……三年困难时期，农民不写诗了，生活都困难了。61 年到 63 年《诗刊》又以诗人为主，不同于 57 年，这些诗人是解放后成长的，如沙白、张永枚等等，但刊物质量下降。64 年刊物质量不行。困难时期变成双月刊，印数也下降。①

这段文字大致勾勒了前期《诗刊》在作者队伍、艺术主题等方面的特色和变化规律，是这位《诗刊》编辑对前期《诗刊》发展历史的一种回顾和反思。循着这一思路追寻，我们会发现，这种变化其实和当时的政治运动有着密切的关系。而且，《诗刊》作者队伍的变化和当时的政治运动存在着奇妙的互动：在政治氛围相对宽松、政治压力相对较小的时期，很多优秀的诗人都非常活跃；而在政治运动最激烈的时期，许多追求艺术性的诗人在刊物上逐渐退位，取而代之的是一些来自一线的工农兵作者和刚刚成长起来的年轻诗人。这说明，大多数诗人对于诗的艺术特征和规律、诗和政治的关系其实是很明白，也很在意的，他们宁愿停下诗笔，也不愿意牺牲诗歌艺术。

第一节 前期《诗刊》所经历的政治运动

所谓的政治运动，是中国当代政治、社会发展中的一种特殊的政治、社会现象。它们是通过执政党（或其主要领导人）发动、组织起来的，影响了全国诸多领域的各种运动。这些运动所产生的效果并不完全相同，有的是肃清了发展道路上的障碍，统一了思想，而有的则给政治、社会、经济、文

---

① 连敏：《重返历史现场——关于〈诗刊〉(1957—1964) 的访谈》，《新诗评论》2007 年第 1 辑，北京大学出版社 2007 年版，第 210—222 页。

化的发展带来了诸多负面影响，甚至阻滞了社会的发展与进步。

在《诗刊》创刊之后，中国的政治运动仍然没有停止下来，而且有愈演愈烈的趋势，先后出现了"反右"斗争、"大跃进"和"反右倾"、因为人为因素而造成的"自然灾害"以及最终酿成的"无产阶级文化大革命"，作为全国性的也是官方大力支持的诗歌刊物，《诗刊》不得不紧跟时代步伐，追随政治潮流。考察《诗刊》在这些运动中的走向，对于我们进一步了解中国文学与政治的关系、中国的文学体制及其演变、诗歌艺术的发展轨迹，都具有非常重要的历史意义，也具有不可忽视的现实意义。

对于这些政治运动本身，我们不必进行细致的回顾。"文化大革命"结束之后，中国共产党对新中国成立以来党的若干历史问题进行了深刻反思，在承认取得的巨大成绩的同时，也承认了其中的诸多失误。这既是我们重新打量新诗及《诗刊》历史的参照，也是我们梳理《诗刊》历史的重要线索。下面是《关于建国以来党的若干历史问题的决议》（一九八一年六月二十七日中国共产党第十一届中央委员会第六次全体会议一致通过）有关内容的摘要（只摘取《诗刊》创刊之后的有关时段的有关内容）：

> 一九五七年……在整风过程中，极少数资产阶级右派分子乘机鼓吹所谓"大鸣大放"，向党和新生的社会主义制度放肆地发动进攻，妄图取代共产党的领导，对这种进攻进行坚决的反击是完全正确和必要的。但是反右派斗争被严重地扩大化了，把一批知识分子、爱国人士和党内干部错划为"右派分子"，造成了不幸的后果。

> 一九五八年……在总路线提出后轻率地发动了"大跃进"运动和农村人民公社化运动，使得以高指标、瞎指挥、浮夸风和"共产风"为主要标志的"左"倾错误严重地泛滥开来。……主要由于"大跃进"和"反右倾"的错误，加上当时的自然灾害和苏联政府背信弃义地撕毁合同，我国国民经济在一九五九年到一九六一年发生严重困难，国家和人民遭到重大损失。

> 在一九六二年九月的八届十中全会上，毛泽东同志把社会主义社会中一定范围内存在的阶级斗争扩大化和绝对化，发展了他在一九五七年反右派斗争以后提出的无产阶级同资产阶级的矛盾仍然是我国社会的主要矛盾的观点，进一步断言在整个社会主义历史阶段资产阶级都将存在

和企图复辟，并成为党内产生修正主义的根源。一九六三年至一九六五年间，在部分农村和少数城市基层开展的社会主义教育运动，虽然对于解决干部作风和经济管理等方面的问题起了一定作用，但由于把这些不同性质的问题都认为是阶级斗争或者是阶级斗争在党内的反映，在一九六四年下半年使不少基层干部受到不应有的打击，在一九六五年初又错误地提出了运动的重点是整所谓"党内走资本主义道路的当权派"。在意识形态领域，也对一些文艺作品、学术观点和文艺界学术界的一些代表人物进行了错误的、过火的政治批判，在对待知识分子问题、教育科学文化问题上发生了愈来愈严重的"左"的偏差，并且在后来发展成为"文化大革命"的导火线。不过，这些错误当时还没有达到支配全局的程度。

　　一九六六年五月至一九七六年十月的"文化大革命"，使党、国家和人民遭到建国以来最严重的挫折和损失。这场"文化大革命"是毛泽东同志发动和领导的。他的主要论点是：一大批资产阶级的代表人物、反革命的修正主义分子，已经混进党里、政府里、军队里和文化领域的各界里，相当大的一个多数的单位的领导权已经不在马克思主义者和人民群众手里。党内走资本主义道路的当权派在中央形成了一个资产阶级司令部，它有一条修正主义的政治路线和组织路线，在各省、市、自治区和中央各部门都有代理人。过去的各种斗争都不能解决问题，只有实行"文化大革命"，公开地、全面地、自下而上地发动广大群众来揭发上述的黑暗面，才能把被走资派篡夺的权力重新夺回来。这实质上是一个阶级推翻一个阶级的政治大革命，以后还要进行多次。这些论点主要地出现在作为"文化大革命"纲领性文件的《五·一六通知》和党的"九大"的政治报告中，并曾被概括成为所谓"无产阶级专政下继续革命的理论"，从而使"无产阶级专政下继续革命"一语有了特定的含义。毛泽东同志发动"文化大革命"的这些"左"倾错误论点，明显地脱离了作为马克思列宁主义普遍原理和中国革命具体实践相结合的毛泽东思想的轨道，必须把它们同毛泽东思想完全区别开来。①

---

① 《关于建国以来党的若干历史问题的决议》，《人民日报》1981年7月1日。

　　党中央之所以对"建国以来的若干历史问题"作出决议，说明有些历史事件的影响不只是个人的、局部的，而是全局性的，对国家各个领域都产生了重大影响。这其中当然包括对文学、诗歌、文学期刊的影响。在创刊之后，《诗刊》就经历了"决议"中所纠正、批判甚至否定的各次政治运动和由此带来的社会环境，包括"反右"、"大跃进"和"人民公社化"、"自然灾害"、"社会主义教育运动"及"文化大革命"，诗歌艺术探索和诗歌刊物在这些运动中艰难沉浮。沿着这条线索追溯，我们可以较好地打量《诗刊》及中国当代新诗发展的特殊历史轨迹。

　　新中国成立之后，中国共产党成为中国的执政党，中国共产党的文艺政策也成为指导新中国文艺发展的政策。

　　从新中国成立开始，在党的文艺政策指导下，中国新诗中出现了一些歌唱新中国、新社会，抒写社会主义建设热情，在格调上乐观向上、充满自豪的作品，出现了一批诗歌新人，他们的探索奠定了中国当代社会主义诗歌的基础。不过，和1949年前的一些时段相比，即使在20世纪50年代前期诗歌相对正常的发展中，中国新诗在思想、艺术上的相对单一的格局也是非常明显的。《诗刊》虽然在创刊之初就努力使自己成为中国诗歌的"国刊"，引领新诗的发展路向。但是，即使这样，它在一些读者中的形象仍然不是很好。著名的版本学家陈子善曾经收集到一本1957年第3期的《诗刊》，是著名戏剧家于伶收藏的，一位读者在刊物上记载了阅读感想，陈子善在文章中的记录如下：

　　　　一九五七年三月二十五日《诗刊》第三期臧克家《在一九五六年诗歌战线上——序一九五六年〈诗选〉》一文首页有红笔眉批："新诗，永远是一条歧途。怎样才能把新诗写好呢？我看，像这本所谓一九五六年诗选和这本三月号诗刊内的诗，只好做未来大诗人的垫脚石了。这里面是没有一首诗够得上称为诗的。可怜啊，这些'时代之风'，只能让这些'老爷'们自己去欣赏、去陶醉吧。这种梦呓般的诗和序，到底能够骗多少人呢？什么时候能出现这（一）首真正'新诗'呢？我期待着。一九五七年三月二十八日"。①

---

　　① 陈子善：《〈诗刊〉毛边本始末》，《书城》2007年第8期。

该期《诗刊》是 1957 年 3 月 25 日出版的，而这段文字是 3 月 28 日写下的，相距的时间非常短，这说明读者对于诗歌、《诗刊》是满怀期待的，但结果却令人失望。这段文字直言诗之不诗，而且表现出对当时诗歌现状的极为不满。这些话虽然不一定就是于伶写的，而且对于当时诗歌的判断也不一定完全准确，但是，即使是一位普通读者的意见，我们也还是可以或多或少了解当时诗歌发展的一些情况，以及读者对它们的深层态度。我们可以把这样的文字作为日记或阅读札记之类的文本来看待，因为没有考虑发表，也就没有考虑它和当时的政治、社会观念的关系等问题，它所体现的一定是作者当时对于诗歌的真实感受。从历史角度来看，1957 年年初的诗歌发展是处于相对比较正常的状态，1957 年 6 月及以前的几期《诗刊》在编辑出版方面也是比较正常的。

第二节　"反右派"运动中的《诗刊》

在中国当代诗歌发展中，《诗刊》的创办是一个具有影响的重大事件。《诗刊》的创办有其特殊的政治、历史、艺术原因，其中包括诗歌发展对于发表园地的渴望，诗人对于创办全国性诗歌刊物的呼吁和努力，有关部门对于创办诗歌期刊的关心和重视，以及当时比较开明的政治、学术、艺术氛围等等。

我们所说的政治、学术、艺术氛围的开明当然是相对而言的。事实上，从 20 世纪 50 年代开始，中国诗歌发展中出现的单一性特征已经相当明显。在主题上，当时的诗歌主要是歌唱、赞美新中国，赞美人们在社会主义建设中的热情，赞美党的英明领导和党的领导人，赞美工农兵对于新中国的热情和挚爱，等等。在艺术表达上，为社会主义服务、为工农兵服务的要求使诗人要尽量以工农兵能够读懂的语言、方式来抒写这样的主题，于是在表达方式上一般体现为明朗、单纯，那些探索性和具有晦涩、朦胧等特征的表达方式是不受欢迎的。在艺术本位上，诗人大多立足现实，坚持以群体为本位的理念，以乐观向上为基本格调，那些个人性的、向下的情绪（甚至美好的爱情）是不受欢迎的，也缺乏存在的政治、社会、精神基础。在主题、表达方式和艺术本位等形成一定的规范之后，诗人们就只能在这样的主题、语言方式之中进行诗歌艺术的探索。因此，新中国开始之后的诗歌，即使存在多元现象，那也只是众多限制之中的多元；即使存在丰富性，那也只是单一之中的丰富。

《诗刊》创刊之初就是按照这种"限制之中的多元、单一之中的丰富"的格局设计自己的办刊之路。当时，"百花齐放，百家争鸣"的方针刚刚提出不久，正引导文艺向多元发展。毛泽东指出："艺术上不同的形式和风格可以自由发展，科学上不同的学派可以自由争论。利用行政力量，强制推行一种风格，一种学派，禁止另一种风格，另一种学派，我们认为会有害于艺术和科学的发展。艺术和科学中的是非问题，应当通过艺术家科学界的自由讨论去解决，通过艺术和科学的实践去解决，而不应当采取简单的方法去解决。"① 这一主张对于当时的艺术、科学的繁荣和发展是具有重要指导意义的。陆定一在阐述"双百"方针的时候，特别强调，对于题材，"党从未加以限制。只许写工农兵题材，只许写新社会，只许写新人物，等等，这种限制是不对的。文艺既然要为工农兵服务，当然要歌颂新社会和正面人物，要歌颂进步，同时要批判落后，所以文艺题材应该非常广泛。"② 应该说，无论是毛泽东的提倡，还是有关人士的阐释，"双百"方针都体现了相当的包容性。但是，这种创作的自由是人民内部的自由，如果不是人民内部的问题或者被确认为非人民内部的问题，当然又是另外一回事了。不过，在已经经历了多次政治性的批判运动的文艺界，这一方针的提出还是产生了重大影响，调动了很多作家、诗人的创作热情。在这种氛围之下，许多关注独特题材、主题的作品和采用独特手法的作品出现了，关注人民内部矛盾的作品如刘宾雁的《在桥梁工地上》《本报内部消息》、王蒙的《组织部来了个年轻人》、何又化（秦兆阳）的《沉默》、刘绍棠的《田野落霞》、李国文的《改选》等；突破曾被认为是资产阶级、小资产阶级情调的爱情描写禁区的作品如李威伦的《爱情》、邓友梅的《在悬崖上》、陆文夫的《小巷深处》、刘绍棠的《西苑草》等；采用讽刺笔法的作品如巴人的《况钟的笔》、任晦的《"费名论"存疑》、秦似的《比大和比小》、唐弢的《"言论"老生》等。初期的《诗刊》在当时的政治、时代语境之下，努力探索诗歌艺术发展的新路，一些具有创新性和实验特征的作品受到了较多的关注，比如

---

① 毛泽东：《关于正确处理人民内部矛盾的问题》，人民出版社 1957 年版，第 25—26 页。

② 陆定一：《百花齐放，百家争鸣》，《人民日报》1956 年 5 月 27 日。

1957 年第 1 期发表了艾青的《在智利的海岬上》、徐迟的《芒崖》，1957 年第 2 期发表了公刘的《迟开的蔷薇》，1957 年第 5 期发表了杜运燮的《解冻》和穆旦的《葬歌》等，这些都属于比较具有新意的作品，即使在整个中国当代诗歌史上，也是后来人们认定的佳作。这段时间，可以说是新中国成立之后文学创作相对多元、丰富的时期。在评价《诗刊》所发表的作品时，编者曾使用了一些比较切合诗的艺术特征的术语，比如 1957 年创刊号的"编后记"在评点艾青、萧三、朱丹、闻捷等人的作品时，使用过"形象奇丽""有气魄""饶有诗意"一类的字眼，甚至在第 6 期的"编后记"中还对《诗刊》发表的作品提出了自我批评，认为"体裁比较褊狭，题材范围不够广"。可以看出，当时的《诗刊》在诗的艺术追求方面是比较开放的，比较注意诗的艺术性。

从创刊开始，《诗刊》就较好地把握的"人民内部的自由"这一原则，在办刊方向上体现出在遵循主流意识的前提下对这种自由追求的关注，主要表现在：其一，刊物发表了毛泽东和许多重要诗人的作品，这些诗人和作品是刊物赖以生存的基础，也为刊物的作品选择提供了参照；其二，刊物推出了一些诗歌新人，他们大多数都是在新中国成长起来的诗人，接受了当时的诗歌艺术观念，是中国诗歌发展中的后备力量；其三，刊物对诗歌创作中取得了一定成就的诗人进行了比较客观、公正的评价，而且对过去具有影响的诗人也进行了重新关注，比如 1957 年创刊号发表了张光年的《论郭沫若早期的诗》、1957 年第 2 期发表了艾青的《望舒的诗》、陈梦家的《谈谈徐志摩的诗》等文章，体现了刊物在艺术取向上所具有的艺术性追求和对于不同艺术观念的尊重。可以说，作为团结、培养各路诗人的重要阵地，《诗刊》初步体现出了作为一家国家级诗歌刊物的眼光和风度。按照当时的实际状况来看，这种追求可以说较好地贯彻了"百花齐放，百家争鸣"的方针。但是，这种格局延续的时间并不是很长，只延续到 1957 年第 6 期。在这个比较正常的发展过程中，中国正在酝酿一场影响深远的政治运动，最终也对《诗刊》的发展产生了重大影响。

1957 年 4 月 10 日，《人民日报》发表社论，号召继续放手，贯彻"百花齐放，百家争鸣"的方针。1957 年 4 月 27 日，中共中央发布了《关于整风运动的指示》，决定开展反对官僚主义、宗派主义、主观主义的整风运动，提高全党的马克思主义思想水平，改进工作作风，以适应社会主义革命和建设的需要。5 月 1 日的《人民日报》刊发了这个指示，决定在全党开展以反对官僚主义、宗派主义和主观主义为内容的整风运动，号召党外人士"鸣放"，鼓励群众提出自己的想法、意见，也可以给共产党和政府提意见，帮助共产党整风。于是各界人士（主要是知识分子）开始向党和政府表达不满或对某些问题提出了改进的建议。这段时期的做法被称为"大鸣大放"。应该说，开展整风运动的初衷是好的，其目的是发扬民主，收集群众对党和政府的意见和建议，以便改进工作。但是，在"大鸣大放"后期，一些对共产党和政府批评的言辞十分激烈、尖锐，有些言论甚至提出"共产党与民主党派轮流坐庄"等主张，这就在一定程度上背离了共产党开展整风运动的初衷，超出了共产党能够接受和容忍的底线。再加上此前苏联的赫鲁晓夫上台后发表了反对斯大林的秘密报告，让毛泽东等中共领导有了被"复辟"的疑虑和恐惧。1957 年 5 月 15 日，毛泽东撰写了《事情正在起变化》一文，在政治局委员中传阅，文章对极少数右派的进攻作了过于严重的估计。6 月 8 日，毛泽东为中共中央起草了党内指示《组织力量反击右派分子的猖狂进攻》，当天的《人民日报》也发表了社论《这是为什么？》，指出反右的必要性。在那以后，一场全国规模的右派运动猛烈开展起来。① 在这个过程中，中央通过各种方式引导"反右派"斗争的方向。6 月 14 日，《人民日报》又发表一篇社论《文汇报在一个时间内的资产阶级方向》，点名批评《文汇报》和《光明日报》，"反右派"斗争由此进一步升级。从党和国家改进工作、推动发展角度看，"反右派"的初衷是有道理的，但是，"反右派"运动开展起来之后，很快就失去了控制，没有标准地扩大了斗争范围，导致"反右派"斗争的扩大化。

在文艺界，"反右派"斗争扩大化的情况尤其严重。因为已经有了过去的历次文艺运动、斗争的经验，文艺界对于斗争、运动的敏感性似乎强于其他一些领域，因而造成的影响和恶果也是最为严重的。在毛泽东起草关于"反右派"的党内指示和《人民日报》发表"反右派"社论的两天之前，1957 年 6 月 6 日，中国作家协会就召开了党组扩大会第一次会议，对丁玲、陈企霞、冯雪峰等展开了批判。中国作协的党组扩大会议肯定是需要筹备时

---

① 《5 月 15 日事情正在起变化——从整风到"反右"》，人民网，http://www.people.com.cn，2001 年 5 月 15 日。

间的，也就是说，这次批判性的会议实际上早就在准备了，这不一定是因为中国作协在政治上具有特别敏锐的触觉，更大的可能是提前得到了上级的指示。在接下来的一段时间里，各文艺团体、文化艺术部门、新闻出版单位、学校、机关等都开展了声势浩大的"反右派"斗争，一大批文艺工作者被打成了右派分子，涉及的人很多，知名的如艾青、李又然、罗烽、白朗、陈学昭、陈涌、萧乾、钟惦棐、吴祖光、秦兆阳、刘宾雁、王蒙、刘绍棠、陈沂、徐光耀、公刘、黄药眠、穆木天、王若望、姚雪垠、徐懋庸、陆侃如、傅雷、施蛰存、许杰、程千帆、流沙河、石天河等。一些有影响的文艺作品、文艺理论著述，被打成"反党反社会主义的大毒草""修正主义的文艺纲领"。当时的批判活动可以说是急风暴雨式的，各种批判会、斗争会此起彼伏，在三个多月时间里，仅中国作家协会的党组扩大会就达到25次。在9月16日举行的第二十五次扩大会上，周扬就"反右派"斗争的问题进行了总结，他的讲话经过整理后于1958年2月以《文艺战线上的一场大辩论》为题公开发表。

1958年1月，中国作家协会主办的《文艺报》在第2期开辟"再批判"专栏，加了编者按语，对丁玲、王实味、萧军、罗烽、艾青等1942年在延安整风运动中写下的《三八节有感》《野百合花》《论同志的"爱"与"耐"》《在医院中时》《理解作家，尊重作家》等文章再次进行了批判。历时半年多的文艺界"反右派"斗争也进入了尾声。

"反右派"斗争的扩大化对中国人的民主意识的打击是非常严重的，对人的伤害、对文化和艺术发展的伤害也都是极其严重的。很多被划为"右派"的人在"文化大革命"期间再次遭受了打击、批判，有些人甚至被迫害致死，有些人因为忍受不了折磨而自杀。

《诗刊》对"反右派"斗争的关注是从1957年第7期开始的。从时间上看，似乎比全国的运动慢了半拍。但是，这不能说《诗刊》不关注"反右派"斗争，对"反右派"斗争不敏锐、不积极。我们必须考虑刊物组织稿件和编辑、出版的周期。按照正常的时间规划，《诗刊》1957年第6期是在6月25日出版的，至少在一个月之前就已经定稿、排版，"反右"运动开始的时候，该期刊物的稿子应该早已确定好了，甚至已经在排版付印的过程之中，肯定来不及组织和更换有关"反右派"斗争的稿件。

1957年第7期的《诗刊》封面上印有"反右派斗争特辑"的字样，卷首发表了臧克家的《让我们用火辣的诗句来发言吧（代卷头语）》，该文不长，全文如下：

耳边响着一片战斗的声音。

这是工人同志们的声音。这是农民同志们的声音。这是火力旺盛的青年同志们的声音……

这声音，从生活的实感里发出来，从爱护党，爱护社会主义的真挚热情里发出来，它钢鞭一样向右派分子、野心家们呵斥、抽打，毫不容情，壮丽有如一首激动心腑的诗。

诗人们，在反右派斗争中，让我们踊跃地用火辣的诗句来发言吧。

诗歌在人耳目中是美丽动听的。她美丽，因为她就是一切美丽事物的化身；她动听，因为她歌颂了美好的，永远和丑恶不相容！

当我们看到，我们用了优美诗情去歌颂的社会主义祖国被污蔑，被吐上腥臭的唾液，被罪恶的语言涂抹得一塌糊涂，诗人们，我们能够容忍吗？

当我们听到，领导六亿人民斗争了三十六年终于使人民得到了幸福的今天的党——伟大、光荣、正确的共产党，被攻击，被辱骂，被声言要从领导的位子上拖下来，诗人们，我想，一定会被这种狂妄的言行所激怒的。

我们坐在社会主义的列车上，向着美丽幸福的明天奔驶。我们在劳动，我们在歌唱。野心家们却梦想把这列车，拉到资本主义的老轨道上去。

他们梦想着在中国演出匈牙利事件。

他们梦想着第三次世界大战的情景。在一片灰烬中，出来收拾残局，在千万架骷髅里个人称霸作王。

这是多么荒唐可耻的一场仲夏夜之梦。

诗人们，站起来，站到斗争的前列上来。任何冷淡，客观，不关痛痒，都和诗人的称号不相称。

我们的新诗，是在斗争里成长壮大起来的。

"五四"时代，它向封建社会的黑暗冷酷冲锋；抗日战争时期，它成为民族解放的号角；在反抗蒋介石反动政权的斗争中，讽刺诗鼓舞了广大人民的斗志。

在解放后的每一次运动里，诗人们都是用诗作武器参加了战斗的。

在这次反右派的斗争里，诗歌，应该用不到号召自己就会响起来的吧？

政治热情是诗人的灵魂。看到美好的东西被玷污，看到丑恶的嘴脸在阴谋叫嚣，由于爱，也由于憎，你能不一跃而起？

闻鼙鼓而思猛将。听到斗争的声音我想起了诗人同志们。

政治讽刺诗多起来了。这样的诗，像战斗的鼓点，令人振奋。

斗争在猛烈的进行，鼓点敲得再响些吧。

斗争在猛烈的进行，讽刺诗来得更多些，更有力些吧！

这个"代卷前语"充满战斗的激情，将诗歌和政治、斗争结合起来，将诗歌和武器同等看待，号召诗人们"在反右派斗争中，让我们踊跃地用火辣的诗句来发言吧"，具有相当的号召力和鼓动性，体现出《诗刊》（以及它所代表的诗人队伍）参加"反右派"斗争的决心和信心。这篇文章不一定是专门为《诗刊》撰写的，它首先发表在1957年7月20日的《人民日报》，可以说是代表诗人队伍就"反右派"斗争表态，在《诗刊》发表时属于转载或者重复发表，因此标为"代卷头语"是有道理的。这也正好说明文章的观点在当时的诗人之中具有相当的代表性，尤其是在官方和《诗刊》的编者看来，这样的表态和追求正是当时的政治氛围所需要的。后来有人因为这个"代卷首语"而对臧克家在"反右"运动中的作用进行了不太符合历史事实的评价。事实上，在政治上比较"幼稚"的臧克家只是在按照上级的要求做事，郑苏伊回忆说："1957年7月'卷首语'《让我们用火辣的诗句来发言吧》确实是父亲写的，但说他吹响了文艺界'反右'的号角，不客观，因为父亲只是业务主编，不是政治主编，他当时也没有能力发起这样的运动，他只能听从上级命令！"而且，"从《诗刊》第7期开始父亲管得少了，患了肺结核！后来徐迟和丁力管！再以后就基本撒手了，有时出版前看看！有日本学者把我父亲写成绝对的权威，好像诗歌界的一切运动都是他发起的，其实他只是业务上把把关，政治上是没有发言权的！他自己差点被打成'右派'，1959年后一直受压制！日本学者不了解中国情况，太随意！"①

①　连敏：《重返历史现场——吴家瑾、白婉清、郑苏伊、尹一之、闻山、王恩宇访谈》，《诗探索》2010年第2辑理论卷，第26—40页。

该期《诗刊》实际上就是这个"代卷前语"所提出的主张的具体体现，发表了袁水拍诗、华君武插图的《糖衣炮弹之战》，田间的《街头诗》，郭小川的《星期天纪事》，沙鸥的《大鳖鱼自己浮上水面（六首）》，邹获帆的《右派一、二、三》，徐迟的《纵火者》，洪迪的《乌云的迷梦》，刘铨胜的《给游灵·向日葵》8 首（组）作品。从此，《诗刊》的面貌发生了巨大变化，有人作过这样的总结："时间进入到 1957 年下半年，《诗刊》的面貌陡然发生变化，随着第 8 期'反右派斗争的特辑'，以及'愿意提供它的篇幅给这伟大的政治斗争'宣言的出现，《诗刊》擂响了反右派的战鼓，吹起了对资产阶级右倾思想批判的号角。而从反右派特辑的实际情况来看，执笔者 8 人中，袁水拍、田间、沙鸥、徐迟，加上写卷首语的臧克家五人全是《诗刊》编委。"① 由此可以看出，《诗刊》对"反右派"斗争的追随是全局性的，而《诗刊》在当时所代表的就是诗歌界，是中国文学、文化的重要力量之一。

这一期发表的"反右派"诗歌都是追随当时的政治潮流的，要么宣传党和政府的主张，要么针对具体的"右派分子"进行批判，要么表达对"反右派"斗争的支持。在艺术表达上，这些作品很难说有什么诗意，基本上都是政治化、口号式的表达，语言直白、空洞。在艺术评价中，最能说明问题的永远是作品本身，下面试举几例。

田间的《街头诗》中的一首：

> 长着白格生生的手，
> 讲着英美的词句，
> 自己号称是文明人，
> 其实是条大鲨鱼，
> 凶狠狠地拿着一根木棍，
> 说是叫大家向右走。
> 不幸啊棍子刚一举起，
> 就已经被人民敲断。

① 连敏、王旭：《〈诗刊〉（1957—1964）"编后记"的社会学解读》，《河南大学学报（社会科学版）》2006 年第 4 期。根据《诗刊》的有关资料和文本，1957 年第 7 期才是"反右派"斗争专辑，发表了 8 人的诗和臧克家的"代卷头语"，而第 8 期发表的"反右派"作品不是 8 人，而是 11 人，而且没有"卷前语"，因此引文中的"第 8 期"应该是"第 7 期"之误。

郭小川的《星期天纪事》：

> 你总该知道：
> 有一批暴徒
> 正是向着我们的后一代
> 作恶行凶。
> 他们要打劫的
> 何止孩子手上的冰棍儿，
> 而且是她们嘴边的
> 稀饭烂饭
> 和美好的社会主义前程！
> 葛佩琦
> 咬牙切齿
> 要杀死她们的父兄，
> 章罗联盟
> 埋下定时炸弹，
> 要毁灭她们的温暖的家庭。

沙鸥的《在热锅里》：

> 他用"思想联盟"
> 遮住射击共产党的枪尖
> 以为自己是一条
> 全身抹了胰子的黄鳝
> 滑过来，游过去
> 又计算错了
> 不是在有窟窿的网里
> 而是在我们的锅里。

徐迟的《纵火者》：

> 解放以前，你本是个官僚，
> 解放以后，你官儿又不小，
> 盟里一"长"，机关里一"长"，

> 我们还恭请你当我们的代表。
> 谁知你是一条披羊皮的狼，
> 想不到你是一个纵火者。
> 你的舌尖上喷出火花，
> 要火烧共和国的大厦。

这些所谓的诗所具有的价值主要不是艺术的价值，更多的是历史的价值，记录了诗人们在当代中国的特殊历史时期所无法躲避的精神煎熬，所无法避免的对真正的艺术的放逐。这些诗人，在中国新诗发展史上总体上都被称为优秀诗人，他们在艺术上都具有自身的特色，为新诗的发展做出过重要贡献，但是，在政治斗争中，他们也无法逃离险涛恶浪的冲击，被迫写出一些没有艺术性的作品来。由此可以看出，人生是复杂的，艺术是复杂的，在政治斗争中成长的人生和艺术更是复杂的，在没有深度了解这些诗人的生存语境的时候，仅仅凭借文本，我们很难对他们做出对与错、是与否的判断。这些作品背后的精神、故事也许要比文本本身复杂得多。

1958年第8期的《诗刊》没有"卷前语"，在有关"反右派"斗争的栏目中刊发的作品主要有袁水拍《一场恶战》、顾随的《反右词二首》、柯仲平的《反右派的歌》、林庚的《在历史的航程中前进》、阮章竞的《招魂》、方殷的《我们就是火焰》、赵曙光的《一束战斗的歌》、公刘的《我们的生活向右派宣战》、李瑛的《街头招贴》、韩忆萍的《我们捍卫社会主义》、刘净的《破船板上的耗子》，在评论文章中还发表了沙鸥的《"草木篇"批判》、邹荻帆的《李白凤的公开信》、屠岸的《莎士比亚的照妖镜》等文章。可以看出，整个《诗刊》社的主要成员都积极参与到"反右派"的斗争之中，而对流沙河《草木篇》的批判，可以看成是起于四川的批判斗争向全国的扩展，也显示了文艺界的"反右派"斗争的范围越来越广泛。继第7期之后，袁水拍、沙鸥继续上阵，只不过沙鸥这次发表的是评论文章，但我们仍然可以看出，《诗刊》的编者对"反右派"运动是非常积极的。

"反右派"斗争从《诗刊》的外围很快波及《诗刊》编委和编辑部内部的工作人员。在不长的时间里，积极参加"反右派"斗争的《诗刊》并没有摆脱斗争带来的严重冲击。《诗刊》1957年第11期"编后记"说"本刊新的编辑委员会业已成立"，在新的编委名单中，严辰由副主编降为普通编委，艾青和吕剑作为右派分子受到了革职处分，袁水拍亦从编委名单上消失了，新增加的编委为卞之琳、阮章竞、郭小川三人。"卞之琳当时是北京大学文学研究所研究员，阮章竞既是诗人，也是新中国成立后曾任过中共华北局宣传部文艺处处长的党员职业干部，而郭小川可以说是党龄相当长的老干部，入编辑部时任全国作协党组副书记。在这一年里，从各个方面进行突围的诗人们绝大多数成了右派，作品一般都成了'反党反社会主义的大毒草'，政治的力量有力地摧毁了诗人重建自己的话语空间的梦想。"① 从名单的调整可以看出，诗刊社的编委组成加强了党的领导力量。具有讽刺意味的是，一些积极参与"反右派"斗争的诗人也在"反右派"斗争中遭受了打击，在1957年第7期的《诗刊》发表头条诗歌作品、积极参与"反右派"斗争的袁水拍被取消了编委资格就是一个例子。对于这一点，恐怕他自己也没有预料到。

其实，早在1957年第9期开始的《诗刊》上，我们已经可以非常明确地感受到《诗刊》内部发生的一些事情。《诗刊》对艾青一直是比较关注的，既发表他的诗、诗论，也发表了评价其作品的文章。1957年第1期的"编后记"对艾青等人的诗给予了好评。第4期发表了沙鸥的《艾青近年来的几首诗》，对艾青的创作给予了肯定，文章一开篇就对朗诵艾青诗的情形进行了富有诗意的描述："那是在一个人数不多的朗诵会上。一间宽敞的屋子，灯光照着壁上普式庚和海涅的画像。一个年轻的姑娘站起来，开始朗诵艾青的'在智利的海岬上'。声音充满激情，把一幅巨大的油面展开在人们面前：辽阔浩渺的大海，海岬上用岩石砌成的聂鲁达的家，新鲜的有趣的摆设……"② 文章讨论的是艾青到南美做客之后创作的一组国际题材的作品，将艾青的诗提升到反殖民主义和追求共产主义的精神境界，给予了很高的评价。从今天的眼光和艾青这些作品的艺术成就来看，这样的评介是比较准确的。但是，1957年第9期的《诗刊》却转变方向，发表了两篇针对诗人艾青的批判文章，即徐迟的《艾青能不能为社会主义歌唱？》、田间的《艾青，回过头来吧！》，对艾青的艺术方向和创作进行了批判；1957年第10期的《诗刊》发表了沙鸥的《艾青近作批判》，1957年12期发表了晓雪的《艾

---

① 连敏、王旭：《〈诗刊〉（1957—1964）"编后记"的社会学解读》，《河南大学学报（社会科学版）》2006年第4期。

② 沙鸥：《艾青近年来的几首诗》，《诗刊》1957年第4期。

青的昨天和今天》，1958 年第 2 期发表了桑明野的《批判艾青"诗论"中的资产阶级思想》。其他一些重要的报刊也在这一时期发表了多篇批判艾青的文章，比如《人民日报》1957 年 9 月 6 日发表了白桦的《有这样的诗人》，《文艺月报》1957 年第 10 期发表了姚森的《"大诗人"》，《文艺学习》1957 年第 10 期发表了臧克家的《艾青的近作表现了什么》，《文艺报》1957 年第 23 期发表了李季、阮章竞的《诗人乎？蛆虫乎？——评艾青》，等等。这一系列文章其实是"反右派"斗争在具体诗人身上的体现，虽然是比较极端的情况，但足以见出当时情况之严峻，诗人面临的处境之艰难。后来，有学者对当时的一些情况进行了梳理："文章作者多半是他的熟人，有的还是朋友，以时代的非常情形计，不少人是出于'苟活'才勉强成文的，说的话也言不由衷，倒也不是不能体谅。但有的人确属于'趁火打劫'，不惜抛却读书人的儒雅、检点，满口恶言秽语，这就不得不令他大为震骇了。更叫艾青无法忍受的还有不停地写检查，而且似乎永远都通不过。据高瑛回忆，当时已是初秋，北京早有凉意了，然而，经常见艾青大汗淋漓地坐在桌旁，伏案写所谓'交代'。有时，着实无话可写，他又不愿违背良心说假话，写检查骂自己，只有在桌前枯坐。久久无话，待见窗外夜深，才长叹一声，也不洗漱，裹衣而睡，情状十分凄惨。这年秋，出访捷克回国途经北京的阳太阳，到丰收胡同二十一号探访这位老友，对他形容的枯槁、无言的沉默惊讶万分。"①可以看出，当时的批判对艾青的打击是极其沉重的。

作为当时《诗刊》的副主编，徐迟的文章应该说具有一定的代表性，他从艾青的为人谈到他的诗，认为"这些年来，艾青的情绪是非常阴暗的。由于犯过错误而受到党的处分，他认为自己是处在逆境之中了。但是，和丁玲一样，他也经常讲他是靠国际影响吃饭的。他经常把外国出版的他的翻译诗集和关于他的诗的论文集捧来捧去给人看，并以之作为处于逆境中的安慰以及对党骄傲的资本。""艾青是非常骄傲的。别人的作品从来都不在他眼里（可以参看他的'诗论'）。他对同时代的诗人都诽谤过，讽刺过，甚至对同时代的外国大诗人也在口头上散播过许多刻薄话。其实别人的诗他很少看。这两年几乎根本不看。他对整个文艺界抱着虚无主义的态度。他一直是

---

① 程光炜：《艾青在 1956 年前后》，《天涯》1998 年第 2 期。文章发表时，编者对有关人物的名字进行了处理，除了姓氏外，均以×代替。此处根据有关信息恢复文章提到的人物全名。

抗拒着党对文艺工作的领导的。""别人的一切在他看来都不行，只有他自己是好的。艾青生活在可怕的自我陶醉之中，自高自大到了可笑的程度。和这骄傲同时，他对青年非常冷淡。"而艾青当时创作的一些作品也"几乎大多数是不能满意的。有几首则简直令人愤慨"，主要包括两类："一类是暴露了他的不满情绪的。一类是偷运资产阶级的颓废派、现代派诗风的。"针对这种"发现"，他说："我们要猛喝一声：艾青，你能不能为社会主义歌唱？能不能随着社会主义高歌前进？这要看你能不能彻底批判你自己的腐朽的资本主义思想，能不能彻底改造自己，重新回到党的立场上来！"① "反右派"斗争所波及的诗人很多，但是在《诗刊》的有关活动和文章中，艾青受到的批判是最突出的，而且，就在一年之内，《诗刊》发表的关于艾青的评论文章前后来了个 180 度大转弯，出现了几乎完全相反的转向，甚至同一作者的观点也在不长的时间内出现了相反的转向。沙鸥在 1957 年第 4 期的《诗刊》、1957 年 7 月号的《文艺月报》发表过赞美艾青的文章，在"反右派"斗争开始之后，他又在《诗刊》1957 年第 10 期发表了批判艾青的文章，而且文字非常尖刻，和以前的文章判若两人，程光炜后来曾刻画过艾青读到这篇文章的心情："读到沙鸥发于《诗刊》第十期的《艾青近作批判》。他记得，仅仅就在今年《诗刊》第四期上，沙鸥曾撰文对自己的诗大加颂扬，未想他见风使舵竟如此之快。更未曾料到，沙鸥的措辞会如此恶俗，如说艾青的诗'句句变成了臭狗屎'等，乘人之危，落井下石，足见人格之阴暗。"② 这种情况在当时的文坛、诗坛上不是个别的。古远清后来也对这种做法提出过批评，他把"文化大革命"前的当代诗歌批评分为八种类型，其中第五种是以沙鸥命名的"沙鸥型"："这种诗评家屈服于政治压力，在政治风浪来临之前他们能如实地写出自己对某些诗人诗作的喜爱，可政治风云突变后，马上掉转枪口对准自己原先赞扬过的对象。例如，沙鸥在 1957 年上半年发表文章，称赞艾青诗作《璀璨如粒粒珍珠》（《文艺月报》1957 年 7 月号）。可不到三个月，便写出截然相反的《艾青近作批判》（《诗刊》1957 年 10 月）。这种急转弯，对作者来说，固然有身不由己的苦衷，但也

———————

①　徐迟：《艾青能不能为社会主义歌唱？》，《诗刊》1957 年第 9 期。

②　程光炜：《艾青在 1956 年前后》，《天涯》1998 年第 2 期。文章发表时，编者将沙鸥的名字处理为"沙×"。此处根据有关信息恢复人物全名。

与其缺乏自主意识的'风派'作风有极大的关系。"① 由这些情况，我们可以看出"反右派"斗争对诗人、诗歌、诗歌刊物的冲击是巨大而深远的。不过，直到今天，对于这种变化的复杂性，诗歌界、学术界还只是看到了一些具体的现象，还没有从多方面进行深入、细致的思考和研究。

1957 年第 9 期的《诗刊》还刊发了署名"编者"的《反右派斗争在本刊编辑部》的文章，对诗刊编辑部"反右派"斗争的情况进行总结。文章揭露了吕剑、唐祈、艾青等的右派罪行，并进行了批判。在这篇文章发表之后，除了对个别诗人的批判文章外，《诗刊》再没有集中刊发"反右派"斗争的作品，第 10 期的主题是"庆祝十月革命四十周年"，同时关注祖国和国庆方面的题材，个别和当时的时代氛围有关的作品也是安排和其他作品同时发表的，比如阮章竞的《时代需要多少歌手》、邹荻帆的《中国，展开了一场大辩论》等。之后，《诗刊》逐渐转向了对"大跃进"的关注。但是，我们必须承认，"反右派"斗争对很多诗人和《诗刊》的冲击及影响是深远的，尤其是对于很多诗人来说，因为他们被打成了"右派分子"，被迫下放劳动，政治上、工作上、生活上都遭到不公正的待遇，长期得不到改正，这不但影响了这些诗人自己的创作，而且对其他一些没有遭受打击的诗人的心理也造成了巨大的影响。多数"右派分子"在"文化大革命"中受到进一步批判和斗争，对中国新诗的健康发展所带来的危害是长期的。

第三节 "大跃进"中的《诗刊》

"反右派"斗争主要是在城市进行的，又主要是在知识分子和机关干部之中开展的。相比而言，农村的情况稍微好一些。1957 年冬到 1958 年春，实现了农业合作化之后的广大农民热情高涨，大规模地向生产进军，兴修水利，努力改造制约农村发展的穷山恶水。广大农民和诗人也对此充满激情，他们以民歌形式创作了大量的作品，并逐渐受到中央高层的关注，成为 20 世纪 50 年代后期的诗歌主潮。

1957 年国民经济发展的计划完成得很好，人们渴求取得更快的发展，这也正和政府的希望相一致。1958 年 2 月 2 日，《人民日报》发表社论《我

---

① 古远清：《中国大陆 40 年诗歌理论批评景观》，《诗探索》1995 年第 4 期。

们的行动口号——反对浪费，勤俭建国》。社论在分析反浪费的必要性的同时指出："我们国家现在正面临着一个全国大跃进的新形势，工业建设和工业生产要大跃进，农业生产要大跃进，文教卫生事业也要大跃进。"2月3日，《人民日报》再次发表社论《鼓足干劲，力争上游!》。社论批评了反冒进的思想，并对"跃进"作了解释，认为跃进与冒进有原则的不同，它是在群众运动的高潮中，千方百计，打破常规，采取新的方法或者新的技术，以比通常情况下要快得多的速度，迈大步前进。这两篇社论标志着"大跃进"运动的开始。社论发表之后，全国各地开始行动起来，而且影响到了文艺界。

1958 年 2 月 25 日，上海市委举行文艺干部大会。当时的市委书记柯庆施发表了他对文艺"大跃进"的看法："在这种工农业的大跃进形势下，科学、技术、教育、文艺这些部门，就显得有些落后。"柯庆施又对上海文艺界说，上海"文艺队伍力量大，人才集中，新人纷纷出现，物质条件也比过去好，我们为什么不能来一个大跃进呢? 为什么不能百花竞放? 我们要下决心放下知识分子的臭架子，到群众中去落户，改造自己。""要文艺界大跃进，要百花竞放，繁荣创作，就要千方百计，克服困难，一天不行，两天; 两天不行，一个月; 白天不行，晚上再干; 一个人不行，大家来干。不但要有干劲，还要有股牛劲，坚决和困难作斗争。"柯庆施作完报告的当天下午，中国作家协会上海分会就召开扩大会议，会上主要讨论文艺界如何跃进的问题。上海分会原计划两年内创作各式各样的文艺作品 1000 件，但是在"大跃进"的氛围中，这个指标显然已经落后了，经过讨论改为 3000 件，原计划创作大型作品和重点组织的作品集 120 部，此时也增加为 235 部。①

1958 年 3 月 6 日，中国作家协会书记处举行扩大会议，讨论文学跃进问题。会议提出，要组织更多的作家长期深入生活，年内应争取 1000 名以上作家到群众生活中去。会上，中国作协向全国作家发出了《作家们! 跃进，大跃进》的一封信。信中要求作家做到：

　　　在修正补充原定计划的时候，要注意到：学习新的技巧，充实写作本领，使我们的思想跃进，本领也跃进。没写过诗的，试试看; 诗能更快地反映当前现实。没写过歌词的，试试看; 全国到处都迫切需要配合

――――――――――――

① 本段信息参考罗平汉：《"文艺大跃进"：村村要有李白》，《半月选读》2009 年第 9 期。

跃进的新歌,大家都唱起来,干劲就更大。写评论的试试创作,创作的也试试评论。同样地,试试相声、鼓词,以至各种戏曲。要叫我们的计划凑在一起就是文学百货供应总站,要什么有什么,而且具有新的风格和有普及而提高的特色。真乃是百花齐放,大胆创造。这对人民和我们自己都大有好处。①

就这样,一场轰轰烈烈的文艺"大跃进"运动在全国逐渐开始了。在这个过程中,最受关注的文艺样式之一是来自民间的民歌。从 1958 年年初开始,不少地方就开始重视民歌收集。中国民间文艺研究会编选的《农村大跃进歌谣选》是较早的一部民歌选,共收作品 301 首,大多数是从各地编印的小册子中选择的,也有部分是从来稿中选择的。该书出版后,受到了许多人的好评。戈茅指出:"最近中国民间文艺研究会编选了一部'农村大跃进歌谣选',已由作家出版社出版。我读后感到无限的兴奋鼓舞,这是一部真正的人民的创作,它是现实生活斗争中最富有色彩的动人的诗篇。在这本歌谣选集中,一共选了 301 首歌谣,每首歌谣都充满了革命英雄主义和革命乐观主义的精神,显示了中国人民在社会主义建设大跃进中坚忍不拔的勤劳勇敢的英雄气概。这是人民发自衷心的对于快乐幸福生活的歌唱。这是新的'国风',当今的'一代诗风',必须从此开始。"② 潘旭澜说:"读着'农村大跃进歌谣选'(以下简称为'歌谣选'),心情一直不能平静。我好像看到了一幅光芒逼人的长卷,好像听到了进军的鼓声和号角。这虽然是一个歌谣的集子,但是这些歌谣却被大跃进的主题串了起来,因此,我们完全可以把它看作是一部英雄史持。'歌谣选'虽然一共只有三百零一首,但是它却广泛地反映了我国农村历史性的伟大变化。"③ 从那以后,许多作家、诗人和文艺组织、文艺刊物都在民歌创作、收集上投入了大量的精力和版面。

顺便说说毛泽东的诗歌观念。作为诗人的毛泽东在创作上主要倾心于传统体诗歌,他在诗歌观念上是关注旧体诗、倡导民歌的。1965 年 7 月 21 日他在给陈毅的信中说:"要作今诗,则要用形象思维方法,反映阶级斗争与

---

① 转引自罗平汉:《"文艺大跃进":村村要有李白》,《半月选读》2009 年第 9 期。
② 戈茅:《开一代诗风——读"农村大跃进歌谣选"有感》,《读书》1958 年第 6 期。
③ 潘旭澜:《唱得长江水倒流——读"农村大跃进歌谣选"》,《人民文学》1958 年第 8 期。

生产斗争,古典绝不能要。但用白话写诗,几十年来,迄无成功。民歌中倒是有一些好的。将来趋势,很可能从民歌中吸引养料和形式,发展成为一套吸引广大读者的新体诗歌。"① 这封信虽然是 20 世纪 60 年代中期写的,而且在 1978 年才发表,但它体现的其实是毛泽东长期以来的诗歌观念。这样的意见虽然是在诗友之间交流时提出来的,但是在中国它又不只是代表了一个诗人的意见。作为党和国家的最高领导人,毛泽东的这种看法其实也在很大程度上代表了党和政府对于诗歌艺术发展的看法,人们在一定程度上是把这种观点作为党和政府的政策甚至最高指示来看待的。

　　民间智慧在得到党和政府认可之后,就成为党和政府的主张和政策。1958 年 3 月 8 日至 26 日,中央在四川成都举行了政治局扩大会议(史称"成都会议")。"会议的中心议题是总结建国 8 年来的工作,研究了经济建设的有关问题,树立经济建设高速度的思想,确立多、快、好、省地建设社会主义总路线。"② 毛泽东在会议期间发表了 6 次讲话,并在其他人发言时插话,中央出台了 37 个文件。毛泽东还提出要收集点民歌,提倡开展采风活动。《人民日报》随即在 4 月 14 日发表了社论《大规模地收集全国民歌》,社论说,很多地方都已经在收集整理民歌,并认为:"传统的或者新产生的民间歌谣,无疑都是人民群众和诗人们所需要的珍贵食粮。中国新诗的发展,无疑将受到这些歌谣的影响。因此,为了发展我们的诗歌艺术,大规模地收集全国民歌也是决不可少的一项工作。同时,我们还要注意发掘尚有踪迹可寻的历代口传至今的歌谣宝藏,使它们不致再消失。""这是一个出诗的时代,我们需要用钻探机深入地挖掘诗歌的大地,使民谣、山歌、民间叙事诗等像原油一样喷射出来。我们既要把它们忠实地记录下来,选择印行,也要加以整理和研究,并且供给诗歌工作者们作为充实自己、丰富自己的养料。诗人们只有到群众中去,和群众相结合,拜群众为老师,向群众自己创造的诗歌学习,才能够创造出为群众服务的作品来。"③ 这一号召立刻得到了全国的诗人、民歌作者、读者、报刊的广泛响应。4 月 21 日,《人民日报》发表了郭沫若《关于大规模收集民歌问题答〈民间文学〉编辑部

---

　　① 毛泽东:《毛主席给陈毅同志谈诗的一封信》,《诗刊》1978 年第 2 期。

　　② 《中央政治局扩大会议(成都会议)(1958 年 3 月 8—26 日)》,中国共产党新闻网,http://dangshi.people.cn/GB/151935/176588/176596/10556144.html,2011-12-21。

　　③ 《大规模地收集全国民歌》,《人民日报》1958 年 4 月 14 日。

问》，对民歌大加赞赏。

"大跃进"和民歌运动是联系在一起的。"大跃进"不只是体现在工业、农业战线上，也影响到整个中国文化、文学的发展。全国各地"就像搞政治运动一样，掀起了大跃进新民歌运动，这显然不符合艺术生产的规律"①。在文学艺术发展中，民歌的作用和影响是巨大的，但是，民歌发展必须遵循自身的规律，否则就可能走向相反。在当时，只要是毛泽东和中央决定的事情，即使有人意识到不合适，一般也没有谁敢直接反对，甚至不能提出批评性意见。这是当时的历史现实。于是，许多组织、刊物都参与到民歌创作、收集的活动中，作为当时唯一一家国家级诗歌刊物，《诗刊》自然也不能不加入到这个潮流之中。作为著名诗人的郭沫若在这场运动中的表现非常突出。1958 年 9 月 2 日，郭沫若的一组《跨上火箭篇》发表在《人民日报》上。诗中记录了几个水稻产量的数字，但是，在把诗稿交给《人民日报》之后，他发现报纸上又有更高的数字出来，郭沫若在当年 9 月 4 日给《人民日报》写信加以更正，原诗是："早稻才闻三万六，中稻又传四万三。繁昌不愧号繁昌，紧紧追赶麻城县。"他要求改为："麻城中稻五万二，超过繁昌四万三。长江后浪推前浪，惊人产量次第传。"并指出："该诗如已发表，可否请将此信刊出以代更正。"并承认"这确实证明：我的笔是赶不上生产的速度"②。他还对文艺界的"大跃进"情况表达了无限的欣喜：

> 文艺也有试验田，
> 卫星几时飞上天？
> 工农文章遍天下，
> 作家何得再留连。
>
> 到处都是新李杜，
> 到处都有新屈原。
> 荷马但丁不稀罕，
> 莎士比亚几千万。
> 李冰蔡伦接联翩，

---

① 朱寨主编：《中国当代文学思潮史》，人民文学出版社 1987 年版，第 338 页。
② 黄淳浩编：《郭沫若书信集》（下），中国社会出版社 1992 年版，144 页。

建筑圣人赛鲁班。

哥白尼同达尔文，

牛顿居里肩并肩。

——《跨上火箭篇》

"大跃进"和民歌运动也是互动的。当时最流行的一个词就是"放卫星"，官方之所以选择了"卫星"这个词，中国人之所以喜欢"卫星"这个词，是因为苏联在1957年发射了人类历史上第一颗人造地球卫星，于是"卫星"成为整个社会主义阵营的荣耀，是"高精尖"的象征，也是那个时代的"热词"。而中国不能落后，而是要向苏联老大哥学习，在各个行业放出自己的"卫星"。最早的"卫星"是在农业战线上放出来的，广西的一个生产队把水稻亩产吹到了一两万斤。《人民日报》称之为"放卫星"。得到《人民日报》的肯定后，各地的吹牛比赛达到了高潮。到了秋收季节，亩产万斤粮的报道，便接踵而来，比比皆是。更有甚者，亩产不仅能够产万斤粮，而且还能够产十万斤粮。1958年10月1日《天津日报》报道，天津市的东郊区新立村水稻试验田，亩产12万斤，并称在田间的稻谷上可以坐人，让群众参观。到了10月8日和10日两天，《天津日报》又分别报道天津市双林农场"试验田"，亩产稻谷126339斤的特大消息，一时轰动全国，可称得起亩产之最，真可谓压倒群雄独领风骚了。新立村的"试验田"，毛泽东亲自视察过，既然是领袖肯定的事情，肯定没有错，因此，在全国也就名声大噪了①。接着，工业战线不甘示弱，大炼钢铁，放出了工业战线的卫星。

如果说初期的新民歌主要还是表达广大群众战天斗地的英雄气概，具有浪漫主义特色的话，那么随着"大跃进"的广泛开展，新民歌在创作方式、表达方式、情感内涵等方面越来越和"大跃进"的思想保持了一致，并最终影响到整个文艺界。《文艺报》1958年第18期发表《文艺放出卫星来》，指出"建设共产主义的文学艺术，并不是一件神秘的高不可攀的事情"，导致"放卫星"的浮夸风又蔓延到文艺领域。接着，《文艺报》报道了不少文艺"放卫星"的典型事例：河北省委发起一千万篇群众写作运动，这本来就是一件不科学、无法实现的事情，但保定地区却将这一任务全部包了下

---

① 《放卫星》，百度百科，http://baike.baidu.com/view/801293.htm。

来；河北束鹿县提出了"千人写，万人唱，家家诗歌户户画"的口号；山西提出一年内要产生三十万个"李有才"三十万个"郭兰英"；甘肃规划半年产生五百名作家，一年产生两千作家，三年产生一万名作家；一些地方搞起所谓万首诗乡、万首诗兵营、万首诗学校，提出县县出李白、乡乡出鲁迅。一些基层领导强制性命令某车间、某生产队一夜之间要写出多少诗来，写不出来，就不能睡觉，不能吃饭。这样的活动搞得工人、农民、学生、战士、为了完成写诗的政治任务吃不下饭，睡不着觉，你抄我一句，我抄你一首，最终导致民歌创作成了群众运动。而这些所谓的"民歌"在艺术上、科学和生活常识上却存在很多问题，如"人有多大胆，地有多大产"，"敢问河西英雄汉，小麦何时上五千"①显然违背了自然规律。当时的一首非常流行的民谣较好地记录了这种浮躁、浮夸的情形："中国人多英雄多，一人一铲就成河。中国人多好汉多，一人一镐把山挪。中国人多画家多，一人一笔新山河。中国人多诗人多，一人一首比星多。"事实确实是，即使在当时，人们也很难统计究竟创作、收集了多少民歌作品。

受毛泽东之命，郭沫若和周扬领衔合编的《红旗歌谣》，算是新民歌运动最权威的版本了。该书选收新民歌300首，由红旗杂志社1959年9月出版。所收的新民歌分为四类：反映农业和农村生活的172首，占二分之一以上；歌唱工业建设的51首；表现战士生活的29首；党的颂歌48首。《红旗歌谣》的序言说："大跃进中产生的民歌是美不胜收的，我们以精选为原则。我们的标准是：既要有新颖的思想内容，又要有优美的艺术形式。我们看到很多的新民歌思想超拔，形象鲜明，语言生动，音调和谐，形式活泼；它们是现实主义的，又是浪漫主义的。我们带着无限的喜悦心情把这些民歌选在本集里。"《红旗歌谣》编选的民歌是从浩如烟海的"新民歌"中选择出来的，但仍然是以颂歌为主，有的比较清新，比如歌颂草原的民歌："牛羊儿似珍珠，颗颗闪光耀；蒙古包似花蕾，朵朵欲放苞。台上烽烟不再起，眼望彩虹心含笑。"又比如描写边疆工业化的民歌："我望着，我远远地望见，/又一座黑塔与它并排高站，/近看才知是火电厂的烟囱，/不息地吐着墨一样的浓烟，/暗夜在地上绘出繁星般的灯火，/白昼在天上绘出黑色的牡

---

①　部分内容参考朱寨主编：《中国当代文学思潮史》，人民文学出版社1987年版；邢小群：《大跃进时代的诗人郭沫若——从〈百花齐放〉到〈红旗歌谣〉》，博客中国，http://xingxiaoqun. blogchina. com/493868. html，2008年3月19日。

丹。"我们可以用今天的眼光批评其对环境污染的赞美，但总体来说，它们所抒写的还是真实的感情，是对社会变革、进步的赞美。不过，其中很多作品还是充满了浮夸的味道，比如"玉米稻子密又密，铺天盖地不透风，就是卫星掉下来，也要弹回半空中""稻堆堆得圆又圆，社员堆稻上了天；撕片白云揩揩汗，凑上太阳吸袋烟"。我们不能说这些作品的想象不丰富，但它们实际上已经超出了艺术夸张的范畴，也在很大程度上违背了自然常识。

作为当时唯一的国家级诗歌刊物，《诗刊》在"大跃进"中也不甘落后，它一方面发表歌唱"大跃进"的文人诗歌，另一方面大量介绍各地的新民歌，是当时新民歌发表的主要阵地之一。

1958 年第 3 期《诗刊》为"农村大跃进"专题，开篇便是民歌，包括《山区新歌谣》（唐鲁戈辑）、《湖北麻城农民歌谣》（陈道信等）、《社员短歌》（李苏卿等）、《十三陵水库工地歌谣》（德崇等），其后才是卞之琳、丁力、郭小川、邹荻帆、沙金、方敬、张志民、张永枚等诗人署名的作品。可以看出，从当时开始，《诗刊》就对群众创作、民间歌谣等给予了特别的重视。

1958 年第 4 期《诗刊》刊出"工人诗歌一百首"，发表的大多数都是来自第一线的工人创作的作品，以民歌体为主，而且，该期刊物还发表了工人谈诗的文章，如《诗歌怎样和群众结合?》《喜欢什么样的诗?》《对目前诗歌的意见和要求》，文章都不是很长，但每篇文章的署名都是 10 多人，最多的达到 19 人。由此可以看出，这些作品、评论文章和底层的群众生活、劳动和他们的思想感情是非常接近的。

1958 年第 5 期《诗刊》，开篇便发表了茅盾的《工人诗歌百首读后感》、老舍的《大喜事——"工人诗歌百首"读后》，对上期刊发的"工人诗歌一百首"给予了很高的评价。在中国文学界，茅盾、老舍都是非常重要的人物，他们的意见在很大程度上代表了官方和读者对于当时诗歌走势的评价。这一期刊物还刊发了《民歌六十首》和袁水拍、冯至、陈白尘谈论民歌的文章，对民歌中的浪漫主义、民歌如何向古典诗歌学习等提出了他们自己的看法，总体上是持肯定、赞赏态度的。

1958 年第 6 期《诗刊》开卷发表了《太阳光芒万万丈》，选择的是"歌颂党的新民歌四十首"，同时刊发了郭沫若的《遍地皆诗写不赢》，收录其近作 35 首。其他诗人的作品也基本上是歌颂现实、歌颂党的，比如田间的《献给党》、田奇的《共产党员赞歌》、张志民的《耿书记》、方纪的《红旗歌》、笑帆的《歌唱总路线》、袁鹰的《大鹏展翅九万里》、闻捷的《我们欢呼新日子来临》、端木蕻良的《总路线》，等等。有关"总路线"的歌唱也第一次在《诗刊》出现。1958 年 5 月，中国共产党第八次全国代表大会第二次全体会议根据毛泽东的创意，通过了"鼓足干劲，力争上游，多快好省地建设社会主义"的社会主义建设总路线。《诗刊》在第 6 期就发表了歌颂"总路线"的作品，根据期刊编辑出版程序和周期，我们可以看出，刊物发表这类作品是打破常规的，说明刊物的编辑理念和官方的意志配合得越来越紧密。这期刊物还发表了多篇理论评论文章，对民歌和浪漫主义精神等进行了讨论，而且作者大多数都是来自一线、基层的普通民歌作者、读者，比如晴空的《我们需要浪漫主义》、治芳的《略谈我们时代的革命浪漫主义》、江雁的《幻想的时代》、罗学成的《我喜欢"山区新歌谣"》、李春学的《农民喜欢自己的歌》、石秉的《新中国农民的集体形象》、罗福备的《我喜欢民歌体的诗》、贾芝的《从"王贵与李香香"谈学习民歌》、洪湖的《诗歌面向群众的好办法》，等等。这些文章大多是配合当时的民歌创作和政治、社会思潮的。

1958 年第 7 期《诗刊》开设了战士诗歌、民歌专栏，发表了谭次吾、胡宗文等 79 人的《战士诗歌一百首》，刘瑾瑜、廖训镶等 38 人的《战士谈诗》，专论《让战士诗遍布军营》和张克夫《战士的诗歌活动》。工农兵是当代诗歌的重要歌唱对象，他们也是重要的作者群体。《诗刊》先后关注了农村民歌、工人民歌，现在又专题关注军人的作品，体现了刊物对于当时的文艺政策、政治主张的密切配合。这期刊物的评论文章主要有郭沫若的《"大跃进之歌"序》、高歌今的《现实主义与浪漫主义需要结合》等。同时特别设置了"期刊介绍"专栏，刊发了宛青的《云南民歌的丰收》，主要介绍云南的《边疆文艺》杂志刊发的各族民歌专号、杨敏的《七月的"蜜蜂"和"处女地"诗歌专号》。这样的介绍性文章在之前的《诗刊》上不曾出现过，说明《诗刊》对于当时的诗歌创作（尤其是民歌创作）的关注是非同一般的，不仅关注自身，而且关注和介绍其他刊物在这些方面所体现出来的特点和成绩。

可以看出，在那段时间里，《诗刊》对"大跃进"和民歌的关注是全方位的，作者和选题涉及工农兵等各行业；许多著名的诗人、作家也加入这个行列之中；创作、收集与理论研讨同时展开，不同行业的人都谈到了对民歌的理解以及对民歌创作的看法。很多观点都是缺乏学理价值的，但在当时，这样的关注恰好是对毛泽东和中央决定的落实，是对国家政策的配合。

新民歌在总体上的格调是比较清新的，表现了劳动人民战天斗地的革命热情和英雄主义气概，具有比较明确的现实针对性。《山区新歌谣》中有一首：

> 天上没有玉皇，
> 地上没有龙王，
> 我就是玉皇，
> 我就是龙王，
> 喝令三山五岭开道，
> 我来了。

这首民歌在当时流传甚广，也是大跃进民歌中具有代表性的作品。《十三陵水库工地歌谣》中的《挑土歌》：

> 一根扁担软溜溜，
> 挑起筐子颤悠悠，
> 我给高山大搬家，
> 吱吱拉拉往前走。
> 挑的那太阳西山落，
> 挑的那月亮露了头，
> 挑的那大地往上畏，
> 挑的那高山低了头。

这些作品借鉴了古典作品的形式，尤其是格式相对整齐，追求韵律，但是由于采用了日常口语，它们和古典作品的精致存在差异，最终形成了古典方式与现代语言的结合体。

"大跃进"诗歌和新民歌主要具有这样一些特点：

其一，官方和官方的刊物积极参与了推进"大跃进"诗歌和新民歌的活动。这种现象在历史上是少有的。尤其是毛泽东亲自主导的新民歌运动不但发生在诗歌领域，而且在全社会引发了一系列的相关活动，比如撰写革命回忆录，撰写公社史、工厂史、部队史，其他形式的文艺活动也相当活跃。

当时编辑出版的《星火燎原》《红旗飘飘》等丛书收录了大量的作品。这种对历史的关注和记载在本质上是有价值的，但问题是，当时收集整理的史料、收集的作品在导向上显得过分单一，基本上都是以赞美、美化为主，而对于不符合官方意志的人与事，则以阶级斗争的观念加以批判或者否定。因此，换一个角度看，这些关注、引导在很大程度上是违背了历史事实，或者片面理解了历史和现实。从历史的发展来看，对于以个人创作为主的文学、诗歌，官方可以提出要求，但不必管理得过分具体、细致，而且，文学发展有其自身规律，所有的引导、要求都应该首先尊重这种规律，否则将对文学的发展造成不良后果。

其二，当时的诗歌主要以颂歌为主，是中国诗歌发展史上特殊的颂歌时代。就诗歌的情感取向来说，颂歌是可以存在的。在诗歌发展历史上，也出现过以歌颂为主要取向的诗歌作品，比如唐朝繁盛时期的一些作品，就抒写了对"盛世"的歌唱；在现代的抗战时期，新诗中也出现了大量的对祖国、人民和积极参与抗战的人们的热情歌唱。这些作品对于凝聚人心发挥了不可或缺的作用，成为中国诗歌中的重要文本。但是，作为有良知的诗人，歌颂应该是有标准的，首先应该是发自内心的，而在"大跃进"中，不少颂歌所抒写的是没有标准的、没有原则的赞颂。因为种种原因，尤其是外在的政治原因，一些诗人在经过了诸多政治运动之后，失去了自己的独立思考和判断，失去了对历史和现实的深度感悟，其实是对真实的否定。这样的例子很多，比如，浮夸风、"大跃进"、人民公社等，在后来被证明是违背经济、社会、文化的发展规律的，完全是一些领导人的个人行为。对这些事件的歌颂，在很大程度上也就是违背社会发展规律的。它们不但对社会风气的引导带来了负面影响，也对诗歌艺术的独立性、诗歌精神的建构等产生了诸多负面效应。

其三，艺术上缺乏创新，很多作品出现了严重的空洞化、格式化、概念化倾向，有些就是对政策的阐释。"大跃进"中的诗歌借鉴和弘扬了一些传统的诗歌样式，比如民歌民谣，有些诗人的艺术实验对于诗歌体式（比如现代格律诗，或称格律体新诗）的建构、诗歌文体规律的总结具有一定诗学价值。但是从总体上看，那个时期的诗歌在艺术上并没有多少突破，语言显得比较枯涩，题材、内容比较单一，直抒胸臆代替了对诗歌艺术的多元探索，诗人内在的个人体验在许多作品中都没有得到体现，即使有一些淡薄的体现，也必须限制在官方的主流意识之中，而作为诗歌重要的艺术品格的批判意识、忧患意识荡然无存。很多作品都是对官方政策的分行解释，既脱离了实际，又有违背自然、社会、艺术规律之嫌，甚至出现了诗歌"放卫星"，建立诗歌村等在今天看来有些荒唐的做法，给中国诗歌的发展带来了困境，也给后来的探索者留下了很多棘手的问题。

第四节　"大跃进"之后的前期《诗刊》

"反右派""大跃进"等运动看似充满活力，但实际上把中国社会和中国人折腾得失去了方向和目标，不但没有促进经济社会的发展，而且带来了很多亟待解决的问题和困难。在1958年，和社会主义总路线、"大跃进"运动几乎同时出现的还有"人民公社化"运动，它们在1960年5月前合称为"三大法宝"，1960年5月之后改称为"三面红旗"。1958年年初，毛泽东提出了农业生产合作社要实行小社并大社的主张，随即在全国农村开始了筹建大社的工作，有的地方率先以"公社"命名。当年2、3月间，毛泽东和他的秘书、《红旗》杂志总编辑陈伯达谈过一次话，说乡社合一，将来就是共产主义的雏形，工农商学兵什么都管。陈伯达据此撰写了《全新的社会，全新的人》一文，发表在7月1日的《红旗》杂志上，第一次提出了"人民公社"的概念。这篇文章对人民公社体制的实行起了推波助澜的作用，一些地方很快出现了小社并大社再转为大搞公社的热潮。在这期间，"陆定一受令编辑《马克思、恩格斯、列宁、斯大林论共产主义社会》一书（该书由人民出版社1958年12月出版——引者）。收入书的第一条语录中有两个地方提到共产主义社会的基层组织叫作公社。这本书的编出，对毛泽东最后决定把生产合作社合并起来的大社叫人民公社起了促进作用。毛泽东还一再向全党推荐这本书。"①

毛泽东本人对人民公社的兴起倾注了极大的热情，1958年下半年曾多次亲自到农村视察和调研。1958年8月4日，他走出北京，视察了"共产主义的试点县"——河北省徐水县，称赞人民公社成立后达到了"组织军事化、行动战斗化、生活集体化"。6日，他又南下河南新乡县七里营公社。

---

① 贺吉元：《"三面红旗"是怎样形成的》，《扬子晚报》2009年8月19日。《马克思、恩格斯、列宁、斯大林论共产主义社会》收录的第一条语录选自恩格斯的《在爱北斐特的演说》，见《马克思恩格斯全集》（第2卷），人民出版社1957年出版，第602—616页。

毛泽东久久地凝视着"人民公社"的牌子，连连点头说："人民公社名字好。"9日，他又去了山东，当山东省委领导汇报有人大办农场时，毛泽东制止说："还是人民公社好。"之后，全国农村纷纷仿效，大办人民公社。到1958年10月底，全国农村已基本实现了人民公社化。①

在1960年之前的诗歌界，因为"反右派""大跃进""总路线"和"反右派"运动扩大化的影响，人民公社似乎并没有作为主要的歌唱对象，也可能因为，人民公社只是一种基层的组织，并没有"总路线""反右派"那样容易在社会上掀起宣传高潮。但是，1959年、1960年的《诗刊》还是发表了多首歌唱人民公社的作品，比如：1959年第2期发表了民歌十四首《人民公社处处春》；1959年第3期发表了张长的《傣族公社里的成员》；1959年第9期的"国庆十周年专号"发表了许多赞美"大跃进""人民公社"的作品，有些是诗人的创作，有些则是由基层作者创作、收集的民歌，其中包括郭沫若的《人民公社万岁》、邹荻帆的《人民公社春长在》；1959年第10期发表了罗马丁的《兄弟们回到公社去》；1959年第11期发表了严辰的《公社纪事》、阎一强的《公社小唱》；1959年第12期发表了新民歌20首《人民公社放光辉》、力扬的《公社诗辑》、李秋枝的《公社小诗》；1960年第1期发表了哈萨克族库尔班阿里的《在公社化的阿吾勒里（二首）》、张天民的《公社居民点（三首）》、赁常彬的《灯塔公社（二首）》、金近的《公社儿歌唱不完（儿童诗）》；1960年2期在"歌颂三面红旗"专栏发表了傣族康朗甩的《欢呼人民公社（三首）》、高缨的《公社社员（二首）》，同时发表了张志民的《公社的人物》（张志民以此为题的诗写了很多，在其后的《诗刊》上发表了好几次，如1960年第9期，1960年第11、12期合刊）；1960年第4期专门开设了一个栏目"城市人民公社万岁"，发表了严辰的《管家人》、赤叶的《城市人民公社诗抄》、陆棨的《七星高照（二首）》，还发表了工人的诗《歌唱公社"兵工厂"（六首）》、梁上泉的歌词《公社春天哪里来》；1960年第7期发表了黄玲的《人民公社是红旗》；1960年第8期发表了刘骥《公社猪场好风光》；1960年第10期发表了《花园公社赛诗会诗选》……我们没有引用具体的诗歌作品，只是罗列了一些题目中使用了"人民公社"或者"公社"的作品，主要是想说明，即使到

---

① 《三面红旗》，百度百科，http：//baike. baidu. com/view/387755. htm#2。

了 20 世纪 60 年代前后，"大跃进"中形成的诗歌风潮并没有实质性改观，民歌、民谣等仍然是不少诗人创作的手段，在内容上仍然以赞歌为主，而且遇到官方有关的重大事件时，仍然出现了不少配合政策的歌颂诗篇。而这段时间，恰好是中国历史上著名的"三年自然灾害"时期。

1959—1961 年，中国经历了严重的困难时期，食品短缺，人民生活极度艰难。由于"大跃进"运动以及牺牲农业、发展工业的政策所导致的全国性的粮食短缺，很多地方甚至出现了饥荒。在当时，各级政府官员出现了严重的官僚主义作风，追求农业生产单产、总产"浮夸风"和不顾工业基础薄弱而片面追求钢铁生产高产量的"大炼钢铁"，加上强硬摊派中一级一级地增加数量、违背工农业生产规律的做法导致最后没有完成任务，再加上自然灾害、与苏联关系破裂等外在环境的影响，使刚刚具有起色的中国农业、工业都受到重创，人民生活极度困难。在农村，经历过这一时期的农民称之为过苦日子，官方在 20 世纪 80 年代以前则多称其为"三年自然灾害"，后改称为"三年困难时期"。

诗人是时代精神的见证者和表现者。但是，我们翻遍 1960 年前后的《诗刊》（和其他一些报刊的诗歌作品），都没有找到忠实反映这一历史事件的作品——不说是具体灾难状况，就连反映自然灾害情况的作品也没有。在那个时期的诗歌中，我们读到的是对党和国家领导人的赞美，是对社会主义优越性的歌唱，是对热火朝天的斗争、劳动、生产情景的刻画，是对国际友人、友好国家的反帝斗争的支持……我们即使不说这些作品所说的都是假话，但是，我们至少可以说，当时的诗歌发展是片面的，没有记录当时的真实现实。换句话说，"反右派""大跃进"之后的《诗刊》在思想取向、艺术追求等方面并没有什么改观。在当时，实际上是有人对"反右派""大跃进"提出过批评的，其中不乏党和政府的高级官员，比如彭德怀。1959 年 7 月，中共中央召开庐山会议，时任国防部长的彭德怀向中共中央主席毛泽东提出"万言书"："1959 年就不仅没有把步伐放慢一点，加以适当控制，而且继续大跃进，这就使不平衡现象没有得到及时调整，增加了新的暂时困难"，彭德怀指出，"浮夸风气较普遍地滋长起来"。毛泽东对彭德怀进行了严厉的批判，并作出《关于以彭德怀同志为首的反党集团的错误的决议》，把彭德怀以及黄克诚、张闻天、周小舟等人调离职位，将他们打成"彭黄张周反党集团"。一群高级干部的境遇都如此，更何况普通的诗人了。这就使当时的诗歌忽略现实、关注表面、追随主潮成为无可回避的事实。

红旗杂志社 1959 年 9 月出版的《红旗歌谣》是新民歌的最权威的选本。从 1959 年开始,《诗刊》发表了大量的赞美《红旗歌谣》的诗和评论,对该书给予了很高的评价。由此我们可以认为,《红旗歌谣》代表的是当时中国诗歌的主流方向。我们将 1960 年《诗刊》上发表的这些赞美的诗文目录罗列于后:

1960 年第 1 期开篇发表的作品:

> 柯仲平:《祝贺〈红旗歌谣〉的出版》,1960 年第 1 期
>
> 远千里:《文学新纪元的开始》,1960 年第 1 期
>
> 李　季:《大跃进的颂歌和战歌》,1960 年第 1 期
>
> 张永枚:《影响本色就是诗》,1960 年第 1 期
>
> 严　阵:《为"红旗歌谣"的出版欢呼》,1960 年第 1 期
>
> 刘　勇:《豪迈、乐观的歌声》,1960 年第 1 期

1960 年第 3 期专栏"《红旗歌谣》赞":

> 路　工:《喜读〈红旗歌谣〉(两首)》,1960 年第 3 期
>
> 紫　晨:《最新最美的劳动赞歌》,1960 年第 3 期

1960 年第 4 期专栏"《红旗歌谣》赞":

> 温承训:《〈红旗歌谣〉读后感》,1960 年第 4 期
>
> 珠　江:《一马当先,万马奔腾》,1960 年第 4 期

1960 年第 5 期专栏"《红旗歌谣》赞":

> 金　近:《〈红旗歌谣〉中的儿歌》,1960 年第 5 期

1960 年第 7 期发表的评论:

> 聂　索:《新的时代,新的情歌——〈红旗歌谣〉学习杂记》,1960 年第 7 期

在当时,在同一家刊物上,以大量的篇幅,甚至开设专栏,同时以诗歌、评论的方式对一部作品进行赞美的情况是很少见的,我们可以从中大致了解当时诗坛的情况和《诗刊》所体现出来的艺术思潮。

可以看出,即使是在"三年困难时期",中国诗歌思潮中也充满对虚

假、浮夸等感情的认同，尤其是不加分析、选择地对党和国家领导人肯定、倡导的东西予以追随。《诗刊》发表的作品在思想上、艺术上都缺乏探索和创新意识，片面感受时代和社会，缺乏对社会、人生的具有深度、广度的思考和表现。我们根本看不到我们的民族、时代和人民面临的真正的困难。可以说，这个时期的作品和"反右派""大跃进"时期的作品没有什么本质上的区别。

对于"反右派""大跃进"等所带来的负面影响，中央在 20 世纪 60 年代初期就逐渐开始通过各种方式进行反思和纠正。有人对此进行过这样的总结："一九五八年的'大跃进'，一九五九年的'反右倾'，这样人为的主观原因，加上自然灾害和其他因素，造成了我国经济的严重困难，这就是令人难忘的一九五九年到一九六一年的'三年困难时期'。为了扭转困难局面，中央制定了'调整、巩固、充实、提高'的八字方针。一九六二年一月召开了七千人参加的扩大的中央工作会议，初步总结了'大跃进'中的经验教训，开展了批评和自我批评。会议前后又为'反右倾'运动中被错误批判的大多数同志进行了甄别平反。此外，还给被错划为'右派分子'的大多数人恢复了名誉。"① 在这种背景下，文学界也进行了一定的反思，并通过各种会议对文学发展规律进行了总结和摸索。

这种总结除了当时的一些理论争鸣文章之外，主要体现在三次全国性的文艺方面的会议上。

新侨会议。1961 年 6 月 1—28 日，中宣部召开文艺工作座谈会，文化部同时召开故事片创作会，两个会议有时合并召开，听取了周扬、夏衍的讲话。会议地点在北京新侨饭店，史称"新侨会议"。6 月 19 日，周恩来出席会议，并发表了《在文艺工作座谈会和故事片创作会议上的讲话》，集中体现了会议的精神，对后来的文艺政策的逐渐调整产生了重要影响。

广州会议。1962 年 3 月，中国戏剧家协会在广州召开全国话剧、歌剧、儿童剧创作座谈会，史称"广州会议"。在会议之前的 2 月 17 日，在中南海紫光阁召开了预备会议，周恩来在会上发表了《对在京的话剧、歌剧、儿童剧作家的讲话》，对文艺规律提出了自己的看法，并请陈毅同志到广州

---

① 朱寨主编：《中国当代文学思潮史》，人民文学出版社 1987 年版，第 360 页。

会议上去"打头炮，作报告"，"振奋一下人心"①。陈毅在 3 月 6 日的会议上发表了《在全国话剧、歌剧、儿童剧创作座谈会上的讲话》，实际上是对周恩来讲话的发挥和补充。陈毅大力呼吁给作家选择题材的自由、创作艺术风格的自由和探讨艺术问题的自由，并对当时的很多违背艺术规律的做法进行了尖锐批评。

大连会议。1962 年 8 月，在大连召开农村题材短篇题材座谈会，史称"大连会议"。会议共有来自全国八个省市的 16 位作家、评论家出席会议（他们是：赵树理、周立波、康濯、李准、西戎、李束为、李满天、马加、韶华、方冰、刘澍德、侯金镜、陈笑雨、胡采等），茅盾、周扬出席会议并发表讲话，中国作家协会副主席、党组书记邵荃麟主持会议。一些作家发表了他们对小说创作的看法，邵荃麟至少三次进行总结和发表讲话，对于当时农村题材小说创作中的浮夸思想、人物形象单一化等问题给予了反思和批判。

在文艺调整时期，还有一件事情不可忽略，那就是《文艺八条》的出台。1962 年 4 月 30 日，中共中央批转文化部党组和全国文联党组《关于当前文学艺术工作若干问题的意见（草案）》（以下简称《文艺八条》）。《文艺八条》是在 1961 年 8 月 1 日印发各地征求意见的《文艺十条》的基础上修改而成的，其前言着重指出了近年文艺工作存在的"不少缺点和错误"，比如："没有正确理解和认真执行百花齐放百家争鸣的方针"；"没有很好地贯彻执行党的知识分子政策"；"对文化艺术事业的发展和群众文化活动，提出了一些错误的要求，片面地追求数量"；"有些领导文艺工作的党员干部在处理文学艺术的问题上，既不尊重群众的意见，又不同作家、艺术家商量，独断专行，自以为是，使党对文艺工作的领导受到了不应有的损害"。针对这些问题，文件提出了改进工作、提高文学艺术发展的具体做法，内容包括：进一步贯彻执行百花齐放、百家争鸣的方针；努力提高创作质量；批判地继承民族文化遗产和吸收外国文化；正确地开展文艺批评；保证创作时间，注意劳逸结合；培养优秀人才，奖励优秀创作；加强团结，继续改造；改进领导方法和领导作风。从理论上说，这些做法在一定程度上遵循了文艺

---

① 张颖：《难忘"广州会议"——记周总理、陈毅同志对"广州会议"的领导》，《中国戏剧》2009 年第 10 期。

创作的规律，而且体现了对作家、艺术家的尊重和爱护，具有一定的人性光辉。

应该说，这些会议和《文艺八条》都对过去的一些问题进行了批评与反思，对文学、艺术自身的规律进行新的思考，对于反思当时的文学观念具有不可或缺的价值。但是，实际情况是，旧的问题还没有彻底解决，新的问题又出现了。"在一九六二年九月的八届十中全会上，毛泽东同志把社会主义社会中一定范围内存在的阶级斗争扩大化和绝对化，发展了他在一九五七年反右派斗争以后提出的无产阶级同资产阶级的矛盾仍然是我国社会的主要矛盾的观点，进一步断言在整个社会主义历史阶段资产阶级都将存在和企图复辟，并成为党内产生修正主义的根源。一九六三年至一九六五年间，在部分农村和少数城市基层开展的社会主义教育运动，虽然对于解决干部作风和经济管理等方面的问题起了一定作用，但由于把这些不同性质的问题都认为是阶级斗争或者是阶级斗争在党内的反映……"① 阶级斗争扩大化、绝对化是党的指导思想严重"左"倾的体现，而且在其后，这样的斗争不断升级，最终演化为"文化大革命"。在 1963—1965 年开展的社会主义教育运动也存在以阶级斗争为纲的嫌疑，但从 1963 年开始，《诗刊》就比较关注社会主义教育运动中的诗歌作品，其中比较有影响的是陆棨的《重返杨柳村》系列。

1963 年第 3 期（上半年为双月刊）头条发表了陆棨的《重返杨柳村（三首）》，第 9 期（12 月号，下半年为月刊）发表了陆棨的《重返杨柳村（续三首）》，1964 年第 6 期发表了陈朝红的评论《反映农村阶级斗争的可贵探索——评陆棨的〈重返杨柳村〉》，对作品给予了很高的评价。这组作品在艺术上借鉴民歌营养，关注当时的社会现实，既配合政治需要，又结合当时的农村实际，在读者中产生了不小的影响，也收入过很多选本，美国学者许芥昱还曾将其翻译介绍到美国。经过历史和时间的淘洗，这些作品已经逐渐被人淡忘。作者在回忆他的创作心态时说过这样一段话："直到 1962年，随着国际国内形势的发展变化，党提出了千万不要记阶级斗争。我们这些追捧着文艺为政治服务，为工农兵服务信条走进文艺创作队伍的年轻人，很自然地就想到要写阶级斗争了。而我想到我真正算参加了的阶级斗争就只

---

① 《关于建国以来党的若干历史问题的决议》，《人民日报》1981 年 7 月 1 日。

有土地改革这十二年前的生活了。于是，在 1963 年的春天我就真正来了一次重返。只有一两天的旧地重游，在第三天的晚上，就写成了这首组诗的开篇：'重返杨柳村，心要蹦出怀。十二年啊，十二年后我又来，小河边，杨柳已成排。'接着又写出了'滴滴答答响到今，不算租子算工分，昨天算谁恨得重，今天算谁爱得深'的《算盘声声》和'当年进村来土改，你才这点高，他才那点长。四股鼻涕横起开，两双破袖油晃晃，搭起板凳看斗争，一对花鼻梁'的《加岗》。这三首是《重返杨柳村》发表的第一组。虽然，从今天建设和谐社会的观点来看，渲染阶级斗争的内容不一定合乎时宜，但是从当时的反映来看，诗里对翻身农民和翻身杨柳村的热爱应该说是发自内心的。否则，这组诗就不可能打动当时更多读者的心。至于现在有人提出的地主该不该斗，土改该不该搞，人民公社该不该在诗里出现，这就不是我能答复的问题了。"① 这或多或少可以帮助我们了解和理解当时的创作情形——诗人在创作时的感情是发自内心的，他们对于党和国家的政策、主张没有产生任何怀疑。我们可以说，就历史和现实来说，当时的许多作品具有虚假的因素，但作者的感情是真挚的，这种矛盾现象在前期《诗刊》和它代表的当代诗歌中是大量存在的。

尽管全国都在围绕阶级斗争展开运动，诗歌也努力配合这样的运动，但是，毛泽东对批判资本主义复辟和阶级斗争的效果并不满意，他在 1963 年 9 月的一个批示中说，主管传统戏剧的文化部"是帝王将相部，才子佳人部或者外国死人部"；12 月又批示说其他艺术形式"问题不少"，社会主义改造"几乎没有奏效"。1964 年 4 月，文艺界根据毛泽东的批示开始整风运动，检查问题之所在，写成了报告书草案。6 月，毛泽东就这个草案对文艺界存在的问题进行了批示：

> 这些协会和他们所掌握的刊物大多数（据说有少数几个好的），十五年来，基本上（不是一切人）不执行党的政策，做官当老爷，不去接近工农兵，不去反映社会主义的革命和建设。最近几年，竟跌到了修正主义的边缘。②

---

① 2011 年 9 月 17 日，笔者对诗人陆棨的采访。
② 毛泽东对《中央宣传部关于全国文联和所属各协会整风情况报告》的批示，参见新华网，http://news.xinhuanet.com，2007 年 7 月 22 日。

我们现在很难理解到毛泽东究竟点到了哪些刊物，其中是不是包括《诗刊》。但是，这个批示对当时的文艺界、期刊的压力肯定是非常大的。后来的一些刊物停刊，也许是受到这个批示的压力，或者通过官方的有关部门向有关刊物提出了要求。

20世纪60年代之初的物资是很匮乏的，《诗刊》在1963年上半年出版了双月刊，下半年才恢复为月刊。1964年11月出版的《诗刊》为11、12号合刊。不过，1964年的合刊和之前的双月刊、合刊有所不同，因为在该合刊出版之后，《诗刊》就停刊了，而且停刊很仓促，没有在刊物上发表停刊说明之类的文字，只是在刊物中夹了一封临时印刷的信函。该信函的内容如下：

> 亲爱的读者：
>
> 当《诗刊》11、12月合刊号到达您手里的时候，新的一年就要来到了。在新的一年中，预祝您在思想上和工作上取得更大的收获。
>
> 目前，我国各个战线上，社会主义革命和社会主义建设的群众运动正在蓬勃开展。为使本刊编辑部工作人员有较长的时间深入农村、工厂，参加火热斗争，加强思想锻炼，本刊决定从1965年元月起暂时休刊。这一积极措施，一定会得到您的支持。
>
> 过去的几年，本刊一直得到您的热情支持与帮助，谨向您表示衷心的感谢。
>
> 　　致以
>
> 革命的敬礼
>
> 诗刊编辑部
> 1964年11月

这封信很容易使人觉得《诗刊》是为了进一步发展而主动停刊的，不过，置身其中的一些《诗刊》人的回忆却有着不同的感受，白婉清就说过：

> 我是《诗刊》的一名老编辑。自1957年《诗刊》创刊号刚出版时，我就来到了诗刊社，直到1965年《诗刊》被勒令停刊止，整整在《诗刊》工作了8个年头。这一段经历就成了永铭在我心头的美好记忆。①

---

① 白婉清：《难忘在〈诗刊〉日子》，《诗刊》2006年8月上半月刊。

　　白婉清是《诗刊》最早的编辑之一，她亲身经历了《诗刊》的停刊。她说："《诗刊》地位不如人家，如果要砍，第一个就把它砍了！《诗刊》比较另类！《人民文学》更严格，小人物是上不去的，但《诗刊》面广些，当时投稿特多，有很多诗歌的狂热爱好者！"① 她在回忆中使用了"被勒令停刊""把它砍了"这样的字眼，说明《诗刊》的停刊一定存在很复杂的背景。吴家瑾也是亲自经历过《诗刊》停刊的编辑之一，她于1960年到《诗刊》工作，而且担任过党组织负责人。在她的记忆中，"当时最重视《文艺报》，指导性的，周扬要看，其次是《人民文学》。当时郭小川是党组成员，分管《诗刊》，后来老犯错误，没权，《诗刊》也不受重视。后来，毛主席批示下来，作协要变成裴多菲俱乐部，作协很慌，要有所表示，就把《诗刊》停了。《诗刊》成了政治运动中的牺牲品，编辑都去四清了。"② "1964年底，《诗刊》奉上级命令停刊整顿。"③ 这些说法证实了《诗刊》"被迫停刊"的说法。而且停刊的要求来得非常突然，郑苏伊回忆说："父亲在停刊前才知道。1959年有人批评'家长式领导'，独断专横，一种旧社会的方式，还向上级汇报某年某月去哪里吃饭等父亲的资产阶级腐化生活。父亲的处境很不好。《诗刊》的命运也不好，1964年，党组有人向中宣部汇报《诗刊》有资产阶级作风，要求撤销《诗刊》。"④ 看样子，当时《诗刊》的处境确实不理想。但是，具体情况究竟是怎样的，《诗刊》为什么承认是主动停刊而不是上面要求停刊……对于这些现象背后的事实，我们现在不得而知。事实上，在1965年，《诗刊》编辑部仍然存在，而且编辑出版了一些诗选，只是刊物没有继续出版。由此可以看出，《诗刊》的停刊是主动的。在"文化大革命"期间，全国几乎所有的文学刊物都因为各种原因停刊了，包括著名的《人民文学》，只不过，《人民文学》是出版到1966年5月号之后才停刊的，并不是从当年的1月开始停刊的，这中间是否存在"被迫"的情形，我们现在也不得而知。

---

　　① 连敏：《重返历史场景——吴家瑾、白婉清、郑苏伊、尹一之、闻山、王恩宇访谈》，《诗探索》2010年第2辑理论卷，第26—40页。

　　② 连敏：《重返历史场景——关于〈诗刊〉（1957—1964）的访谈》，《新诗评论》2007年第1辑，北京大学出版社2007年版，第210—222页。

　　③ 吴家瑾：《往事如落叶》，《诗刊》1997年第1期。

　　④ 连敏：《重返历史场景——关于〈诗刊〉（1957—1964）的访谈》，《新诗评论》2007年第1辑，北京大学出版社2007年版，第210—222页。

第五节　前期《诗刊》为何没有"现代派"

新中国成立之后，中国大陆、台湾地区和被英国占领的香港、被葡萄牙占领的澳门等不同地区的文学、诗歌几乎是在相互隔绝的状况中发展的。尤其是大陆和台湾，在艺术上几乎没有任何交流，甚至存在严重的敌对情绪。

在当时的台湾，诗人面对的政治压力并不比大陆诗人面对的压力小，有不少台湾诗人根据当局的政治取向创作过反大陆、反共的诗，在台湾产生过不小的影响。叶维廉在谈到当时台湾的政治气候时说："国民党蒋政权移台后，台湾被纳入世界两权对立的冷战舞台上，当时政府的'恐共情结'是如此之失衡，几近心理学所说的妄想、偏执狂（Paranoia），肃清和有形无形的镇压的'白色恐怖'更变本加厉，被迫害的作家除了本土无辜的知识青年外，还有持异议的迁台的作家，在整个文化气氛上，尤其是五六十年代，文字的活动与本身的活动都有程度相当的管制，而作家们都在下意识地做着内化的文字检查。"① 可以看出，当时的台湾社会并不是一个自由社会，一些没有追随当局旨意的人甚至被投进监狱。"最明显的例子是雷震的案子，他写的《反攻无望论》带给他10年的身入囹圄，1957年前后台湾现代诗中所发散出来比此更深的绝望感则安然过关。"②然而，回顾这段历史，我们会发现，这两个地区在诗歌的发展上存在很大的差异。台湾诗歌在20世纪五六十年代出现过现代派诗歌的倡导和探索，而且出现了不少具有探索性的作品，其中有不少作品已经被认为是中国新诗的经典作品，比如纪弦、洛夫、痖弦、余光中、叶维廉、商禽、郑愁予、杨牧等人的一些作品。因为他们的存在，台湾诗歌在20世纪五六十年代所体现出来的艺术上的探索性、丰富性是当时的大陆诗歌所难以相比的。我们不禁要追问：在面临同样严峻的政治压力的中国大陆，为什么没有出现台湾诗坛那样的诗歌思潮、艺术实验呢？

这个问题涉及的领域很复杂。我们没有对此进行过深入的思考，但它是诗歌史研究中不可回避的话题，所以还是试图简单归纳一下其中的原因。

---

① 叶维廉：《现代主义与中国香港现代诗的兴发——一段被遗忘了的中国现代文学史》，《新诗评论》2007年第1辑（总第5辑），北京大学出版社2007年3月出版，第130页。

② 叶维廉：《出站入站：错位、郁结、文化争战——我在五六十年代的诗思》，《诗探索》2003年第1—2辑。

　　从政治上讲，大陆是内战的胜利者，而台湾是内战的失败者，一般来说，胜利者多欢欣，长于总结各方面的经验，而且认为自己的经验是完全正确的，而失败者多苦恼，长于反思政治、文化上的失败。这种思想、精神上的不同向度导致了置身其中的人在情感方式、思维方式上的差异。这是两岸诗歌走向差异的大背景。

　　从文化根源和地域看，中国大陆毫无疑问的是中国历史和文化的中心，而台湾只是中国的一个区域。处于文化中心的人往往具有更大的优越感，一般不会感觉到文化变异、文化失落的痛苦；而处于边缘地区的诗人，文化的焦虑感、危机感肯定会严重得多，对于文化异化的负面思考也会多于正面的宣扬，由此引发的情感、心态等都会和中心区域的诗人存在差别，也会影响到他们在诗歌观念上的取向。在20世纪五六十年代的台湾诗歌中，以乡愁、怀念为主题的作品大量出现，其实就是对无根之感和流浪、放逐体验的诗意表达。

　　从文化、文学的交流看，中国大陆从20世纪50年代开始基本上就和西方的现代文学处于隔离状态，官方宣传、读者接受的主要是以苏联为代表的无产阶级文学、社会主义文学或者具有进步思想的一些诗人、作家的作品，其他思潮及其作品是作为资产阶级的、小资产阶级的甚至是反动的东西加以拒斥的，连穆旦、袁可嘉等倡导和试验过现代主义诗歌的翻译家在翻译路子上都出现了明显的狭窄化倾向，指向了官方所提倡的翻译对象和主题。

　　特别应该谈到徐迟。徐迟在年轻的时候是现代派诗人，1933年6月到上海拜访了施蛰存。当年12月号《现代》发表了徐迟的译诗《圣达飞之旅程》，从此与施蛰存周围的现代派作家多有交往，也和现代派文学达成了密切关系。古远清说，在20世纪30年代，徐迟"是一位有成就的现代派诗人，其处女诗集《二十岁人》，师承西方意象派和象征派，摆脱了中国古典的传统意象而在西方现代主义的道路上走得很远，诗作充满了现代的都市风"①。在新时期开始后，他先后发表了《吸收外国文艺精华总和——为〈外国文学研究〉集刊创刊号而作》②《外国文学之于我》③《新诗与现代化——在诗歌创作座谈会上的发言》④ 等文章，谈到了对外国文学与中国诗歌发展的关

---

① 古远清：《徐迟与现代派》，《外国文学研究》2006年第4期。
② 载《外国文学研究》1978年第1期。
③ 载《外国文学研究》1979年第1期。
④ 载《诗刊》1979年第4期。

系，虽然还存在观念先入的思维方式的影子，但对中国大陆文学、诗歌的观念的演变产生了重要影响。换句话说，徐迟在早年和晚年都非常关注外国文学、关注现代派，但是 1949 年以后和担任《诗刊》副主编期间，他没有体现出一点和现代派的关系。相反，他对宣传当时的政治观念非常积极，《诗刊》的很多活动都是他亲自参与和策划的，比如 1959 年在《诗刊》上刊发的《中国新诗概观》系列论文就是他亲自组织北京大学的在校学生在短时间内完成的，其根本目的是对当时的政治和文艺观念的紧密配合。在"反右"运动中，徐迟按照官方当时的观念要求，发表过批判艾青诗歌的激烈言论。我们只能说，中国当代前三十年的政治观念影响巨大，许多人都因此而被改变。

台湾的不少诗人、作家虽然也面临政治上的压力，但他们还可以接触到西方刚刚出现的文学思潮和作品，还可以翻译、研究艾略特、庞德等诗人的作品，艺术营养的来源相对来说要丰富一些。叶维廉说："台湾现代主义在学院的发生，主要在外文系，和当时夏济安老师有绝对的关系。夏老师是文字艺术的信徒，在教室里，在他办的《文学杂志》里介绍亨利·詹姆氏的字字珠玑的艺术，对后进的创作推断有加。……后来由白先勇、王文兴、陈若曦、欧阳子、戴天、李欧梵一班同学推出的《现代文学》，可以说是对夏老师美学意念的进一步发挥。《现代文学》一鸣惊人，每期介绍一个最重要的现代或前卫作家，对现代主义运动有不可磨灭的影响，我有幸能参与推动。"[①] 由于政治方面的原因，两岸的诗人也长期处于隔绝状态，基本上没有艺术上的交流。台湾诗人的实验自然无法在当时影响到大陆诗人和诗歌。

从文学体制上看，当时大陆对文学、艺术的管理非常严格，20 世纪 50 年代以来的多次政治运动、批判运动都是从文学、艺术领域开始的，而且文艺领域的发展较为曲折，这对诗人的艺术探索产生了较大的钳制作用。在新时期刚刚开始的时候，"现代派"也是一个反面的概念，诗人李亚伟曾在 20 世纪 80 年代初期写过一首《中文系》，讽刺当时的有些做法，其中关于外国文学的有这样几行：

中文系也学外国文学

---

① 叶维廉：《现代主义与中国香港现代诗的兴发——一段被遗忘了的中国现代文学史》，《新诗评论》2007 年第 1 辑（总第 5 辑），北京大学出版社 2007 年版，第 135 页。

　　　　重点学鲍狄埃学高尔基，有晚上

　　　　厕所里奔出一神色慌张的讲师

　　　　他大声喊：同学们

　　　　快撤，里面有现代派

　　现代派在很长时期内是作为批判对象而存在的，甚至在大学中文系也是如此。

　　台湾当局当时对文学、艺术的管制也很严格，叶维廉说："在五六十年代的台湾，情形比较吊诡。在镇压气氛下，官方当时的态度有相当的管制，譬如大学里学生办刊物时常发生冲突，有一位侨生得到校方和侨委会的资助办了一份学生刊物，登了一首略带抗议当时的镇压气氛口气的诗，主编受到警告，略谓你们可以风花雪月，不可以批评时政。这传达了一个消息，风花雪月确实是当时很多报纸副刊上反攻文艺议程外的另一条出路，但也给了我们一个空间，那就是上面讲到的含蓄多义。"① 这种情形使他们可以在作品写作方式上开展探索，将某些负面的体验以非常含蓄的方式表达出来，形成了某种人为的晦涩效果。当然，外国文艺的影响也是很大的，而且这种影响首先发生在军队中。"军中有不少开放的人士，鼓励创作，比较突出的如《创世纪》的作家群，譬如痖弦，譬如在海军服役的洛夫，在宪兵队服役的商禽，他们在生活极为拮据的情况下潜心猛读象征主义以来的现代作品，包括超现实主义、存在主义的作品和画作，而成为当年的前卫与先锋，在当年代表官方的立场的言曦发动批评现代诗的论战里，他们的反击甚至走在学院前面，我想主要的原因是他们被推入了一个困境，也就是孤绝的郁结的情境，'郁结'虽然是我当时提出来的用语，但洛夫、痖弦、商禽和我都不约而同地刻写了孤绝禁锢感、与原乡割切的愁伤、精神和肉体的放逐、梦幻、乡愁以及绝望、记忆的纠缠、恐惧和犹疑。"② 台湾诗人在孤绝、郁结之中还有条件接触到西方的文学作品，最终使台湾的现代诗在夹缝中找到自己的存在空间，诗人们可以在艺术、学术的领域内进行相对自由的探索。当代台湾诗歌的发展历史，在一定程度上说，就是一部以民间期刊、民间诗歌社团

----

　　① 叶维廉：《现代主义与中国香港现代诗的兴发——一段被遗忘了的中国现代文学史》，《新诗评论》2007 年第 1 辑（总第 5 辑），北京大学出版社 2007 年版，第 130 页。

　　② 叶维廉：《现代主义与中国香港现代诗的兴发——一段被遗忘了的中国现代文学史》，《新诗评论》2007 年第 1 辑（总第 5 辑），北京大学出版社 2007 年版，第 134—135 页。

串联起来的诗歌发展史。但是，在大陆，诗人和读者在当时没有办法获得关于外国文学、诗歌的信息，他们面临的是一个中国之外再无他国的处境，自以为是又茫然不知所措。如果说，台湾诗人因为自己在夹缝中的努力而在一定程度上实现了和三四十年代诗歌的接续，那么中国大陆前三十年的诗歌则与三四十年代的诗歌越离越远，形成了没有来源、没有根基的发展格局。

在 20 世纪五六十年代的大陆诗坛，人们失去了了解现代主义诗歌信息的渠道，即使在以前有过现代主义探索的诗人也不敢再提起类似的话题，当然就无法写出满意的作品。《诗刊》没有现代派诗歌的来源，事实上也不敢刊发现代诗歌，因此，前期《诗刊》没有现代印迹就是必然的。

从文学史角度思考，也许还有其他许多原因值得我们关注。需要特别指出的是，我们说大陆诗坛在 20 世纪五六十年代没有出现过台湾诗坛那样的实验和论争，并不是说大陆就没有人在艺术探索上进行过尝试。在 20 世纪六七十年代，一些诗人就在"地下"进行着自己的写作实验，比如老一辈的曾卓、牛汉、蔡其矫、流沙河以及更年轻的食指、芒克、林莽等，虽然他们的不少作品在当时无法公开发表，但最终还是在政治、文化语境合适的时候引发了"归来者诗歌"和"朦胧诗"思潮的出现。还有一些诗人，因为对创作语境的不适应，他们没有随波逐流，放弃自己的艺术主张，而是为了诗歌艺术的尊严而停止了诗歌创作，或者转行做了别的事情。在特殊的时代语境之下，这样的行为是值得尊敬的。

基于这样一些区别和诗歌艺术探索方面的差异，我们曾听到过这样一种文学史观，认为大陆出版的文学史、诗歌史著作在谈到 20 世纪 50 年代到 70 年代的文学、诗歌发展时缺乏一定的艺术性，因此建议在文学史研究把大陆、台湾的当代文学纳入一个整体来考察，在诗歌方面主要关注台湾诗人的艺术探索并以此取代主要对大陆诗歌的关注，并认为这种做法可以在诗歌史写作中弥补当代大陆诗歌发展的单薄。对于这种观念，我们应该重视。作为中国当代新诗的几个构成板块，把大陆和台湾地区（以及香港、澳门特区）纳入一个整体进行打量是可行的，也是应该的。事实上，从 20 世纪 80 年代开始，大陆出版的诸多当代文学史、诗歌史著作，有很多都设立了台港澳文学、诗歌的专门章节，大陆学者也撰写过研究台港澳文学、诗歌的专著。但是，由于种种原因，这几个地区的文学、诗歌在很长时期内毕竟是在不同的政治、文化语境中发展的，形成了各自的规律和特色。在中国当代文学史写作中，认为某一地区的诗歌创作成就较高，就应该作为主体甚至取代对其他地区诗歌的关注，是一件在短期内难以完成的设想，因为每个地区的情况都很复杂，即使在诗歌艺术探索方面取得的成就不那么突出，甚至出现过失误，也不能说明对其进行深入研究就没有价值。诗歌史研究是对诗歌发展历史的描述，涉及诗歌文本和它的生成语境，而不仅仅是对好诗的遴选与评价。当然，随着时间的流逝和诗歌艺术的发展，诗歌史研究中必然会出现优胜劣汰的情况，但那究竟会发生在什么时候，究竟会以怎样的标准进行选择，我们现在都还不得而知。

第五章 复刊后的《诗刊》：
从单一走向多元

第一节 《诗刊》的复刊及其诗学观念

1976 年 1 月，在毛泽东等人的关心和支持下，停刊 11 年的《诗刊》得以复刊。复刊后的《诗刊》仍为月刊，每期标准页码为 96 页。

《诗刊》复刊时，正处于"文化大革命"时期。它延续的诗学观念也还是"文化大革命"式的。这种"文化大革命"式的观念在本质上不是属于《诗刊》的，因为"文化大革命"开始之前，《诗刊》已经停刊，它不可能因此形成自己和"文化大革命"一致的、独特的诗学观念和编辑思想。这种观念是当代中国的，是各种政治运动、社会斗争、政治观念、社会思想在文学领域的体现。《诗刊》的复刊嫁接和传承了这种观念。不过，如果结合前期《诗刊》的历史和编辑思想进行打量，我们会发现，所谓的"文化大革命"文学观念，在很大程度上是和 20 世纪 50 年代以来的文学观念一致的，只是更极端，更具有强制性特点。换句话说，"文化大革命"的文学观念、诗歌观念、编辑思想等，实际上是从 50 年代的各种运动、斗争过程中一步步发展起来的。更远一点追寻，我们可以追溯到 1942 年的延安文艺座谈会。

事实上，1949 年以后，中国共产党成为中国的执政党，党的文艺方针、政策成为引导中国当代文学、文学批评发展的指导思想。从新中国成立到20 世纪 70 年代末期，由于"左"的路线的不断干扰，阶级斗争的不断开展，许多诗人、作家、学者只能在既定的思想框架内从事文学创作和研究。因此，这段时间的诗学批评基本上没有理论上突破，大多是对传统诗歌主张、文学的政治要求的反复阐释，观点非常单一，说不上真正的学术争鸣、讨论，也很难说有什么建树。

　　《诗刊》1976 年复刊号（总第 81 期）为 32 开，100 页，比较全面地揭示了复刊之后《诗刊》的特色和对过去传统的延续。该期刊物卷首发表了毛泽东的《词二首》，即《水调歌头·重上井冈山》和《念奴娇·鸟儿问答》，同时配发了有关读者对这两首词的阅读感想。同时复刊的《人民文学》也发表了这两首词，并在诗末注明："转载一九七六年《诗刊》第一期。"[1] 这说明，《诗刊》对于"偶像式"的领导人仍然抱有极大热情甚至崇拜，而且，《诗刊》在发表领导人的诗歌作品上具有特殊的权威性——《人民文学》都不得不从《诗刊》转载。这种地位和编辑理念在本质上和 20 世纪 50 年代后期的思维方式、编辑理念是一致的。

　　复刊后的《诗刊》对前期思维方式、诗歌观念、编辑方针的延续，可以在多方面找到证据。

　　对于民歌的关注和推崇仍然是《诗刊》看重的。复刊号刊发了《革命高潮滚滚来——农业学大寨民歌选》《钢铁工人评〈水浒〉——贵州省冶金系统赛诗会作品选》两组作品，涉及国民经济中的工业、农业两大领域；在作品样式上，民歌体占据了主要的部分。民歌是 20 世纪 50 年代《诗刊》在毛泽东的倡导下极力推崇的一种艺术样式，《诗刊》复刊后，这种情形仍然存在，只是因为时代的变迁，有些题材、主题发生了变化，如出现了农业学大寨、工业学大庆等全国性热潮。

　　当然，《诗刊》也没有忘记通过一些特别的栏目体现对当时时代、政治的追随。《一九七六年迎春诗会》栏目发表了多位诗人的作品，其中有比较有名的诗人，也有普通诗歌作者，包括杨应斑、余时英、谢世法、臧克家、包玉堂、晓雪、巴·布林贝赫、韦丘等。这些作品都没有单独的标题，但大多数作品都对当时的政治、社会、现实给予了极高的评价。下面是几位诗人的作品：

> 跃进战鼓咚咚响，
> 挥汗如雨不歇晌。
> 大战一九七六年，
> 要为革命多打粮。
>
> 　　　　——妇女队长杨应斑

---

① 　毛泽东：《词二首》，《人民文学》1976 年第 1 期。

春潮滚滚扑面来，

吹得壮志满胸怀。

火热的车间夺高产，

喜报送到中南海！

　　　　——青年工人余时英

毛主席巨手指道路，

青天也能上得去！

旧的淘去新的来，

二十六年风和雨。

成就灿烂金山高，

胜利战线一条条。

春风又报春消息，

奋战热潮压海潮。

　　　　——臧克家

从思想、情感上讲，这些所谓的诗没有什么新的观念和感情，都是对当时的政治、政策宣传的分行解说，缺乏诗人自己的发现；从艺术上看，这些作品空洞、直白，语言干涩、口号化，缺乏个性和创造性，比较明显地体现了诗歌为政治服务的特点，缺乏感人的艺术魅力。我们甚至可以说，这些诗是"文化大革命"时期诗歌的缩影。在那个时代，诗歌完全被政治左右，诗歌艺术被政治要求所压抑，除了个别的地下写作者之外，可以说，"文化大革命"时期没有真正的诗歌。

在理论评论方面，《诗刊》复刊号发表了《为无产阶级文化大革命放声歌唱》（成志伟）、《新诗要开新生面》（晓东）、《大力提倡创作和采集新民歌》（读者来信）、《春风传喜讯　诗坛花盛开——重新学习毛主席给〈诗刊〉编辑部的信座谈会侧记》（本刊记者）等文章，从这些文章的题目就可以看出，当时的《诗刊》在追随毛泽东的诗歌观念、政治观念等方面是不遗余力的，这其实也是当时整个中国现实的一种体现。

成志伟在《为无产阶级文化大革命放声歌唱》一文中说：

无产阶级文化大革命以来，广大诗歌作者创作了不少充满革命激情的作品，歌颂无产阶级文化大革命，歌颂批林批孔运动，歌颂社会主的新生事物，歌颂毛主席革命路线的伟大胜利。这些作品，特别是工农兵创作的新民歌，旗帜鲜明，富有战斗性，有力地鼓舞了广大人民在无产阶级专政下继续革命的斗志；对于巩固和发展文化大革命的胜利成果，巩固和加强无产阶级专政，发挥了积极的作用。

　　但是，我们不能满足于已经取得的成绩。反映无产阶级文化大革命的诗歌作品，在数量上，尤其是质量上，还远没有满足广大人民群众的要求。文化大革命波澜壮阔的斗争生活，文化大革命以来大量涌现的社会主义新生事物，有许多还没有在我们的诗歌中得到有力的表现。歌颂文化大革命的优秀新民歌虽然很多，我们的诗歌作者却还未能很好地向它们学习，从中吸取养料，在这基础上创造出大量内容更深厚、艺术上更完美的诗作。在文化大革命的风浪中成长起来的革命小将，经过文化大革命焕发了革命青春的老干部，伟大的无产阶级文化大革命培育的一代新人，有待于我们用笔去揭示他们的崇高精神境界，用诗歌为他们塑像。至于那足以概括文化大革命斗争生活的时代画卷式的诗歌巨著，更有待于我们诗歌作者的努力。①

　　这可以说是当时很多诗人、评论家对诗歌的看法和意见，这种观念虽然不一定是发自内心的，但人们大多数是遵循这样的观念的。这种观念有其源头，而且一直延续着，成为新时期之初的诗歌观念之一，也成为后来诗学争论的重要一方。

　　1976—1978 年是《诗刊》发展历史上的过渡期，其延续的是"文化大革命"的政治、文化、文学观念。这几年，中国发生了一些重大的历史事件，如 1976 年周恩来、毛泽东、朱德先后逝世，影响着整个中国社会、时局的变迁；1976 年的"天安门事件"，是人们借着悼念周恩来的名义，开始了对历史和现实的反思，在一定程度上体现了人与艺术的逐渐觉醒，其中的"天安门诗歌"成为后来新诗复苏的重要起点，但是在当时，这个事件却被定性为反革命事件，其主要精神被压制和打击；1976 年 10 月 6 日，中央粉碎了"四人帮"的夺权阴谋，标志着十年"文化大革命"结束……这些事件，在《诗刊》上都有所反映，但都是按照当时中央的要求加以关注的，没有反思，没有深度揭示，当然更没有提出不同的看法，这些作品在艺术上

————————

　　①　成志伟：《为无产阶级文化大革命放声歌唱》，《诗刊》1976 年第 1 期。

也没有任何特色可言。

1976—1978 年这三年的《诗刊》、诗歌延续着"文化大革命"的政治、文学观念，茫然行走在寻觅艺术解放的道路上。《诗刊》和中国诗歌出现转型是在 1978 年 12 月十一届三中全会之后，但真正出现艺术思想、编辑观念的逐渐变革，已经是 1979 年的事情了。

第二节　改革开放语境的逐渐形成

这一节讨论的主要不是诗歌问题，甚至在表面看来和诗歌艺术没有直接关系。但是，在中国，文学、艺术都和政治、社会存在密切的关联，文学、艺术的发展和当时政治语境、社会语境的变迁几乎存在直接的对应关系。因此，我们回顾新时期的改革开放的政治、社会语境，在本质上不但和新诗发展、《诗刊》发展有着特殊的关联，而且这种关联非常密切。

有人对 1978—1980 年的文艺思潮作了这样的总结：

"文化大革命"结束后，文艺政策总的趋向虽说是宽松了，可仍存在着不可估计的"前景"，作者出现了充沛的创作欲望，却"犹抱琵琶半遮面"，还处于战战兢兢的境况，道路远不如想象的平坦，相反的论调不断发出，"文化大革命"中文学由于受到太深的压抑，其中有部分作家不敢相信"前途的光明"，出现了一批固守着原来阵地的"卫士"。极"左"的思想在不少评论家内心中根深蒂固，尽管作了大量工作，但仍有意无意地回到老路上去。因此，一些主题鲜明富有挑战性的作品往往会掀起激烈的讨论，习惯势力以"反对者"姿态对新主题的作品甚至是针对"创新"的作者进行了批判。所以争论伴随着作品，同时挟杂着对当时文艺政策的揣摩出现了。1978 年 8 月 11 日《伤痕》在《文汇报》发表，虽然开始在广大读者范围内受到好评，但很快《伤痕》在文艺界引起了争论，《伤痕文学》的核心问题是文艺是否可以"暴露"。马勇前在《这是否也是一种"伤痕"》（发表在 1978 年 8 月 22 日的《文艺报》），提出了一些列（系列）问题：社会主义文艺作品可不可以写悲剧？写了一个人（或一家人）的不幸是不是成了"暴露文学"？社会主义文艺要不要用生动、细腻的艺术手段来描写人物的心理活动和精神世界？支持者和反对者争论的焦点放到了"歌颂与暴露"

上。反对者认为新时期文学的主题应该还是"歌颂"，他们缩手缩脚地唯恐再一次触及敏感的问题，既要表达出自己的"忠诚的心声"又要阻止别人走不同的道路，文艺政策到底何去何从？①

这一系列问题其实都涉及文学的观念、文学发展路向等问题。从历史发展的角度看，"文化大革命"的文学观念必须进行矫正，否则中国文学将无法获得健康发展，但是，由于"文化大革命"刚刚结束，有些人还延续着"文化大革命"时期的思维方式和观念，有些人因为"文化大革命"而遭受过迫害，这些心理积淀都会对他们的文学观念产生影响，在这种语境之下，革新与保守的观念必然出现严重冲突，因此，文学界出现不同声音、出现争鸣，都是必然的。在这种时候，特别需要营造一种全局性的政治、文化观念，以引导文学观念的更新和发展。

从历史发展的角度看，文学艺术的变革和发展，首先需要观念的调整和新变。任何观念的变化都是渐进的。观念调整之后，人们对于文学、诗歌的看法才可能出现新的变化。从文学发展的历史看，无论是五四新文化运动，还是"朦胧诗"论争，任何一次文学艺术的革新都是从观念的变化开始的。在中国当代特殊的文化语境之中，文学观念的变化一定和官方的政治观念有着很深的关联。因此，讨论文学观念的变迁，肯定无法回避对于相关政治事件的关注。

新时期以来的文学发展伴随着中国政治、社会、文化观念的变化、发展。在研究新诗发展历史的时候，1978年发生的两个重大事件尤其值得关注：一是"实践是检验真理的唯一标准"的大讨论，二是党的十一届三中全会的召开。它们虽然不是直接和诗歌有关的，但是，它们为新诗艺术的复苏和发展提供了直接的时代语境和观念支持，尤其是后者，直接引发了中国当代文学史上的"新时期"的到来。

粉碎"四人帮"之后，中国究竟该怎样发展成为当时许多人关注的问题。1977年2月7日，《人民日报》《解放军报》《红旗》杂志发表了社论《学好文件抓住纲》（两报一刊社论），该社论指出："凡是毛主席作出的决策，我们都必须拥护，凡是毛主席的指示，我们要始终不渝地遵循。"这就是后来影响甚大的"两个凡是"。"两个凡是"有特定的指向，目的是"强

---

① 梁艳：《〈今天〉（1978—1980）研究》，华东师范大学博士学位论文，2010年。

调了高举毛主席的旗帜，稳定局势"，实际上是毛泽东的接班人华国锋为了稳定局势和巩固自己的政治地位而提出的主张。按照当代中国政治、社会发展的潜在逻辑，只要是主要领导人定调的主张就是我们国家的主张、时代的主张，人们即使不完全认同，也必须遵照执行，否则就可能遭受巨大的灾难。

但是，"两个凡是"提出之后，那些经历过"文化大革命"的许多人，尤其是政界高层人士，对这样的主张是不赞同的。他们明白，毛泽东在中国当代政治、社会等很多方面的决策是存在错误的，而这种主张实际上是不加分析地延续毛泽东的错误。"两个凡是"的主张提出之后，立即遭到邓小平、陈云等人的极力反对。1977 年 4 月 10 日，邓小平致信党中央，郑重提出："我们必须世世代代地用准确的完整的毛泽东思想来指导我们全党、全军和全国人民。"[1] 5 月 24 日，他在同中央两位同志的谈话中进一步提出"'两个凡是'不行"。"按照'两个凡是'，就说不通为我平反的问题，也说不通肯定一九七六年广大群众在天安门广场的活动'合乎情理'的问题。""毛泽东思想是个思想体系"，实事求是"是个重要的理论问题，是个是否坚持历史唯物主义的问题"[2]。这些看法对于人们深刻认识"两个凡是"的错误，对于新的思想观念、方法的提出都具有重要的指导意义。

当然，邓小平的信件和讲话在当时是没有公开发表的，普通民众根本无法知道他的这些意见。当时，邓小平因为反击"右倾翻案风"的原因被撤职，还没有恢复工作，而且，由于政治方面的斗争，给他恢复工作的事情甚至经历了党内的大量斗争。粉碎"四人帮"、稳定了大局的华国锋本人是拒绝给邓小平恢复工作的："华国锋主席在控制了局势之后，基于权力斗争和推行'两个凡是'的需要，继续推进批邓、反击右倾翻案风运动，拒绝给邓小平翻案，表示要'集中批四人帮，连带批邓'。""1977 年 3 月 14 日，英明领袖华国锋在中央工作会议上，拒绝陈云、王震提请让邓小平恢复工作的要求，称如果让邓小平复出，就会导致'四人帮'复辟。但是，此时以叶剑英为首的大批军队和老资格领导人纷纷表态支持邓小平，在这种情况

---

[1]　邓小平：《"两个凡是"不符合马克思主义》，《邓小平文选》（第 2 卷），人民出版社 2002 年版，第 38—39 页。

[2]　邓小平：《"两个凡是"不符合马克思主义》，《邓小平文选》（第 2 卷），人民出版社 2002 年版，第 38—39 页。

下，华国锋同志同意邓小平的复出。"① 邓小平是在 1977 年 7 月才恢复职务的。

在这样的环境之下，邓小平反对"两个凡是"的信件和讲话在当时肯定是不会让外人知道的。但是，问题的关键在于，对于"文化大革命"和"两个凡是"错误，其实是很多人都意识到的，对它们的不同意见也同样广泛地存在于民间。时任南京大学哲学系教授的胡福明就是反对"两个凡是"的专家之一。

> 当"两个凡是"的口号提出以后，拨乱反正寸步难行了，揭批"四人帮"的热潮突然降温了。胡福明强烈地意识到，要抓一个总的问题来推动拨乱反正。要打开闸门，"闸门一打开，拨乱反正就可以势如破竹"。而"闸门"不开，思想解放的激流就将受阻，难以奔涌而下。经过长时间的观察和思索，胡福明终于在 1977 年 3 月意识到：冲破"两个凡是"才是关键。只有彻底否定"两个凡是"，否定"句句是真理"，否定天才论，才可以象《国际歌》所说的那样：让思想冲破牢笼。②

> 批"两个凡是"要冒很大风险。胡福明斟酌再三，决定"要绕弯子，找个'替身'。这个'替身'就是林彪的'天才论'、'顶峰论'、'句句是真理'、'一句顶一万句'的唯心主义形而上学谬论。"批林彪无人可以反对，而林彪的"句句是真理"与"两个凡是"其实是一脉相承的东西。③

1977 年 9 月，经过长时间的思考、酝酿，胡福明完成了《实践是检验真理的标准》一文的初稿八千余字，并寄给了《光明日报》哲学组的王华强。1978 年 1 月中旬，胡福明收到王华强寄来的经过反复修改的文章小样。这篇文章本来打算在 4 月份的哲学版发表，后来新任总编辑杨西光认为，文章很重要，应该在头版发表。经过反复商量，并报经胡耀邦亲自审定，该文以"光明日报特约评论员"名义发表于 1978 年 5 月 11 日，题目由杨西光改定，增加了"唯一"二字，成为《实践是检验真理的唯一标准》。

---

① 《批邓、反击右倾翻案风》，百度百科，http://baike.baidu.com/view/56197.htm。
② 本报评论员：《实践是检验真理的唯一标准》，《光明日报》1978 年 5 月 11 日。
③ 本报评论员：《实践是检验真理的唯一标准》，《光明日报》1978 年 5 月 11 日。

该文章包括"检验真理的标准只能是社会实践""理论与实践的统一""革命导师是坚持用实践检验真理的榜样""任何理论都要不断接受实践的检验"，对当时的思想现状进行了揭示和批判。文章最后指出：

……林彪、"四人帮"为了篡党夺权，胡诌什么"一句顶一万句""句句是真理"。实践证明，他们所说的绝不是毛泽东思想的真理，而是他们冒充毛泽东思想的谬论。

现在，"四人帮"及其资产阶级帮派体系已被摧毁，但是，"四人帮"加在人们身上的精神枷锁，还远没有完全粉碎。毛主席在第二次国内革命战争时期曾经批评过的"圣经上载了的才是对的"（《论反对日本帝国主义的策略》）这种倾向依然存在。无论在理论上或实际工作中，"四人帮"都设置了不少禁锢人们思想的"禁区"，对于这些"禁区"，我们要敢于去触及，敢于去弄清是非。科学无禁区。凡有超越于实践并自奉为绝对的"禁区"的地方，就没有科学，就没有真正的马列主义、毛泽东思想，而只有蒙昧主义、唯心主义、文化专制主义。

党的十一大和五届人大，确定了全党和全国人民在社会主义革命和社会主义建设新的发展时期的总任务。社会主义对于我们来说，有许多地方还是未被认识的必然王国。我们要完成这个伟大的任务，面临着许多新的问题，需要我们去认识，去研究，躺在马列主义毛泽东思想的现成条文上，甚至拿现成的公式去限制、宰割、裁剪无限丰富的飞速发展的革命实践，这种态度是错误的。我们要有共产党人的责任心和胆略，勇于研究生动的实际生活，研究现实的确切事实，研究新的实践中提出的新问题。只有这样，才是对待马克思主义的正确态度，才能够逐步地由必然王国向自由王国前进，顺利地进行新的伟大的长征。

应该说，这篇评论员文章对于当时的思想启蒙发挥了极其重要的作用。在接下来的很长一段时间里，学术界、各行业、各级政府都开展了关于实践是检验真理的标准的大讨论，为解放思想、最终清除"文化大革命"观念和"四人帮"的影响在思想上、观念上进行了扎实的准备，也为党的十一届三中全会的召开进行了思想、观念上的准备。有人认为："很少有学术文章象《实践是检验真理的唯一标准》那样引起高层领导和理论工作者如此的重视、如此多次的修改；当然，也很少有学术文章能象《实践是检验真理的唯一标准》那样深刻地影响现代中国历史的进程。"① 足见这篇文章在中国现代化进程中所产生的重大影响和具有的重要地位。

事实证明，邓小平对"两个凡是"的判断和民间的判断是一致的，说明邓小平对中国政治、社会的判断符合大多数人的观念和利益，这为他后来主张改革开放、成为改革开放的总设计师奠定了扎实的基础。党的十一届三中全会的召开就是有力的证明。

在全国开展实践是检验真理的唯一标准讨论的时候，文艺界也积极参与其中。1978年10月20日至25日，《人民文学》《诗刊》《文艺报》三家刊物在北京远东饭店召开了编委联席会议。"各位编委本着真理标准问题讨论的精神，对新时期文学面临的一些重要问题坦率发表了意见。这次会议对处于转折时期的中国当代文学即'新时期文学'的发展，起了不可忽视的作用。"② 按照发言的顺序，参加该次会议的有张光年、刘白羽、曹禺、魏巍、冰心、唐弢、草明、韦君宜、柯岩、李季、冯至、邹荻帆、赵寻、荒煤、沙汀、臧克家、李瑛、袁鹰、林默涵、李春光、罗荪、冯牧等，可以说都是当代文学发展中具有重要影响的人物。会议主要结合当时的真理标准讨论，对"文化大革命"的思想进行了批判和反思，对当时出现的文学创作新现象给予了关注，要求期刊编辑不断研究新问题，关注文学的新发展，为文学发展创造良好的氛围。

下面摘引部分与诗歌发展、《诗刊》发展有关的意见：

> 唐弢：我对诗歌的意见大。现在有些诗，没有诗的味道。《诗刊》的同志，把关要严格些。宁可少几页。报刊上，《诗刊》上，《人民文学》上，有些诗没有够诗格。此风不可长。现在写诗的人多，特别是旧诗，文字不通，不讲平仄，怎么叫七律呀？

> 冯至：思想解放与实事求是不可分。实事求是的对立面，是主观主义、形而上学。主观主义好象是可以随意想象的，其实主观主义导致的往往是僵化。只有实事求是才能解放思想。现在有许多禁区还没有排除。有的是旧的禁区没有排除，新的禁区又产生；有的是大禁区攻破

---

① 本报评论员：《实践是检验真理的唯一标准》，《光明日报》1978年5月11日。
② 刘锡诚记录整理：《真理标准讨论与新时期文学命运——〈人民文学〉〈诗刊〉〈文艺报〉1978年10月编委联席会议纪要》，《红岩》1999年第1期。

了，小禁区还存在；有的是根本没有破。为什么说旧禁区没有排除，新禁区又产生了？报纸上有篇小文章说，《宋诗一百首》把王安石的《爆竹声中一岁除》给删除了，因为张春桥抄引过。删掉这首诗的思想是很糟糕的，是"四人帮"的思想。（袁鹰：《唐诗一百首》把"天涯若比邻"也删掉了。）这样搞下去，是不堪设想的。

许多人认为当代资产阶级的东西不值一顾。这种看法是很片面的。为了不被"四人帮"搞的那种虚伪的繁荣所欺骗，应该介绍一些当代资产阶级的东西进来。我们要搞四个现代化，但与资本主义现代化有什么不同，却有些模糊不清，那怎么行？这是小禁区。

臧克家：我对童怀周心里抱愧。（《诗刊》编辑部）编辑不敢为天下先。到了立于不败之地时，才敢发表。这是很不好的。①

可以看出，在这场讨论中，人们既有反思，也有展望。随着时间的流逝，这种思想的因子逐渐在人们心目中生根、发芽，最终成为这个社会、时代的进步思潮。《诗刊》在后来的变化、发展或多或少和这次思想讨论有关系。

在广泛开展真理标准讨论的同时，1978 年 12 月 18 日至 22 日，中国共产党第十一届中央委员会第三次全体会议在北京举行。出席这次会议的中央委员 169 人，候补中央委员 112 人。会议由华国锋主持。全会的中心议题是根据华国锋的指示，讨论把全党的工作重点转移到社会主义现代化建设上来。会议批评了"两个凡是"的方针，对真理标准的讨论给予了很高的评价，会议决定停止使用"以阶级斗争为纲"的口号，否定了中共十一大沿袭的"文化大革命"中的"无产阶级专政下继续革命"，以及"文化大革命"今后还要进行多次的观点。党的十一届三中全会是"文化大革命"之后中国当代政治、社会发生转型的关键会议，是中国改革开放的起点。会议发表了《中国共产党第十一届中央委员会第三次全体会议公报》，它主要在四个方面取得了巨大成就，一是实现了思想路线的拨乱反正；二是恢复了党的民主集中制传统；三是作出了实行改革开放的新决策，启动了农村改革的新进程；四是开始了系统地清理重大历史是非的拨乱反正。全会认真地讨论

① 刘锡诚记录整理：《真理标准讨论与新时期文学命运——〈人民文学〉〈诗刊〉〈文艺报〉1978 年 10 月编委联席会议纪要》，《红岩》1999 年第 1 期。

了"文化大革命"中发生的一些重大政治事件，也讨论了"文化大革命"前遗留下来的某些历史问题。①

党的十一届三中全会之后，中国的政治、经济、社会、文化等各方面发展都取得了新的进步，过去的一些错误观念、做法开始逐渐得到纠正，中国社会的发展摆脱了阶级斗争为纲的方向，转移到经济社会的发展上来。这种变化使中国社会逐渐焕发出新的生机，人们的创造力得到了真正的发挥，人的自由度逐渐提高。在诗歌领域也出现了长期以来没有见到的发展态势，各种禁区被逐渐打破，各种艺术思潮开始在诗坛上大量出现，多种艺术风格的作品构成了新诗史上少有的多元艺术风貌。我们可以说，党的十一届三中全会是中国当代历史上的一个里程碑，开启了中国社会发展的新纪元。中国诗歌和《诗刊》的面貌也从此出现了根本性的变化。

第三节　1979 年：诗歌多元时代的肇始

无论在任何时候，具有艺术良知的诗人都是存在的，只是数量不同，存在方式也有差别。即使在"文化大革命"这样的浩劫期间，真正的文学、诗歌并没有消亡。除了少数具有一定艺术特色的诗人以其独特的艺术智慧活跃在公开出版的报纸、期刊之外，很多具有特色的诗人以特殊的方式在"地下""民间"生存、聚集，悄悄凝聚着力量。这就是所谓的"地下文学"或者"潜在写作"。在诗歌领域，"文化大革命"期间，一些诗人悄悄创作着关注社会现实、表达自己心灵的作品，曾卓、牛汉、流沙河、食指，等等，都有这样的作品，只是到了改革开放的新时期，这些作品才有机会和读者见面。

这股潜流的第一次爆发是在 1976 年 4 月 5 日前后的天安门事件中。1976 年 1 月 8 日，深受人民爱戴的周恩来总理逝世，人们以各种方式进行悼念，但却遭到了"四人帮"的阻挠和压制。这激起了人民更大的怒火，悼念活动非但没有停止，而且在全国各地更加如火如荼地开展起来。4 月 5 日前后，在天安门广场形成了悼念的高潮。人们云集这里，将诗词贴在纪念

---

① 《中国共产党第十一届中央委员会第三次全体会议》，百度百科，http://baike.baidu.com/view/20084.htm。

碑上，挂在松柏枝叶间，并在人群中朗诵。还有人当场谱曲，带领群众歌唱。

天安门诗歌的作者绝大多数是不知名的普通群众。从内容看，天安门诗歌一是表达对周恩来总理的怀念和热爱，诗句发自内心、感人肺腑、催人泪下："丙辰清明，／泪雨悲风。／英雄碑前，／万众云涌。／百花滴血，／祭文高诵。／怀念总理，／天地情恸。"还有歌颂周总理一生高风亮节的："总理一生为国酬，两袖清风无所有"，"马列才略屈指数，治国安邦第一臣"等。有表达周总理和人民之间的深情的："人民的总理人民爱，人民的总理爱人民。总理和人民同甘苦，人民和总理心连心。"二是表达对"四人帮"的愤怒，如"欲悲闻鬼叫，我哭豺狼笑。洒泪祭雄杰，扬眉剑出鞘"，悲愤之情溢于笔端。三是表达对马列主义的坚定信仰，如"为了真正的马列主义，／我们不怕抛头洒血，／我们不怕重上井冈举义旗。／总理遗志我们继承，／'四个现代化'实现日，／我们一定要设酒重祭"。这些诗歌大都言简意赅、短小精悍，而且众体兼备，手法多样，或比兴，或夸张，或象征，或铺陈，语言朴实，感情真挚，极富感染力，充分显示了广大人民群众的艺术创造力。①

天安门诗歌对周恩来总理的怀念，对当时的社会问题的关注，对那些颠倒黑白、是非不分的人、事的批判，对美好未来的期待等，在"文化大革命"时期公开发表的作品中几乎是无法见到的。这是诗歌干预社会、关注社会优良传统的一次集中展现，也是人民心中聚集的愤怒和渴望的集中展现，是思想解放运动的肇始，是中国诗歌重新获得发展的前奏。但是，由于当时还处于"文化大革命"期间，人们的思想还被禁锢着，所以天安门诗歌运动并没有在很广泛的范围内流传开去，而且被当局定性为"反革命事件"。

如果说"天安门诗歌"存在诸多政治方面的因素，在体式上主要是以民歌和旧体诗为主，群体意识远远超越了个人创造的话，那么，另外一股更加具有艺术性、探索性、创造性的诗歌潮流，实际上也在"文化大革命"期间逐渐形成了。一些远离政治、身处荒野的年轻诗人悄悄创作着他们认为具有价值、追求真实性的诗篇，这些诗人包括后来人们认定的"北大荒诗

---

① 《天安门诗歌运动》，百度百科，http：//baike. baidu. com/view/939299. htm。

群""白洋淀诗群",等等,而这些诗人是新时期诗歌变革的预备队伍,以"暗流""地下"的方式影响着中国当代诗歌的进程。

"白洋淀诗群"是"文化大革命"中后期"地下诗歌"写作的最主要力量之一,也成为后来新时期诗歌艺术探索的最主要力量之一。就"白洋淀诗群"本身而言,"它开始于1969年,形成于文革中后期,1972—1974年达到高潮,随着文革结束与知青返城而在1976年而终止"①。但是,它的影响却远远超过了这个时限和范围。白洋淀是"文化大革命"期间全国无数的知青下放点之一,地处离北京较近的河北。因此,在白洋淀知青点中,知青的人员构成比较特殊,其中有相当数量的人是家庭背景优越、能够接触西方文学作品的高干子弟。他们在下放地自发地组织民间诗歌、文学活动,逐渐形成了在后来的诗歌史、文学史上具有不小影响的"白洋淀诗群"。"白洋淀诗群"的代表诗人主要有芒克(姜世伟)、多多(栗士征)、根子(岳重)、林莽(张建中)、方含、白青等。在当时,全国的许多地方如北京、河北、福建、贵州等地,都有类似的民间诗歌写作活动,有的还形成某种"群落"的性质。这些诗人在60年代末70年代初开始写诗,当时正是"红卫兵运动"的落潮期,这使他们对"革命"感到了失望,精神上经历了深刻震荡②,于是试图以个体方式对真实感情世界和精神价值进行探求。毫无疑问,这些诗人的作品和当时的主流诗歌(在公开出版的报刊、诗集中发表的"文化大革命"诗歌)相比,具有更多的个人元素、自由思考、探索意识和独立的艺术品性,是另一个层次的、具有诗学价值的探索,但也是在当时的时代语境之下不允许出现和存在的探索。这种艰难的生长环境和过程使这些诗人及其作品在诗歌史、文学史、文化史上的价值和地位具有了先天的难以超越的特征。

有学者对这个群落在新诗现代主义思潮发展中的地位和影响作了如下评价:

> 如果说中国当代新诗潮在文革初期经过先行者食指、黄翔的逃逸和突围,为新诗潮摆脱"政治专制"的诗歌包围奠定了最初的状态和流

---

① 李润霞:《"白洋淀诗群"的文化特征》,《南开学报(哲学社会科学版)》2005年第4期。

② 这使我们想到了20世纪20年代一些作家的创作。随着五四运动的落潮,很多作家感到了苦闷、彷徨,于是他们开始创作关注个人内心的作品,出现了小诗热潮,出现了鲁迅创作的《野草》等,成为中国现代文学发展的特殊时期,也是成果比较多元、丰富的时期。

向，那么，到了"白洋淀诗群"实际上推进、扩展了新诗潮的河道，一路融纳着不断汇入的诗歌溪流，正向成熟迈进。如果说食指、黄翔是以浪漫主义为主导，融合了现代主义的某些特色，只是初步开始了现代主义诗歌的长旅；那么，"白洋淀诗群"已经使兼容浪漫主义的现代主义诗风成为主导倾向，从而为现代主义诗歌在中国当代的复归和重现作了重要的铺垫。如果说同时期的贵州诗人、上海诗人的群体性还不够显著，诗人的分布也较为零散，规模还较小的话，那么，无论在诗人的数量、诗歌的成就和对"新诗潮"形成的直接、显性影响上，还是在群体性特征与规模上，"白洋淀诗群"都堪称为新诗潮潜流期最具代表性的诗歌群体，是中国当代新诗潮发展过程中的重要阶段。①

当然，由于艺术风格、思想观念等方面存在差异性和多样性，不少学者也认为，"白洋淀诗群"只是一个诗人群体，而不是典型意义上的诗歌流派。李润霞对整个诗人群落进行了认真调研和考察，指出：

> "白洋淀诗群"具有群落的性质，但它是一个诗人群，而不是一个诗歌流派。尽管由于"上山下乡"的被放逐命运使他们有了共同的人生经历，从而使他们的诗歌主题也具有了某种相似性，但他们的诗风却并非完全一致的，他们也并不属于严格意义上的诗歌流派。在当时，他们并非一个自觉的诗学意义上的诗歌流派，也不具有诗歌组织的性质，也没有像后来的《今天》诗人群一样，既有自己的阵地，又有固定的文学活动，而且有一个核心人物（北岛），基本上是自觉的"同人"性质的创作集合；"白洋淀诗群"是一个"诗人"的集合，是一个"诗人"的群落，而不是诗歌流派的形成，但是他们在创作上却是一群"不自觉的现代主义者"，也就是说，他们是不自觉地、不约而同地走上了现代主义诗歌的创作路径。②

这种看法是有道理的，也是符合当时的实际情况的。他们在当时只是以自己的方式写出自己的真实体验，也许对当时的艺术自觉可能产生的影响也许没

---

① 李润霞：《"白洋淀诗群"的文化特征》，《南开学报（哲学社会科学版）》2005 年第 4 期。

② 李润霞：《"白洋淀诗群"的文化特征》，《南开学报（哲学社会科学版）》2005 年第 4 期。

有多少预测，但正是他们的这种艺术自觉引发了人们对于艺术、人生等多方面的思考，只要时代的土壤合适，这种自觉将会快速地延续、衍生开去，开启中国当代诗歌、文学、文化发展的新的方向和道路。

从历史的表层看，"白洋淀诗群"的创作、探索活动好像在1976年就戛然而止了。但是，思想、观念的流动和影响往往不会因为某个时段、事件的结束而终止，而且在遇到新的、合适的氛围之后，还会快速地繁衍开来。这一批具有探索意识、独立思考精神的诗人在回到城市之后，仍然坚持了他们对于历史、现实和人生的关注与思考，而且不断将这种影响扩大开去。在下乡期间，诗人们的探索主要是个体的思考，影响是小范围的，因为他们的作品无法公开发表，他们也没有自己的阵地。不过，这批知青主要来自北京，而且大多数都是主动要求去白洋淀的，在管理上也不像其他地方那样严格（比如有些地方实行的是半军事化管理），而是显得相对比较松散，他们可以有时间和机会回到北京，和其他一些身处城市的同学、朋友交流，或者找到更多适合自己阅读的书籍（有些甚至是"禁书"）。因此，有专家从更加开阔的视野分析了"白洋淀诗群"的构成：

> "白洋淀诗群"又有广义与狭义之分。狭义的仅仅包括在白洋淀插队落户的知青诗人；广义的"白洋淀诗群"还包括白洋淀的外围成员，他们是"准白洋淀成员"，包括同时期在其他地区（如山西的食指、黑龙江的马佳、内蒙古的史铁生等）插队的北京青年（如北岛），留在城里的北京青年，后来聚集在民刊《今天》周围的成员，如北岛、江河、杨炼、顾城、严力、田晓青、阿城、齐简（史宝嘉）等。另外，新时期后的一部分诗人、作家、画家、电影导演等艺术工作者在文革时期都曾与"白洋淀诗群"有着或深或浅的交流，如画家彭刚、书法家卢中南、作家史铁生、马佳、甘铁生、郑义，电影导演陈凯歌、田壮壮等。许多人虽然不写诗，但通过其他形式的艺术精神和艺术探索不同程度地参与、启迪了"白洋淀诗群"。在一个艺术贫乏的年代，白洋淀养育了一代"离家出走"的艺术浪子。①

从后来产生的影响看，广义的"白洋淀诗群"更符合历史发展的事实，

---

① 李润霞：《"白洋淀诗群"的文化特征》，《南开学报（哲学社会科学版）》2005年第4期。

这种松散的组合使他们的思想、观念、艺术追求等更容易传播开去。这种独特的构成也为后来新诗潮的公开出现奠定了良好的基础。具体讲，就是催生了民间刊物《今天》的出现及其巨大的影响。

《今天》的主要人物如北岛、芒克、多多等，其实早就认识。下面的几段文字可以让我们从中了解《今天》和"白洋淀诗群"之间的特殊关系：

> 1972 年，他（指北岛——引者）和多多第一次见面，却不是以诗人的身份，因为当时他们都还没有开始写诗。《今天》中的北岛、多多和根子（岳重）都很有音乐天赋。北岛记得，第一次与多多见面时，他们以歌手的身份互相介绍。多多是男高音，有点小名气，北岛那时刚学了几个月，不怎么着调，因此不得不接受多多的傲慢。他说，那天，"多多从他家的楼梯上走下来，带一个口罩，根本就不摘口罩下来。"直到十年之后，他们再次见面，才对彼此乃至彼此的诗艺有了深入的认识——《今天》复刊之后的第一届《今天》文学奖颁给了多多。①

> 第二年（指 1973 年——引者），他认识了芒克，他的一个名叫刘禹的同学说给他引见一下北京的先锋派一个团体。这个先锋派团体其实只有两个人，一个是芒克，一个是彭刚。1973 年年初，芒克和彭刚花一毛钱分享了个冻柿子后，宣布成立"先锋派"……北岛对于这个年轻的现代派画家难以忘怀。事实上，他早在 1975 年就不再创作，在恢复高考后考上北京大学的化学系，走上了一条与艺术完全无关的道路，最后在美国硅谷的一家大公司里当上了总工程师。②

> 文革结束之后，北岛和芒克开始筹备《今天》创刊。那是 1978 年一个秋天的晚上，北岛、芒克和画家黄锐（也就是星星画会的发起人）在黄锐家喝完酒之后，北岛提出是不是可以办一份文学刊物，芒克第一个拍手赞成，黄锐也很兴奋，这事就这样定下来了。说干就干，北岛的弟弟赵振先记得，有一天他回家的时候，被眼前的一切弄得目瞪口呆。他看到他哥哥和几个人正在忙着将一册册的书装订，北岛告诉振先，他们正在办一本文学杂志，叫《今天》，这是第一期。振先看到，封面让

---

① 河西：《北岛与〈今天〉30 年》，《南方日报》2009 年 4 月 12 日。
② 河西：《北岛与〈今天〉30 年》，《南方日报》2009 年 4 月 12 日。

一些粗黑的道道竖着分隔开来，一看就是铁窗，里面就刊登了北岛那首著名的《回答》。①

伴随着第一期的面世，各种矛盾也出现了，主要原因是观点不同，会议经常不欢而散，除了北岛和芒克，其他编委集体退出《今天》，直到赵一凡、徐晓、周郿英、鄂复明等人的加入，才使《今天》没有草草完结。

他们成了《今天》的中坚力量，他们更多的时候在幕后工作，用默默的耕耘来换取《今天》的荣誉。北岛说："第一个阶段的《今天》一共出版了9期，从1978年12月到1980年的12月，实际上整整两年。以后我们就成立了'今天文学研究会'。又出了3期的文学资料，我们组织了两次比较大型的朗诵会，在1979年的4月8日和1979年10月21日，这两次朗诵会，我想也可以说是自1949年以后唯一的。"

《今天》以诗歌最为著名。在并不多的几期刊物上，北岛、芒克、多多、江河、顾城、舒婷、严力等一大批后来被称之为"朦胧诗"的诗人从《今天》走了出来，并且因为《诗刊》等主流刊物的转载，而被大众所熟知。②

从大量的回忆和访谈文字之中，我们可以看到，《今天》和当时的一些民间的诗歌、文学、艺术爱好者，尤其是"白洋淀诗群"中的很多诗人，是有直接联系的，其中的一些人还参与了《今天》的策划、编辑，一直是《今天》的主要成员。而且，通过北岛的联系，舒婷等人也成为《今天》的成员。可以说，《今天》集中了当时具有才气、敢于在艺术上创新、突破的年轻诗人和作家，是中国当代文学意识觉醒和复苏的重要阵地。而且，这些诗人、作家大多有长达10年的创作经历，积累了很多作品，《今天》的创刊正好为这些作品找到了出路，有人认为："《今天》创办后，十年潜伏期默默积存的大量诗歌终于得以走出地下，北岛、芒克、舒婷、严力、顾城、江河、杨炼等，都在《今天》上发表诗歌，这些压抑已久的声音，一经释放，产生了巨大的能量，感染并激励了无数年轻人。"③ 这一评价应该说是

---

① 河西：《北岛与〈今天〉30年》，《南方日报》2009年4月12日。

② 河西：《北岛与〈今天〉30年》，《南方日报》2009年4月12日。

③ 刘溜：《北岛与〈今天〉的三十年》，http://www.eeo.com.cn/2009/0120/127756.shtml。

客观的、符合当时历史事实的。

《今天》是 1949 年以来第一个民间的文学刊物，是"地下文学"（或者叫"潜在写作"）浮出地表的具体体现。该刊第一期出版于 1978 年 12 月，经过两年多的坚持之后，1980 年 12 月被关闭。在这段时间，《今天》共出版 9 期刊物和 4 种丛书。"每一期篇幅从六十页到八十页不等，内容有诗歌、小说以及评论。每一期的印量为 1000 本左右。"① 北岛回忆创刊的原因时说："1978 年秋，上层的权力斗争造成政治松动。以《今天》为代表的地下文学终于浮出地表，和美术、摄影等民间团体，形成冲击官方话语的巨大浪潮。《今天》是以诗歌为主的刊物，其重要诗人有芒克、顾城、多多、舒婷、严力、杨炼、江河等。由于印刷设备差，编辑部成了手工作坊，不少年轻人来帮忙。到 1980 年底被查封时，《今天》共出版了九期刊物和四种丛书，还举办了各种文学活动。每月一次的作品讨论会吸引着众多大学生。1979 年的春天和秋天，《今天》在北京玉渊潭公园举办了两次露天朗诵会。② 导演陈凯歌那时还是电影学院学生，也来帮我们朗诵。在警察严密的监视下，近千名听众兴致盎然地欣赏那些费解的诗作。自 1949 年以来，举办这样的朗诵会还是头一次。"③ 可以看出，《今天》的诗人和作家对于诗歌、文学是发自内心地投入的，他们除了自己创作作品外，还亲自编辑、印刷刊物，同时，他们对于政治变化有着非同一般的敏锐感受，对于上层人物在观念上的冲突和变化揣测得很准确，当然，这也使他们的作品在先天就打上明显的时代、政治的印记。

当时，北岛他们对于文学、诗歌是非常虔诚的，刊物都是他们自己编辑，自己设计封面，自己印刷，自己到处张贴，甚至自己拿到街头去销售。"1978 年 12 月 20 日，在北京亮马河畔的一间农民房——这儿是陆焕兴家——北岛、芒克、黄锐等七个年轻人都到齐了，拉上窗帘，围着一台又旧又破的油印机，共谋'秘密行动'的激情振奋着每一个人。在昏暗的灯光下，七个人动手干活，从早到晚连轴转，干了三天两夜。陆焕兴为大家做

① 刘溜：《北岛与〈今天〉的三十年》，http：//www. eeo. com. cn/2009/0120/127756. shtml。

② 应该是指北岛在上文中提到的 1979 年的 4 月 8 日和 1979 年 10 月 21 日举行的两次朗诵会，影响很大。

③ 北岛：《〈今天〉二十年》，http：//book. ifeng. com/special/30reading/list/200810/1022_4831_840751. shtml。

饭，每天三顿炸酱面。""12 月 22 日——这一天十一届三中全会闭幕，晚上十点半，终于完工，屋子里堆满了散发着油墨味的纸页。七人骑车到东四十条的饭馆，要了瓶二锅头，为《今天》的秘密诞生干杯。接着众人商量把《今天》宣传单贴到哪些地方，又由谁去张贴。北岛和陆焕兴、芒克三人自告奋勇，此去'凶多吉多'。"

第二天，北岛和陆焕兴、芒克三个人骑着车四处张贴《今天》，"三个工人两个单身，无牵无挂的，从我们家出发，我拿一个桶打好糨糊——这是在'文革'的时候学会的。一人拿着扫帚涂糨糊，然后另一个人贴，因为冬天很冷，必须贴得快，要不然糨糊就会冻住，还得放盐防冻"。

他们把《今天》贴到北京当时重要的场所，西单、中南海、文化部，还有《诗刊》杂志社、《人民文学》杂志社、社科院、人民文学出版社。"当时胆挺大的。"北岛说，"我在人民文学出版社的门口碰到了徐晓，以前就认识她。我们正黑乎乎地往墙上贴的时候，她忽然间冲过来。徐晓就这样接上了，她也很吃惊。第二天贴到大学区，包括北大、清华、北师大、人大。"①

这种虔诚是冒着很大风险的，当时的很多人肯定是不愿意去做的，也可以说是这些诗人、作家、艺术家在一种特殊的氛围下对真实、崇高的寻思与发现。《今天》和"朦胧诗"后来得到了读者、文学史的重视和肯定，不是偶然的，而是这些诗人冒着巨大的风险坚持寻觅艺术真谛、探索人生价值的必然回报——在人们还沉睡的时候，他们已经觉醒，地位和荣誉自然应该属于这些较早醒来的人们。

1990 年 8 月，北岛在奥斯陆复刊了《今天》。对于《今天》的艺术追求，北岛是这样概括的："从办刊的方针来看，新老《今天》还是有其一贯的延续性的。坚持先锋，拒绝成为主流话语的工具。"② 经历过"文化大革命"的诗人、作家对于"工具论"的危害是深有感触的。最初出版的《今天》，也正是因为摆脱了"工具论"的影响，而成为具有独特个性的民间刊物，并由此引发了中国当代诗歌的重要群落"朦胧诗"。

---

① 刘溜：《北岛与〈今天〉的三十年》，http://www.eeo.com.cn/2009/0120/127756.shtml。
② 河西：《北岛与〈今天〉30 年》，《南方日报》2009 年 4 月 12 日。

我们讨论这么多，主要是想说明《诗刊》在新诗艺术转型中所扮演的重要角色。在《今天》出现的时候，中国新诗的总体艺术观念并没有发生变化，官方的文艺政策也没有发生根本的变化，作为官方刊物的《诗刊》自然也必须遵循官方的文艺主张，对于民间的、独特的艺术探索，要么不能关注，要么加以批判，要么以特殊的方式加以关注，使其逐渐走向官方刊物，进而影响几近死亡的诗歌艺术。就历史事实来看，《诗刊》采用了第三种策略，就是以自己特殊的方式关注民间诗歌和刊物，从 1979 年开始选载《今天》上的一些作品，发表一些具有探索意识的年轻诗人的作品，使年轻诗人的具有独特新意的作品通过官方的刊物得到更多人的关注，或者说暗暗地将诗歌变革的种子播种于《诗刊》的缝隙之中，进而影响广大读者、诗人对诗歌的重新认识。这是《诗刊》在编辑方针上发生的重大转折，也是中国诗歌发展的重大转折。对于这种影响，北岛本人是认同的："《今天》虽被查封，但其诗作开始出现在官方刊物上，被统称为'朦胧诗'，引发了一场持续好几年的全国性论战。在官方评论家眼里，它无异洪水猛兽。适得其反，批评引来更多的读者。被官方话语窒息的年轻人，终于找到呼吸的可能。有一阵在大学几乎人人写诗，办诗社，出诗集。直到商业化浪潮卷来，诗歌重新退到边缘。"①

《今天》第一期发表了诗歌、小说、寓言、随笔、评论和翻译作品等，因为是油印，所以作品的量并不是很大，就诗歌篇目来说，主要有乔加的《风景画（外二首）》、舒婷的《致橡树（外一首）》、芒克的《天空（外二首）》、北岛的《回答（外二首）》。因为刊物散发比较广泛，甚至送到了《诗刊》的一些编辑手中，因此，这期刊物影响比较大。对照《今天》创刊号上的作品，查阅 1979 年的《诗刊》，我们可以发现，《诗刊》转载的作品主要包括北岛的《回答》和舒婷的《致橡树》，前者刊发于当年第三期，后者刊发于当年第四期。这两首诗也成为诗人的代表作。

这两首诗都是通过邵燕祥的编辑而发表的。在版面安排上，两首诗都没有安排在最显眼的位置，北岛的《回答》安排在 1979 年第 3 期的第 46 页，而且在该页的下方，其前面刊发的是关于四五运动的《清明，献上我的祭

①　北岛：《〈今天〉二十年》，http://book.ifeng.com/special/30reading/list/200810/1022_4831_840751.shtml。

诗》和《方砖赋》。《回答》的诗末标记的时间仍然和《今天》上标记的一样："1976. 4"，这就很容易使人将其和 1976 年的"天安门事件"联系起来，并且把作品针对的对象限定在"四人帮"身上，从而避免了一些别样的猜测。事实上，这首诗写于 1973 年，修改定稿于 1978 年，其思想和现实根源是很广泛的，在《今天》发表时加上"1976. 4"，主要是为了安全，而《诗刊》的转载恰好进一步强化了这种"安全"。1979 年 4 月号发表舒婷的《致橡树》时，同样没有出现在显眼的位置，甚至没有在目录上出现诗的标题，而代之以《爱情诗九首》，《致橡树》发表在 56 页的下半部和 57 页的上半部。邵燕祥回忆说："这两首诗并没有排在杂志的显著位置，在每一小辑中也没有让它们打头，毋宁说是故意的安排，以减少可能遇到的阻力。然而我们的读者很敏感，他们还是在不起眼的第几十几页上发现了这两首诗，发现了陌生的诗人的名字。编辑部听到很多赞许的声音。"① 可以看出，《诗刊》和一些有良心的编辑为推动诗歌观念的新变，付出了大量心血。当然，效果也是很明显的。

当时，《诗刊》的主编是严辰，副主编是邹荻帆和柯岩，面对当时不断出现新变的诗歌艺术探索，《诗刊》并没有畏首畏尾，而是予以热情关注，邵燕祥以诗人和编辑的良知极力推荐新人新作，他说，当时极力推荐这些诗人和作品，除了三位主编的信任之外，"更重要的是我认为尽量多发好诗是一个诗刊的职责，发现有才情的诗人特别是年青诗人，可以说是诗刊编辑的'天职'。因此我在决定转载北岛、舒婷二诗时，没有什么顾虑。"② 这虽然只是两首普通的诗，但就诗歌发展来说，却是一件大事。

第一，承认了地下写作在艺术上的特色和价值。作为中国当代最权威的诗歌刊物，《诗刊》所关注的诗人、作品，往往可以产生很广泛的社会影响，《诗刊》发表的作品也可以暗示或者引导一种新的诗歌艺术观念。换句话说，在中国当代诗歌发展中，受到《诗刊》的关注可以成为诗歌作品、诗人得到读者和诗歌界承认的重要标志之一。有学者认为，"《今天》作为民间刊物的影响力到底有多大，很难估量，它艺术上散发的新鲜气息是否深

---

① 邵燕祥：《答〈南方都市报〉记者田志凌问》，收入邵燕祥散文随笔集《南磨房行走》，北方文艺出版社 2011 年版，第 216 页。

② 邵燕祥：《答〈南方都市报〉记者田志凌问》，收入邵燕祥散文随笔集《南磨房行走》，北方文艺出版社 2011 年版，第 216 页。

入到当时文学界也是一个未知数，唯一可以验证的是转载在《诗刊》上的作品其影响力是空前的。这一切得益于从'文革'结束开始一系列的重要刊物陆续复刊，出现了文艺上的'回暖'。"① 1949 年以来的第一个民间文学刊物所刊发的作品，受到《诗刊》的关注，一方面说明《诗刊》对于过去的主流诗歌观念有了新的思考，另一方面说明《诗刊》对于来自民间的诗歌艺术探索存在一定的认同，或者可以说，《诗刊》试图通过一定的方式使过去比较单一的刊物变得越来越丰富，这样做的结果是，既追随了当时的创新思潮，又对一些年轻的诗人进行了扶持，可谓一举多得。

　　第二，虽然开初只是在某些栏目之中夹入了少量来自民间刊物和青年诗人的作品，但它们却为诗歌带来了新气象，使诗歌的多元发展态势逐渐形成，为新诗的繁荣发展奠定了基础；随着对《今天》的关注，《诗刊》逐渐开始发表一些和过去的观念很不一样甚至可以说大相径庭的作品，这些作品除了来自"归来者"诗人，还包括"朦胧诗"诗人和其他年轻诗人。有人对此进行过简单描述："《诗刊》从 1979 年开始就陆续发表了几类风格迥异的诗歌，最引人瞩目的一类就是所谓'归来者'的诗歌，另一类则是一些新人的诗歌。所谓'归来者'诗歌是指一批复出的老诗人纷纷发表作品，比如 1979 年 1 月号《人民文学》刊出艾青的长诗《光的赞歌》，新人的作品则是指《诗刊》3 月发表了北岛的诗《回答》等，4 月发表了舒婷的《致橡树》，8 月刊登了叶文福的《将军，你不能这样做》。通过《诗刊》对新人新作的推介，《今天》开始由地下状态进入公开状态，1980 年 1 月食指早期具有极强影响力的诗作《这是四点零八分的北京》，在《诗刊》上正式发表；1980 年的 4 月，《诗刊》就推出了'新人新作小辑'，集中刊登了 15 位新人的作品，八月号的'春笋集'又有 15 位新诗人登台亮相。"② 通过这些措施，以《诗刊》为中心阵地、《诗刊》作者为主要队伍的诗歌观念逐渐出现了多元化格局，中国诗歌呈现出和"文化大革命"诗歌完全不同的面貌。当然，也正是这些新的观念和艺术手段，使一些习惯了过去观念的人们出现了危机感，他们对青年诗人的探索提出了质疑甚至批评，于是出现了长时间的诗学论争。

---

① 梁艳：《〈今天〉（1978—1980）研究》，华东师范大学博士学位论文，2010 年。
② 梁艳：《〈今天〉（1978—1980）研究》，华东师范大学博士学位论文，2010 年。

　　第三，这些来自民间刊物的少量作品被《诗刊》转载之后，引起了一些爱好诗歌人士的关注，对此给予了很高的评价。除了《今天》上北岛、舒婷的作品之外，《诗刊》1979 年 7 月号刊登了舒婷的《祖国呵，我亲爱的祖国》《这也是一切》，11 月号刊登了顾城的《歌乐山诗组》。这些都是后来"朦胧诗"的代表性诗人和作品。其他一些青年诗人①的名字也大量出现在当年的《诗刊》上，如雷抒雁、曲有源、叶文福、孙友田、张学梦、向求纬、徐晓鹤、傅天琳，等等。这说明"朦胧诗"诗人和其他青年诗人及其作品逐渐开始得到正统群体或者说主流诗坛的承认。这种做法也引起了诗歌界很多人（尤其是观念比较开放的老一辈诗人）的认同，郑敏、袁可嘉等著名诗人、学者都撰文予以肯定。但是，对于这些新的诗歌试验，并不是所有人都认同。对于批评、反对的声音，《诗刊》也没有打击压制，而是以一定的篇幅予以刊载，这样，《诗刊》就成为了新时期诗歌论争的重要阵地，不同的声音都在这里汇聚。许多观念在辩论之中得到了强化，也有一些不符合诗歌艺术特征和规律的观念被人们反思和批判。这些讨论使人们对于诗的特征、诗的艺术规律、诗的艺术发展、中国诗与外国诗的关系等问题有了越来越明确的认识，消除了过去对于诗歌的狭隘甚至偏颇的认识，这对于诗歌观念的更新、诗歌艺术的发展具有重要的历史意义。新时期诗学界的"三个崛起"以及争鸣而形成的"传统派""崛起派""上园派"等诗学群落，都和《诗刊》提供的阵地、组织的活动有着密切的关系。

　　可以说，因为思想解放运动和改革开放的实施，因为"朦胧诗"艺术探索的出现，其他青年诗人的加入，再加上以艾青为代表的诗人的"归来"，从 1979 年开始，中国新诗发展开始了一个新的历史纪元，创刊二十多年的《诗刊》也再一次开始了具有个性、艺术性的探索阶段。

　　有学者对 1979 年的《诗刊》在中国当代诗歌发展中的特殊地位进行过研究，指出：

---

　　①　这些青年诗人被吕进称为"新来者"。他在《新时期诗歌的"新来者"》（《文艺研究》2010 年第 3 期）一文中，将新时期诗歌的诗人队伍分为"归来者"朦胧诗"诗人、"新来者"，"这里所谓的新来者，是指两类诗人。一类是新时期不属于朦胧诗群的年轻诗人，他们走的诗歌之路和朦胧诗人显然有别。另一类是起步也许较早，但却是在新时期成名的诗人，有如新来者杨牧的《我是青年》所揭示，他们是'迟到'的新来者。新来者诗群留下了为数不少的优秀篇章。""他们的不同歌唱构成了新时期诗歌的繁荣。"

　　1979 年的《诗刊》正处在了承上启下的中间物的位置上，既可看出与传统的断裂也能发现朝着现代变革的新质。对于十年历史是平反和控诉，对于"现代化"是急迫和期盼，正是这种社会情感和文学情感的统一性，使《诗刊》建构起一个"想象的共同体"，借助于此个体找到了群体的认同和情感的暗合。

　　由于时代的剧烈变动，1979 年的《诗刊》类似于地质的断裂带，与历史有丝丝入扣的关联，但一条裂痕却明显地出现。洋流产生剧烈变动的地方往往是冷暖流交汇之处，能为鱼儿带来大量的饵料。而时代剧烈变化产生断裂的同时，也孕育着新生，一些原本在旧时体制下不可能出现的新人有了出现的机会。①

这样的评价基本上是符合当代历史和诗歌发展的事实的。亲身经历过 1979 年诗歌风潮的《诗刊》编辑王燕生也这样回顾：

　　1979 年，诗歌在中国就像迎来了自己的节日。它就像那个时代的舒筋活血丹，人们压抑在心里几十年的话一下子像潮水一样涌出来，而诗歌是最好的表达方式。当时，除了《今天》等民间刊物，几乎每所大学都有自己的诗社。高校、首体经常举办大型诗歌朗诵会，而且每次都座无虚席。②

　　从 1980 年开始，随着袁可嘉、郑敏等具有现代主义观念的诗人、评论家对青年诗人探索的肯定，和年轻的谢冕等对于诗歌艺术"崛起"的思考，以及另外一些坚持传统主义观念的诗人、评论家对这些具有新意的探索的批判和否定，诗歌界、诗学界开始了长达数年的论争。这些论争使人们对于诗歌的理解越来越全面、完善，诗歌艺术探索的路向越来越广阔，外国诗歌艺术经验逐渐被借鉴和转换为中国新诗的营养。虽然经历过一些波折，但中国诗歌最终朝着多元、丰富的局面发展着，民间诗歌报刊出现了泉涌的局面。这些在新诗历史上都是少有的。因此，作为对诗歌历史的关注，我们应该记住《诗刊》的敏锐和大度，记住 1979 年开始的艺术转型和 1980 年开始的学术争鸣。

---

　　① 庄莹：《1979 年的〈诗刊〉——社会转型的裂变与重构》，山东大学硕士学位论文，2009 年。

　　② 《王燕生：一段不该淡忘的诗歌史》，《新京报》2004 年 11 月 18 日。

第六章　《诗刊》与新时期
诗论的三个群落

　　1949 年以后，中国共产党成为中国的执政党，党的文艺方针、政策成为引导中国当代文学、文学批评发展的指导思想。从新中国成立到 20 世纪 70 年代末期，由于"左"的路线的不断干扰和阶级斗争的不断开展，许多诗人、作家、学者只能在既定的思想框架内从事文学创作和研究。因此，这段时间的诗学批评基本上没有理论上的突破，大多是对传统诗歌主张、文学的政治要求的反复阐释，观点非常单一，说不上真正的学术争鸣、讨论，也很难说有什么建树。

　　而在 20 世纪 70 年代末到 80 年代中后期，随着思想解放运动的开展和改革开放的实施，学术界也开始活跃起来，一方面对过去的许多文艺思想进行了反思，另一方面引进和接受了外国的一些文艺思想的影响。在诗学界，围绕一些新的创作现象展开了激烈的讨论，一些观点之间形成了明显的冲突。就是在这段时间，中国诗歌理论界出现了三个相对独立又相互影响的诗论群落，它们对现代诗学的发展、新诗艺术的进步产生了不可忽视的影响。这三个群落分别被称为"传统派""崛起派"和"上园派"，它们的形成和发展均与《诗刊》有着或近或远、或多或少的关系。

　　新时期以来的很多诗论家都曾在《诗刊》发表过理论评论文章，参加过《诗刊》组织的活动，甚至因为各种机缘在《诗刊》工作过。臧克家、丁力、丁国成、朱先树、唐晓渡等本身就是《诗刊》的编者或者曾经担任编辑，这不必多说。有些人并不是《诗刊》社的工作人员，但他们也和《诗刊》有着特殊的联系。比如，吕进、阿红除了参加过《诗刊》的各种活动，还担任过《诗刊》的评刊人员，就其刊发的作品进行过评论。吴思敬甚至作为特邀人员在《诗刊》工作过一段时间。

　　吴思敬在接受采访时，特别谈到了这段经历。1978 年 3 月 11 日，他在《光明日报》发表了一篇诗歌评论，受到关注，《诗刊》社因为工作需要开始主动和他取得联系，"1978 年春天，要开科学大会，《诗刊》编辑刘湛秋来到我家，向我约稿，要我写一篇关于高士其科学诗的评论文章。就这样，一边是时代潮流的裹挟，一边也是自己的追寻，我一步一步踏上了诗歌评论的道路。"① 这是他走进诗学研究、和《诗刊》取得联系的开始，也表明了《诗刊》对于评论人才的关心和看重。在 20 世纪 80 年代前期，吴思敬还先后三次直接参与了《诗刊》社的有关活动，他回忆说："1981 年秋天我有半年的轮空，没有课，《诗刊》社领导知道后，这半年就把我借调到了《诗刊》理论组，理论组总共三个人，组长是丁国成，组员一个是朱先树，一个是刘湛秋，有时他们三个都出差，就我一个人在那儿顶班。这半年中，组织生活也在《诗刊》过，很多诗人都是在那儿见到的，包括老诗人、年轻诗人。记得一次还是武汉大学学生的青年诗人王家新、高伐林带着他们的油印诗集来到《诗刊》，两位风华正茂的校园诗人，给我留下了深刻印象。……1982 年初，《诗刊》社又邀请我、刘斌、江西萍乡的陈良运、河北廊坊的苗雨时，集中到《诗刊》编辑部，读 1981 年《诗刊》和全国报刊上的诗歌。那时候天正冷，绿化队的房子没有暖气，生着煤球炉子，我们就围着炉子读诗、讨论、交流，最后整理成一篇《四人谈：读 1981 年新诗》，发表在《诗刊》上。我们感到意犹未尽，便又搞了一篇《近年来诗歌评论四人谈》，发在《诗探索》上。……1983 年初，《诗刊》要编《1982 年诗选》，决定由朱先树和我来编，在交道口旅馆包了房子，从《诗刊》社运来1982 年全国各地出的诗歌刊物和综合性文艺刊物，记得是《诗刊》主编邹荻帆先生亲自带着车把刊物送来，他当时已是高龄，却还一捆一捆地帮助我们往楼上搬，让我十分感动。在《诗刊》社参加了这些活动，使我有机会认真地读了这几年的诗歌作品，结识了更多的诗歌界朋友。我感谢《诗刊》，在我走向诗歌评论的道路上，给我提供了一个前进的平台。"② 因为和《诗刊》的机缘，吴思敬开始广泛接触当时的诗人和作品，和诗歌界建立起广泛联系。

---

　　① 王士强：《诗路纪程三十年——诗评家吴思敬访谈》，《星星》下半月刊（理论版）2011 年第 3 期。

　　② 王士强：《诗路纪程三十年——诗评家吴思敬访谈》，《星星》下半月刊（理论版）2011 年第 8 期。

很多评论家也因为在《诗刊》发表文章而受到诗歌界、诗学界的关注。

　　总体来说，虽然《诗刊》不是中国当代唯一的诗歌刊物，但是因为其"国字号"的地位和广泛的影响，新时期及其以前的诗学发展潮流在很大程度上都和《诗刊》有关，有很多诗学讨论、诗学争鸣也是以《诗刊》为媒介和平台展开的。换句话说，研究《诗刊》关于诗歌、诗学问题的讨论，我们可以在很大程度上把握当代诗学尤其是新时期诗学发展的基本轨迹和主要观点。

第一节　"传统派"与现实主义诗歌主张

　　对诗歌传统的重视是中国现代诗学的重要特点之一。在当代，自 20 世纪 50 年代以后，传统诗学在相当长时间内占据着主导地位，形成了现代诗学的"传统派"。诗歌是最具有民族特色的文学样式，因此，对民族诗歌传统的重视自然应该是现代诗学研究的重要部分，离开传统，诗歌和诗学的发展就可能缺乏根基和目标。传统派强调继承传统，这是符合诗歌艺术和诗学发展实际的。但是，在 1949 年以后，由于在相当长时间内，传统诗学一主天下，没有其他的诗学主张作为参照，它自身存在的局限没有充分被人们所认识。随着诗学发展多元格局的出现，传统派体现出了一定程度上的传统主义特点——只承认传统，而对传统以外的诗歌、诗学成果（尤其是外国诗歌、诗学成果）则加以拒斥，这就在相当程度上封闭了中国诗歌、诗学的发展。这里所说的"传统派"在过去是没有这个称呼的，因为整个中国诗学几乎都是属于传统派的。"传统派"的称呼出现在 20 世纪 80 年代初期的诗学争鸣中，因此，这里所说的"传统派"特指 20 世纪 70 年代末到 80 年代初的诗坛上出现的一个延续了过去诗学主张的诗论群体。

　　"传统派"是新时期诗坛上第一个诗歌群落。开初，他们只是通过各种方式张扬自己的诗学主张，并没有要形成诗学流派的设想。这个群体中的许多人已经是有一定名气的诗人或诗论家，在 50 年代以来（甚至更早）就有大量的创作和研究成果发表。不过，对于他们的诗学成果，有些学者的评价并不是很高。古远清曾经将"文化大革命"前的当代诗论家分为八种类型，大多数类型都与政治关系比较密切，其中第七种是"丁力、宋垒型"："他们的眼光与来自大专院校的诗评家不同，因为他们属编辑型，总想提倡些什么，体现刊物意图乃至领导意图。他们的文章比较敏锐，与创作实践，与文学思潮靠得比较近，扶助过不少新人新作，但过于近功利，尤其是'大跃进'期间写的讨论新诗发展方向问题的文章，有独尊民歌的倾向，经不起时间的考验。"①

在 1976 年以后，他们的文章仍然大量出现在包括《人民日报》《红旗》《诗刊》《星星》等在内的许多时政类和文学类报刊上。由于受到当时的时代语境的制约，他们的观点主要是对"文化大革命"中的诗歌观念进行拨乱反正，其参照的依据是主流意识的文艺主张，延续的是 50 年代以来的现实主义的诗歌理论，应该说在推动诗歌观念的发展方面具有不可忽视的作用。就其观点来说，"传统派"所延续的是 20 世纪 50 年代以来在诗坛上为多数人接受的诗学主张，并没有多少特别之处。"传统派"受到关注，主要是在关于"朦胧诗"的讨论中与新起的"崛起派"形成了对立态势，尤其是丁力，在多次讨论、争鸣事件中，他都可以说是反对"朦胧诗"的急先锋，成为风口浪尖上的人物，而且他的诗学主张也在讨论中更加显示出自己的特点，进而才成为人们关注的核心话题之一。

黄子健、佘德银、周晓风合著的《中国当代新诗发展史》对传统派作过如下描述：

> 所谓传统派是相对于崛起派而言的。其代表者有臧克家、丁力、丁芒、宋垒、闻山、李元洛、尹在勤、周良沛、晓雪等。该派并非不主张新诗的创新，确又更为强调对传统的继承，主要是对现实主义诗歌传统的继承，故而多从现实政治需要评论诗歌作品的社会价值，对青年人创作中的非现实主义创作倾向持一种较为严厉的批评乃至否定态度，是传统现实主义美学在新时期诗歌理论批评中的体现。②

古远清对这个群体的情况也进行了介绍：

> "传统"并非是贬词。要具体分析传统，不能把它统统看做是"陈谷子烂芝麻"。这派以老诗人臧克家为旗帜，丁力、闻山、尹在勤等为代表。他们恪守自己的理论信仰，坚持现实主义方向。丁力的代表作是

---

① 古远清：《中国大陆 40 年诗歌理论批评景观》，《诗探索》1995 年第 4 期。
② 黄子健、佘德银、周晓风：《中国当代新诗发展史》，成都科技大学出版社 1993 年版，第 287 页。

发表在《国风》1980年创刊号上的头条评论《诗的告白》,另见于丁力的诗论集《诗歌的创作与欣赏》中的有关文章。丁力认为从粗线条划分,诗坛大体可以分为三派:"一派是'古风派',写旧体诗词,少数人写。这一派如果还能表现新的内容,就可以存在,但我们提倡以新诗为主。另一派是'洋风派',包括古怪诗、晦涩诗、朦胧诗,这是照搬外国,搞全盘西化。""另一派是'国风派','是中国作风、中国气派的',中国人民喜闻乐见或乐于接受的民族化、群众化倾向的诗派,是我国社会主义时代的现实主义诗派"。丁力坚持现实主义的创作道路,主张新诗应有中国作风、中国气派,反对晦涩诗,曾得到不少中、老年诗人的赞同。但他这种分类过于表面化。何况他和闻山等人的价值取向和价值理论,并没有随着诗坛的刷新发生应有的移动和变化,像对现代派深恶痛绝,对有些青年诗人借鉴西方现代派技巧持猜疑、反对的态度,则不利于新诗的革新,也无利于新诗潮多元化的方向发展。①

从中可以看出,"传统派"所坚持的是50年代以来在中国当代诗坛占统治地位的现实主义诗歌主张,包括以毛泽东文艺思想为核心的官方文学主张。毛泽东曾在1957年1月12日给"克家同志和各位同志"的信中提出:"诗当然应以新诗为主体,旧诗可以写一些,但是不宜在青年中提倡,因为这种体裁束缚思想,又不易学。"丁力曾在《诗刊》创刊后不久担任过编辑室的主任,《诗刊》停刊之后的一段时间还在协助处理善后事宜②,他应该非常熟悉毛泽东的这封信及其诗歌见解,并最终成为他终身坚持的艺术主张。在丁力划分的诗坛三大流派中,"古风派"是可以存在的,"国风派"是主流,是方向,而"洋风派"则属于末流、逆流,这其实是对毛泽东诗歌观念的放大和具体化。

---

① 古远清:《中国当代文学理论批评史(1949—1989大陆部分)》,山东文艺出版社2005年版,第513页。

② 臧克家在《老〈诗刊〉琐忆》中说,《诗刊》创办后不久,"由于工作需要,成立了编辑室,沙鸥、丁力两同志先后担任过主任"。(《臧克家全集》第6卷,第217页)丁力之子丁慨然撰写的《丁力创作年谱》(《丁力诗文选》B卷《诗词选》,中国国际广播出版社2002年版,第233—277页)记载,丁力1957年"调《诗刊》社工作";1964年,"《诗刊》停刊,编辑部主任丁力,做收尾工作";1965年,"四清运动,《诗刊》停刊后的清理工作"。

丁力是一位有着多重身份的人。他是很执着的诗人和评论家,他的评论文章篇幅短小,一事一议,注重感悟性,很少使用纯粹的学术术语,具有自己的学术特色。他在40年代就开始诗歌创作,50年代开始写作诗歌评论,在诗界有一定影响。丁力是一个非常认真、敢于直言的诗论家,只要认为是不对的观点,他就要提出来加以批评、辩论,甚至对于一些期刊出现的编校失误,他都要写信予以指出。这样的例子在其《诗歌的创作与欣赏》一书中可以查到很多。他还是具有特色的编辑家,丁国成说:"他对编辑工作,全力以赴,认真负责,为人做嫁,不辞辛苦。……丁力联系作者,非常密切。……丁力处理稿件,特别及时。"① 由于研究性的成果不是很多,而且在80年代以前,丁力的一些观点几乎是普遍地存在于诗坛的,因此他并不是受到特别关注的诗论家。但是,从1980年开始的一段时间里,他受到的关注却越来越多,这主要是因为他对当时的"古怪诗"和"古怪诗论"提出了尖锐甚至针锋相对的批评,将"传统派"的诗学主张更明晰地展现在诗坛上。

在1980年4月的"南宁会议"上,谢冕、孙绍振等人肯定当时刚刚出现的"朦胧诗"的观点就受到丁力等人的批评。会议之后,谢冕应约撰写了《在新的崛起面前》(《光明月报》1980年5月7日),引起丁力的极大不满,他此后的许多文章都是针对谢冕和他的同路人的,"传统派"的面貌越来越清晰,也因为要描述诗学界的状态,人们把丁力等人所坚持的主张称为"传统派"。写于1980年7月15日的《诗的告白》以诗话的方式,通过"诗"的口吻表达了丁力对诗的理解和他的基本诗学观念,虽然不能说是"传统派"的宣言,但其基本观点可以说是传统派赞同的主张。该文涉及"生活""时代""形象化""思想情感""歌颂""暴露""真挚""精练""清新""现实主义""浪漫主义"等问题,而且对于和这些元素对应的现象进行了批判,并提出了"古怪诗"的概念:"那些模仿外国的'古怪诗','让人读不懂'——不知所云;那些扑朔迷离,恍恍惚惚——主题不清;那些'偏颇的激愤','过多的哀愁'——调子低沉……都与我身份很不相称。"② 其后的一段时间里,丁力先后撰写了《古怪诗论质疑》《古怪诗论

---

① 丁国成:《编辑典范——丁力》,《诗学探秘》,北京燕山出版社2007年版,第263—264页。

② 丁力:《诗的告白》,《诗歌创作与欣赏》,陕西人民出版社1983年版,第334页。

琐议》《新诗发展管见》《新诗探索到哪里去》《新诗的发展和古怪诗》① 等
文章，明确提出了对"古怪诗""古怪诗论"的批评，具体说，就是对以谢
冕为代表的诗论家的诗歌观点的批评。

"古怪诗"之说来自丁力对当时诗坛现状的一种概括：

> 当前诗歌的状况，基本是三派：一是写旧体诗词的，是古风派。一
> 派是以很朦胧到很晦涩为特征的洋风派，古怪诗是属于这一派的。以上
> 是两个小派，是不宜提倡的，但也不要禁止。再有一个大派，就是国风
> 派，是中国作风、中国气派的，中国人民喜闻乐见的或乐于接受的民族
> 化、群众化倾向的诗派。②

"古怪诗"是洋风派中的一种，是接受西方现代主义影响而产生的诗
歌。对于学习西方的诗歌艺术经验，丁力并不反对，甚至对于古怪诗的出
现，他也觉得"无足惊讶"。在他看来，"奇怪的是近来有一种古怪诗论，
极力支持古怪诗，鼓吹古怪诗风。持这种古怪诗论者，可以以谢冕同志为代
表。"③ 他针对谢冕在论文中的观点一一反驳，对"新的崛起"、"朦胧"、
"懂与不懂"、"哀愁"与"激愤"、借鉴等说法都提出了自己的看法，其基
本观点延续了他过去对于诗的认识，只是在表述上明确了针对的对象。在一
篇长文中，丁力从"继承和发展诗歌传统问题""借鉴外国诗歌问题""关
于'五四'新诗革命""关于新诗历史上的三次大讨论"四个方面批评了谢
冕的观点，尤其是在借鉴外国诗歌方面，他并不反对借鉴，但反对西化。他
说："现在的古怪诗，也是一种食洋不化的症候，'让人读不太懂'的'很
朦胧'的朦胧诗和'让人不懂'的晦涩诗，都没有学到人家的长处，而是
吸收其晦涩难懂的特征，拾人余唾，陈腐不堪，还美其名曰'创新'。何新
之有！"④ 丁力还引用谢冕在 70 年代末期发表的一些观点对谢冕诗歌观点的
变化提出了质疑，这些文章主要包括《北京书简》（《诗刊》1977 年 5 月、
1978 年 9 月）、《诗歌在战斗中前进》（《诗刊》1978 年 3 月），丁力认为

---

① 这些文章均收入了丁力的《诗的告白》，《诗歌创作与欣赏》，陕西人民出版社 1983
年版。

② 丁力：《新诗发展管见》，《诗歌创作与欣赏》，陕西人民出版社 1983 年版，第 316 页。

③ 丁力：《古怪诗论质疑》，《诗歌创作与欣赏》，陕西人民出版社 1983 年版，第 292 页。

④ 丁力：《古怪诗论琐议》，《诗歌创作与欣赏》，陕西人民出版社 1983 年版，第 304 页。

"观点是可以改、也是允许改变的","但是他在往错误的方面改变，而毫不联系自己，老是教训人，自居于'导师'地位，我就不得不指出他是咋是而今非了。为了一味颂扬古怪诗，一反自己的'一贯的观点'，把自己对新诗的研究成果，把革命的诗歌理论，抛到东洋大海里去了，我觉得这是十分可惜的。这样对照一下，让他看看自己过去的话，是想促使他早点回到现实主义（包括积极浪漫主义）的诗歌理论上来！"① 传统派是在和"崛起派"的论争中张扬自己的诗学主张的，是他们过去的诗学观念在新的诗歌语境中的延续。

丁力是"传统派"被确认时期比较活跃的评论家，但可以划入"传统派"的诗人和评论家其实是很多的。

作为"传统派"诗学旗帜的臧克家是中国现代著名诗人、散文家、评论家、编辑家，他在 20 世纪 30 年代就开始享誉诗坛，影响甚大。1957 年，臧克家担任刚刚创刊的《诗刊》主编，与毛泽东有着比较密切的诗歌交往。臧克家非常佩服毛泽东，曾专门撰写诗、文对其进行赞美，并编写出版了《毛主席诗词欣赏》。这并不是说，臧克家是对伟人献媚，这其实只是诗人长期人生观念和诗学主张的一种自然延续。臧克家的诗歌创作一直坚持现实主义的艺术道路，关注社会现实，关注普通人的命运，被称为"农民诗人"。早在 1935 年，臧克家就对诗的朦胧提出了异议："有的你或者双手盖在额上从一遍读到一万遍还是不明白这诗的含义，这，一半固然得怨自己的脑子曲折太少，不过诗一朦胧似乎就永远神秘了。"② 臧克家历来坚持"诗来源于现实，来源于生活"的艺术主张，认为"诗的花，是从生活土壤里开出来的"③。在表达上，臧克家也主张朴素顺畅，反对那种晦涩的、难懂的诗歌。1946 年 12 月 29 日的《大公报·星期文艺》发表了后来成为"九叶诗派"重要诗论家的袁可嘉的一篇文章《诗与主题》，臧克家对文中的观点极不赞同，以极快的速度在 1947 年 1 月就专门撰文予以反驳，认为这些

① 丁力：《古怪诗论琐议》，《诗歌创作与欣赏》，陕西人民出版社 1983 年版，第 312—313 页。

② 臧克家：《新诗问答》，《臧克家全集》（第 9 卷），时代文艺出版社 2002 年版，第 10 页。着重号系原文所有。

③ 臧克家：《生活——诗的土壤》，《臧克家全集》（第 9 卷），时代文艺出版社 2002 年版，第 70 页。

观念没有随着时代、现实的变化而发展，是不合时宜的。他说：

> 一部分京派或自充京派的文艺论者及创作家们，多半犯着一个致命的大毛病，就是：拿斗室做宇宙，把书本子代替了生活。时代奔驰的足音，人民斗争的呼号，他们全充耳不闻或不欲闻；现实的悲惨，同胞的痛苦，他们视而不见，或掩面过之。他们虽然生活在这样一个轰轰烈烈天翻地覆的世界里，但他们是"泰山崩于前而目不瞬"的。这还没有什么，谁有权利阻止一些甘愿作"今之古人"的人们呢？可怕的是，他们硬要叫别人也跟着他们"向后转，开步走"，一直走出现世，走进坟墓里，和他们一道做"今之古人"去。①

臧克家对于忽视现实生活、回避现实的创作观念是持批判态度的。他在文章中说："假如是在几年以前，我不但不会反对袁先生，说不定还是袁先生的一个同道者呢。但是，现实使我们改变了，因而，对诗（对一切）的看法与写法也变了。"② 现实主义诗人往往随着现实的发展变化而不断调整自己的诗歌观念和创作路线。1947 年 1 月，在臧克家的支持下，杭约赫、辛笛、陈敬容等人在上海创办了《诗创造》月刊，而且为《创造诗丛》的每一本诗集撰写了序言（每篇序言的主体内容相同，但不同诗集的序言又针对每本诗集的具体情况进行了描述），后来，由于年轻的诗人们在诗歌观念、作品选择等方面与臧克家产生分歧，于是在 1948 年 1 月单独出版《中国新诗》，发表了诸多具有现代主义特色的诗歌作品，成为"九叶诗派"产生的重要阵地。在《中国新诗》发表作品和论文的作者中，就有曾被臧克家批评的袁可嘉。

在 20 世纪 80 年代初及其后的很长一段时间，臧克家仍然担任《诗刊》编委、顾问，在诗坛上拥有很高的地位和极大的影响。他对丁力等人的诗学主张应该说是支持的，换句话说，丁力等人所延续的是臧克家的诗学主张或者是他认同的诗学主张。1998 年 6 月，臧克家在给丁力诗歌研讨会的一份书面发言中说："丁力是我的好朋友，不但在《诗刊》编辑部工作时合作得

---

① 臧克家：《给新诗的旧观念者们》，《臧克家全集》（第 9 卷），时代文艺出版社 2002 年版，第 103 页。

② 臧克家：《给新诗的旧观念者们》，《臧克家全集》（第 9 卷），时代文艺出版社 2002 年版，第 105 页。

很好，而且一直来往密切。他有些诗，先寄给我，使我先读为快。我们对诗歌创作有一致的看法，认为：生活是诗的土壤，创作时，要体现时代精神，贴近人民，感情要真挚，要有民族风格。"① 在关于"朦胧诗"的讨论中，臧克家仍然坚持了他一贯的现实主义诗学主张，发表了他对这种思潮的批判性意见。他在 1981 年 1 月和 2 月先后撰写了《关于"朦胧诗"》《也谈朦胧诗》两篇文章专门谈及朦胧诗。他认为：

> 现在出现的所谓"朦胧诗"，是诗歌创作的一股不正之风，也是我们新时期的社会主义文艺发展中的一股逆流。②

臧克家对历来的"朦胧诗"进行了客观分析，指出其朦胧的诸多原因，"有的由于思想内容，有的因为表现方法，使诗篇带上了朦胧色彩。但不能一概而论，有的很不错，有的很平庸"③。不过：

> 现在出现在各种报刊上的有些朦胧派诗，与以上所论列的不同。作为一个读者，不但不喜欢，而且我是很反感的。我所以不大看新诗，与它颇有关系。
>
> 我认为，今天这些朦胧诗，是几千年来中国现实主义诗歌传统的一股逆流（逆"五四"以来的诗歌传统），是败坏新诗名誉，使少数人受毒害，使广大读者深恶痛绝的一种"流派"。④

对"朦胧诗"的批判，体现了臧克家一贯的诗学观念。他说：

> 我喜欢来自生活深处，思想性强，感情浓烈的诗。我喜欢富于时代精神，能够鼓舞斗志，振奋人心的诗。我喜欢在古典诗歌、民歌基础上创作出来的新诗（包括学习外国优秀的东西）。我喜欢为人民大众喜闻乐见的、民族风味的诗。⑤

---

① 臧克家：《丁力和丁力诗文》，见《丁力诗文选》，中国国际广播出版社 2002 年版。
② 臧克家：《关于"朦胧诗"》，写于 1981 年 1 月 22 日，刊于 1981 年 3 月 15 日《河北师院学报》。见《臧克家全集》（第 10 卷），时代文艺出版社 2002 年版，第 51 页。
③ 臧克家：《也谈朦胧诗》，写于 1981 年 2 月 10 日，见《臧克家全集》（第 10 卷），时代文艺出版社 2002 年版，第 55 页。
④ 臧克家：《也谈朦胧诗》，写于 1981 年 2 月 10 日，见《臧克家全集》（第 10 卷），时代文艺出版社 2002 年版，第 55 页。
⑤ 臧克家：《也谈朦胧诗》，写于 1981 年 2 月 10 日，见《臧克家全集》（第 10 卷），时代文艺出版社 2002 年版，第 55 页。

这种观念不但和毛泽东的诗歌理想相近，也被丁力等人所接受。在批判朦胧诗的同时，臧克家却对一个地方性诗歌刊物给予了很好的评价。"河北省承德办了个《国风》诗刊，他们提倡民歌体，就很受欢迎，听说一天收到八九十件来稿。许多老诗人，诗歌工作者对'朦胧诗'是不满意的，是重视民歌和古典诗歌的现实主义传统的。"① 而《国风》正是丁力发表其代表作《诗的告白》的刊物。在新时期诗学界，把臧克家、丁力等人列为"传统派"应该是合适的。

和臧克家、丁力等人的诗学观点一致或者接近的还有闻山、尹在勤、宋垒等，他们也多次在《诗刊》等报刊发表文章，讨论对于诗歌和当时诗坛的看法。其诗学观念和臧克家、丁力等人基本上是一致的。

闻山，1927 年 1 月生于广东高州县，原名沈季平，清华大学毕业。1943年就读于昆明西南联大外文系，参加闻一多先生为导师的联大新诗社和阳光美术社，1944 年年底从军赴印度抗日。1946 年返北京清华大学，参加地下革命工作。新中国成立后入中央文学研究所一期学习。先后在丁玲任主编的《文艺报》任政论、文学、美术编辑和组长，《诗刊》编辑部副主任。粉碎"四人帮"后到中国艺术研究院参与创办《文艺研究》，并担任编辑部主任。他创作了数十万字的散文、诗歌和文艺评论，《诗与美》是其诗歌研究方面的代表作。闻山的诗论诗评，多以鉴赏性的文字为之，在 20 世纪五六十年代，他对贺敬之、郭小川、李瑛等诗人的作品给予过好评。他看重诗歌的传统，一直对民歌等对新诗的促进作用持肯定态度。他认为："我们必须根植于中国的土壤，面向自己的民族，才能产生矗立在世界民族文化之林中独具风格的诗。"② 但是，他对那种看不懂的、像"毛孩"一样怪异的作品，或者"用一些可怜的玻璃片，一点小碎纸，装起一只万花筒，自我欣赏，自我陶醉"的诗歌，是不赞同、不支持的，甚至追问："在诗的领域，是不是下一步要跳摇摆舞，用硬壳虫乐队伴奏？"③ 他对当时那些"不懂"的诗给予了批判，在

---

① 臧克家：《关于"朦胧诗"》，写于 1981 年 1 月 22 日，刊于 1981 年 3 月 15 日《河北师院学报》。见《臧克家全集》（第 10 卷），时代文艺出版社 2002 年版，第 53 页。

② 闻山：《诗·时代·人民》，《长春》1980 年 10 月号。

③ 闻山：《读新人新作有感》，《海韵》1980 年第 1 期。

1980 年 4 月的"南宁会议"上，他就说过"顾城的一些诗是堕落"①；在
1980 年 9 月的"定福庄会议"上，据孙绍振回忆说，关于"朦胧诗"，"赞
成的是我、谢冕、杨匡汉、吴思敬等，反对的是丁力、闻山、李元洛等
等"②。

对于文学作品"表现我"，闻山是持反对意见。李洁并不从事诗歌创
作和研究，他在《雨花》1979 年 7 月号发表文章提出了"表现我"的主
张，他提出在"我要使读者不仅在我的作品里看到各种各样的人物""不仅
了解我的人物"，"不仅熟悉我的人物"的前提下，"假如我是一个作家，我
要努力于做一件在今天很不容易做到的事：表现我"③。应该说，在当时的
语境下提出这样的主张是需要勇气的，也是有胆识的，但闻山对此提出了批
评，还撰文指出："现在我们也有一些诗，写得叫人根本看不懂，读着象猜
谜语（但是谜语还是可以猜到的，它却叫你永远不知所云）。有人说是学西
方现代派学的。也有人说，用不着学，这是土生土长的。还有人说，它是美
的，是好诗看不懂，只怪你无知。而且断定，中国的诗的希望就在它们身
上。"甚至认为，"如果我们的文艺、我们的诗只是为'表现我'而作，别
人懂不懂与我无关，那实质上是把文艺工作者奋斗的目标，从为人民服务、
建设社会主义推后到资产阶级追求个性解放的年月，比为打击农奴制而写
《猎人日记》的屠格涅夫，还落后了一个时代"④。这些带有情绪化的意见，
主要目的是坚持自己所认为的传统，而对于新的诗歌观念则是不接受甚至是
反对的。

尹在勤，1938 年 5 月生于四川蓬安，1962 年毕业于四川大学，后担任
四川大学教授。他从 20 世纪 60 年代开始诗歌研究，主要研究中国当代诗歌
和诗歌理论，对于郭小川、贺敬之、李瑛等诗人的创作研究比较深入。他的
诗歌理论比较注重学术性，善于从时代政治的角度评论作家作品，主要著作
有《新诗漫谈》《何其芳评传》《论贺敬之的诗歌创作》（与孙光萱合作）、

① 孙绍振：《孙绍振答程光炜问：我与"朦胧诗"的论争》，骆寒超、黄纪云主编：《星河》（第 1 辑），人民文学出版社 2009 年版，第 222 页。
② 王尧：《"三个崛起"前后——新时期文学口述史之二》，《文艺争鸣》2009 年第 6 期。
③ 李洁：《假如我是一个作家》，《雨花》1979 年第 7 期。
④ 闻山：《美和诗的漫话》，《诗刊》1980 年第 9 期。

《新月派评说》《诗人的心理构架》等。除此之外，在"朦胧诗"的讨论中，尹在勤曾对"崛起派"进行过尖锐的批评，发表了《回答"崛起"论的挑战》（《诗刊》1984 年第 1 期）等文章。这篇文章是尹在勤在 1983 年10 月举行的"重庆诗会"上的发言，文章分为四个部分："识破一种障眼法""'接续'辨""根本信念不容修正""也说诗之路"。他认为徐敬亚文章中涉及的才树莲、傅天琳、雷抒雁等诗人不属于"崛起"的诗人，认为"崛起派"使用了一种"障眼法"在欺骗人，提出："我认为，我们在对'崛起'论作出必要回答的时候，很有必要揭穿他们所玩弄的那种'拉大旗作虎皮'的障眼法，很有必要把大批有热情、有成就、有才华的青年诗人，包括写过某些不好作品的青年诗人，同所谓的'崛起的一代'区分开来。这是我们讨论问题的出发点，也是我们在论争中无意误伤任何一颗小星的真诚意愿。"因为徐敬亚提出"崛起"诗人接续的是"二三十年代诗人的探索"，尹在勤就推测他们接续的是"新月派"和"现代派"，于是对这两个群体批判一通，并追问："令人不可思议的是，如果我们也仿照徐敬亚的口吻说，偌大一个中国，偌大一部新诗发展史，为什么要去接续的，就仅只'新月派'、'现代派呢？为什么以郭沫若《女神》为标志的新诗传统值不得接续？为什么延安、晋察冀的革命诗歌传统值不得接续？为什么国统区抗日反蒋的进步诗歌传统值不得接续？为什么把这些都视为'空白'和'废墟'，而独独标榜出'新月派'和'现代派'这个'分支'来'接续'？这难道仅仅是着眼于艺术吗？"在文章的最后，尹在勤勾画了他对诗歌道路的理解：

> 诗之路……从内容到形式，我们是在如今的社会主义中国的大地上走着诗之路。这条路，应该通向人民，而不是通向"自我"；这条路，无疑也应该通向世界，但不是为了迎合西方的某些人，甚至以博得他们的赏识或出版为荣。社会主义诗歌有自己的审美标准。……我们中国的当代诗人，是炎黄的子孙是社会主义公民。我们应该有自立于民族之林的自信心和自豪感，这样才能真正崛起，崛起在我们古老文明的诗国，崛起在世界的东方。

这篇文章是在以主流的政治观念谈论诗歌，作者谈的传统主要是诗歌所具有的革命的、政治的传统，而主要不是艺术传统；他谈的方向，主要是政治的、社会的方向，不一定是诗歌艺术的方向。文章忽视了诗歌的多元性，艺术的丰富性，因而其片面性也非常明显。

当然，作为一个诗论家，尹在勤的学术成就是多方面的，他在研究诗歌现象的同时，对诗的基本规律也给予了关注，他对诗人心理构架的研究借用心理学理论探讨诗的特征和诗歌创作，是具有创新意义的。

在谈论传统派的时候，我们还必须提到另外一篇文章。1980 年 8 月，就在青年诗人的艺术探索不断受到诗歌界和诗学界关注的时候，《诗刊》发表了章明的文章《令人气闷的"朦胧"》，对当时的诗坛现状发表了自己的看法。文章说："前些年，由于林彪、'四人帮'败坏了我们的文风和诗风，许多标语口号式的、廉价大话式的'诗'充斥报刊，倒了读者的胃口，影响了新诗的声誉。经过拨乱反正，如今诗风大好，出现了不少感情真挚、思想深刻、形象鲜明、语言警策的好诗，受到了广大读者的赞赏和欢迎。但是，也有少数作者大概是受了'矫必须过正'和某些外国诗歌的影响，有意无意地把诗写得十分晦涩、怪僻，叫人读了几遍也得不到一个明确的印象，似懂非懂，半懂不懂，甚至完全不懂，百思不得一解。对于这种现象，有的同志认为若是写文章就不应如此，写诗则'倒还罢了'。但我觉得即使是诗，也不能'罢了'，而是可以商榷、应该讨论的。所以我想在这里说一说自己的一孔之见。为了避免'粗暴'的嫌疑，我对上述一类的诗不用别的形容词，只用'朦胧'二字，这种诗体，也就姑且名之为'朦胧体'吧。"①这篇文章明显地体现出对新时期早期青年诗人在诗歌艺术上的探索的不理解和反对态度。后来，人们一般也认为，"朦胧诗"的称谓就是从这篇文章开始的。当然，人们对"朦胧诗"的界定并不完全接受这篇文章中的说法。

通过以上的简单梳理，我们可以发现，"传统派"的活跃与《诗刊》有着密切的关系。《诗刊》在中国当代诗歌史上具有举足轻重的地位，但在本质上属于官方刊物，它在尽力倡导诗的多元化发展的同时，所张扬的主要还是主流的诗学观念，在诗歌讨论、争鸣中借用政治的观念谈诗，甚至以政治的眼光看待诗，都是时常存在的事实。从历史的角度看，在社会文化、诗歌观念的裂变期，在艺术发展的新方向还不十分明朗的情况下，发表大量讨论

---

①　章明：《令人气闷的"朦胧"》，《诗刊》1980 年第 8 期。

传统、批判人们暂时还不能接受的诗歌新观念，实际上也是很正常的事情。

从诗歌发展的历史看，主张诗歌继承传统是对的，没有传统的民族是没有文化的民族，没有传统的诗是没有根基的诗，没有传统的积淀就没有今天和未来的开拓。胡适在谈到中国诗歌的发展时，就指出由五言到七言，由诗到词再到曲，中国诗歌经历过四次"解放"，他是为了说明诗体解放具有合理性，白话新诗的出现是诗歌艺术发展的必然规律。不过，这种规律是从对传统的审视中总结出来的。但是，继承不是模仿，不是抄袭，而是创造性的发展。"传统派"的有些主张存在"传统主义"的嫌疑，一切观念都要找来源，一切探索都要在传统中国出现过的，尤其是对毛泽东文艺思想的坚持没有随着时代发展而发展，他们大多不愿意接受新生事物，不愿意接受自己之外的其他诗学主张，这又是存在问题的。传统必须在创新中发展，甚至需要接受西方的优秀艺术经验加以丰富，这样才能具有生命力。传统是在积淀与突破、突破再积淀的过程中发挥其文化传承作用的。丁力在50年代即提出了对中国诗歌的优良传统的看法，认为主要有三个方面："诗歌中的人民性与现实主义传统，诗人和人民密切联系、向人民学习的传统，诗歌的音乐性和格律的传统。"① 应该说，这种概括是有道理的，不过，由于时代原因，这样的看法并不一定全面，而对不全面的观点的坚持有时也会导致偏颇。他们有时甚至囿于传统主义，一切为传统是举，甚至以考据的方式来讨论传统，任何观点都必须有来源和出处，如丁力的《"白发三千丈"新解》就不是以解诗的方式在谈诗，存在机械主义的思维方式。而对于新出现的诗歌现象，要么不愿意接受，要么以所谓的传统的观点加以分析，结果得出的结论和新现象相差甚远。

在20世纪70年代末到80年代初期，传统派在诗学界长期的权威地位受到了新的创作试验和新的诗学主张的挑战，因而引起争鸣是必然的，这也是诗学观念更新、发展所必然经历的过程。随着时间的推移和诗歌艺术的发展，传统派观念的接受者越来越少，而新的诗学观念则受到更多的关注，甚至当时的一些新观念在后来也被人质疑——因为有更新的诗学观念出现了。不过有一点是我们必须认真对待：任何的"新"都是来自"旧"的基础，

---

① 丁力：《中国诗歌的优良传统》，《诗歌创作与欣赏》，陕西人民出版社1983年版，第234页。

或者延续，或者反拨。没有传统就没有现代，一概依托传统会禁锢创新的开展，一概否定传统会使新的探索失去根据。科学地处理传统与新变的关系，是任何时候的诗歌、诗学发展都不可忽视的。

第二节 "南宁会议"与"崛起派"的初步"崛起"

"崛起派"是在与传统派的争鸣和对当时一些新的诗歌现象进行总结、倡导的基础上出现和发展起来的。

"崛起派"是对传统派的反动，他们主张对西方诗歌艺术经验的借鉴，主张对既有诗歌秩序的反叛与突破。在诗歌观念的变革时期，这种主张具有很大的鼓动性，因而产生了很大影响，也的确在推动诗歌观念的新变方面产生了正面效应。在文化开放的时代，"崛起派"的主张具有它自身的合理性。新诗的诞生和发展的历史事实，甚至整个现代中国的发展事实都证明，没有借鉴，就没有交流和参照，对现代诗歌的发展是不利的。但是，"崛起派"也存在一定局限。它不提诗歌传统或对诗歌传统持反叛态度，这就可能割裂诗歌的纵向发展线索，使诗歌失去根基与方向。它受到"传统派"的大力批判，正是因为这个原因。"崛起派"的出现，打破了传统派一统天下的格局，诗学界由此而出现了大量的学术争鸣，人们可以通过比较对各种诗学主张进行学术评价和选择了。

"崛起派"是因为三篇在 80 年代初期先后发表的包含有"崛起"一词的诗学论文而得名的，它们是谢冕的《在新的崛起面前》（《光明月报》1980 年 5 月 7 日）、孙绍振的《新的美学原则在崛起》（《诗刊》1981 年第 3 期）、徐敬亚的《崛起的诗群——评我国诗歌的现代倾向》（《当代文艺思潮》1983 年第 1 期）。在更大程度上，"传统派"和"崛起派"是在关于"朦胧诗"的诗学讨论中逐渐显现出各自的诗学主张的，而后产生了广泛的诗学影响。

"朦胧诗"起源于"文化大革命"时期的地下诗歌，可以追溯到 20 世纪 70 年代中期以食指、芒克、多多、根子等青年诗人为重要成员的"白洋淀诗派"。①

---

① 见杨健：《文化大革命中的地下文学》，朝花出版社 1993 年版。

北岛、芒克等在 1978 年 12 月 23 日创办了一个民间刊物《今天》，刊登小说、诗歌、文艺评论和少量外国文学译介文字，但其在后来的影响主要是在诗歌方面。创刊号刊发了北岛执笔、署名"本刊编辑部"的《致读者》（代发刊词），表达了《今天》同仁当时的社会、诗歌理想，他在引用了马克思的论述来批判"文化大革命"期间实行的"文化专制"之后表达了当时普遍存在的创世英雄情节……四五运动标志着一个新时代的开始，这一时代必将确立每个人生存的意义，并进一步加深人们对自由精神的理解；我们文明古国的现代更新，也必将重新确立中华民族在世界民族中的地位，我们的文学艺术，则必须反映出这一深刻的本质来。《致读者》还乐观豪迈地宣告："今天，当人们重新抬起眼睛的时候，不再仅仅用一种纵的眼光滞留在几千年的文化遗产上，而开始用一种横的眼光来环视周围的地平线。……我们的今天，植根于过去古老的沃土里，植根于为之而生，为之而死的信念中。过去的已经过去，未来尚且遥远，对于我们这代人来说，今天，只有今天！"可以说，这种思潮代表了"文化大革命"之后一大批年轻人的思想状况，他们渴求变革，渴求创新，渴求突破。1980 年 9 月，因为坚守传统和观念创新的激烈冲突在诗歌界愈演愈烈，《今天》被要求停刊，共出版了 9 期。这 9 期刊物刊载了食指、芒克、北岛、方含、舒婷、顾城、江河、杨炼等的写于"文化大革命"期间或写于当时的作品，如舒婷的《致橡树》《中秋夜》《四月的黄昏》《呵，母亲》，北岛的《回答》《冷酷的希望》《太阳城札记》《一切》《走吧》《陌生的海滩》《宣告》《结局或开始》《迷途》，芒克的《天空》《十月的献诗》《心事》《路上的月亮》《秋天》《致渔家兄弟》，食指的《相信未来》《命运》《疯狗》《鱼群三部曲》《四点零八分的北京》《愤怒》，江河的《祖国啊，祖国》《没有写完的诗》《星星变奏曲》，顾城的《简历》，杨炼的《乌篷船》，方含的《谣曲》等，其中有不少作品后来被看成了朦胧诗的"代表作"。这些作品在当时以新的方式抒写着对历史、社会、文化、人生的思考，充满反思，也充满激情，在一些青年人中产生了很大的影响。相比于"文化大革命"时期的作品，这些诗显得清新独特，而且在表达方式、思想内涵上都与当时正流行的"归来者"诗人的作品如《将军，你不能这样做》（叶文福）、《小草在歌唱》（雷抒雁）、《光的赞歌》（艾青）等有宏大叙述有所不同，显得细腻委婉，具有更加明显的个人性特征，给当代诗坛带来了一股前所未见的新鲜空气。但是，对于那些还没有从"文化大革命"的灾难中转过头来思考、接受新的诗歌现象的人来说，这些作品好像又不是诗，至少是难以读懂的诗。于是，一场关于诗歌创作的大讨论就此展开了。

《诗刊》是最先关注这一诗歌现象的官方刊物。1979年，《诗刊》第3、4期先后转载了在《今天》发表的北岛的《回答》、舒婷的《致橡树》，邵燕祥回忆了当时的一些情况：

> 　　我是在1979年新年前后，从民间文学刊物《今天》上读到北岛的《回答》和舒婷的《致橡树》的（有一天，吴家瑾在诗刊社外墙上看到张贴着的《今天》，兴奋地向我推荐）。当时眼前一亮，心也为之一亮。许久没有读到这样刚健清新的"呕心"之作了。我说"呕心"，正如说歌唱家的发声不单是靠的嗓子，而是发自丹田，他们的诗是从灵魂深处汲上来的，已经在心中百转千回或说千锤百炼过了，没有毛刺，更没有渣子，完整透明，仿佛天成。北岛冷峻，舒婷温婉，同样显示了诗人的风骨。我读到《今天》以后，征得几位领导的同意，首先是严辰的支持，就把北岛和舒婷的诗在1979年《诗刊》的三、四月号发表出来。读者一下子就被他们的诗歌吸引了。①

可以看出，当时《诗刊》的领导和编辑对于诗歌是敏锐的，对于新的诗歌现象也是有眼光的，他们在支持新的诗歌艺术探索方面也是有胆识的。这些作品发表出来之后，影响很大，邵燕祥说："当时的《诗刊》承文革中复刊时的余荫，印数还很大，影响自然超过了油印的民刊。这两首诗并没有排在杂志的显著位置，在每一小辑中也没有让它们打头，毋宁说是故意的安排，以减少可能遇到的阻力。然而我们的读者很敏感，他们还是在不起眼的第几十几页上发现了这两首耳目一新的诗，发现了陌生的诗人的名字。编辑部听到很多赞许的声音。"② 这说明，当时的读者也是关注这种诗歌思潮的，甚至很感兴趣。不过，在刚刚开始思想解放的时候，在新旧思想转换的时期，尤其是还有一大批诗人、读者是从20世纪五六十年代的诗歌氛围中走过来

---

① 邵燕祥：《答〈南方都市报〉记者田志凌问》，《南磨房行走》，北方文艺出版社2011年版，第210—211页。

② 邵燕祥：《答〈南方都市报〉记者田志凌问》，《南磨房行走》，北方文艺出版社2011年版，第211—212页。

的，尤其是经历过"文化大革命"的非诗、无诗年代，他们一时还无法接受这些新奇的艺术表达和具有个人性的人文思想，甚至有人提出反对意见。因此，在当时，诗歌观念的变革是极其困难的，"反对的声音肯定是有的，刚开始都还没有见诸文字，而且多半是背后的嘀咕，到了我们这里就成为'传言'或'有人说'；比较婉转的是说'看不懂'，直截了当的则是说《回答》一诗中的'我——不——相——信'，助长甚至煽动了当时的'三信（信仰，信念、信任）危机'。我听到这样的指责：助长'我不相信'这种偏激情绪，是要犯政治错误的。但我认为，这首诗写于'文革'后期，能持'我不相信'的态度而不盲从，正是独立思考和判断的结果，有什么可指责的？"① 这是邵燕祥的态度。

但是，1979 年下半年到 1980 年上半年，新的诗歌思潮发展很快，尤其是触及长期以来形成的主流诗歌思潮，动摇了它的地位，一些诗人在不同场合开始批评青年诗人的创作，甚至批评支持青年诗人的《诗刊》。一场关于"朦胧诗"和"三个崛起"的讨论就这样展开了。

当时，这种以青年诗人为代表新的诗歌思潮并没有一个统一的名称，根据喻大翔的说法："据我们所知，一九七九年底至一九八〇年上半年，'某种品类'、'难懂诗'、'晦涩诗'、'古怪诗'、'意境朦胧'、'朦胧感'、'朦胧美'、'新诗潮'等各种名目在诗坛相继出现。但自从《诗刊》一九八〇年八月号登出《令人气闷的'朦胧'》一文，作者把自认为'似懂非懂，半懂不懂，甚至完全不懂，百思不得一解'的诗，'姑且名之为"朦胧体"'之后，'朦胧诗'也就被接受下来，叫开了。"② 为了便于讨论，我们在这里直接使用"朦胧诗"这个名称。关于"朦胧诗"的讨论，最早开

---

① 邵燕祥：《答〈南方都市报〉记者田志凌问》，《南磨房行走》，北方文艺出版社 2011 年版，第 213 页。

② 喻大翔、刘秋玲：《朦胧诗精选·前记》，喻大翔、刘秋玲编选《朦胧诗精选》，华中师范大学出版社 1986 年版。关于这一说法，广州的《信息时报》2008 年 11 月 12 日 A24 版刊登文章《朦胧诗：一代人透视黑夜的眼睛》说："诗人钱超英撰文回忆说，很多人也许不知道，'朦胧诗'这个概念，其实就是广东的发明。最初是广东作协负责编《作品》诗歌的黄雨撰文指责当时的新诗作品'不足为法'，紧接着是经常在《羊城晚报》写评论的章明，发表了《令人气闷的'朦胧'》一文，引发轩然大波。章明评价这些作品'叫人读了几遍也得不到一个明确印象。'认为他们是受了西方现代主义诗歌的不好的影响，过分个人化的意象与词汇使诗意显得晦涩怪僻，整体意境荒诞而诡异，有时还呈现某种灰暗低沉的情绪，有趣的是，他所提出的'朦胧诗'这一本来是否定性的评价概念，后来却成为约定俗成的名词。"

始于四川的《星星》，该刊 1979 年 10 月的复刊号发表了公刘的《新的课题——从顾城同志的几首诗谈起》，而大规模的讨论是在福建展开的。《福建文艺》在 1980 年推出了舒婷的作品，并从当年第 2 期开始连续发表文章展开了讨论。《福建文艺》还组织了研讨会，在会上，"支持派占了上风"①，但批判派仍然有很大的力量，甚至有人把舒婷都说哭了。孙绍振在讨论会上发表了长文《恢复新诗的根本艺术传统——舒婷的创作给我们的启示》，把舒婷当作了新诗复兴的标志。

全国性的诗歌讨论开始于 1980 年的"南宁会议"。1978 年 10 月，刚刚恢复运作的中国作家协会组织诗人作家到大庆、鞍山采风，参与者中诗人甚少。1979 年 2 月，《诗刊》社首次组织大型诗人访问团赴海南岛、上海、青岛等地的"海上行"采风团，艾青为团长，孙静轩、韦丘等诗人参加，同行的还有青年诗人傅天琳等。孙绍振说："诗人启动了，理论家也就顺理成章地要有所表现，于是张炯、谢冕他们，当时可能已经组织了当代文学研究会，就策划了南宁的第一届诗歌理论研讨会。"② 人们习惯上把这次会议称为"南宁会议"或者"南宁诗会"，是诗歌界关于"朦胧诗"讨论的一次重要会议。

"南宁会议"持续的时间相当长，于 1980 年 4 月 7 日至 22 日在广西的南宁、桂林举行。出席会议的人员中恰好有多位在后来分别被划入"传统派"和"崛起派"的代表人物，如丁力、闻山、谢冕、孙绍振等。谢冕回忆说："我是会议筹备组的，最初准备时，并没有要讨论后来的'朦胧诗'，但是那个时候很敏感的人能够感觉到这个创作现象。应该说以《今天》为代表出现的这样一个'朦胧诗'，那时候已经不是地下的处于一种被谈论的状态。有的人觉得很好，有的人觉得不好，有的人觉得很怪，有的人觉得一点都不奇怪，这是应该的，应该有的。这是截然不同的看法。"③ 在这样的语境之下，只要稍有机缘，讨论的话题就可能会延伸开去。1979 年 10 月

---

① 孙绍振：《孙绍振答程光炜问：我与"朦胧诗"的论争》，骆寒超、黄纪云主编：《星河》（第 1 辑），人民文学出版社 2009 年版，第 221 页。

② 孙绍振：《孙绍振答程光炜问：我与"朦胧诗"的论争》，骆寒超、黄纪云主编：《星河》（第 1 辑），人民文学出版社 2009 年 8 月出版，第 222 页。其实当时叫"全国当代诗歌讨论会"。

③ 王尧：《"三个崛起"前后——新时期文学口述史之二》，《文艺争鸣》2009 年第 6 期。

《星星》复刊号发表了顾城的《抒情诗19首》，并配发公刘的评论文章《新的课题——从顾城同志的几首诗谈起》。这期刊物正好被带到了会议上。顾城的这些作品引起了一些与会人士的极大震动。有人赞赏，也有人质疑；有些作品被赞赏，有些作品被质疑，甚至被称为"古怪诗"。于是引起了激烈争论，据孙绍振回忆：

> 一派主张对于"古怪诗"这样脱离群众，脱离时代的堕落的倾向要加以"引导"，而另一派以谢冕和我为代表，则为"古怪诗"辩护。当年还是中年讲师的谢冕提醒大家：每当一种新的创造产生，我们总是匆匆忙忙去引导，"采取行动"的结果，不但不是推动诗歌艺术的发展，而是设置了障碍。
>
> ……
>
> 反对派以老实巴交的丁力为代表，不无忧虑地提出：危机不在于古怪诗，而在于古怪诗张目的"古怪诗论"。虽然双方语言已经相当的情绪化了，但是，气氛还是比较友好的。①

"南宁会议"关于新诗潮的争论引起了诗坛的强烈反响，有人认为："如果说朦胧诗是在地下运行的'地火'的话，那么1980年的南宁诗会就是喷口，让这'地火'得以井喷，并在诗坛燃成燎原之势。"② 之后，一些报刊敏感地意识到诗界的争鸣，准备发表文章参与讨论。《光明日报》就约请谢冕、孙绍振撰写文章发表他们的观点。谢冕写的是《在新的崛起面前》③，孙绍振写的是《诗与"小我"》④，文章发表出来之后，产生的影响并不是很大。对谢冕文章的直接批判，主要是丁力在那之后发表的几篇短文——引发"传统派"受到关注并最终形成一个诗学群落的短文。

如果说"南宁会议"标志着关于新诗潮的讨论由民间走向学术界，那么，这两篇文章的发表则标志着关于新诗潮的讨论又从口头讨论走向了全国级的报刊的争鸣。由于丁力等人发表文章对谢冕和"朦胧诗"提出尖锐的批评，尤其是《诗刊》的加入，使讨论逐渐成为一次全国性的诗歌事件。

---

① 孙绍振：《孙绍振答程光炜问：我与"朦胧诗"的论争》，骆寒超、黄纪云主编：《星河》（第1辑），人民文学出版社2009年版，第222—223页。

② 黎学锐、罗艳：《南宁诗会与朦胧诗的崛起》，《柳州师专学报》2008年第6期。

③ 刊于《光明日报》1980年5月17日。

④ 刊于《光明日报》1980年7月30日。

这可以看成是思想解放运动在诗歌领域的具体深入。所以，徐敬亚在《崛起的诗群》一开篇便说：

> 我郑重地请诗人和评论家们记住一九八〇年（如同应该请社会学家记住一九七九年的思想解放运动一样）。这一年是我国新诗重要的探索期、艺术上的分化期。诗坛打破了建国以来单调平稳的一统局面，出现了多种风格，多种流派同时并存的趋势。在这一年，带着强烈现代主义特色的新诗潮正式出现在中国诗坛，促进了新诗在艺术上迈出了崛起性的一步，从而标志着我国诗歌全面生长的新开始。①

根据有关专家的统计，从 1979 年年底到 1985 年年初，全国关于"朦胧诗"讨论的文章有 400 余篇②，这还不包括"朦胧诗"落潮之后出现的数量更多的研究性论文。这场讨论的参与人员、报刊之多，在新诗发展的历史上恐怕是前所未有的，因此，不管从哪个角度说，这场讨论都对诗歌、文学观念的更新，对于推动中国文学、诗歌和诗学的发展产生过不可低估的影响。

第三节　以《诗刊》为阵地：论争由边缘走向中心

作为诗歌"国刊"的《诗刊》敏锐地发现了青年诗人的创作实绩和潜力，逐渐开始关注他们的创作，而且从 1979 年起以较多篇幅关注一些年轻诗人的创作。《诗刊》1979 年 3 月号选发了《今天》创刊号上北岛的《回答》一诗，这是这批青年诗人在公开刊物上的首次露面。此后，同样先刊于《今天》的舒婷的《致橡树》等诗也为《诗刊》所选载。

《诗刊》在 1980 年第 4 期《新人新作小辑》中发表了一些青年诗人的作品，当年 6 月，郑敏在《诗刊》上发表文章，专门论述他们在艺术上的特色。她说："十几年了，新诗好象一朵缺水、缺肥，又受烈日曝晒的月季，枯萎、憔悴，看了令人心痛。诗被看成一种容器，可以随意装一些生硬

---

① 徐敬亚：《崛起的诗群——评我国诗歌的现代倾向》，《当代文艺思潮》1983 年第 3 期。

② 参见《关于朦胧诗争论文章的目录索引》，喻大翔、刘秋玲编选：《朦胧诗精选》，华中师范大学出版社 1986 年版，第 164—187 页。

的歌颂，虚伪的赞美，和不自然的仇恨，音调是歇斯底里的叫喊，节奏单调而沉闷，正象那些十年里奉命召开的许多批判会上的发言。"这是当时的诗歌所面对的最近的历史，但1979年以来，"过冬的宿根的石竹返青了。更可喜的是，在浇水施肥，爱护幼苗的情况下出现了新品种的月季。它们花朵硕大、色泽鲜艳"。她认为，"张学梦、孙武军、高伐林、顾城等的新诗""感情强烈、意象鲜明、观察敏锐、思想深刻"，"在他们的诗里，人们找到闪烁的乐观精神和坚强的信心，但他们的乐观不是海市蜃楼的幻影，而是经过和滔天的历史波涛搏斗，和痛苦的压迫搏斗而后获得的"。她最后说："世界上一切旧的东西都是在一定程度上僵化的，而'新'则充满生命。……在这些新人的新作里僵化的痕迹象秋风扫落叶样被清除诗的园地。这就给诗以呼吸、自由。"①这种关注和肯定，无疑会对青年诗人的创作产生影响，在理论主张上是和谢冕、孙绍振等人是一致的。在"朦胧诗"艺术观念定型甚至成为历史之后重新打量，这种支持也许非常平常。但在20世纪80年代初期，青年诗人在刚刚复苏的文化语境中进行的艺术探索所面对的压力是非常强大的，就在郑敏评介青年诗人作品的同时和之后，关于"朦胧诗"的更加热烈，其中当然有一些支持者，而攻击者、反对者的声音似乎更为强大。可以想象，郑敏当时对青年诗人的肯定和鼓励是需要很大的勇气的，而对于青年诗人，这样的支持和鼓励无疑可以给他们以信心和勇气。我们也应该对《诗刊》编者的胆识给予充分肯定，他们不但发表青年诗人的作品，使他们从"民间"走向正统和公开，而且发表对他们持肯定、支持态度的文章，足见其支持诗歌艺术创新与探索的眼光和锐气。

为了培养青年诗人，1980年7月20日至8月21日，诗刊社举办了为期一个月的"青年诗作者学习会"，共有17位青年诗人应邀参加，后来被通称为首届"青春诗会"。出席会议的诗人有梁小斌、张学梦、叶延滨、舒婷、才树莲、江河、杨牧、徐晓鹤、梅绍静、高伐林、徐敬亚、陈所巨、顾城、徐国静、王小妮、孙武军、常荣，其中有多位属于"朦胧诗"诗人群，而且他们的作品已经引起了争鸣。从这一点上看，当时的《诗刊》应该是很开明的，虽然孙绍振说会议所邀请的是"可以接受的年轻诗人（除了北

---

① 郑敏：《"……千万只布谷鸟在歌唱"——读〈新人新作小辑〉》，《诗刊》1980年第6期。

岛、芒克、食指等等)"①。

在经历过长时间的沉寂和非艺术写作之后，许多人的审美观念肯定会出现"疲倦"现象或者惯性心理，对于新的诗歌现象，肯定不是所有人都支持，甚至有人会根据既有的诗歌现象和观念提出批评、反对意见，这是很正常的。作为展示诗歌创作、研究成果的重要平台，《诗刊》不但发表支持、赞扬"朦胧诗"的文章，而且对当时存在的反对意见也同样予以关注——当然，当时的《诗刊》是不是面对着来自其他方面的压力，我们暂时不得而知。1980 年 8 月，就在青年诗人的艺术探索不断受到诗歌界和诗学界关注的时候，《诗刊》发表了章明的文章《令人气闷的"朦胧"》，结合杜运燮、李小雨等人的作品对当时的诗坛现状发表了自己的看法——其实文章的目的也许不是批判后来的"朦胧诗"，而是他认为的读不懂的一种诗歌现象，因为被批判的二人都不是"朦胧诗"诗人，后来以北岛、舒婷为代表的诗人群被称为"朦胧诗"实在有些牵强，甚至是历史的误解。后来，人们一般也认为，"朦胧诗"的称谓就是从这篇文章开始的，这其实是把两个不同的事件凑合在一起了（参见本书第 181 页相关内容）。

在这场诗歌观念讨论中，《诗刊》好像首先发表的是批评性的文章，这很容易使人觉得《诗刊》是不支持新诗潮的。其实，这是一种误解。除了在此之前，《诗刊》已经发表了郑敏等人的支持文章外，只是因为批评性文章更容易引起人们的关注。按照邵燕祥的说法，这场讨论中，《诗刊》面临的"不是介入不介入的问题，而是在实际上首当其冲。但由于内部统一认识、商讨对策需要时间，《诗刊》的动作好像慢了一点。各方（当然主要是两方）都在等着看《诗刊》的态度。谢冕在南宁的发言，大意说，一些年轻诗人与文革前及文革期间不同的新的诗风，是一个'新的崛起'，认为对此应该采取宽容的态度。我们编辑部的同人大多都是同意的。正在这时，收到了章明的文章，我们感到正好以此为契机，展开一场讨论。为了使不同意见畅所欲言，要力避一边倒，每一期基本上要做到正反两面旗鼓相当。就按这个原则组稿的。"②

---

① 孙绍振：《孙绍振答程光炜问：我与"朦胧诗"的论争》，骆寒超、黄纪云主编：《星河》（第 1 辑），人民文学出版社 2009 年版，第 224 页。

② 邵燕祥：《答〈南方都市报〉记者田志凌问》，《南磨房行走》，北方文艺出版社 2011 年版，第 213 页。

在这种讨论逐渐展开之后，《诗刊》还于 1980 年 9 月 20 日至 27 日在位于定福庄的煤炭干部管理学院招待所组织了一次全国性的"诗歌理论座谈会"，"邀请了北京和外地的部分诗歌理论工作者，以及《文艺报》《星星》《海韵》《诗探索》的代表，共二十三人。他们是丁力、丁芒、易征、孙绍振、尹在勤、任愫、严迪昌、李元洛、杨匡汉、吴超、吴思敬、宋垒、何燕平、张同吾、阿红、陈犀、罗沙、金波、钟文、郑乃臧、高洪波、黄益庸、谢冕。"① 据邵燕祥回忆，吴家瑾负责组织的那次会议，他们"找了一批谢冕这样的，还有一批如丁力这样的'反对派'"。在当时的会议上，"两边面对面争得脸红脖子粗，很激烈。但都是出于公心，研究问题，讨论得很好。不打棍子，不扯到政治上去。我们后来发表的时候也是不同意见你三篇我三篇，效果不错。像是个学术'争鸣'的样子。"② 朱先树也是会议的住会人员之一，而且参与撰写了会议的简记，他回忆说："会议通过自由讨论、展开学术争鸣，对诗歌创作和有关理论问题，进行了一次热烈而冷静的交锋，各种观点都得到了充分的表达，七个日日夜夜，可以说是不眠不休，争论虽然激烈，但气氛却十分友好。这次会议把之前对诗歌的各种不同意见和争论，集中起来了，这就是上世纪诗坛著名的关于朦胧诗的大讨论。"③ 座谈会讨论的内容比较广泛，但在诸多问题上都存在争议。根据会议综述的记载，争议主要体现在六个方面：（1）今后新诗应遵循什么道路发展；（2）关于诗与现实的关系及"诗歌现代化"问题；（3）关于学习外国；（4）关于诗的感情的真实性问题；（5）关于自我问题；（6）怎样看待青年诗人的探索。可以说，在任何一个话题上都形成了两种不同的意见，尤其是

① 吴嘉、先树：《一次热烈而冷静的交锋——〈诗刊〉社举办的"诗歌理论座谈会"简记》，《诗刊》1980 年第 12 期。谢冕、孙绍振等参加者在他们的谈话之中谈到了座谈会的一些情况，参会人数、具体人员等均有所出入。这份"简记"是当时会议组织者留下的，而且点到了每一个应邀出席会议的人员的名字，基本数字应该更可信。作者之一的先树即朱先树。2009 年 10 月 31 日，朱先树应邀参加重庆丰都县委、县政府主办的"中国当代著名作家看丰都"采风活动，同行的还有著名诗人、《诗刊》前主编叶延滨。我向朱先生就这些问题进行咨询，他说，他记载的时间和具体参加人肯定是没有错的。当时，他和吴嘉作为《诗刊》的驻会工作人员一直参与会议，其间，《诗刊》的负责人邹荻帆、柯岩也先后参加会议讨论。在会上，丁力和谢冕争论非常激烈，而在一个晚上，柯岩和孙绍振的争论几乎如同吵架。

② 邵燕祥：《答〈南方都市报〉记者田志凌问》，《南磨房行走》，北方文艺出版社 2011 年版，第 217 页。

③ 朱先树：《我在〈诗刊〉当编辑二三事》，《诗刊》2006 年 1 月上半月刊，第 39—40 页。

关于青年诗人的创作，根据当时的会议纪要，谢冕等人和丁力等人的观点几乎是针锋相对的：

> （谢冕）的基本观点是，近一二年里出现的一批年轻诗人及他们的一些"新奇""古怪"的诗，是新诗史上的一种新的崛起，它"打破了诗坛的平静"，"引起了习惯势力和惰性的惊恐与不安"。于是才有人指责这些"新"诗为"古怪"，有人要引导这些诗回到狭窄的老路。他说，正是一批年轻人"首先对束缚人的精神枷锁提出了疑问"，他们的诗"思想上反叛了现代迷信，抛弃了诗歌为政治服务的狭隘见解"，在艺术上调动了各种艺术手段，并使之得到充分的发挥。
>
> ……
>
> 丁力同志认为，对青年诗人的诗要作具体分析，不能把古怪诗和新的一代青年诗人的创作混同起来。许多青年写了大量的好诗，反映现实生活的、人们能读懂的诗。对这些诗作，我们的某些诗评家并没有表现出应有的热情，却偏偏把一些古怪的诗捧上了九天，认为是"新的崛起"，是投进黑屋子里的"几线光明"。他认为有一些青年诗人写了一些古怪诗，原不足惊讶，也并不可怕，可怕的是对他们一味吹捧，助长他们轻狂和骄傲的"古怪诗论"。①

当事人谢冕、孙绍振都曾回忆过那次讨论的基本情况。谢冕回忆说：

> 那个会上，两种意见的人，甚至有中间意见的人也都参加了。大概有几十个人。最激烈的反对朦胧诗的人包括丁力啊，也都参加了，中间意见的，有一些持中间立场的方方面面的人都参加了，更加激烈地论辩。孙绍振啊，论才非常好，在论辩的过程中，《诗刊》的丁芒都哭了。我当时感觉到，感觉欣慰的就是说，比南宁会议更多的人出来支持"朦胧诗"，支持我的观点，包括现在首都师大的吴思敬老师，那时他还是很年轻的，比我小十几岁，我说我不用发言的，有他们几员大将，就能够把他们打得一塌糊涂的。②

---

① 吴嘉、先树：《一次热烈而冷静的交锋——〈诗刊〉社举办的"诗歌理论座谈会"简记》，《诗刊》1980 年第 12 期。

② 王尧：《"三个崛起"前后——新时期文学口述史之二》，《文艺争鸣·当代纪事》2009 年第 6 期。

孙绍振回忆说：

> 这是一次真正的理论交锋。双方摆开了阵势，旗鼓相当。赞成的是
> 我、谢冕、杨匡汉、吴思敬等，反对的是丁力、闻山、李元洛等等。我
> 们是大学老师，言之有据。能够和我们辩论的就是李元洛，他的家学比
> 较好。我长篇发言，整整一个上午我一个人包场啊。我说，大我是普遍
> 性，小我是特殊性，而根据列宁的《谈谈辩证法问题》特殊性大于普
> 遍性，普遍性只是特殊性的一部分。我还讲到异化和造神运动，我说我
> 们的悲剧是在造神的同时造鬼。一次运动造一次鬼，然后批鬼。批俞平
> 伯、胡适、胡风、右派，直到横扫一切牛鬼蛇神。鬼是我们内心的自由
> 和幸福。等等。有人说我太过分了，大放厥词了。《诗刊》邵燕祥等领
> 导也来听会，邵燕祥支持我们。柯岩也到场了。从此，我就挂上
> 了号。①

在关于"朦胧诗"的讨论展开之后，袁可嘉从 1980 年 9 月起赴美国讲学，但他很关心国内诗坛情况，在 1980 年 12 月 30 日的一封信中，他谈到了对于诗歌的"朦胧""晦涩"等的看法，而当时的国内诗坛正因为这些问题而展开广泛讨论。他说，人们所主张的"诗，首先得让人看得懂"的说法当然有其合理性，但"仔细推敲起来，就牵涉到诗人的意图和水平，诗作的成败得失，读者的趣味和习惯，甚至读得得法或不得法。就作者说，如果他要表达的思想（感情）是明朗的，那么他应当用明朗的方法写出明朗的诗篇来；如果他的思想（感情）本身带有朦胧的成分，那么就不能要求他写出明朗的诗篇，那样倒反证明他失败了。实际上作者受水平的局限，往往力不从心，有时该明朗的却也表达得并不那么明朗，该朦胧的倒表达得过于明白。而且写诗有各种不同的路子，从历史上看，古典派、浪漫派、象征派、现代派、现实主义派……都各有一套美学理论和创作方法。如不习惯于某个流派的写法，你就会由于读不得法而感到困惑。我看有些读者对杜运燮的《秋》的责备，恐怕就是由于不习惯这类诗的路子，而不知道怎样应付它。"袁可嘉提到人们对杜运燮的《秋》的责备，可以看出他是针对当时诗歌界的争论而发表意见的，他的主张很宽容，不厚此薄彼，而是主张诗歌

---

① 王尧：《"三个崛起"前后——新时期文学口述史之二》，《文艺争鸣·当代纪事》2009 年第 6 期。

艺术的多元并举，让每一种具有艺术价值的探索都拥有生存的权利。他说："目前出现的晦涩问题是否来源于学习外国现代派诗歌？可能有一些关系，但不一定是根本原因。我是主张积极介绍、评论（也包括必要的批判）外国现代诗歌（不限于现代派）的，因为有些艺术手法可以供我们借鉴。在借鉴过程中自然免不了要出点差错，谁能保证一学就成的？在这方面，我主张宽容一点，让青年诗人大胆放手搞点试验，在真实地反映生活的大方向下弄点花样出来，不要几十年不变嘛！"他还谈到新诗的传统问题，针对有些人否定新诗已经有了自己的传统或者将新诗传统狭隘化的看法，他指出："我在讲课中认为，新诗已经建立了一个自己的优秀传统，它包括两个互相补充的部分：现实主义的优秀诗歌是新诗传统的重要部分，其他一般不称为现实主义（如浪漫主义、象征主义或不宜标为任何主义的），诗歌中的优秀作品也是新诗传统的组成部分。过去我们习惯于把这两部分看成对立的，在强调现实主义诗歌的同时似乎必须否定后者，称之为反现实主义。实际上，它们并不总是对立的，它们有互相补充的方面。"①

袁可嘉对借鉴外国诗歌艺术和对新诗传统的分析，都是为了说明当时新诗出现多种风格的合理性，为诗坛的多元格局寻找证据，是对当时各种新的艺术探索给予理论上的支持。

对于初期的"朦胧诗"讨论，很多参与者和后来的研究者都把它定位在学术讨论上，是不同的诗歌观念、诗学观念的碰撞。"在这个讨论中，一开始介入的学者、诗评家中间，都没有人事纠纷，个人恩怨。我们置身其间，尊重各家的发言权，更多地讲点中庸之道，兼容并包，说得好听些是不走极端，说得不好听，则有时难免'和和稀泥'。"② 这是作为国刊的《诗刊》的一种策略，既要关注诗坛上的新现象，又不能偏向某一方，而是为不同观点的讨论提供平台。这也是《诗刊》具有包容性的一种体现。

---

① 袁可嘉：《关于新诗的晦涩、新诗的传统……——访美书简》，《诗刊》1981 年第 3 期。

② 邵燕祥：《答〈南方都市报〉记者田志凌问》，《南磨房行走》，北方文艺出版社 2011 年版，第 217 页。

第四节　由讨论到批判："朦胧诗"论争的升级

最初关于"朦胧诗"的讨论虽然出现了尖锐的观念冲突，但从总体上说是在艺术的范畴内展开的，即使是章明的文章，也是在谈诗。两派之间的争论是关于诗的争论。但是，由于当时文化语境的特殊，关于"朦胧诗"的讨论在后来并不是完全按照艺术、学术的路线在发展，而是逐渐成为一次带有政治性的批判。

谢冕的《在新的崛起面前》是"南宁会议"之后应《光明日报》之约撰写的。丁力等人对谢冕观点的批判主要是在艺术领域开展的，主要是针对诗歌。但是，其后对"崛起派"的学术争鸣逐渐发生了转变，超越了学术领域，成为带有政治性的批判。

孙绍振的《新的美学原则在崛起》则是在"定福庄会议"之后应《诗刊》编辑之约而写的，他说："《诗刊》的会议结束后，我乘火车回去，《诗刊》编辑吴家瑾约我写篇文章。"① 但是，稿子寄去之后，《诗刊》并没有采用，而是在 12 月把稿子退回给作者，说："你的文章很好，但是提出的问题比较多，建议你分别写成文章发表。"② 可是，"又过了一个月，《诗刊》又来了一封信，说我们讨论了一下，当时没重视，我们还是想用的，请你把稿子寄给我们。"③ 其实，在这几次的往返之间，一场关于诗歌思潮的批判运动正在酝酿。孙绍振谈到了他后来了解到的一些情况：

> 后来我知道了内部情况，陈丹晨告诉我的。我的稿子到了以后，《诗刊》打印来向上汇报。贺敬之主持了一个会。出席的有《人民日报》的缪氏俊杰，《文艺研究》的闻山，《文学评论》的许觉民，《诗

① 王尧：《"三个崛起"前后——新时期文学口述史之二》，《文艺争鸣·当代纪事》2009 年第 6 期。

② 孙绍振：《孙绍振答程光炜问：我与"朦胧诗"的论争》，骆寒超、黄纪云主编：《星河》（第 1 辑），人民文学出版社 2009 年版，第 226 页。

③ 王尧：《"三个崛起"前后——新时期文学口述史之二》，《文艺争鸣·当代纪事》2009 年第 6 期。2009 年 10 月 31 日朱先树应邀参加重庆丰都县委、县政府主办的"中国当代著名作家看丰都"采风活动时对笔者说，孙绍振的稿子是他退的，因为他发现事态已经有些严重。退稿是为了保护作者。后来把稿子要回来，也是他联系的，是奉命行事，孙绍振在信中对《诗刊》表示了强烈的感激之情（他说，可惜当时的信件没有保留下来）。

刊》的邹荻帆,《文艺报》的陈丹晨,这么几个人。贺敬之拿着打印稿,我原来的题目是《欢呼新的美学原则在崛起》,后来拿掉了"欢呼"二字,我同时还删掉了一些过激的话。会上就讲了,现在年轻诗人走上了这条道路,这个形势是比较不好的,不能让它形成理论,有了要打碎。就发给大家看。陈丹晨看了以后说,孙绍振是我的大学同学。贺敬之说不对吧,年龄也不对呀。陈丹晨说,他是调干生,工作过几年,年龄大一些,孙绍振是中学生考上来的。在贺敬之的印象中,我可能是红卫兵。有人说不能搞大批判,贺说不搞大批判,要有倾向性的讨论。这时候,邹荻帆说稿子退了。陈丹晨说,贺敬之愣了一下,还是想办法把稿子弄回来吧。于是就有了《诗刊》的那封信,说稿子还是要用的。我就上了当。这是以后才知道的。谢冕是副教授,不好批,只好找我这个无名小卒。找个红卫兵来批一下。但搞错了,我和谢冕是同学。①

《新的美学原则在崛起》发表于《诗刊》1981 年第 3 期,同时加了编者按语。按语在简单概括了孙文的观点之后说:"编辑部认为,当前正强调文学要为人民服务,为社会主义服务,以及坚持马克思主义美学原则方向时,这篇文章却提出了一些值得探讨的问题。"

孙绍振的"新的美学原则"在回应谢冕的主张的同时,进行了学理的提升。其基本观点主要体现在下面这段文字中:

> 谢冕同志把这一股年轻人的诗潮称之为"新的崛起",是富于历史感,表现出战略眼光的。不过把这种崛起理解为预言几个毛头小伙子和黄毛小丫头会成为诗坛的旗帜,那也是太拘泥字句了。与其说是新人的崛起,不如说是一种新的美学原则的崛起。这种新的美学原则,不能说与传统的美学观念没有任何联系,但崛起的青年对我们传统的美学观念常常表现出一种不驯服的姿态。他们不屑于做时代精神的号筒,也不屑于表现自我感情世界以外的丰功伟绩。他们甚至于回避去写那些我们习惯了的人物和经历、英勇的斗争和忘我的劳动的场景。他们和我们 50 年代的颂歌传统和 60 年代的战歌传统有所不同,不是直接去赞美生活,

---

① 王尧:《"三个崛起"前后——新时期文学口述史之二》,《文艺争鸣·当代纪事》2009 年第 6 期。

而是追求生活溶解在心灵中的秘密。

这是对当时的青年创作的理论概括，也体现出作者的理论倾向。文章还分析了美学与社会学的不一致，作者指出：

　　它集中表现为人的社会价值标准问题，在年轻的探索者笔下，人的价值标准发生了巨大变化，它不完全取决于社会政治标准。社会政治思想只是人的精神世界的一部分，它可以影响，甚至在一定条件下决定某些意识和感情，但是它不能代替，二者有不同的内涵，不同的规律。例如政治追求一元化，强调统一意志和行动，因而少数服从多数。而艺术所探求的人的感情可以是多元化的，不必少数服从多数。政治的实用价值和感情在一定程度上的非实用性，是有矛盾的，正如一棵木棉树在植物学家和在诗人眼中价值是不相同的一样。如果说传统的美学原则比较强调社会学与美学的一致，那么革新者则比较强调二者的不同。表面上是一种美学原则的分歧，实质上是人的价值标准的分歧。在年轻的革新者看来，个人在社会中应该有一种更高的地位，既然是人创造了社会，就不应该以社会的利益否定个人的利益，既然是人创造了社会的精神文明，就不应该把社会的（时代的）精神作为个人的精神的敌对力量，那种人"异化"为自我物质和精神的统治力量的历史应该加以重新审查。传统的诗歌理论中"抒人民之情"得到高度的赞扬，而诗人的"自我表现"则被视为离经叛道，革新者要把这二者之间人为的鸿沟填平。

　　在孙绍振的文章发表出来不久，《诗刊》1981年第4期①就刊出了程代熙的批判文章《评〈新的美学原则在崛起〉——与孙绍振商榷》。从编辑学的常识看，商榷文章应该是在前文发表之后才可能出现，而且如果没有特殊情况，月刊一般都至少需要提前一个月发稿，而批判文章和被批判文章在相距很短的时间内刊出，可以看出这种批判行为是组织起来的——也就是说，

---

①　孙绍振说："等到三月号的《诗刊》出来，我才看到在我的文章前面，有一个挺有倾向的按语。程代熙的批判文章在同一期刊出。"（《孙绍振答程光炜问：我与"朦胧诗"的论争》，见骆寒超、黄纪云主编《星河》第一辑，人民文学出版社2009年版，第226页）；"程代熙的批判文章，在同一期《诗刊》刊出。名为'讨论'，可是被批判的文章还没有发表，批判的文章已经写好了。"（王尧：《"三个崛起"前后——新时期文学口述史之二》，《文艺争鸣》2009年第6期），孙绍振对程代熙文章发表时间的描述有误。

在准备刊发被批判文章的同时，已经开始准备批判文章了。紧接着，《人民日报》刊发了程代熙的文章摘要和《诗刊》的按语，《红旗》杂志也发表文章，对孙绍振的观点进行批判。在接下来的一段时间，以《诗刊》为代表的许多报刊先后发表文章，就孙绍振的文章进行讨论，比如季敏的《缪斯为谁歌唱——"朦胧诗"的"美学原则"质疑》（《文汇报》1981 年 6 月 23 日）、洁泯的《读〈新的美学原则在崛起〉后》（《诗刊》1981 年第 6 期）、李元洛的《什么是"新的美学原则"——与孙绍振同志商榷》（《诗探索》1981 年第 1 辑）、江枫的《沿着为社会主义、为人民的道路前进——为孙绍振一辩兼与程代熙商榷》（《诗探索》1981 年第 1 辑）、陈志铭的《为"自'我'表现"辩护——与程代熙、孙绍振同志商榷》（《诗刊》1981 年第 8 期）、傅子玖、黄后楼的《认清方向，前进！——评〈新的美学原则在崛起〉》（《诗刊》1981 年第 8 期）、周良沛的《有感于"新的美学原则"的"崛起"》（《文艺报》1981 年 10 月）、王庆璠《评"新的美学原则"》（《诗刊》1982 年第 3 期），1982 年 9 月出版的《飞天》刊发了白烨整理的《关于"新的美学原则"问题的讨论》，算是对讨论情况作了一个小结。这场讨论中，既有对孙绍振提出批评的，也有为他辩护的，基本上保持在学术和诗歌领域，在一定程度上传播了新的诗歌理念，在思想解放的氛围中为"朦胧诗"的发展和诗歌观念的新变创造了条件。

但是，有关的讨论并没有因此而结束。1980 年 7 月，当时还是吉林大学学生的徐敬亚参加了《诗刊》社组织的"青年诗作者学习会"（后来统称为"首届青春诗会"）。1981 年 1 月，他完成了专门研究 1980 年诗歌的长篇论文《崛起的诗群——评 1980 年中国诗的现代倾向》作为"大学三年级时的'学年论文'"①。在这篇文章中，他从六个方面探讨了 1980 年中国诗歌所体现出来的现代倾向："现代倾向的兴起及背景""新倾向的艺术主张""新倾向的内容特征""一套新的表现手法正在形成""新诗发展的必然道路""中国现代诗的前景与命运"。他是带着激情完成文章的写作的，他说：

---

① 徐敬亚为《崛起的诗群——评 1980 年中国诗的现代倾向》一文写的"自注"，见《崛起的诗群》，同济大学出版社 1989 年版，第 117 页。

我想告诉每一个为诗而忧虑的心灵，甚至每一个与我有着截然相反忧虑的人们：我感到一个崛起性的开始，已经降临！诗坛上一种崭新的倾向正像一位陌生而焦躁的朋友，站在每一个人的面前，等待我们给予认识，给予友谊。我是那样急切！以至于在很多计划内的阅读未完成，大量作品尚未深入研究的情况下，不得不做了超过我能力的事情，我想大声宣告，中国诗歌迎来了怎样一次全新的变革呀！①

在文章中，徐敬亚以年轻人特有的敏锐、热情和勇气对当时的一些观点进行了批判，对以"朦胧诗"为代表的新探索给予了很高评价，认为这条道路是"新诗发展的必然之路"。他指出：

中国诗歌现代化倾向的兴起，在新诗历史上是意义重大的，它在我们多年的空白地带留下了新鲜的脚印，使被荒凉多年的某些艺术领域焕发了一片淡淡的新绿。不能不承认，它的被我热爱和倾心的兴起，却遭到了一片反对——虽然它已经具备了下列特征：

1. 在短短的几年中，产生了一批较为一致的典型作品。

2. 提出了一些过去不曾出现的艺术主张。

3. 形成了一套与传统新诗不同的艺术手法。

4. 涌现出一批有胆识、有才华、有独立艺术性格的创作群。

5. 在读者中，特别是在青年中和知识界中，产生了较大影响。

6. 他们的创作和影响，打破了沉闷的空气，引起了理论界和整个社会的关注，促进了新诗研究的进程。

一批青年诗人，成了它勇敢的开路先锋。他们用一种新鲜的审美形式向诗坛发动挑战，带动起最敏感的一部分艺术力量，启发了一代文学青年的艺术自觉，表明了新诗道路的其他可能性。他们的出现，受到了有良心的艺术家、诗人的默认、赞赏和支持，并在诗坛上争得了有权威的一席地位。从整体上看，这股新的创作潮流是具有充分现代诗特点的。它的出现对于中国诗歌史是划时期的标志。它与同时在中国兴起的

---

① 徐敬亚：《崛起的诗群——评1980年中国诗的现代倾向》，见《崛起的诗群》，同济大学出版社1989年版，第47页。该文在《当代文艺思潮》1983年第1期发表时副标题改为"评我们诗歌的现代化倾向"，篇幅也有所压缩。本书涉及该文的引文均以收入《崛起的诗群》一书的文本为准。下同。

其他文学艺术体裁中的现代萌芽一样，归入了东方和世界现代艺术潮流。①

对于当时争议颇多的诗歌思潮，给予这样高的评价，有些人肯定是不赞同的。这篇文章先是在辽宁师范学院校刊《新叶》1982 年第 8 期发表，1982 年 11 月，作者对论文进行了修改，将副标题改为"评我国诗歌的现代倾向"，并投稿给《当代文艺思潮》，在该刊 1983 年第 1 期发表。② 当时，诗歌界对孙绍振的批判刚刚结束，而徐敬亚的这篇文章更尖锐，更有针对性，立刻引起了有关方面的重视。据说，在文章还没有发表之前，稿子就已经送到了北京。徐敬亚回忆说，当时的主编谢昌余给他打了多次电话，问他敢不敢坚持自己的观点，在得到肯定答复后，对方没有多说什么，但把这些情况都作了详细记录。"后来我才知道文章拿到了《当代文学思潮》之后，《当代文艺思潮》一直层层上交，传到了北京，可能他们觉得事关重大吧。所以我的文章发表时就是作为靶子发的。"③ 他说：

> 我的文章发在 1983 年第 1 期，我记得 1 月中旬，北京冯牧组织的讨论会就开始了，刚出来吧这边已经准备好了，现在看来都是整个大背景下的一件事情，突然有这样一篇文章进入了他们的视界，被作为一个重要内容，然后就纳入整个的轨道，那是我们熟悉的轨道，之后剩下事情我们现在看来不可思议，太惊讶了，但是在当时对这部机器来讲，都是非常正常的，按照以前那种思维惯性，进入整个流水线。《诗刊》的一位朋友，大概是在新年刚过，也就是在这篇文章还没有发表的时候，对我说不好了，你要做准备。后来的事情就是当时一位领导将我的文章定性为"背离了社会主义文艺方向"，并亲笔删掉了我名字后面的"同志"两个字，事情变得异常可怕。有一个部门的文件，当时明确地说

---

① 徐敬亚：《崛起的诗群——评 1980 年中国诗的现代倾向》，见《崛起的诗群》，同济大学出版社 1989 年版，第 93—94 页。

② 2009 年 10 月 31 日朱先树应邀参加重庆丰都县委、县政府主办的"中国当代著名作家看丰都"采风活动时对笔者说，徐敬亚在把该文寄给《当代文艺思潮》之前，曾寄给了《诗刊》，但他为了保护作者，最终把稿子寄还给了作者，并告诉作者，文章写得很好，但在当时的氛围下暂时不适宜发表。

③ 王尧：《"三个崛起"前后——新时期文学口述史之二》，《文艺争鸣·当代纪事》2009 年第 6 期。

徐敬亚患"精神分裂"。①

对于一个经历过"文化大革命"的年轻人，文章被定性为"背离了社会主义文艺方向"是一件很严重的事情。事实也是，在接下来的很长一段时间里，徐敬亚和他的文章受到了政治运动般的批判。据不完全统计，当时在许多报刊，包括《当代文艺思潮》《文学评论》《诗刊》《文艺报》等著名期刊在内，发表了多篇文章，为了说明当时的情况，我们兹收录部分作者及论题题目如下：陈言的《中国新诗向何处去？——评〈崛起的诗群〉》（《解放日报》1983 年 2 月 8 日）、高平的《罕见的否定、弯曲的倾向——读徐敬亚同志〈崛起的诗群〉笔记》（《当代文艺思潮》1983 年第 3 期）、孙克恒的《新诗的传统与当代诗歌——兼评〈崛起的诗群〉》（《当代文艺思潮》1983 年第 3 期）、晓雪的《我们应当举什么旗，走什么路——同徐敬亚同志讨论几个问题》（《当代文艺思潮》1983 年第 4 期）、李浩的《探索者的道路——与徐敬亚同志商榷》（《当代文艺思潮》1983 年第 4 期）、弓戈的《去其自负，取其自信》（《当代文艺思潮》1983 年第 4 期）、戚方的《现实主义和天安门诗歌运动——对〈崛起的诗群〉质疑之一》（《诗刊》1983 年第 5 期）、张本楠的《关于〈崛起的诗群〉一文的讨论》（《文艺界通讯》1983 年第 5 期）、戴翼的《中国现代诗歌发展的基础、方向和道路——评徐敬亚同志〈崛起的诗群〉》（《辽宁师范学院学报》1983 年第 5 期）、林芝的《要懂一点文学通史——兼评"崛起"的新观点、新方法》（《文艺报》1983 年第 6 期）、李文衡的《论"崛起"的"新诗学"——〈崛起的诗群〉艺术观初评》（《当代文艺思潮》1983 年第 6 期）、邓绍基的《明显地表现了一种错误倾向》（《文学评论》1983 年第 6 期）、中岳的《重要的是唯物史观》（《文学评论》1983 年第 6 期）、陶文鹏的《不能抛弃民族诗歌的艺术传统》（《文学评论》1983 年第 6 期）、向远的《对新诗历史的不准确描述》（《文学评论》1983 年第 6 期）、楼肇明的《"现代主义"无法全面概括新的"诗群"》（《文学评论》1983 年第 6 期）、魏理的《现实主义与现代主义不能合流》（《文学评论》1983 年第 6 期）、张炯的《也谈文学的现代化与"现代派"》（《文艺报》1983 年 7 月 12 日）、时空整理的

① 王尧：《"三个崛起"前后——新时期文学口述史之二》，《文艺争鸣·当代纪事》2009 年第 6 期。

《关于〈崛起的诗群〉一文的讨论》（《飞天》1983 年第 9 期）、未署名的《对〈崛起的诗群〉的反应综述》（《文学研究动态》1983 年第 9 期）、未署名的《一种背离社会主义的艺术主张——吉林省部分文艺理论工作者讨论〈崛起的诗群〉》（《文艺界通讯》1983 年第 9 期）、林希的《"新的，就是新的吗"？——徐敬亚的一个观点》（《诗刊》1983 年第 10 期）、杨荫隆的《我国文艺必须坚持社会主义道路——评徐敬亚同志的〈崛起的诗群〉》（《作家》1983 年第 10 期）、程代熙的《给徐敬亚的公开信》（《诗刊》1983 年第 11 期）、礼淳等的《非理性主义和"崛起的诗群"》（《文艺报》1983 年第 11 期）、愚氓的《评〈崛起的诗群〉》（《作家》1983 年第 11 期）、田志伟的《坚持马克思主义的美学思想——评〈崛起的诗群〉错误的美学主张》（《辽宁日报》1983 年 11 月 20 日）、段平的《"存在主义"的"自我"是条死胡同——评〈崛起的诗群〉》（《文汇报》1983 年 11 月 9 日）、郑伯农的《在"崛起"的声浪面前——对一种文艺思潮的剖析》（《诗刊》1983 年第 12 期）、竹亦青的《我们与"崛起"论者的分歧》（《星星》1983 年第 12 期）、陈志明的《一篇现代主义诗论的代表作——评〈崛起的诗群〉》（《甘肃日报》1983 年 12 月 15 日）、陶文鹏的《脱离民族土壤何来新诗"崛起"——评〈崛起的诗群〉中的反传统观点》（《光明日报》1984 年 1 月 26 日）、尹在勤的《回答"崛起"论的挑争》（《诗刊》1984 年第 1 期）、李体秀的《文艺创作离不开理性的指导作用——评〈崛起的诗群〉错误的反理性观点》（《辽宁日报》1984 年 1 月 15 日）、洪毅然的《当前文艺思潮中的几个问题——兼讨〈崛起的诗群〉》（《当代文艺思潮》1984 年第 1 期）、李军的《不能用存在主义取代马克思主义——评〈崛起的诗群〉的"反理性"主张》（《辽宁师范大学学报》1984 年第 1 期）、梁志诚的《学习毛泽东文艺思想　批评"崛起"的诗潮》（《文谭》1984 年第 1—2 期）、木生的《新诗向何处去？——兼评"崛起"论》（《咸宁师专学报》1984 年第 1 期）、绿原的《周末诗话——从"崛起"论谈到〈袖珍诗丛〉，又从〈袖珍诗丛〉谈到"崛起"论》（《诗刊》1984 年第 2 期）、古远清的《中国新诗不能走现代派道路——评徐敬亚同志〈崛起的诗群〉》（《芳草》1984 年第 2 期）、李丛中的《对"崛起"论的回答》（《边疆文艺》1984 年第 2 期）、伊频的《评"崛起的诗群"掌握世界的方式》（《浙江学刊》1984 年第 2 期）、聂文秀的《我国诗歌不能走现代主义道路》（《辽宁师范大学学报》1984 年第 2 期）、马立鞭的《诗与现实主义是根本对立的吗？——评徐敬亚同志的一个错误观点》（《星星》1984 年第 2 期）、戈锋的《没有认真的继承，就没有健康的发展——评徐敬亚的一个观点》（《鹿鸣》1984 年第 2 期）、史纵整理的《是崛起还是倒退？》（《作品》1984 年第 2 期）、李莹增的《评〈崛起的诗群〉的哲学倾向》（《当代文艺思潮》1984 年第 2 期）、陈志明的《评〈崛起的诗群〉的反传统主张》（《当代文艺思潮》1984 年第 2 期）、李清泉的《勿把"我"升入诗歌的皇位》（《北京文学》1984 年第 3 期）、李燃的《唯"表现生活"方有"诗美"——简评〈崛起的诗群〉》（《青海日报》1984 年 3 月 4 日）、林恭寿的《今日诗坛的存在主义哲学——析〈崛起的诗群〉》（《当代文艺思潮》1984 年第 3 期）、鲁黎的《试析徐敬亚的"审美力"》（《文谈》1984 年第 3 期）、向川整理的《一场意义重大的文艺论争——关于〈崛起的诗群〉批评综述》（《文艺报》1984 年第 4 期）、王锐的《坚持社会主义的文艺方向——兼评〈崛起的诗群〉》（《吉林大学社会科学学报》1984 年第 5 期）……在当代文学史上，除了政治大批判年代，也许还没有哪一个人的文章受到如此多的关注，而且反批评的声音非常微弱，小到几乎没有声音。

对徐敬亚的批判和对谢冕、孙绍振的批判有所不同，上升到了文学路线的高度。在当代中国，"背离了社会主义文艺方向"可不是一件简单的事情，是方向上、性质上存在问题。作者也因此而承受了巨大的压力，除了大量的文章之外，从省到单位都采用各种方式来对《崛起的诗群》进行批判，形成了政治运动一般的气势。"当时的单位让我写个检查，我就写吧，我就写了个检查，后来又不通过，单位里不通过。吉林省开了个文学年会，专门讨论我这个问题，是 83 年的 6 月吧，吉林省所有的大专院校，凡是涉及文学评论的人都去了，吉大也有很多老师。"① 徐敬亚的检讨题目叫《时刻牢记社会主义的文艺方向》，据说，有关单位在未征得作者同意的情况下就于1984 年 3 月 5 日在《人民日报》发表了，徐敬亚本人一直对此非常不满，他说："我不知道我交的行政检讨，突然变成了学术检讨，发出来了，这应该说是我一生的失误，我感到很不舒服，我交给单位的检查，没有任何人征

---

① 王尧：《"三个崛起"前后——新时期文学口述史之二》，《文艺争鸣·当代纪事》2009 年第 6 期。

求我的意见发表了。《人民日报》《光明日报》《诗刊》《文学评论》，所有的报刊，能发的地方他们都给我发出来了，还给了我稿费。我没想到从这里出来，说明当时我还是比较幼稚的，如果知道，打死我也不会发表的，我可以投降，但是我不可能用署名的方式来检讨。"① 就在徐敬亚"承认""错误"的时候，中国思想界发生了很大变化，这场批判也就宣告结束了，为当代中国的诗歌发展留下了许多值得思考的话题。徐敬亚"承认""错误"也为这场讨论的结束找到了一个合适的台阶。

第五节 "重庆诗歌讨论会"及其影响

在关于"朦胧诗"和"三个崛起"的讨论中，1983 年 10 月举行的重庆诗歌讨论会是一个不得不说的事件。很多当时的诗人、评论家和后来的一些研究者都谈到过那次会议，虽然各种说法在具体细节方面存在不小的差异，但基本上都对它持批评甚至否定态度。那次会议虽然不是以《诗刊》的名义召开的，但从目前掌握的资料看，它和《诗刊》有着很密切的关联。2008 年，在 1983 年时担任《诗刊》副主编的诗人邵燕祥在接受记者采访时谈到了 1983 年秋到 1984 年春关于"三个崛起"的批判："他们三家被统称为'三个崛起'遭到批判，成为干扰'方向路线'、'大是大非'的'异端邪说'的代表了。"② 他所说的就是"重庆诗歌讨论会"的主要内容，从口气判断，邵燕祥是不赞同会议内容的。也有人把那次会议称为"重庆诗歌座谈会"，习称"重庆诗会"或者"重庆会议"。在当时的诗学论争中，"重庆诗会"不但把诗学讨论由争鸣推向了批判，也推向了艺术、学术之外，而且可以说是这场诗学讨论的"终结"。

按理说，在学术范围之内，对于"朦胧诗"的探索和"三个崛起"的观点无论是赞同还是不赞同，都是很正常的学术见解，每个人都可以根据自己的知识储备、学术观点和人生阅历发表不同的意见。事实上，在重庆诗歌讨论会之前的几次关于"朦胧诗"的讨论和关于"崛起"思潮的讨论会的

① 王尧：《"三个崛起"前后——新时期文学口述史之二》，《文艺争鸣·当代纪事》2009 年第 6 期。

② 邵燕祥：《答〈南方都市报〉记者田志凌问》，《南磨房行走》，北方文艺出版社 2011 年版，第 216 页。

大量文章中，基本上都有肯定和反对的两种声音。但是，如果把学术讨论人为地引向非学术领域，那就是另外一个层面的问题了。在 20 世纪 70 年代末 80 年代初的诗学论争中，由于种种原因，一些人似乎更关注诗歌、诗学中的非诗学、非学术元素，甚至有意将讨论引向非学术的向度。后来的一些研究者也非常关注其中的非学术因素。重庆诗歌讨论会是当时最具代表性的案例之一。因此，我们就有必要对当时的一些情况进行一些梳理。

就在诗歌界、诗学界对《崛起的诗群》展开激烈论争的同时，1983 年 10 月 4 日至 9 日，一批诗人、学者在重庆举行了重庆诗歌讨论会。和其他一些会议不同，就目前掌握的文献资料看，这次会议没有公开的主办单位。① 但是，根据当时参加会议的人员回忆，会议主要是由重庆的个别诗人提出来、重庆市委同意召开的。1982 年，中国作家协会在大连举行了读书班，四川诗人周纲、胡笳，重庆诗人（当时重庆也属四川）王群生②找到《诗刊》的一位副主编，反映对"崛起论"的意见，建议《诗刊》搞个座谈会。王群生回重庆后就向市委汇报了这个情况，建议这个座谈会在重庆召开，重庆市委同意，于是向《诗刊》发出了邀请。③ 参加会议的人员均来自北京、成都、重庆（也就是当时的北京和四川），会议名单是由《诗刊》提出的。换句话说，重庆诗歌讨论会实际上是北京的有关部门或者有关人员在重庆召开的会议。署名"吕进"的会议综述称那次会议为"开创一代新诗风"的会议。《诗刊》在 1983 年第 12 期发表了会议综述，而且加了如下的"编者按"：

> 本期发表了重庆诗歌讨论会的综述。我们认为，这次讨论会是值得诗歌界重视的一次富于战斗性的讨论会。与会同志在充分肯定十一届三

---

① 会议综述中谈到了中国作家协会："同志们还提出，过去几年中，作为诗人、作家组织的作家协会领导，在诗歌运动中出现的这股文艺潮流面前显得有些软弱无力。现在作协领导已经开始予以重视，希望能进一步加强领导，在继续清除'左'的思想的同时，当前要着重抓好对资产阶级自由化的批评。"事实上，参加会议的朱子奇、柯岩当时都是中国作家协会书记处书记，前者还是常务书记。

② 王群生（1935—2006），重庆人，生于日本东京，1937 年随父母回国，曾参加抗美援朝战争。1979 年退伍到重庆市文联任专业作家，曾担任重庆市作家协会副主席、重庆市文史馆副馆长等。有多部诗集、小说集问世。从王群生的身份看，他向重庆市委提出建议是可能的。但他是否向市委汇报、市委是否同意了，目前没有资料证实。所有会议资料都没有提及市委领导出席会议或者向会议表示祝贺之类的信息。

③ 2011 年 4 月 2 日，吕进在接受采访时提供的信息。

中全会以来诗歌战线所取得的成绩的同时指出近几年相继出现的三个"崛起"的诗论就其实质来说，是资产阶级文艺思潮向社会主义文艺方向的一次挑战。回顾过去，由于我们对这种理论给诗歌界造成的思想混乱和精神污染的严重性认识不足，虽然组织过批评，但论战的力量和深度是不够的。在今后的工作实践中，我们将通过党的十二届二中全会文件学习，继续深入地总结经验教训，更高地举起社会主义文艺旗帜，为防止和清除诗歌领域里的污染，为开创新时期社会主义诗歌建设新局面，做出我们应有的贡献。

这个"编者按"使用了"富于战斗性"来定性这次会议，将"三个崛起"定性为"资产阶级文艺思潮向社会主义文艺方向的一次挑战"，对"崛起"理论的批判是为了"防止和清除诗歌领域里的污染"，换句话说，"崛起派"的主张是存在"精神污染"的。可以看出，会议对"崛起派"思潮的批判是和当时的政治主题紧密地联系在一起的，明显存在上纲上线的嫌疑。也可以说，会议试图借助政治力量，否定学术领域里关于"三个崛起"的讨论。

清除"精神污染"是1983年年底开展的一项全国性的"运动"。这次运动是由思想界、文艺界出现的一些新思想、新文艺动向而引发的，其策划和实施来自中央的高层。在思想界，主要是批判周扬、王若水等的人道主义主张；在文艺界，主要是从批判白桦的《苦恋》等作品开始的。这一运动也广泛地波及人们的日常生活和文艺界的很多话题，当时正热烈讨论的"朦胧诗"和"崛起派"的诗歌探索和诗学主张自然成为批判的对象，尤其是在徐敬亚的《崛起的诗群》发表之后，诗歌界围绕那篇文章的讨论已经超出艺术、学术的范畴。有人在回顾当时的情况时说："争论带来的影响是，《今天》两次停刊；80年代初期'清除精神污染'运动使'崛起论'遭批判，北岛、舒婷、顾城等成为'西方资产阶级文艺思潮'的传播者而划为'污染'之列。"①《诗刊》发表的"重庆诗会"综述的"编者按"提到了"党的十二届二中全会文件"，事实上，关于"清除精神污染"的主张就是来自那次会议。

1983年10月12日，邓小平在中共十二届二中全会上提出"思想战线

---

① 《朦胧诗：一代人透视黑夜的眼睛》，《信息时报》2008年11月12日。

不能搞精神污染"①，指出"精神污染的实质是散布形形色色的资产阶级和其他剥削阶级腐朽没落的思想，散布对于社会主义、共产主义事业和对于共产党领导的不信任情绪"②。"精神污染的危害很大，足以祸国误民。"③他在中央全会上提出的这些主张实际上是把这一运动推向了党的工作的重要层面，接着就在全国开展了各种清除"精神污染"的运动。但是，由于很多人片面理解甚至误解了邓小平的意思，有些做法过于极端，扩大化，背离了初衷。有报道说，在当时，"一些人借题发挥，精神污染的领域和范围在当时已经扩大到十分荒唐的地步，如：《马克思传》内页因有马克思夫人燕妮祖露肩膀和颈胸的传统欧洲装束的照片，而被视作'黄色书籍'没收；《瞭望》周刊封面，因刊登获得世界冠军的女子体操运动员在高低杠上的动作，而被某些地方当作'黄色照片'加以收缴；党政机关，不准留烫发和披肩发的女同志进大门；工厂门口有人站岗，留长发、穿奇装异服的男女工人一律不准入内。甚至，有些地方组织工人纠察队日夜巡逻，在大街上见到有人穿喇叭裤，上去便剪……有篇关于广州流花宾馆的音乐茶座报道这样写道：有些演员演唱一些不健康的曲目，而且台风极不严肃，有的嗲声嗲气，有的昏昏欲睡，哗众取宠。更有甚者，有两位女演员，身穿两旁开口接近胯部的黑旗袍，在若明若暗的转动吊灯下，边唱边大幅度扭摆胯部，故意侧身把大腿露出裙外，卖弄风骚，顿时引起场内大哗。"④ 面对这种情况，在中央有关领导（主要是胡耀邦）的关注下，1983 年 11 月 17 日，中国青年报社副总编徐祝庆亲自执笔，发表评论员文章《污染须清除，生活要美化》，该文刊登在《中国青年报》第一版显著位置，当天的《人民日报》也在第四版加框刊登。持续时间不长的"清除精神污染"运动宣告结束。

　　"重庆诗会"举行的时候，中央还没有提出清除"精神污染"的口号（会议综述在《诗刊》发表的时候，这个口号已经提出来了），我们可以认为，会议对"三个崛起"的批判不一定是响应清除"精神污染"的号召，

---

① 邓小平：《党在组织战线和思想战线上的迫切任务》，《邓小平文选》（第 3 卷），人民出版社 1993 年版，第 39 页。

② 邓小平：《党在组织战线和思想战线上的迫切任务》，《邓小平文选》（第 3 卷），人民出版社 1993 年版，第 40 页。

③ 邓小平：《党在组织战线和思想战线上的迫切任务》，《邓小平文选》（第 3 卷），人民出版社 1993 年版，第 44 页。

④ 《清除"精神污染"》，《信息时报》2008 年 12 月 21 日。

但是它的主题和取向恰好和几天之后党中央发出的号召是一致的。当然也有另外一种可能，"重庆会议"本来就是一个批判性的会议，有些人正好利用会议之后才提出的清除"精神污染"的号召，进一步扩大对批判对象的批判。

据会议综述记载，参加会议的有三十余人（据说最初提出的名单是 28 人，其中包括没有到会的谢冕），"中国作家协会书记处常务书记朱子奇、书记柯岩参加了讨论会"，"会议由方敬、王觉、杨益言、梁上泉等主持"。"参加这次讨论会的诗人、诗歌评论家有来自北京的绿原、邵燕祥、纪鹏、周良沛、杨金亭、雷抒雁，成都方面的李友欣①、唐大同、流沙河、白航、木斧、周纲、尹在勤、竹亦青，重庆方面的陆棨、邹绛、杨山、穆仁、吕进、余薇野、张继楼、傅天琳、王群生、李钢等。郑伯农未能到会，作了书面发言。"② 一般来说，篇幅较长的会议综述都会点明一些观点的代表人物（发言者），但这个"综述"没有具体点明每个发言人的观点，而是以"与会同志指出""与会同志说""有的同志说""大家认为"等代替，不知道是因为与会人员的观点确实完全一致还是综述者对有些观点持有保留意见而不愿意点出发言者的名字，或者他们本身就明白会议可能产生的影响和得到的评价，于是就笼统言之，以免在以后背上骂名。会议的核心话题是对"三个崛起"的批判和清算，明确指出它们是"错误理论"，甚至用上了"放肆"一类的词来刻画：

> 讨论会上，与会同志指出，近几年来，社会主义诗歌虽然成绩很

---

① 引者注：石天河在他的《逝川忆语——〈星星〉诗祸亲历记》中提到过四川文联的李友欣，而且他是 1957 年第一个撰文批判流沙河的《草木篇》的人。石天河的原文如下："对《草木篇》进行批判的第一篇文章，是李友欣写的，题目叫《白杨的抗辩》。李友欣常用的笔名是'履冰'，而写这篇文章却用了个陌生的笔名'曦波'。大概是想暂时不让别人知道，以避开'文联领导干部受宣传部指示写批评文章'之嫌。这篇文章虽然还没有给《草木篇》扣上'反党反社会主义'的大帽子，但它认定《草木篇》所流露的'孤傲'情绪，是宣扬'无原则的硬骨头'，带有'敌视人民'的倾向，从而大加挞伐，说'假若你仇视这个世界，最好离开地球'。文章显然是对《草木篇》作者有偏见的。"石天河对李友欣的评价是："李友欣这个人，性情是很直的，一般说，他没有故意要害人的心肠。但是，他思想上习惯了'左'的立场观点，而且相当顽固，一旦他对某人某事有了成见，就很不容易改变。"（《逝川忆语——〈星星〉诗祸亲历记》，香港天马出版有限公司 2010 年版，第 27、28 页。）有关参会人员说，参加会议的李友欣当时是四川省作协党组副书记，和石天河说的应该是同一人。

② 吕进：《开创一代新诗风——重庆诗歌讨论会综述》，《诗刊》1983 年第 12 期。

大，但是，诗歌领域里也出现了一股值得重视的文艺潮流，这就是以《在新的崛起面前》《新的美学原则在崛起》和《崛起的诗群》为代表的错误理论，它们程度不同并越来越系统地背离了社会主义的文艺方向和道路，比起文学领域中其他的错误理论要更完整，更放肆。对它们给诗歌创作和诗歌理论带来的混乱和损害是不能低估的。①

在会上，一些人把"崛起"理论尤其是《崛起的诗群》的观点上升为政治问题加以批判：

> 与会同志说，《崛起的诗群》提出要有"与统一的社会主调不和谐的观点"，那么，什么是我们社会"统一的社会主调"呢？这个"主调"是已经写在宪法、写在党章和人大决议上的"四项基本原则"和共产主义思想、共产主义道德。"不和谐"就是噪音，是对主调的干扰，难怪海外有人说《崛起的诗群》是"投向中共诗坛的一枚炸弹"！与会同志认为，"崛起"论否定理性，实际上就是否定正确的指导思想，就是对马克思主义、毛泽东思想的严重挑战。②

会议还批判了"崛起"论对"五四"以来文学传统的否定、对西方现代派观念的借鉴，认为："社会主义诗歌不能走西方现代主义的路。西方现代主义诗歌的世界观、艺术观是以主观唯心主义、反理性主义为基础的。总的说来，是一种对生活失去信心、失去希望的诗歌，是消极颓废的诗歌。"这样一个政治味、批判性很强的诗歌讨论会，还专门谈到了一些诗歌作品，"对近几年出现的一些如《诺日朗》《彗星》《墙》《流水线》《空隙》《泥蝉的表演》一类颠倒美丑、混淆新旧、空虚绝望、阴暗晦涩、有严重错误、产生不良影响的作品进行了批评"③。会议对"崛起"论的危害、对青年诗人的错误影响等也进行了研讨。

会议还涉及诗人、评论家、诗歌编辑等在诗歌发展中应该发挥的作用和必须坚持的原则：

> 讨论会上，与会同志一致强调，诗人要对人民负责，尤其要对青年

---

① 吕进：《开创一代新诗风——重庆诗歌讨论会综述》，《诗刊》1983 年第 12 期。
② 吕进：《开创一代新诗风——重庆诗歌讨论会综述》，《诗刊》1983 年第 12 期。
③ 吕进：《开创一代新诗风——重庆诗歌讨论会综述》，《诗刊》1983 年第 12 期。

负责。青年人肯思考，这是好的，我们的诗歌和其他样式的文学作品都要给他们以启迪，帮助他们善于思索。我们要让青年诗作者懂得，要写出好诗，要做社会主义新人，引导他们正确地认识、反映并回答生活中提出的新问题。诗人、诗歌评论家、诗歌编辑应有强烈的社会责任感。我们应该旗帜鲜明地积极参加这场斗争。对于某些助长青年怀疑我们党的错误言行，应该进行批评。刊物是社会主义的思想阵地、创作园地、活动的基地。到会的诗歌编辑回顾了近几年诗坛的状况和工作中的失误，纷纷表示要加强刊物的战斗性，努力使刊物的面貌焕然一新。与会同志结合创作实践谈了自己的体会。有的青年诗作者说，他们所以能在诗歌创作上取得一点成绩，主要靠两条：一是坚信和学习马列主义、毛泽东思想；二是深入生活。"崛起"论的那一套写"自我"、写"具有现代特点的自我"、写"高速幻想"……的主张，只能把青年引上歧路。①

当时的会议论文和发言，除了个别文章在后来公开发表之外，我们现在已经难以查找到其他发言的具体文字。但是，会后公开发表的一些发言稿还是可以或多或少地给我们提供一些当时的资讯。如尹在勤的文章存在以阶级划分诗人的嫌疑，他在批判徐敬亚的文章时说：

> 徐敬亚列举的十来位青年诗人中，至少有好几位并不应该，也不能纳入他们那支"崛起"的梯队。比如，他所提及的才树莲，把这样一位土生土长，而且其诗作朴素和富于泥土芳香的年轻女诗人，居然也归于"崛起"的队列，实在是天大的笑话。②

重庆诗歌讨论会引发的是一个系列活动。除了会场讨论外，还有讲座、朗诵会等。时任中国作家协会书记处书记、《诗刊》副主编的柯岩在参加会议之后，还在重庆待了几天，并和其他诗人一起参加了多项诗歌活动。现在能够查到的信息主要有三个：

其一是参加诗歌朗诵会。据《重庆日报》报道，该朗诵会于1983年10月9日晚在人民大礼堂南楼会议室举行，"朱子奇同志朗诵了郭沫若同志的《红岩赞》、艾青同志的《光的赞歌》（片断）。……柯岩同志朗诵了她的长诗

---

① 吕进：《开创一代新诗风——重庆诗歌讨论会综述》，《诗刊》1983年第12期。
② 尹在勤：《回答"崛起"论的挑战》，《诗刊》1984年第1期。

《中国式的回答》中的引子、第二章和结束语。……诗人绿原、邵燕祥、纪鹏、周良沛、雷抒雁等，以及本省、市部分诗人朗诵了自己创作的诗作"①。

其二是为重庆的青年诗歌爱好者举行报告会。报告会于 1983 年 10 月 10 日在团市委礼堂举行，柯岩、绿原在会上作了报告。《重庆日报》的报道说："柯岩认为，要当诗人，首先要弄清楚究竟为什么写诗。一个人写诗，就得承担社会的责任，要有强烈的社会责任感，向人民负责，向社会负责。那些以为要写离政治远点，表现'自我'，为'未来'而写作的人，不可能成为真正的诗人，他们的诗会受到时代的摈弃；而那些对祖国、对人民、对党有着坚贞不渝的爱的诗人写出的诗，才能闪射出瑰丽的光彩，赢得崇高的地位。柯岩特别强调了世界观对诗人的作用问题，只有坚持马列主义、毛泽东思想的立场、观点、方法，才能坚定社会主义文艺方向。在关于首先是诗人，或者共产党员这一问题，绿原认为，首先是共产党员、是革命者，其次才是诗人。诗歌不是个人的财富，是人民的精神财富，是建设精神文明不可缺少的组成部分，它不是表现'自我'，咏叹风花雪月的摆设品，应该是反映时代的脉搏，激励人民奋进的鼓点和号角。"② 报道还刊登了三幅照片：大会会场和柯岩、绿原发言的镜头，由周宣勤拍摄，图说是"著名诗人柯岩、绿原同志向青年们介绍诗歌的创作道路"。党报第一版刊登的报道和照片，说明在当时肯定是把报告会作为重大事件加以关注的。

其三是应西南师范学院团委、学生会的邀请，柯岩于 1983 年 10 月 13 日上午在西南师范学院发表了长篇演讲。③ 对于这件事，西南师范学院主办

① 《出席本市诗歌座谈会诗人举办朗诵会》，《重庆日报》1983 年 10 月 10 日，第 1 版，没有作者。该报道的副题为"朱子奇、柯岩等在会上朗诵了自己的诗作"。

② 《著名诗人柯岩向本市青年诗歌爱好者作报告 为革命写作才能成为真正的诗人》，《重庆日报》1983 年 10 月 11 日，第 1 版，没有作者。

③ 笔者于 1983 年 9 月初进入西南师范学院外语系读书，柯岩在学校发表演讲的时候，我已经到了学校，是刚刚上学一个月的大一新生，当时还不太了解学校的诗社和诗歌创作、诗歌活动等方面的情况，没有聆听她的演讲，后来也没有人提起这件事情。要不是在《诗刊》和一些回忆资料上读到，真不知道我的母校在"朦胧诗"讨论中还成为其中的一个阵地。吕进先生当时是西南师范学院外语系的汉语教师，在 1984 年 9 月至 1985 年 7 月为我们年级开设"中国现代文学作品选读"课程；1986 年 6 月 18 日，学校才批准成立了中国新诗研究所，吕进先生长期担任所长和学术带头人。他在给我们上课和平常的交流中都没有谈到过柯岩来校演讲的事情。根据笔者对吕进先生的了解，如果是他参与组织的活动，他一般都会在和我们交流的时候提到。据他回忆，柯岩到西南师范学院发表演讲，是当时的学校团委、学生会邀请的。这和报纸上的记载是一致的。

的校报《西南师范学院》有过如下的简单报道：

> 应团委、学生会邀请，著名诗人、全国作协书记处书记柯岩于十月十三日上午来我院，在会议厅进行了两个多小时的讲学。柯岩同志联系当前诗坛的实际，就诗人究竟为什么要写诗、怎样才能写出好诗；传世的诗和世界观对诗人的制约关系等问题，作了热情洋溢的报告，受到广大师生的欢迎。中文、政治、历史、外语、音乐、美术等系约三百名师生听取了报告。①

在当年围绕"重庆诗会"的系列活动中，除了会议本身的讨论话题外，影响最大的也许就是柯岩在西南师范学院的演讲。这恐怕与她的演讲稿后来在《诗刊》公开发表有一定关系。

根据后来公开发表的讲话稿，柯岩对当时诗坛上的"朦胧诗""三个崛起"的错误思想进行了分析，而且介绍了一些青年诗人对艾青等老诗人的讽刺，介绍了艾青、臧克家等对错误思潮尤其是"崛起"论的批判，其基本观点和讨论会的观点是一致的。她说："我不是搞理论的，理论界有越来越多的同志正奋起投入这场论战。这次重庆诗歌讨论会上，北京的郑伯农同志做了重要书面发言。四川的尹在勤、竹亦青、吕进同志也都做了很好的发言。我只能结合当前一些新诗的创作实践谈这样几个问题。"②③ 我们可以认为，她点到的这些人都在会上做了她所认同的发言。在演讲中，柯岩主要谈了三个方面的问题：（1）我们究竟为什么要写诗；（2）好诗、传世之作及"与世界对话""为未来的人写作"；（3）世界观对创作的制约作用，并谈"代沟"。④

---

① 这条消息刊登在 1983 年 11 月 7 日出版的《西南师范学院》（总第 318 期）第三版，没有题目，是作为"学术动态"的一条刊发出来的，消息后的署名为"涂吕"。当时的报纸是半月刊，四开四版，而且是铅字排版，消息之所以放在 11 月的报纸上，估计是没有赶上上一期的截稿时间。根据笔者的记忆，当时报纸的四个版面是有不同安排的，第 1 版是学校要闻，第 2 版是教师活动信息，第 3 版是学生活动信息，第 4 版是文学副刊。从消息发在第三版的情况看，柯岩的演讲应该属于学生活动的范畴。

② 柯岩：《关于诗的对话——在西南师范学院的讲话》，《诗刊》1983 年第 12 期。

③ 根据有关资料显示，郑伯农的书面发言是《在"崛起"的声浪面前——对一种文艺思潮的剖析》（《诗刊》1983 年第 12 期）；尹在勤的发言为《回答"崛起"论的挑战》（《诗刊》1984 年第 1 期）。

④ 柯岩：《关于诗的对话——在西南师范学院的讲话》，《诗刊》1983 年第 12 期。

　　她在全面回顾了五四以来的现实主义诗歌成就的同时，对"崛起"论提出了尖锐批评，并指出："对于徐敬亚同志及他的指导者、追随者们，我还想说的一句话是学一点马克思主义吧，学习一下我们伟大的人民吧！一个对生活衔恨的人是不可能成为真正的诗人的。时时检验一下自己的立场、观点、方法有助于更快的进步。不要一叶障目，也不要展览伤痕，'玩弄痛苦'。"从观点看，这其实是"重庆诗会"的一个延伸。她在演讲的最后向青年人发出了自己的号召：

　　　　同志们，年轻的朋友们！让我们团结起来，更高地举起社会主义诗歌的旗帜，为开创社会主义诗歌事业的新局面，为创造真正具有中国气派、中国泥土的芳香，思想和艺术高度统一的诗歌贡献出我们的一切吧。①

　　柯岩的这篇演讲后来被有些学者当成批判"朦胧诗"和"三个崛起"的代表性论著之一。张同道在其著作中谈到这篇文章时说："柯岩批评了《诗刊》在这场斗争中立场不够坚定，表示要'保卫'五四'以来的左翼文学；保卫现实主义传统；保卫党的领导。'"② 其转述的主旨似乎没有错，但是在引述上是不准确的。这样的转述在很大程度上就把批判"朦胧诗"和"三个崛起"的责任主要推给了柯岩一个人。柯岩的原话是："……臧克家同志针对如此尖锐的现实，也公开提出'整个文艺工作成绩很大，但就理论而说，目前诗歌战线已到了需要"三保卫"的时候了——保卫自"五四"以来的左翼文学；保卫现实主义传统；保卫党的领导。'田间、阮章竞、鲁黎等同志也都批评了《诗刊》旗帜不鲜明，分别就此发表了讲话及文章。"③ 她引述的是其他诗人的言论，只是从她的表述中可以看出她是赞同这些说法的。当时，批判"朦胧诗"和"三个崛起"不是某一个诗人、评论家的观点，而是和"朦胧诗""三个崛起"相对应的一个相当大的诗人、评论家、读者群体，甚至是一些级别很高的官员。当然，柯岩肯定是其中的重要人物之一。

---

　　① 柯岩：《关于诗的对话——在西南师范学院的讲话》，《诗刊》1983 年第 12 期。
　　② 张同道：《探险的风旗——论 20 世纪中国现代主义诗潮》，安徽教育出版社 1998 年版，第 539 页。
　　③ 柯岩：《关于诗的对话——在西南师范学院的讲话》，《诗刊》1983 年第 12 期。

"重庆诗会"在当时受到很大的重视，新华社在会议之后发表了消息，《人民日报》刊发了这则消息，内容如下：

> 据新华社北京十一月八日电　十月上旬在重庆举行的诗歌讨论会提出：兴旺、活跃的我国诗坛上，近年出现了一股值得注意的错误思潮。这就是以《在新的崛起面前》《新的美学原则在崛起》和《崛起的诗群》为代表的三个"崛起"论，它们的错误理论程度不同地背离了社会主义的文艺方向和道路，脱离了广大人民群众，给诗歌创作和诗歌理论带来了混乱和损害。社会主义文艺工作者应该对这股错误思潮做出认真分析并进行必要的批评和斗争。中国作家协会书记处常务书记朱子奇、书记柯岩和北京、成都等地诗人、诗歌评论家共三十多人参加了讨论会。①

不过，令人费解的是，这条消息是在会议结束近一个月之后才发布的，按照新闻的时效性原则，这是不符合规范的。究竟为什么会出现这种情况，我们不得而知。不过，这条消息把"三个崛起"定性为"错误思潮"，是和会议上讨论的话题相一致的。消息专门提到了朱子奇、柯岩及其身份，而对其他参与者却没点名，可以明显看出会议的背景并不是那么简单，至少不仅仅是四川的几个诗人、评论家的问题。

"重庆诗会"和柯岩的演讲在当时的诗歌刊物上也受到了很大的重视，《诗刊》② 1983 年第 11 期发表了朱子奇的发言《高举社会主义诗歌的旗帜——祝贺重庆诗歌讨论会的召开》；1983 年 12 期同时刊发了署名"吕进"的会议综述、柯岩在西南师范学院的演讲稿《关于诗的对话——在西南师范学院的讲话》和郑伯农提交给"重庆诗会"的书面发言《在"崛起"的声浪面前——对一种文艺思潮的剖析》③。值得注意的是，第 12 期的《诗刊》还转载了刊于《经济日报》1983 年 11 月 1 日的《艾青谈清除精神污染》，新华社记者李德润、李光茹于 1983 年 10 月 29 日采写的《臧克家谈要站在清除精神污染斗争前列》两篇文章——这应该是《诗刊》配合当时的

---

① 新华社消息《三十多位诗人、诗歌评论家在重庆举行讨论会，批评诗歌界三个"崛起"的错误理论》，《人民日报》1983 年 11 月 9 日，第 3 版。

② 其实，关注"重庆诗会"的不只是《诗刊》，四川省作家协会主办的《文谭》（《当代文坛》的前身）也在 1983 年第 12 期刊发了会议综述以及朱子奇、郑伯农等人的会议发言。

③ 该文获得获 1983 年度《诗刊》优秀作品奖。

清除"精神污染"运动的直接体现。时任中国作家协会副主席的艾青对"朦胧诗"和当时一些格调不高的刊物提出了批评，他说："近几年有少数诗人躲在个人心灵的小天地里，咀嚼痛苦，咏唱哀伤，感慨寂寞，用扑朔迷离、晦涩难懂的字句抒发他们的不健康情绪，散布精神污染。而时代前进的足音，广大人民的火热斗争，在他们的作品里却得不到丝毫的反映。有些东西，叫人怎么理解呢？简直近乎荒诞可是竟有人对之大加吹捧，把这类诗说成是什么诗歌的发展方向，是什么美学的原则，甚至是什么《崛起的诗群》，他们究竟要'崛起'到哪里去呢？"臧克家认为，"党的十一届三中全会以来，文艺园地百花盛开，异彩纷呈，出现了前所未有的生动局面，文艺工作的主流是健康的。但是，精神污染、资产阶级自由化在文艺界的反映不可小视。""要繁荣和发展文学艺术，就必须坚决有力地反对资产阶级自由化，清除精神污染。现在，有些作品政治倾向不好，格调不高，有的甚至公开散布对党、对社会主义的不信任；有些人把党的'双百'方针歪曲为资产阶级自由化，偏离社会主义文艺方向，从金钱眼中看人生，为个人名利而拼搏。他们的创作、表演，不是为人民服务、为社会主义服务，将时代精神、现实主义视为'教条'；有的人盲目崇拜西方资产阶级腐朽没落的东西，象有的诗作朦朦胧胧，古古怪怪，令人咬碎牙齿，不得其味。"因此，"作家和一切从事文艺工作的同志，在清除精神污染中，要勇敢地站在斗争前列，成为名副其实的人类灵魂工程师"。从《诗刊》以大量篇幅发表会议综述、论文和转载有关采访的情况看，"重庆诗会"很有可能是《诗刊》社甚至它的主管主办单位中国作家协会参与组织的，只是没有使用《诗刊》和任何单位的名义。朱子奇在会上的发言给我们透露了一些信息，他开篇就说："柯岩同志和我代表中国作家协会书记处，对这次重庆诗歌讨论会的召开表示支持和祝贺。我们是来听取意见，向大家学习的。有这么多诗人、诗歌工作者在这个富有革命传统、富有革命诗歌传统的我国西南著名山城——重庆聚会，开这样有准备的讨论会，是适时的，必要的，很有意义的。"①他采取了很低调的开场方式，但对于诗歌的指导思想、艺术走向等发表了和会议主题相一致的看法，甚至成为引导会议进程的指导性发言。他提到了

①　朱子奇：《高举社会主义诗歌的旗帜——祝贺重庆诗歌讨论会的召开》，《诗刊》1983年第11期。

"有准备的讨论会"，说明"重庆诗会"应该是一个经过了认真组织、策划的会议。

作为当地的主流媒体，《重庆日报》在 1983 年 10 月先后四次在第一版报道了重庆诗歌讨论会及相关活动，其中两次涉及会议本身。下文将涉及这些报道。

"重庆诗会"在新时期以来的诗歌界主要是以"左"的面目出现的，在很大程度上延续了"文化大革命"时期的一些批判风格，这对于已经进入改革开放时期的中国社会尤其是诗歌界来说，其实是一种退步，所以在诗坛上的形象不是很好。其他几次讨论"朦胧诗"和"崛起"主张的会议，如"南宁诗会""定福庄诗会"等，虽然批判性的内容也很多，针对性也很强，但是被批判者中都有人员参加，存在相互对话、讨论、争执的可能，而且基本上都是就诗歌问题展开争鸣，但"重庆诗会"只是以批判的面目出现，虽然有一些刚刚走上诗坛的青年诗人如傅天琳、李钢等人参加会议，但他们不属于"朦胧诗"群体。也就是说，没有被批判的对象参加会议，被批判者当然也就没有机会解释和辩驳——根据邵燕祥的回忆，谢冕是被邀请了的，但他没有参加会议，我们无从得知"朦胧诗"和"三个崛起"的其他代表人物或支持者是否也被邀请了。因此，在其后的诗歌界、诗学界，关于"重庆诗会"的说法很多，而且多是批判性的。

唐晓渡当时是《诗刊》的编辑，没有参加重庆的会议，但他对当时的情况应该有所了解。他在谈到"重庆诗会"时对该次会议背景的推测是有道理的："这次会议的运作方式颇为可圈可点。见载于当年《诗刊》12 月号的'综述'中说，这次会议是由重庆作协的一批负责人士轮流主持的；莅会的中国作协书记处领导也在发表的文章中使用了'祝贺'的宾位语气，并谦称'是来听取意见，向大家学习的'。然而谁都明白，由一个省辖市的作协来主办这样一次事关新诗发展的'方向'、'道路'的会议，分量显然不够；而上级领导的低调大都包含着策略的考虑。"他同时认为，"这次会议的声威仍然足够吓人。由于使用了纵览全局的视角，且通篇充斥着'指出'、'一致认为'、'一致强调'等庄严而铿锵有力、体现着集体意志的字眼，会议'综述'读起来更像是一份有关诗歌的决议公报，更配得上用记录速度广播。它理所当然地充满了'新华体'特有的战斗色彩、意识形态激情，以及简化问题、迳取要害的直捷性，其严厉程度又足以使之成为一篇讨伐檄文，或'文革'期间的'定性材料'。"① 据说，会议结束之后，参加会议的一位《诗刊》副主编还在北京的一个剧场传达了会议精神，而《诗刊》副主编邵燕祥参加"重庆诗会"是"奉命非去不可"，他在会上的发言也只是打"太极拳"，而且在"很多刊物都派人参加"的情况下自称"胸闷、憋气"而推辞了参加会议精神的传达，并在 1984 年提出了辞职。这次会议最后催生了徐敬亚的自我批评文章在《人民日报》的发表，也是"朦胧诗"和"三个崛起"论争的终结。②

邵燕祥参加了重庆会议，他也在回忆中谈到过这次会议，他说：

> 那是一次名为诗歌座谈会的专题批判会，我也去了，在重庆，而且开得特别急。"十一"国庆三天假，会是在 10 月 2 号开的，10 月 1 号我就坐飞机赶去重庆。会上有人点名批评舒婷的《会唱歌的鸢尾花》，有人点名批评北岛的《白日梦》，气氛非常紧张。之前我已大致知道这会是怎么回事，所以，去之前在新侨饭店遇见谢冕，他问我去不去，我说去。他说他也接到通知了，我当时好像说"你最好不去"。后来他没去。

> 这个会后新华社发了消息，批判"三个崛起"的"谬论"，称要坚持诗歌的社会主义方向。其后不久二中全会就提出"清除精神污染"问题，重庆这个会果然是得其先机，提前配合了。后来在首都剧场的会议厅开了一个重庆诗歌座谈会的传达报告会，我因胸闷，没有参加。③

根据邵燕祥的回忆信息看，唐晓渡所说的情况基本上是属实的。不过，这些谈论都是后来者的回忆，在一些细节上不一定完全符合历史事实和当时的现场感，但"重庆诗会"对"朦胧诗"尤其是"三个崛起"的批判确实是事实。

---

① 唐晓渡：《人与事：我所亲历的八十年代〈诗刊〉（之二）》，《星星》下半月刊，2008 年第 4 期，第 42—54 页。

② 张弘：《〈诗刊〉：诗人恩怨催人老》，《北方音乐》2006 年第 9 期。

③ 邵燕祥：《答〈南方都市报〉记者田志凌问》，收入邵燕祥散文随笔集《南磨房行走》，北方文艺出版社 2011 年版，第 216 页。他对会议时间的记忆似乎有误，从文献学角度说，当时《诗刊》发表的会议综述在记录时间方面应该具有更高的可信度。而且，"特别急"的说法和朱子奇在会议发言中所说的"有准备的讨论会"似乎是冲突的。不过，我们也可以由此推测邵燕祥可能是这次会议准备工作的"局外人"，或者如唐晓渡所说他是"奉命非去不可"。

朱大可在谈到 20 世纪 80 年代初期的争论时，谈到了诗歌界、诗学界对"朦胧诗"的批判，并进而说："这场大批判在 1983 年'重庆诗歌讨论会'上达到高潮，极左派诗人及其理论家们，刚刚摆脱文革政治迫害的阴影，却又比任何人都更娴熟地挥动权力的棍棒，假借'清除精神污染'的名义，对诗歌风格'异端'展开围剿。在威权体制下，任何艺术流派之间的分歧，都会成为文化围剿的庄严借口。"① 他使用了"极左""围剿"等词语，显然对"重庆诗会"在新时期文化、文学发展中的作用是持否定态度的。

正因为如此，一些参加"重庆诗会"的评论家在后来一些诗人、学者的眼中被认为是反"朦胧诗"和"三个崛起"的。张同道说："面对三次崛起，程代熙、郑伯农、柯岩、吕进、楼肇明、高平、晓雪、竹亦青、洪毅然、李浩、孙克恒等等等等，数以百计的知名或不知名的理论家一起上阵，山雨欲来风满楼，仿佛又一场有组织的大批判运动。"② 这里提到的郑伯农向"重庆诗会"提交了书面发言稿，柯岩、吕进、竹亦青参加过"重庆诗会"。

程光炜在其回顾"朦胧诗"论争的文章中回忆了和吕进一起在 1988 年参加全国新诗（诗集）奖初评班子的一些事情，并说："1983 年前后，他（指吕进——引者）突然在西师发起猛攻朦胧诗诗人的研讨会，随之发表了很多尖锐指责青年诗人创作的文章。这一'变化'令我大感惊讶，也不理解。后来，他一直对新诗的探索、创新及其成果维持着这种'不承认'的态度。为此，前两年诗评家陈仲义专门在《南方文坛》撰文，批评了吕老师。"③ 并由此提出了一系列问题：

> 我不是把吕老师放在"道德化"的平台上来谈的，而是试图了解

---

① 朱大可：《雅俗之战——从通俗到恶俗的历史流变》，《新世纪周刊》2010 年第 36 期。

② 张同道：《探险的风旗——论 20 世纪中国现代主义诗潮》，安徽文艺出版社 1998 年版，第 538 页。

③ 程光炜：《批评对立面的确立———我观十年"朦胧诗论争"》，《当代文坛》2008 年第 3 期。关于"在西师发起猛攻朦胧诗诗人的研讨会"的说法不准确。他所说的"研讨会"应该是当年在重庆举行的诗歌研讨会，但"重庆诗会"不是在西师（当时的西南师范学院，1985 年更名为西南师范大学，2005 年与西南农业大学合并为西南大学）召开的。1986 年 10 月在西南师范大学举行了"新时期诗歌研讨会"，是中国新诗研究所在当年 6 月成立之后召开的第一次全国性的诗歌讨论会，也是吕进在西师主持召开的第一次诗学方面的全国性会议。

他为什么这么"激进"的历史理由：大概他也在"文化大革命"中受到过冲击，但为什么，在以反思"文化大革命"为主调的新时期文学中，他仍然乐意以"文革式"的批评方式指责、否认和不承认朦胧诗人的创作成绩。进一步说，为什么到了"新时期"，他精神生活中却还携带着一个"十七年""文化大革命"，这些，都是自觉的"选择"吗？①

这段文字认同了吕进以"十七年""文化大革命"的方式在指责、否认"朦胧诗"的事实，结合文中所说的"发起猛攻朦胧诗的研讨会"，我们可以推断，这里所说的应该是重庆诗歌讨论会和署名"吕进"的综述。

程光炜先生在朦胧诗和新诗潮研究方面取得了很大成绩，不过，这篇文章是以后来的个人感受（1988 年）反观以前的事情（1983 年），似乎有所不妥。对于这里涉及的他的具体观点，我们不好妄加评论，尤其是作为旁观者或者后来者，署名"吕进"的会议"综述"以文献的形式摆在那里，从文献学的角度说，应该是有说服力的。不过，程文的有些信息和历史事实有一定出入：其一，重庆诗歌讨论会肯定不是在西师（"西南师范学院"的简称）召开的，根据当时参与会议的有关人员回忆，"重庆诗会"是在位于上清寺人民路的重庆市政府第二招待所（范庄）举行的；吕进只是一个普通的会议参加者；其二，就目前可以查阅到的文献看，除了署名"吕进"的重庆诗歌研讨会"综述"，吕进好像没有发表过"很多尖锐指责青年诗人创作的文章"，他在总结新时期十年诗歌发展的时候，还谈到了"朦胧诗"的成绩与贡献；在谈论 20 世纪下半叶的新诗研究的时候，谈到而且肯定了谢冕、孙绍振、徐敬亚等人对新诗潮的贡献②，陈仲义对吕进的批评主要是认为他对"朦胧诗"之后的一些新锐批判家有所遮蔽，而不是针对他对"朦胧诗"的态度的。③ 对这些信息的误读，可能导致有些评价是不够公平、客观的，甚至可能是和事实相反的。

根据对当事人的采访，吕进是在 1983 年 10 月 3 日中午和当时担任西南

---

① 程光炜：《批评对立面的确立———我观十年"朦胧诗论争"》，《当代文坛》2008 年第 3 期。

② 吕进：《二十世纪下半叶的中国新诗研究》，《文学评论》2002 年第 5 期。

③ 陈仲义：《整体缺失：新诗研究的最大遮蔽——与吕进先生商榷》，《南方文坛》2003 年第 2 期。

师范学院副院长、重庆市文联主席的诗人方敬一起去参加会议的。① 方敬是何其芳的妹夫，在 20 世纪 30 年代就受到诗坛关注，是一个具有丰富人生阅历的诗人。当他们得知会议参与者和主题之后就感觉会议的背景可能不一般，在前往参加会议的途中，方敬就对吕进说："这次北京来的人不知道有没有中央的什么新精神，所以不要去轻易顶撞。但是，如果他们把朦胧诗说成反动诗歌，我们就一定不跟。"在会上，吕进和重庆的诗人基本上都采取了这样的态度。10 月 4 号会议开幕时，主要是三个人发言，由朱子奇代表中国作协党组作了长篇发言，柯岩发言后还宣读了郑伯农（当时在文化部工作）的书面发言稿。这三篇发言，其实就是"重庆会议"的定调讲话。在接下来的会议上，四川方面有三个人的发言比较有分量：一是尹在勤，从理论上批"崛起"；二是《星星》诗刊主编白航，批舒婷、北岛，还谈了一些来稿中他认为的"问题"；三是周纲，他的主要意思是说，"中央军来了，我们川军也要参战"。重庆方面的诗人、评论家一直没有比较有分量的发言，而且，参加会议的北京代表还在会上谈到"到重庆去升五星红旗"之类的是非问题，外人根本听不懂，给人的感觉好像是"北京人来重庆开他们的会"。直到 10 月 6 日，方敬、王觉找到吕进商量，说重庆这样下去也不行，北京方面会有看法；吕进是搞理论的，于是叫他准备一个发言。10 月 7 日，经过一夜激烈的思想斗争的吕进才发言，不过，他谈的是马雅可夫斯基怎样从未来派转变为现实主义诗人的②，好像和会议主题有关，又好像没有直接关联，至少没有直接谈及"朦胧诗"。吕进说，他一直对"朦胧诗"是有好感的，对舒婷、北岛的作品也是喜欢的。1987 年在参加第三届全国新诗（诗集）奖的评奖时，在很大的争议中，他是力主给北岛评奖的，甚至给一些评委做工作。③

---

① 吕进从小学开始就有记日记的习惯，几乎每天都记，直到现在。他对自己所经历的事情的回忆应该是比较准确的。

② 吕进在大学期间是学习俄语的，他曾经发表论文《论马雅可夫斯基与未来派》，《西南师范学院学报（哲学社会科学版）》1980 年第 3 期，第 44—50 页。他在"重庆诗会"上的发言估计是由此引申开去的。

③ 2011 年 4 月 2 日对吕进的访谈。对于支持为北岛评奖的说法，笔者是知道的。那次评奖结束之后，吕进先生在和我们谈起此事时，就谈到了其中的一些细节，包括上层的态度、个别评委的态度以及他参与做工作等。他当时认为，不管怎样，"朦胧诗"作为一个重要的诗歌现象，已经得到了诗歌艺术发展的证实，其代表诗人之一舒婷已经获奖，就其艺术成就和影响看，北岛也应该获奖。

吕进当时是西南师范学院外语系的一名讲师，据说"重庆会议"的综述并不是他起草的①，根据吕进的回忆，问题究竟出在哪里，出在重庆还是出在北京，他一直是一头雾水。在当时举行这样一次"有准备的讨论会"，肯定是需要一个综述的，具体工作是由重庆市文联负责的，由当时的文联党组书记王觉主持，《红岩》的编辑杨山、重庆日报副刊部主任饶成德参与，一直住在会议驻地的饶成德执笔。10月9日，会议纪要（综述）送给朱子奇、柯岩审查定稿，然后在当日的座谈会闭幕式上宣读，征求意见。征求意见之后，王觉找到吕进，说他是搞理论的，希望他加入到纪要（综述）的修改工作中。10月9日上午，由起草小组加上吕进，根据会议提出的意见，对纪要（综述）进行修改。之后，吕进就和方敬、邹绛同车返回北碚。但是，不久之后，《诗刊》《文艺报》发表的纪要（综述）却署上了"吕进"的名字，而且是独立署名。吕进本人感到十分惊讶，他曾向方敬、王觉等人问起此事，他们都表示不知道是怎么回事。王觉还对吕进说："这没有多大的事嘛。吕进同志，我一辈子都在做我不愿做的事啊。"② 根据当时的情况看，这篇综述"被署名"的可能性是很大的：其一，有些政治经验丰富的人可能自己也明白会议在将来的影响，即使愿意投入工作也不愿意自己署名；其二，吕进是参加会议的重庆人员中唯一从事新诗理论研究的，有些人可能觉得署上他的名字更有说服力，而且他确实参加了会议并在最后一天被安排参与了"综述"的修改（说是修改，其实基本上没有什么改动）。但是，正是这篇可能"被署名"的会议综述，让吕进长期背上了反"朦胧诗"、反"三个崛起"的骂名。为了尽可能恢复历史的本来面目，我们下面将通过史料对当时的事实进行一些梳理。

作为"综述"组织者、起草人的王觉、饶成德、杨山等都已经先后去世，我们无法通过对他们的采访来核实当时的具体情况了。不过，因为参加会议的人员中有几位中国作家协会的官员，其他人也大多在诗坛上拥有自己的地位，重庆诗歌讨论会是那段时间重庆文学界的一件大事，当时的《重

---

① 1983年时的稿件应该是手写的，可以通过字迹辨认出作者。但是，笔者曾经咨询过长期担任《诗刊》理论编辑的朱先树先生，希望得到他的帮助。但是他说，《诗刊》社在档案保存方面做得不是很好，而且几次搬家，原稿可能无法找到了。所以我们无法以史料来甄别不同的说法，只能尽可能通过访谈和文本考察来还原当时的一些事实。

② 据2011年4月2日对吕进的采访。

庆日报》对会议及其系列活动进行了多次报道，除了前面提到的诗歌朗诵
会、给青年诗歌爱好者的报告会之外，《重庆日报》还先后两次对"重庆诗
会"进行了报道，而且都是放在第一版。这些资料对我们了解会议情况有
很大帮助。

在会议举行了三天之后，1983 年 10 月 7 日的《重庆日报》刊发的报
道，主要介绍了大会情况，除了点了来自北京的诗人的名字之外，对于具体
的发言，只谈到了市文联主席方敬对出席会议的诗人的欢迎，大部分篇幅介
绍的是朱子奇在会上的发言。报道说："朱子奇同志最后希望社会主义新诗
风更加强劲地吹起来，把一切资产阶级腐朽思想和不正之风的种种精神污
染，有力地吹散，扫除，而代之以心灵美、道德美的新鲜空气，使健康的风
气永远占上风。"① 清除"精神污染"的说法是邓小平于 10 月 12 日在十二
届二中全会的报告中提出来的，但"精神污染"这个词能够在朱子奇的发
言和 10 月 7 日的报道中出现，说明朱子奇可能是带着任务参加会议的，至
少是带着上面的精神的，也说明吕进在接受采访时所说的"北京人来重庆
开他们的会"是有道理的。会议虽然是在重庆举行，但实际上是由北京的
出席者定调的。还值得注意的是，《重庆日报》的报道题目是"开一代社会
主义新诗风"，和《诗刊》发表的综述的题目"开创一代新诗风"在结构和
主题词的使用上几乎是一样的。

在会议结束半个多月之后，1983 年 10 月 26 日的《重庆日报》第一、
二版又对"重庆诗会"进行了比较详细的报道，报道的题目是《清除错误
思想　唱出时代强音——记重庆诗歌讨论会》，相对于一般报道来说，篇幅
较长，由第一版转到了第二版；从内容看，属于会议综述的性质。报道分为
三个部分，分别有小标题，第一部分是"一股值得重视的文艺思潮"，指出
"三个崛起""这股病态的思潮虽然是支流，但对诗歌发展产生了极为消极
的影响，问题绝不可以轻估。""其性质就绝不是目标一致下的不同意见，
也不仅仅是艺术上的一些问题，而是要不要坚持社会主义文艺方向的根本分
歧，是美学原则的分歧。……'崛起论'者所鼓吹的是否定理性，这实际

① 成德：《丰富和发展革命现实主义　开一代社会主义新诗风　我市举行诗歌讨论会，
朱子奇、柯岩等出席》，《重庆日报》1983 年 10 月 7 日，第 1 版。这应该是对"重庆诗会"的
第一篇报道。报道的作者"成德"应该就是当时住在会议的《重庆日报》副刊部主任饶成德
的笔名。

上就是要否定我们正确的指导思想。对这一严重挑战，我们必须予以严正地回答，决不能让这种错误思潮自由泛滥。"第二部分是"对历史的严重歪曲"，主要认为"三个崛起"把矛头指向五四以来的现实主义新诗传统，只承认胡适、李金发、徐志摩等，其后就是"朦胧诗"了。"一笔抹杀新文学运动的主流和历史功勋，完全是颠倒是非，是对历史的严重歪曲，是对无产阶级诗歌传统的亵渎和挑战。"因此，与会人员认为，"新诗的发展是适应了时代的需要的，并在不断前进和成熟，在各个历史时期都鼓舞了人民群众的革命斗志，成为革命事业不可缺少的一个组成部分。"第三部分是"现代主义不能取代革命现实主义"，认为"'崛起论'者否定革命现实主义传统，极力鼓吹西方现代主义，并声称要'接续'新月派、现代派的传统，用西方现代主义的'美学原则'，对我们社会主义诗歌进行'内容和情感'的更新，这是极端荒谬的"。"我们应该把艺术方法、技巧与作品思想内容和世界观区别开来，把资产阶级思想和无产阶级思想区别开来，不应把腐朽当神奇，把国际上的垃圾收揽起来。会上大家在肯定了近几年出现的一批好诗的同时，对一些颠倒美丑、混淆新旧、阴暗晦涩、影响极坏的作品进行了批评。"①

整篇报道除了点到了朱子奇、柯岩二人的名字外，没有点出其他参与者和发言人的名字（这和新华社后来发布的消息一致），而是以"讨论中一致认为""会上一致认为""与会同志指出""与会同志还说""与会同志认为""与会同志一致表示"等代替。只要我们认真读读这篇报道和《诗刊》后来发表的"综述"，就会发现，它们在主要观点、表达方式、使用的语词甚至文章的结构（《诗刊》刊发的综述没有小标题，但是也分成三个部分，以"一""二""三"标示）等方面都是出自一人之手，而且最后一段文字相差无几。

《重庆日报》报道的最后写道：

> 与会同志一致表示，诗歌是文艺的重要组成部分，文艺工作者是灵魂工程师，要坚决抵制和清除精神污染，我们肩负着历史重任，一定要跟上人民前进的步伐，认真学习《邓小平文选》，总结经验教训，在党

①　本段引用的文字均出自《清除错误思想　唱出时代强音——记重庆诗歌讨论会》，《重庆日报》1983 年 10 月 26 日，第 1、2 版。作者为"本报记者　成德"。

的十二大精神指引下，坚持四项基本原则，高举社会主义文艺旗帜，到沸腾的生活中去，与人民群众相结合，唱出时代的强音，开一代社会主义诗歌的新风，为开创社会主义诗歌新局面，为实现"四化"，建设高度的社会主义精神文明作出新贡献。①

《诗刊》综述的倒数第二段写道（最后一段为参加会议的人员名单）：

与会同志一致表示，我们肩负着历史的重任，一定要跟上人民前进的步伐，一定要认真学好《邓小平文选》，总结经验教训，在党的十二大精神指引下，更亲密地携起手来，更高地举起社会主义文艺旗帜，到沸腾的生活中去，与人民群众相结合，唱出时代的强音，为开创社会主义诗歌的新局面，开一代社会主义诗歌的新风，提高诗歌创作的思想艺术质量，为实现"四化"，为建设高度的社会主义精神文明作出新的贡献。②

我们可以由此认为，《诗刊》后来发表的"综述"应该是会议综述的全文，而《重庆日报》的报道则是它的"缩写"，但作者应该是同一人。我们甚至可以推测，"综述"的主要作者应该是吕进所讲的住在会议住地的《重庆日报》副刊部主任饶成德（作为记者，如实报道会议情况，是他的职责），而且，"综述""报道"都并没有什么新的思想，如果把它们和朱子奇、柯岩、郑伯农等人的发言或讲话进行比较，就会发现，无论是《重庆日报》的报道还是《诗刊》的综述，其实主要就是对他们的观点进行分类介绍，"与会者"中的其他人好像主要是作为陪衬而存在的。但是，我们实在无从知道，为什么《重庆日报》记者"成德"在《诗刊》《文艺报》上却变成了"吕进"——成德不是诗界中人，会不会有人（北京，或者重庆的某人抑或某些人）觉得署一个诗歌评论人士的名字更合适，更有影响，而且，吕进确实被安排在会议的最后一天参加了"综述"的修改，于是自作主张把作者改了？但是，这一更改，也就改变了一个历史事件的很多信息甚至是一段历史。

作为后来的研究者，我们还可以从文风等方面来对"综述"进行一些

---

① 《清除错误思想　唱出时代强音——记重庆诗歌讨论会》，《重庆日报》1983年10月26日，第1、2版。作者为"本报记者　成德"。

② 吕进：《开创一代新诗风——重庆诗歌讨论会综述》，《诗刊》1983年第12期。

解读。从文风看,"综述"和吕进的一贯文风相差甚远,吕进的文章(即使是会议综述之类的文章)往往都富有文学色彩,评论文章更是如此,而且吕进对于撰写批判性的文章从来都是非常谨慎的,而这篇"综述"却充满"文化大革命"式的政治话语和尖锐的批判锋芒。但是,如果不了解当时的情况,只看既有的文本,会议"综述"甚至整个"重庆诗会"的责任都可能压在他一个人头上。——事实上,在有文献存在的前提下,很多后来者是不一定会花工夫去进行具体调研和文字甄别的,甚至很难从头至尾读完他们的批评对象(如吕进)的诗学著述,而这些,才是了解被批评对象(如吕进)对待"朦胧诗"、对待"崛起派"诗学主张的最有说服力的文献。

在"朦胧诗"和"三个崛起"的讨论中,吕进确实在一定程度上有"躲避""观望"的嫌疑,这其实是一种学术研究的策略(也可能是经历过"文化大革命"的人的一种生存策略)。他是一个追求稳妥的人,在没有把事情观察清楚之前是不会随便发言的。他对于"朦胧诗"之后的诗歌现象、诗学批评的态度其实也是如此。因此,在这场讨论最热烈的时候,他没有像"崛起派"那样对"朦胧诗"给予很多的正面鼓吹,但在当时和后来也确实没有直接反对过"朦胧诗"的探索和"崛起派"的观念。吕进没有发表过反对"朦胧诗"的主张,喻大翔、刘秋玲整理的《关于朦胧诗争论文章的目录索引》共收入论文题目数百条,其中有很多是批判性的文章,但以吕进署名的文章只有一篇,即发表于《诗刊》1984 年第 3 期的《社会主义诗歌与现代主义》①。而且在总结新时期诗歌创作时,他不但强调了"归来者"诗人在恢复诗歌"说真话,抒真情"方面的成就,还对舒婷等诗人在诗歌艺术自身反思方面的成就给予了很高的评价,并由此指出:"多元是诗的发展之路;一元,是诗的衰落之路。"② 在后来的文章中,吕进也多次正面论及"朦胧诗"。因此,程光炜说吕进写了"很多尖锐指责青年诗人创作的文章",是缺乏事实依据的。老诗人臧克家曾对"朦胧诗"等新的艺术探索持有异议,但他后来说:"吕进同志,能以他的洞察力,对各种现象分析研究,是其所是,非其所非,态度比较科学而公允。……他的求实态度,多

---

① 喻大翔、刘秋玲编选:《朦胧诗精选》,华中师范大学出版社 1986 年版,第 164—187 页。

② 吕进:《新时期十年:新诗,发展与徘徊》,见吕进编:《上园谈诗》,重庆出版社 1987 年版,第 93 页。

少校正了我个人的偏激看法。"① 这种"校正"当然包括对"朦胧诗"的看法。

关于"重庆诗会","朦胧诗"和"三个崛起"的代表人物和支持者已经发表了不少意见，包括他们的回忆文章。但是，会议的其他参与者至今很少正面表态——不知道究竟是以沉默表示自己的反思还是有别的什么原因。也有一些诗人比如余薇野、张继楼、傅天琳、李钢等，表示自己确实参加了那次会议，但自己是写诗的，对理论没有多少兴趣，对当时的会议情况也没有什么印象了。因此，我们对于会议背后的许多情况还无法全面掌握。随着时间的流逝，也许有些信息将会得到进一步披露，但也有另外一种可能，就是有些信息将会更多地消失，以后的人们最终只能以文字保留下来的文献来打量那次会议和涉及的人物了。

《诗刊》是最早关注《今天》和"朦胧诗"的公开刊物，1980 年举行的首届"青春诗会"也是推出年轻诗人的重要举措。但是，重庆诗歌讨论会的召开，《诗刊》却扮演了一个比较尴尬的角色，在参加会议的《诗刊》的有关人员中，有的可能是很积极的参与者，有的可能是例行公事，不得不参加。从后来的一些回忆和文献中，我们可以发现，当时《诗刊》的班子对于"朦胧诗"和"三个崛起"并不是持有同一看法的，在批判过程中，有的采取"攻势"，有的采取"守势"，这肯定会引起人们对于《诗刊》的诸多猜测。有一篇采访邵燕祥、唐晓渡、李小雨的报道，有引题、正题，加起来很长："催生'青春诗会'　引发朦胧诗争论　著名诗歌杂志《诗刊》里里外外的故事　《诗刊》：诗人恩怨催人老"②，我们从这个题目中，也许可以看出一点什么。

第六节　《诗刊》与"上园派"

文学期刊在现当代文学的传播、发展中具有重要的地位和作用。一些文学流派、批评流派的形成也与文学期刊有关。在当代中国，政府或政府领导

---

① 臧克家：《吕进的诗论与为人》，系吕进论文集《新诗文体学》序言，花城出版社 1990 年版。

② 张弘文，刊于《北方音乐》2006 年第 9 期。

下的群众组织编辑出版的文学刊物已经和以前不一样，不再是同人刊物。但这些刊物仍然有其自身的导向性，在传播文学作品、文学观念等方面居于主流地位，发挥着重要作用，培育、造就了一些文学群体或者批评家群体。在当代诗歌发展中，《诗刊》被认为是诗歌界的"国刊"，它在坚持多元追求的同时，仍然主要张扬关注现实、关注人生的艺术道路，追求积极进取、乐观向上的艺术格调。换句话说，《诗刊》追求的是有中心、有主潮的多元。新时期诗坛上具有重要影响的三个理论群落"传统派""崛起派"和"上园派"的形成和影响基本上都和《诗刊》有关——其中包括《诗刊》张扬的诗歌观念、举行的诗歌活动和具体的编辑人员。

"上园派"是20世纪80年代在中国现代诗学领域具有重要影响的诗歌群落之一，它的形成和发展与《诗刊》有着密切的关系，也和"传统派""崛起派"在观念上的对峙有着密切关系。"传统派"对于诗歌艺术新变的反对（至少是质疑）不利于新诗艺术的发展，但他们对传统艺术经验的重视是值得关注的；"崛起派"对西方艺术经验的重视对于打破封闭、僵化的艺术观念是不可或缺的，但他们在一定程度上对传统艺术经验的忽略、对西方艺术经验的过分倚重，也可能带来新诗脱离中国文化与现实的弊端。关于"朦胧诗"的讨论在很大程度上就是"传统派"和"崛起派"之间的讨论。这场讨论在1984年年初基本结束之后，迫切需要一些评论家对其进行反思，进一步探讨新诗艺术的基本规律，在两个群体之间架设一道沟通、融合的"桥梁"。"上园派"诗论家就肩负起了这一使命。这其实也是代表国家文学意志和主流意识的中国作家协会及其主办的《诗刊》所期待的诗学格局。《诗刊》在一定程度上具体实施了这一构想。

"上园派"的出现首先是和《诗刊》举行的两次诗歌活动有关。

根据朱先树的回忆，1984年4月8日至28日，诗刊社在北京举办了为期半个多月的评论作者读书写作会。参加那次会议的有孙克恒、袁忠岳、叶橹、竹亦青、吕进、陈良运、杨光治、余之、朱子庆，一共9人。开会地点在西直门外北方交通大学旁边的上园饭店。① 应该说，这个小规模的读书写作会的时间是相当长的，与会者之间的交流机会也应该是很多的。

---

① 参见朱先树：《要认真重视诗歌评论工作——记〈诗刊〉举办的评论作者读书写作会》，《新时期诗歌主潮》，作家出版社2002年版，第239页。

1985 年 12 月，诗刊社受中国作家协会委托召集了第二届全国新诗（诗集）评奖的读书班，地点仍在上园饭店。上一次读书写作会中除孙克恒（已故）、竹亦青（已故）、余之 3 人外，其他人都参加了，此外还有阿红、蒋维扬、古远清、陈绍伟、黄邦君、刘强等参加。大家除了读诗评诗外，也少不了交换对诗坛争论的一些看法。正是在这一次会议上，几个诗歌观念相同或相近的评论家协商，应该在诗坛上有另外一种声音，这种声音就是后来被称为"上园派"的诗论群落。

值得注意的是，这两次会议的参与者几乎没有属于"传统派"和"崛起派"核心人物的诗论家，可以看出，组织者对参与人员是进行过挑选的，参与者的诗学观念基本上是一致的，属于当时的"中间派"，也就是各方面（包括官方、刊物、大多数诗人和诗歌读者）都可以接受的人员。① 袁忠岳回忆说：

> 当时诗坛刚刚刮过去一阵批三个"崛起"的政治风暴，大家对这种在学术领域搞大批判的做法是不满的；但对"崛起"论中全盘西化的主张也不以为然。在半个多月相处和相互交谈中，大家对于当前诗歌的看法，渐渐有了共识。这就是后来形成上园派的思想基础。……吕进、朱先树、阿红、杨光治、叶橹、朱子庆和我 7 人共同商量，认为在诗坛互相对立的"崛起"与反"崛起"之外，应该有另外一种声音，这是更能代表多数的第三种声音，即：移植要本土化，继承要现代化。②

和另外两个群体"传统派"和"崛起派"一样，这个群体中也是人才济济。古远清说："参加这一群体的不仅有诗论家，还有编辑家、出版家。主要成员有以从事基础理论见长的吕进、袁忠岳，以 50 年代研究抒情诗著称的叶橹，善写诗话、评论作品高产的阿红，长于对诗坛作全景式观照的朱

---

① 朱先树是"上园派"的核心成员之一，在该群体形成之时他是《诗刊》的理论编辑，为"上园派"的形成发挥了重要作用。2009 年 10 月 31 日，朱先树应邀参加重庆丰都县委、县政府主办的"中国当代著名作家看丰都"采风活动，笔者曾问他：参加这两次活动的诗论家既没有"传统派"的，也没有"崛起派"的，是不是经过了选择？他说，当然是经过选择的，都是观点比较稳妥、可以为多数人接受的诗论家。

② 袁忠岳：《从上园到北碚》，西南大学中国新诗研究所主办的《中外诗歌研究》2005年第 4 期。

先树，出版家兼诗论家杨光治。"① 这个名单中漏列了年纪和其他几位相差较大的年轻诗评家朱子庆，他的论文曾获得《诗刊》优秀论文奖，其名字在吕进主编的《上园谈诗》中涉及，而且有作品入选。也许是后来朱子庆参加这个群体的活动很少，主要精力也不再专注于诗歌评论，所以后来的有些资料和研究文章基本上不提他。这个群体在人数上没有扩大过，但接受或者赞同其观点的人是很多的，其中也包括许多影响不小的诗论家，吴开晋、古远清、张同吾、陈良运等等都可以列名其中。作为诗歌研究的松散的群体，在这个群落中，实质性地从事研究和诗学观念的相近是对每个人最基本的要求，同时，其中几个人的特殊身份也值得关注。朱先树当时是有《诗刊》编委、理论室主任，他不但是诗歌评论家，而且掌握着追求"中和"观念的重要阵地《诗刊》的理论版面；阿红是诗人、诗论家，当时是辽宁的《当代诗歌》主编，思想敏锐，善于接受新的观念；杨光治是评论家，也是出版家，时任花城出版社副总编辑，为诗歌、诗歌理论的出版付出了巨大努力，尤其是为上园派诗歌理论著作的出版提供了大力支持。② 这些具有特殊身份的学者的加入，为"上园派"提供了广泛的学术阵地。尤其是《诗刊》，它始终代表着诗坛上最主要、引领主流的声音，"上园派"的诗论家不仅每个人都在《诗刊》上发表论文，张扬自己的诗学主张，而且在1988年，吕进、阿红还应邀为《诗刊》评刊，总结诗歌现象，引导诗坛观念。他们每期选择《诗刊》上的优秀作品或体现出来的某些诗歌现象进行"背对背"的评论，在下一期刊物上发表出来，最终却体现出较为一致的诗学主张。吕进说："被诗界誉为'国刊'的《诗刊》，在1988年出了一个新招：辟《每期漫评》专栏，由我和阿红搞半年的评刊。阿红在东北，我在四川，一北一南，互不通信息，每接到一期《诗刊》，就各自写一篇评论寄往北京，在同期刊出。四川太远，因此，为了不误期，我每次都是用特快专

---

① 古远清：《中国当代文学理论批评史（1949—1989大陆部分）》，山东文艺出版社2005年版，第514—515页。

② 截至1991年10月，"上园派"的七位诗论家中就有五位在《花城诗歌论丛》中出版了著作，包括阿红的《探索诗的奥秘》、杨光治的《诗艺·诗美·诗魂》、袁忠岳的《缪斯之恋》、吕进的《新诗文体学》、朱先树的《诗歌的流派、创作和发展》，具体可参见朱先树的《诗歌的流派、创作和发展》一书最后附录的《〈花城诗歌论丛〉书目》，花城出版社1991年版。

递将文稿邮出的。"① 这些文章大有把握诗坛方向、引导诗歌创作的味道。

"上园派"的旗号是 1986 年在《华夏诗报》上正式亮出来的。袁忠岳回忆说：

> 后来，朱子庆到广州参加《华夏诗报》的编辑工作，就在该刊总第 9 期上刊发了其中 5 个人的文章，加了编者按，简介了"上园派"的来历，原来是因为两次聚会都在上园饭店的缘故。这算是一次公开的集体亮相。②

"上园派"诗学主张的集中展示是在吕进编选的《上园谈诗》一书中。该书在 1986 年年初初步编出，1986 年 8 月定稿，1987 年 9 月由重庆出版社出版。主体部分包括四个板块，"上园笔会"收入杨光治、袁忠岳、叶橹、朱先树、阿红、朱子庆、吕进的论文 9 篇；"上园诗评"收入对该群体所认同的诗人的评论文章 8 篇，这些诗人包括傅天琳、刘湛秋、李钢、张学梦、叶延滨、杨牧、周涛、章德益，论文作者中的吕进、阿红、叶橹、袁忠岳、朱先树属于"上园派"，而张志民、周政保则可以称为该群体的"同路人"；"上园诗论"收入 7 位学者的诗学研究论文、通信等 12 篇；"上园诗话"收录阿红、朱子庆、杨光治的短篇诗论（诗话）20 则。另有"附录"4 篇，分别介绍阿红、袁忠岳、叶橹、杨光治 4 人在诗歌创作，尤其是诗学研究方面的成绩。③

在这本论文集中，如果要考察作为诗歌理论群落的"上园派"的诗学观念，尤其值得注意的是朱先树撰写的"卷前语"《关于诗的传统与现代追求问题》和吕进撰写的"卷末语"《变革，为了新诗在当代中国的繁荣》。这两篇文章比较集中地展示了"上园派"的诗学观念。朱先树说："物以类

---

① 吕进在 1988 年共写了六篇关于《诗刊》的"漫评"，刊发在《诗刊》当年的第 3、4、5、6、7、10 期上，后以《漫评〈诗刊〉》为总题收入《吕进文存》。这段文字是他为《漫评〈诗刊〉》写的"著者按"，见《吕进文存》（第 3 卷），西南师范大学出版社 2009 年版，第 36 页。

② 袁忠岳：《从上园到北碚》，西南大学中国新诗研究所主办的《中外诗歌研究》2005 年第 4 期。

③ 自 1982 年出版《新诗的创作与鉴赏》之后，关于吕进或其著作的评论文章就很多。据吕进先生当时透露，该书没有收入有关他的评论文章，是因为还没有人为年纪尚轻的朱子庆写过评论文章，当时也没有找到合适的关于朱先树及其诗论的评论文章，作为《上园谈诗》编者的吕进就放弃了介绍自己。

聚，人以群分。在当今诗坛创作追求五彩缤纷，诗歌观念众说纷纭的情况下，本书的作者和所收文章，其思想艺术观点大致有相通处。"① 可以看出，群体的形态已经基本形成。他还简要概括了这一群体对于诗歌、诗学研究的基本态度：

> 概括起来说就是，诗是现代的；他面向中国当代社会现实生活，表现当代中国人的思想情绪，在艺术上创造出适合中国读者审美趣味和接受能力的多种多样的表现方法；宽容一切艺术的追求，实事求是地分析和对待各种艺术存在，促进诗歌创作的繁荣和发展：这就是我们的基本态度。②

吕进说："入集作品大多曾公开发表过，现在按照一定顺序分辑编集，希望能给读者诸君提供一个学派的整体性印象。"③ 很明显，编者是希望通过这本文集来最终确定一个诗学流派在中国诗坛的出现，同时强化诗坛对这个群体的了解。对于这本书的缘起，吕进进行了简洁但又富于文采的介绍：

> 这本七人合集的缘起和上园饭店不无关系。1984 年春，一个读书会在上园饭店举行。这是一家新建饭店，位于北京的西北角。一年多过去了。1985 年隆冬，又一读书会的地址凑巧又是这里。
>
> 从第一个读书会到第二个读书会，上园饭店给一群诗评家提供了结识机会。他们虽然大多过去不曾谋面，然而早就熟悉彼此的名字，以文会友，上园饭店的相聚使他们一见如故。
>
> 两个读书会的参加者虽然不尽相同，友谊却是相同的，面对面的切磋，北往南来的鸿雁，深化了讨论，也深化了友谊。于是，一个念头应运而生：合出评论集子；于是，又一个念头不谋而合：书名一定得有"上园"二字，以纪念在这家饭店萌生的学术友谊。……④

---

① 朱先树：《关于诗的传统与现代追求问题——代卷首语》，见吕进编：《上园谈诗》，重庆出版社 1987 年版。
② 朱先树：《关于诗的传统与现代追求问题——代卷首语》，见吕进编：《上园谈诗》，重庆出版社 1987 年版。
③ 吕进：《变革，为了新诗在当代中国的繁荣——卷末语》，见吕进编：《上园谈诗》，重庆出版社 1987 年版，第 473 页。
④ 吕进：《变革，为了新诗在当代中国的繁荣——卷末语》，见吕进编：《上园谈诗》，重庆出版社 1987 年版，第 472—473 页。

这段记述和其他几位当事人的记述没有本质上的差异，只是吕进更注重对其内涵的揭示，而不太注意事实本身的描述。但他所谈的仍然是"上园派"形成的过程。对于这个群体的基本特点，吕进用了三个词组来描述：求实意识、创新意识、多元意识。它们正是"上园派"诗学主张的基本立足点和出发点。后来研究"上园派"及其诗论家的文章也大多认同这几个特点。

第一次在专著中对"上园派"进行介绍并评价的是黄子健、佘德银、周晓风合著的《中国当代新诗发展史》：

> 新时期诗歌理论批评中所谓稳健派代表了企图超越崛起派和传统派各自偏颇的"第三条道路"的努力方向。在新时期围绕朦胧诗展开的论争中，这一派稍微后起，但人数更多，实力较强，是前两派均所不及的。其中包括诸多诗人和诗论家，如沙鸥、公刘、牛汉、刘湛秋、杨匡汉、陈良运、吕进、阿红、杨光治、朱先树、袁忠岳、叶橹、朱子庆等。后七人还因合作出版了《上园谈诗》，明显呈现出"一个学派的整体印象"，被称为"上园诗派"，是稳健派的中坚。该派诗歌理论批评的突出特点是力求平稳，力避片面。"求实、创新、多元"则大体反映了这一派诗论的基本风貌。[①]

这个名单中涉及多位诗人，他们的诗歌探索方向是"上园派"所赞同的，也可以说是这个群体总结诗歌艺术特征和规律的诗学基础。许多没有加入这个群体的诗论家其实也和"上园派"的道路有着相当的契合，如吴开晋、陈良运、李元洛、吴欢章、古远清、张同吾等，这些诗论家在诗歌批评领域具有不可忽视的影响，对"上园派"主张的推广起到了一定的推动作用。

其后的许多著作和文章都对"上园派"及其主要成员的诗学主张进行了介绍和研究。古远清曾发表《"上园诗派"主张的生动阐明》[②] 等文章予以全面分析，在1988年5月由诗刊社主持召开的"运河笔会"上，古远清

---

① 黄子健、佘德银、周晓风：《中国当代新诗发展史》，成都科技大学出版社1993年版，第288—289页。

② 刊于《当代文坛报》1987年第9期。

再次谈到了"上园派"及其形成过程。① 总体而言，"上园派"在诗学研究上的基本特征是"稳健的开放"，主要体现在艺术追求上的开放和研究方法上的开放。在艺术追求方面，"上园派"主张"多元化"，在他们看来：

> 只要立足于当代中国人的生命体验，各种艺术追求都有其存在的权利，但这种"追求"必须遵循诗歌艺术的发展轨迹，"越轨"之作便不是诗。②

这种开放还体现在处理当代与传统的关系、诗与现实的关系等方面，"开放的艺术追求带来了'上园派'艺术视野的开阔性与科学性，也形成了它的广泛的指导性"③。

"研究方法的开放是艺术追求的开放的必然要求。上园诗评家善于吸收和采取各种新的科学的研究方法，系统论、信息论、符号学等现代科研方法常常渗透在他们的文章之中。'求实'和'创新'是他们把握研究方法开放的基本原则。"④ 这种开放具体体现在注重探索诗歌艺术发展的特殊规律、注重把宏观研究和微观研究结合起来等方面，最终获得了既符合诗歌艺术发展规律又具有新意、适应当下诗歌发展现状的理论主张，因而能够产生比较广泛的影响。

"上园派"诗论家注重诗的基本理论研究，试图从新诗发展的历史和现状中寻找新诗艺术的特征和规律，吕进的《新诗的创作与鉴赏》（1982）、《中国现代诗学》（1990）是这种研究的代表性成果。"上园派"和"传统派""崛起派"的最大差异主要体现在对待开放与传统的关系上。传统派过分强调传统，崛起派过分强调开放，"上园派"则是将二者有机结合起来。吕进认为，"在历史上，开放往往为诗歌的创新创造良好环境。……新诗的诞生就是遇到了 20 世纪初叶的文化大开放年代，新潮汹涌，孕育了新诗的胎动。""然而，开放只是提供发展的可能性。要将可能性变为现实性还得有几个要素，最主要的就是如何在开放环境中保持、扬弃、丰富本民族传

---

① 蒋登科：《稳健的开放——读〈上园谈诗〉》，《未名诗人》1989 年第 2 期。
② 蒋登科：《稳健的开放——读〈上园谈诗〉》，《未名诗人》1989 年第 2 期。
③ 蒋登科：《稳健的开放——读〈上园谈诗〉》，《未名诗人》1989 年第 2 期。
④ 蒋登科：《稳健的开放——读〈上园谈诗〉》，《未名诗人》1989 年第 2 期。

统。诗是民族性最强的文学。……没有传统根基，开放反而可能使一个民族的诗歌变得芜杂和怪异，损害诗的成长。"因此，"在开放的环境中开拓诗歌创新之途，看来有两个相互关联的侧面，一是外国艺术经验的本土化，一是民族传统的现代化。这样，才能创造出当代的民族诗歌"①。而对于传统，"上园派"的看法也值得注意，吕进认为："在某一个民族诗歌的永恒的无穷尽的变化中总是有一些有别于其他民族的恒定的不变的艺术精神和形式特征，这就是传统。遵循这个线索，我们可以更深刻地把握古代诗歌——鉴赏古代作品中的现代艺术因素；我们也可以更准确地把握现代诗——发现现代作品的艺术渊源；我们甚至可以预测未来——从变化与恒定的矛盾统一中去探知诗歌的路向。"② 这是吕进一贯坚持的艺术主张，也是其诗学体系的基石，同样是"上园派"得以成立的学理基础。可以看出，辩证法观念在吕进诗学体系的建构中发挥着重要的作用。

在展开基础研究的同时，"上园派"的诗论家也非常关注对诗歌现象的捕捉，对于有成就、有特色的诗人，善于总结和研究他们的艺术特色，而对于不符合诗歌艺术规律的现象则敢于批评。朱先树就撰写过大量论文总结诗坛现象，其《80 年代中国新诗创作年度概评》③ 一书就对 80 年代的诗歌进行了全面的关注，《新时期诗歌主潮》④ 一书也记载了新时期以来诗歌发展的许多重要现象，是研究当代诗歌的重要文献和史料。阿红的诗话清新活泼，诗意盎然，袁忠岳、杨光治等人的论文具有思辨性，对于诗坛上的各种新现象发表了具有说服力的观点。

"上园派"的出现打破了 20 世纪 80 年代初期诗坛上二元对立的格局，使诗坛多元化的渴望得以实现。但是，到了 80 年代中期"上园派"出现的时候，由于诗歌创作现象越来越丰富，诗歌观念的多元已经成为事实，群体之间的争议已经不像 80 年代初期那样尖锐、激烈，融合态势已基本形成。因此，"上园派"的出现在一定程度上不是与"传统派""崛起派"抗争的结果，而是在诗坛上引领了一种新的潮流和方向，可以认为是"传统派""崛起派"之外的第三条道路。

---

① 吕进：《开放与传统》，《当代文坛》1990 年第 1 期。
② 吕进：《开放与传统》，《当代文坛》1990 年第 1 期。
③ 朱先树：《80 年代中国新诗创作年度概评》，长江文艺出版社 1993 年版。
④ 朱先树：《新时期诗歌主潮》，作家出版社 2002 年版。

根据朱先树的记载，参加 1984 年《诗刊》读书会的几位专家基本上都认为："这些年的诗歌评论工作中，取得了不少成绩，但也出现了一些失误。所谓'崛起'理论的出现和在诗坛形成的影响就是例证。"①"崛起派"是《诗刊》读书会主要针对的对象，这在今天看来，这个活动是具有反"崛起"之嫌的。换句话说，"上园派"在一定程度上是反"崛起派"的。不过，如果我们对他们的理论文本进行更深入一些的考察，就会发现，"上园派"和"崛起派"之间存在的差异，主要体现在对待传统和外国艺术经验的态度上，一个主张"融合"，一个更关注"拿来"。但是，在创新意识上，二者其实是一致的，它们共同的"对手"是缺乏创新意识和探索精神的"传统派"。在 20 世纪 80 年代初期，"传统派"和"崛起派"在人数上都不占多数，但后者因其"新"与"破"的诗学主张而受到诗界关注。而在 80 年代中期及以后的相当长时间里，"上园派"的诗学主张代表了大多数诗人和评论家的意见。古远清曾有过这样的说法："这派抛弃了狭隘的民族意识和单纯的横向移植，把新诗研究置于以现代生活为基础的中国新诗和外国诗歌交叉点上。他们主张新诗既要民族化，也要现代化，既要立足于传统，但又不能株守传统，抱残守缺，而要横向借鉴于西方，赢得了众多的知音。"② 由于"上园派"在事实上的认同者和参与者很多，除了《上园谈诗》中的几位具体的诗论家外，其普视性似乎超越了具体的指代性，因此，这个称呼在其出现之后并没有很多人采用，尤其是进入 90 年代以后，"上园派"的核心成员发生了一些变化，朱子庆很少参与"上园派"的活动，专门谈诗的文章不是很多，阿红因为年龄和身体的原因，在退休以后撰写的文章越来越少，叶橹逐渐将自己的观点转移到对"先锋派"的关注上，袁忠岳、杨光治、朱先树等也先后退休。同时，在发展过程中，"崛起派"也出现了诸多变化，一些诗论家对诗坛上出现的非诗现象给予了尖锐批评，如孙绍振就在 1998 年 1 月号的《诗刊》上撰文对"后朦胧诗"进行过深度解剖，对由"新潮诗"演化而来的"后新潮诗"进行了全面的打量，他并不反对创新，但不再像 80 年代初期那样对所谓的新探索都给予肯定，而是客观分析了"后新潮诗"所存在的致命的缺陷，体现出诗学观念上的转向。

① 朱先树：《要认真重视诗歌评论工作——记〈诗刊〉举办的评论作者读书写作会》，《新时期诗歌主潮》，作家出版社 2002 年版，第 239 页。

② 古远清：《中国大陆 40 年诗歌理论批评景观》，《诗探索》1995 年第 4 期。

他说："今天，孙绍振在这里却表示，目前大量新诗他看不懂了。不但如此，而且还在本年度《星星》的八月号上发表了文章，要'向艺术的败家子发出警告'。"他说："在我们的诗坛上，虚假现象可以说是铺天盖地而来。或者用一个年轻诗歌评论家的话来说，就是到处都是'塑料诗歌'。用外国文化哲学理论廉价包装起来的假冒伪劣诗歌占领了很大一部分诗坛。"他指出："我们希望一切诗人都能把对于诗的使命感，对于自我的使命感，对于时代的使命感统一起来，首先做一个真正意义上的人，然后再谈得上把自己的生命升华为诗。我无法相信，没有真正意义上的使命感，光凭文字游戏和思想上和形式上的极端的放浪，会有什么本钱在我们的诗坛上作出什么骄人的姿态。"① 这与同一时期吕进的观点非常接近，吕进说：

> 诗，是民族性最强的文学样式。我们主张弘扬传统，因为无论愿意还是不愿意，我们总是生活在传统中。中国诗歌传统有一个中心观念，就是以国家和群体为本位，所谓"话到沧桑句便工"。传统诗美学将此作为评价作品高低优劣的重要标准。这种诗美学与西方的使人与人、人与社会、人与自然相分离、相对立的观念大相径庭。近年一些中国诗却不见"中国"，中国的现状与历史，中国人的生存状态、生活状态、情感体验，中国人身外的文化世界和身内的精神世界，都在诗中消失了。文字游戏、语言狂欢、"解构"崇高、眼光只看得见自己鼻尖的肤浅之作，使人大倒胃口。不要"中国"，又叹息诗在当代中国成了边缘文化，岂非逻辑混乱！将中国的诗歌精神"重铸"为西方诗歌精神，新诗就必然得病，必然被读者所看轻，所疏远，甚至被目为怪诞。②

进入20世纪90年代以后，80年代初期那种诗学观念之间的尖锐冲突在诗坛上已经逐渐成为历史。接续诗歌探索、创新的是另外一些更年轻的诗人和评论家，世纪之交的"盘峰论战"就是"知识分子写作"和"民间写作"之间的观念碰撞。不过，其语境已经和80年代前期有很大差异，是多元文化氛围已经形成之后的论争，已经很少有人用"对"与"错"来对它们加以评价了。

不过，作为"上园派"基地的西南师范大学（2005年与西南农业大学

---

① 参见孙绍振：《后新潮诗的反思》，《诗刊》1998年第1期。
② 吕进：《新诗呼唤振衰起弊》，《人民日报》1997年7月22日。

合并组建为西南大学）中国新诗研究所还在①，作为这个研究机构的创始人和学术带头人，吕进一直引导着这个研究机构的学术方向；可以称为"上园派""盟主"且编辑出版过《上园谈诗》的吕进还活跃在诗学研究领域，他的多种著述和针对诗坛现状所撰写的一系列文章仍然受到诗歌界的关注。② 换句话说，"上园派"的目的不是一定要开创一个诗论流派，而是要通过群体的努力开创一种"稳健的开放"的诗学主张，即使这个群体已经成为历史，但这种追求在相当长的时期内仍然具有自己的学术生命力，《诗刊》所发表的许多文章在很大程度上延续了当年"上园派"提出的主张，毛翰提出的"中锋"之说也是上园派主张的延续——"上园派"在本质上就是一个主张"化古化欧"的"中锋派"。

2004 年 9 月，吕进、骆寒超等人在西南师范大学中国诗学研究中心、中国新诗研究所主办的"首届华文诗学名家国际论坛"上提出"新诗二次革命"的主张，这实际上是对"上园派"诗学观念在新的文化语境之下的升华和延续。值得注意的是，在正式提出"新诗二次革命"之前，吕进关于"三大重建"之一的"诗体重建"的论文《诗体解放以后》《论新诗的诗体重建》《作为诗体探索者的贺敬之》等就先后于 1995 年 4 月、1997 年 10 月、1998 年 7 月发表在《诗刊》上，后来才引发了他对诗的"精神重建""传播方式重建"的深度思考。1998 年 11 月 12 日至 16 日，在由中国作家协会、江苏省委宣传部主办，诗刊社承办的"全国诗歌座谈会"（张家港诗会）上，吕进再次谈到了"诗体重建"的主张，受到与会专家的关注

---

① 吕进在《缪斯之恋——我的学术道路》（《重庆教育学院学报》2009 年第 1 期，第 5—12 页）中说："这本书（指《上园谈诗》——引者注）编完于 1986 年 2 月，距新诗研究所的成立只有四个月的时间。新诗研究所后来实际上成了上园派的基地。"

② 吕进先生生于 1939 年 9 月，按照西南大学的规定，一般的博士生导师可以工作到 65 周岁退休，而国家级有突出贡献的专家可以工作到 70 岁才退休。吕进是 1995 年获得国家级有突出贡献的中青年专家这一称号的。到 2009 年，学校又同意他继续工作，直到 2011 年年底才办理退休手续。退休以后，新诗研究所以"终生荣誉所长"的身份继续返聘吕进教授，在 2012 届研究生毕业典礼、2012 级新生开学典礼活动上，他都作为元老发表了讲话，这些讲话刊发于《中外诗歌研究》2012 年第 3 期。蒋登科于 2002 年 9 月至 2009 年 9 月担任中国新诗研究所所长，但吕进是西南大学中国现当代文学学科和中国新诗研究所的学科带头人，也是以中国新诗研究所为核心的重庆市首批人文社会科学重点研究基地"中国诗学研究中心"的主任，他一直关注、影响着新诗研究所的学术方向。而且，在其他一些"上园派"同人几乎不再从事新诗研究的情况下，吕进仍然发表了大量的论文和专著，参与了大量的诗歌和诗学方面的活动。

和肯定。

总括起来看，"上园派"的出现和延续都与《诗刊》有关。在1984年《诗刊》举行的读书会上，多数与会者对于诗歌批评中存在的不良现象提出了批评，"大家认为，诗歌评论，重点应该是浇香花，表扬好的，同时也要批评一些错误的理论和作品"①。吕进提出的"新诗二次革命"的主张其实也是以批评诗歌创作、诗学研究中的非诗现象作为基本立足点的，而且与此相关的很多成果都发表在《诗刊》上。他说："中国现代诗学需要科学地总结近百年积累的正面和负面的艺术经验，肯定应当肯定的，发扬应当发扬的，批评应当批评的，推掉应当推掉的；向伪诗宣战，向伪诗学宣战，向商业化和'窝里捧'的诗评宣战，摆脱边缘化的尴尬处境；探讨诗歌精神重建、诗体重建和诗歌传播方式重建，推动当下中国新诗的振衰起弊。这是现实提出的问题，时代提供的条件，诗界普遍的希望，历史赋予的使命。"②这是"上园派"诗学主张和学风在新的社会文化语境下的提升和延续，只不过比过去谈得更全面，更直接，也更具有冲击力。

① 朱先树：《要认真重视诗歌评论工作——记〈诗刊〉举办的评论作者读书写作会》，《新时期诗歌主潮》，作家出版社2002年版，第240页。
② 吕进：《三大重建：新诗，二次革命与再次复兴》，《西南师范大学学报（人文社会科学版）》2005年第1期。

第七章 《诗刊》的活动与
当代诗歌的发展

  《诗刊》既是发表作品、诗论,传播诗歌主张的重要阵地,也是诗人、学者交流的重要平台。创刊以来,《诗刊》组织了大量的诗歌活动,包括诗歌朗诵会、作品研讨会、理论研讨会等,这些活动对当代诗歌思潮的演变与发展产生了重要影响,如创刊以来长期坚持的诗歌朗诵活动加强了诗歌与社会、读者之间的联系,1980 年开始的对"朦胧诗"的讨论引发了诗坛多元化格局的出现,1984、1985 年的评论作者读书会催生了诗论界三驾马车之一的"上园派"的诞生。从 20 世纪 80 年代初开始的"刊授学院""青春诗会"为培养诗歌创作人才发挥了重要作用。在 90 年代开始编辑出版的诗歌丛书,推出了一批优秀诗人和作品,也在一定程度上解决了诗集出版难的问题。在 21 世纪开始的"春天送你一首诗"大型朗诵活动每年在不同地区举行,拓展了诗歌传播方式,使边缘化的诗歌在一定程度上得到了读者的认同。由于《诗刊》自身的地位和影响,这些活动的影响面很广,在很大程度上引导了当代诗歌思潮的发展。

  我们必须承认,有些活动的策划与出现和市场经济的发展存在一定的关联。早在 1984 年,诗刊社在组建全国青年诗歌刊授学院时就提出,诗歌函授属于有偿服务,"我们要敢于理直气壮地依靠劳动赚钱,更要问心无愧地对得起学员的血汗收入,不能两眼只盯着金钱"[①]。在后来,随着市场经济的逐渐建立,诗歌面临物质发展、精神萎缩的巨大挑战,如果不顺应市场经济的发展,不以有利于诗歌发展的方式去占领"市场",诗歌的发展就可能

[①] 丁国成:《〈诗刊〉如何办起"刊授"来?》,《扬子江诗刊》2006 年第 6 期;收入其诗论集《诗学探秘》,北京燕山出版社 2007 年版,第 311 页。

走向衰落。

在这里，我们选择《诗刊》在创刊以来举办的一些具有连续性的活动加以回顾、探讨，并由此思索在现代文化语境之下，尤其是市场经济语境中诗歌的发展之道。虽然我们已经在其他章节谈到了《诗刊》组织的朗诵活动和编辑出版的图书等，但在这里，我们试图从新的角度来解读这些活动的历史价值。

第一节　诗歌朗诵活动与诗歌的大众化追求

根据《〈诗刊〉纪要》①的记载，《诗刊》自创刊以来开展的群众性诗歌活动很多，大致统计如下：

1960 年 6 月 18 日，由《诗刊》、中国音协理论创作委员会、中央人民广播电台等联合举办的"支持亚洲、非洲、拉丁美洲人民民族民主运动的反帝诗歌朗诵演唱会"在北京中山公园音乐堂举行。

1962 年 9 月 5 日，《诗刊》编辑部和中央广播电视剧团联合主办的"诗歌朗诵吟唱会"在首都广播大楼音乐厅举行，《诗刊》主编臧克家主持，光未然、萧三、赵朴初、阮章竞、邹荻帆等朗诵了自己的作品。

1962 年 11 月 8 日，《诗刊》编辑部和中央人民广播电台文艺部主办的"支援古巴诗歌朗诵大会"在首都剧场举行，《诗刊》主编臧克家主持。

1963 年 3 月 24 日，《诗刊》社和北京话剧、电影演员、业余朗诵研究小组主办的"星期朗诵会"在北京儿童剧场举行。

1963 年 4 月 7 日，《诗刊》编辑部和中央人民广播电台邀请首都诗人、演员到北京郊区红星人民公社西红门大队去朗诵和演唱诗歌。

1963 年 7 月 19 日，《诗刊》社主办的"纪念马雅可夫斯基诗歌朗诵会"在北京举行。

1963 年 8 月 25 日，《诗刊》社主办的"支持黑人斗争诗歌朗诵会"在首都剧场举行。

1964 年 1 月 16 日，《诗刊》社主办的"支持巴拿马人民反美爱国

---

① 《诗刊》2007 年第 1 期。

斗争诗歌朗诵会"在首都剧场举行。

1964 年 4 月 12 日,《诗刊》编辑部、中央人民广播电台文艺部等主办的"支持非洲独立周"诗歌朗诵演唱会在北京举行。

1964 年 4 月 25 日,中央人民广播电台文艺部和《诗刊》《世界文学》等五个编辑部联合主办的"支持古巴和拉丁美洲人民斗争"诗歌朗诵演唱会在北京举行。

1964 年 6 月 13 日,《诗刊》编辑部和中央人民广播电台文艺部主办的"人民公社好"诗歌朗诵演唱会在北京郊区黄土岗人民公社举行。

1964 年 8 月 16 日,《诗刊》社与中央人民广播电台文艺部联合主办的反对美国侵略越南诗歌朗诵演唱会在北京中山公园音乐堂举行。

1976 年 5 月 16 日,《人民文学》《北京文艺》和《诗刊》编辑部联合主办的"歌颂文化大革命,反击右倾翻案风"诗歌朗诵演唱会在北京举行。

1976 年 10 月 2 日至 3 日,《诗刊》编辑部主办的"毛主席永远活在我们心中"诗歌朗诵演唱会在北京首都剧场举行。

1976 年 11 月 25 日至 26 日,《诗刊》编辑部和中央人民广播电台文艺部联合主办的热烈庆祝华国锋同志任中共中央主席、中央军委主席,热烈庆祝粉碎"四人帮"篡党夺权阴谋的伟大胜利大型诗歌朗诵演唱会在北京举行;此后又连续举行七场。

1977 年 1 月 7 日至 9 日,《诗刊》社主办的"周总理永远活在我们心中"诗歌朗诵音乐会在北京工人体育馆举行。1 月起,在虎坊路办公室临街东侧竖立长达近二十米的《诗刊》"街头版",每月换一次。

1979 年 7 月 2 日,《诗刊》社、中央人民广播电台文艺部主办的赞颂张志新烈士诗歌朗诵演唱会在北京举行。

1980 年 1 月 26 日,《诗刊》社主办的大型叙事诗朗诵演唱会在首都体育馆举行。

1982 年 1 月 14 日,《诗刊》社主办的"庆祝《诗刊》创刊二十五周年"诗歌朗诵演唱会在北京展览馆剧场举行。

1990 年 8 月 7 日,《诗刊》社与京华影视节目制片社、北京星合塑料制品有限公司联合主办的"中华魂"诗歌朗诵演唱会在北京长富宫饭店举行。

1990 年 8 月 22 日，《诗刊》社、文化部归国侨联、华业电视咨询公司、《中国市场信息》编辑部、北京光华染织厂共同主办的"光华之夜"诗歌朗诵文艺晚会在北京举行。

2000 年 4 月 16 日至 17 日，《诗刊》社、上海东方广播电台、建平中学联合主办的《祝福浦东》诗歌朗诵音乐会在建平中学举行。

2001 年 10 月 25 日，《诗刊·下半月刊》主办的首次诗歌月末沙龙在北京市朝阳区文化馆举行。

2001 年 12 月 28 日，《诗刊·下半月刊》主办的诗歌月末沙龙在北京市朝阳区文化馆举行"新年诗歌朗诵会暨第二届鲁迅文学奖获奖诗人作品朗诵会"。

2002 年 5 月 20 日，《诗刊》社与中国作家协会创联部、中华文学基金会、北京市通信公司联合主办的纪念毛泽东《在延安文艺座谈会上的讲话》发表六十周年大型诗歌朗诵演唱会"延河情"在北京文采阁举行。

2002 年 12 月 27 日，《诗刊》社、朝阳区文化馆、首都师范大学中国诗歌研究中心共同主办的"月末沙龙"新年特别节目——"2003 年新年诗歌朗诵会"在北京市朝阳区文化馆举行。

2003 年 7 月，《诗刊》与中央电视台共同主办抗击"非典"诗歌朗诵会。

2003 年 12 月 26 日，《诗刊》社、北京作家协会、首都师范大学中国诗歌研究中心、北京市朝阳区文化馆共同主办的"让我们快乐地走进诗歌——2004 中国新诗之夜"在北京举行。

2004 年 8 月，《诗刊·上半月刊》与深圳市委宣传部联合主办"百年小平"诗歌朗诵音乐会。

2005 年 6 月 26 日，《诗刊·上半月刊》、中国解放区文学研究会、北京市丰台区文联联合主办的"卢沟放歌——纪念抗日战争胜利 60 周年"大型诗歌朗诵会在北京卢沟桥抗日雕塑园举行。

这些活动主要是朗诵活动，有些活动很大，对于诗歌文化的宣传、普及发挥了一定的作用。虽然这些活动都是单一的，在某一地（主要是北京）举行之后，其辐散性并不是很强，对于地域辽阔、人口众多的中国，其影响范围、深度、广度显然还存在一定的局限，但是，不管怎样，这些活动通过参与者、新闻报道等方式传播到了更广泛的地方，对于诗歌发展产生了一定的影响，对引导中国新诗的发展发挥了不可忽视的作用。

《诗刊》从创刊开始就非常注重诗歌朗诵活动，尤其是到了20世纪60年代初，诗歌朗诵活动越来越多，有配合政治、时事、诗歌发展的专题性朗诵会，也有在不同的节日、纪念日组织的诗歌朗诵活动。诗人、诗歌评论家闻山1960年到《诗刊》之后，除了参与刊物的编辑工作，还"兼管诗朗诵的事"，参与了多次诗歌朗诵活动的组织。他回忆说：

> 1960年我到《诗刊》工作。除了和丁力同志轮流发稿之外，我还兼管诗朗诵的事。诗朗诵是诗深入人民群众的好方式。孔夫子说，"诗可以群"。这话在古代说明什么情况，不大清楚。抗日战争时期，诗动员群众、团结队伍的力量就显现出来了，诗朗诵活动成为一种战斗形式。在昆明的西南联合大学，我们成立了联大新诗社，请闻一多先生当导师，不断地开诗朗诵会。闻一多先生是非常好的朗诵者，我所听过的诗朗诵没人能达到他的境界。他不用手势，只用他那发自内心、充满激情、有如大提琴的声音，将诗传到听众心中，使你的心灵发生共鸣、震动。在被称作"民主堡垒"的西南联大，新诗社的宗旨是抗日救国，表现现实生活，为争取人民民主而斗争。我们开朗诵会，欢迎校外的诗友参加。你是穷教师、报馆小职员、工人，或者爱诗的青年作者，都可以拿自己写的诗来朗诵，征求别人的意见。通过诗，人们可以成为朋友、同志。
>
> 闻一多先生推崇屈原、杜甫，因为他们心里装着人民的苦难。他激赏田间的战斗性极强的街头诗，朗诵田间的《义勇军》《假如我们不去打仗》《坚壁》和艾青的《大堰河》，令听众热血沸腾。新诗社在联大学生大饭堂开朗诵会，大家知道闻一多先生要朗诵，不多久就挤满了人，进不来的就爬上窗台"参加"，真是热烈非凡，诗就这样完成自己的任务。
>
> 六十年代初，很容易找到许多可以朗诵的好诗。郭小川的《向困难进军》《甘蔗林—青纱帐》，贺敬之的《放声歌唱》《三门峡—梳妆台》，袁水拍的讽刺诗等等，都得到了听众热烈的掌声。群众听诗朗诵强烈而且持久的要求使我们感动，于是有了"星期朗诵会"，每星期天上午都在音乐厅举行。邀请人民艺术剧院、青年艺术剧院的演员朱琳、

苏民、董行佶、周正等许多同志参加朗诵，也请过上海来京的上官云珠、黎铿。报酬极少，没人计较。但租剧场也要一些费用，所以试试低价售票，看行不行。第一次办，就遇上下小雪天气，没料到票很快就卖光了。剧场已满，外面竟有不少人等退票，只好拉出扩音喇叭播放给人们听。天阴冷冷的，诗和心却是热的。就这样站着听到散场。我在大门口看着，出来的听众有学生、工人、干部，也有五十多岁的大娘、大爷带着孙子来。一个南苑机场工人对我说，多搞些朗诵会吧，我们难得听到一次！王震将军和夫人也来听诗朗诵。

看到这种情景，我很感动，非常高兴，于是给《人民日报》写了篇小文《听诗朗诵有感》，告诉大家，诗是多么受人民群众欢迎。①

闻山的回忆谈到了现代诗歌朗诵传统对《诗刊》组织诗歌朗诵活动的影响。在新诗发展史上，尤其是在抗战时期，各地的诗歌朗诵活动是非常活跃的。人们借助诗歌这种艺术样式，通过朗诵表达自己对祖国的热爱，对日本侵略者的痛恨，同时也通过这种方式凝聚人心，传播时代精神。由于当时的传播方式还不够发达，没有电视之类的快捷传播手段，因此，某一地方的朗诵活动产生的影响是非常有限的，但最终引发了朗诵活动在中国大地上的四处开花，甚至出现了一批以创作朗诵诗、组织朗诵活动而知名的诗人，高兰就是其中最著名的诗人之一。

不过，《诗刊》组织诗歌朗诵活动的另一个原因也是最直接的原因是胡乔木的参与和推动。敏歧回忆说："上世纪的六十年代初，北京的诗歌朗诵红火过一些日子，当时朗诵之兴，最初源自胡乔木。"② 他说："胡乔木对新诗一直很关心，那时在养病，想对诗歌的情况作些调查研究，就委托诗刊社为他组织一些朗诵。朗诵的有'五四'以来有代表性的新诗，有翻译的外国诗，还有中国古典诗词的吟诵。演出的地点在中央人民广播电台的小礼堂，胡乔木穿一件深灰夹呢大衣，每次到得都很准时。参加的人，除胡乔木外，主要是在京的诗人和作家。"③ 最初为胡乔木组织的诗歌朗诵活动逐渐体现出了它独特的影响，也因此积累了一些适合朗诵的作品，于是《诗刊》

---

① 闻山：《〈诗刊〉忆旧》，《诗刊》2007 年 3 月上半月刊，第 51—53 页。
② 敏歧：《忆〈诗刊〉的两件事》，《诗刊》2006 年 7 月上半月刊，第 41—42 页。
③ 敏歧：《忆〈诗刊〉的两件事》，《诗刊》2006 年 7 月上半月刊，第 41—42 页。

社就尝试着把朗诵活动做大，而且决定以售票的方式进行公开演出，"最初是试探性的，谁知在音乐厅演出的第一场，海报一出，售票窗外就排起长队，票很快就卖光了。由于受到欢迎，朗诵就不定期地举行。每次既有保留节目，又有新的节目。还动员诗人上台与观众见面，朗诵自己的作品。"① 当时参与朗诵的诗人很多，郭小川、袁水拍、贺敬之、李瑛、蔡其矫等诗人都亲自参加过朗诵。

在谈到当时诗歌朗诵会的主题时，敏歧说："六十年代初，即六二、六三，两年左右的时间内，北京的诗歌朗诵活动很经常、很红火。朗诵又分两类，一类从诗歌和朗诵艺术考虑，这类最多，也最经常，另一类是配合当时的政治形势，如支援古巴，支援越南。第二类少些，但难度更大，因为相对而言，可选的诗少，而动员诗人自己上台的却要多。"② 这和另一位曾经在《诗刊》工作过的白婉清的回忆有相似之处，她说："在当时政治形势要求下，往往几天之内就要突击组织一个专题诗歌朗诵会（如支持古巴反美斗争）。从组织诗人写稿、邀请朗诵演员，到租场地、做宣传，头绪纷繁，虽然忙得头昏眼花，却没人叫苦叫累，而且相互协作，勇挑重担，充分显示出这个小集体的凝聚力和战斗力。"③

不过，《诗刊》前期的朗诵活动也和其他许多文学、文化、艺术活动一样，在"文化大革命"开始之前就基本上停止了。敏歧对此是这样描述的："大地上空的乌云越来越浓，'文革'的风暴越来越近，诗歌朗诵这朵花，和许多曾有勃勃生机的事物一样，也开始枯萎，并终于在'史无前例'中陨落。"④

不过，《诗刊》的历届主编、副主编中都有非常重视诗歌朗诵的人，因此，从创刊开始，《诗刊》组织的各种朗诵活动虽然有过中断，但一直没有"陨落"。陈爱仪在回忆《诗刊》复刊之后组织的诗歌朗诵活动时说：

> 《诗刊》复刊时李季同志任主编，当时李季同志提出诗刊社要办好三个"版"。即《诗刊》版、舞台版（诗歌朗诵会）、街头版（诗刊社

---

① 敏歧：《忆〈诗刊〉的两件事》，《诗刊》2006年7月上半月刊，第41—42页。
② 敏歧：《忆〈诗刊〉的两件事》，《诗刊》2006年7月上半月刊，第41—42页。
③ 白婉清：《难忘在〈诗刊〉日子》，《诗刊》2006年8月上半月刊，第50—51页。
④ 敏歧：《忆〈诗刊〉的两件事》，《诗刊》2006年7月上半月刊，第41—42页。

门前的诗歌橱窗），从那时起，我就负责舞台版，也就是说为了配合宣传中心和重大纪念活动，为了丰富群众的精神文化生活，帮助大家提高文学艺术欣赏水平，而举办各种形式、各种类型的诗歌朗诵会，我在诗刊社的历任领导李季、葛洛、严辰、邹荻帆、柯岩、邵燕祥、张志民、杨子敏……的关心、培养下，在《诗刊》编辑部雷霆、王燕生、康志强、寇宗鄂、韩作荣、李小雨以及龙汉山、张新芝等同仁们的帮助合作下，把诗歌朗诵活动搞得红红火火，几乎每个月都有一场诗歌朗诵会。

诗刊社举办的各种类型的朗诵会都得到了诗人们，尤其是老一辈诗人艾青、臧克家、朱子奇、贺敬之、李瑛等的鼎力支持和朗诵艺术家们的全力配合。上世纪 70 年代末 80 年代初人们怀着对周总理无比的崇敬和怀念，我们举办了《周总理，我们永远怀念您》以及《向张志新烈士学习》《中国式的回答》《科学与文明》《五月的鲜花》等诗歌朗诵演唱会，著名诗人李瑛同志赶写了名篇《一月的哀思》，引起了观众的强烈反响，艾青同志为朗诵会赶写了名篇《在浪尖上》，在瞿弦和朗诵时万人体育馆内响起了 19 次掌声。还有柯岩同志的《中国式的回答》，雷抒雁同志的《小草在歌唱》……诗人的创作加上朗诵演员的二度创作，让我们的诗歌如同插上翅膀腾飞起来。①

朱先树也有过类似的回忆："《诗刊》复刊后，李季主张《诗刊》要办三个版：刊物版、朗诵版、街头版。其中《诗刊》的朗诵活动，在上世纪七十年代末八十年代初，也是具有广泛影响的，许多著名的朗诵艺术家和影视演员都参加过《诗刊》社的朗诵活动。在工人体育馆一次朗诵会，有一万多人参加，座无虚席，每朗诵到高潮，听众情绪热烈掌声不断，受到了诗的热情激励和鼓舞。可以说那时诗的感召力的确深入到了一般群众，甚至文化不高的人群中。"②

王春回忆了《诗刊》在粉碎"四人帮"之后参与组织的以批判"四人帮"、怀念周总理为主题的诗歌朗诵活动："'四人帮'被粉碎了，周总理

---

① 陈爱仪：《我在〈诗刊〉工作的岁月》，《诗刊》2007 年 2 月下半月刊，第 51—52 页。
② 朱先树：《我在〈诗刊〉当编辑二三事》，《诗刊》2006 年 1 月上半月刊，第 39—40 页。

逝世一周年快到了，何不用朗诵会的方式纪念敬爱的周总理。这是全国人民的愿望，也是诗刊社全体同志的愿望。大家以高昂的政治热情投入了这项工作，组织了一场又一场的朗诵会，受到了人民群众的热烈欢迎，影响非常之大，有的单位要求包场，有外省市的宣传部门的同志要来取经。演出期间得到国务院机关事务管理局的大力支持，给我们提供了全部交通工具。为了满足广大人民群众的要求，我们决定举行更大规模的演出，地点选在能容纳万人的工人体育馆，连演三场。"① 活动规模大，参与人员多，这在一定程度上说明在"文化大革命"结束之后，人们对诗歌的热情又回归了。

在很长一段时间里，组织诗歌朗诵活动也许有政治方面的原因，但基本上没有受到经济因素的影响。组织者、朗诵者有很多都是著名的诗人、艺术家，他们参加很多活动都是没有任何报酬的，甚至要自己设法赶到朗诵现场。比如袁水拍，敏歧回忆说："参加这类朗诵的诗人中，编辑部印象最好的，是袁水拍。首先，邀请他时，他答应得最爽快。再之，他从不要编辑部安排车，到时候，自己骑一辆自行车就来了，朗诵会结束，自己骑上自行车就走了。"② 王春在谈到"文化大革命"后的那次诗歌朗诵活动时说："组织诗歌朗诵会是一项复杂的工作，先后参加演出的演员有一百多人次，既有本市的，也有外省市的文艺界的朋友们，如话剧界的周正、瞿弦和、歌唱家郭兰英、吴雁泽、王玉珍等。他们不辞辛苦，又没有报酬（只有晚场才有简单得不能再简单的夜宵），有请必到，没有车送，常常乘公共汽车或骑自行车来去。他们热情感人，他们也以能参加这样的演出而感到荣幸。"③ 在那个复杂而又纯真的年代，诗人、诗歌刊物不管作出了多少贡献，其本真之意都是为了诗歌艺术的发展，或者推动诗歌走向读者，使其发挥应有的艺术作用，几乎没有什么诗歌之外的功利目的。以讽刺诗、寓言诗和旧体诗知名的诗人刘征说："上世纪 60 年代初，连续发表了我许多首寓言诗，臧克家同志在《诗刊》上撰文，热情赞扬并给予指导。这个时期我的寓言诗通过刊物和热气腾腾的诗歌朗诵会，产生了较大的社会影响。《海燕戒》《山泉戒》广泛传诵，至今选入中学语文课本。《老虎贴告示》讽刺力度较大，臧

---

① 王春：《我在诗刊社的日子》，《诗刊》2006 年 3 月上半月刊，第 57—59 页。
② 敏歧：《忆〈诗刊〉的两件事》，《诗刊》2006 年 7 月上半月刊，第 41—42 页。
③ 王春：《我在诗刊社的日子》，《诗刊》2006 年 3 月上半月刊，第 57—59 页。

老曾回忆写道：'在朗诵大会上掌声如雷，多次谢幕，气氛之热烈，可谓盛哉。'这是我寓言诗创作的第一个热潮。没有《诗刊》的培育和支持，我的寓言诗也许只能自生自灭了。"① 在诗歌创作非常活跃的年代，朗诵活动对于诗人的成长发挥了不可忽视的重要作用。

《诗刊》组织的诗歌朗诵活动，一方面回顾新诗的经典，使好诗不断发挥其艺术作用，同时也将新创作的优秀作品以最快的方式奉献给读者（听众），尤其是在20世纪60年代初期和70年代末期，很多优秀作品都通过朗诵而受到了广泛关注；另一方面，《诗刊》组织的朗诵活动在主题确定、作品选择等方面都有一些特别的考虑，和当时的时代、艺术发展保持着特殊的关联，它们不但向读者（听众）传递了诗歌艺术发展的信息，引导了一定时期诗歌发展的路向，而且作为史料，对于我们研究当代诗歌的发展具有不可或缺的价值。参与这些诗歌朗诵活动的除了很多著名的诗人、艺术家之外，许多党和国家领导人、政府部门的高级干部也参与其中，如邓颖超、王震、胡乔木、英若诚等，这说明当时的官员具有很高的文化修养，而且非常关注诗歌艺术的发展，他们以实际行动延续着中国作为诗歌之国的悠久传统，毫不讳言，他们的参与对读者、诗人产生了很大的激励作用，极大地推动了诗歌艺术的发展。

随着经济社会的发展和市场经济的建立，加上文化传播方式的层出不穷，电视、网络等传播媒介越来越发达和普及，以精神建设为己任的诗歌受到的关注越来越少，以高雅为主要特色的诗歌朗诵活动也越来越少，《诗刊》又尝试着采用另外的方式将诗歌推向读者，如开展"春天送你一首诗"活动等。不过，因为文化氛围和过去相比已经发生了很大的变化，这些活动的内容、举办方式和社会影响等都发生了很大的变化。

第二节 《诗刊》与诗人的成长

任何一个刊物，如果不和作者、读者保持良好的关系，如果没有自身的特色和优势，其生存和发展必定会受到挑战。对于人才的发现和培养，对诗

---

① 刘征：《半个世纪的诗缘：我和〈诗刊〉》，《诗刊》2008年8月上半月刊，第52—53页。

人的关心，《诗刊》从创刊之时就一直坚持着。

从创刊开始，在关注老诗人和有名的诗人的同时，《诗刊》还非常注重发现、培养诗坛新人。臧克家特别看重新人新作，"大力发现新生力量"①。作为长期担任不同诗歌刊物、文学刊物的编辑、主编，作为编辑家的臧克家非常注重发现和培养诗歌新人，认为"新作家全是选拔出来的"②。在他看来，编辑有责任去发现和扶植文坛新人。他早就意识到："谁敢说，今日一千个青年诗的学徒里，没有一个未来的李、杜存在呢?"③ 事实上，在现代，许多文学、诗歌名家、大家的出现都经过了编辑的发现甚至培养。臧克家的倡导影响了早期《诗刊》的发展，每个编辑都非常关注年轻诗人的发现和培养，每一期的《诗刊》几乎都推介了一些诗歌新人，甚至专门为新人开设栏目。

诗人李苏卿回忆了他在《诗刊》发表作品的一些情况。李苏卿是徐迟（当时叫徐商寿）在浙江湖州南浔中学教授英语时的学生，后来参加了抗美援朝并开始文学创作，回国后，他得知徐迟担任了《诗刊》的副主编，曾去《诗刊》社拜访了自己的老师。他回忆说：

> 1957 年秋的一天，当我走进北京王府井大街 64 号诗刊社时，在一个编辑室中，见到一位动作敏捷，略瘦稍高的编辑背影，好熟悉啊！待他转过身来时，我一眼就瞧出，他就是徐商寿老师。我一阵惊喜，便迎上去用家乡土话叫了一声"徐先生!"，他愣住了，打量着穿军装的我。我马上说：我是南浔中学你的学生李苏卿，参军当了军医，现在抗美援朝回来，住在北京郊区等等。他想起来了，笑着握住我的手也用家乡土话讲了一句，"你格现好勒野!"（即很好的意思）接着我向他述说，参军、抗美援朝与爱好文学写作等情况之后，他非常高兴说："那你一定要寄一些你写的诗给我看看。"随后他把我介绍给坐在他对面桌上的艾青先生和里面桌上的臧克家先生，并对我说："这两位是大名鼎鼎的诗人!"我立即向两位诗人敬了军礼，他俩笑着跟我握手。坐下后，问了我许多有关朝鲜战场的情况，末了，两位老诗人都叮嘱我要多读书时，

① 《臧克家文集》（第 5 卷），山东文艺出版社 1986 年版，第 378 页。
② 臧克家：《一个理想的实验——四个半月副刊编辑的回味》，《申报》1947 年 1 月 1 日，第 14 版。
③ 臧克家：《臧克家文集》（第 6 卷），山东文艺出版社 1994 年版，第 57—58 页。

徐迟也在旁插话："这个很重要!"我说："回国后,我买了许多书,有马雅可夫斯基、聂鲁达等,也有许多中国诗人的诗集。"我对两位老诗人说："我看过许多遍《大堰河——我的保姆》和《老马》《三代》等诗",他俩都笑了。离开的时候,徐迟先生还拿了一本新出刊的《诗刊》给我。送我到门口时,又嘱我一定要寄诗给他。①

在后来,李苏卿在《诗刊》发表了很多作品,成为以新民歌创作为主的著名诗人。而且,在这个过程中,他从《诗刊》得到的关怀、帮助不只是来源于徐迟(如果仅仅是得到了徐迟的帮助,那么就可能存在人情关系之嫌)。他说:"多年来,我与徐迟先生没有中断过联系,他经常写信鼓舞我。特别是《诗刊》的几位编辑,他们辛勤地默默无闻地为他人作嫁衣,来信不具名,他们对作者的热爱作风和敬业精神使我崇敬。后来,我知道其中一位是吴超同志,联系上之后,每次来信少者1、2页,多时达3、4页,给我的诗作细致的分析、点评,提出修改意见等,对我帮助很大,这使我非常感谢,也常常想念,不知他现在何处?我祝他幸福长寿!""我还忘不了《诗刊》的老诗人臧克家、田间、严辰、邹荻帆,现在的主编叶延滨同志以及曾在《诗刊》当过编辑的刘章同志,都曾经热情写信给予我的赐教和帮助。"② 可以看出,仅仅李苏卿一个人,在《诗刊》获得的关注、帮助就来自许多人。而通过《诗刊》成长起来的诗坛新人数以千计,他们都在一定程度上得到过不同编辑的关心和帮助。诗人宫玺说:"从1958年到2005年,我在《诗刊》发表诗和短文近40次,诗一百余首。当然,这丝毫不表明我写得多么好,而是说明历届《诗刊》编者对我创作的关心和鼓励。"③ 杨人伟回忆说:"《诗刊》对初学诗者非常关心爱护。有一桩事至今三十年过去了,我还记忆犹新。60年代一次上北京,路过《诗刊》社,把诗稿当面交给门口一位老编辑。他客气又热情,说会答复我的。我回到农林场,也未把此事放在心上。半个月后我接到一封信和改稿。诗改了两个关键词。还有一百多字附言。具名是臧克家,鼓励我多读多思多看多练。《诗刊》主编,和

① 李苏卿:《〈诗刊〉——我的良师益友》,《诗刊》2006年8月上半月刊,第54—55页。

② 李苏卿:《〈诗刊〉——我的良师益友》,《诗刊》2006年8月上半月刊,第54—55页。

③ 宫玺:《〈诗刊〉——心中的刊》,《诗刊》2006年6月上半月刊,第51—52页。

毛主席通信谈诗的名家名人，对一个无名小卒如此重视。我激动得不知如何是好，只想搞好工作、写好诗来报答臧老的殷殷之情。后来这首诗《书记身上花不谢》在《浙江日报》上发表了。"① 在《诗刊》的发展历史上，这样的事例难以枚举。在《诗刊》，发现、扶持年轻诗人已从创刊开始就经成为一种优秀的传统。有学者认为："《鲜果色初露》《寓言诗杂谈——读刘征寓言诗纪感》《略谈晓凡的诗》等篇章都是有关年轻诗人的评论文章，这种发现—评论—刊登作品的鼓励年轻作者的机制，在《诗刊》中贯穿始终。"②

除了采用自然来稿，通过选择优秀稿件发现和培养新人，《诗刊》还经常组织编辑到各地组织稿件，交流诗歌信息。诗人何来在1959年时就在《诗刊》发表作品，但是直到1962年，他才见到《诗刊》的编辑。"直到1962年夏天，有位白宛清编辑来兰州组稿，开座谈会，我才第一次见到《诗刊》的真人。她比我想象中的编辑还要真诚、严肃、可亲。她给我们带来了许多北京的信息，但始终没有提及，她经手哪个地区或哪类的稿子。"③在《诗刊》的发展历史上，这样的情况是很多的。在期刊发展历程中，有三个群体之间的关系非常微妙：作者、编辑、读者，尤其是作者队伍，对于一个期刊的成败具有极其重要的作用。《诗刊》注重发现、培养诗人，既为中国新诗的发展作出了贡献，也是为《诗刊》的发展作出了贡献，是一种"双赢"的策略。

在《诗刊》复刊之后，编辑们继续发扬了这种优秀传统，使转型期的中国诗坛和面临困惑、期待的诗人们因此获得了人生与艺术的再次敞亮。很多诗人都得到过《诗刊》编辑的关心和帮助，有些甚至是著名诗人，如艾青"归来"之后的名篇之一《在浪尖上》就是《诗刊》约请他写的。邵燕祥回忆说："艾青在新疆石河子劳动多年，1975年请假回北京治病，有一年多都没有人理睬他。他只是1978年5月在上海《文汇报》发表了《红旗》，算是复出以后的第一首诗，此外也没什么约稿。《诗刊》组织为'天安门事件'平反的大型诗歌朗诵会，首先想到了他，约他为朗诵会采访写诗。他

---

① 杨人伟：《我和〈诗刊〉的情愫》，《诗刊》2006年11月上半月刊，第52页。
② 连敏：《论作为〈诗刊〉主编的臧克家》，《江汉大学学报（人文科学版）》2006年第5期，第14—19页。
③ 何来：《欣慰的记忆——忆组诗〈引洮工地短诗〉在〈诗刊〉的发表》，《诗刊》2006年10月下半月刊，第46—47页。

热情支持，采访了一位'四五'英雄，并写了一首长诗：《在浪尖上》。"①
当时，《诗刊》的多位负责人和编辑年龄存在一定差异，每个人对与自己年
龄相近的诗人比较熟悉，他们通过各种方式与那些曾经停笔的诗人取得联
系，并发表其新创作的作品。"对于老诗人，从解放区来的，严辰比较熟
悉；从国民党统治区来的，邹荻帆比较熟悉。如果是'胡风集团'的呢，
邹荻帆就更熟悉了。跟我同辈的 50 年代的年轻诗人，我又比较熟悉。比如
当时有一位朋友（萧枫）从四川回来，带给我流沙河的讯息。我托人给他
带信，流沙河便寄了诗来。后来他把'文革'期间写得最好的诗《故园九
咏》寄给我们。……所有这些诗人都被称为'归来派'，因为艾青有一个集
子叫《归来的歌》，'唱'得不错。"② 新时期的中国诗歌形成了新诗史上继
抗战诗歌后的第二次热潮和高潮，"归来者""朦胧诗"人、"新来者"等
各路诗人同时活跃在诗坛上，而《诗刊》作为当代诗歌最重要的平台，为
这次诗歌的繁荣作出了重要贡献。

　　不管是对有名的诗人还是对刚刚走上诗坛的年轻诗人，《诗刊》对作品
的要求都是非常严格的。老诗人木斧从 20 世纪 40 年代就开始诗歌创作，但
是在新时期，默默"归来"的他又俨然成了一个"新来者"。他说："1979
年，当我着手准备恢复诗歌创作之时，我给自己制定了一个规划：用三年的
时间，用投稿的方式，进攻三个刊物——《诗刊》《人民文学》《上海文
学》。"③ 而且"首先是要攻克《诗刊》"④。他先后给《诗刊》投稿多次，
但得到的回音都是提出意见的退稿信，至少有七八封，这些信，大多数都是
以"作品组"的名义回复的，对他的作品给予了评价，并鼓励他继续努力。
1979 年 9 月 25 日回信如下："诗作收阅，经过我们研究，大家觉得你的诗
歌质朴，语言流畅，但诗的选材不够新颖，生活挖掘得不够，诗意比较浅薄
了一些。粗浅意见，仅供参考。谢谢你的热情支持。"于是他继续投稿，也
继续收到了署名"作品组"的退稿信。功夫不负有心人，1980 年 2 月 4 日，

① 邵燕祥：《答〈南方都市报〉记者田志凌问》，《南磨坊行走》，北方文艺出版社 2011
年版，第 207—208 页。
② 邵燕祥：《答〈南方都市报〉记者田志凌问》，《南磨坊行走》，北方文艺出版社 2011
年版，第 209 页。
③ 木斧：《向〈诗刊〉投稿》，《诗刊》2006 年 5 月上半月刊，第 54—55 页。
④ 木斧：《向〈诗刊〉投稿》，《诗刊》2006 年 5 月上半月刊，第 54—55 页。

《诗刊》终于决定刊用他的两首抒情短诗。而且，他这次收到的信，落款不再是"作品组"，而是署名李小雨。这两首短诗《溪边》《寻觅》最终在当年第8期发表。木斧深情地回忆说："回顾当年，没有李小雨的扶持，我是成不了大气候的。当然不仅仅是李小雨，后来直接处理过我诗稿的编辑还有吴家瑾、朱先树、王燕生、雷霆、梅绍静、周所同……他们对我的诗稿都是提过中肯的，哪怕是尖锐的批评，他们都是我的老师。《诗刊》培育了大批新人，也应该包括我这个重生的'新人'在内。根据我的经历，可以浓缩为一句话：我是从《诗刊》敞开的大门走进去的。"① 这里的"大门"有特别的含义，是相对于"后门"而言的。木斧和时任《诗刊》主编的邹荻帆实际上是认识的，他们在成都的时候有过交往，但他在没有发表出作品之前根本没有想过要去找邹荻帆走后门，而是要依靠自己的努力实现"攻克"《诗刊》的计划，而在作品刚刚发表出来后，他就去北京拜访了这位老朋友。

　　诗人张维芳在讽刺诗创作上取得了令人瞩目的成绩，他在回忆自己的成长历程时说："我是一个农民出身、头顶高粱花子踏上诗歌创作之路的蹒跚学步者。在最初习诗的许多日子里，总存在着一种自己文化水平低，学识浅，写诗'先天不足'的自卑心理，认为自己笔下的那些'土玩艺儿'、'丑小鸭'，只能在一些地方性报刊上占一角之地，登不上'大雅之堂'。直到《诗刊》1982年4月号，第一次发表了我的拙诗《顺风曲》和《一年没见想得慌》，才使我开始有了自我认可的自信心，真正建立起属于自己所爱所求的人生目标，懂得了只有勤奋耕耘的昨日，才有惊喜收获的今天，更看到了诗的美好明天和希望。从此，自幼日夜用诗的彩锦编织的梦芽，便有了不断萌春的季节和开花的日子，有了拙诗不断在《诗刊》上发表的进步。尤其使我大受鼓舞的是，《诗刊》1990年10月号又发表了我的两首乡村题材的抒情诗《拴柱嫂》和《木头》，并在《诗刊》和山西省文联等单位联合举办的全国第一届新田园诗大赛中，分别被评为一、二等奖，成为我引以为荣的精神财富和前进动力！"② 为此，他饱含深情地说："《诗刊》是培养、扶持我在诗歌园地里渐渐成长的摇篮和襁褓，是我和鲁西诗人的精神家园。

---

① 木斧：《向〈诗刊〉投稿》，《诗刊》2006年5月上半月刊。
② 张维芳：《〈诗刊〉是我的精神家园》，《诗刊》2006年10月上半月刊。

诗刊社的领导和编辑们，是引领我和鲁西诗人一步步走进诗歌王国、登上诗歌殿堂的良师益友，这是我习诗几十年来的人生感受，是发自肺腑的心声！"①

长期在《诗刊》担任编辑的白婉清在回忆当年发现和培养诗歌新人的时候说："那时每日来稿总有一二百件，而我们作品组编辑只有3人（最多时也只有4人），面对大堆的来稿，我们都细心地下着'沙里淘金'的功夫，先过粗筛，再过细筛，发现稍有可取的，就留下认真处理：或去信鼓励，指出努力方向；或提出意见，鼓励他修改后寄来；或动手帮助修改。有时发现确有才华的新人，甚至派人专访，面谈帮助。因此，当时确实发现并培养了不少诗歌新人，有的至今已经是著名诗人。每发现新人，都登在专设的通讯录上，不仅对其来稿认真对待，还常与之主动联系、约稿。这样的新人名字，几年之内就积累了上百个。"②应该说，作为刊物，《诗刊》在发现人才、培养人才方面承担了自己的责任；作为编辑，《诗刊》的编辑为许多诗人的成长提供了帮助。《诗刊》这个平台和掌握这个平台的人们，为中国当代诗歌的发展作出了多元的贡献：培养了人才，推出了作品，引导了主流的艺术方向。

《诗刊》不仅关注诗人的创作，而且还关注一些诗人的生活、创作处境，这在诗歌发展中是一个很少见的现象，因此也就特别值得关注。

根据诗人宗鄂的回忆和记载，1979年12月5日《诗刊》印发了一份简报，题目是《重庆业余诗歌作者青年女工傅天琳同志处境困难》，其中有这样一些段落：

> 青年业余诗歌作者傅天琳同志，系重庆市缙云山园艺场女工。原是电力技工学校学生，一九六一年十六岁时因学校下马，自愿到农场工作至今。

> 傅天琳酷爱诗歌，刻苦勤奋地学习写诗。在重庆文艺界一些同志的指导下，近年来经常在本省、市报刊上发表作品，初露头角。今年二月，曾应邀参加了《诗刊》编辑部组织的诗人学习参观团，写了不少诗歌，在《人民日报》等多种报刊发表。今年《诗刊》四月号发表的《血和血统》及《红岩》丛刊第一期上的组诗《从果园到大海》，无论

---

① 张维芳：《〈诗刊〉是我的精神家园》，《诗刊》2006年10月上半月刊，第47—48页。
② 白婉清：《〈诗刊〉忆旧思今》，《诗刊》1997年第1期，第75—76页。

内容或技巧都是引人注目的。

她最近患了肝炎肾炎和胆囊炎三种疾病，但又必须参加农场重体力劳动，和强劳力一样挑粪上山，抢镐刨土等。因体力难以支持，好几次昏倒在山坡上。今年七月，肝炎等旧病复发，住院一个多月。出院后，仍干重体力活，又一次昏倒。场部医生多次建议免重体力劳动。但农场除管理果树养猪外，就是送牛奶，需每天早晨四、五点钟起床。她已是两个孩子的母亲了，实在无法胜任。面临繁重的劳动，她任劳任怨，然而，学习和创作都被迫停顿了。

更难堪的是精神上的负担。《四川文学》今年八月号发表了杨大矛以傅天琳为原型创作的小说《黑血》以后，在农场引起轩然大波。有人把小说误解为真人真事，把小说中的左书记说成是农场某书记。人们议论纷纭，说傅天琳在作家面前告状，说了书记的坏话等等。她有口难辩，有苦难言，群众和领导的误解使她思想压力很大。另外，傅天琳常到文联开会，今春又外出参观访问两个月，影响了农场的收入，占了大家的工分值，也引起部分工人的不满。因而，她在农场的处境十分困难。

重庆市北碚文化馆一九七八年就打算把她调去工作。但由于她是农业工人，根据有关规定，必须有劳动工资指标才能调动。文化馆没有这类指标，所以至今未能解决。重庆市文联曾派人到劳动局了解，据称：如有特殊专长或工作需要是可以调动的。但必须经有关领导批示，才可以作为特殊情况处理。因没有领导批示，虽几经奔波，仍无结果。

邓小平同志在第四次全国文代会上的《祝辞》中说："必须十分重视文艺人才的培养。""我们不仅要从思想上，而且要从工作制度上创造有利于杰出人才涌现和成长的必要条件。"发现人才是不容易的，而爱护人才，广开才路，造成有利于人才成长的环境，则更有赖于各级领导的切实的行动，傅天琳的处境只是一例。希望有关领导方面由此引起对这一类问题的注意。至于傅天琳的工作问题，建议重庆市有关部门和领导予以关切。①

这篇简报是宗鄂撰写的，当时的《诗刊》编辑部主任杨金亭还在"简报"上签字，批转编辑们传阅。据宗鄂回忆，1979 年秋天，他代表《诗刊》

---

① 宗鄂：《〈诗刊〉的一份"简报"》，《诗刊》2006 年第 3 期，第 59—60 页。

到成都祝贺《星星》诗刊复刊，之后他到了重庆，杨山把傅天琳叫到他家里见面，于是相互认识了；在此之前，《诗刊》主编严辰到重庆，也是在杨山和张继楼的介绍下认识了傅天琳，回去之后就兴奋地告诉大家，在重庆发现了一棵好苗子。"1979年春天即邀请她参加了诗刊社组织的、由艾青领队的诗人访问团赴广州、海南、上海、青岛等地参观访问。那时，傅天琳随一批著名诗人到各地访问学习，开阔了眼界，拓展了思维的空间，在诗人的帮助下锤炼了诗的技巧。既是难得的机遇，也站到了一个很高的平台上。"在那次活动中，傅天琳经常去看望和宗鄂同在一个办公室的诗人雷霆，宗鄂说："听她谈了当时面临的困难处境，看见她无奈又无助的神情，十分同情。却不知该如何安慰和帮助她才好。几句空洞的安慰毕竟不能代替实质性的帮助。我也是业余作者出身，因而非常理解她的苦楚。"回到北京之后，宗鄂就向领导汇报了傅天琳的情况，领导研究后，决定起草一个简报，而且，简报的题目和内容都是邹狄帆亲自修改、定稿的。随后，这份"简报"就寄给了中央、四川、重庆的主要负责同志。①

　　从"简报"可以看出，《诗刊》对诗人的情况了解得非常细致，除了在《诗刊》发表的作品外，甚至她在《红岩》上发表的作品都知道。对于诗人的身体状况、工作状况、工作环境等都描述得非常细致。笔者曾就此问题求证过诗人傅天琳，她表示，其中所写的基本上都是事实，但是她在当时确实不知道有这样一个"简报"，她是在多年之后才听到宗鄂谈起此事，当时感动得热泪盈眶。② 对于傅天琳最后调离缙云山园艺场，究竟与这份"简报"有没有直接关系，我们现在难以从官方得到求证，不过，根据傅天琳本人的回忆，有关部门确实在1979年12月对她进行过考察，1980年1月调到了重庆市北碚区文化馆担任文学干部，两年多之后的1982年8月又调到了重庆出版社担任编辑。

　　不过，透过这份"简报"，我们可以发现，长期以来，《诗刊》的领导、编辑都非常关心诗人的成长，甚至关心他们的生活处境。在新时期初期，诗歌和诗人受到了非同一般的重视，《诗刊》这样的单位所提出的建议、发表的意见也是很有分量的，有时甚至会对诗人的人生产生极大的影响。虽然傅

---

① 宗鄂：《〈诗刊〉的一份"简报"》，《诗刊》2006年第3期，第59—60页。
② 2012年3月7日，笔者就文中有关内容向傅天琳进行电话咨询。

天琳在事情发生时并不知道《诗刊》在这样默默地关注、关怀她，但她一直没有疏离诗歌创作，为读者奉献了大量的诗歌作品，80 年代初，她曾以诗集《绿色的音符》获得过中国新诗（诗集）奖，2010 年 11 月她又以诗集《柠檬叶子》获得了第五届鲁迅文学奖诗歌奖。

傅天琳肯定不是《诗刊》关注诗人的特例，而只是它关注的众多诗人中的一员。无论是关注诗人在创作上的进步，还是关注诗人的生活处境，《诗刊》的行动所体现出来的都是温暖的人文关怀，这和诗歌艺术所追求的人文精神是一致的，其实也是中国优秀的民族传统、诗歌传统在现代、在《诗刊》的具体体现。说《诗刊》是诗人之家，是新诗发展的晴雨表，大多数诗人应该是认同的。

第三节　　"刊授学院"与诗歌人才的培养

新时期开始，随着思想解放运动的开展，文学艺术也迎来了新的时代，各种艺术探索开始在文坛上出现，许多作品都体现出过去所没有的思想、艺术特色。青年人尤其对诗歌表现出前所未有的热情，他们读诗、写诗，有的近乎狂热，许多大学校园里都有诗歌社团，一大批校园诗人逐渐走向诗坛，受到关注。一些没有接受过系统教育和诗歌知识培训的诗歌爱好者对诗歌理论和创作知识非常渴望，他们希望更好地歌唱新的生活。在 20 世纪 80 年代初期，诗歌理论、评论方面的著作印数相当可观。这也从一个侧面反映了人们对这方面知识的渴求。

于是，一些刊物顺应这种需要，开始通过函授的方式指导文学爱好者进行文学创作。最早开展这项活动的是辽宁省作家协会主办的《鸭绿江》月刊，主意是诗人阿红提出来的，时间是 1981 年夏天。1984 年秋天，阿红参与创办《当代诗歌》月刊，任副主编，1986 年任主编，他又利用《当代诗歌》创办了诗歌函授教育，并配合函授的需要，于 1985 年在湖南文艺出版社出版了《诗歌技巧新探》，在中国文联出版社出版了《漫谈当代诗歌技巧》《诗歌创作咨询手册》（与高洪波、晓凡合作）等著作。① 1984 年，

---

① 《阿红文学简历》称，1986 年"夏季，创办全国第一家文学创作函授中心，并主持工作"。见阿红：《他们这样运用技巧》，香港新天出版社 1992 年版，第 230 页。

《诗刊》也借鉴这种方式，开办了"全国青年诗歌刊授学院"。

作为全国青年诗歌刊授学院的倡导者和参与人之一，丁国成先生对学院的筹备过程有比较详细的记载。

1984 年年初，丁国成意识到，"我和《诗刊》其他编辑一样，常为外地的文学函授撰写学员习作点评文章。心中不禁暗想，《诗刊》集中了那么多诗坛名家和优秀编辑，又与北京市内和全国各地著名诗人、论家、学者、教授保持密切联系，加以权威刊物影响巨大，具有得天独厚的优越条件，为什么不能自己办个刊授？"① 在征得主编邹荻帆，副主编柯岩、邵燕祥同意后，丁国成于当年 4 月起草了一份《诗刊社全国青年诗歌函授班》的方案。接着，邹荻帆亲自主持全社大会，讨论这个方案。方案非常详细，包括八个方面：办学缘起、指导思想、组织机构、函授大纲、函授方案、入学及授课条件、财务管理、办公室及仓库，并对每个方面提出了具体原则和要求。其"办学缘起"是这样的："许多初学写作者和青年读者，经常来信，要求我们解答诗歌创作和理论的种种问题。有些读者也希望《诗刊》举办函授班。为了满足他们的学习愿望和文化需求，普及诗歌基本知识，培养青年作者，促进诗歌事业的繁荣，我们拟办诗歌函授班。"在"指导思想"方面，方案说："任何一项工作都要使人民群众获得真正的切实利益（包括暂时的和长远的利益）。诗歌函授也不例外。要贯彻改革精神，不搞形式主义，不务虚名，要干实事，讲究实效。"同时指出，"我们要敢于理直气壮地依靠劳动赚钱，更要问心无愧地对得起学员的血汗收入，不能两眼只盯着金钱，要一眼看着诗歌事业，让学员通过函授获得诗歌教益；一眼看着《诗刊》名誉，不能使它受到玷污"。在"组织机构"方面，聘任顾问若干，设置校长一人、教务长一人、班主任（辅导老师）若干、收发一人、出纳一人、会计一人，各有数项"职责"。"函授大纲"是刊授的重点，包括"诗歌知识讲话""诗歌写作技巧漫谈""获奖诗人谈创作经验""学诗之道""古今中外名诗赏析""学员与讲师""诗史点滴""古今中外诗论摘编"，等等。在"函授方案"方面也有具体规定，如编写函授教材、编辑学员习作专号、"聘请有诗歌知识、热心培养青年作者的诗人、编辑、教授、讲师担任指导

---

① 丁国成：《〈诗刊〉如何办起"刊授"来？》，《扬子江诗刊》2006 年第 6 期，收入《诗学探秘》，北京燕山出版社 2007 年版，第 310 页。

教师，对学员习作进行看守辅导"、在《诗刊》选发学员优秀作品、赠送每个学员一套全年《诗刊》等。对于指导教师也有具体要求，"一律要求聘请大学讲师、报刊编辑及具有相应水平以上的人来担任"，"每月给承包的每个学员函授一次""推荐优秀习作给习作专号"，而且"函授要认真传授知识，热情待人，尊重学员，不能敷衍塞责，如指导教师教学马虎从事，或有重大失误、学员意见极大、造成不好影响者，聘方可以随时解除聘约"……为了保证办学的合法性，诗刊社还在北京市工商局和教育局办理了正式手续，领取了办学证件，一开始就走上了民办社会办学的正规道路。① 应该说，诗刊的诗歌刊授活动从思路到具体的操作方式上都具有自己独特的、系统的理念。

据朱先树说，最初提出这个设想的时候，因为涉及经费开支和收入等事项，许多人都非常担心是不是能够经营下去。当时，诗刊社的财政拨款只有十二万。作为《诗刊》主编的邹荻帆很支持，而当时恰好有一位诗人赞助了诗刊社二万元办刊费用，邹荻帆说，如果亏本，他也就只有这二万可以贴进去，再多就没有了。当时推选了多人主持刊授学院工作，但他们都以各种理由推辞，后来才落到了他的头上。②

1984 年 9 月号的《诗刊》正式公布了《诗刊社创办全国青年诗歌刊授学院招生通知》，通知说，诗刊社"于 1984 年 12 月 1 日起至 1985 年 11 月底举办诗歌刊授。校务委员会由丁国成、艾青、冯至、李瑛、朱子奇、朱先树、严辰、邹荻帆、邵燕祥、吴家瑾、杨金亭、张光年、柯岩、臧克家组成"。刊授学院的校长（院长）由《诗刊》主编邹荻帆担任，朱先树担任第一届教务长。在其后的每一年，《诗刊》都会刊发类似的招生简章，由此可以推测，该函授活动是有市场的，受到了诗歌爱好者的欢迎。1991 年，刊授学院改称"诗刊社诗歌艺术培训中心"，增加了"专家挂牌，双向选择"等方式，还专门开设了旧体诗的函授教育等课程，学费也从最初的每年 15元逐渐增加为每年最高 450 元左右，但其办学宗旨、指导方针一直没有大的变化。丁国成对此是比较满意的，他说："20 余年来，《诗刊》刊授成了中

---

① 参见丁国成：《〈诗刊〉如何办起"刊授"来?》，《扬子江诗刊》2006 年第 6 期，收入《诗学探秘》，北京燕山出版社 2007 年版，第 310—312 页。

② 2009 年 11 月 6—10 日，朱先树应邀出席西南大学中国诗学研究中心、中国新诗研究所和《文艺研究》编辑部主办的"第三届华文诗学名家国际论坛"，其间和笔者谈到这番话。

国诗坛上的最高学府、新人成长的可靠摇篮，培养了大批诗歌人才。"① 根据《诗刊》的统计，截至 2005 年，诗刊社的诗歌函授"已培训诗歌作者 12 万多人次。其中近 100 人参加了'青春诗会'（按：被称为诗界的'黄埔军校'），300 多位优秀诗人活跃在当今诗坛。"② 换句话说，参加诗刊刊授的学员平均每年在五千到六千人左右，这是一个非常可观的数字。当然，随着社会主义市场经济的逐步建立和诗歌在社会文化中的不断边缘化，进入 20 世纪 90 年代以后，参加刊授的学员人数每年是逐渐减少的。这种变化也在一定程度上体现了诗歌的地位和社会对当下诗歌的某种评价。

全国青年诗歌刊授学院首届开学典礼于 1984 年 11 月 30 日在北京举行，活动的场面非常大。首届教务长朱先树有如下记载：

> 肖华、赵朴初同志为刊授学院开学写来了热情洋溢的祝贺信。严辰同志主持了开学典礼仪式并致开幕词。中宣部副部长贺敬之同志，著名诗人艾青、冯至、李瑛、朱子奇以及葛洛同志出席了开学典礼并讲了话。他们热烈祝贺诗歌刊授学院开学。辅导教师和学员代表也讲了话。参加开学典礼的还有诗人程光锐、金哲、柯岩、刘征、牛汉、屠岸等。校长邹荻帆同志因病住院，未能出席。③

而且，"创办诗歌刊授学院得到了社会各方面的热情支持。新华社、《人民日报》《中国青年报》《光明日报》和北京、上海、湖北等电台和电视台，以及全国各地共二十多家报刊和宣传单位给予了报道和宣传。"④ 从《诗刊》在 9 月号发表招生通知到 11 月底开学，近 3 个月的时间里，报名参加第一期刊授学习的学员达到了二万五千多人，总收入达到三十八万元之多，远远超过诗刊社一年的财政拨款，到最后甚至出现了指导教师严重短缺的情况。在当时，这些数字都非常可观，也在一定程度上反映了当时诗歌受到欢迎的程度。参加刊授学习的学员，主要来自中国大陆，同时有来自美

---

① 丁国成：《〈诗刊〉如何办起"刊授"来？》，《扬子江诗刊》2006 年第 6 期，收入《诗学探秘》，北京燕山出版社 2007 年版，第 310—312 页。

② 《诗刊》2005 年第 10 期。

③ 朱先树：《为了诗歌的繁荣和兴旺——记诗刊社全国青年诗歌刊授学院开学盛况》，《诗刊》1985 年第 1 期。

④ 朱先树：《为了诗歌的繁荣和兴旺——记诗刊社全国青年诗歌刊授学院开学盛况》，《诗刊》1985 年第 1 期。

国、日本、西德、瑞典、伊拉克等国家的。

"诗刊社全国青年诗歌刊授学院"在 1991 年更名为"诗刊社诗歌艺术培训中心",朱先树在 1984—1990 年担任教务长,王燕生在 1991—1992 年担任培训中心主任,宗鄂在 1993—1999 年担任培训中心主任,林莽从 1999 年起担任培训中心主任。虽然其间经过了一些工作思路的调整,但指导思想和工作目标却是一致的。

我们现在很难具体统计参加诗歌刊授学院学习的成员情况,也无法考证刊授活动对人才培养、诗歌发展的直接影响。但诗刊社为刊授所做的几项具体工作,却是值得我们关注的,从中可以了解当时的一些信息。

一、编辑出版《诗刊》刊授版《未名诗人》及《青年诗人》

《诗刊》的刊授版《未名诗人》于 1984 年 10 月创刊,为月刊,每期 48 页。刊物开设多个栏目,总体来讲包括辅导资料和学员作品、指导教师讲评、诗歌知识介绍等内容,许多著名的诗人、评论家都曾经为该刊写稿,是一个内容相当丰富的诗歌、诗学刊物。该刊由刊授学院教务长朱先树主持编辑,赠送每位学员,其最高发行量应该像第一届学院的人数那样,超过了二万五千份,这在当时好像并不算多,但和后来的许多刊物相比,已经是一个相当不错的数字,为普及诗歌知识、培养诗歌人才发挥了不可忽视的作用。

《未名诗人》出版六年后,从 1993 年 1 月起更名为《青年诗人》,变成了半月刊,2000 年 4 月更名为《新诗人》。这种变化所表达的信息是,参加诗歌刊授学习的学员逐渐在减少,可以从学员的习作中推选的好作品也越来越少了。

二、编辑出版刊授学员的作品选集

诗刊社全国青年诗歌刊授学院及后来的诗歌艺术培训中心,非常注意发掘新人,为新人的成长创造条件,除了选择优秀作品在《未名诗人》和《青年诗人》上发表之外,还适时编选出版学员优秀作品选集或个人作品集。

以刊授学员作品为主的第一本选集是朱先树编选的《未名诗选》,收入一百多位青年诗人的作品,1988 年由人民文学出版社出版。这是一本非常考究、作品质量也很高的诗选,代表了初期诗刊函授所取得的成绩。朱先树为诗选撰写了序言，对当时的诗坛现状进行了分析，同时肯定了青年诗人在探索中所体现出来的个性、特色，并指出："这部诗选，实际上是一部未名诗人的作品的检阅。作者绝大部分是二三十岁的年轻人。……我们无法给这些作者划定是第几代，也无法确认，他们的创作属于第几次浪潮。但我认为，这些作品虽然未必具有普遍的代表性，思想和艺术上也许还存在着许多可以挑剔的地方，但这毕竟是证明一部分青年人的创作。他们的作品，既不同于过去只重内容而不重艺术的作品，也不同于近来一些只重形式不重内容（或者根本没有有价值的内容）的作品。而这些青年人的创作，内容是注意表现当代特点，反映现实生活，注重感受的真实，在艺术上又各有自己的特点，不矫揉造作，因此，我们认为以这部诗集题材内容的丰富广阔，艺术上追求创新而又朴实自然的特点，是会博得广大读者欢迎的。"① 编者对入选诗人给予了谨慎的肯定。现在再回头去看这些名字，许多人已经成为诗坛上具有重要影响的诗人，如徐鲁、华姿、李犁、鲍勋、李凤歧、冯庆川、周所同、邹静之、刘见、孙建军、乔迈、查结联、邱正伦、黄殿琴、顾艳、林祁、杨如雪、胡鸿、何首乌等。换句话说，诗刊社的诗歌刊授学院为这些诗人的成长搭建了一个重要的发展平台。

2005 年 1 月，为庆祝诗刊社诗歌艺术培训中心成立二十周年，该中心主持编辑了《闪烁的星群》诗丛，共十卷，由时代文艺出版社出版，每卷收入十二位诗人的作品。相比于《未名诗选》，这套丛书的分量更重，每个人收入的作品在二十首左右。这些名字在现在看来还比较陌生，但我们不能否认他们在今后可能成为诗坛的主力军。从另一个角度看，《未名诗选》中，每个诗人入选的作品较少，而这套丛书收入每个诗人的作品的数量则大大增加，这说明，虽然参加诗歌艺术培训中心的人员在逐年减少，但这些学员的作品在艺术水准上并没有降低，反而是提高了。林莽说："二十年来，从我们的培训中心走出了一批优秀诗人，他们有的参加了《诗刊》的'青春诗会'，有更多人一直活跃在当今诗坛上。我们相信还会有更多的诗人涌现出来，他们像萌发的枝叶，将使'中心'这棵大树更加繁茂。"② 这样的自信和期待是有依据的，因为他们创作了许多值得关注的作品。

① 朱先树：《希望的花朵——序〈未名诗选〉》，见《诗歌的流派、创作和发展》，花城出版社 1991 年版，第 51—52 页。

② 林莽：《诗坛上的一件盛事》，《闪烁的星群》，时代文艺出版社 2005 年版。

三、辅导文章的结集出版

诗刊社全国青年诗歌刊授学院及后来的诗歌艺术培训中心一直比较注重对函授质量的把握，不断策划对学员有帮助的函授方式。其中之一便是邀请诗人谈创作，不是空洞地、宏观地谈，而是结合一首诗具体、细致地分析，探讨一首诗从最初的感受到构思、写作、成形的整个过程。

林莽回忆说："九十年代初，我在诗刊三编室帮助工作，燕生老师是我的'顶头上司'……就是在那时，他提出在诗刊青年版《青年诗人》（当时还叫《未名诗人》）上开设一个栏目叫'孕珠之蚌'，它面向诗人的佳作，希望大家写一写某一首诗的孕育过程和美学追求。以便为后来者们提供借鉴与学习的范本。""时间转眼过了近十年，这个栏目一直颇受读者的热爱。因此它也一年又一年地在开办着。日积月累，现在已有许多篇章，其中有许多是很值得一读的优秀作品。我想把它们汇集成册，会是一本好书。当然，也是对这个栏目的一个很好的总结。"① 林莽所说的这本书就是王燕生、谢建平主编的《一首诗的诞生》，书中收录了在《未名诗人》及《青年诗人》上发表和向有关诗人征集的三十三篇谈诗的文章，并附录了文章所谈到的诗歌作品，诗文互证，具有相当的可读性，也具有重要的参考价值，尤其是对于初学诗歌写作的人，可以说是一本不可或缺的教科书。

通过这些努力，诗刊社的诗歌艺术培训中心在青年诗人的培养、当代诗歌艺术的发展等方面取得了可观的成绩。先后四位主任（教务长）对此深有感触。他们的一些点滴回忆或者感触对于我们认识这一培训活动具有重要参考意义。

> 《诗刊》自 1984 年底创办刊授以来，已有二十个年头了。这期间，在发现和培养诗歌作者，繁荣诗歌创作方面，其影响和作用是广泛而实际的。作为诗歌界的一件大事，我认为应当记入新时期以来诗歌发展的史册。②
>
> ——朱先树

---

① 林莽：《寻访内在的体验——序〈一首诗的诞生〉》，王燕生、谢建平主编：《一首诗的诞生》，北方文艺出版社 2000 年版。

② 朱先树：《诗的星群从这里升起》，《闪烁的星群》，时代文艺出版社 2005 年版。

……诗歌刊授是一项心灵工程。它如春风入夜、细雨润物，以一种"根"的品格，坚守精神家园。它拒绝浮躁，拒绝急功近利，但不拒绝属于自己的鲜花和掌声。数十人加入了中国作家协会，数十人参加了"青春诗会"，数百人出了诗集……在印证个人实力的同时，也作为对春风、细雨的回报。①

——王燕生

《诗刊》创办的刊授学院和后来的诗歌艺术培训中心，虽不算最早的，却是全国规模最大、参加人数最多、坚持时间最久的诗歌平台。开办初期的二万余学员，曾让人措手不及，二十年时间坚持下来，需要怎样的爱心和耐力，又需要多少人付出自己的心血呢？……被学员称之为家的诗歌平台，久经风雨而不晦，依旧焕发出青春活力；一对诗的方阵，一个诗的家庭，在物欲横流的现实中艰难地前行。尽管多少有点悲壮。也许这是最后的坚守。②

——宗鄂

自 1984 年 11 月到现在，诗刊社诗歌艺术培训中心已经历了整整二十个年头了，这期间有十几万诗歌写作者加盟了"中心"的学习，有一百多位诗人、诗评家、诗歌编辑参与了"中心"的工作。二十年来，诗歌艺术培训中心从一棵诗坛上的幼苗，已经长成了一棵郁郁葱葱的常青树。③

——林莽

做一件事情也许并不难，难的是不断延续地做这样的事情。诗刊社的诗歌刊授学院现在中国诗歌最热潮的 20 世纪 80 年代前期，后经历了多次社会文化的变革，面对诗歌的边缘化，也面临着物质发展、精神萎缩的巨大挑战，但是，几代《诗刊》人还是坚持下来了，而且在继续坚持着，在为学员送去精神食粮的同时，也为诗坛储蓄了大量的后备力量，成为新诗发展史上值得注意的重要事件。

《诗刊》的刊授活动，在很多诗人那里都成为美好的记忆，甚至影响了

---

① 王燕生：《一项心灵工程》，《闪烁的星群》，时代文艺出版社 2005 年版。
② 宗鄂：《守护诗的家园》，《闪烁的星群》，时代文艺出版社 2005 年版。
③ 林莽：《诗坛上的一件盛事》，《闪烁的星群》，时代文艺出版社 2005 年版。

他们的一生。诗人张维芳说："1984 年 12 月，《诗刊》吸收我为全国青年诗歌刊授第一期正式学员，在一年多的刊授学习中，我学到了不少诗歌创作的理论和知识，大大拓宽了我的思维空间和诗学视野，学习期满，获得了由邹荻帆主编兼院长签发的结业证书，我为此感到无限地荣幸和自豪！"① 这是众多参与刊授的学员的共同心声。杨人伟说："到了 80 年代，我参加了两期《诗刊》社主办的'诗歌刊授学院'。当时四十来岁算不上青年，是个诗青年吧！我的老师是朱先树，对我寄去的'作业'批改认真又中肯，再一次燃起我心中的诗火。我立志把白白流去的时间拉回来，珍惜诗，熬汗成珠。"② 这是众多参与刊授的学员共同的美好回忆。

第四节 "青春诗会" 与青年诗人的成长

为了发现和培养青年诗人，1980 年 7 月 20 日至 8 月 21 日，诗刊社在北京、秦皇岛举办了为期一个月的"青年诗作者学习会"，共有 17 位青年诗人应邀参加，诗坛前辈艾青、臧克家、田间、贺敬之、李瑛、蔡其矫等到会授课，严辰、邹荻帆、柯岩、邵燕祥等亲自辅导，并为与会的青年诗人修改作品。这些诗人的作品在《诗刊》1980 年 10 月号以"青春诗会"为总题刊出，因此，这次会议在后来被通称为首届"青春诗会"。出席会议的诗人中有多位属于当时正在接受讨论甚至是批评的"朦胧诗"诗人群。可以看出，当时的《诗刊》是具有包容性的，对不同观念的诗人，只要写出了好作品，就予以关注和肯定。在那以后，这个起源于诗歌观念大讨论初期的以青年诗人为主的创作、研讨活动逐渐成为常态，成为《诗刊》的品牌活动之一，那就是人们熟悉的"青春诗会"。

据说，"青年诗作者学习会"的举行非常偶然，"一天，著名诗人、《诗刊》副主编柯岩建议，从近年来在《诗刊》发表过作品、创作势头良好的全国青年诗作者中择优，把他们召集到北京来，开一个'创作学习会'，给他们提供一个交流创作经验、研究诗艺、听取前辈诗人辅导、加深对时代和自己认识的机会，以此推动中国诗歌的发展和青年诗人的成长。主编严辰、

---

① 张维芳：《〈诗刊〉是我的精神家园》，《诗刊》2006 年 10 月上半月刊，第 47—48 页。
② 杨人伟：《我和〈诗刊〉的情愫》，《诗刊》2006 年 11 月上半月刊，第 52 页。

副主编邹获帆和编辑部主任邵燕祥当即表示赞同。炎夏，17 位来自祖国各地的青年诗人汇聚京城。其中有 6 名工人、1 名农民、3 名干部、7 名大学生。他们在一个月的时间里，听讲座、自由讨论、交谈创作、修改作品……《诗刊》于 1980 年第 10 期推出‘青春诗会’专号。”“也许，无论参与诗会的文学界领导，《诗刊》编辑，还是青年诗人们，都没有想到，这次示范性的‘青春诗会’，给中国诗坛画下了多么有力的一笔，产生了多么富有青春力度和诗学深度的影响。”①

这种影响就是接下来“青春诗会”连续不断地举行。从 1980 年开始，除了 1981 年、1989 年、1990 年、1996 年、1998 年之外，“青春诗会”均是每年举行一次。根据有关资料的统计，历届“青春诗会”的举行时间和参与者如下：

1980 年第一届 17 人：梁小斌、张学梦、叶延滨、舒婷、才树莲、江河、杨牧、徐晓鹤、梅绍静、高伐林、徐敬亚、陈所巨、顾城、徐国静、王小妮、孙武军、常荣；

1982 年第二届 9 人：刘犁、新土、周志友、筱敏、陈放、阎家鑫、赵伟、王自亮、许德民；

1983 年第三届 11 人：李钢、朱雷、柯平、龙郁、薛卫民、王家新、张建华、饶庆年、雷恩奇、牛波、李静；

1984 年第四届 9 人：马丽华、田家鹏、刘波、余以建、金克义、张丽萍、胡学武、廖亦武、张敦孟；

1985 年第五届 12 人：张烨、王汝梅、孙桂贞、唐亚平、刘敏、何香久、陈绍陟、杨争光、王建渐、何铁生、胡鸿、华姿；

1986 年第六届 15 人：于坚、阿吾、伊甸、晓桦、宋琳、韩东、翟永明、阎月君、车前子、水舟、吉狄马加、老河、潞潞、张锐锋、葛根图娅；

1987 年第七届 16 人：宫辉、张子选、杨克、乔迈、力虹、赵天山、李晓梅、西川、刘虹、陈东东、欧阳江河、郭力家、简宁、程宝林、庄永春、郑道远；

1988 年第八届 17 人：程小蓓、骆一禾、陶文瑜、开愚、林雪、童

①　苗春：《青春的聚会——“青春诗会”十八周年纪念》，《人民日报（海外版）》1998 年 4 月 11 日，第 7 版。

蔚、袁安、海男、南野、刘国体、王建平、刘见、王黎明、大卫、何首巫、曹宇翔、阿古拉泰；

1991年第九届12人：耿翔、刘季、第广龙、张令萍、杨然、李浔、梅林、阿来、孙建军、海舒、雨田、刘欣；

1992年第十届11人：阿坚、蓝蓝、王学芯、荣荣、烘烛、刘德吾、白连春、陈涛、凌非、班果、汤养宗；

1993年第十一届12人：刘向东、大解、马永波、柳沄、叶玉琳、董雯、韦锦、刘金忠、唐跃生、呼润廷、陈惠芳、秦巴子；

1994年第十二届15人：匡国泰、雷霆、李庄、叶舟、贾真、郭新民、李华、顽童、池凌云、刘亚丽、张执浩、巴音博罗、高凯、杨孟芳、汪峰；

1995年第十三届10人：阎安、杨晓民、伊沙、李岩、乔叶、高星、冯杰、张战、胡玥、廖志理；

1997年第十四届18人：谢湘南、大卫、李元胜、祝凤鸣、古马、樊忠慰、陆苏、张绍民、邹汉明、刘希全、代薇、娜夜、沈苇、简人、阿信、吴兵、庞培、臧棣；

1999年第十五届20人：李南、歌兰、冉仲景、卢卫平、谯达摩、莫非、殷龙龙、刘川、凸凹、牛庆国、树才、杨梓、小海、侯马、商泽军、李舟、安斯寿、姚辉、赵贵辰、高昌；

2000年第十六届12人：汗漫、殷常青、老刀、宋志刚、江一郎、陈朝华、芷泠、田禾、姜念光、起伦、耿国彪、安琪；

2001年第十七届17人：马利军、李双、寒烟、姜桦、赵丽华、沈娟蕾、南歌子、友来、李志强、叶晔、黄崇森、金肽频、王顺建、俄尼·牧莎斯加、牧南、东林、凌翼；

2002年第十八届14人：哨兵、黑陶、江非、刘春、张岩松、庞余亮、杜涯、魏克、姜庆乙、鲁西西、胡弦、李轻松、张祈、雨馨；

2003年第十九届16人：北野、雷平阳、路也、哑石、王夫刚、桑克、沙戈、苏历铭、胡续冬、黑枣、三子、蒋三立、谷禾、宋晓杰、谭克修、崔俊堂；

2004年第二十届14人：孙磊、叶匡政、陈先发、盘妙彬、周长圆、徐南鹏、刘以林、王太文、刘福君、大平、朱零、叶丽隽、阿毛、川美；

2005年第二十一届16人：郁笛、梁积林、陈树照、谢君、晴朗李寒、曹国英、张杰、李见心、木杪、周斌、郑小琼、邓诗鸿、唐力、姚江平、金所军、王顺彬；

2006年第二十二届17人：孔灏、高鹏程、邰筐、徐俊国、宗霆锋、哥布、成路、黄钺、霍竹山、吴海斌、单永珍、杨邪、苏浅、娜仁琪琪格、李小洛、李云、樊康琴；

2007年第二十三届18人：熊焱、唐诗、胡杨、成亮、陈国华、尤克利、孙方杰、周启垠、宁建、阿卓务林、许敏、包苞、南子、胡茗茗、马万里、商略、邓朝晖、李飞骏；

2008年第二十四届23人：程鹏、黄金明、金铃子、苏黎、李满强、鲁文咏（鲁克）、韩玉光、郭晓琦、周野、阎志、杨方、张怀帆、蔡书清、刘克胤、林莉、天界、张作梗、陈人杰、张红兵、李辉、刘涛、王文海、王妍丁；

2009年第二十五届15人：丁一鹤、津渡、韩宗宝、文心、黄礼孩、谢荣胜、曹利华、董玮、申艳、阿华、谈雅丽、麻小燕、横行胭脂、李成恩、叶菊如；

2010年第二十六届13人：许强、慕白、黄芳、李山、赖廷阶、东涯、泥马度、柯健君、刘畅、扶桑、唐不遇、俞昌雄、刘小雨；

2011年第二十七届14人：徐源、纯玻璃、梦野、花语、陈忠村、王琪、万小雪、青蓝格格、苏宁、杨晓芸、张幸福、秦兴威、马累、金勇；

2012年第二十八届13人：陈仓、沈浩波、灯灯、唐果、莫卧儿、三米深、泉溪、泉子、天天、唐小米、翩然落梅、王单单、马占祥；

2013年第二十九届15人：魔头贝贝、刘年、陈德根、罗铖、郁颜、离离、桑子、田暖、林典刨、笨水、江离、天乐、冯娜、微雨含烟、蓝紫；

2014年第三十届15人：王彦山、玉珍、吉尔、麦豆、陈亮、张巧慧、李宏伟、李孟伦、杜绿绿、林森、孟醒石、爱松、徐钺、影白、戴潍娜。

参加历届"青春诗会"的诗人最少的时候是9人，最多的时候是23

人，但绝大多数时候都在 20 人以内，到目前为止，超过 20 人的只有 2008 年一届。应该说，在中国这样一个诗人众多的国度，这样的数字并不算多，可以说都是精挑细选出来的诗坛"精英"。长期组织和参与"青春诗会"的诗人李小雨说："青春诗会不仅是修改稿件、探讨诗艺，而是在繁复庞杂的诗坛中，明确诗人创作的发展方向，改进自己的创作方法，提高写作质量，从而把普通诗人打造成优秀诗人，把优秀诗人推向诗坛大家。青春诗会是全面展示青年诗人的精神风貌、美学追求和人生态度的一个综合性的诗歌平台，它展示出本年度青年诗人的创作态势，提醒需要关注的问题，并为我们的写作提出更高的要求。"①

经过多年的摸索和实践，诗刊社举办的"青春诗会"已经形成了一些具有一定效果的操作套路。大致可以概括出这样几个方面：

一是公开征集稿件，选择具有创作实力、作品具有一定艺术水准的青年诗人参加。"青春诗会"的参与者都不是哪个单位、部门或者个人安排、指派的，而是以作品作为评价指标而选择出来的。来自全国的年轻诗人，不分思潮流派，只要具有一定的创作基础和实力，都可以申请参加。组织者主要以作品质量为依据，从申请者中选择参加"青春诗会"的人员。因此，从一个地区参与"青春诗会"人数的多少，可以在一定程度上看出该地区诗歌创作的实力和潜力。诗刊社发布的 2009 年"青春诗会"的"征稿启事"包含了长期实践之后对这一活动的具体要求，该"启事"说：

诗刊社第二十五届"青春诗会"征稿细则如下：

1. 投稿作者年龄不超过 38 周岁（诗作特别优异者，可适当放宽）。

2. 最新原创诗歌，大约 500 行左右，谢绝在正式报刊发表过的作品参会。作品风格、题材、体裁不限。所寄打印稿每首诗请单排，不要连排。

3. 本次诗会将特别关注有潜质的年轻诗人。来稿时请附上固定通讯地址、电话、电子信箱、个人简介、出生年月、真实姓名、创作简历等。

4. 截稿日期：即日起至 2009 年 8 月 10 日止（以当地邮戳为准）。

_____

① 刘颋：《赞美祖国 放歌湘江——第 25 届青春诗会在湖南株洲举行》，《文艺报》2009 年 11 月 17 日。

本社将组成专门的评审班子讨论推荐作品，我们将从应征稿件中，按照公平、公正、公开的原则，邀请十余位作者参加本届青春诗会。凡未参会者，稿件达到发表水平的，《诗刊》也将重点集中选发，以充分展示青年诗人的独特风采。

"青春诗会"的每一次征稿，其实都是对诗歌艺术所进行的一次全国性的宣传和摸底，备受青年诗人的关注。最终的参与者都是从优秀的应征稿件的作者中选拔出来的，作品质量是第一要素。"启事"中"凡未参会者，稿件达到发表水平的，《诗刊》也将重点集中选发，以充分展示青年诗人的独特风采"这一条更是具有意味，说明"青春诗会"的要求甚高。在《诗刊》发表作品本来就不是容易的事情，而有些作品达到发表水平的作者还不一定能够参加"青春诗会"，说明"青春诗会"的门槛是很高的，至少高于《诗刊》对普通来稿的要求。这对于选拔和培养诗坛新人、促进新诗艺术的发展和进步具有重要的作用。

和每一届的"青春诗会"相仿，2009 年举行的第二十五届"青春诗会"的入选诗人，"是从 800 多名报名的 40 岁以下的诗人中层层筛选出来，能代表年度青年诗人创作特点和方向的诗人"①。由此可见，入选者在申请者中所占的比例是很低的，换句话说，能够进入"青春诗会"这个诗歌交流的平台，代表了当时中国年轻诗人的最高水准。

二是在不同地区举行，使参与者可以感受不同的文化。"青春诗会"主要在北京举行，但也在贵州、山西、江苏、河南、山东、广东、浙江、安徽、宁夏、新疆、湖南、云南、海南等多个地区举行过，这样可以使与会者了解当地风土人情，了解不同地域的历史和文化，这对诗歌创作是有帮助的。同时，全国各地的年轻诗人相会在某个地方，对于当地诗歌、文化甚至社会、旅游等都会带来不小的影响。大卫（魏峰）撰写的第二十一届"青春诗会"侧记《丝绸之路，或者 26 个字母里的新疆》②，就从多方面勾画了新疆地区的文化、风俗、地理和诗歌交流方面的情况。在这样的活动中，诗人们不只是加强了友谊，交流了诗艺，而且对于新疆地区的历史、文化也获

---

① 刘颋：《赞美祖国 放歌湘江——第 25 届青春诗会在湖南株洲举行》，《文艺报》2009 年 11 月 17 日。

② 《诗刊》2005 年 12 月下半月刊。

得了更多的了解。

三是活动内容丰富多彩，涵盖了和诗有关的所有元素。每一届"青春诗会"一般都包括作品研讨、高峰论坛、参观考察等，既交流了诗艺，也增进了诗人之间的友谊，同时为他们深入现实、深入生活创造了良好的条件。作品研讨中所体现出来的诗人们对诗歌艺术的理解，是当下诗歌观念的集中展示，既有相互的启示，也有相互的碰撞，是诗歌观念的一次新变；而且，这些青年诗人因为代表着诗歌界的某些创作潮流，他们的观念在其后很长的时间里可能成为引导诗歌艺术发展的导向；高峰论坛则是邀请一些知名的诗人、评论家发表他们对诗歌的理解和对当下诗歌发展的看法；而采风和考察则是对当地社会、文化等进行深度考察，展示和提升诗人们与现实的沟通能力。2009 年举办的第二十五届"青春诗会"也是这样，据介绍，"诗会期间进行了诗歌采风，举行了改稿会、诗歌朗诵会等丰富多彩的活动。青年诗人们表示，青春诗会不仅是培养优秀诗人、发现优秀诗人的平台，更是中国诗歌走向世界的窗口。他们将在诗会期间带着经验、胆识和发现的眼睛，激发自己的想象力和创造力，创作出更多更好的诗歌作品"①。

四是在《诗刊》推出"青春诗会"专栏或专号，后来还为入选诗人出版诗集。从首届"青春诗会"开始，《诗刊》在每次"青春诗会"之后都要推出专栏或者专号（1980 年推出的是专栏，那以后的历次活动都推出了专号）发表参会诗人的作品、小传、诗观以及会议纪要，既推出了优秀作品，又在一定程度上记录了当代诗歌发展的历程，集中起来，就是一部缩写的当代诗人成长史甚至当代新诗发展史。从 2013 年第二十九届"青春诗会"开始，诗刊社在举行"青春诗会"活动之前为每位入选诗人出版一部个人诗集，这在一定程度上解决了诗集出版困难的问题，也提升了"青春诗会"的含金量。

正因为如此，每届"青春诗会"成为青年诗人成长的竞技场，也是其他诗人和读者期待和关注的中心话题之一。每届"青春诗会"举行的时候，诗刊社都会有负责人或者资深编辑参加活动，也邀请具有成就的诗人、评论家参加。对于 1997 年举办的"青春诗会"，有人这样评价："世纪之交的这

---

① 刘颋：《赞美祖国 放歌湘江——第 25 届青春诗会在湖南株洲举行》，《文艺报》2009年 11 月 17 日。

一届诗歌与青年合唱的盛会，是时代的总结，是对新诗历史的回顾，更是对未来、对诗歌的明天的展望。青年诗人们用他们顽强的姿态和真实的声音告诉人们，诗歌从未离我们远去，诗歌也不可能离我们远去，诗歌就像青春，它会在人间代代承传。"① 人们在回忆"青春诗会"的历程和效应时说："今天活跃在中国诗坛的中青年诗人，绝大多数都曾与这个诗会有着情深谊长的青春记忆。也有人说，放眼全国的诗歌刊物，许多由'青春诗会'的毕业生操持，从《诗刊》的叶延滨，《星星》的杨牧到《诗神》的郁葱、大解，莫不如此。""'青春诗会'激励鼓舞了一群又一群一代又一代诗人的成长发展和成功。所以，'青春诗会'博得了'诗界黄埔军校'的美誉。""无论以后如何，又有哪个青年诗人能够忘记那与志同道合的诗友们任意指点江山、激扬文字的时刻呢？有酒、有诗朗诵、有激情、有掌声。我们的领袖诗人不也曾诗云：'诗人兴会更无前'吗？而且，在'青春同路人'生命中最美好的年岁里，往往从此有了真正的朋友，深挚的交流将绵延一生。相信那一段时光，会是回忆中最光彩闪烁的片段，是人生乐曲中的华彩篇章。"② 截至 2012 年，参加第二十八届"青春诗会"的诗人超过了 300 人，这些诗人大多出版了一部甚至多部个人作品集，有的已经成为知名诗人，有的在诗歌界拥有一定的影响力，有的甚至在全国级诗歌大奖中获得了奖励。我们以"全国中青年诗人优秀新诗评奖"和三届"全国优秀新诗（诗集）奖"和六届"鲁迅文学奖"诗歌奖为例加以说明：

中国作家协会委托《诗刊》编辑部承办的全国中青年诗人优秀新诗评奖（1979—1980 年）共有 35 首（组）作品获奖，其中参加过"青春诗会"的诗人及其作品有张学梦的《现代化和我们自己》、舒婷的《祖国啊，我亲爱的祖国》、杨牧的《我是青年》、叶延滨的《干妈》、梁小斌的《雪白的墙》等。

中国作家协会第一届（1979—1982 年）全国优秀新诗（诗集）奖获奖作品十部，其中参加过"青春诗会"的诗人及其作品有舒婷的《双桅船》。

中国作家协会第二届（1983—1984 年）全国优秀新诗（诗集）评奖结果，十六部获奖作品中参加过"青春诗会"的诗人及其作品有杨牧的《复

---

① 张洁宇：《青春·诗心——第十四届青春诗会追记》，《中华读书报》1998 年 4 月 8 日。

② 苗春：《青春的聚会——"青春诗会"十八周年纪念》，《人民日报（海外版）》1998 年 4 月 11 日。

活的海》、张学梦的《现代化和我们自己》、李钢的《白玫瑰》。

中国作家协会第三届（1985—1986年）全国优秀新诗（诗集）评奖结果，十部获奖作品中参加过"青春诗会"的诗人及其作品有叶延滨的《二重奏》、吉狄马加的《初恋的歌》、梅绍静的《她就是那个梅》、晓桦的《白鸽子，蓝星星》等。

中国作家协会鲁迅文学奖（资产新闻杯）单项奖（1995—1996）全国优秀诗歌奖共有八部诗集获奖，其中参加过"青春诗会"的诗人及其作品有沈苇的《在瞬间逗留》。

中国作家协会第二届鲁迅文学奖（1997—2000年）全国优秀诗歌奖共有五部诗集获奖，其中参加过"青春诗会"的诗人及其作品有杨晓民的《羞涩》、西川的《西川的诗》、曹宇翔的《纯粹阳光》。

中国作家协会第三届鲁迅文学奖（2001—2003年）全国优秀诗歌奖共有五部诗集获奖，其中参加过"青春诗会"的诗人及其作品有郁葱的《郁葱抒情诗》、娜夜的《娜夜诗选》。

中国作家协会第四届鲁迅文学奖（2004—2006年）全国优秀诗歌奖共有五部诗集获奖，其中参加过"青春诗会"的诗人及其作品有田禾的《喊故乡》、荣荣的《看见》、林雪的《大地葵花》、于坚的《只有大海苍茫如幕》。

中国作家协会第五届鲁迅文学奖（2007—2009年）诗歌奖共有五部诗集获奖，其中参加过"青春诗会"的诗人及其作品有雷平阳的《云南书》。

中国作家协会第六届鲁迅文学奖（2010—2013年）诗歌奖共有五部诗集获奖，其中四部获奖新诗诗集的作者都参加过"青春诗会"：阎安的《整理石头》、大解的《个人史》、海男的《忧伤的黑麋鹿》和李元胜的《无限事》。

通过这些数据可以看出，在20世纪80年代以来的全国级的最高文学奖获得者中，参加过"青春诗会"的诗人所占的比例是相当可观的，而且有上升的趋势，这说明《诗刊》在选择参与者的时候是认真的，也是有眼光的。许多参加过"青春诗会"的诗人已经成为诗坛的中坚，有些诗人在个人介绍中还会专门提到自己的这一经历，一些地区在介绍本地区的诗歌创作时，也往往会提到有多少人参加了"青春诗会"。参加"青春诗会"的人数在很大程度上已经成为衡量一些地区诗歌创作实力、潜力和后备力量的重要指标。

在"青春诗会"创办三十周年之际，从 2010 年开始，诗刊社又举行"青春回眸"诗会活动。首届"青春回眸诗会"于 2010 年 8 月 17—19 日在山西忻州宁武县举行。来自全国各地的新老诗友相聚在芦芽山，畅叙情谊，作诗吟赋，共同怀念悄然逝去的美好青春岁月。"《诗刊》常务副主编李小雨介绍说，'青春回眸'诗会意在不忘青春，与'青春诗会'相呼应。参加者由两部分组成，一部分是曾经参加过'青春诗会'的诗人，另一部分是虽未参加过'青春诗会'、但现在保持着旺盛创作力并在诗歌领域卓有建树的诗人。通过回眸青春，30 年来的诗歌发展轨迹将得以展示，老中青三代诗人队伍亦将借此得以凝聚。"① 参加这次诗会的有雷抒雁、王燕生、唐晓渡、刘希全、周所同、王小妮、徐敬亚、张学梦、大解、杨牧、孙晓杰、贾真、郭新民、华万里、孙武军、刘向东、张新泉、车延高等不同年龄的诗人，他们不但创作了大量作品，而且回顾了新时期以来中国新诗的发展，对诗歌取得的成绩和存在的问题进行了广泛交流。

第二届"青春回眸"诗会暨首届"中国·楠溪江诗会"于 2011 年 5 月 23—26 日在浙江省永嘉楠溪江畔举行。李小雨、冯秋子、黄亚洲、商震、杨志学、唐晓渡、周所同、唐力、赵四、西川、欧阳江河、陈东东、柯平、阳飏、荣荣、林雪、大卫、漫天鸿、马叙高崎等出席。诗人们在会上就中国诗歌的发展发表了许多意见，西川说："我始终坚信，中国诗歌、中国诗人，是中国创造力的秘密发动机。"对诗歌充满敬意和自豪；阳飏说："写作中写的丢失是一种遗憾。历史上的大变革都从文化开始，而最初发出声音的是诗人。可当下的诗人越来越沉静了。现在的"90 后"却不一样，起点比我们高。他们一上来写诗就从心里出发，不像我们以前，离口头近离心头远。这些年我坚持阅读诗歌，读的目的是要发现作者，也获得个人所需要的营养。回眸是一种姿态，诗歌已成为我生命的一部分。"② 这些看法在一定程度上代表了当代诗人对中国新诗历史与未来的看法。

第三届"青春回眸"诗会暨第六届中国·常德诗人节诗歌高峰论坛 2012 年 6 月 11—14 日在湖南常德举行，本届"青春回眸"诗会由诗刊社和

① 王觅：《"青春回眸"诗会回顾诗歌 30 年》，《文艺报》2010 年 8 月 27 日。
② 胡艺罗、朱淑洁、杨丽和整理：《回眸诗歌盛会 聆听青春感悟》，永嘉网，http://www.yjnet.cn/system/2011/05/26/010789198.shtml，2011 年 5 月 26 日。

中共常德市委、常德市人民政府联合主办。九名鲁迅文学奖得主来到诗会现场，代表了当今中国诗坛一流层次。他们是韩作荣（《人民文学》原主编，第一届鲁迅文学奖得主）、杨晓民（中央电视台人事办主任，第二届鲁迅文学奖得主）、马新朝（河南省文学院副院长，第三届鲁迅文学奖得主）、娜夜（甘肃《大西北诗刊》主编，第三届鲁迅文学奖得主）、田禾（湖北省文学院副院长，第四届鲁迅文学奖得主）、荣荣（浙江《文学港》主编，第四届鲁迅文学奖得主）、傅天琳（重庆市作协副主席，第五届鲁迅文学奖得主）、刘立云（《解放军文艺》主编，第五届鲁迅文学奖得主）、雷平阳（云南著名作家，第五届鲁迅文学奖得主）。他们中有多位曾经在不同时期参加过"青春诗会"。高洪波、冯秋子、杨志学、谢建平等也参加了此次诗会。会议由《诗刊》副主编商震主持。

第四届"青春回眸"诗会于 2013 年 5 月 10—12 日在湖北黄石举行，参加诗会的有舒婷（全国首届新诗优秀诗集奖获得者）、陈仲义（著名诗歌评论家）、林莽（《诗刊》原编辑部主任，《诗探索》主编）、李琦（第五届鲁迅文学奖获得者）、谢克强（湖北省作协原副主席，《中国诗歌》主编）、梁平（四川作协副主席，《星星诗刊》主编）、柳沄（辽宁省作协专业作家）、汤养宗（著名诗人，《人民文学》奖获得者）、梁晓明（浙江著名诗人）、李元胜（重庆作协副主席，第六届鲁迅文学奖获得者）、人邻（《星星》年度诗人奖获得者）、曹树莹（湖北省作协副主席）等，诗刊社高洪波、商震、冯秋子、谢建平、蓝野、唐力等也参加了诗会，其中有多人出席过以前的"青春诗会"。

第五届"青春回眸"诗会于 2014 年 7 月 5—8 日在青海玉树举行，诗刊社常务副主编商震、副主编冯秋子、李少君、《星星》诗刊副主编靳晓静、《延河》文学月刊主编阎安等出席会议，著名诗人吉狄马加、胡的清、王自亮、李南、李黎、李先锋、潘虹莉、牛庆国、雍措参加了本次诗会，诗刊社张晓瑁、蓝野、唐力、宋晓杰等也参加了本次诗会。

"青春诗会"关注的是青年诗人，它延伸出来的"青春回眸"诗会关注的是曾经的青年诗人和有成就的诗人，扩大了《诗刊》对中国诗歌的关注范围，可以团结更多的诗人。这对诗歌发展是有推动作用的。关于青春诗会对于诗人心灵、人生的影响，陈所巨在参加诗会多年之后回忆说："又一年七月，海仍是不紧不慢地将浪涌推向岸边，我的朋友们，1980 年'第一届青春诗会'上的那些诗之骄子，在被大海环绕的陆地上，无论哪一个地方，无论活着，或是以灵魂的方式存在，我们都不会忘记那一年的七月，我们都不会忘记人生的那一段缘……"

当然，在文化多元、艺术观念多元的时代，任何一件事情，即使是得到大多数人肯定的事情，都很难得到所有人的认同。"青春诗会"同样如此。进入 21 世纪之后，就有一些诗人开始质疑"青春诗会"的地位和价值，其中不乏参加过"青春诗会"的诗人。

2003 年 12 月 1 日出版的《南方都市报》发表专文，采访了一些青年诗人，他们对"青春诗会"进行了批评，有些批评非常尖锐。

关于"青春诗会"在当代诗歌发展中的历史地位：

> 诗人徐江认为，青春诗会在某些写诗的人心中有着某种特殊意义，那是因为"一个民族的文学长期处于饥渴状态"，因此青春诗会在当时的声誉是"历史不正常的产物"。不可否认，上世纪 80 年代的青春诗会曾有过两个辉煌的黄金期，推出了一批相当优秀的诗人。第一个黄金期是首届青春诗会，参加的诗人包括朦胧诗的主将顾城、舒婷、江河等；第二个黄金期是第 6 届和第 7 届，涌现出于坚、翟永明、韩东、西川、欧阳江河等重要诗人。①

> 诗人徐江说，上世纪 80 年代的青春诗会，中国诗歌界 30% 的最优秀者有可能参与；而到了 90 年代，参加青春诗会的二三流诗人却差不多占了 60%，其余则是等而下之者，优秀诗人凤毛麟角。②

关于"青春诗会"对参与其中的诗人的影响：

> 诗人西川说："我从来就没觉得（青春诗会）有什么特别大的影响力。有种说法是，参加青春诗会是圆了一个梦，但我从来也没觉得圆了一个什么梦。它只是一个交流活动，一个见面的机会。而现在，参加青春诗会好像成了一种荣誉，一种资格认证，这是相当不可思议的。"诗人臧棣则直接否定了青春诗会是诗坛"黄埔军校"的说法；他更不赞成把参加青春诗会看作优秀诗人的必经程序，"展示自我的途径、方式

---

① 黄兆晖、张妍：《青春诗会，平庸的鸡肋?》，《南方都市报》2003 年 12 月 1 日。
② 黄兆晖、张妍：《青春诗会，平庸的鸡肋?》，《南方都市报》2003 年 12 月 1 日。

是各种各样的，青春诗会也就是一个诗歌刊物的义举"①。

对于"青春诗会"存在的问题：

参加过第 13 届青春诗会的诗人伊沙认为，对某些在官方文艺部门工作的平庸者来说，参与青春诗会意味着利益，因此争得头破血流。所以，平庸的人往往更积极参加青春诗会，因为他们知道这个诗会带来的直接好处。诗人刘春则直截了当地指出，自 1980 年诗刊社的青春诗会后，诗会成了中国诗人出门吃喝玩乐的重要理由和借口之一，中国每年举办的大大小小的诗会无数，天山南北大河上下，国家级的、省市级的乃至县乡级的诗会随处可见。②

对于"青春诗会"的处境：

风头正劲的青年女诗人尹丽川，听到记者提起青春诗会，惊呼"天哪"，言下之意是，在当下还提这个"历史名词"简直不可思议。青年诗人沈浩波认为，"这个东西"没什么价值，"像小孩子过家家，现在已经变成了一个闹剧"。"包玩包吃包住，有空的可以去。可我不会去。"青年诗人巫昂说："（青春诗会）这个词儿对上世纪 80 年代出生的诗人就跟'文革'这个词对上世纪 70 年代出生的诗人一样。"③

一位名叫"酒醉长发"的网络诗人说："所谓青春诗会：花些不三不四的钱，请些不三不四的人，说些不三不四的话，吃些不三不四的饭。年复一年的诗刊社诗歌学士学位颁发仪式而已。"出生于上世纪 80 年代的网络诗人鬼鬼则套用一句形容流行歌星迈克尔·杰克逊的话形容青春诗会："从没有长大过，却已经老去。"④

其实，人们对"青春诗会"的批判、质疑、贬低等等都是很正常的。这中间可能有许多原因，比如，"青春诗会"在筹备、举行的过程中可能确实存在一些考虑不周全的问题，甚至存在一些诗人所说的暗箱操作问题或者经济方面的原因。比如，"青春诗会"只是一项诗歌活动，并不能包罗万

---

① 黄兆晖、张妍：《青春诗会，平庸的鸡肋?》，《南方都市报》2003 年 12 月 1 日。
② 黄兆晖、张妍：《青春诗会，平庸的鸡肋?》，《南方都市报》2003 年 12 月 1 日。
③ 黄兆晖、张妍：《青春诗会，平庸的鸡肋?》，《南方都市报》2003 年 12 月 1 日。
④ 黄兆晖、张妍：《青春诗会，平庸的鸡肋?》，《南方都市报》2003 年 12 月 1 日。

象，有些参与其中的诗人，可能存在不符合自己艺术观念、现实需要的元素，因此而产生不满；比如，有些诗人可能因为种种原因而没有能够参加"青春诗会"，他们对此也可能怀有芥蒂……

但是，我们不能因为有诗人对"青春诗会"提出了批评、质疑，就否定它在团结、培养青年诗人，推动中国新诗发展方面的功绩。诗人臧棣认为"青春诗会也就是一个诗歌刊物的义举"①，换句话说，"青春诗会"只是众多诗歌活动中的一个，因为人数的限制，它不可能照顾到所有的优秀诗人，而且诗人是否优秀、是否具有自己的特点，并不是按照某个人的观点来评价的，主办者可能有他们的看法；作为官方刊物组织的活动，组织者肯定也会考虑入选诗人在艺术取向方面的特点，比如过分标新立异的诗人可能不会成为入选对象；在社会不断走向物质化的语境之下，有人还以这样的方式来关注诗歌，为诗人交流、成长提供一个平台，应该是值得褒扬和肯定的。当然，作为"青春诗会"的组织者，《诗刊》也应该对"青春诗会"进行总结、反思，以更加宽容、包容的姿态，关注更多正在成长中的诗人，使这一活动更加完善，团结更多的诗人。

第五节　书写历史与推出诗人

作为全国性的诗歌刊物，《诗刊》首先是通过在刊物上发表作品来推出诗人，以大量的诗歌作品反映新诗的发展状况，书写当代新诗发展的历史，同时也以其他方式记录新诗发展的进程，还为诗人的成长提供必要的平台。编辑出版年度诗选、专题诗选、诗论选、诗歌丛书等，就发挥着这样的作用。

《诗刊》从创刊开始，就注意以全局性的眼光关注当下诗坛，编辑出版各类诗歌选集。根据《〈诗刊〉纪要》② 提供的信息统计，并参照其他一些资料，按照年度诗选、专题诗选、诗论选、个人诗集四个类别加以统计，以诗刊社（或者和其他单位合作）名义编辑出版的各类选集、诗集大致有：

---

① 黄兆晖、张妍：《青春诗会，平庸的鸡肋？》，《南方都市报》2003 年 12 月 1 日。
② 《诗刊》2007 年第 1 期。

一、年度诗选

《诗选》（1958），作家出版社 1959 年 8 月出版；

《1979—1980 诗选》，四川人民出版社 1982 年 10 月出版；

《1981 年诗选》，人民文学出版社 1983 年 3 月出版；

《1982 年诗选》，人民文学出版社 1983 年 11 月出版；

《1983 年诗选》，人民文学出版社 1985 年 4 月出版；

《1984 年诗选》，人民文学出版社 1986 年 2 月出版；

《1985 年诗选》，人民文学出版社 1986 年 12 月出版；

《1988 年诗选》，人民文学出版社 1990 年 1 月出版；

《1989 年诗选》，人民文学出版社 1991 年 3 月出版；

《99 中国年度最佳诗歌》，漓江出版社 2000 年 1 月出版；

《2000 中国年度最佳诗歌》，漓江出版社 2001 年 1 月出版；

《2001 中国年度最佳诗歌》，漓江出版社 2002 年 1 月出版 ；

《2002 中国年度最佳诗歌》，漓江出版社 2003 年 1 月出版 ；

《2003 中国年度最佳诗歌》，漓江出版社 2004 年 1 月出版；

《2004 中国年度诗歌》，漓江出版社 2005 年 1 月出版；

《2005 中国年度诗歌》，漓江出版社 2006 年 1 月出版；

《新世纪五年诗选》，时代文艺出版社 2006 年 3 月出版；

二、专题诗选

《大跃进民歌选一百首》，中国青年出版社 1958 年 7 月出版；

《举国欢腾庆凯旋——欢迎中国人民志愿军归国》（《人民文学》《文艺报》《诗刊》编辑部编），作家出版社 1958 年 10 月出版；

《新民歌百首》（第二集），中国青年出版社 1958 年 12 月出版；

《云南兄弟民族民歌百首》，百花文艺出版社 1959 年 3 月出版；

《新民歌百首》（第三集），中国青年出版社 1959 年 3 月出版；

《新民歌三百首》，中国青年出版社 1959 年 6 月出版；

《祖国颂》，中国青年出版社 1959 年 10 月出版；

《风暴颂——反对美帝斗争诗歌画集》（《诗刊》编辑部、作家出版社编），作家出版社 1960 年 6 月出版；

《朗诵诗选》，作家出版社 1965 年 2 月出版；

《胜利的十月》（《诗刊》编辑部、中央人民广播电台文艺部合编），人民文学出版社 1976 年 12 月出版；

《第一面军旗》，天津人民出版社 1978 年 6 月出版；

《大海行》，广东人民出版社 1979 年 9 月出版；

《诗选》（一），人民文学出版社 1980 年 3 月出版；

《诗选》（二），人民文学出版社 1981 年 2 月出版；

《诗选》（三），人民文学出版社 1981 年 5 月出版；

《在浪尖上》，陕西人民出版社 1981 年 4 月出版；

《湘江夜》（获奖诗集），上海文艺出版社 1981 年 5 月出版；

《森林抒情》，四川人民出版社 1982 年 2 月出版；

《关于诗的诗》，花城出版社 1982 年 12 月出版；

《黎明拾穗》（1981—1982 年《诗刊》优秀作品、评论评奖获奖作品），1983 年出版；

《世界抒情诗选》，春风文艺出版社 1983 年 12 月出版，1987 年 3 月出版续编；

《诺贝尔文学奖获得者诗选》，中国文联出版公司 1986 年 4 月出版；

《中华诗歌百年精华》，人民文学出版社 2002 年 5 月出版；

《中国诗选·春之风》（《诗刊》社图书编辑中心编），由中国文联出版社 2002 年 12 月出版；

《首届华文青年诗人奖获奖作品》，漓江出版社 2004 年 3 月出版；

《中国出了个邓小平——纪念邓小平百年诞辰诗歌摄影集》，二十一世纪出版社 2004 年 8 月出版；

《放歌澳门——庆祝澳门回归五周年同题诗大赛诗选》（澳门基金会、《诗刊》社编），时代文艺出版社 2004 年 11 月出版；

"闪烁的星群" 12 卷（《诗刊》社诗歌艺术培训中心编），时代文艺出版社 2005 年 1 月出版；

《第三届华文青年诗人奖获奖作品》，漓江出版社 2006 年 3 月出版；

《诗意周庄——"周庄"同题诗大奖赛诗选》，时代文艺出版社 2006 年 3 月出版；

《第四届华文青年诗人奖获奖作品》，漓江出版社 2006 年 9 月出版；

《新世纪十佳青年女诗人诗选》，时代文艺出版社 2006 年 5 月出版；

三、诗论集

《新诗歌的发展问题》（第一集），作家出版社 1959 年 1 月出版；
《新诗歌的发展问题》（第二集），作家出版社 1959 年 9 月出版；
《新诗歌的发展问题》（第三集），作家出版社 1959 年 12 月出版；
《新诗歌的发展问题》（第四集），作家出版社 1961 年 12 月出版；

四、个人诗集

除了编辑出版全局性的诗歌、诗论选本外，诗刊社还先后推出多个个人作品系列，为诗人出版诗歌提供了方便，也为读者推出了大量优秀的作品。其中最受关注的是 20 世纪 80 年代出版的"诗人丛书"。

"诗人丛书"第一辑由江苏人民出版社 1980 年 11 月起陆续出版。11 月出版的有艾青《彩色的诗》、白桦《情思》、蔡其矫《祈求》、雷抒雁《小草在歌唱》、李瑛《我骄傲，我是一棵树》、张志民《边区的山》，1981 年 1 月出版的有程光锐《不朽的琴弦》、黄永玉《曾经有过那种时候》、梁南《野百合》、邵燕祥《含笑向七十年代告别》、严辰《玫瑰与石竹》、邹荻帆《如果没有花朵》。

"诗人丛书"第二辑由江苏人民出版社 1983 年 1 月起陆续出版。1 月出版的有胡昭《从早霞到晚霞》、刘祖慈《我们是大运河的子孙》、赵恺《我爱》、3 月出版的有巴·布林贝赫《命运之马》、林希《无名河》、鲁藜《天青集》、赵瑞蕻《梅雨潭的新绿》，4 月出版的有冀访《我赞美》、王辽生《雪花》、周良沛《雨窗集》，5 月出版的有雁翼《献给上海的玫瑰》、张学梦《现代化和我们自己》。

"诗人丛书"第三辑由黑龙江人民出版社 1983 年 2 月起陆续出版。2 月出版的有萧三《我没有闲心》，9 月出版的有丁芒《枫露抄》、流沙河《游踪》，10 月出版的有陈敬容《老去的是时间》、杨山《黎明期的抒情》、曾卓《老水手的歌》，11 月出版的有艾青《雪莲》、公刘《母亲——长江》、黎焕颐《春天的对话》、刘畅园《青青草》、罗洛《阳光与雾》、沙白《南国小夜曲》。

"诗人丛书"第四辑由四川文艺出版社 1986 年 5 月出版，有丁庆友

《家乡呵，家乡》、甘永柏《木槿集》、高伐林《燃烧的青春》、黄永玉《我的心，只有我的心》、柯岩《中国式的回答》、刘章《北山恋》、绿原《另一只歌》、牛汉《海上蝴蝶》、饶阶巴桑《对生叶之恋》、忆明珠《沉吟集》、郑敏《寻觅集》、朱雷《绿色的风》。

"诗人丛书"第五辑（《诗刊》社、花城出版社合编）由花城出版社1986年9月起陆续出版。9月出版的有蔡其矫《醉石》、江河《从这里开始》、刘征《花神和雨神》、屠岸《屠岸十四行诗》、叶文福《天鹅之死》，10月出版的有章德益《黑色戈壁石》，12月出版的有贾平凹《空白》、吴钧陶《剪影》、张烨《诗人之恋》、岑桑《眼睛和橄榄》。

"驼队诗丛"由文化艺术出版社1989年9月出版，有雷霆《沉积层》、刘湛秋《抒情诗五十首》、麦琪《天边梦边》、王燕生《亲山爱水》、晓钢《云雪歌》、雪兵《雪兵自选诗》、张志民《自选小集》、周所同《北方的河流》、宗鄂《悲剧性格》、邹静之《幡》等诗集和唐晓渡《不断重临的起点》、王家新《人与世界的相遇》、朱先树《诗的基础理论与技巧》、丁国成《吟边谈艺》等诗论集，共14种。

2000年开始编辑出版"诗刊社诗歌艺术文库"，由林莽、谢建平主编，每卷10册左右，已经出版100多册，基本上是以个人资助、集中出版的方式进行，带有文化经营的性质，是市场经济时代的特殊产物。由于属于以个人名义编选的诗歌丛书，所以在《诗刊》的统计中没有计算在内。但我们必须承认，这类诗歌丛书还是在一定程度上为诗人出版诗集创造了条件，是有益于诗人成长和诗歌发展的。

总体上打量这些年度诗选、专题诗选、诗论选和个人选集，我们可以在一定程度上了解《诗刊》对于诗歌的态度，感受当时诗歌发展的大致情形。

年度诗选、专题诗选的编选、出版时间和作品最初发表时间之间的距离不是很长，还缺乏时间的淘洗，有些作品并不一定是精品，后来也没有成为"经典"，甚至有着明显的时代烙印。1959—1978年的20年间，除去《诗刊》停刊的11年，仍然有接近10年的时间没有编辑出版年度诗选，个中原因现在难以了解。从1979年开始的年度诗选，也有几年没有编选出版，尤其是进入20世纪90年代后，只是出版了一部1999年诗选，估计是因为诗歌的社会影响逐渐减小，诗集的销售量大大下降，出版社不愿意出版发行诗歌类的图书。

一些细微的变化也值得注意，在一定程度上透露了人们诗歌观念、对待诗歌的态度的变化。比如，2000—2003年的年度诗选均以"中国年度最佳诗歌"命名，其后则改为"中国年度诗歌"。取消"最佳"二字是合适的。诗歌的优劣当然可以在发表的时候就获得一定的评价，但是，真正优秀的诗歌在很大程度上是需要接受时间和艺术发展的双重检验，刚刚发表的作品即冠名"最佳"，从艺术发展的角度看是不合适的，存在浮躁、不实之嫌。这种改变说明，编者的眼光在发生变化，其对待诗歌艺术发展的态度越来越严肃、认真。

《诗刊》编辑出版的专题诗选的主题非常复杂，涉及范围比较广泛，有关于祖国的，有关于军旅的，有关于个人的，有关于单一主题如森林的，有各种活动（如评奖活动）的作品结集的，我们很难理出一致的线索，但我们还是可以从中了解一些信息，如抗美援朝战争、国庆活动、对邓小平的赞美等，这些都有一些时代、事件的缩影。

这些诗选是当代新诗历史的缩影，连接起来就是一部简略的当代新诗发展史，为当代新诗研究提供了不可多得的重要史料。

特别值得一提的是五套"诗人丛书"和一套"驼队诗丛"。"诗人丛书"共出版近六十部，涉及五十多位诗人，其中有著名诗人艾青、公刘、蔡其矫、李瑛、邹荻帆、邵燕祥等，也有一些成绩突出的中青年诗人。虽然中国是一个诗的国度，但是诗集的出版毕竟是市场行为，优秀作品不一定都能够以诗集的方式走向读者。臧克家的《烙印》、卞之琳的《鱼目集》、艾青的《大堰河》等成名作品在最初几乎都是以自费的方式印行的。新时期以来，诗歌的出版经历了两个完全不同的时期。在20世纪80年代中期以前，诗集的出版基本上是由出版社申报选题、作者提交稿件，出版之后通过市场发行走向读者，作者一般不需要支付出版费用，而且可以领取一定的稿费。不过，因为出版社把关非常严格，能够出版的诗集在数量上仍然是有限的。那个年代出版的诗集中，精品数量相对较多。从80年代中后期开始，尤其是在90年代实行市场经济政策以来，诗歌的地位明显下降，发行量大大减少，出版社出版诗集基本上没有利润，甚至需要补贴大量费用。许多出版社都不愿意出版诗集，于是出现了自费出书的情况，绝大多数诗集都是作者自己筹集费用出版的，诗集的数量好像并没有比80年代减少，但由于缺乏质量上的把关，其质量和影响在总体上比新时期下降了很多。80年代前期出版的很多诗集即使不标记出版社、出版时间，当时的许多读者都知道，但90年代以来的诗集没有谁能够全部收集齐全，甚至连专门研究新诗史料的刘福春亦如此。

因此，诗刊社在80年代编辑出版的"诗人丛书"对于纪录当时的诗歌发展现状、为诗人出版诗集提供便利具有重要作用。

第六节 "春天送你一首诗"与诗歌文化的普及

诗歌不是庙堂艺术，在发挥了艺术的审美效用之后，诗歌的价值才能够真正体现出来。诗人耗费大量精力、心力去创作作品，目的不仅仅是保存在书柜了。诗人创作出来的诗，只是"半成品"，还需要读者通过阅读、鉴赏而完成作品的"再创作"。诗歌作品要走向读者，除了出版刊物、诗集等方式外，还应该通过各种有效的传播方式走向读者。尤其是市场经济的语境之下，在文化样式不断增加、传播方式不断更新的情况下，诗歌刊物、诗集的发行量锐减，诗的读者减少，大量读者因为物质的诱惑而渐渐远离诗歌。在这样的社会文化语境之下，诗人、刊物都不应该坐等读者的来访，而应该主动出击，借助各种有效方式将好诗推向读者。《诗刊》在组织诗歌活动、将诗歌知识、诗歌作品推向大众方面具有优良的传统，尤其是注意诗歌艺术的普及，但有些活动不成系列。"春天送你一首诗"自创办以来，一直坚持了多年。这在一定程度上说，是对《诗刊》过去举行的诗歌朗诵会的延续，是在新的社会文化语境下的新的尝试，其内容比过去的单纯的朗诵会要丰富许多，涉及的地域也要广泛很多。

自2002年起，面对诗歌不断边缘化的处境，诗刊社开始组织全国性的"春天送你一首诗"活动，每年利用一个月左右的时间，在全国多个城市举行以诗歌朗诵为主的主题活动，配以诗歌创作征文、诗歌朗诵比赛、诗歌文化宣传等，影响范围很大，参与者众多，取得了相当不错的效果。根据有关材料记载，并经过采访，2002年以来的活动概况大致如下：

2002年3月29日，《诗刊·下半月刊》策划并与《北京青年报》文化部、北京市朝阳区文化馆共同发起的"京、沪、穗三地诗歌互动：春天送你一首诗"活动在北京启动并分别在北京、上海、广州举行。《诗刊·下半月刊》4月号刊出"春天送你一首诗特刊"，5月号刊出有关活动报道。

2003 年 4 月 6 日，2003 年度"春天送你一首诗"活动启动仪式在北京举行，此后杭州、长沙、深圳、太原、宁波、重庆、厦门等城市参与了此活动。《诗刊·下半月刊》4 月号刊出"春天送你一首诗特刊"，6 月号刊出特别报道《多地互动大型公益活动"春天送你一首诗"综述》。

2004 年 3 月 21 日，2004 年度"春天送你一首诗"活动启动仪式在北京举行，此后湛江、鹤壁、长沙、杭州、宁波、深圳、珠海、南昌、廊坊等城市参与此活动。《诗刊·下半月刊》4 月号刊出"春天送你一首诗专号"，7 月号刊出《春天的九个亮点——2004 年"春天送你一首诗"全国大型文化公益活动综述》。

2005 年 3 月 20 日，2005 年度"春天送你一首诗"活动启动仪式暨"百名诗人同写抗日战争和世界反法西斯战争胜利 60 周年"征文活动在北京举行，此后连云港、滨州、珠海、济南、廊坊、长沙、宁波、周庄、晋江、长治等城市参与了此活动。《诗刊·下半月刊》4 月号刊出"春天送你一首诗特刊"，8 月号刊出李志强的《春天，打开诗的网页——2005 年"春天送你一首诗"全国大型文化公益活动综述》。

2006 年 3 月 20 日，2006 年度"春天送你一首诗"启动仪式以"和平与生活：多媒体与诗歌"为主题在北京举行，此后宁波、济南、苍南、廊坊、长治、晋江、周庄等城市参与了此活动。6 月 18 日本年度活动在吉林查干湖落下帷幕，并同时启动吉林查干湖杯"我们美丽的湖"全国诗歌大奖赛。《诗刊·下半月刊》4 月号刊出"春天送你一首诗特刊"，9 月号刊出李木马、赵青的《春天的 7 个音符——2006 年"春天送你一首诗"活动综述》和蓝野整理的《寻找艺术的真谛——"春天送你一首诗"活动期间的三个座谈会》。

2007 年 3 月 31 日，2007 年度"春天送你一首诗"启动仪式以"寻人启事——诗歌为走失的人点燃火把"为主题在北京朝阳区文化馆举行，主会场设在吉林查干湖。全国 32 个城市参加。

2008 年 3 月 20 日，2008 年度"春天送你一首诗"启动仪式以"广阔天地"为主题在北京市朝阳区三间房乡东村农民剧场举行，食指、梁小斌、林莽、陆健等知青诗人参加。

2009 年 3 月 21 日，2009 年度"春天送你一首诗"启动仪式在北京朝阳区文化馆举行，举行了"首届书法写新诗展"。接着在北京、上海、济南、宁波、青岛、伊春、廊坊、滨州、余姚、泾川、茂名、赣州、泰安、淄博、菏泽、寿光、章丘、微山、茌平、汶上等地开展。

2010年4月10日，"春天送你一首诗"全国大型诗歌朗诵会在青州实验中学举行。朱先树、谢建平、马丽、王夫刚、北野等参加启动仪式。广大师生踊跃登台，或歌或舞或诵，诗人王夫刚、北野、马丽先后登台朗诵自己的作品，诗歌朗诵会高潮迭起。2010年4月26日，"春天送你一首诗"大型诗歌朗诵会在宁波大剧院举行。

2011年4月9日，由中国作家协会诗刊社、山东省高级中学协会、昌乐一中主办的大型公益文化活动"2011年山东省诗意校园——春天送你一首诗"大型诗歌朗诵会启动仪式在昌乐一中体育场隆重举行。中国作家协会诗刊社领导和来自全国各地的著名诗人娜仁琪琪格、李寒、尤克利、郭晓琦、孙方杰等齐聚昌乐一中，与师生同台，共同吟诵古今中外感人的诗章，为诗的春天歌唱！该活动于5月8日临沂第四中学结束，历时一个月，有十三所高中5万余名师生参与活动。

"春天送你一首诗"活动涉及内容丰富。以诗为核心，关注当下现实，关注市场经济时代人们对精神建设的忽略。这项活动的组织灵活，涉及内容丰富，包括诗歌朗诵会、诗歌征文活动、书法比赛和展览、诗歌调查等，将诗歌与现实的各种可能事项都尽可能安排在活动中。朗诵的作品大多数都具有乐观向上的情怀，注重诗的音乐性，除了部分经典作品之外，也包括举办地的诗人、作家创作的作品，这对于营造诗歌的艺术氛围、繁荣诗歌创作、发现和培养诗歌新人都具有不可忽视的作用。

"春天送你一首诗"活动涉及地域广泛。《诗刊》是全国知名的诗歌刊物，其号召力、影响力肯定比一般刊物要大得多，因而可以在全国很多地方开展起来。从创办以来，这项活动已经得到全国近200个县市的支持和参与，很多地方的党政部门也积极参与。这种涉及范围广泛的活动，肯定比在某一地或者某一会场举行朗诵活动的影响要大得多。当然，可能有些地方是出于"文化搭台，经济唱戏"而参与活动的，但是从客观效果讲，它在一定程度上普及了诗歌知识，唤起了人们对于诗歌的关注，发挥了诗歌在精神建设方面的独特作用。

诗不是象牙塔里的精品，诗歌不应该离开对历史、现实的关注，也不能脱离读者。"春天送你一首诗"活动将诗歌的普及作为核心，把诗歌艺术的推广和社会价值的实现作为使命，是拯救越来越边缘化、越来越脱离读者的诗歌的一种有效方式，其产生的社会影响是巨大的。2011 年 9 月 13 日，以"春天送你一首诗"为关键词通过"百度"搜索引擎搜索，得到网页169000 左右，通过"谷歌"搜索引擎搜索，得到网页 27600 左右。

苍南只是浙江温州的一个普通的县，但该县自 2003 年起一直参加诗刊社组织的"春天送你一首诗"活动，有关部门已经意识到这一活动所带的巨大影响。几乎在每一年的活动中，都由主办单位下发文件，号召全县的学校积极参与。该县除了参与诗刊社的统一主题活动之外，还设计了与本地社会、文化、教育发展有关的主题。在 2007 年举行活动之前，该县教育局、广播电视台、文联联合向各学区、直属学校甚至乡镇中小学、幼儿园下发通知，对活动进行了安排和规划。通知首先肯定了"春天送你一首诗"活动的价值：

> "春天送你一首诗"全国多地互动大型校园诗歌创作与朗诵活动，是中国作家协会诗刊社倡导并发起的全国性大型公益文化活动，是我县学校文化建设的重要抓手和优秀传统。我县自 2003 年开始，至今已成功举办了四年，近百所学校参与了诗歌创作比赛，三十多所学校承办诗歌朗诵会，在营造书香校园、丰富校园文化方面取得了令人满意的成效，教育信息报、温州日报、温州晚报、今日苍南、温州电视台、苍南电视台等媒体每年都专题报道活动的盛况。2006 年《诗刊》第六期刊登苍南校园诗歌专辑，《诗刊》第九期以"苍南诗歌现象"为题向全国推介，引起了巨大的社会反响。
>
> …………
>
> "春天送你一首诗"活动是建设学校文化的优良载体，全县各级各类学校领导、教师都要以"春天送你一首诗"活动为契机，深入领会"诗歌教育"这一传统教育教学方式在当今素质教育中所处的地位和作用，扎实开展品诗、赏诗、诵诗、写诗等活动，弘扬经典文化，让学生接受高雅的诗歌艺术的熏陶，促进精神发育。①

---

① 苍南县教育局、苍南县广播电视台、苍南县文学艺术界联合会：《关于联合举办 2007年"春天送你一首诗"大型公益文化活动的通知》，http://www.cnjyw.net/content.aspx?id=467997564375。

接着对该县参与这一活动的具体安排、组织机构、活动内容等进行了规划。诗歌活动和地域文化的培养、素质教育的开展、师生创作水平的提高等结合起来，在和社会、学校的互动中发挥着艺术的独特作用。

文化在凝聚人心、培养人格等方面的作用不需要更多的阐释，即使在科技发达、物质丰富的现代，精神的作用仍然是不能也不应该被忽视的。诗歌教育在中国具有悠久的历史和传统，"不读诗，无以言"，可以说，诗刊社组织的"春天送你一首诗"活动是对这种诗教传统的延续，同时借用了一些现代的传播手段、活动方式，也可以说是对这种传统的现代化发扬。

同时，诗刊社还在不断摸索"春天送你一首诗"的举办方式。2010年，这个活动不只是在春天举行，而是在任何季节都举行。通过诗歌的浸润，现实的春天幻化为心灵的"春天"。但是在2012年，《诗刊》社类似的活动虽然仍然以"春天送你一首诗"的名义在山东邹平、浙江宁波、苍南等地举行，活动内容也和以前差不多，但只有宁波的活动将《诗刊》社列为第一主办单位。从这些信息中我们可以感受到，《诗刊》组织的这一活动在民间、在有些地区的影响是很大的，已经成为有些地区的品牌活动，即使没有《诗刊》的参与，他们照样延续着这一受到欢迎的传统。令人欣喜的是，《诗刊》也许发现了广大读者对于诗歌的热情，决定从2013年起继续举行这样的活动，并在2012年12月通过刊物和博客发布了消息：

唤醒你内心的诗意　激发你身边的诗情
2013"春天送你一首诗"
启　事

"春天送你一首诗"活动是中国作家协会诗刊社倡导并发起的全国大型公益活动，是文学艺术贴近生活、贴近群众的有效形式。自2002年起全国有多个城市和地区参与了这项活动，诗刊社于2003年7月在国家工商局对"春天送你一首诗"进行了注册，此活动及相关项目受到国家法律的保护。2013年"春天送你一首诗"将重新启动。

欢迎有意于此项公益活动的各地机关、学校、文学社团的朋友与我们联系。①

---

① 《诗刊》博客：http://blog.sina.com.cn/s/blog_694f640901019um5.html，2012年12月12日。

对于诗歌，对于读者和听众，对于热爱诗歌创作的人们，这实在是一个好消息。很多网友在网上留言表示支持。王海云说："在诗歌低迷的时期，我们需要社会的扶植！要利用一切可以利用的经济和社会资源，让诗歌忍痛前行！"山西雁说："期待诗歌的又一个春天！"这是诗人、读者对于诗歌和"春天送你一首诗"的热情期待。

2013年5月24日，2013年度"春天送你一首诗"大型诗歌朗诵会在宁波市职业技术教育中心学校举行，来自该市各条战线的工人、学校师生、社区居民、青年志愿者以及诗人近2000余人欢聚一堂，共度这场春天的诗歌盛会。这次活动收到了全国诗人潜心创作的佳作近千首，用多种诗歌艺术表现形式，诗意解读了港城宁波。经过评选，共评出了一、二、三等奖和优秀奖共22名，同时精心编选了《春天像开场锣鼓》优秀诗歌集。①

2009年4月25、26日，诗刊社发起的全国大型公益诗歌活动"春天送你一首诗"在茂名学院举办。诗人林莽在接受采访时谈到"春天送你一首诗"活动的目的和意义时说：

> 中国新诗发展有90年历史了，涌现了很多优秀作品。但说中国新诗不行了，走向低潮的声音也不时听到。在一次聊天中，就想到搞这么一个活动，把优秀作品传播到广大的民众中去，在校园或文化广场搞诗歌朗诵、进行诗歌创作比赛、诗歌专题讲座、书法写新诗展等，把我们对诗歌的一些想法和大家进行交流。春天是播种的季节，一切都欣欣向荣，我们有责任让诗歌长出翅膀，飞到更广大的民众中去，播下诗歌的种子。"春天送你一首诗"活动自2002年起至今已成功举办了七届。2002年3月，首届"春天送你一首诗"活动以北京为主会场，广州、上海等地为分会场同时举行，许多诗人和诗歌爱好者参加了活动。除了朗诵关于春天的诗歌外，我们还专门印制了数十万张诗歌卡片在现场发放给群众。2004年4月，第二届"春天送你一首诗"活动主会场设在湖南长沙，分会场包括上海、广州、重庆、深圳、桂林等30多个城市。至今，全国已累计有200多个城市和地区及上千所院校参加了这项活动。今年全国近20多座城市和40多所院校将以多种形式陆续举办"春

---

① 参见《2013"春天送你一首诗"大型诗歌朗诵会昨举行》，《东南商报》2013年5月25日，第A8版。

天送你一首诗"活动。我们对"春天送你一首诗"活动申请了注册商标，作为公益性的文化产业来精心经营。中国是一个有着优秀诗歌传统的国家，通过这项活动传播新诗经典作品，使其成为家喻户晓的名篇，从而引起人们对新诗更广泛更深入的关注。我想这就是活动的意义所在。①

作为活动的组织者和参与者之一，他对这一活动的目的和意义的概括是有道理的。这项活动只要继续举办下去，我们相信，只要坚持品格与效应两个方面，这个活动的影响会越来越大。

---

① 叶蓝妮：《春天送你一首诗》，http：//blog. tianya. cn/blogger/post_ read. asp？BlogID = 647512&PostID = 17212267。

第八章 《诗刊》的特色栏目解读

第一节 《诗刊》的栏目设置

除了一些特别的刊物，如只发表一部作品或者数量较少的同类作品的刊物（如长篇小说）之外，一般来说，刊物都会设置一些栏目，将内容相关的文章或者作品归类到相关栏目之中，以体现刊物内容的丰富性。刊物的栏目设置往往可以体现期刊主编、编辑的特别关注和刊物的特色。

刊物的栏目一般分为固定栏目和临时栏目。

固定栏目主要是指刊物设置的在一定时期内相对固定的栏目，一般具有延续性。栏目的延续性可以体现刊物对某些主题、专题的特别重视，这在众多学术期刊中非常常见。在有些文学类期刊中也存在一些固定栏目，如综合性的文学期刊一般都固定设置"小说""诗歌""散文""评论""编读往来"等栏目，或者使用一些更诗意化的名字来为这些栏目命名。

固定不等于没有变化。栏目不断变化，体现了刊物的灵活性和多样性，甚至同样的主题、题材的栏目可以在不同时期使用不同的名字，这在文学类刊物中比较常见，如同样是小说、诗歌、散文栏目，可以用"小说主打""诗歌现场""生活在线"等来代替，显得活泼而具有诗意。在《诗刊》发展历史上，"旧体诗词"以及与它衔接的《诗刊·诗词版》等栏目可能是设置时间最久的，长期以来很少变换名称。当然，这不是说《诗刊》是以发表旧体诗词为主的，相反，发表新诗的栏目一直是它的主体，只是栏目名字在不断发生新变，最初的时候甚至直接使用过"诗"之类的名称作为栏目——这样的称呼有点奇怪，《诗刊》本来就是以发表诗歌为主的刊物，而它又使用这样一个栏目名称，好像其他的都不是诗一样。在后来，即使是同样的题材和主题，栏目名称似乎也很少有固定的，如《组诗部落》《每月诗星》等栏目中发表的还是诗，只是分类有所不同而已。

临时性栏目主要是针对临时出现的话题而在一期或短时间内设置的栏目。在中国当代的政治、社会、文化语境中，由于文学期刊肩负着倡导主旋律、宣传主旋律的责任和义务，面对临时出现的政治、社会话题，或者遇到重大的社会事件，刊物有时是必须加以关注的。例如，《诗刊》在 2003 年因为抗击"非典"而设置的《本期特稿》栏目①，2006 年全年为庆祝刊物创刊五十周年而设置的《我与〈诗刊〉》栏目、《〈诗刊〉创刊五十周年专号》（2007 年第 1 期），或者为某次诗歌征文活动而设置的栏目，等等。临时性栏目可以体现刊物的灵活性、多元化风格。

《诗刊》主要发表诗歌作品，它的栏目在很多时候都是不一样的，有的以主题安排，如《庆祝十月革命四十周年》（1957 年第 10 期）等；有的以题材安排，如《大地之歌》② 发表的主要是书写大地的诗歌作品，有的则以诗歌样式安排，如《散文诗》《小叙事诗》《旧体诗》等；有时则以栏目中具有特色的诗歌标题代替学究式的栏目设置，体现出栏目设置上的灵活性，以及诗歌刊物特有的诗意；也可能在一定程度上体现了编者对诗人这组作品的肯定和偏好，如《月亮缝合河山·组诗精粹》是以张执浩的《月亮缝合河山（三首）》③ 作为栏目名字的；"花开在我想不到的地方·组诗精粹"是以徐南鹏的《花开在我想不到的地方（八首）》④ 作为栏目名字的。在前期发展中，《诗刊》有时甚至没有分栏，而是按专题设置，每个专题的作品之间在目录上隔一行排列，以体现它们的差别。作为官方刊物，《诗刊》在栏目设置上必须考虑刊物在艺术上的多元性、包容性，在政治上、现实关怀上的当下性，同时还要考虑延续性，最终实现稳定性与灵活性的协调发展。

从创刊开始，《诗刊》就存在着一些和外在政治话语接近甚至一致的栏目，有的其实就是配合外在社会文化的，如《诗刊》上几乎每年都有按照现实生活中的某些节日设置的栏目，三八妇女节时有对女性诗人作品的关注或者歌唱妇女的栏目，五一劳动节有对劳动者的关注或者歌唱劳动的栏目，五四青年节有对青年、青春的歌唱栏目，六一儿童节往往要发表儿童的作品

---

① 《诗刊》上半月刊 2003 年 6 月第 11 期。
② 《诗刊》2005 年第 10 期。
③ 《诗刊》上半月刊 2004 年第 5 期。
④ 《诗刊》上半月刊 2004 年第 11 期。

或者儿童诗，七一期间一般都有歌唱中国共产党的栏目，八一建军节有关注军旅诗人和歌唱军人的栏目，十一国庆节有对祖国的歌唱，等等。虽然每个时期的诗人为这些节庆所写的作品在审美感受、情感体验、艺术表达方式等方面存在很大差异，栏目的名字也不完全一样，但它们对相关主题的追随却一直是一致的。这和《诗刊》作为官方刊物必须承担一定的社会责任和义务有一定关系，也和中国诗歌、文学和政治的特殊关联有一定关系。

《诗刊》每次出现的临时性专栏、专刊，其实构成了一个特殊的历史记忆，对于我们了解中国当代诗歌、社会的发展，《诗刊》自身的编辑理念、艺术观念的变化，都是具有价值的。1957 年出版"反右"专刊；1959 年出版民歌专刊；1962 年 2 月设置了《杜甫诞生一千二百五十周年纪念》专栏（将杜甫称为"人民诗人"①）；2004 年设置纪念邓小平诞辰百周年专栏；2008 年 3 月的上半月刊是一个为抗击南方冰雪灾害而出版的专刊，设置了《南方：温暖的记忆·来自冰雪灾区的诗人最新作品》《2008：火焰融化冰雪·抗灾前线的诗报告》栏目、《关爱：把手给你》栏目等；2008 年 5 月上半月刊是"纪念中国改革开放三十年诗歌特大号"，属于回顾性质，都是改革开放以来发表的诗人的优秀作品展览，是对《诗刊》关注改革开放历程的一种创新梳理；2008 年 6 月上半月刊出版汶川地震专刊、特刊；2008 年 9 月上半月刊为北京奥运会专号等，其实都是对一些政治运动、政治事件、社会事件的关注和配合。2006—2007 年开设的《我与〈诗刊〉》栏目是为了庆祝《诗刊》创刊 50 周年而设置的临时性专栏，主要邀请和《诗刊》有关的编辑、诗人、评论家撰写和刊物的关系的短文，大多是回忆性、资料性的文字，具有重要的史料价值，对于我们了解《诗刊》的发展历史甚至中国当代诗歌发展的历史，都具有非常重要的诗学、史学价值。

除了以节庆、活动为线索设置的年度性栏目外，《诗刊》的重要专号、专栏设置都和国家发生的一些重大政治事件、社会事件有一定的关系。即使到了 21 世纪，这种情况也没有什么变化。2008 年是《诗刊》出版专号较多的一年，这恐怕和这一年发生的众多事件有关。诗刊编辑部是这样总结的：

---

① 　萧涤非：《人民诗人杜甫》，《诗刊》1962 年第 2 期。

2008 年对中国人民来说是大悲大喜的不寻常的一年。大冰雪，大地震，使中国人民蒙受了巨大损失，承受了肉体上和精神上的巨大痛苦，但也让世人看到了中华民族战胜灾难的决心和力量。大喜的事情，一是第 29 届奥运会在北京成功举办，二是改革开放三十年取得的巨大成就以及全国范围内的隆重纪念活动。

围绕以上四件大事，2008 年《诗刊》上半月刊编发了四个专号，正好是一个季度一个专号，而且每个专号都是在每个季度的最后一期（3 期、6 期、9 期、12 期）。出版这样四个专号，是时代把庄严的课题摆在了我们面前，而《诗刊》顺应了时代的潮流和需要，喊出了人民的心声。诗歌在文体上具有得天独厚的条件：短小、轻便、迅速，语言上富有激情和节奏，具有瞬间爆发力和感染力。专号中的大量作品，贴近现实，贴近心灵，反映时代，讴歌党和国家领导人深入救灾一线以及人民军队等救灾群体不怕牺牲的感人场面；讴歌三十年来，我国在波澜壮阔的变革中各条战线所取得的辉煌成就。专号出版后产生了巨大反响，得到了广大读者的肯定。我们要特别感谢中国作家协会领导对《诗刊》的大力支持，在九期奥运会专号以及十期、十一期上，几位中国作家协会领导亲自为《诗刊》撰写了卷首语……①

作为《诗刊》的上级主管、主办单位，也作为中国文学界的最高群众组织，中国作家协会的领导亲自为刊物撰写卷首语，而且占了专号的四分之三，《诗刊》对此觉得很荣幸，"特别感谢"。

2009 年 9 月上半月刊出版红色诗歌专刊，选发了过去影响较大的歌唱祖国的诗歌作品，这在《诗刊》历史上比较少见。该刊编辑部说：

新中国已走过六十年的历程。从她诞生至今，她的伟大领袖，她的勤劳民众，她的崭新日月，她的壮丽河山，她的建设成就，她在世界格局中的地位和影响，等等，无不在诗人笔下得到激情洋溢、丰富多彩的表现。这里，我们特精心编选了 1949—1979 年期间歌唱新中国的优秀作品，与广大读者一起分享，共同庆贺中华人民共和国的六十周年华诞，并祝愿她拥有更加灿烂的明天。②

---

① 本刊编辑部：《铭记 2008，相约 2009》，《诗刊》上半月刊 2009 年第 1 期。
② 本刊编辑部：《穿越时空的永恒诗篇》，《诗刊》上半月刊 2004 年第 17 期。

2009 年 10 月上半月号为庆祝新中国成立 60 周年，开设了《五星红旗迎风飘扬》《花儿为什么这样红》《我们走在大路上》《锦绣河山美如画》《五十六个民族是一家》《我爱你，中国》《诗词版·数风流人物，还看今朝》等栏目。该刊编辑部的《献词》说：

> 江河奔涌，山岳高耸，蓝天白云下，丹桂飘香，菊花又黄；栽桑植麻的阡陌，坦荡明净的湖泊。相拥相谐围拢来又散开去的城镇与村庄；编年的竹简，铸剑的青铜，线装的史书，龙的传说：陶土小兽的呼吸，青瓷上吉祥如意的花纹。柔软的丝绸和茶香带远西去的驼铃；我爱你，美丽、富饶的祖国，也爱你古老的文明，不甘屈辱的历史，千年沉浮而一朝巨变的沧桑。①

这份"献词"充满了自豪与激情，表现出浓郁的爱国热情和鼓动性。

从这些信息可以看出，《诗刊》对于国家的重大事件非常关注，这既是诗歌和诗歌刊物的社会责任，也体现出诗歌对政治、意识形态的一种追随。

但在《诗刊》发展史上，还有一些栏目在一定时期内是固定的，而且产生了比较大的影响，解读这些栏目及其影响，对于我们理解某个时期《诗刊》的核心关注是有一定帮助的，也可以较好地把握《诗刊》在作品选择、诗学关注等方面所具有的特点，甚至可以体现主编、责任编辑对于某些话题的特殊兴趣。

我们所说的"特色栏目"主要不是从创刊开始就一以贯之的栏目和主题，也不是那些因为某些缘由而临时设置的栏目，而是在不同时期出现的、不一定伴随《诗刊》整个发展历程但代表了一定时期内的艺术思潮、艺术水准并产生了较大影响的栏目。我们试图对这些栏目的设置、内容、影响等进行考察，寻觅其在诗歌发展、诗学理论探讨等方面为我们留下的诗学意义和可能存在的一些问题或者遗憾。需要特别说明的是，《诗刊》从 1980 年设置的《青春诗会》专栏和专刊在新时期以来的诗歌界产生了重要影响，是该刊最具特色和影响的栏目、专刊之一，对比前面的有关章节已经进行了专门的探讨，本章不再列入。

---

① 本刊编辑部：《献词》，《诗刊》上半月刊 2004 年第 19 期。

第二节 《假如你想作个诗人》

《假如你想作个诗人》是《诗刊》设立的诗歌创作指导类栏目。诗歌创作是需要天赋的，但是，创作理论和实践上的指导对于诗歌写作者仍然具有一定的帮助，对于初学写作的人来说尤其如此。朱先树曾对《诗刊》《假如你想作个诗人》栏目的设置有过如下描述：

> 我曾收到一个年仅二十一岁的青年同志寄来的几本油印诗稿，他在信中说，他写诗历尽千辛万苦，现在已经写了两千多首了，可是至今却只发表了三首短诗，并问怎样才能写出好诗来。写了一两千首诗仍然不知道如何写诗，这的确是一些学诗的青年朋友们感到烦恼的问题。考虑到这种情况，《诗刊》编辑部曾决定在有限的评论版面中，拿出点篇幅来发一些知识性、辅导性的文章，于是就开辟了《假如你想作个诗人》这个栏目。目的就是通过这个栏目，发表一点文章帮助那些喜欢诗的热情的青年朋友们了解诗，了解关于诗的一些基本常识。①

在 20 世纪 70 年代末到 80 年代前期，因为思想解放运动的深入，作为抒写感情、表达思考的艺术样式，诗歌受到的热爱是前所未有的，形成了一股诗歌的热潮。而且，喜欢写诗、希望写诗的人也很多，有人甚至认为诗歌可以为他们带了诗歌之外的收获（这种情况在当时的确是存在的）。但是，由于诗歌教育长期被忽视，或者被政治化的思考所左右，很多人对于诗的基本特征、诗歌创作的基本规律缺乏了解，他们只是在一种自在甚至很盲目的情况下进行着诗歌创作。他们渴望在创作上得到理论和实践的指导，诗歌刊授学院创办初期的热烈反响就是这种缺乏和渴望的一种体现。作为中国诗歌国刊的《诗刊》，编者自然能够敏感地认识到这些现象的普遍存在，而且，因为拥有阵地，他们也能够通过有效途径对此加以弥补。《假如你想作个诗人》这个栏目的创办就是为了顺应诗歌爱好者的需要，同时也在一定程度上向读者普及了诗歌理论方面的知识。

《假如你想作个诗人》栏目开始于《诗刊》1980 年第 9 期，第一篇发

---

① 朱先树：《假如你想作个诗人·编后记》，见《假如你想作个诗人》，重庆出版社 1985 年版，第 146 页。

表的是任洪渊、张同吾的《发现时代的诗情》。我们必须注意一个大致的背
景。1980 年 7 月 20 日至 8 月 21 日，诗刊社在北京、秦皇岛举办了为期一个
多月的"青年诗作者学习会"，共有 17 位青年诗人应邀参加，许多诗坛前
辈亲自辅导，并为与会的青年诗人修改作品。这就是首届"青春诗会"。在
当时，《诗刊》和成名的诗人、评论家都认为发现和培养青年诗人是他们的
职责。《假如你想作个诗人》栏目就是在全社会关注诗歌、青年诗人不断成
长的背景下开始的。这个栏目和"青春诗会"在目标上实际是一致的，只
是前者涉及的受众面更大一些，而后者更注重面对面的交流。由此我们可以
感受到当时诗歌的热潮，以及诗歌报刊和一些有成就的诗人、评论家对诗歌
发展、诗歌艺术的探讨、诗人培养等方面所具有的责任心。

　　从 1980 年 9 月到 1984 年 6 月，《诗刊》不定期开设的《假如你想作个
诗人》栏目共设置 18 期，每期发表一篇诗歌创作的辅导文章，具体情况
如下：

　　　　任洪渊、张同吾：《发现时代的诗情》，1980 年第 9 期

　　　　张同吾：《自己的发现和发现自己》，1980 年第 10 期

　　　　阿　红：《诗的机缘在哪里?》，1980 年第 11 期

　　　　任　愫：《要重视诗的细节》，1981 年第 1 期

　　　　周红兴：《选择美的形象》，1981 年第 2 期

　　　　吴开晋：《在艺术探索上下苦功》，1981 年第 6 期

　　　　马焯荣：《构思的艺术》，1981 年第 9 期

　　　　尹在勤：《学会艺术感受》，1981 年第 10 期

　　　　黄益庸：《给诗添些警句》，1982 年第 1 期

　　　　吴欢章：《诗的语言》，1982 年第 8 期

　　　　何　锐：《把诗写得含蓄一些》，1982 年第 10 期

　　　　周红兴：《写诗要注意情感的升华》，1983 年第 1 期

　　　　徐荣街：《谈谈重叠和反复的运用》，1983 年第 3 期

　　　　刘湛秋：《寻求独特的观察和感受》，1983 年第 5 期

　　　　尹在勤：《选择表现的角度》，1983 年第 6 期

　　　　吕　进：《写诗与读书》，1983 年第 8 期

　　　　何　锐：《写诗，要讲究虚实的妙用》，1984 年第 5 期

　　　　陈良运：《谈诗的深化》，1984 年第 6 期

这些文章就数量来说并不是很多，但是，就《诗刊》的理论、评论版面来说，已经是相当不容易了，而且就专题性诗歌理论、评论性栏目来说，其延续的时间之长，也是没有先例的。并且，就在这个栏目设置的过程中，《诗刊》参与了诸多诗歌和诗学论争，其中包括关于"朦胧诗"的论争，这是需要大量的理论、评论版面的。在那样的学术语境之下，能够延续这样一个栏目，更让人感受到《诗刊》对诗歌人才培养、诗歌理论建设的重视。这些文章篇幅都不长，涉及的话题却非常广泛，从立意构思、主题提炼、切入角度、语言打磨、艺术修养等多方面展开，这对于初学写诗的人来说，是很有帮助的，即使是对于已经有一定影响的诗人，这些理论性的概括也会产生一定的启迪作用。这些文章的作者，都是当时在诗坛上有一定地位和影响的诗人、评论家，他们非常关注对诗歌艺术特征和诗歌创作规律的总结、提炼，也关注青年诗人的创作。

1984年5月（根据书籍的"编后记"的完成时间），该栏目的策划人和责任编辑朱先树以栏目所发文章为基础，增加了其他几篇相关文章，编辑成《假如你想作个诗人》一书，由重庆出版社于1985年4月出版，首印数达到38800册，这说明《假如你想作个诗人》栏目及其相关书籍在当时是很受欢迎的。除了上面罗列的18篇文章外，《假如你想作个诗人》收录的文章还包括如下几篇（按书中的排列顺序）：马绪英《写在诗的钻探机下》、吴开晋《想象力的培养》、吴开晋《如何防止和克服诗歌创作的雷同化》、吕进《诗家语》、钟文《诗的歧义语》、李壮鹰《把韵律安排得更艺术些》、吴思敬《谈新诗的分行排列》、孔孚《关于我的泰山诗的写作——答友人九题》，其中吕进的《诗家语》发表于《当代文坛》1984年第8期，吴思敬的《谈新诗的分行排列》发表于《诗刊》1985年第3期，都是在书籍编成之后才发表的，而其他几篇文章至今没有查到在刊物上公开发表的记载。由此可以看出，《假如你想作个诗人》栏目的文章主要不是自由来稿，而是通过责任编辑向有关诗人、评论家约稿而来的。对于一个编辑，这项工作是要花费大量时间和精力的，也体现了他在栏目策划、人才培养等方面所付出的艰辛劳动。

对于这个栏目及其影响，作为栏目主持人的朱先树一直记忆犹新，2006年，在《诗刊》创刊50周年前夕，他还专门在文章中提起。他说："我在评论组编评论稿时，当时就想到怎样能满足一般爱诗和初学写诗者的需要，提出开辟一个专栏：《假如你想作个诗人》。编辑部同意后，由我约请一些诗评家和诗人写文章。后来我把这个专栏的文章集中起来，由重庆出版社出版，一次就发行了六万多册。"① 由此可见，这个栏目不仅是《诗刊》在诗学研究、诗学知识宣传方面的大手笔，对于主持者来说，也是值得骄傲和自豪的事情。

第三节　《每月诗星》

重点推介与普通关注相结合，是《诗刊》历来注重的编辑策略之一。对于具有影响的诗人、具有特色的作品，《诗刊》可以不吝篇幅加以关注；对于普通的诗人或者作品，他们则按照作品的质量给予关注。在不同时期，《诗刊》都以自己的方式关注着重点诗人和重点作品。"青春诗会"及其专栏、专号是就是标志性措施之一。从2003年开始设置的《每月诗星》也是值得我们特别关注的栏目。

《每月诗星》的内容设置和"青春诗会"专号针对每个入选诗人的内容设置差不多，首先有诗人的作品，而且数量较大，同时有作者简介、诗人创作谈。与"青春诗会"专号不同的是，《每月诗星》每期介绍的诗人都有诗人、评论家为其撰写评介文章。"青春诗会"专号是每年出版一次，集中推出具有成绩的年轻诗人的作品，而《每月诗星》则是将类似的专号分散到全年，而且受到的制约更小一些，如"青春诗会"的入选诗人有年龄限制，原则上不超过40岁，而《每月诗星》虽然也主要是推介中青年诗人，但范围比"青春诗会"更大一些，年龄上的限制也相对较少，有些参加过"青春诗会"的人也出现在《每月诗星》中。可以说《每月诗星》是扩展版的"青春诗会"，就像由"青春诗会"扩展出来的"青春回眸"诗会一样。

《每月诗星》是全方位推出重点诗人的举措之一，除了特殊情况外，比

---

① 朱先树：《我在〈诗刊〉当编辑二三事》，《诗刊》上半月刊2006年第1期，第39—40页。这里所说的六万册和初版版权页上所标示的印数有出入，不知道是记忆的错误还是别的什么原因。不过，这本书的确产生了不小的影响，倒是事实。后经过对朱先树先生的采访，得知他当时主持的《诗刊》刊授学院将此书作为教材，发行了不少，但不知道这些数字是否计入了书上的印数。

如因为别的需要而出版专号，基本上是每月都有，是《诗刊》创刊以来以相同的栏目名称坚持最久的栏目之一。该栏目设置后不久，《诗刊》就意识到这个栏目具有的品牌效应，表态说："《每月诗星》这一深受广大诗人、读者欢迎并已产生一定品牌效应的栏目在新一年中将继续重点办好。"① 经过多年的经营，这个栏目的品牌效应越来越明显地体现出来。可以毫不夸张地说，进入《每月诗星》的这些诗人及其作品大多是可以在新诗史上留下自己的痕迹的。为了更全面地了解《每月诗星》栏目的有关情况，我们将这个栏目开办以来涉及的诗人及其作品罗列于后：

柏铭久：《三峡·时光从心头流过》（组诗），《诗刊》2003 年 1 月上半月刊；

李　双：《李双的诗（九首）》，《诗刊》2003 年 2 月上半月刊；

张绍民：《村庄的泉眼（组诗）》，《诗刊》2003 年 3 月上半月刊；

白　垩：《岁月的说明书（八首）》，《诗刊》2003 年 4 月上半月刊；

马利军：《一个石油工人说过的话（十首）》，《诗刊》2003 年 5 月上半月刊；

刘以林：《诗七首》，《诗刊》2003 年 6 月上半月刊；

胡　弦：《复调（组诗）》，《诗刊》2003 年 7 月上半月刊；

林　野：《零度之蓝（组诗）》，《诗刊》2003 年 8 月上半月刊；

庞余亮：《卑微者肖像（组诗）》，《诗刊》2003 年 9 月上半月刊；

姜庆乙：《当我摘掉墨镜（组诗）》，《诗刊》2003 年 10 月上半月刊；

刘以林：《诗七首》，《诗刊》2003 年 11 月上半月刊；

《诗刊》2003 年 12 月上半月刊为第十九届"青春诗会"专号，没有开设《每月诗星》专栏；

森　子：《花非花（组诗）》，《诗刊》2004 年 1 月上半月刊；

芷　冷：《我站在世界的中央（组诗）》，《诗刊》2004 年 2 月上半月刊；

谢荣胜：《像河西的清晨一样（组诗）》，《诗刊》2004 年 3 月上半

---

① 本刊编辑部：《致读者》，《诗刊》上半月刊 2006 年第 1 期。

月刊；

沙　戈：《槐花开了（组诗）》，《诗刊》2004 年 4 月上半月刊；

张岩松：《生活的痕迹（组诗）》，《诗刊》2004 年 5 月上半月刊；

刘　虹：《时代生活笔记及其他（组诗）》，《诗刊》2004 年 6 月上半月刊；

洪　烛：《马的影子也是马（组诗）》，《诗刊》2004 年 7 月上半月刊；

牛国庆：《一卡车树苗（组诗）》，《诗刊》2004 年 8 月上半月刊；

田　禾：《土坷垃开花（组诗）》，《诗刊》2004 年 9 月上半月刊；

池凌云：《布的舞蹈（组诗）》，《诗刊》2004 年 10 月上半月刊；

荣　荣：《梦的高度（组诗）》，《诗刊》2004 年 11 月上半月刊；

《诗刊》2004 年 12 月上半月刊为第二十届"青春诗会"作品专号，没有设置《每月诗星》专栏；

黑　陶：《吴越幻象（组诗）》，《诗刊》2005 年 1 月上半月刊；

邹汉明：《爱情笔记（组诗）》，《诗刊》2005 年 2 月上半月刊；

哨　兵：《长江中游（外十二首）》，《诗刊》2005 年 3 月上半月刊；

孙晓杰：《火焰在细雨中行走（组诗）》，《诗刊》2005 年 4 月上半月刊；

张子选：《藏地诗篇（组诗）》，《诗刊》2005 年 5 月上半月刊；

刘　歌：《河流的子孙（外十首）》，《诗刊》2005 年 6 月上半月刊；

朱建信：《钢铁的血液或泪水（组诗）》，《诗刊》2005 年 7 月上半月刊；

三　子：《流年（组诗）》，《诗刊》2005 年 8 月上半月刊；

叶丽隽：《风中的事情（组诗）》，《诗刊》2005 年 9 月上半月刊；

《诗刊》2005 年 10 月上半月刊没有设置《每月诗星》专栏；

大　平：《阳光的漏（组诗）》，《诗刊》2005 年 11 月上半月刊；

《诗刊》2005 年 12 月上半月刊为第二十一届"青春诗会"作品专号，没有设置《每月诗星》专栏；

白连春：《黄土在下，苍天在上（组诗）》，《诗刊》2006 年 1 月上半月刊；

　　周建歧：《周建歧的诗（三组）》，《诗刊》2006年2月上半月刊；

　　鲁西西：《语音（组诗十四首）》，《诗刊》2006年3月上半月刊；

　　朱　零：《日常生活（组诗）》，《诗刊》2006年4月上半月刊；

　　李志勇：《绿书（组诗）》，《诗刊》2006年5月上半月刊；

　　王太文：《天堂（组诗）》，《诗刊》2006年6月上半月刊；

　　殷龙龙：《躲在泥土深处（组诗）》，《诗刊》2006年7月上半
月刊；

　　王　锋：《怒放在高处的新疆（组诗）》，《诗刊》2006年8月上半
月刊；

　　路　也：《两地山河（诗两组）》，《诗刊》2006年9月上半月刊；

　　简　明：《我的诗歌（组诗）》，《诗刊》2006年10月上半月刊；

　　王顺彬：《用闪电雕刻的人（组诗）》，《诗刊》2006年11月上半
月刊；

　　《诗刊》2006年12月上半月刊为第二十二届"青春诗会"作品专
号，2007年1上半月刊为庆祝《诗刊》创刊50周年专号，没有设置
《每月诗星》专栏；

　　刘福君：《母亲（组诗）》，《诗刊》2007年2月上半月刊；

　　阿　毛：《时间之爱（组诗）》（女诗人作品辑之二），《诗刊》
2007年3月上半月刊；

　　陈树照：《大雪压低的草甸（组诗）》，《诗刊》2007年4月上半
月刊；

　　谷　禾：《谁在为我们祝福（组诗）》，《诗刊》2007年5月上半
月刊；

　　唐　力：《缓慢的爱（组诗）》，《诗刊》2007年6月上半月刊；

　　郑小琼：《黄麻岭：生存的火焰（组诗）》，《诗刊》2007年7月上
半月刊；

　　袁俊宏：《从井冈山到鸭绿江（诗两组）》（既是《每月诗星》栏
目，又是庆祝建军八十周年专辑作品之二。该期专辑之一发表了13位
诗人的作品，专辑之三发表了9人的作品，专辑之四发表了16人的作
品，将袁俊宏的作品单独列出来作为《每月诗星》推荐，说明这组诗

是有特点的），《诗刊》2007 年 8 月上半月刊；

《诗刊》2007 年 9 月上半月刊为诗词专号，10 月上半月刊为国庆专刊，也没有开设《每月诗星》栏目；

苏　浅：《非常爱（组诗）》，《诗刊》2007 年 11 月上半月刊；

《诗刊》2007 年 12 月上半月刊为第二十三届"青春诗会"作品专号，没有设置《每月诗星》专栏；

安　琪：《安琪的诗（组诗）》，《诗刊》2008 年 1 月上半月刊；

盘妙彬：《人间江山（组诗）》，《诗刊》2008 年 2 月上半月刊；

《诗刊》2008 年 3 月上半月刊为抗击冰雪灾害专刊，没有设立《每月诗星》栏目；

川　美：《自然的方格纸（组诗）》，《诗刊》2008 年 4 月上半月刊；

《诗刊》2008 年 5 月、6 月的上半月刊分别为《纪念中国改革开放三十年诗歌特大号》《抗震救灾诗专号》，没有设置《每月诗星》专栏；

徐书退：《用爱歌唱（组诗）》等，由《诗刊》编辑部组织，都是关注汶川大地震的作品。《诗刊》2008 年 7 月上半月刊；

邓诗鸿：《青藏诗篇（组诗）》，《诗刊》2008 年 8 月上半月刊；

《诗刊》2008 年 9 月上半月刊为《纪念北京 2008 年奥运会和残奥会专刊》，没有设置《每月诗星》专栏；

晴朗李寒：《在大地的另一边（组诗）》，《诗刊》2008 年 10 月上半月刊；

胡茗茗：《火焰槐花（长诗）——纪念一个带伤口的男人》，《诗刊》2008 年 11 月上半月刊；

《诗刊》2008 年 12 月上半月刊为"纪念中国改革开放三十周年专号"，没有设置《每月诗星》栏目；

许　敏：《屋顶上的雪（组诗）》，《诗刊》2009 年 1 月上半月刊；

谢湘南：《在哪里安家（组诗）》，《诗刊》2009 年 2 月上半月刊；

李轻松：《我的青春叙事（组诗）》，《诗刊》2009 年 3 月上半月刊；

雷　霆：《官道梁上的记忆（组诗）》，《诗刊》2009 年 4 月上半月刊；

唐　诗:《乡村人物（组诗）》,《诗刊》2009 年 5 月上半月刊;

谢　君:《宁静的蓝（组诗）》,《诗刊》2009 年 6 月上半月刊;

胡　杨:《大片大片的阳光（组诗）》,《诗刊》2009 年 7 月上半月刊;

鲁　克:《苍茫（组诗）》,《诗刊》2009 年 8 月上半月刊;

《诗刊》2009 年 9 月上半月刊为建国六十周年诗歌选, 没有设置《每月诗星》专栏;

杨大力:《农事（组诗）》,《诗刊》2009 年 10 月上半月刊;

阎　志:《挽歌与纪念（长诗节选)》,《诗刊》2009 年 11 月上半月刊;

2009 年 12 月上半月刊为第二十五届"青春诗会"作品专号, 没有设置《每月诗星》专栏;

江　非:《半神之心（组诗）》,《诗刊》2010 年 1 月上半月刊;

俄尼·牧莎斯加:《天地的琴键（组诗）》,《诗刊》2010 年 2 月上半月刊;

李见心:《隐居的花朵（组诗）》,《诗刊》2010 年 3 月上半月刊;

郁　笛:《冰雪中的春天（组诗）》,《诗刊》2010 年 4 月上半月刊;

周庆荣:《有理想的人（散文诗十二章）》,《诗刊》2010 年 5 月上半月刊;

陈人杰:《在世间行走（组诗）》,《诗刊》2010 年 6 月上半月刊;

津　渡:《漫游的心灵（组诗）》,《诗刊》2010 年 7 月上半月刊;

雷平阳:《云南记（组诗）》,《诗刊》2010 年 8 月上半月刊;

高鹏程:《海边书（组诗）》,《诗刊》2010 年 9 月上半月刊;

《诗刊》2010 年 10 月上半月刊为首届"青春回眸"诗会专刊, 刊发张学梦、杨牧、张新泉、王小妮、贾真、徐敬亚、孙晓杰、大解、华万里、郭新民、刘向东、孙武军、车延高等诗人的作品, 没有设置《每月诗星》栏目;

李成恩:《高楼镇（组诗）》,《诗刊》2010 年 11 月上半月刊;

成　路:《母水（徒步行走黄河·长诗节选）》,《诗刊》2010 年 12 月上半月刊;

江　非：《半神之心（组诗）》，《诗刊》2011 年 1 月上半月刊；

张作梗：《灵魂的后方（组诗）》，《诗刊》2011 年 2 月上半月刊；

伊　路：《用了两个海（组诗）》，《诗刊》2011 年 3 月上半月刊；

红　旗：《大河之上（组诗）》，《诗刊》2011 年 4 月上半月刊；

潘　维：《能不忆江南（组诗）》，《诗刊》2011 年 5 月上半月刊；

李　辉：《在黑夜的缝隙里（组诗）》，《诗刊》2011 年 6 月上半月刊；

《诗刊》2011 年 7 月上半月刊为建党 90 周年专号，该期主题为《先驱者的血·革命烈士诗抄》，没有设置《每月诗星》专栏；

泥马度：《埋锅造饭（组诗）》，《诗刊》2011 年 8 月上半月刊；

《诗刊》2011 年 9 月上半月刊为《永嘉·诗刊社第二届"青春回眸"诗会作品辑》和《楠溪江诗会作品辑》，没有开设《每月诗星》专栏；

杨大力：《农事（组诗）》，《诗刊》2011 年 10 月上半月刊；

金所军：《秋风里（组诗）》，《诗刊》2011 年 11 月上半月刊；

《诗刊》2011 年 12 月上半月刊为《诗刊社第二十七届"青春诗会"作品辑》，没有开设《每月诗星》专栏；

王自亮：《风暴中心的无风（组诗）》，《诗刊》2012 年 1 月上半月刊；

第广龙：《春天的铁皮（组诗）》，《诗刊》2012 年 2 月上半月刊；

三色堇：《裸露的中年》，以《每月诗星·女诗人作品辑之二》刊出，《诗刊》2012 年 3 月上半月刊；

泉　子：《交谈（组诗）》，《诗刊》2012 年 4 月上半月刊；

杨晓芸：《安慰》，《诗刊》2012 年 5 月上半月刊；

扶　桑：《什么是你私有的（组诗）》，《诗刊》2012 年 6 月上半月刊；

徐南鹏：《无边际（组诗）》，《诗刊》2012 年 7 月上半月刊；

俞昌雄：《在全世界的嘀嗒声中》，《诗刊》2012 年 8 月上半月刊；

《诗刊》2012 年 9 月上半月刊为第三届"青春回眸"专辑和《常德诗人节作品辑》，没有开设《每月诗星》专栏；

宇　向：《渡夜》，《诗刊》2012 年 10 月上半月刊；

南　子：《我愿意》，《诗刊》2012年10月上半月刊；

《诗刊》2012年12月上半月刊为第二十八届"青春诗会"作品专号，没有设置《每月诗星》专栏；

林　莉：《眺望》，《诗刊》2013年1月上半月刊；

轩辕轼轲：《无计可消除研究》，《诗刊》2013年2月上半月刊；

东　涯：《敬畏》，《诗刊》2013年3月上半月刊；

商　略：《不惑集》，《诗刊》2013年4月上半月刊；

孙　磊：《别处》，《诗刊》2013年5月上半月刊；

孔　灏：《小情怀》，《诗刊》2013年6月上半月刊；

熊　焱：《三千光阴》，《诗刊》2013年7月上半月刊；

唐　果：《给词语排队》，《诗刊》2013年8月上半月刊；

《诗刊》2013年9月上半月刊为第三届"青春回眸"作品专辑和《黄石诗人节作品小辑》，没有开设《每月诗星》专栏；

姚江平：《大地，大地》，《诗刊》2013年10月上半月刊；

王　琦：《尘曲》，《诗刊》2013年11月上半月刊；

《诗刊》2013年12月号上半月刊为第二十九届"青春诗会"作品专号，没有设置《每月诗星》专栏；

灯　灯：《向低音致敬》，《诗刊》2014年1月上半月刊；

刘海星：《梦想的诞生》，《诗刊》2014年2月上半月刊；

莫卧儿：《开出时空的火车》，《诗刊》2014年3月上半月刊；

寒　烟：《绽放或陨落》，《诗刊》2014年3月上半月刊；

沈浩波：《月圆之夜》，《诗刊》2014年5月上半月刊；

王单单：《车过高原》，《诗刊》2014年6月上半月刊；

杨　方：《骆驼羔一样的眼睛》，《诗刊》2014年7月上半月刊；

阿　华：《迷魂术》，《诗刊》2014年8月上半月刊；

《诗刊》2014年9月开设了《玉树·诗刊社第五届"青春回眸"诗会作品辑》《玉树诗人作品小辑》栏目，没有设置《每月诗星》栏目；

慕　白：《大江东去》，《诗刊》2014年10月上半月刊；

唐小米：《百合盛开》，《诗刊》2014年11月上半月刊；

《诗刊》2014年12月上半月刊为诗刊社第三十届"青春诗会"专

号，没有设置《每月诗星》栏目。

《每月诗星》是《诗刊》坚持得最好的栏目之一，自开设以来，除特殊情况之外，没有停止过。这些所谓的特殊情况，一是"青春诗会"专刊，每年的《诗刊》12月上半月刊基本上都是"青春诗会"专号，没有开设《每月诗星》专栏。二是在遇到一些特殊情况（比如国家的重大活动、重大事件或者重大自然灾害等）时，需要刊物以较多篇幅予以特别关注，《每月诗星》也偶尔停办一两期，比如，2007年1月上半月刊为庆祝《诗刊》创刊50周年专号，9月上半月刊为诗词专号，10月上半月刊为国庆专刊，2008年3月上半月刊为抗击冰雪灾害专刊，5月、6月上半月刊分别是改革开放回顾展、汶川地震专辑，9月上半月刊为《纪念北京2008年奥运会和残奥会专刊》，2009年9月上半月刊为建国六十周年诗歌选，2011年7月上半月刊为建党90周年专号，主题为《先驱者的血·革命烈士诗抄》。三是"青春回眸"诗会专刊。2010起，诗刊社开始举办"青春回眸"诗会，当年10月上半月刊为首届"青春回眸"诗会专刊，2011年9月上半月刊为《永嘉·诗刊社第二届"青春回眸"诗会作品辑》和《楠溪江诗会作品辑》，2012年9月上半月刊为第三届"青春回眸"专辑和《常德诗人节作品辑》，2013年9月上半月刊为第四届"青春回眸"作品专辑和《黄石诗人节作品小辑》，2014年9月上半月刊为《玉树·诗刊社第五届"青春回眸"诗会作品辑》《玉树诗人作品小辑》栏目，等等。

作为《诗刊》长期打造的特色栏目，我们至少可以从以下几个方面来打量其价值和意义：

一、严格选择诗人和作品。从最初推出《每月诗星》栏目，《诗刊》就把它作为重点栏目来打造。这在刊物的设计和编排上就可以看出一些端倪：从每年第2期开始，该栏目的首页都要列出当年已经在栏目中出现过的诗人名字和作品题目，也就是说，出现在第1期的诗人名字和作品题目要在当年的《诗刊》上出现12次（如果其中一期或几期没有设置该栏目，出现的次数会相应减少）。这在其他同类刊物中是没有的。作为《诗刊》的品牌栏目，《每月诗星》受到诗歌界、评论界和读者的广泛关注，作品选择的好坏，与刊物的口碑有着特别的关联。《每月诗星》采取自然来稿和重点约稿相结合的方式组织稿件，每期入选诗人及其作品都要经过编辑和相关负责人的反复、严格的推选，争取把最好的作品选择出来推荐给读者。就目前推出的诗人和发表的作品看，重点推出优秀诗人、推荐优秀作品的目的基本上达到了。入选该栏目的作品在艺术上、思想导向上都具有各自的特色，在一定程度上代表了当下诗歌创作的水准。

二、推出优秀诗人和作品。推出优秀诗人和作品是《诗刊》的一贯追求，《每月诗星》栏目更是如此。就该栏目已经推介的诗人和作品看，主要具有这样一些特点：（1）以中青年诗人为主，其中有知名度较高的诗人，大多数都发表了不少作品，但也有个别诗人在诗歌界很少露面，默默耕耘在诗歌的园地里，但他们在艺术探索上具有自己的特色，《诗刊》的推荐使他们受到更多读者的关注。（2）《每月诗星》推介的作品以建构多元化的艺术氛围为目标，作者大多比较优秀，视野开阔，在艺术上具有自己的个性，不在小技巧上转圈子、绕弯子。他们的作品大多关注现实，关注内心，关注人的生存状态，具有当下性，而不是那种可有可无、隔靴搔痒的浅吟低唱。（3）作为中国诗歌刊物的"龙头"，《诗刊》对诗歌界的导向作用非常明显，《每月诗星》的选稿标准和推出的作品，在一定程度上为其他诗人的艺术探索提供了值得参照的艺术取向，而且这种取向不是单一的，而是丰富多元的。

三、诗人谈诗的传统得以强化。诗歌创作是一种非常美妙的精神活动，外人很难了解其中的艰辛和快乐，更难以了解诗歌创作中的细微体悟，只有直接参与其中的诗人感受最深。在中国传统诗学中，诗人谈诗是诗学研究的主体，而且大多是以诗话或者诗性语言来表达，具有明显的经验性、感悟性，很少使用纯粹的概念，这种诗学成果最能够揭示诗歌艺术的本质和规律。虽然现在出现了很多专门从事诗歌批评的理论家，但是，只要我们细心考察就会发现，其中很多人本身就是诗人或者曾经是诗人，具有感悟性、经验性、使用类概念的诗学成果不但对诗人具有参照价值，而且对于系统研究诗歌艺术的特征和规律也具有相当的学术价值。《每月诗星》不但推出了一些优秀的作品，而且让诗人自己谈论这些作品产生的心路历程，这不但使诗人有机会总结自己的创作经验，使读者可以更好地追随诗人的诗思，去鉴赏他们的作品，而且为现代诗学的发展提供了具有诗学意义的研究素材，这对于中国现代诗学的民族化发展具有不可忽视的学术意义。《每月诗星》栏目刊发的诗人谈诗的文章大多是经验之谈，也许不具有浓厚的学理气质，但它们和诗人的创作血肉相连，是切近诗的本质的，积累起来，可以构成现代诗学的重要成果和进一步进行诗学研究的重要文献。

四、实现了诗人与评论家的沟通与互动。《每月诗星》栏目在发表作品、诗人创作谈的同时，还刊发一位其他诗人或者评论家评介入选诗人及其作品的评论文章，可以说是对诗人及其作品的"立体"推介。与诗人的创作谈不同，评介文章是诗人之外的人撰写的，可以从不同的角度打量研究对象，具有更强的学理性，审视的角度也要多一些。这使读者不但可以了解研究对象，也可以由此推及对其他同类题材、主题、抒写方式等的理解，对提高诗人、读者的诗学修养具有不可忽视的作用。诗歌创作和研究是诗歌发展的双翼，相互扶持，相互促进。当作品和评论同时放置在一个栏目的时候，人们可以更好地了解诗人和评论家之间在打量诗歌作品上的异同，诗人和评论家也可以因此获得更多的了解、理解与沟通，甚至可以通过适当的方式发表不同意见，促进诗人、评论家之间的交流与互动，共同推进诗歌、诗学的繁荣与发展。

从 2003 年开始，《每月诗星》栏目已经推出了一百多位诗人的作品，数量并不算多，但是这些作品在很大程度上展示了当代诗歌发展的多种观念和思潮，其中很多诗人已经成为读者和诗歌界重点关注的对象。只要这个栏目继续开办下去，它必将为中国当代诗歌发展作出更大的贡献，并且成为《诗刊》研究、诗歌史研究、诗学研究不可或缺的历史文本。

第四节　《在〈诗刊〉听讲座》

在诗歌发展过程中，诗学研究发挥着重要作用。诗学成果是诗人、评论家对于诗的基本规律、特征、发展历史和未来走向等问题进行的学术描述，对于人们了解、认识诗歌的特征，指导诗人（尤其是初学写作的人）的创作具有相当重要的作用。在过去，很多创作类期刊都非常关注文学评论，几乎每期都有理论、评论类文章发表，这些文章一方面是探讨文学的基本特征和规律，介绍文学发展状况，另一方面是对自己的刊物所发表的优秀作品进行评价。但是，在世纪之交，不少文学类期刊对于文学研究的关注越来越少，《人民文学》《中国作家》等期刊都不再刊发理论、评论文章。在诗歌方面也是如此，读者需要探讨诗的基本特征、规律和创作指导类的文章，而《诗刊》《星星》等重要的诗歌期刊都没有固定的理论栏目，偶有所发，也比较零散。鉴于这种情况，时任《诗刊》副主编的诗人李小雨决定参照

"在北大听讲座"的方式，在《诗刊》开办一个《在〈诗刊〉听讲座》的栏目。

李小雨对这个栏目的要求是，既要有理论上的创新，又不能过于学理化，而是将理论研究与创作指导有机结合起来，使诗人和普通读者都能够接受。定下这个目标之后，她开始寻找相关的作者——既懂创作又能够从事研究工作的人，文章一定要有创作上的针对性，又要有较强的可读性。①

《在〈诗刊〉听讲座》是《诗刊》在进入21世纪之后设置的一个理论、评论性栏目，其性质和20世纪80年代前期开设的《假如你想作个诗人》有类似之处，但后者主要是谈诗歌创作的，而前者涉及的范围更为广泛，既谈创作也谈诗歌史，还谈诗歌鉴赏等，不过最终落脚点是希望解决"什么是诗""如何写出好诗""如何读诗"等方面的问题。编者将《在〈诗刊〉听讲座》冠名在"诗歌演讲厅"之下，以演讲的方式向读者介绍诗歌的特征，讨论诗歌的创作，鉴赏诗歌的艺术，给人一种平等、亲近的感觉，含有交流的味道，而不是一种灌输，更不是高高在上的宣讲，追求的是"思想的、学术的、生动的"② 特征，体现出《诗刊》试图在编者、作者、读者之间架设一座桥梁、取得进一步沟通的编辑策略。

《在〈诗刊〉听讲座》栏目开设于2004年1月至2005年10月，持续了将近两年之久，除了"青春诗会"专刊或者其他特殊情况之外，其连续性比《假如你想作个诗人》更好一些，基本上是每期发表一篇文章（有的是将一篇文章分两次连续刊发），共发表了21次19篇论文，由时任《诗刊》副主编的李小雨策划和主持，在读者中产生了比较广泛的影响。

《在〈诗刊〉听讲座》栏目刊发文章的作者、标题及刊发期次的情况如下：

> 韩作荣：《语言与诗的生成》，《诗刊》2004年1月上半月刊；
> 王家新：《进入灵魂的语言》，《诗刊》2004年2月上半月刊；
> 杨　克：《诗的发现——进入诗歌写作的途径和艺术方式之一》，《诗刊》2004年3月上半月刊；

---

① 2012年5月14日，李小雨接受笔者采访时的谈话。
② 每期的栏目之中均刊登有这样的标示语，可以说是编者设置这个栏目在学风上的基本追求。

黎志敏：《诗歌的"断行"艺术》，《诗刊》2004年4月上半月刊；

梁小斌：《直至抵达心灵创伤》，《诗刊》2004年5月上半月刊；

于　坚：《从"隐喻"后退——一种作为方法的诗歌之我见》，《诗刊》2004年6月上半月刊；

陈　超：《谈现代诗的结构意识——以五首诗为例（上）》，《诗刊》2004年7月上半月刊；

陈　超：《谈现代诗的结构意识——以五首诗为例（下）》，《诗刊》2004年8月上半月刊；

吕　进：《中国情诗》，《诗刊》2004年9月上半月刊；

王光明：《读诗的三个问题》（上），《诗刊》2004年10月上半月刊；

王光明：《读诗的三个问题》（下），《诗刊》2004年11月上半月刊；

吕　进：《诗家语，一种特殊的言说方式》，《诗刊》2005年1月上半月刊；

朱先树：《在个性化与多样化格局的后面——对当代诗歌的印象批评》，《诗刊》2005年2月上半月刊；

霍俊明：《诗歌语言：特殊话语的顿挫与飞翔——以当代汉语新诗为例》，《诗刊》2005年3月上半月刊；

郭小聪：《诗人的口吻》，《诗刊》2005年4月上半月刊；

叶　橹：《第三只眼与第六感官》，《诗刊》2005年5月上半月刊；

彭　程：《诗歌：抵达事物核心的最近的路途》，《诗刊》2005年6月上半月刊；

孙基林：《作为意象修辞与思想方式的诗歌象征》，《诗刊》2005年7月上半月刊；

蒋登科：《散文诗音乐性的建构》，《诗刊》2005年8月上半月刊；

雪　潇：《诗歌内容的两个基本元素》，《诗刊》2005年9月上半月刊；

洪　烛：《缪斯的刀与剑》，《诗刊》2005年10月上半月刊。

从一开始，《诗刊》对《在〈诗刊〉听讲座》这个栏目充满期待，第一讲的主持人语是这样写的：

手稿。笔记。甚至一页纸。诗人可以看到整个世界。
面对无数双热爱生活的眼睛，面对无数颗倾听的心灵，
面对天空和大地，历史和未来，
文字比录音机更能把声音保存下去——
世界在演讲和倾听中改变了模样。①

从作者构成看，本栏目中既有诗人，也有评论家，既有年龄稍长的诗人、评论家，如韩作荣、梁小斌、吕进、朱先树、叶橹等，他们在 20 世纪80 年代就是非常活跃的诗界人士，在诗歌创作或研究领域取得了突出的成绩，也有年龄相对较轻的诗人、评论家，体现了几代人之间的传承，也体现了诗歌创作、诗学研究的多元特征。

和《诗刊》发表的一般的评论文章、《假如你想作个诗人》栏目的文章相比，《在〈诗刊〉听讲座》栏目所发表的文章篇幅比较长，基本上都在五千字左右，陈超、王光明的文章还是分为两次刊发的，吕进则撰写了两篇不同主题的论文，这有益于将文章所涉及的问题交代得更为清楚，也在一定程度上提高了论文的学术深度。和 20 世纪 80 年代的《假如你想作个诗人》相比，文章所讨论的话题、体现的诗学观念、表达的诗学主张等都有很大的变化，由此可以在一定程度上体现出中国现代诗学的进步。

在观念上讲，也有较多的新意，代表了当时诗歌创作、诗学研究的新水准。既有创作经验、体验的总结，也有从学术上展开的讨论。既有谈创作的，也有谈基本理论的，还有谈鉴赏的，内容比较丰富，这对于读者有很大的帮助。

在负责《诗刊》理论栏目的诗评家朱先树退休之后，《诗刊》在很长时间没有专门的理论编辑，这恐怕是《诗刊》的理论栏目在进入新世纪之后缺乏规划的原因之一。《在〈诗刊〉听讲座》栏目的所有文章都是副主编李小雨亲自约稿、编稿的，花费了大量心血。据说，因为约稿很困难，这些文章并没有进行规划，而是有了合适的文章就编发。② 但是，就最后的编辑风格看，我们似乎觉得栏目文章是一个细致规划的整体，这恐怕和编辑的用心有着密切的关系。除了个别情况之外（如最后一期洪烛的文章），每一期都

① 《诗刊》2004 年 1 月上半月刊，第 46 页。
② 2012 年 5 月 14 日，李小雨接受笔者采访时的谈话。

配有由编者撰写的承上启下的"讲堂链接",比如第二讲的"讲堂链接"首先介绍了第一讲的内容,同时提示了第二讲的要点:"诗人韩作荣上堂课为我们讲述了诗的两层意思,即诗性意义和诗的多种表现方式。诗性意义有些抽象,诗的多种表现方式却是实实在在可写可试的。而其中的诗歌语言又是一个广泛的大问题,今天就请诗人王家新就此谈谈自己的看法。"① 这样既显得非常活泼,又可以不断提示读者回过头去重新阅读以前的内容,类似课堂上开始新课前的复习,在编排上具有新意,体现了刊物编者在期刊设计方面的创新意识。而且,这些"链接"又将不同话题串联为一个整体,体现出编者对诗歌、诗歌创作的看法,也体现出他们对读者的关注和尊重。

从 2006 年开始,为了迎接《诗刊》创刊 50 周年,《诗刊》专门开设了《我与〈诗刊〉》专栏,在没有任何预告或总结的情况下,《在〈诗刊〉听讲座》专栏就停止了,后来也没有再恢复。从诗学理论建设的角度说,这个栏目的突然停办,多少有些遗憾。

---

① 《诗刊》2004 年 2 月上半月刊,第 48 页。

第九章　网络时代的诗歌与《诗刊》

一个时代有一个时代的文学，一个时代也有一个时代的诗歌。在任何类型、任何风格、任何流派的诗歌创作中，作为背景、题材、主题来源或者话语方式的时代及其精神特质，都是不可能被完全忽略或者人为回避的，它总是或直接或间接、或隐或显地以不同的方式存在于作品之中。战争年代的诗歌不涉及诗与战争的关系，那恐怕是虚假的诗；灾难时期的诗歌没有一点灾难的影子，那恐怕是冷血的诗；网络时代不关注、不讨论诗歌与网络的关系，那恐怕也有点自欺欺人的味道。

我们很难准确确定最早的网络文学作品是在什么时候出现的，但网络文学出现、发展的时间确实不长，基本上可以认为是在 20 世纪 90 年代才开始。随着技术的发展，"网络已经在不长的时间里成为现代人生活中不可或缺的交流、沟通手段，也影响了文学的创作与传播，甚至出现了独特的'网话文'。诗歌也与网络结下了不解之缘。在世纪之交的几年里，网络成为诗歌最重要的传播媒介之一……正是在这样的条件下，'网络诗歌'这个概念应运而生。"① 而随着网络文学的发展，关于网络文学的现状、特点、走向等的研究，已经成为学界、业界的重要话题之一，欧阳友权、周宪、张颐武、白烨、谢有顺等学者发表了大量的研究成果。关于网络期刊、数字化出版等话题的探讨更是成为期刊界、传媒界的热门话题。媒介的多元化、传播方式的变化必然导致文学、诗歌发展路向的变化。2010 年第五届"鲁迅文学奖"也将网络文学列为评奖对象。根据官方发布的权威数字，网络文学已经成为文学发展的重要力量。2010 年 5 月，中国作家协会、广东省作

---

① 蒋登科：《传播方式、网络诗歌及其他》，《现代传播》2009 年第 3 期。

家协会联合主办了"网络文学研讨会",说明网络文学的影响已经从民间实验走向了官方视野。在一次会议上,中国作家协会党组书记、副主席李冰通过数据肯定了网络文学的影响和价值,也提出了自己的一些看法。他说:"中国互联网络信息中心发布的报告显示,中国网民总数已达 4 亿,其中,网络文学用户规模达到 1.62 亿,占网民总数的 40% 多。""中国社科院的文情报告认为,从 2000 年网络文学实体书的出版高潮,到 2004 年商业盈利模式的创建,网络文学迈出了产业化的步伐,其商业出版以年均 20% 的速度增长。""据全国重点文学网站(频道)粗略统计,目前各种文体的网络业余作者超过一千万,全国文学网站签约作者超过一百万,网络文学的日更新字数将近 1 个亿。网络文学的读者 80% 为 20 到 40 岁的受教育程度较高人士。日浏览量约有 5—6 亿人次。"① 这些数字是传统的写作、出版方式和阅读方式所难以相比的。而且,这些数字所蕴含的潜在内涵也值得关注,尤其是它们所涉及的作者、读者大多是具有较高文化修养的年轻人,他们肯定是将来文化的传承者、创造者。在一定程度上说,关注网络文学就是关注年轻人,关注年轻人就是关注中国文学的未来,就是关注中国文学可能的发展方式和方向。

吕进在谈到诗的传播方式的重建时认为:"网络是一个虚拟化的世界。网络为诗开辟了新的空间,在诗歌领域,近年特别令人瞩目的是网络诗。日益发展的网络诗对诗歌创作、诗歌研究、诗歌传播都提出了许多此前从来没有的理论问题。信息媒介的变化能够导致人的思维方式和审美方式的变化。作为公开、公平、公正的大众传媒,网络给诗歌带来了革命性的变化。网络诗以它向社会大众的进军,向时间和空间的进军,证明了自己的实力和发展前景。"② 这是对网络在现代诗歌发展中的作用所进行的理论概括,肯定了网络诗这种特殊的诗歌传播、创作方式的存在和影响,也说明人们已经敏锐地感觉到网络带给社会文化、文学艺术的影响。

第一节　网络写作与网络诗歌

在网络文学中,诗歌写作者、诗歌作品所占的比例可能是最高的。这大

---

① 李冰:《在网络文学研讨会上的讲话》,《作家通讯》2010 年第 3 期(总第 159 期)。

② 吕进:《三大重建:新诗,二次革命与再次复兴》,《西南师范大学学报(人文社会科学版)》2005 年第 1 期。

概有以下几个方面的原因：第一，中国是诗的国度，在各种文体中，诗歌写作、阅读的参与者历来都是人数最多的；第二，诗歌的篇幅相对短小，写作、阅读所花费的时间也相对较少，适合快节奏的现代生活对文化方式的要求；第三，诗是抒情的艺术，是性灵的表达，在首先不考虑艺术质量的前提下，任何人都可以创作一些称为诗的作品并在网络上发布。但是，从商业操作、赢利模式上考察，在市场经济的语境之下，诗的经济效益肯定无法与小说、奇幻文学、影视文学等样式相比。因此，如果笼统地将诗放在网络文学这个大的语境中考察，尤其是和经济效益结合起来考察，对网络诗歌是有失公平的。我们应该在承认网络文学发展的大背景下，专题研讨网络时代的诗歌发展，研讨诗歌在网络时代的文化创造、文化传承等方面的价值与问题。

谈论网络与诗歌的关系、考察网络在诗歌发展中的地位和作用，我们至少要把网络的功能划分为两种不同的类型：作为传播方式的网络和作为写作方式的网络。

如果单纯作为一种传播手段，网络的发展和普及对诗歌的传播、发展只有好处，甚至可以带来诗歌传播方式的一次巨大革命。就诗歌的出版、发行而言，传统的平面媒体（纸质媒体）的印刷量、发行量毕竟是有限的，这就可能导致作品的受众面会受到限制，根据有些诗集的印数显示，历届"鲁迅文学奖"获奖诗集的发行量（尤其是首发量）都不是很多。有些在新诗发展早期甚至在 20 世纪上半叶出版的经典诗集、经典诗选也因为出版时间较长而难以找到，从而失去了它们本应继续发挥的文化传承价值。在网络时代，这样的问题可以比较容易地得到解决，人们可以把已经发表的优秀作品以电子文本的方式重新放到网络上；可以通过照相或扫描等方式，将过去的报刊、诗集、诗选等进行复制，并把它们上传到网络上，使它们重新进入传播历程。这样一来，诗歌的传播范围、影响范围肯定会扩大很多，一些近乎消失而又具有历史价值的文献就可以重新"复活"，甚至真正实现跨民族、跨地域、跨时代的传播。

在当下对网络文学、网络诗歌的研究中，人们关注较多的主要是网络的传播功能。但是，网络所具有的越来越强大的功能，已经使它在很大程度上超越了单纯的传播媒介地位。我们所面对的不只是网络这种工具，而是一个"网络时代"。在网络世界，网民已经不是单纯的信息接受者，他们可以参与信息提供、信息创造、信息传播、信息评价等各种活动。网络生活已经成为现代生活方式的一种，在有些人群中甚至已经成为主流的生活方式。近些年，"物联网"的发展更是将网络的影响推向了生活的方方面面。

网络也改变了许多诗人的写作方式，这是网络对诗歌发展产生的最本质的影响。如果我们把这种写作方式称为"网络写作"，就可以发现，网络不只是一种发表、传播诗歌作品的媒介，它有时甚至以自己特有的方式"参与"到诗人的创作之中。在前网络时代，诗人创作诗歌之后，主要是在报刊上发表，或者在出版社出版。那是千军万马过独木桥的时代，能够发表或者出版作品的人毕竟是少数，一个人要想最终成为诗人，是要经历许多艰难的。因此，在那个时代，写诗的人必须遵循一些大家认可的诗的文体规律，抒写多数人能够感受的情感体验，采用人们能够接受的抒情方式，甚至要揣摩报刊编辑的好恶。那样的时代、那样的创作方式确实推出了许多优秀的诗人和作品，我们现在读到的经典作品大多是以这样的方式创作出来并走向读者的。当然，在那种追求精品的时代，有些诗人可能被埋没了，有些作品也可能永远不知道去向。在网络时代，我们不能说这些限制已经完全没有了，但是在很大程度上被打破了。

从1999年"界限"诗歌网站和网刊的出现开始，不同类型的诗歌网站逐渐遍布各地，跨越了地域和文化，成为诗歌写作和发表的重要园地。可以毫不夸张地说，所有写诗的网民都或多或少地在诗歌网站、论坛上留下过自己的足迹或者作品。2008年5月的"汶川大地震"，进一步催生了人们对诗歌尤其是网络诗歌的关注。在当时，以《孩子快抓紧妈妈的手》等为代表的诗歌在网络发表之后，迅速流行。这些作品自然、平易，具有明显的音乐性，适宜朗诵和传播。它们所抒写的对生命的关注和尊重打动了几乎所有读到听到它们的人，带给人们温暖和力量，许多纸质媒体、广播电视节目等也予以刊播，甚至配上了画面，形成多媒体相互配合的局面。"地震诗歌"是网络诗歌受到全社会关注的一个重要事件，说明网络已经成为创造和传播诗歌文化的重要平台。

第二节　网络诗歌写作的主要特点

周宪认为，在网络和信息时代，和官方传媒同时存在的还有"草根传媒"。"草根传媒又被学界称为'私传媒'或'自传媒'，即自愿在视频或论坛网站上提供信息的个人或组织。它们不同于官方传媒，带有显而易见的民间性。从生产角度说，这些传媒主要分散在民间的不同地域或空间里，以网络或手机为主要的联系通道。草根传媒是网络和民间文化。"① 从这个角度看，网络诗歌的写作与传播也带有明显的"草根"特点，具有比较典型的民间性。通过与传统写作方式、传播方式的多侧面比较，我们可以发现网络诗歌的写作主要具有以下特点：

一、即时性。在传统的写作中，一首诗从创作到发表、出版并走向读者，需要经过酝酿、写作、修改、审稿、编辑、印刷、发行等多个程序，花费的时间比较多。而在网络写作中，作者可以立即将创作的作品上传到网络上，甚至直接在网络平台上进行写作。作品从创作到走向读者的过程差不多是同时完成的，几乎没有时间间隔。传播速度的快捷是网络诗歌和传统诗歌的重要区别之一。在微博出现之后，这种即时性、快捷性特征体现得更加明显。

二、互动性。在传统写作中，除了作者身边能够看到手稿的极少数人，人们对作品的评价往往是在作品发表出来之后。作者与读者、评论者的交流、切磋，因为空间和技术等方面的原因，需要较长的时间才能实现。在网络写作中，这些时空上的限制都被消除了。只要作品传到网上，读到它的读者、评论者就可以立即发表意见，而且发表意见的方式也很简单、很自由甚至很随意，几乎可以不受人事方面的制约；反过来，作者也可以在同一时间对这些意见表示赞同或者不赞同，甚至可以根据读者的意见立即对作品进行修改。

三、自由性。诗歌是一种追求心灵和精神的无限自由的文体。在过去，不是所有人都能够写诗，即使写了，也不一定能够发表并被读者阅读。那些真正将作品变成印刷文字的人，往往因此而受到读者、朋友甚至领导的敬重。在过去的很多时候，诗人的地位较高，当然和当时的社会风气有关，但也和写作、传播方式有着密切的关系。网络写作却不同，无论是谁，只要有一定的文字基础，掌握一种输入法，他就可以在网上发表自己的作品，而且想怎样写就怎样写，想写什么就写什么，甚至可以不管别人是否认为他写的是诗，只要自己认为写的是诗就够了（甚至自己也不一定认为那就是诗，

① 周宪：《当代中国传媒文化的景观变迁》，《文艺研究》2010年第7期。

只要觉得有点意思，随便放到网上就行了）。在这种语境中，任何人都可以通过这样的方式实现成为诗人的梦想。但是，这种缺乏限制的诗歌生产方式，在很大程度上打破了诗之为诗的许多规则，诗歌形式上的规范性、诗歌精神上的超然性、诗歌气质上的贵族性、诗歌表达上的创造性等都受到极大的挑战。于是，我们发现，由于不需要考虑报刊的选择，不需要考虑读者的感受，在网络诗歌中，除了少数作品具有特色之外，大量琐屑的、个人化的、私人化的感受充斥其间，过分随意的语言、形式和缺乏提升的精神内涵，使诗歌失去了必要的精致与精美。在这样的文化语境中，诗歌创作的神秘感淡化了，诗人和诗歌的地位也因此受到了挑战。

四、爆破性。这里所说的爆破性是指网络写作对诗歌这种文体带来的爆破性影响。如果说大部分的网络诗歌和平面媒介上的作品在本质上还没有多大区别的话，那么有一小部分作品却是平面媒体所望尘莫及的，如使用网络语言（如符号语言、数字语言等）创作的作品，如通过鼠标点击其中的一些关键词而可以一层一层阅读的所谓"多媒体诗"，如以 Flash 等方式配有活动图片、活动字体的网络诗，等等。这些跨媒体、超文本的诗歌表现方式是平面媒体无法实现的。对于传统意义上的诗歌来说，这些都属于具有爆破性质的实验，但这些方式写出来的诗究竟是对诗的破坏，还是丰富了诗的表现手段，或者为诗歌发展提供了新的可能，都还需要时间的检验。

五、虚拟性。和现实的物质世界不一样，网络世界本身就是虚拟的。网络时代的诗歌写作也是一样。在传统的写作中，写作工具、发表阵地、传播媒介等都是可以眼观手触的，具有质感。而在网络写作中，我们所面对的一切都是虚拟的、数字化的，而失去了质感的东西有时也是容易消失的东西，其历史感、文化感已经不那么强烈。如果遇到网站出现问题，所有的资料就可能在瞬间消失。在传统的写作中，即使诗人使用了笔名，因为能够发表作品的人毕竟有限，而且报刊社都保存着这些人的真实资料（比如，联系信息和真实姓名等），我们也可以通过一定的方式找到这个诗人，时间长了或者作品的影响大了，我们也就把这个笔名和本人一起对待了。而在网络写作中，很多人使用的是网名，有些人还不断变换网名，由于网民数量巨大，有关网站也难以保存和提供这些人的真实信息，即使是自己身边的人甚至家人，我们都难以确认他们的真实身份，很难将他们和现实中的人联系起来。

因此，对于网络诗歌的写作者，除了在传统写作中已经获得了一定的名声或者采用真实信息发表作品的诗人以外，读者一般不会去了解他们的个人信息，即使想了解也难以获得。这种"匿名性"使人们可以更多地关注作品的质量而不是作者身份。但因为这种虚拟性，网络上也经常出现一些违背事实的、不负责任的或者发泄个人负面情绪的评价文字，有的甚至带有人身攻击、人格侮辱的成分，这会造成对诗歌创作和个人尊严的极大伤害。

网络写作的这些特点为许多喜欢写诗的人提供了纸质媒体所无法实现的便利。他们不一定要成为诗人，但是他们希望以诗的方式抒写自己的感受；他们不一定要被众多读者承认，但他们找到了一种属于自己的倾诉方式；他们可以不考虑诗歌的文体特征，不追求诗的经典化甚至精致化，只是按照自己的感受和认识在写着。整个网络已经发展成为一个和现实社会对应的虚拟社区，其中又有很多不同主题、不同类型的小型社区或者专题社区。在诗歌方面，我们曾经经常见到的是以群体形式存在的诗歌论坛、诗歌网站，在最近这些年，个人博客（BLOG）、个人空间、微博等又成为网上诗歌创作、发表的重要园地，其数量之多，令人瞠目，更是传统的平面媒体所无法比拟的。在这些虚拟的诗人（诗歌）社区里，许多写作者不一定在平面媒体上发表过作品，但他们却在网络世界里拥有自己的读者群，于是出现了许多在传统媒体中很少露面但在网络上影响甚大的诗人。这种格局甚至形成了传统写作者和网络写作者之间的争论。一些传统写作者认为，网络写作太随意，缺乏评判，很难有优秀之作，更难以进入文学史；一些网络写作者则认为传统写作、发表方式太落后，跟不上时代发展的潮流，思想、情感的自由也受到了更多的限制，难以实现艺术上的创新。只要还存在传统写作和网络写作这两种方式，这样的争论就会长期延续下去，不过很难有一个大家都能够接受的结论。

网络诗歌的流行和热闹，在一定程度上说明诗歌的生命力和潜力是巨大的。一些在传统媒体上很难露面的诗歌作者将自己的阵地迁移到了更为便捷、随意的网络上。在物质至上的社会文化语境中，虽然诗歌刊物、诗集的发行量减少了，但诗歌并不缺少作者，也不缺少读者，只是很多人习惯于从传统的写作方式、传播方式的角度去了解和考察诗歌现状，忽略了网络这一新兴媒介，忽略了网络诗歌这种独特的写作方式，忽略了在网络世界里活跃的众多诗人。

第三节 网络诗歌发展面临的一些问题

相比于传统的诗歌写作，网络写作有其优势和特点，这是毋庸置疑的。周宪对"草根传媒"的积极意义进行了总结，认为"它丰富了传媒的资源和格局，形成了一个不同来源的多元传媒文化结构。此外，草根传媒为公众表达意愿提供了一个渠道。……最后，草根传媒与官方传媒的张力关系，形成了比较有趣的发展趋向，那就是官方传媒不断地从民间草根传媒学到一些东西，进而改进自己的策略和方法。"① 可以看到，网络已经成为表达和了解民意的重要途径，对官方媒体产生着越来越大的影响。但是，在承认其特点、价值和广泛影响的同时，我们也必须看到，在当下的文化语境中，具有"草根传媒"特点的网络诗歌写作及其传播也存在不少局限，给诗歌发展带来了诸多挑战，自然也带来了一些值得注意和进一步研究的问题。

一、缺乏评价标准。诗歌评价标准是一个很难说清楚的话题。由于诗歌的构成元素丰富而复杂，诗歌创新的手段多种多样，不同时代、不同诗人和读者（评论家也是读者）都可能有自己的标准。《诗刊》等刊物曾经开展过关于诗歌标准的讨论，参与者甚多，但最终没有得到一个能够被大多数人接受的结论，只是推动了人们对诗歌标准的思考。在多元化的诗歌时代，这样的结局是可以预料的，也是正常的。不过，既然是诗而非其他文体，人们心目中肯定还是存在着关于"诗"和"好诗"的判断标准的，如独特的精神发现、语言的精美、形式的规范、表达的新颖、篇幅的长短等。在传统的诗歌写作中，大多数诗人都要考虑到这些元素，都要考虑到这些元素要怎样安排、组织才能够更好地表达自己的体验，并适合读者的需要。但是，在网络写作中，作者可以不考虑这些元素，可以不考虑自己写的是不是诗，而是率性而为，使一些在诗歌发展中总结出来的优秀的诗歌品质受到了挑战，如诗的音乐性、诗的含蓄蕴藉的张力、诗歌格调的高雅，等等。不少自由的网络写作者对此不太关注，于是我们读到了许多语言散漫的作品，读到了和散文差不多的作品，读到了粗俗的、自以为是的作品。诗歌不是物质产品，单一

---

① 周宪：《当代中国传媒文化的景观变迁》，《文艺研究》2010 年第 7 期。

的标准对诗歌来说肯定是不适合的，但诗歌毕竟是具有自身特点和规律的文学样式，没有标准也是不行的。

二、缺乏第三方监督。"监督"这个词也许不适合谈诗，但是在现代社会，由于人们对于自由的无限制的追求，"监督"就成为许多行业、许多领域所不可或缺的一道程序，也是保证产品质量的必要手段。诗歌写作主要是个人行为，别人的"监督"是很难实现的。在传统的写作中，"监督"者主要是报刊和出版社的编辑（在发表、出版后，也包括评论家和普通读者）。编辑按照自己对诗歌的理解、读者对诗歌的可能的要求，或者报刊、图书在出版方面的要求等对诗人的作品进行选择、修改、编辑加工（有时是提出问题，由作者进行处理）。这种"监督"虽然可能使一些优秀的作品被忽视，也可能使一些质量不高的作品被推向社会（这和其他行业的监督差不多），不过从总体上说，即使不是所有编辑都是优秀诗人，但他们大多都是读过大量作品、视野比较开阔的人，能够通过编辑的选择在报刊上公开发表出来的作品大多数还是属于中等及以上水准的，在艺术上往往也能够在诗的文体、情感、表达等方面为诗的发展提供一些正面效应，为读者提供艺术上、情感上的一些启迪。编辑的导向作用对于诗歌的发展是非常重要的。在新诗史上，不少优秀诗人都是因为遇到了优秀的编辑而走向诗坛的。五四时期，宗白华曾担任《学灯》副刊的主编，郭沫若从日本投寄的所有作品几乎都是通过他在报纸上发表的，这给郭沫若很大的鼓励，使他创作了著名的诗集《女神》中的大多数作品。这些作品是初期新诗的经典，也为新诗的基本定型作出了贡献。后来，宗白华赴德留学，《学灯》副刊的新主编不再发表郭沫若的作品，这使他在很长时间内失去了创作动力。在网络写作中，诗歌的发表除了由网站承担的政治、法律等方面的统一监管之外，诗歌作品是直接走向读者的，基本上没有人对其在思想上、艺术上进行监督，任何作者都可以随意发表作品。自由是自由了，但自由带来的作品质量的参差也使网络诗歌广受诟病，曾经受到广泛关注的"梨花体""裸诵"等事件就是从网络上炒作起来的，对诗歌的形象造成了相当大的损害。

三、诗歌经典化的可能性降低。以传统方式发表的作品，因为数量相对有限，可以被广泛阅读、反复阅读，一些优秀作品被大多数读者认可之后，就逐渐成为新诗的经典，成为承载民族、时代文化基因的重要文本。网络写作改变了这种格局。除了作品自身的质量之外，网络作品的不断被覆盖、遮蔽，也使人们忽略了对其中一些优秀作品的关注和选择。网络包含着海量信息甚至云量信息，信息的了解是网络阅读的主要目的，浅阅读是网络阅读的基本特点，对于诗歌这种需要投入心力的文学样式，阅读者很难像阅读印刷作品那样对所有作品进行细读，这就导致了阅读频次的一次化，阅读效果的表面化，作品评价的随意化，忽略了对诗歌作品的全面、深刻的美学感悟。这种阅读方式导致的结果，可能就是网络作品很难被认为是诗的精品，即使有精品，也很难被遴选出来并受到大多数读者的推荐。王蒙在谈到当下文学的"泛漫化"特点时说："这（指泛漫化——引者注）是一种文化生活的民主化，也是整个社会走向民主的一个进程。千万不要以为民主一扩大，文化就能上去，不一定，文化上质与量不一定协调。大家都参与文化了，如网络文艺，它也许反映的是大多数网民的平均数，而不可能是文化的高峰，不可能出现文艺的奇葩。"① "泛漫化"也是网络诗歌的特点之一，这种格局和造就经典作品的语境是存在不小差异的。

四、过程的消失淡化了诗歌创作的艰辛，诗歌载体的文化感、历史感越来越弱化。虽然诗歌创作有时是灵感一现的产物，但大多数诗人在酝酿情绪、寻找表达等方面还是要花费大量心血的；有些作品还经过了长时间的、反复的修改。很多诗人都体验过"吟安一个字，拈断数茎须"的创作艰辛。在传统的写作方式中，一首诗的创作过程、修改信息等，可以通过手稿等方式被完整地保留下来。这些信息是了解和研究诗人创作心态的重要资料，也揭示了诗歌创作的艰辛。诗人在不同版本中对作品的修改，也是研究诗歌创作过程、诗歌版本的重要文献。因为这些过程的存在，这些创作、发表、传播诗歌文化的载体往往也就具有比较厚重的历史感，容易使诗人、读者产生对诗歌艺术的敬畏。而网络写作则有所不同，诗人的创作过程基本上被淡化了，即使进行过反复的酝酿、修改，但酝酿、修改的痕迹很难被保存下来，这不但使一般读者忽略了诗歌创作的艰辛，失去了对诗歌艺术的敬畏，而且使诗歌创作的心理研究、诗歌创作的过程研究、诗歌的版本研究等失去了根基。传统的写作工具和传播媒体是可以触摸的，而网络则是虚拟的，因此，网络诗歌在很多人心中是缺乏实在感、厚重感的，也是缺乏历史感、文化感的。

① 王蒙：《泛漫与经典：当前文艺生活一瞥》，《文艺研究》2010 年第 7 期。

　　由于网络写作的特点和局限，网络和网络诗歌在非常热闹、繁荣的表象之下，带给诗歌的不完全是正面的效应，网络既推出了一些好的作品，也存在大量的质量低劣、格调低下的作品。这种泥沙俱下的现状，需要阅读网络作品的读者拥有很大的耐心，才能找出其中的优秀之作，享受到网络传播、网络写作带来的好处。问题是，不是所有人都有或者愿意花费这样的时间和工夫——人们使用网络的目的之一就是因为发表、收集信息的快捷，可以节约大量时间——不少人因为读到了很多质量不高的作品，就在一定程度上失去了对诗歌的热情和信心，最终败坏了读诗的胃口。

第四节　应对挑战的几点设想

　　面对网络时代和网络写作的挑战，诗歌界、诗学界甚至编辑出版界都应该有自己的态度和策略。要想使网络为诗歌艺术的探索发挥尽可能正面的效果，以下几个方面是我们应该尽量做到的。

　　一、承认网络传播、网络写作的必然，承认诗歌的写作在网络时代和非网络时代是有所不同的。网络已经非常普及，网络写作也成为不可逆转的存在，这是我们必须接受的现实。对于网络写作，不同的人可能有不同的态度，一些不接触网络的诗人，因为不了解网络写作的状况，他们依然坚持着自己传统的写作方式，不承认网络诗歌或者拒绝参与其中；一些有着传统写作经验、又注重网络传播的诗人，他们把自己创作的作品上传到网络平台上，实现了传播方式的多样化与现代化，但他们的作品在本质上还是非网络写作；还有一些诗人（尤其是年轻诗人），他们在平面媒体上发表作品不多，主要作品都是在网络上发表和传播的，他们的名声也主要是在网络世界里获得的，因此，他们依赖网络，坚持他们的网络写作。不管是持哪种态度的诗人，都应该承认，随着科学技术的发展和生活方式的转换，在网络时代，诗歌与网络搭上关系是必然的，而且网络写作和传统写作在诸多方面都存在差异。拒绝承认网络诗歌，是不明智的；不承认传统写作与网络写作的差异，是缺乏发展眼光的。

　　二、选择优秀的网络诗歌，以传统的方式加以保存和传播，提高网络诗歌经典化的可能，也为网络诗歌写作提供一些范例和参考。网络的信息量巨大，一些优秀作品被湮没其中，有时很难被人发现。在传统媒体和新媒体共同存在的今天，我们应该寻找能够使二者沟通、交流的有效方式，其中之一就是遴选网络诗歌中的优秀作品，在传统媒体上发表、出版。对于这一点，一些刊物已经意识到并开始实施，它们开设了自己的网站、论坛，让诗歌写作者自由发表作品，同时又在其中通过读者推荐、编辑审稿等选择优秀作品在刊物上发表；《诗刊》《星星》《诗选刊》等刊物还开设了专门的网络诗栏目。一些在网络上活跃的诗人可能也意识到网络的局限，开始将在网络上写作和传播的质量较高的作品，重新在平面媒体发表，实现和传统写作方式的交融。最近几年，一些诗人或者网站还编辑出版了网络诗选，如游承林主编的《2007 中国最佳网络诗歌》（中国文化出版社 2008 年版）、西叶和苏若兮主编的《界限——中国网络诗歌运动十年精选》（重庆大学出版社 2009 年版）、墨写的忧伤主编的《中国网络诗歌精选》（中国戏剧出版社 2009 年版）、游承林和黄少群主编的《2008 中国最佳网络诗歌》（中国文化出版社 2009 年版）等，就都选择了不少比较优秀的作品。但真正有分量、具有保存价值的选集还不多，还需要更多的诗人、读者、评论家参与其中。优秀的选本既可以为网络写作者提供创作时的必要参照，也可以为网络时代的诗歌走向经典提供更大的可能。

三、对网络传播、网络写作、网络诗歌等进行专题研讨。无论是拒绝承认网络写作还是迷恋网络写作，其实都是由于对诗歌写作方式了解的片面造成的。这些问题是可以通过反复的交流、研讨和争鸣加以解决的。有关的文学（诗歌）组织、诗歌研究机构、文学（诗歌）期刊、诗歌网站或网络平台，可以组织一些有关网络传播、网络写作的研讨活动，对网络诗歌进行必要的研究、总结和引导，发挥其强大的优势，并指明可能的发展趋势，尤其是要指出网络诗歌发展中存在的问题，发扬长处，克服不足，实现传统写作方式与网络写作方式的交融，实现传统的传播方式与网络传播方式的融合，充分发挥二者的优势和特点，最终实现诗歌艺术的健康发展。

传统的诗歌写作方式已经延续了几千年，在相当长的时间内肯定不会消失。但是，诗歌期刊、诗集、诗选集的平均发行量在不断下降，也是不可回避的事实。在网络时代，诗歌发展所面临的机遇、挑战和困惑是很多的，怎样实现传统写作与网络写作的接轨与融合，怎样实现传统传播与现代传播方式的接轨与融合，怎样评价和引导网络写作中出现的一些新的现象等，都是我们必须面对和认真思考、解决的问题，最终目的是在承认网络写作、网络传播不可逆转的前提下，实现诗歌艺术的繁荣与发展。李冰认为，对于网络文学，由于网络技术的快速发展，"我们的未知远远多于已知"，因此，"对于网络媒介创作、传播、阅读、存储的知识我们需要学习，对网络文学大众化、自主性、娱乐性的特点我们需要研究。网络文学的未来发展前景和历史作用，现在作出估量和评论还为时过早。我们无法预料20年后或50年后网络文学是个什么状态，就像20世纪80年代人们无法预料流行歌曲今天在文艺中的地位和在演艺市场所占的份额一样。对新生事物要热情支持、积极支持，而不能站在它的对立面。要帮助它成长，而不能阻碍它成长。"① 无论是作为个人还是作为文学界的领导，这样的表态都是有眼光的。这种包容的态度，可以促使传统的诗歌写作、传播方式和网络诗歌的写作、传播方式相互吸收、相互影响，最终促进诗歌创作、传播的繁荣与发展。

第五节 《诗刊》能够做些什么

面对网络、数字出版和传播的快速发展，传统媒体肯定要有自己的新战略，否则，传统媒体的传播效果将面临巨大挑战。我们在上一节谈到了诗人、诗歌如何面对这样的语境，在这里，我们以《诗刊》为例，拟就诗歌期刊的转型与发展问题提出自己的一些思考。

客观讲，在面对网络、数字出版的挑战方面，学术性刊物大多数都比较敏锐，而且在传播方式方面采取了一些应对措施，如建立自己的网站，所刊发的文章加入有关数据库，等等。但是，文学期刊在这方面似乎缺乏必要的敏锐性。这当然有一些特殊的原因，如大多数学术期刊都是国家或者单位筹集资金创办，其目的是繁荣学术研究，较少考虑经济效益，无论通过什么方式，只要有人阅读，就是成功。同时，学术类期刊在遵守新闻出版标准方面做得比较好，文章的元素、期刊设计等都能够较好地被数据库所认同和接受。文学类期刊则有所不同，很多都需要考虑经济效益，免费阅读会使它们失去不少的收益。还有一些文学类期刊，也是国家或者单位投入经费出版的，编辑不用担心经费问题，再加上文学期刊缺乏公认的评价、考核标准，因此，发行量的大小、作品的优劣并不影响刊物的继续出版，也不影响编辑

---

① 李冰：《在网络文学研讨会上的讲话》，《作家通讯》2010年第3期（总第159期）。

的生存问题，这就导致了这些刊物在应对网络出版、数字出版的时候缺乏相应的动力和主动性。

客观地说，《诗刊》也和大多数文学期刊一样，在应对网络、数字出版的挑战方面，很少采取有效措施，似乎也没有具有可操作性的规划。从长远看，这种状况很难适应期刊未来的发展。如果不转变观念，加以改进，这样的期刊必定会在日益激烈的竞争中失去自己本来的优势，甚至会败下阵来。

网络写作、网络传播、数字出版对传统期刊发展的挑战是明显的，而且，科学技术还在不断发展并应用于出版、传播等领域，我们很难预测未来的期刊发展究竟会出现什么局面，但是，网络出版、数字出版、多媒体传播等将逐渐成为主要方式，肯定是不可回避的事实。《诗刊》的问题，不只是一本刊物的问题，它甚至关涉整个中国诗歌的发展问题，关涉中国诗歌文化的延续问题。我们在这里就《诗刊》的应对策略提出一些建议。

其一，继续办好纸质期刊。长期以来，《诗刊》都是以传统的纸质方式出版和传播，培养和凝聚了一大批读者，而且，在当前文化语境之下，网络信息的可信度远远不如纸质的传统媒体，再加上很多读者仍然习惯于阅读纸质刊物，因此，在相当长的时间内，纸质期刊不会消失。《诗刊》首先坚持自身的优良传统，办好传统的纸质刊物，团结那些喜欢阅读纸质媒介的诗人和读者。

其二，成为优秀诗歌的发现者和推动者。无论是纸质刊物还是数字媒体，我们都必须意识到"内容为王"的核心观念。在阅读方面，内容始终是读者关注的中心问题。不管什么刊物，即使我们采用了非常先进的传播手段，但如果刊物的内容没有特色，不吸引人，仍然会被读者所忽略。长期以来，《诗刊》发表了大量优秀作品，引领了中国诗歌发展的潮流，成为中国诗歌发展的最重要推动力量之一。在传统媒体时代，《诗刊》属于国家级刊物，无论是作者还是读者，都把审视中国诗歌的目光投注到它上面。但是，随着传播手段的多元化，很多诗人对于作品发表的地方已经较少关注，地方刊物、网络平台、民间刊物等，同样可以吸引很多优秀作品，《诗刊》的"国刊"地位也因此受到严峻的挑战。在这种情况下，《诗刊》必须放下架子，积极把握当代诗歌发展的潮流，主动关注诗歌创作的最新动态，尽可能推出最优秀的作品，尤其要具有多元化观念，对不同思潮的探索都要包容，从而稳固和扩大自己在诗歌界的地位和影响。

其三，以各种有效方式关注、推动网络诗歌发展。《诗刊》没有忽略网络诗歌，几乎每期都发表来自网络的诗歌作品，这是《诗刊》的明智之举。但是，作为一个全国性的诗歌平台，仅仅以少量篇幅关注网络诗歌，对于浩如烟海的网络作品来说，只是一个表态而已，远远无法满足网络诗歌发展的需求。除了在刊物上发表一些优秀作品之外，诗刊社还可以采取以下措施：（1）在网络上选择优秀作者、作品，以诗刊社的名义编选"网络诗人丛书"之类的诗集（诗丛），为网络写作者提供新的发展机会；（2）以诗刊社名义编选出版网络诗选，至少每年编选一本，可以发动网络作者、读者通过网络推荐作品，也可以由作者自我推荐，从而团结广大的网络诗歌作者和读者；（3）以诗刊社名义，联合一些诗歌网站、诗歌报刊、地方单位等举办一年一届的网络诗歌讨论会（论坛），团结主要在网络上创作、发表作品的诗人，培养读者队伍，尤其年轻作者、读者的队伍，掌握推动网络诗歌创作、发展的主动权，由此引领当代诗歌发展的潮流。

其四，利用现代网络技术，建立独立的网站和相关网络平台。《诗刊》现在只是依托中国作家网发布刊物目录，这对于宣传、介绍刊物来说，还远远不够，读者也不会满足。诗刊社至少要在以下几个方面做出实在的努力：（1）建立独立的网站（也可以依托中国作家网等平台），内容不只是刊物的目录甚至作品，还应该包括诗歌信息、诗歌活动、作品交流、域外视野等，使其成为新诗信息、作品发布和交流的综合性平台；网站上可以发布《诗刊》的目录和部分作品，既有利于保存史料，也便于作者、读者查询《诗刊》的信息；（2）建立在线稿件处理系统。该系统可以单独设立，但最好直接利用诗刊社的网站。作者可以直接注册后在系统中投稿，系统可以自动生成稿件编号、统计每年的稿件数量。更重要的是，稿件处理系统可以规范稿件处理流程，经过编辑初步筛选的作品，还可以通过系统中设置的审稿专家库邀请有关专家、诗人进行匿名审稿、撰写审稿意见，以保证所选作品的质量。所有审稿信息可以设置较长的保存时间，便于保存相关档案。在线稿件处理系统既可以快速处理稿件，吸引最优秀作品，又可以通过海量的数字平台查询作品中可能存在的不端行为。（3）诗刊社的网站可以和其他一些有影响的网络平台建立友情链接，以扩大其影响。

其五，结合现代通信终端，推动诗歌与读者的互动。随着科学技术的发展，通信终端越来越多，最初是电脑，后来出现了无线网络，终端也从台式电脑扩展到便携式电脑、手机等。具体可以考虑如下几个方面：（1）借助具有影响的网络平台，如"榕树下"等，建立《诗刊》专区或栏目，发布《诗刊》目录和部分内容，吸引读者关注；（2）建立博客、微博或者即时通信群落（如 QQ 群等），实现与读者的互动交流；（3）创办数字《诗刊》，发布《诗刊》信息、诗坛信息、选稿情况，根据读者需要推荐优秀短诗等。还可以实现个性定制，为读者提供个性化服务，如根据读者需要提供信息、有针对性地提供作品等。同时，可以考虑通过这些方式开展征文、比赛等活动。

总之，面对诗歌发展的多元化，诗歌传播方式的多样化，《诗刊》必须具有忧患意识和危机感。《诗刊》如果仅仅固守传统的选稿、出版和传播方式，肯定是不够的，而必须利用不同年龄的读者熟悉的方式，全方位"出击"，吸引人们对《诗刊》和诗歌的关注，这样一来，《诗刊》才可能保持在中国诗歌发展中的主流地位，才能在新的文化语境之下，真正为中国诗歌的发展作出新的贡献。

后　记

　　这是国家社科基金项目"《诗刊》与中国当代诗歌的发展"（批准文号：09BZW058）的结题成果。

　　我与《诗刊》有着比较密切的关系，从喜欢诗歌开始，我就一直阅读《诗刊》。1989年秋天到北京访学，我专门到《诗刊》社拜访。从1994年开始，我在《诗刊》发表了多篇评论文章，多次参加《诗刊》组织的诗歌研讨活动。《诗刊》的多位负责人、编辑老师都非常关心我在学术上的成长。在我看来，《诗刊》是考察中国当代新诗发展的重要参照，加上从2005年3月开始，我担任学校社科学报的编辑工作，对于期刊编辑、传播等产生了比较浓厚的兴趣，就希望能够在诗学研究和期刊之间找到一个新的生长点。我考虑的第一个研究对象就是《诗刊》。

　　2009年6月，全国哲学社会科学规划办公室（以下简称"国家社科规划办"）立项资助我申报的课题"《诗刊》与中国当代诗歌的发展"。按照最初的计划，课题应该在2011年年底完成。但是，在研究过程中，我们发现课题的研究存在很多复杂的问题。首先是资料收集，《诗刊》研究涉及的资料非常复杂，除了刊物本身之外，还包括很多背景材料以及当事人的访谈资料，收集起来难度极大。其次是涉及众多具体人事。随着历史的发展和社会政治语境的变化，我们对这些人物、事件的评价肯定和当时的看法有所不同，而这些人中的许多人都还在世，因此，在谈到具体人物、事件的时候，我们必须非常细心，反复推敲，并尽可能多地访问涉事的当事人或其家属、亲人，尽量做到客观、公正，即使是批评性的评价，也必须有理有据。这项工作花费的时间和精力是我们最初考虑得较少的。最后是刊物研究涉及的内容很多，每个方面都需要大量的精力去思考和甄别。因此，直到2013年7月，课题的预计任务才得以完成。对于延迟完成研究任务，我们按照有关规定向资助课题的国家社科规划办提交了申请，在向他们表达感谢的同时，也要向他们表达我们的歉意。

2013 年 9 月，我向国家社科规划办提交了课题的结项申请，经过几个月的等待，2014 年 4 月，我收到了国家社科规划办下发的结项证书。经过多位专家的匿名评审，结项成果被评定为"优秀"等级。据说这个等级在此类项目的结项成果中所占比例并不是很高。感谢专家对我这些年的付出所给予的肯定和鼓励。2015 年年初，我应国家社科规划办的约请撰写了《积淀与创新：焕发〈诗刊〉的活力》一文，刊发在 2015 年 2 月 11 日《中国社会科学报》"国家社科基金"专版，标志着这个课题的最终完成。

在中国近现代文学发展中，报刊发挥了极其重要的作用，既传播了文学思想，又交流了文学观念，可以说，没有报刊的大量出现，也就很难说有现代文明、现代文学的真正发展。研究文学期刊发展，围绕期刊自身特色及其传播的话题，在很大程度上就是研究现代文明的进程、现代文学观念的演进和现代文学创作的历程与成就、得失。

期刊研究涉及的内容实在太丰富。文学期刊的发展不只是由文学本身的特征和规律决定的，尤其是在中国当代，期刊发展除了期刊自身特色、文学本体之外，还涉及和期刊、文学发展存在密切关系的政治、社会、文化、经济语境，涉及政策因素、文学体制及传播方式等。

虽然《诗刊》为中国当代诗歌的发展作出了突出贡献，但是，一个刊物的地位、影响有时会因为其他因素的变化而变化。20 世纪 90 年代初，中国开始建设社会主义市场经济；20 世纪末，诗歌界出现了以网络技术作为支撑的"网络诗歌"，很多作品都在通过网络发表，甚至出现了一大批网络诗人，文学、诗歌书籍和期刊的读者大量减少，很多报刊的命运发生了根本性改变。

从诗歌角度讲，市场经济的确立和发展使人们对于物质的关注远远超越了对精神的关注，诗歌这种以精神建设为根本职责的艺术样式面临的挑战是非常明显的。诗歌作品的关注度降低、诗人的社会地位降低、刊物的发行量下降，有些刊物甚至取消了诗歌方面的栏目。不少刊物都在设法应对期刊的这种变化，如建立自己的诗歌网站，加入电子期刊，推动刊物的数字化出版，等等。但是，《诗刊》在这方面的规划似乎还不是很明确。政府应该加大投入，不应该把公益性的、关涉中国文化命脉的刊物都赶到市场上去竞争。刊物也要不断更新观念，开拓发展新路径，推动刊物在新时代的新发展。

在这个课题的研究过程中，许多单位和个人都给予了我热情支持和大力帮助，国家社科规划办不但立项资助，而且一直关注课题进展；我所在学校的社会科学处按照有关规定对课题实施了细致、耐心、周到的管理；我所在部门的领导、同事等为我完成课题提供了资料、时间等方面的保障；《诗刊》社的新老领导、编辑如高洪波、叶延滨、李小雨、丁国成、朱先树等为我们提供了大量的第一手资料，为课题的完成奠定了重要基础；著名新诗史料专家刘福春先生为我查找了一些很难找到的资料和信息；很多其他诗人、学者的回忆文章、研究成果也为本课题的完成提供了很大的帮助，这些资料、成果都在书中标注了来源。在课题研究的过程中，我所指导的多位博士研究生、硕士研究生帮我通读了成果的初稿，提出了具有价值的建议；西南大学图书馆、档案馆、期刊社的同事为课题研究提供了方便；一些学术刊物如《文艺研究》《人民日报·文艺评论版》《西南大学学报》（社会科学版）《北方论丛》《江汉论坛》《文艺报》等发表了课题的部分前期研究成果，《新华文摘》《中国社会科学文摘》《高等学校文科学术文摘》等多次转载了本课题的前期研究成果……对于所有关注、支持本课题研究的单位和专家、朋友、学生，在此一并表示感谢和敬意！

《诗刊》研究非常困难，主要原因在于它涉及面太宽，而且是一个鲜活的、不断发展着的刊物，总是不断带给我们一些新的信息。一项固定的研究成果始终无法包括所有的尤其是还没有发生的现象。最近这段时间，我对原来的书稿进行了少量修改，补充了最近一两年的一些新的材料和信息，最终确定的资料截止时间为 2014 年年底。在最后的修改过程中，《诗刊》的负责人商震、李少君等继续给予我热情帮助和大力支持。他们主持《诗刊》社工作，标志着这个具有辉煌历史的诗歌刊物实现了班子的顺利交接。

本书力图对《诗刊》进行比较全面的打量，但是，我们明白，仍然有许多问题没有能够涉及并进行更为深入的探讨，这一方面是因为既有的一些研究成果已经对有些问题进行了关注，另一方面是因为篇幅、资料、精力的限制。这些问题包括《诗刊》历届主编的编辑观念、具体作品的解读、某些诗歌观念的演变和其他类似刊物的比较，等等。无论怎样努力，这本书都无法囊括和《诗刊》有关的所有内容，更不用说由它衍生的其他话题，因此，只能选择与其有关而且对当代诗歌发展产生了较大影响的一些现象和诗歌事件进行解读。这种选择的结果可能会导致许多遗漏，也可能会存在很多不准确、不完善甚至错谬的地方，希望各路方家予以批评指正，也希望更多的学者来关注这个刊物和其他一些具有影响的文学刊物，在数字化的挑战中为中国文学期刊的发展提供一些具有借鉴意义的意见和建议。

作为一个诗歌爱好者，我希望《诗刊》越办越好，也期待中国的诗歌拥有更加辉煌的未来！

蒋登科

2015 年 7 月 28 日于重庆之北

丛书后记

中国新诗自 1917 年"横空出世"以来，关于其艺术形式和精神内容的探讨从来都未停止过，中国现代诗学相应地获得了长足的发展空间。在一个世纪的曲折行进中，新诗逐渐积淀起自身的历史传统，不管它存在的"合法性"曾遭遇过多少质疑，它已然成为我们无法送还的民族文化构成要素。因此，我们今天应该如何评判新诗的百年沉浮，这不仅关涉新诗未来的发展，也与民族文学的复兴休戚相关。

在中国新诗诞生 100 周年之际，我们特别组织撰写了这套《中国现代诗学丛书》，从各个不同的角度出发，目的就是打捞和整理百年新诗的艺术经验，丰富我们对新诗的认识，引发对未来新诗创作艺术的思考。同时，出版这套《中国现代诗学丛书》，有助于提升百年中国新诗批评和理论建设，发掘新鲜的研究内容并弥补既有研究的局限。本丛书主要由西南大学中国新诗研究所专职研究员撰写，他们都是当代新诗批评界的优秀学者，书稿多为社科基金或省部级基金的成果，有效地保证了丛书的学术质量。

《中国现代诗学丛书》由海内外知名诗评家吕进担任主编，计划出版 12 本诗学论著，内容涵盖中国现代诗学、中国新诗发展思潮、中外诗学比较、诗歌翻译思想、诗歌传播学、现代诗歌社团研究、新诗文化批评、诗歌与音乐关系研究、当代新诗思想研究、女性诗歌研究以及现代诗学思想研究等。这些研究均属中国现代诗学的范畴，内容丰富而深刻，是本学科研究的力作。

西南大学中国新诗研究所成立于 1986 年 6 月，是中国大陆第一家专门从事新诗研究的实体单位。经过几代学人的辛勤耕耘，该研究所已形成自身的诗学发展路向，拥有鲜明的研究特色，在海内外华文诗学界产生了持续而深远的影响，至今仍是中国新诗研究的高地和"上园诗派"的据所。

中国新诗研究所的广泛影响力还体现在培养并塑造了一大批中国新诗研

究的生力军。有人将中国新诗研究所比作中国现代诗学的"黄埔军校",因为研究所创始人吕进先生的缘故,惯称中国新诗研究所校友为"吕家军"。从新诗研究所毕业后,很多校友不仅成为全国知名高校的学术中坚,更是活跃在中国新诗研究界的专业批评家或理论家,在承传中创造并丰富了中国新诗研究所的学术思想。

2016 年,中国新诗研究所将迎来 30 周岁生日。作为一个单纯而纯粹的诗歌研究单位,其发展印证了"文变染乎世情"之说。20 世纪 80 年代的理想主义情结消退之后,新诗的命运一路走低,新诗研究不再被视为"显学",研究所遭遇了生存的寒冬。随后,风起云涌的学科建设以及高校合并浪潮,再度无情地将中国新诗研究所推向了存亡的边缘。好在有一群人坚守住了缪斯艺术的纯洁,在艰难和阻碍中缔造了中国新诗研究 30 年的神奇之旅,这其中当然凝聚着中国新诗研究所校友的"不离不弃"。

在策划这套丛书时,我们与散居全国各地的校友取得联系,希望他们出任丛书编委,或对丛书的编辑和出版提供建议,收到的总是热情洋溢的支持话语。读着各方回信,各种感动和感叹自不待言,心中涌动的是这句普通而凝重的话:我们是相亲相爱的一家人。鉴于中国新诗研究所在职教师和校友人数众多,我们最后择取了如下代表,列为丛书编委:

吕　进:中国新诗研究所主要创始人,西南大学二级教授、博士生导师。

陈本益:中国新诗研究所教授、博士生导师。

李　震:中国新诗研究所 1990 届硕士校友,陕西师范大学教授、博士生导师。

蒋登科:中国新诗研究所 1990 届硕士校友、2000 届博士校友,西南大学教授、博士生导师。

王　珂:中国新诗研究所 1990 届硕士校友,东南大学教授、博士生导师。

靳明全:中国新诗研究所 1993 年访问学者,重庆师范大学教授,四川大学博士生导师。

王　毅:中国新诗研究所 1993 届硕士校友,华中科技大学教授、博士生导师。

江弱水(陈强):中国新诗研究所 1994 届硕士校友,浙江大学教授、博士生导师。

张崇富：中国新诗研究所 1995 届硕士校友，四川大学教授、博士生导师。

向天渊：中国新诗研究所 1996 届硕士校友，西南大学教授、博士生导师。

段从学：中国新诗研究所 1997 届硕士校友，四川师范大学教授、博士生导师。

陆正兰：中国新诗研究所 2002 届硕士校友、2006 届博士校友，四川大学教授、博士生导师。

熊　辉：中国新诗研究所 2003 届硕士校友，西南大学教授、博士生导师。

梁笑梅：中国新诗研究所 2004 届博士校友，西南大学教授、博士生导师。

颜同林：中国新诗研究所 2004 届硕士校友，贵州师范大学教授、博士生导师。

丛书的出版，我们首先应该感谢西南大学相关党政领导的关心，尤其是分管学科建设的崔延强副校长，没有学科经费的支持，就不会有这套丛书的面世。同时，要感谢人民出版社的大力支持及陈晓燕等编辑的努力，他们认真细致的工作保证了丛书的顺利出版。

在未来的岁月里，在动荡的学术环境中，不管中国新诗研究所去向何方，我们都会是"相亲相爱的一家人"，以"中国新诗研究所"的名义，以诗歌的名义，以超然物外之境界的名义。最后，还是以吕进先生《守住梦想》中的诗句，来祝福中国新诗研究所，祝福中国新诗研究所的校友们：

　　不为一朵乌云放弃蓝天
　　不为一次沉船放弃海洋
　　……
　　守住梦想，守住不谢的花季
　　守住梦想，守住迷人的远航

熊　辉
2015 年 9 月 25 日

策划编辑:陈晓燕
责任编辑:陈晓燕　苏向平
装帧设计:九　五

图书在版编目(CIP)数据

《诗刊》与中国当代诗歌的发展/蒋登科著. —北京:人民出版社,2016.5
(中国现代诗学丛书/吕进主编)
ISBN 978－7－01－016217－1

Ⅰ.①诗…　Ⅱ.①蒋…　Ⅲ.①诗歌—期刊—研究—中国 ②诗歌史—研究—中国—当代　Ⅳ.①I207.209

中国版本图书馆 CIP 数据核字(2016)第 098379 号

《诗刊》与中国当代诗歌的发展
《SHIKAN》YU ZHONGGUO DANGDAI SHIGE DE FAZHAN

蒋登科　著

人 民 出 版 社 出版发行
(100706 北京市东城区隆福寺街99号)

环球东方(北京)印务有限公司印刷　新华书店经销

2016 年 5 月第 1 版　2016 年 5 月北京第 1 次印刷
开本:710 毫米×1000 毫米 1/16　印张:21.75
字数:360 千字

ISBN 978－7－01－016217－1　定价:58.00 元

邮购地址 100706　北京市东城区隆福寺街 99 号
人民东方图书销售中心　电话 (010)65250042　65289539